本书受教育部哲学社会科学重大项目"英语世界中国文学的译介与研究"基金（项目编号：12JZD016），教育部人文社会科学研究青年基金项目"新媒体时代美国电子报的中国文化形象的传播与变异研究"（项目编号：19YJCZH162）资助，特此感谢！

The Translation and Study of
Chinese Literature in the
English-Speaking World

主编 ◎ 曹顺庆

英语世界中国文学的译介与研究丛书

英语世界的巴金研究

王苗苗 ◎ 著

中国社会科学出版社

图书在版编目(CIP)数据

英语世界的巴金研究 / 王苗苗著. —北京：中国社会科学出版社，2019.6
（英语世界中国文学的译介与研究丛书）
ISBN 978-7-5203-4474-6

Ⅰ.①英… Ⅱ.①王… Ⅲ.①巴金（1904-2005）—英语—文学翻译—研究
Ⅳ.①I206.7

中国版本图书馆 CIP 数据核字（2019）第 100099 号

出 版 人	赵剑英
责任编辑	任　明
责任校对	冯英爽
责任印制	李寡寡

出　　版	中国社会科学出版社
社　　址	北京鼓楼西大街甲 158 号
邮　　编	100720
网　　址	http://www.csspw.cn
发 行 部	010-84083685
门 市 部	010-84029450
经　　销	新华书店及其他书店

印刷装订	北京君升印刷有限公司
版　　次	2019 年 6 月第 1 版
印　　次	2019 年 6 月第 1 次印刷

开　　本	710×1000　1/16
印　　张	22.5
插　　页	2
字　　数	369 千字
定　　价	120.00 元

凡购买中国社会科学出版社图书，如有质量问题请与本社营销中心联系调换
电话：010-84083683
版权所有　侵权必究

英语世界中国文学的译介与研究丛书　总序

本丛书是我主持的教育部重大招标项目"英语世界中国文学的译介与研究"（12JZD016）的成果。英语是目前世界上使用范围最广泛的语言，中国文学在英语世界的译介与研究既是中国文学外传的重要代表，也是中国文化在异域被接受的典范。因此，深入系统地研究中国文学在英语世界的译介与研究，既具有重要的学术价值，也具有重大的现实意义。

中国正在走向世界，从学术价值层面来看，研究英语世界的中国文学译介与研究，首先，有利于拓展中国文学的研究领域，创新研究方法。考察中国文学在异域的传播，把中国文学研究的范围扩大至英语世界，要求我们研究中国文学不能局限于汉语及中华文化圈内，而应该将英语世界对中国文学的译介与研究也纳入研究范围。同时还需要我们尊重文化差异，在以丰厚的本土资源为依托的前提下充分吸收异质文明的研究成果并与之展开平等对话，跨文明语境下的中国文学研究显然是对汉语圈内的中国文学研究在视野与方法层面的突破。其次，对推进比较文学与世界文学研究具有重要的学术意义。通过对英语世界中国文学的译介与研究情况的考察，不但有助于我们深入认识中外文学关系的实证性与变异性，了解中国文学在英语世界的接受情况及中国文学对英语世界文学与文化的影响，还为我们思考世界文学存在的可能性及如何建立层次更高、辐射范围更广、包容性更强的世界诗学提供参考。

从现实意义层面来看，首先，开展英语世界中国文学研究可为当下中国文学与文化建设的发展方向提供借鉴。通过研究中国文学对"他者"的影响，把握中国文学与文化的国际影响力及世界意义，在文学创作和文化建设方面既重视本土价值也需要考虑世界性维度，可为我国的文学与文化发展提供重要启示。其次，有助于提升中国文化软实力，推动中国文化"走出去"战略的实施。通过探讨英语世界中国文学的译介及研究，发现中国文学在英语世界的传播特点及接受规律，有利于促进中国文学更好地走向世界，提升我国的文化软实力，扩大中华文化对异质文明的影响，这对于我国正在大力实施的中国文化"走出去"战略无疑具有十分重大的意义。

正是在这样的认识引导下，我组织一批熟练掌握中英两种语言与文化的比较文学学者撰写了这套"英语世界中国文学的译介与研究"丛书，试图在充分占有一手文献资料的前提下，从总体上对英语世界中国文学的译介和研究进行爬梳，清晰呈现英语世界中国文学译介与研究的大致脉络、主要特征与基本规律，并在跨文明视野中探讨隐藏于其中的理论立场、思想来源、话语权力与意识形态。在研究策略上，采取史论结合、实证性与变异性结合、个案与通论结合的研究方式，在深入考察个案的同时，力图用翔实的资料与深入的剖析为学界提供一个系统而全面的中国文学英译与研究学术史。

当然，对英语世界中国文学的译介与研究进行再研究并非易事，首先得克服资料搜集与整理这一困难。英语世界中国文学的译介与研究资料繁多而零散，且时间跨度大、涉及面广，加之国内藏有量极为有限，必须通过各种渠道进行搜集，尤其要寻求国际学术资源的补充。同时，在研究过程中必须坚守基本的学术立场，即在跨文明对话中既要尊重差异，又要在一定程度上寻求共识。此外，如何有效地将总结的特点与规律运用到当下中国文学、文化建设与文化"走出去"战略中去，实现理论与实践之间的转换，无疑是更大的挑战。这套丛书是一个尝试，展示出比较文学学者们知难而进的勇气和闯劲，也体现了他们不畏艰辛、敢于创新的精神。

本套丛书是国内学界较为系统深入探究中国文学在英语世界的传播与接受的实践，包括中国古代文化典籍、古代文学、现当代文学在英语世界的传播与接受。这些研究大多突破了中国文学研究和中外文学关系研究的原有模式，从跨文明角度审视中国文学，是对传统中国文学研究模式的突破，同时也将中国文学在西方的影响纳入了中外文学关系研究的范围，具有创新意义。此外，这些研究综合运用了比较文学、译介学等学科理论，尤其是我最近这些年提出的比较文学变异学理论[1]，将英语世界中国文学

---

[1] Shunqing Cao, *The Variation Theory of Comparative Literature*, Springer, Heidelberg, 2013.

的译介与研究中存在的文化误读、文化变异、他国化等问题予以呈现，并揭示了其中所存在的文化话语、意识形态等因素。其中一些优秀研究成果还充分体现了理论分析与现实关怀密切结合的特色，即在对英语世界中国文学的译介与研究进行理论分析的同时，还总结规律和经验为中国文化建设及中国文化"走出去"战略提供借鉴，较好达成了我们从事本研究的初衷与目标。当然，由于时间仓促与水平所限，本丛书也难免存在不足，敬请各位读者批评指正。

曹顺庆

2015年孟夏于成都

前　　言

巴金（1904—2005），英文名译为 Ba Jin 或 Pa Chin，是五四新文化运动以来中国最具影响力作家之一，被学界称为现代文坛六大家（鲁迅、郭沫若、茅盾、巴金、老舍、曹禺）之一。虽然中外许多专家学者对巴金做了大量研究，但是他们多是各自为战，对彼此的研究成果了解并不多，尤其是国内学者对国外巴金研究了解不够。因此，迄今为止国内还没有一部系统的关于英语世界的巴金研究的论著，也没有一部对中国和英语世界的巴金研究的异同进行比较的论著。

本书旨在对英语世界[①]已出版的关于巴金研究的成果进行一次系统的梳理，并全面地对其进行详细的介绍和分析比较，力图让中国学者了解英语世界巴金译介和研究的状况，以期借鉴英语世界学者的"他者的眼光"，给中国的巴金研究提供有益的启示，推进巴金的全面研究做出贡献；以期为增进中外学者的互相了解，为中外文学交流研究的积累提供史料，从而进一步促进中国文学研究的世界性与国际化，为提升中国文化软实力做出贡献。

一　研究背景

中国文学历史悠久、源远流长，是中国文化不可或缺的一部分，是世界文化的重要组成部分。世界全球化的趋势也使文学世界化的倾向越来越明显，中国文学走向世界是大势所趋。因此，我们应该对中国文学在海外的传播与影响给予足够的关注，为中外文学交流的研究积累史料，以便使国内的中国文学研究与国外的相关研究同声相应、即时互动，促进中国文

[①] 英语世界，主要指的是英国、美国、加拿大、澳大利亚等以英语为母语和交往手段的国家。本书的英语世界指的是以英语为语言媒介来进行写作、译介和研究的国家和地区。其研究对象包括以英语为母语和第二语言的作者所撰写的相关英文论著及研究成果等。

学研究的世界性与国际化。

中国文学在国际上得以传播，其中一个重要的媒介就是翻译。英语作为全世界使用范围最广泛的语言，在全世界有着广泛的影响。中国文学在英语世界的译介与研究既是中国文学外传的重要代表，也是中国文化在异域被接受的典范。因此，深入系统地研究中国文学在英语世界的译介与研究，更有利于国内学者了解国外学界研究中国文学的现状，同时架起东西方文化交流沟通的桥梁。

近一个世纪以来的中西文化交流虽然看似有所往来，但实际却一直明显不平衡。国内翻译文学方面研究的专著、论文和期刊等，对外国文学思想、作家和作品在中国的译介有较多的关注，但对于中国文学思想、作家和作品的英译方面的研究虽有所涉猎，其研究成果却相对少之又少。查询近年国内现有的、已出版的翻译文学方面研究的专著、博士论文和期刊文章，发现国内研究界对外国文学思想、作家和作品在中国的译介，无论是在理论还是在实践方面都硕果累累。但在中国文学思想、作家和作品的英译方面的研究成果却相对较少。中国现当代文学是世界文学的重要组成部分，是在中外文化交汇撞击而催生成长的。中国现当代文学是在西学的影响下产生与发展的，其本身不可避免会带有西方思想的印痕。因此，中国现当代文学的外传较之古代文学有着自身的特点与优势，从某种程度上讲也易于为西方学界所接受。但是国内学者对中国现当代文学在英语世界的研究的关注十分不足。因此，本书拟对英语世界的巴金研究进行个案研究。

关于英语世界对巴金的认识，可以从如下几部世界性辞书的巴金条目中见出大概，如：《二十世纪世界文学》的巴金条目、《大不列颠新百科全书》的巴金条目、《世界人名百科全书》的巴金条目、《二十世纪世界文学百科全书》的巴金条目、《中华民国传记词典》的巴金条目以及《外国人名辞典》的巴金条目等。

巴金是20世纪中国最伟大的文学家之一，关于他的研究自1929年初发表轰动文坛的处女作《灭亡》之后，一直备受国内外专家学者的关注。从鲁迅、巴金获提名角逐诺贝尔文学奖到高行健、莫言获得了诺贝尔文学奖，随着中国文学与国际文坛交流日益频繁，华人作家在全球的影响力正在逐渐提高，中国文学备受世界瞩目。中国逐渐从文学"失语"状态到抓住话语权，从接受者到话语者。面对这种潮流，各大出版社相继组织翻译出版中国名家名作，力争把中国文学推向世界，提升中国文学的世界地位。

本书以英语世界的巴金研究为对象，其中包括所有以英语语言公开发表的关于巴金研究的专著、期刊、博硕士论文、影视报道以及巴金与欧美人士之间的通信等。本书全面搜集和整理分析这些资料，对英语世界研究巴金的成果进行梳理并再研究。国外学者以他们所特有的知识结构，和因不同的文化传统的熏陶而形成的特殊的眼光，从独特的视角对巴金著作做出了颇有独到见解的分析与评价。这些评价具有一定的启发性，同时，由于研究者的文化背景、研究视角的差异而出现对巴金的"误读"，因此有必要引入比较文学变异学理论对其进行分析和研究。总之，本书试图在对英语学界的相关成果做分析研究的基础上，为国内巴金研究的进一步发展提供一个参照系，以期推进国内外同一领域的进一步发展。

二　巴金研究现状

1. 国内巴金研究现状

从 20 世纪 30 年代中国《文学旬刊》发表的《复苇甘》一文开始，巴金研究就被中外学者所重视。中国的巴金研究始于 20 世纪 30 年代，大致可分为五个发展阶段。

第一阶段：巴金研究萌芽期（20 世纪 30—40 年代）。这一时期主要是对巴金及其作品的介绍、评论，此类文章共有 170 余篇。当时鲁迅、郭沫若、茅盾、老舍、沈从文等名家给巴金及其作品以高度的评价，但这些文章多是随感性的评论文章。如：1935 年 4 月 1 日《刁斗》第 2 卷第 1 期上老舍的《读巴金的〈电〉》；1943 年 3 月柳州文丛出版社出版的林萤窗的《论巴金的家春秋及其他》，专门论述巴金的《家》三部曲；1947 年 3 月 24 日上海《文汇报·新文艺》的郭沫若的《想起了斫樱桃的故事》等。

第二阶段：巴金研究的阻滞期（20 世纪 50—70 年代）。由于一定的历史原因，巴金研究被当时的主流意识所左右，仅出现个别具有研究价值的成果，巴金研究并没有取得进一步的发展。1950 年 5 月法国的明兴礼的《巴金的生活和著作》被译成汉语引入国内，主要介绍了巴金的生平及其早期的文学创作。1957 年 7 月扬风的《巴金论》和 1957 年 12 月王瑶的《论巴金的小说》，是国内学者开创巴金研究的标志性成果。两位学者均从思想上肯定了巴金的创作。而从20世纪50年代后期开始，对于巴金作品的讨论，则更多的是政治批判，纵观这一时期的巴金研究，其研究视角和研究方法都受到了主流观念的束缚。

第三阶段：巴金研究的繁荣期（20世纪80年代）。20世纪80年代，巴金研究在国内逐渐复兴，重新成为备受瞩目的研究领域。在思想文化界拨乱反正的背景下，各报刊相继刊载文章，重新肯定巴金的作品。此时，具有学术意义的巴金研究开始起步，并取得了一定突破与进展。贾植芳等编的《巴金专集》，李存光编的《巴金研究资料》，陈丹晨的《巴金评传》，张慧珠的《巴金创作论》，陈思和、李辉的《巴金论稿》等研究资料、评传、论著以及大量研究论文的出版发行，不仅为巴金研究提供了厚实的资料基础，而且在巴金的思想、作品研究上有了深化与突破，更重要的是形成了一个虽无统一组织但却相对稳定的研究群体，从总体上显示了巴金研究的良好态势。另外，这时期的巴金研究呈现出开放型、多样化的格局。有些专著对巴金的生活、思想历程和创作全貌，做了较完整的叙述和探讨。1981年，陈丹晨的《巴金评传》出版发行。这是国内第一本全面评述巴金的专著。此后，李存光的《巴金民主革命时期的文学道路》、谭兴国的《巴金的生平和创作》和张慧珠的《巴金创作论》相继出版。1985年，汪应果的《巴金论》和陈思和、李辉的《巴金论稿》相继问世，这两部各具创见的著作，以及后来出版的花建和袁振声的同题专著《巴金小说艺术论》、艾晓明的《青年巴金及其文学视界》、张民权的《巴金小说的生命体系》等，突破单一的思维模式和刻板的研究方法，从不同的角度和层面展开研究，从而丰富了研究内容，拓展了研究空间。本时期的专著和其他众多论文，对巴金探求真理的思想、创作道路的特点及分期，对巴金思想（无政府主义、民主主义、爱国主义、人道主义）与创作的关系，对巴金与世界文学及中国传统文化的关系，对巴金的文艺思想，对《家》《寒夜》《随想录》等一系列作品的丰富内涵和艺术价值，都做出了前所未有的新颖阐述和各具识见的深入探究。

第四阶段：巴金研究的多样化阶段（20世纪90年代）。这一时期巴金研究较之80年代显得相对沉寂，但是对于巴金研究的思维空间有所拓展，并且研究方法、表达话语趋于多样化。1994年的26卷本《巴金全集》，1998年的10卷本《巴金译文全集》。这两部全集除收入巴金全部文学创作和译作外，还收录了大量集外佚文和现存日记、书信，以及近50年来未重印过的其他单行本书和译作。这一时期出现了徐开垒的《巴金传》、李存光的《巴金传》、陈思和的《人格的发展——巴金传》、张明权的《巴金小说的生命体系》、陈丹晨的《巴金的梦——巴金的前半生》、吕汉东的《心灵的旋律——对巴金与文本的解读》等著作及多部重要的研究论文。从数量上看此期关于巴金研究的论文、作品评论以及传记性期刊文章1200百余篇，正式出版的巴金研究专著50余种，如李存光的《巴金民主革命时期的文学道路》和《巴金研究文献题录》、余思牧的《巴金与中外文化》等。此外，学界先后举办了十余届专题性的巴金国际学术研讨会，会议论文结集成册以《巴金与中西文化》《世纪的良心》等为题名出版。因此，该阶段从传记、创作论、思想、表达话语及国际交流等层面为巴金研究提供了更加系统、多样化的参考资料。

第五阶段：巴金研究综合拓展期（2000年至今）。巴金文学研究会的成立，定期召开的巴金国际学术研讨会，使巴金研究步入常态化，标志着巴金研究进入了新阶段。批评话语更加多元化，除了传统的社会历史研究、审美研究，研究者还从心理学、人类学、思想史、女权主义、出版学等文化学角度进行研究，以往不被重视的巴金的编辑思想、翻译思想开始进入研究视野，创作研究也得到了进一步的开拓，对于巴金创作思想、美学观、小说人物形象及巴金与中外文化等专题研究上呈现出综合开拓的态势。

但国内学界对英语世界的巴金研究关注并不多，系统全面地梳理英语世界的巴金成果的论著尚未出现，仅有个别论著提及英语世界的巴金研究状况，如：1985年，张立慧等的《巴金研究在国外》，收录了美国几位研究巴金的学者的文章；2004年，陈思和等编的《生命的开花——巴金研究年刊卷一》，提及2003—2004年美国巴金研究的学术成果；2009年，李存光的《巴金研究文献题录》提及个别美国巴金研究的著述题目、出版信息及部分摘要；2010年，李存光的《巴金研究资料》提及奥尔格·朗（Olga Lang）及茅国权（Nathan K.Mao）的关于巴金研究的论文。此外，还有一些会议论文、期刊文章及学位论文涉及了美国巴金研究概况，有些文章将巴金与美国的作家作品进行比较，如：肖明翰的《巴金与福克纳家庭小说的比较》[①]，甘光磊的《两首封建家庭制度的葬歌——巴金〈激流〉三部曲与赛珍珠〈大地〉三部曲之比较》等。

2. 英语世界巴金研究现状

与日本、法国、俄国、韩国等的巴金研究相比较，英语世界的巴金研究开始较晚，直到 20 世纪 40 年代才有相应的研究成果问世。英语世界的巴金研究的发展也可划分为五个阶段。

第一阶段：巴金研究的萌芽期（20 世纪 40 年代）。美国关于巴金的研究最早始于 1942 年，O. 布赫耶赫（O. Buchviehe）在《俄亥俄大学学报》第 3 卷第 3 期发表"中国现代浪漫作家巴金"（*Pa Chin：A Chinese Modern Romantic Writer*）。1946 年，奥尔格·朗（Olga Lang）的《中国家庭与社会》（*Family and Society in China*）在美国康涅狄格州纽黑文市出版。该书主要介绍巴金的作品。1948—1950 年，巴金与美国无政府主义者爱玛·高德曼（Emma Goldman）、巴尔托洛梅奥·凡宰蒂（Bartolomeo Vanzetti）、费迪南多·萨柯（Ferdinando Nicola Sacco）等人有 70 余封英文书信往来，交换无政府运动资料及文学作品。

第二阶段：巴金研究阻滞期（20 世纪 50 年代）。自巴金的作品在美国得到零星译介与研究之后，英语世界的巴金研究在这一时期进展十分缓慢，并未出现有分量的研究成果。

第三阶段：巴金研究的繁荣期（20 世纪 60—70 年代）。美国部分高校东亚文学专业将巴金的作品列为学生必读书目，巴金研究开始进入美国大学课堂，并成为学位论文的热门题目。如：1961 年，斯坦福大学的拉里·肯特·布朗宁（Larry Kent Browning）的《〈雷〉的介绍与翻译》（*Thunder：A Translation with Introduction*）；1965 年，路易斯安那西北州立大学的金南茜（Nancy Au）的《新生活：中国小说英译本》（*New Life：A Chinese Novel Translated into English*）；1967 年哥伦比亚大学的王贝蒂（Betty Wong）的《巴金小说创作中期〈激流三部曲〉与〈火〉中的人物分析》（*Pa Chin in His Middle Period As a Novelist：an Analysis of Characters in The Torrent Trilogy and Fire*）等。这一时期美国也相继出版了关于巴金研究的著作，如：1962 年，美国汉学家奥尔格·朗（Olga Lang）的学位论

[①] 肖明翰：《巴金与福克纳家庭小说的比较》，《四川师范大学学报》（社会科学版）1992 年第 6 期，第 46—52 页。

文《作家巴金与他的时代：变革时期的中国青年》(*Writer Pa Chin and His Time: Chinese Youth of the Transitional Period*)；1967 年，奥尔格·朗的著作《巴金及其作品：两次革命之间的中国青年》(*Pa Chin and his Writings: Chinese Youth Between the Two Revolutions*)。在该书中，作者概括指出："Western political and moral ideas and Western literature had a strong impact on China primarily because they had functional value in an era when this acient agricultural society was in transition to a modern industrial nation."[①]（西方政治与伦理思想，以及西方文学之所以对中国产生了强烈的影响，是因为这些政治思想和文学在这个从古老的农业社会转向现代工业国家的时代，具有实用价值。）而且，她还敏锐地抓住了与西方属于同一体系的俄国的特殊之处，把俄国与西方分成两种文化实体，并以这种限定划分为准绳，具体地说明了俄国是在西方列强中被中国发现具有值得思考的精神价值的最后一个国家，从而深刻地阐述了巴金接受外来影响的特点及其途径，并论述了他的思想对国际无政府主义的发展起到的重要作用。此外，作者还举例说明了巴金对左拉、罗曼·罗兰、莫泊桑、列夫·托尔斯泰等的文化主张、创作思想、人物形象塑造以及情节构成等方面的借鉴。1972 年，由奥尔格·朗作序，西德尼·沙博里（Sidney Shapiro）翻译的巴金的小说《家》的英译本正式出版。该译本的出版及奥尔格·朗对巴金的研究，在美国汉学界引起了强烈反响。因此，1976 年美国康奈尔大学为了指导学生阅读《家》，专门出版了由库布勒 C. 科尼利厄斯（Cornelius C. Kubler）编写的《巴金〈家〉的词汇与注释》(*Vocabulary and Notes to Ba Jin's Jia: An Aid for Reading the Novel*)。1977 年，美国学者弗拉底米格·穆拉兹（Vladimiro Munoz）的《李芾甘和中国的无政府主义》(*Li Pei Kan and Chinese Anarchism* "*Men and Movements in the History and Philosophy of Anarchism*")；1978 年，美国学者茅国权的《巴金》(*Pa Chin*) 等都是关于巴金研究的重要参考资料。同年，茅国权的《〈寒夜〉英译本序》(*Cold Nights*)（二）出版发行，巴金成为当时美国汉学家研究的热门选题之一。

第四阶段：巴金研究的多样化阶段（20 世纪 80—90 年代）。1982 年，美国乔治·华盛顿大学的史仲文制作的电影一部：《沉默中回归》(*Return from Silence*)：讲述了中国五位杰出的作家巴金、茅盾、丁玲、曹禺和艾

[①] Olga Lang, *Pa Chin and His Writings: Chinese Youth between the Two Revolutions*. Cambridge: Harvard University Press, 1967, p.218.

青的生活与作品在中国现代化进程中的地位。1986年，美国学者路易斯·罗宾逊（Lewis S.Robinson）的《双刃剑：基督教与二十世纪中国小说》（Double-Edged Sword: Christianity and 20th Century Chinese Fiction）主要研究了基督教对中国现代作家如鲁迅、茅盾、巴金、老舍等的影响以及其带有宗教色彩的小说。其中，对巴金及其作品《火》作以简要评述。除了著作、电影，英语世界的报刊也对巴金给予足够的关注：如《亚洲研究杂志》、《纽约时报》（东海岸）、《中文教师协会杂志》、《北美版中国日报》、《亚洲华尔街日报》等报刊上均有关于巴金的文章。这些文章大多是围绕巴金作品、他的文学思想和语法修辞等与中国传统文化及文学的关系展开的。

第五阶段：巴金研究的综合开拓阶段（2000年至今）。该阶段的巴金研究已经不再局限于介绍巴金的生平业绩和著作的状况，而进入了在占有资料深入剖析的基础上综合论述、纵横比较的更高层次的研究阶段。如：2000年，密歇根大学冯晋的《从"女学生"到"女性革命者"：中国"五四"时期小说中的非传统女性代表》（From "Girl Student" to "Woman Revolutionary": the Representation of the Deracinated Woman in Chinese Fiction of the May Fourth Era），从女性主义视角分析说明了巴金笔下的女学生和女性革命者在促进激进男性的成长方面的作用。2005年刘佳佳的《革命的个人与外部世界：马尔罗和巴金的文化与跨文化危机》（The Revolutionary Individual and the External World: Cultural and Cross-cultural Crises in Malraux and Ba Jin），则从社会文化与政治话语视角解读两位作家。2005年哥伦比亚大学宋明威的《青春万岁：1900—1958年间的国家复兴和中国启蒙小说》（Long Live Youth: National Rejuvenation and the Chinese Bildungsroman, 1900—1958）审视了从清末到中华人民共和国成立初期青春话语实践与历史显现。2010年哈佛大学李杰的《往事并不如烟：毛时代的纪念馆》[The Past is not Like Smoke: A Memory Museum of the Maoist Era（1949—1976）]研究毛时代的自传记忆与历史记忆给年轻一代以启迪。此外，这两部博士论文都涉及了巴金。

迄今为止，英语世界学者翻译的巴金作品英译本有四十余部，如：孔海立（Kong Haili）和葛浩文（Howard Goldblatt）翻译的《第四病室》（Ward Four: A Novel of Wartime China）；翟梅丽（May-lee Chai）翻译的《巴金自传》（The Autobiography of Ba Jin）；茅国权和柳存仁（Liu Ts'un-yan）翻译的《寒夜》等。英语世界关于巴金的期刊文章、新闻报道等百余篇；研究巴金的学位论文 40 余篇，其内容主要是针对巴金作品中的写作特点、文学思想、无政府主义等展开研究的。个别论文对巴金作品与其他中美知名作家作品进行平行比较，如：巴金与福克纳、巴金与鲁迅、老舍等。这些研究可以在一定程度上给国内巴金研究以启示和借鉴。所以本书力图对英语世界的巴金研究进行系统全面地梳理与分析比较，以期填补国内学界的这项空白。

三 研究内容及意义

本书除前言外，主要分为六章。第一章是英语世界巴金研究的传播与介绍。第二章是英语世界对巴金生平与思想的研究。第三章是英语世界巴金的《家》的研究。第四章是英语世界的巴金其他作品的研究。第五章是英语世界的巴金与中外其他作家作品的比较研究。第六章是英语世界的巴金研究与中国的巴金研究的比较研究。

前言部分首先阐明本书的选题目的和意义，并简要介绍国内和英语世界的巴金研究现状、研究方法、研究难点与本书的创新之处、基本思路和研究方法。

第一章，英语世界巴金研究的传播与介绍。本章对英语世界新闻报道及报刊对巴金在英语世界的活动、与英语世界人士的通信、英语国家的会议报道、影视节目、学位论文等对巴金的关注以及英语世界对巴金的文学创作、思想观点等方面进行评价的文章进行系统的归纳和综述。此外，还对巴金在英语世界的翻译概况给予简要介绍，并以其作品《寒夜》为例，运用比较文学译介学和变异学为理论依据进行实证性的考察研究。通过比较研究以期了解译者在跨语言翻译过程中的迥异的美学思想、翻译风格以及巴金作品在被译介的过程中所发生的一系列深层次的变异。具体分析在跨异质文明语境下，因文化过滤及文学误读导致变异现象，并着重分析探讨英语世界学者受不同的意识形态影响而对研究对象采取的不同态度甚至偏见。

第二章，英语世界对巴金生平与思想的研究。英语世界学者对巴金的研究成果，无论是著作还是学位论文都对巴金的生平做了简要或详细的介绍，为巴金在英语世界的传播提供了一定的基础。本章主要选取具有代表性的英语世界的学位论文、英语世界巴金的传记研究、英语世界巴金思想的研究进行分析比较。其中，学位论文以《对巴金小说〈家〉中欧化文法的研究》和《巴金的梦想：〈家〉中的情感和社会批评》为例；传记研究以奥尔格·朗的《巴金和他的时代：过渡时期的中国青年》和《巴金和他的著作：两次革命中的中国青年》为例；思想研究主要阐释英语世界巴金的小说《家》及其他作品与无政府主义，巴金与无政府主义，巴金其他思想研究，和中国学者对巴金思想的研究及中外研究成果的对比分析。说明中国和英语世界的巴金研究的差异，既有客观的历史原因，也有固有的主观原因；既有文化因素的作用，也有制度因素的影响。从总体上来说，中美巴金研究之所以有着重要的差异，最根本原因是巴金及其作品在英语世界的传播过程中，因语言不同、国度不同、文化背景不同等原因，而产生的文化过滤与文学误读。

　　第三章，英语世界巴金的《家》的研究。《家》是巴金最重要的作品。英语世界学者较多专门对《家》进行研究，并在研究时采用不同的角度。本章主要从文学及语言学的视角对英语世界巴金《家》的研究进行阅读阐释。虽然《家》深受受过教育的中国人欢迎，其强大的说服力胜过了技术上的失误，但是英语世界的批评家认为《家》的主要目的是提出社会理论，是一部失败之作，并将其失败的原因归结为情节和人物没有深入的发展。此外，还从思想背景、对传统家庭体制的反抗，以及对非传统女性形象的研究对《家》的人物形象进行了研究分析。可以看出在巴金的笔下，女学生、女革命者都是促进男革命者成长的因素，也是凸显男革命者的参照。另外，巴金对中国前现代作品中的文学手法的借鉴以及巴金在面对传统与现代问题上的矛盾，也颇有启发性。

　　第四章，英语世界的巴金其他作品的研究。除了研究《家》之外，英语世界的学者还对巴金的其他作品进行了研究。本章首先结合学位论文《巴金1949年前的生活与作品》对巴金在1949年之前的生活和作品进行了研究。该论文是英语世界较早研究巴金在1949年之前的生活经历和文学创作情况的学位论文。虽然其介绍和分析相对比较简单，但是将其放回到英语世界的巴金研究史中来考察，该论文对英语世界的读者了解巴金及其创作是有帮助的。另外，正如作者在论文中声明只是从自己的喜好出发对巴金的创作进行的文学批评一样，该论文的写作目的是针对那些对巴金的批评：当中国人在批判这个著名作家时，大洋彼岸的学者却在为巴金鸣不平。其次，以茅国权的著作《巴金》为例，指出其对巴金在1949年之前的创作进行了全面梳理，对巴金这一时期的作品做了全面的分析。该著作关注巴金作品的叙述方式和叙述者及叙述特点时，能兼及巴金为何要选用这种方式，这种方式有何特点，与表达主题之间的关系等问题进行深入讨论。此外，茅国权在分析过程中指出了巴金作品中存在的问题："误判"与"错解"，这些同样值得我们重视。最后，英语世界巴金创作的研究，如早期的《雷》《房东太太》《罗伯特先生》和《好人》的介绍与翻译；对巴金的《灭亡》《新生》和《爱情三部曲》的研究，对巴金的《激流三部曲》和《火》的研究及其后期创作的研究。

第五章，英语世界的巴金与中外其他作家作品的比较研究。英语世界的巴金研究者大多为有着中国文化背景的留学生，或者在英语世界工作生活的华人。他们既关注巴金及中国其他作家的文学创作与生活，又对国外的相关作家作品十分感兴趣。因此，他们以独特的视角将英语世界的巴金与中外其他作家作品联系起来，并进行了卓有意义的创作研究。本章首先对巴金与福克纳进行比较研究，以《家》与《纯真年代》为例，具体通过其中的社会特征对比现实主义与人物性格刻画及现实主义与叙事手法等进行分析比较。其次，巴金与中国其他作家作品的比较研究，如巴金与鲁迅的"家庭小说"及《家》与《红楼梦》中的伤感元素和社会批评的比较研究。从中西文化冲突的角度来讨论中西学者对巴金著作的写作手法及人物形象分析等两种文化之间的挣扎和选择，更能深化我们对这个人物形象的认识，进一步说明这样的研究思路可以更好地展现巴金对中与西、传统与现代两种文化的选择，以及这种选择具有的价值和面临的困惑。

第六章，英语世界的巴金研究与中国的巴金研究的比较研究。英语世界学者在研究巴金时会由于文化过滤的机制而产生"误读"。同时，他们立足于自己的学术传统和文化背景来研究巴金时能够给中国巴金研究者以参考与启示。本章通过对文化过滤与文学误读中的巴金研究，对中国与英语世界的巴金研究概况分类进行简要梳理，比较中国的巴金研究与英语世界的巴金研究的异同，来探讨英语世界的巴金研究与中国巴金研究的互鉴。

综上所述，由于英语世界的学者在文化传统、学术训练、知识结构和问题意识等方面与中国学者不同，所以他们才会得出上述在我们看来有较大差异的结论；正是由于他们从本国、本民族文化的角度出发来研究，没有顾及巴金作品背后的中国文学和文化背景，所以才会出现这些"误读"。对此，我们首先要指出其"错解"之处，其次要明白会产生这些"误读"的原因，为不同国家、不同民族的学者的互相理解与平等对话提供借鉴，以期增进不同文学与文化间的交流与互动。

此外，本书将搜集到的英语世界的巴金研究的相关资料，包括学位论文及著作等按照时间顺序分阶段进行分类和概括，首先对英语世界的巴金研究成果进行一次系统分析与比较，梳理出英语世界巴金研究史的基本发展脉络。在广泛的搜集并仔细研读英语世界的巴金研究的著作及文献资料的基础上，选取其中的最具代表性的著作与观点，对其进行介绍与评价。其次，对中国与英语世界的巴金研究进行比较分析，将丰富中国学者对英语世界的巴金研究状况的掌握，并使英语学界对中国巴金研究有更深层的了解与互动，同时架起中外文化交流沟通的桥梁，为中外文学交流的研究积累提供史料。另外，运用文献梳理法、比较文学译介学、比较文学变异学、海外中国学研究理论等，将多种理论综合起来，以反映出中外巴金研究的多面性与复杂性。而且，中国巴金研究者多以巴金本人的著述为依据，而英语世界的巴金研究者则补充了很多中国学者难以获得的史料和实证，以其特有的知识结构和由不同文化传统熏陶而成的"他者眼光"，从独特的视角对巴金研究做出颇有独到见解的分析与评价，具有一定的史料价值与理论价值，为巴金思想的全面研究提供一个参照系。此外，本书还将搜集到的英语世界的巴金研究的文献资料按照英文字母顺序排列一一列出。以期对中国巴金研究提供一定的参考信息。促进巴金研究的进一步发展，提升中国文化的世界影响力。

虽然本书尽可能全面搜集、分析英语世界的巴金研究的相关材料，但是因客观条件有限，无法囊括历史上所有的文献资料。因此，在资料方面本书仍存在遗漏。拟通过今后进一步扩大文献搜索范围和开拓文献获取渠道的方式加以补充和完善。而且，现有英语世界的相关文献资料中涉及大量的英语人名、著作名、专有名词及威妥玛拼法等，本书中个别未查到的只能按其汉语音译标记。拟通过今后进一步查阅相关资料来弥补该缺陷。此外，英语世界的巴金研究涉及误读、误译，甚至出现明显的错误。虽然个别的有指出，但是还需要进一步展开考证、探讨及分析。

目　　录

第一章　英语世界巴金研究的传播与介绍 …………………………（1）
　　一　巴金在英语世界的传播 ……………………………………（1）
　　二　巴金作品在英语世界的翻译 ………………………………（12）
第二章　英语世界对巴金生平与思想的研究 ………………………（30）
　　一　英语世界巴金生平的研究 …………………………………（30）
　　二　英语世界巴金传记的研究：奥尔格·朗的巴金传记研究 ……（35）
　　三　英语世界巴金思想的研究 …………………………………（72）
第三章　英语世界巴金的《家》的研究 ………………………………（97）
　　一　对《家》的文学研究 ………………………………………（97）
　　二　对《家》的语言学研究 ……………………………………（109）
　　三　对《家》的人物形象的研究 ………………………………（134）
第四章　英语世界的巴金其他作品的研究 …………………………（159）
　　一　英语世界的巴金1949年之前生活与作品的研究 ………（159）
　　二　英语世界的茅国权的巴金研究 ……………………………（170）
　　三　英语世界的巴金早期创作的研究 …………………………（197）
　　四　英语世界的巴金后期创作的研究 …………………………（225）
第五章　英语世界的巴金与中外其他作家作品的比较研究 ………（231）
　　一　巴金与福克纳的比较研究 …………………………………（231）
　　二　《家》与美国小说《纯真年代》的比较研究 ………………（236）
　　三　从小说类型学的角度研究《激流三部曲》 ………………（251）
　　四　巴金与中国其他作家作品的比较研究 ……………………（260）

第六章　英语世界的巴金研究与中国的巴金研究的比较研究 ……（287）
　一　文化过滤与文学误读中的巴金研究 ………………………（287）
　二　中国的巴金研究与英语世界的巴金研究的异同 ……………（291）
　三　英语世界的巴金研究与中国巴金研究的互鉴 ………………（298）
参考文献 …………………………………………………………………（304）

第一章

英语世界巴金研究的传播与介绍

巴金在英语世界的传播主要是面向专业研究者以外的普通读者,传播媒介以报刊上的报道为主,还有个别的影视纪录片。这些信息在深度上虽不及专家学者专门的研究论著,但是能够由此看出英语世界的普通读者对巴金认识的来源。而英语世界对巴金作品的翻译则是其读者阅读巴金的最直接途径,对巴金及其作品在英语世界的传播同样起着重要作用。

一 巴金在英语世界的传播

巴金在英语世界的传播主要以英语世界的新闻报道及报刊为主。此外,还有巴金与英语世界的无政府主义者间的书信往来,其中包括还未公开出版的书信内容,本节将根据掌握的材料对这些书信略作概括介绍,以期较全面地对巴金在英语世界的传播给予介绍。

1. 英语世界新闻报道及报刊影视对巴金的介绍

英语世界的新闻报道及报刊对巴金的介绍可以分成不同的类别。有的仅仅是在报道其他消息时提及巴金,有的是专门报道巴金的相关情况。本书对这些报道与介绍给予梳理分析,以期帮助中国学者探视英语世界普通读者眼中的巴金形象。

现有的英语世界对巴金较早的新闻报道是1983年5月的《亚洲研究》杂志(1986年前)。在该杂志的第42.3期第637页的"评论16"介绍了现代中国文学翻译课程,并指出其是针对那些希望了解现代中国文学和文化的大学生开设的阅读课程。而且还指出在该课程第二个阶段,需要更深入地了解主要的作家及作品中包括巴金的《家》。其次，1985年1月1日，《纽约时报》晚版（东海岸）第1.1版刊载了《中国作协代表大会要求艺术自由》一文。其中提到中国《人民日报》援引了巴金先生的说法，即在政治管控有所放松的时期，大部分作家都非常审慎地表达他们的诉求。而1985年1月4日，《纽约时报》晚版（东海岸）第A.26版报道了中国作协所提出的曾经难以想象的要求是真正的艺术自由。当时80岁的巴金作为中国作协主席说，他们渴望中国的但丁、莎士比亚、歌德和托尔斯泰出现。更值得注意的是，党领导肯定了巴金的提议，并且向作家保证"文学创作必须自由"。1985年1月12日，《纽约时报》晚版（东海岸）第1.20版，介绍了采写该新闻的作者拜访巴金的经过。该文题为《80岁的巴金在写什么》。主要介绍作者于1982年夏在上海巴金家拜访了他，并征求他是否愿意撰写他在动荡时期的个人遭遇。巴金告诉作者他的最后的作品正在写作过程当中，是以小说的形式创作的。而且这部作品或许会命名为《一双美丽的眼睛》，用以纪念他逝去的妻子——红卫兵的受害者。当时巴金身体微恙：听力有问题，手也颤抖，并觉得这部作品的出版可能会延后，但是仍然有信心能够看到自己"最后的作品"出版发行。

有的新闻报道是在报道一系列中国作家的时候，提到巴金，但并未对其做深入介绍。例如，1985年5月《亚洲研究杂志》第44卷第3期第561页的题为《当代中国文学翻译：评论文章》，报道了在中国文学艺术工作者第四次代表大会上公布的一些翻译文件。其中包括20世纪80年代末由葛浩文翻译的邓小平、周扬以及巴金、夏衍、刘宾雁、刘心武和白桦等著名作家的作品。1985年11月《亚洲研究杂志》第45卷第1期第108页的《评论2》，报道了希望了解1949年前中国的英语读者能够找到的一些阅读材料。其中包括鲁迅、巴金、丁玲和老舍的表现中国人日常生活的小说以及费孝通、杰克·贝尔登的人类学和新闻记录。1995年2月23日，《中国日报》北美版第9版刊载的题为《丰收的田野上的金黄的叶子》，报道了中国当代著名诗人郑敏的首部作品《诗歌三部曲：1942—1947》，并称这部诗集之后收入了包含小说家巴金的《文学系列选集》第10辑中。此外，《中国日报》2006年8月22日第13版刊载的《为什么中国喜欢易卜生》，报道了许多中国著名作家，包括胡适（1891—1962）、茅盾（1896—1981）、巴金（1904—2005）以及郭沫若，一直以来都对易卜生和他的作品非常感兴趣。

有的新闻报道也提到巴金，但对他充满了赞扬之情。例如，1987年1月11日，《纽约时报》晚版（东海岸）A.3版刊载的题为《中国来信——青年作家挑战极限》，称令中国中年作家痛心的是，为什么在20世纪30年代巴金的《家》等史诗级家庭小说问世后，中国无法再产生这样世界级的文学作品。1998年5月15日的《亚洲华尔街日报》第13版上的题为《周末旅行——作家：有良知的改革者》，主要报道了上海作家王远华出席上海文化界举办的政府活动。但是对于官员和媒体，则全力赞扬王远华和另外三位上海常住居民，包括小说家巴金、作曲家和音乐家贺绿汀以及电影导演谢晋，感谢他们对艺术和文化所做出的突出贡献。2000年12月8日，《中国日报》北美版第4版刊载的题为《中国文化扩大其世界范围内的影响》，提到虽然时代变迁，许多中国文学巨匠，从屈原到杜甫到鲁迅和巴金等现代文人，都展示了他们对社会和普通人的关注以及同情。2003年7月17日，《中国日报》北美版第4版刊载的题为《他们在说什么》，报道了中国人举办的20世纪中国十大文化偶像评选活动。其中提到文化可以分为精英文化和流行文化，而鲁迅、巴金和老舍是精英文化的代表。

有的报道介绍了巴金的生平和创作。2003年11月24日《中国日报》北美版第9版刊载的题为《文学见证百年动荡》，介绍了巴金的相关情况。他早年离开大家庭，离家几年后，他的小说《激流三部曲》（《家》《春》《秋》），激励了许多读者勇敢地做自己的主人。报道还称巴金成为当时最具影响力的作家。因为他使自己成为"天生的反叛者，反对任何仪式"的代表。作为自由和民主的支持者，巴金在早年被无政府主义吸引。因为这一哲学当时在希望推翻半殖民、半封建统治的中国青年学生中非常流行。所以，他在政治动荡期间受到了严重的迫害，不过巴金坚强地生存了下来，而后他的名誉也得到了恢复，成为中国最受敬仰的作家。但和许多人一样，他无法忘记过去的创伤，当年的噩梦也一直挥之不去。

作为20世纪中国文学的代表作家的巴金还不时出现在中国领导人的外交辞令中。英语世界的新闻报道也对这些进行了报道。2004年1月28日的《BBC聚焦亚太》第一版刊载了《中国主席胡锦涛在法国国民议会上发表演讲》。当时的主席胡锦涛在演讲中称，20世纪初的许多满怀救国救亡之志的中国学子负笈赴法求学，寻求改造中国的道路和现代思想艺术的灵感。通过两国文化漫长的交流和借鉴，为中法两国人民的友谊和两国关系的发展打下了重要基础。在这些人中，既出现了包括巴金、钱锺书、徐悲鸿、冼星海等中国文学艺术的著名大师，也出现了周恩来、邓小平、陈毅等中国革命的杰出领袖。此外，2006年3月7日《BBC聚焦亚太》第一版刊载了《中国外交部长于3月7日召开记者会》发言的文本。时任中国外交部部长的李肇星在反驳"台独"言论时引用了巴金的话：家乡的泥土，我祖国的土地，我永远和你们在一起。我们每个人都只有一位母亲，只有一个祖国，让我们共同努力，捍卫自己祖国的主权、领土完整和尊严，坚决反对任何分裂活动。

有的新闻报道是在巴金逝世后对他的文学成就和人格修养做出的评价。例如，1987年1月11日，《纽约时报》晚版（东海岸）第A.3版的题为《中国来信——青年作家挑战极限》，称中国中年作家倾向于通过他们能否代表人民来评判自己。西方翻译作品的读者痛苦地发现苏联和东欧作者的优秀作品中存在与中国类似的政治限制。并且令他们痛心的是：为什么在20世纪30年代巴金的《家》等史诗级家庭小说问世后，中国无法再产生这样世界级的文学作品。2000年12月8日，《中国日报》北美版第4版的题为《中国文化扩大其世界范围内的影响》，报道了关于联合国教科文组织向另外四项中国文化遗址授予世界文化遗址证书，帮助中国文化提高其在世界上的影响力。其中称巴金为"多位"中国文学巨匠，从屈原到杜甫到鲁迅等现代文人，展示了其对社会和普通人的关注以及同情。2005年10月18日的《纽约时报》晚版（东海岸）第A.25版上刊载的《百年巴金，革命前中国最著名的小说家》，对巴金的文学成就给予了充分的肯定，指出他是中国文学巨匠和小说家，而且他的作品启发了几代作家。凭借数十部小说、散文、短篇小说和翻译作品，巴金在几十年前已经成为著名的中国现代作家。该报道还称如果仅凭巴金在中国的影响力，他应该早就获得诺贝尔文学奖了。此外，巴金和鲁迅、茅盾、老舍一起叙述并讲述了20世纪初中国的觉醒和动乱。随后，巴金转向了社会主义和无政府主义写作，以巴金为笔名。该报道还指出"巴金"这个名字来源于他最喜欢的两个俄罗斯无政府主义者：巴枯宁和克鲁泡特金。2005年10月18日的《中国日报》北美版第1版的《著名小说家逝世，享年101岁》，主要报道了《中国日报》对巴金与萧珊的儿子李小棠的访谈。该报道称，无论从哪个意义来说，他都是个学者，拥有高贵的品格，热爱众生。2005年10月19日《中国日报》北美版第4版刊载的《纪念说真话的巴金》，报道了巴金逝世的消息，称他是个高尚、勇敢、坚持正义的人。他的笔下只有真相，正面谎言。虽然在"文化大革命"中遭受了各种苦难，妻子也于"文化大革命"中丧生，他从未诉诸仇恨。2005年10月19日《中国日报》北美版第13版的题为《通过小说深入了解中国历史》，对巴金的《家》进行了分析解读。在评价巴金时说，或许他最大的遗产，就是他一生为解放个人和全中国而奋斗。在他的一生中，巴金追求真相以及个人的解放。美国历史学家约翰·弗劳尔（John Flower）评价巴金称其所留下的世界文学的遗产，是个人奋斗，为实现价值做出永恒承诺的全球性主题。2005年10月19日《中国日报》北美版第13版刊载的《同行称颂巴金的奉献和真诚》，报道了诸位中国作家学者对巴金的评价。其中，中国作家王蒙评价称，《随想录》不仅影响了现代文学，也影响了人们的道德。北京大学教授曹文轩称，巴金的文学写作在现代中国文学中非常独特。但遗憾的是，巴金逝世后，没有弟子继承这一独特的写作风格。报道还称巴金是旧时代的代表。但是当时的作家不会走他走过的路。不过，巴金的一些本质还将流传下来。例如，许多当代作家的作品中还常常能够发现巴金式的真诚。

有的新闻报道是关于巴金及其作品的贡献，1985年2月，《中文教师协会杂志》第20.1期第39—66页刊登《论巴金小说〈家〉中的欧化语法》，报道了欧洲语言对以巴金的小说《家》为代表的现代中文语法的影响。该报道首先简述了西方语言对中文影响的历史，西方语言对巴金的写作风格的影响。然后通过对比巴金在1931年原版和1957年修订版所使用的语法结构：后缀者、他和他们等中性代词、表示被动的"被"、副词"在"、省略"在"的短语的位置、"当"的使用以及以代名词开头的副词短语和介绍性副词短语。该文表示，虽然巴金在1957年的版本中修改了他认为是欧式表达的大量句式，不能算作是他摆脱外国语法影响的证据。因此，欧式语法显然已经成为现代中文语法的一部分。2005年10月25日《中国日报》北美版第4版刊载的《巴金的遗产》，报道了作者回忆了20世纪50年代自己已故妻子凤子带着他前往巴金在上海的家拜访巴金。并称巴金非常热情而激动，但同时也非常自谦和谦逊，作者妻子凤子很敬仰巴金。作者还报道了巴金写于1931年的小说《家》的主要内容是关于一个残忍、封建、由残暴老人主宰的封建家庭，并且称颂了勇于逃脱的孙子。因此，从个人的角度来说，该报道的作者非常感激巴金。因为作者认为如果妻子凤子没有受到《家》的影响，或许她也不会脱离自己的封建家庭，找到革命和共产主义思想，勇敢（或者是愚蠢）地嫁给一个来自纽约的初出茅庐的自己。2005年10月28日《亚洲华尔街日报》第W.12版刊载的《亚洲品味：巴金：可能发生什么？》，报道了长命百岁的巴金见证了20世纪中国文学两个最具活力的时期——五四时期和新时期（20世纪70年代末到80年代）。而且称他是唯一一位对这两个时期都做出了重要贡献的中国作家，并肯定了他的《随想录》所取得的成就。该报道还提到巴金1985年获得了大多数票当选作协主席一职。2006年11月15日《中国日报》北美版第14版报道了在北京召开的中国作协第7届代表大会上，49岁的铁凝当选为作协历史上首位女性主席，同时也是作协历史上最年轻的主席。其中提及巴金在80岁时就任作协主席。

　　2005年10月17日巴金逝世之后，英语世界的报刊及时报道了这一消息。2005年10月17日《BBC聚焦亚太》第一版《中国作家巴金因癌症逝世，享年101岁》，主要是关于巴金逝世的报道。该报道指出：在与癌症和其他疾病战斗了六年后，中国最受尊敬的作家巴金在周一（10月17日）因癌症于上海去世，享年101岁。巴金原名李尧棠。他选择巴金为笔名，纪念他在法国的一位因憎恶世界而自杀的校友，金则来自他在俄罗斯学习哲学的同学。① 巴金在第五届全国人民代表大会上被选为副主席以及第五届人民代表大会常委会委员，第六届、七届、八届、九届全国政协副主席。2005年10月19日《中国日报》北美版第13版刊载的《全国哀悼上个世纪的文学巨匠》，介绍了巴金和他的三个兄弟受教育的经历，并回顾了他在1927年和1946年期间的主要作品。报道还介绍了巴金在英文版《巴金作品选集》的序言中对自己的写作人生的看法。他认为他的热情在燃烧，他的心脏好像要爆炸，他不知道应该把它置于何处；只觉得自己必须写作。他不是艺术家，写作只是他人生的一部分，并且和他大部分的作品一样，充满了矛盾。此外，报道还提及中国学者陈思和对于1994年在巴金病房与巴金的最后一次会面的情景：当时巴金身上多处重要部位发生骨折，正蜷缩在病床上，但是他却努力将俄罗斯文学作品翻译成中文。2005年10月20日的《中国日报》北美版第4版上的文章《四杰应为我们的明灯》，则介绍了作家巴金和社会学家费孝通、记者伊斯雷尔·

---

① 本文认为该报道对"巴金"这一笔名的来源的理解有误。

爱泼斯坦、艺术家启功的生活。其中提到2005年10月17日巴金逝世于上海，享年101岁。巴金逝世之后，他的《随想录》成为畅销书。英语世界的报纸也报道了这一消息。例如，2005年10月20日《BBC聚焦亚太》第1版刊载的文章《中国"文革"回忆录成为畅销书》，称巴金的《随想录》是一本长篇回忆录，反思了中国在"文化大革命"时期的混乱和动荡。该书在20世纪80年代备受读者追捧，并且在10月17日巴金先生辞世后，再度成为畅销书。报道还提及李辉的见解，他认为，《随想录》的写作标志着巴金的道德重塑。因为当中国学者还在犹豫，难以适应形势的变化，许多人选择沉默的时候，巴金却没有。巴金选择了发出自己的声音。

　　巴金逝世之后英语世界还有一些其他的关于其逝世的报道。例如，2005年10月24日《BBC聚焦亚太》第1版的《中国领导人出席文学大师巴金的葬礼》，报道了胡锦涛、江泽民、吴邦国、温家宝、贾庆林、曾庆红、黄菊、吴官正、李长春、罗干和其他当时在位的高层领导，在巴金病重住院期间前往医院看望了他，或以各种形式向他的家人表达了亲切的慰问。2005年10月25日《中国日报》北美版第2版的文章《巴金的葬礼在泪水和歌颂中举行》，报道了巴金葬礼的告别仪式。称其葬礼在上海龙华殡仪馆举行。并根据巴金的遗愿，将他的骨灰和他妻子萧珊的骨灰一同撒入东海。此外，北京5000多名仰慕者和文化界人士来到了位于中国现代文学博物馆（据博物馆馆长舒乙说，这座博物馆是1985年在巴金的帮助下成立的）的悼念大厅悼念巴金。同时，与文化界对巴金的哀悼形成对照的是中国的年轻读者已经不再喜欢读巴金的作品。例如，2005年10月19日《中国日报》北美版第13版的文章《青年读者不热衷于著名作家》，报道了几位中国学生对巴金研究的看法。其中，北京大学的大二学生王少游称其同学和自己都很少读巴金的作品。对此，北京大学教授温儒敏表示，如果他们可以完全投入巴金的作品中，他相信他们能够与巴金产生共鸣，因为他认为对理想和青春的热情是一样的。

　　英语世界还有两篇较为特殊的关于巴金的报道。一篇是2005年10月22日《中国日报》北美版第4版上刊载的《说真话并非是简单的黑与白》，称说真话并不是简单的事情，并且常常会带来灾难性的后果。该报道作者称其无意贬低巴金的原则。因为人人都知道，不说真话也可能带来灾难性的后果，而且不说出全部真相在现代生活中几乎随处可见。另一篇是2005年11月《远东经济评论》第168卷第10期上刊载的《对巴金说不》。该报道的作者是巴金作品的译者。作者承认自己尊敬巴金的诚实以及不会重复过去的错误，并认为1987年的清洗是巴金开始说点什么的好时机。在相互联系了近十年后，作者就没再收到巴金的回复。当巴金逝世后，作者觉得自己必须停下来反思一下。或许应该认可在1978年后，很多人都在争取更大的言论自由，并且往往付出了沉重的个人代价。但是对于像巴金这样的作家而言，保持沉默已经是一项来之不易的权利。

除此之外，英语世界还有一些新闻报道仅仅是提及了巴金，但并未深入展开。例如，1997年1月2日，《中国日报》北美版第10版的文章《牛群拿起了摄像机，这可不是开玩笑》，仅提到牛群拿着一本巴金的《家》和一束鲜花，来到了中国最著名的作家、93岁高龄的巴金先生的病房前。2001年4月14日《中国日报》北美版第2版的简报（第2页，2001年4月14日），报道了人民文学出版社联合14位中国作家从私营出版商获得了100万元赔偿的消息。其中，包括著有三部曲《家》《春》《秋》的巴金。2004年8月2日的《中国日报》北美版第2版刊载的《国际世界语大会于北京闭幕》，提到中华全国世界语协会秘书长于涛代表国际世协在闭幕式上宣读了贺信，庆祝中国著名作家以及世界语的支持者巴金100岁诞辰。2004年1月26日《BBC聚焦亚太》第1版刊载的《中国领导人出席前政治局委员宋任穷遗体告别仪式》，提到在宋任穷同志病重期间和逝世后，前往医院看望或以各种形式向其亲属表示慰问的人物名单，其中提到巴金。2006年5月13日《中国日报》北美版第10版，报道了新近从京剧改编的《梅龙镇》和《蝴蝶梦》将于5月18日和20日在民族文化宫与观众见面。剧评论家刘厚生在评价这两个剧时提到巴金的《家》。他说，尽管巴金的《家》已经改编成了各种戏剧作品，并且不是所有的小说都具有同样的戏剧艺术，但是这个越剧版是个成功的例子。2007年4月24日，《中国日报》北美版第24版报道了在中国 Les Misrables 被翻译成了《悲惨世界》。其中提到1935年巴金发表的关于《悲惨世界》的研究文章。2011年《中国杂志》第66期上刊载的孙万国的《中国反右派运动》，主要是对普通大学生所提出的质疑的一个回应。文中收集了许多关于广受尊敬的文人的资料，告诉我们他们的历史是如何被改写，其中包括傅雷、茅盾、巴金、老舍、曹禺、王若望、许广平（鲁迅的妻子）和章伯钧。

英语世界关于巴金的新闻报道中基本上都把巴金视为中国著名的作家，而且可以从这些报道中看出英语世界的报刊对巴金的基本定位。其中，以《中国日报》北美版、《纽约时报》晚版（东海岸）、《BBC 聚焦亚太》等报纸刊载的文章最多。

除了以上新闻报道之外，巴金早在 1925 年就与国际无政府主义者开始书信往来，已发现有约 70 封书信资料。而最具参考价值的是日本巴金研究学者山口守在 1994 年发表的《关于国际社会史研究所（International Institute of Social History）和研究中心（Centre International de Recherches Sur L' narchisme）收藏的巴金英语、法语书简》①，但是至今未发现英语世界的相关系统的研究资料。此外，1982 年美国乔治·华盛顿大学的史仲文制作的电影《沉默中回归》（Return from Silence）也涉及了巴金。该电影主要是关于中国五位杰出的作家：巴金、茅盾、丁玲、曹禺和艾青的生活与作品，并对他们在中国现代化进程中的地位给予评述。

2. 英语世界学位论文对巴金的介绍

巴金在英语世界的研究主要来自英语世界各大学的相关专业的学位论文。其中，大部分作者为来自中国本土的学生，或者东亚研究的相关专业的学者。这也从一定程度上说明了巴金在英语世界的影响力与传播及接受情况。

英语世界最早对巴金进行研究的是 1961 年，斯坦福大学的拉里·肯特·布朗宁的硕士学位论文《〈雷〉的介绍与翻译》对巴金及其作品做了简要介绍，之后翻译了巴金的小说《雷》。该论文同时也为《雷》的英译本提供了参考。之后是 1962 年，哥伦比亚大学的奥尔格·朗的学位论文《巴金和他的时代：过渡时期的中国青年》，对巴金在 1949 年之前的活动和创作，如《激流三部曲》《爱情三部曲》《火》，以及《灭亡》《死去的太阳》《新生》《海的梦》《雪》《寒夜》等进行了详细的分析，着重描述无政府主义运动和中国现代文学。这是英语世界的第一部巴金研究传记。1963 年，华盛顿大学的拉尔夫·劳埃德·皮尔斯的《巴金 1949 年前的生活与作品》，对巴金在 1949 年之前的生活和作品进行了研究。该论文从李芾甘年轻时期的背景环境开始介绍他在 1929—1949 年间的作品，从而能

---

① 被收录在《世纪的良心》，上海文艺出版社 1996 年版，第 16—376 页。

更准确地评价他的作品对他人思想和行为的影响。在研究内容上这篇论文主要讨论的是李芾甘的生活，以及他的长篇小说和中篇小说，在合适的地方还会穿插一些对其他作品的评论，尤其是他的短篇小说和散文。1965年，纽约城市大学的米歇尔·罗的硕《巴金〈家〉的研究》，从文学的角度对《家》进行分析研究。论文介绍了《家》写作的社会背景，并从章节、技巧、英译等角度对《家》做了介绍和分析，而且还引录了中外三位批评家对《家》的评论，并表达了作者自己的观点。1967年，哥伦比亚大学王贝蒂的学位论文《小说家巴金的中期创作：〈激流三部曲〉和〈火〉人物性格分析》，对巴金的《激流三部曲》和《火》中的人物性格做了研究。1972年，宾夕法尼亚大学的戴安娜·格莱纳特的《法国的三个故事：巴金和他的早期短篇小说》结合巴金的生活经历，对巴金的三部短篇小说：《房东太太》《罗伯特先生》和《好人》给予分析。1975年，康奈尔大学的库布勒·C.科尼利厄斯的《对巴金小说〈家〉中欧化文法的研究》。该论文以巴金小说《家》作为研究对象，探讨欧洲语言对现代汉语文法的近期影响。1977年，威斯康星大学的沃尔特·玛丽·亨肖的《从巴金小说〈家〉看俄国民粹——无政府主义运动对中国革命的影响》，展示了19世纪俄国的一小群知识分子不仅深刻影响了自己国家的历史，也影响了中国的历史。其中一个中国青年就是巴金。通过自己的作品，巴金把他对俄国民粹——无政府主义者的赞赏传递给中国的年轻知识分子。可以说，1917年俄国革命的胜利和1949年毛泽东的胜利都能在俄国民粹主义运动中找到根基。1978年，哈佛大学的马克·J.哈蒂的《无政府主义者巴金：大雪覆盖下的火山》，将巴金作为一名无政府主义者来进行研究，通过研究无政府主义对他的重要性来进一步更好地理解他的作品。尤其是巴金如何成为一名无政府主义者的，无政府主义对他有何意义，以及为何他在1949年甚至中华人民共和国成立后仍然是一名无政府主义者。1978年，牛津大学新学院吴茂生的《中国小说中受俄国影响的青年知识分子》，探讨了新文化运动引领者，以鲁迅、郁达夫、茅盾和巴金为代表的小说家笔下，那些在爱恨交织、理性与感性以及雷厉风行与踌躇不前中苦苦挣扎，承受无力改变现实之失落感的人物。

20世纪80年代，英语世界的巴金研究暂时处于萧条时期，也许受国内的政治运动影响，因为大多数作者是来自中国本土的学者。之后，在1989年，宾夕法尼亚州立大学儒艺玲的《家庭小说：逐渐被定义为一种小说类别》，以家庭小说作为一个独立的文学类型进行比较研究。通过巴金笔下的《激流三部曲》：《家》《春》《秋》，英国约翰·高尔斯华绥的三部曲《福尔赛世家》(*The Forsyte Saga*)（《有产业的人》《骑虎》《出租》），和法国罗杰·马丁·杜加尔的《蒂博一家》，揭示了家庭小说的平行结构以及它的普遍性。同时，说明了小说作为一种文学形式与现代主义关注点之间具有一定的联系。1993 年，罗格斯新泽西州立大学王汝杰的《中国现实主义的透明度：对鲁迅、巴金、茅盾和老舍文本的研究》，从阐释学的视角，试图记录自五四时期以来在中国批判现实主义中发生的文化假定变化。通过指出中国启蒙运动的背景，该论文将现实主义的透明性问题化。在这一背景中，现实主义者通过大量的西方主流社会、政治话语与传统的中国人文主义相协商。其中，巴金的《家》将传统家庭呈现为令人窒息的牢房，通过作者对西方个人主义和俄国无政府主义的了解来进行映衬和表现。1993 年，普林斯顿大学的克拉格·萨德勒·肖的《巴金的梦：〈家〉中的伤感元素和社会批评》，从浪漫主义小说的主题和写作技巧方面有对《家》与《红楼梦》进行比较，利用伤感语言讨论社会问题，并展示出两种影响的碰撞。从而清楚地看出巴金无意识地利用传统小说的写作技巧来表示自己对中国文化的怀疑，反映了他对几千年中国文化的矛盾态度。1998 年，哈佛大学彭素文的学位论文《家：五四文人话语中连接巴金和鲁迅的纽带》，从家庭的角度分析了巴金和鲁迅在文学创作上的连续性。1998 年，维诺纳州立大学的范江平的学位论文《中国小说〈家〉与美国小说〈纯真年代〉的对比研究》，从现实主义视角对巴金的《家》和伊迪丝·华顿的《纯真年代》进行了比较研究。2000 年，密歇根大学冯晋的学位论文《从"女学生"到"女性革命者"：中国"五四"时期小说中的非传统女性代表》，从女性主义视角分析说明了巴金笔下的女学生和女性革命者在促进激进男性的成长方面的作用。2000 年，马萨诸塞大学阿默斯特分校拉丽莎·卡斯特罗塔的学位论文《当代中国散文的榜样：巴金和随想录中的后"文革"纪念散文》论述了巴金的《随想录》中运用回忆性散文的写作手法塑造楷模，旨在引导读者如何成为一个行善之人。此外，作者还翻译了巴金的《随想录》中回忆性散文代表作《怀念胡风》。

21 世纪的英语世界的巴金研究在此跃上了一个新台阶。各大学的毕业生纷纷将平行研究、影响研究等引入巴金的研究中。例如，2005 年，哈佛学院刘佳佳的《革命的个人与外部世界：马尔罗和巴金的文化与跨文化危机》,从社会文化与政治话语视角解读了马尔罗和巴金两位作家。2005年,哥伦比亚大学的宋明威的《青春万岁:1900—1958年间的国家复兴和中国启蒙小说》审视了从清末到中华人民共和国成立初期青春话语实践与历史显现。是叙述理论和文化历史的综合体,通过结合仔细分析中国成长小说的叙述机制和历史性调查中国现代中"代表青春"的文化政治,诠释了"青春"的多种价值,审视了从清末到中华人民共和国成立初期青春话语实践与历史显现对启蒙、文化改革、政治革命和民族复兴的渴望。2008年,犹他大学卡尔·W.蒙哥马利的学位论文《论激流:巴金〈家〉中的身份追寻和文化冲突》,从主人公的身份追寻与中外文化交流碰撞的关系的角度分析了觉慧和觉新这两个人物。2010年,阿尔伯塔大学刘新辉的博士学位论文《中国家世小说:文艺社会学》,对20世纪中国大陆出版的家世小说是如何描述中国家庭的,以及文学文本是否可以用作填补社会学中"类代码顺序"或数字数据空白的不可或缺的信息源给予分析。2012年,圣路易斯华盛顿大学的宋瑜真的博士学位论文《报复及其暗喻:晚清和现代中国小说中人文的仗义执言》,探讨了报复式叙事中所包含的对不公正的文学批评,并详细阐述了从晚清到现代中国关于报复的历史和文化意义的现有研究,示范了文人作家如何使用之前的文本来源阐述他们的思想和策略。其中,通过分析巴金的《灭亡》,揭示了无政府主义者在政治上的无能。

  英语世界的新闻报道、报刊、影视、书信等对巴金的介绍往往比较简单,有的只是提一下巴金的名字,对于那些不了解巴金的英语读者来说,这很难令其对巴金有所认识,除个别介绍较为详尽,传输的信息也较多。不过,这些介绍确实为英语世界的读者了解巴金提供了一个窗口,不管其能发挥多大的作用,产生多大的影响,它们都为巴金在英语世界的传播创造了一种可能性。而英语世界的学位论文相对来说,则较为详尽深入得多。当然,巴金在英语世界的传播仅仅依靠这些途径显然是匮乏的。若期望巴金研究能够在英语世界广泛传播,介绍是基础,翻译也同样重要。

二　巴金作品在英语世界的翻译

  翻译是巴金及其作品在英语世界传播的主要途径。同时,一国文学在传播到他国后,由于不同文明、不同文化背景,经过文化过滤、文学误读、译介、接受及审美等，会不可避免地发生深层次的变异。本节在梳理巴金作品在英语世界的翻译概况的基础上，以巴金《寒夜》的英译本为例，从比较文学变异学视角探视其中的变异现象以及文化意义。

1. 巴金作品在英语世界的翻译概况

巴金作品的英语翻译主要集中在其代表作上，如《家》《寒夜》《随想录》等。巴金作品英译的基本情况如下：对于巴金的作品的翻译出版主要以中国的出版社出版发行的最多。其中，以北京外文出版社（Peking：Foreign Languages Press）及香港多家出版社为代表。如1954年，北京外文出版社翻译出版了《生活在英雄们中间》（*Living amongst Heroes*）。1958年，北京外文出版社出版了沙博里（Sidney Shapiro）翻译的《家》（*Family*），该译本1972年由伊利诺伊州的魏兰出版社（Illinois：Waveland Press）再版。1978年，北京外文出版社出版了由沙博里与刘谭斋（Sidney Shapiro, Liu Tan-Chai）共同翻译的《家》（*The Family*）。1959年，北京外文出版社翻译出版了《一场挽救生命的战斗：上海广慈医院如何拯救钢铁工人邱财康生命全记录》（*A Battle for Life: a Full Record of How the Life of Steel Worker, Chiu Tsai-kang, was Saved in the Shanghai Kwangrze Hospital*）。1988年，北京外文出版社出版了约克·何（Jock Hoe）翻译的《巴金作品选》（*Selected Works of Ba Jin*），并于2005年9月再版。1999年，中国文学出版社和外语教学与研究出版社（Beijing：Chinese Literature Press & Foreign Language Teaching and Research Press）出版了王明杰（Wang Mingjie.etc，音译）等翻译《巴金小说选》（*Selected Stories by Ba Jin*），其中包括《海上的日出》（*Marine Sunrise*）（1921年）、《星》（*Star*）（1937年）、《香港之夜》（*Hong Kong Nights*）（1933年）等作品。1978年，香港中文大学出版社（Hong Kong：Chinese University Press）出版了茅国权（Nathan K. Mao）翻译的《寒夜》（*Cold Nights*）。1984年，香港三联书店（Honhkonh：Joint Publishing Co.）出版了白杰明（Geremie Barme）等翻译的《随想录》（*Random Thoughts*）（《随想录》的部分翻译）。1993年，香港、西雅图、伦敦：香港中文大学出版社、华盛顿大学出版社（Hongkong, Seattle &London：The Chinese University Press, and the University of Washington Press）出版了由茅国权和柳存仁（Nathan K. Mao, and Liu Ts'un-yan）共同翻译的《寒夜》（*Cold Nights*）。

因此，在20世纪之前，对于巴金研究的关注群体主要以中国为主。除了英文译著之外，英语世界的巴金研究的部分论文也涉及了其作品的英译本。如1961年，斯坦福大学拉里·肯特·布朗宁（Larry Kent Browning）的学位论文《〈雷〉的介绍与翻译》(*Thunder*: *A Translation with Introduction*) 翻译了《雷》(*Thunder*)。1965年，纽约城市大学布鲁克林学院的米歇尔·罗（Michele Rowe）的硕士论文《巴金〈家〉的研究》(*A Study of the Family by Pa Chin*) 在附录部分翻译了《家》(*Family*)的第37章。1972年，宾夕法尼亚大学戴安娜·贝弗莉·格莱纳特（Diana Beverly Granat）的硕士学位论文《法国的三个故事：巴金和他的早期短篇小说》(*Three Stories of France*: *Pa Chin and his Early Stories*) 翻译了《房东太太》《罗伯特先生》《好人》三篇小说。2000年，马萨诸塞大学阿默斯特分校拉丽莎·卡斯特罗塔（Larissa Castriotta）的硕士论文《当代中国散文的榜样：巴金和随想录中的后"文革"纪念散文》(*Role Models in the Contemporary Chinese Essay*: *Ba Jin and the Post-cultural Revolution Memorial Essays in Suixiang lu*) 的第二章，作者翻译了巴金的《随想录》中回忆性散文代表作《怀念胡风》(*Remembering Hu Feng*)。

英语世界的学者对于巴金及其作品的翻译专著最早出现于1993年，加州蒙特雷的蒙特雷国际研究所（Calif: Monterey Institute of International Studies）出版的爱德华·A.苏特（Edward A. Suter）翻译的《随想录》(*Random Thoughts Sui Hsiang Lu*)。接着在2005年，蒙特利尔的黑玫瑰出版社（Montreal: Black Rose Books）出版的罗伯特·格雷汉姆（Robert Graham）编辑的《无政府主义：自由思想记录史·第1辑：从混乱到无政府主义（300CE–1939）》[*Anarchism*: *A Documentary History of Libertarian Ideas*, *Volume 1*: *From Anarchy to Anarchism*（300CE–1939]。2008年，印第安那波利斯的印第安那波利斯大学出版社（Indianapolis: The University of Indianapolis Press）出版了翟梅丽（May-lee Chai）翻译的《巴金自传》(*The Autobiography of Ba Jin*)。2012年，长河出版社（Long River Press）出版了孔海立、葛浩文（Haili Kong & Howard Goldblatt）翻译的《第四病室》(*Ward Four*: *A Novel of Wartime China*[1])。

---

[1] 巴金嘱托葛浩文翻译《第四病室》，并且巴金在生前收到《第四病室》英译本时异常欣慰与激动。参见曹顺庆、王苗苗《翻译与变异——与葛浩文教授的交谈及关于翻译与变异的思考》，《清华大学学报》（哲学社会科学版）2014年第1期。

2. 对巴金作品英译的分析——以《寒夜》为例

（1）比较文学变异学视角下《寒夜》英译本中的创造性叛逆[①]

一种文学现象在从一国传播到另一国的过程中必然会产生变异，而且这种变异往往是隐含的、模糊的、潜在的。该变异通常就体现在语言变异上。因此，对不同文化的交往过程中出现的误读现象中的创造性叛逆的研究对于比较文学变异学的研究具有十分积极的意义。创造性叛逆这个概念最初是由法国学者家罗贝尔·埃斯卡尔皮（Robert Escarpit）在《文学社会学》一书中提出的："翻译总是一种创造性叛逆，因为它赋予作品一个崭新的面貌，使之能与更广泛的读者进行一个崭新的文学交流，还因为它不仅延长了作品的生命，而且又赋予它第二次生命。"[②] 对此，谢天振教授在其《译介学》中做了进一步的阐发，他指出："文学翻译中的创造性表明了译者以自己的艺术创造才能去接近和再现原文的一种主观努力，文学翻译中的叛逆性就是反映了在翻译过程中译者为了达到某一主观愿望而造成的一种译作对原文的客观背离。但是，这仅仅是从理论上而言，在实际的文学翻译中，创造性和叛逆性其实是根本无法分隔开来的，它们是一个和谐的有机体。"[③] 英语世界的译者在对巴金的《寒夜》进行文学翻译的过程中的创造性叛逆，主要表现在以下三个方面：译者的个性化翻译的归化与异化；译者的误译与漏译；译者的节译和编译、转译与改编。

①个性化创造性翻译——归化与异化

文学翻译在一定程度上是一种创造性的活动。有学者指出，翻译是译者和原作者之间两种意识的对话，是两种文化的对话，是对原文本的再创造。译者要进行对话，就必须突出自己的主体性，在文学翻译中展开创造性的工作，甚至表现出强烈的叛逆性。"翻译既然进入了一个新的语言组织，就必然会增添新的因素，同时也不可避免的加上了译者的理解、风格等个人色彩，因而在一定意义上具有创造性，所以说，它是一种再创造的

[①] 王苗苗：《从比较文学变异学视角浅析巴金〈寒夜〉翻译中的创造性叛逆》，《当代文坛》2013年第6期。

[②] ［法］埃斯卡皮：《文学社会学》，王美华、于沛译，安徽文艺出版社1987年版，第137页。

[③] 谢天振：《译介学》，上海外国语教育出版社1999年版，第57页。

艺术。"① 译者在进行文学翻译的过程中，往往会坚持个人的翻译原则以及其独特的追求目标，且在翻译中创造性地体现个性化特征。

a.《寒夜》英译本的个性化"归化"翻译

文学作品个性化翻译的主要特征就是"归化"。"所谓归化，它的表面现象是用极其自然、流畅的译语去表达原文的内容，但是在深处却程度不等地都存在着一个译语文化吞并原文文化的问题。"② 从中体现出译入语文化和原语文化价值观念、思想意识形态等方面的差异。

在《寒夜》中，称谓的翻译采用了"归化"翻译法，以译入语为标准，在翻译称谓时充分考虑到译入语的文化背景，而忽略原文里中国传统文化成分。如《寒夜》主人公"汪文宣"被同事唤作"老汪"，这种叫法在中国传统文化中很普遍。"老"在此代表的只是一种亲昵和尊重。在翻译时，译者充分考虑到中西文化及语言习惯表达的差异，将"老汪"译作"Wang"③，这样比较符合西方人日常称呼同事、称呼姓氏的习惯。而对书中年纪较长并与主人公关系较好的同事"钟老"④ 这一称呼的翻译，则采用了另一种方法。因为此处的"老"表示对年纪大或资格老的人的尊称。为了在称谓上突出这种年纪的尊长，同时又要符合西方称谓的习惯，译者用"归化"法翻译为"Uncle Chung"，此处"Uncle"并非"叔叔"，既带有年长的意思，又表示关系的亲昵，是译者个性化翻译的体现，恰到好处。

英译本对汉语一些习惯表达法的翻译也采用个性化"归化"翻译，特别是在20世纪40年代的作品中经常出现但现在并不常用的一些语言表达，更是中国古老传统语言表达的代表。如《寒夜》主人公抱怨说："看电影看戏，只有那班做黑货白货生意的人才花得起钱。"⑤ "黑货白货"这个词现在已经很少使用。该词是传统汉语的借代表达，主要指来路不明或非法的货物。在翻译时，译者将其具体地翻译为"drug-dealers and smugglers"，十分符合西方文化背景，使西方读者能够明确地了解该词的意义内容。再如《寒夜》中，对妻子离开的一幕描写到"屋子里寒冷的空气

---

① 谢天振：《译介学》，上海外国语教育出版社1999年版，第90页。
② 同上书，第148页。
③ 巴金：《寒夜》（中英对照版），茅国权、柳存仁译，香港中文大学出版社2002年版，第41页。
④ 同上。
⑤ 同上书，第153页。

中还留着她的脂粉香,可是他带走了笑和清脆的语声"①。"脂粉"本意指代胭脂和香粉等中国古代女性的化妆用品,后来引申为女性。与西方女性所使用的化妆品有所不同,西方人靠香水来保持身体清香,而古时中国女性则使用胭脂和香粉。因此,此处将"脂粉"翻译为"perfume",这种语言变异的翻译方法比较符合西方文化和语言习惯。这种"归化"翻译法,以目的语文化为宗旨,是为了便于读者理解。再如,《寒夜》中"医生是一个和善的老人,仔细地把着脉"。② 这里的"把脉"是中医学的专有词汇,指中医师用手按病人的动脉,根据脉象了解疾病内在变化的诊断方法。但是,西方文化中并不接受这种诊断疾病的方式。"把脉"的英语原为"take/feel the pulse"。因此,译者刻意避开了把脉一词,直接翻译为"examine",即检查。这样更容易让西方人接受并了解到中医是在看病,而不会对该词的内容疑惑不解。这种语言变异的翻译摒弃了原语的传统文化背景,只求符合译语文化,使目的语读者能够更方便地了解原文的意思。

b. 《寒夜》英译本的个性化"异化"翻译

"异化是译语文化屈从原文文化的现象。"③ 是译者刻意将某些译入语中无法找到与其相对应译语的词汇,用注音、直译或加注解的方式而保留的,同时也是译者将原语文化发扬光大的一种个性化翻译方式。

译者在选用"异化"翻译手段时,通常是针对原文中某些特定的具有传统意义的表达。在《寒夜》中,婆婆对媳妇娱乐方式质疑时说道:"什么事?还不是看戏、打牌、跳舞!你想她还有什么正经事情!"④ 对于"打牌",不同的文化有不同的类型,例如,西方人喜欢玩桥牌,日本人喜欢下围棋等。而中国也有众多不同的"打牌"形式,如麻将、扑克、棋牌等。译者将文中的"打牌"翻译为"playing mah-jong"——打麻将。此处译者不仅考虑到故事背景是在四川,四川人喜好打麻将,更考虑到当今麻将声名远扬,是中国历史上一种最能吸引人的博戏形式。所以在此

---

① 巴金:《寒夜》(中英对照版),茅国权、柳存仁译,香港中文大学出版社 2002 年版,第 353 页。
② 同上书,第 179 页。
③ 谢天振:《译介学》,上海外国语教育出版社 1999 年版,第 150 页。
④ 巴金:《寒夜》(中英对照版),茅国权、柳存仁译,香港中文大学出版社 2002 年版,第 113 页。

处，译语文化屈从于原语文化。再如，《寒夜》中提及中医诊疗时的"肝火旺"①一词。该词是传统中医术语，主要指人体内脏气血调节出了问题，属"上火易怒"。在翻译时，译者毫不避开此类生僻的中医用语，而是采用"element of fire emitted from his liver"这种容易让译入语读者抓不着头脑的用语。虽然译者有意识地变异了原文译法，但保留原语本意，其目的正是有意在译入语文化中传播原语文化，这与译者的价值观念和意识形态是息息相关的。

此外，个性化"异化"翻译也常常运用在原文的特定用语中，如传统地方小吃。在《寒夜》中，常常出现这样一个场景"街上相当静。一个老年人用凄凉的声音叫卖着：炒米糖开水"②。炒米糖开水是四川的一种风味小吃，用开水将炒米糖冲泡而成。直至深夜，小贩仍挑担走街串巷叫卖。而现今这种小吃已很少出现了。在此译者将"炒米糖开水"顺序颠倒翻译，变异为"hot water and fried rice-cakes"，译文依旧保留了该地方小吃的原名。其目的就是保留这种传统小吃的名称，为后人留下宝贵的记录。同时，译者也向外国的读者传播这种中国小吃，体现中国传统文化的多样性。再如文中出现的另一种传统地方小吃"嘉定怪味鸡"，译者将其翻译为"spicy chicken from exotic Chia-ting"。该小吃名称中，"嘉定"（乐山），是四川古地名。"怪味鸡"是四川和重庆地区传统的凉菜，味道既麻辣又甜中带点酸味，吃的时候百味交集，故有"怪味"之称。译者在保留原名中"Chia-ting"之余，将"怪味"变异为"spicy"，既不容易让人误会这道菜的味道，又突出了外国人对川菜的"辣"的喜爱，在保留其传统名称的同时，又积极迎合了译入语文化的习惯，可谓是双管齐下，两头兼顾。

c. 叛逆性翻译——误译与漏译

中西语言文字之间存在一定的差异，在翻译过程中，在语言差异较大、不便直译的情况下，译者有时需要在语言层面对译文进行相应的转化处理，以确保译文内容及意义最贴近原文又符合译语规范。"创造性表明了译者以自己的艺术创造才能去接近和再现原文的一种主观努力，而叛逆性反映了在翻译过程中译者为了达到某一主观愿望而造成的一种译作对原

---

① 巴金：《寒夜》（中英对照版），茅国权、柳存仁译，香港中文大学出版社2002年版，第179页。

② 同上书，第120页。

文的客观背离。"① 绝大多数的误译与漏译属于无意识型创造性叛逆。虽然误译与漏译并不符合翻译规则的要求，但是误译与漏译又不可避免地客观存在着，尤其是在文学作品翻译中。误译和漏译大多具有叛逆性的特点，因此，"对于比较文学来说，误译有着特殊的研究价值，因为误译反映了译者对另一种文化的误解与误译，是文化或文学交流中的阻滞点。误译特别鲜明、突出地反映了不同文化在接触时发生碰撞、扭曲与变形"②。

②《寒夜》英译本中的误译

在文学作品翻译中，经常会出现误译现象。误译是译者在翻译译作时有意或无意对原文意思进行的扭曲。无意误译主要是由于译者自身知识的匮乏以及译者所在文化语言背景和原文背景的差异和矛盾而产生的。而对于比较文学变异学研究来说，更具研究价值的应该是有意误译。在有意误译中，由于某些因素，译者为了迎合某种需要，包括民族文化心态、接受环境等而故意改变原文的语言表达方式。有些译本经过某种有意误译才能在主体文化中产生深远而持久的影响。

在《寒夜》中有这样的描述："我今天晚上还没有开张。如今真不比往年间，好些洞子都不让我们进去了。"③ 该句中的"洞子"和译文中的"air-raid shelters"相去甚远，读者很容易就会判定是译者的无意误译。但是在了解到原文作者和其创作背景之后，才发现译者的别有用心。在日本侵华战争后期，重庆和四川一带长期遭受轰炸，在轰炸时人们会钻入防空洞中避难。因此，川渝人用"洞子"代替了"防空洞"，后来引申为避难所。其中，译者的有意误译既迎合了本民族的文化心态，又考虑到译入语主体文化的习惯，使内容易读易懂。再如《寒夜》中形容日本侵略者要打来时说："这样不行，日本人来，会到乡下找花姑娘的。"④《汉语大词典》对"花姑娘"给出的解释义项是："侵华日军称供他们侮弄的女子"和"妓女"。"花姑娘"首先是汉语词而非外来词，其本意是指"妓女"。而后泛指"侵华日军称供他们侮弄的女子"，表明侵华日军对中国女子的亵渎和不尊重。译者将该词翻译为"women in the countryside"，实属误

---

① 谢天振：《译介学》，上海外国语教育出版社1999年版，第137页。
② 同上书，第34页。
③ 巴金：《寒夜》（中英对照版），茅国权、柳存仁译，香港中文大学出版社2002年版，第4页。
④ 同上书，第209页。

译。无论出于译者的有意或无意，这种变异充分体现了译入语和原语之间的巨大差异。考虑到译入语文化中的读者并不能感同身受地了解到侵华战争对中国妇女的伤害，如果译者按照传统的信达雅原则直译原文，则很难让译入语读者读懂并了解原文所表达的内容，这样就会增大译入语读者阅读译文的困难。因此，译者以接受环境为主，不得已而采用"误译"的做法也具有一定的合理性。

在《寒夜》的英译本中，对某些汉语的固定表达方式的翻译也出现了误译的情况，如男主人公说道："在这个年头谁还有好脾气啊？这又不是你一个人的错，我的脾气也不好。"① 其中"好脾气"和"脾气不好"相对应的翻译应为"good temper"和"bad temper"。但是，译者却将其误译为"hold their temper"和"have a quick temper"，其用意何在呢？首先根据原文上下文和汉语的表达习惯，此处的"好脾气"并非指人天生的脾气好坏，而是指在战争这种环境下被逼迫而心情坏和急躁的表现。此处译者从原文和汉语表达习惯出发，在翻译过程中不拘泥于文字表面而有意识的误译，根据译入语文化进行翻译，活灵活现地表现出主人公的心情。再如，《寒夜》中运用"不到黄河心不死"② 这句俗语（出自清末李宝嘉《官场现形记》）通常比喻不达目的不罢休、不到实在无路可走的境地不肯死心。在翻译中，本应该翻译为"not stop until one reaches one's goal"。而译者在此却将其误译为"you're a complete silly ass"，表示责备一个人很傻的意思。译者的误译，属于有意误译。译者一方面考虑到主体文化的规范和接受环境的制约，另一方面为了强行引入异族文化模式，而抛开本民族的审美观与接受可能性，故意用不等值的语言手段来进行翻译。

a. 《寒夜》英译本中的漏译

漏译也分无意与有意两种。无意漏译一般只是只言片语，通常不会对理解原作产生多大影响。有意漏译则是为了迎合译入语的文化心态，删除与译入语文化相冲撞的原语的表达方式，从而使译文更加顺利地进入译入语主流文化，符合译入语读者的阅读习惯，扩大译本在译入语文化中的影响力。

在《寒夜》中，描述主人公病态的句子"他觉得有一口痰贴在他的

---

① 巴金：《寒夜》（中英对照版），茅国权、柳存仁译，香港中文大学出版社2002年版，第55页。

② 同上书，第260页。

喉管上，他用力咳嗽，想把痰咳出来"①。译文是"… he felt something stuck in his throat. In an effort to dislodge it, he coughed hard." 在英语中"痰"是"phlegm"。该词在英语中非常少用。但对于中国人，咳嗽和咳痰在日常生活中经常提到。鉴于这种文化的差异，译者在翻译相关病态内容时，避免使用这种令人不愉快的词汇，使句子更加容易为译入语文化所接受。再如："给他们做了两年牛马，病倒了就一脚踢开。"②汉语用来形容人的辛苦与辛劳，常常使用"牛""马"来做比喻，主要是源于中国在很长的历史时期内都是农耕畜牧社会，而农耕离不开"牛"，畜牧离不开"马"。但是因为西方工业化比较早，农业基本完全机械化，所以对"牛"而言，就没有了辛劳耕地的概念和相关意义。因此，译者将其译为"Hsuan has slaved for Chou like a horse for two years." 因为译者充分考虑到这种文化的差异，所以有意漏译不符合西方语言背景的"牛"，使译文更加容易被读者所接受。在《寒夜》中，形容女主人公好打扮时，用到"一天打扮得妖形怪状，又不是去做女招待"③。因为东西方的文化传统和宗教信仰有很大的差异，对于"妖怪"这个概念也是大相径庭的。中国古代众多著作中都有"妖怪"的描述，如《聊斋志异》《白蛇传》《搜神记》等，其中大多把"妖怪"描述为年轻貌美的妖娆女子。因此，在中国文化中，用"妖形怪状"来形容打扮妖艳的女子。而西方文化受宗教影响深厚，所以"妖怪"翻译为"monster"或"demon"，主要指代丑陋邪恶的怪物或魔鬼。鉴于这种差异，译者在翻译时，便有意漏译了"妖形怪状"，"dress up like a socialite every day"，使译文更加符合译入语文化的表达习惯。

此外，《寒夜》的作者巴金是四川成都人。因此，在《寒夜》中出现了很多四川方言和中国传统用语，如"其实何必再看医生，白淘神，还要花钱"④。该句中"白淘神"就是典型的四川方言，"白"指白费，"淘神"指耗费精神。若要直接翻译，会给译入语的读者带来不小的困扰。因此，译者有意漏译了这类方言词汇，而翻译为"there is no need for a

---

① 巴金：《寒夜》（中英对照版），茅国权、柳存仁译，香港中文大学出版社 2002 年版，第 145 页。
② 同上书，第 303 页。
③ 同上书，第 107 页。
④ 同上书，第 285 页。

doctor.It is waste of time, energy, and money." 这样更加符合英语的表达习惯，但同时也缺少了一种与原文故事照相呼应的乡土气息。再如，"'方太太，你不要客气，我不口渴，'树生连忙欠身阻止道"①。其中，"欠身"一词是中国自古的一种礼节表达方式，在现代汉语中已经较少使用。该词主要指身体（多指上身）稍微向上移动，坐着的人为了向来到身边的人或路过身边的人表示恭敬或友好，而稍微抬一下身子，做出要站起来的姿势。这种礼数与西方文化礼节不同，因此译者有意漏译为"Shu-sheng stopped her"。这样翻译简单明了，虽然失去了原文中对于中国礼数的记录，但也符合西方社会直截了当的表达方式，使译文更加容易进入译入语文化。

b.《寒夜》英译本中的缩译与编译

节译、编译、转译、改编都属于有意识型创造性叛逆。造成节译、编译、转译与改编的原因有多种："为与接受国的习惯、风俗相一致，为迎合接受国读者的趣味，为便于传播、或出于道德、政治等因素的考虑。"②从某种程度而言，节译与编译在文学交流中所起的作用与产生的影响是相似的。译者的节译、编译、转译与改编，是译者结合译入语读者的接受习惯和文化心态，对原文语言采取相应的变通手段，因而与原文相比具有更大的变异性和叛逆性。

在《寒夜》开头，有这样的描述："紧急警报发出后快半点钟了，天空里隐隐约约地响着飞机的声音，街上很静，也没有一线光亮。"译者在翻译该句时，把"飞机"译为"enemy airplanes"，其中增加了"enemy"一词，目的是为译入语读者解释故事发生的背景是在日本侵华战争时，让读者在读接下来的故事时更加容易理解。再如，《寒夜》中表现一个人极度悲伤时，"这个人低低抽泣了几声"③，译者增译为"he sobbed like child"。词语"sob'本意为'低低抽泣"，而在此增加"like child"使得译文更加地道，使译入语读者能感同身受地了解到人物内心的痛苦。另外译者对原作中一些细腻的细节描写进行了压缩。《寒夜》中，有许多表达

---

① 巴金：《寒夜》（中英对照版），茅国权、柳存仁译，香港中文大学出版社 2002 年版，第 501 页。
② 谢天振：《译介学》，上海外国语教育出版社 1999 年版，第 154—155 页。
③ 巴金：《寒夜》（中英对照版），茅国权、柳存仁译，香港中文大学出版社 2002 年版，第 77 页。

人物感情的描写，如男主人公的痛苦心情"他觉得一阵鼻酸，眼泪迸出来了。他哽咽着，再也接不下去"①。其中，"鼻酸""迸出""哽咽""接不下去"都是对男主人公悲痛的细致入微的描写。在译文中，译者以译入语文化语言习惯为目标，将其缩译为"He stopped, choked with tears"，短短几个词语虽然不能像汉语所表达的情感一般细腻，却也简短概括了其悲痛的心情，不会对读者留下冗长累赘的效果。再如："母亲在床沿上坐了一会，又站起来，望了他一两分钟，见他闭上眼不出声息，以为他睡熟了，便轻手轻脚地走出去。"② 其中，原文中作者通过母亲的一系列动作"坐""站""望""轻手轻脚"，出神地刻画出母亲对儿子深切的母爱。鉴于汉语和英语习惯表达的差异，译者将其缩译为"His mother sat by him until she assumed that he was asleep."以求简洁表达原文的效果，用此种语言变异的翻译方法来缩小中西方语言的差距。

编译在《寒夜》的英译本中也是采用频率较高的翻译方法。编译的目的在于与接受国的习惯、风俗相一致，迎合接受国读者的趣味，易于中国文学在海外的传播。《寒夜》中，母亲责备儿子时说："你现在还替她辩护，真不中用。她背着你交男朋友，写情书，还有什么苦衷可说！"③ 其中，"真不中用"本应译为"you're useless"，而译者译为"you are weakling."更加直接地为译入语读者剖析出作者的意图，表现出男主人公的懦弱，直接而简单地表现原文内涵。再如："要吃他这碗饭，就只好忍点气。"④ 中国传统文化中，把"饭碗"直接指代"工作"，译者在此把原文编译为"If one works for him, one must put up with him."符合原文的意思，也迎合了西方读者的表达习惯，一举两得。再如"你一个穷读书人哪里留得住她"⑤。"读书人"在西方文化中指代的是知识分子，聪明的人，而在中国古代开始，就以"书呆子"暗指读书人为人单纯迂腐，不会变通。因此，译者也适时将译文翻译为"you are a poor, simple, honest man, how can you expect to keep her?"，这样读起来也更加清晰明确，不容易让读者误解。

---

① 巴金：《寒夜》（中英对照版），茅国权、柳存仁译，香港中文大学出版社2002年版，第115页。
② 同上书，第117页。
③ 同上书，第65页。
④ 同上书，第301页。
⑤ 同上书，第353页。

综上所述，在当代异质文化语境中，不同文明之间的文学在传播与交流的过程中，翻译作为一种交流手段，占据着重要的作用。然而，任何一部作品经过翻译，由于译者的个性、价值观、意识形态、文化传统以及审美观、道德价值观等因素而必然会产生变异。以比较文学变异学的语言变异为出发点，从创造性叛逆的角度分析《寒夜》中英译版本，不仅关注原文与译文在语言层面上的变异，而且从变异学视角更多地关注语言变异现象背后隐含的深层次的内因以及相关的文化意义。从变异学的视角分析译文的语言变异的创造性叛逆的特点，不仅可以为文学翻译研究提供一个新的视角，而且有助于译入语文学能够在主体文化中产生深远而持久的影响，推动中国文学在海外的传播。同时，对增进不同文明之间的文学与文化的沟通、交流与互动，对比较文学学科理论体系重新构建是有益的推动与尝试，对比较文学的发展具有十分重要的意义。

(2) 跨异质文明语境下《寒夜》翻译的误读①

因文化过滤的作用而产生了文学误读。"误读是'文化过滤'② 过程中诸多因素合力的产物"。由于接受者受各自不同的文化背景和文化传统的影响，他们在阅读和接受异国文学作品时，总会根据自己本国本民族的文学模式来对其进行重新阐释与解读，因而总会导致一定程度的误读。误读也存在于文学翻译当中。由于受到译入语文化传统、时间和空间差异以及语言的不同等因素的影响，译者在翻译过程中会对原作进行有意和无意的误读。

①接受者的主体性因素

由于接受者所处的特定的文化背景形成其特有的文化传统、思维方式、心理因素等，从而形成了接受者自身的文化观念和阅读习惯。因此，在异质文化交流过程中，因不同文化之间的碰撞与冲突，译者会不可避免地对交流信息进行选择、扭曲、伪装、渗透、叛逆和创新等不同形式的改编。其中有意的误读既迎合了本民族的文化心态，又考虑到接受者的文化

---

① 王苗苗：《跨异质文明语境下〈寒夜〉翻译的误读》，《中外文化与文论》2013年5月总第24期。

② 曹顺庆《比较文学教程》，高等教育出版社2006年版，第99页。文化过滤是研究跨异质文明下的文学文本事实上的把握与接受方式，它是促成文学文本发生变异的关键。文化过滤指文学交流中接受者的不同的文化背景和文化传统对交流信息的选择、改造、移植、渗透的作用。也是一种文化对另一种文化发生影响时，接受方的创造性接受而形成对影响的反作用。

习惯，使译文易于被目的语接受者所理解。

《寒夜》中，汪文宣和树生在咖啡店交谈失败后，垂头丧气走回家，母亲在等他吃饭。他对母亲说："我有点事情，所以回来迟一点；他有气无力地说，他走到饭桌前，在母亲对面的一个方凳上坐下。"其译本是"'I wasn't able to get back earlier,' he replied weakly, joining her at the table."很显然，原文中的"方凳"在翻译为目的语时被省略了。方凳是中国传统家具。汉代刘熙《释名》称："凳，登床也。"方凳由最初的用于登上床榻的踏板演变至今而成为具有中国特色的传统家具。但对于英译，由于文化传统的不同，有时需要根据接受者的文化背景进行适当的"误读"。如《寒夜》中，树生回到原来汪家住的屋子后将要离开时的场景："她刚走出大门，迎面一股寒风使她打了一个冷噤。怎么才阳历十月夜里就这样冷？"① 而《寒夜》的英文文本将"阳历十月"直接译为："October"② 中国现行历法有阳历和阴历。阳历是国际通用的公历，源自西方。《寒夜》原文中强调阳历十月，而没有直接用十月。这与中国的传统文化十分契合。因为一般情况下，中国的阴历纪年的日期要比国际通用的阳历纪年的日期要推后一个月左右，尤其是在深秋初冬的十月，阴历十月要比阳历十月还要冷得多。所以作者强调的阳历十月，用以说明当时的阳历十月格外的冷。而英文文本直接将阳历十月译为October，而不译为"the solar calendar October"十分符合西方的文化背景，西方历法只有阳历一称，作者做选择性的误读将其译为"October"，将其打上接受者文化的烙印，摒弃了原作的传统文化，只求符合接受者文化，使其能够易于被接受者文化所接受。

②时间与空间的差异

"从理解的历史性来看，一部作品进入另一种文化语言之中，不仅存在地域上的差异，同时也意味着跨越历史时空的错位。错位所导致的偏见，必然对传入的文学发生误读性影响。"③ 在文学翻译过程中，也会由于时间与空间的差异而产生误读。

《寒夜》中，汪文宣走过咖啡店，看见橱窗里陈列的生日蛋糕后想到

---

① 巴金：《寒夜》（中英对照版），茅国权、柳存仁译，香港中文大学出版社2002年版，第509页。
② 同上书，第508页。
③ 曹顺庆：《比较文学教程》，高等教育出版社2006年版，第106页。

了妻子的生日,又想到自己衣袋里的钞票,"他明晚还得拿出公宴主任的份子钱一千元"①。文中的"份子"指的是中国的一种民间习俗和传统,当婚丧嫁娶、乔迁宴请之时等,亲朋好友都要去"凑份子"或"送红包"表示礼遇。这一词语从明代中期就开始流行于世。"份子"这一词语本身就表明凑份集资、群策群力的风俗。汤显祖的《牡丹亭》也提及了"份子"。如第三十三出《秘议》:"便是杜老爷去后,谎了一府州县士民人等许多份子,起了个生祠。"文中的"份子"指的是四处募捐修祠堂,主要说明古代的乱集资、乱摊派。到了明末清初,"份子"这个词语的使用便更为广泛。吴敬梓小说《儒林外史》整篇都是"凑份子""派份子"、"出份子。"如第二十七回:"归姑爷也来行人情,出份子"。但是地域不同,文化风俗也不同。在西方一些国家,人们一般会相互赠送贺卡、鲜花或是具有象征意义的礼物表示情意。如在美国,新人举办婚礼会列出一份礼品清单,注明接收礼物的种类及名称供亲朋好友选择赠送,十分讲究实用性:大到汽车,小到咖啡杯。这样会使新人收到的礼物是有计划的,而且大多是生活必需品,免去了重复置办的浪费与麻烦。而且西方国家一般很少有给新人送"份子"钱的。因而,《寒夜》英文文本中的"份子钱"翻译为:"the amount he had to contribute to Chou's party the next day."② 因东西方所处地域不同,其文化背景也不尽相同,文学文本的翻译也要努力去适应接受者的文化背景,具有倾向性的误读和重新构建以使译入语接受者所易于接受,如此这样的"偏见或误读就成了一种积极的因素,它是在历史和传统下形成的,是解释者对身处其中的世界意义的一种选择"③。

此外,《寒夜》中,巴金运用了大量的四川方言,这与他所处地域的社会背景是完全分不开的。译者在翻译时也将接受者的理解与欣赏习惯考虑其中而进行了相应的创造性"误读",以适应接受者的审美与接受习惯。例如:

a. 汪文宣回到家里对母亲说:"我恐怕在打摆子。"④ 其中,"打摆子"就是四川方言。中国旧时指患上了疟疾,病人有畏寒发冷全身颤抖的

---

① 巴金:《寒夜》(中英对照版),茅国权、柳存仁译,香港中文大学出版社 2002 年版,第 103 页。
② 同上书,第 102 页。
③ 张德让:《伽达默尔哲学解释学与翻译研究》,《中国翻译》2001 年第 4 期。
④ 巴金:《寒夜》(中英对照版),茅国权、柳存仁译,香港中文大学出版社 2002 年版,第 105 页。

表现，发抖时肢体摆动；也指人在感冒时，身体发烧会感觉冷得打哆嗦。所以译者选择性地将"打摆子"理解为病人发烧而寒战。因此，翻译为"I am afraid I have chills and a fevers."①

b. 汪文宣因病而向妻子树生抱歉，妻子对他说："你怎么这样迂！……"②"迂"是四川方言，本意指言谈、举止、行为拘泥于旧的准则。直译为"stubborn"，但是结合上下文，妻子意指汪文宣思想守旧固执、不能顺应时代潮流接受新思想，因此，选择其中部分意义而将其译为"Why are you so old-fashioned?"③

c. 妻子树生因为汪文宣母亲对她的侮辱而气愤地向汪文宣转述汪母的话。"……我不是你的妻子，我不过是你的姘头……"④ 英文文本为"… She told me so herself. She said that I am your mistress…"⑤ 其中，"姘头"也是四川方言。本意指非夫妻关系的男女发生性行为或同居。即：通常所说的情妇、小三等。在鲁迅的《且介亭杂文·阿金》里曾出现："她曾在后门口宣布她的主张：弗轧姘头，到上海来做啥呢？"

d. 树生从原来汪家住的屋子里出来，走在人行道上，听见叫卖声："相因卖，相因卖，五百块钱……三百块钱……两百块钱……"⑥ 英文文本"it's a bargain! I's a bargain"⑦ 其中，"相因卖"是四川方言。本意指便宜、不劳而获。

原文中还有多处四川方言的例子，这与作者生活的时代与地域有着直接的关系。而原文在经过翻译之后向异域传播的过程中，其特有的历史性与地域性特点也被创造性的误读并重新整合，以适应异域文化的传统。

③语言差异性

中西文化存在着碰撞与冲突，中西语言之间同样存在一定的差异。中西文学在交流与传播过程中，由于语言差异较大。"为与接受国的习惯、风俗相一致，为迎合接受国读者的趣味，为便于传播、或出于道

---

① 巴金：《寒夜》（中英对照版），茅国权、柳存仁译，香港中文大学出版社2002年版，第104页。
② 同上书，第191页。
③ 同上书，第190页。
④ 同上书，第249页。
⑤ 同上书，第248页。
⑥ 同上书，第511页。
⑦ 同上书，第510页。

德、政治等因素的考虑。"① 有时需要在语言层面对译文进行相应的创造性叛逆,以确保译文内容及意义最贴近原文又符合接受者目的语言的规范,这就是由于语言差异性而产生的误读。"创造性表明了译者以自己的艺术创造才能去接近和再现原文的一种主观努力,而叛逆性反映了在翻译过程中译者为了达到某一主观愿望而造成的一种译作对原文的客观背离。"② 语言差异性的误读能够鲜明、突出地反映不同文化在交流过程中的碰撞、扭曲与变形,对于比较文学来说,有着十分重要的研究价值。

在《寒夜》中,这种变异首先体现为译文对原作中的人称称谓的误读。其英文译本主要以接受者文化为标准,在运用称谓时充分考虑到译入语接受者的文化习惯,而忽略原文里的成分。如《寒夜》中,钟老在与小潘讨论夫妻吵架问题时,称小潘为:"老兄"③,这种叫法在中国传统文化中很普遍,一般对同龄或比自己稍大的男子的称谓。"老"在此代表的是一种亲昵和尊重。在翻译时,译者充分考虑到接受者的称谓习惯,将"老兄"译作"My dear friend"④,这样比较符合西方人日常称呼同事的习惯。又如在《寒夜》中,树生回来高兴的大声地告诉汪文宣:"独山克服了"。⑤ 译者在翻译该句时,没有按照字面直译为:"Tu-shan has been conquered." 而是做适当的增译与编译:"Tu-shan has been re-captured from the Japanese."⑥ 其目的是向译入语读者说明故事发生的背景是在日本侵华战争时,使其能够更加容易理解中国贵州的独山被日本侵占之后,又被中国攻克重新夺回时中国人民的喜悦心情。考虑到接受者文化并不能感同身受地了解到日本侵华战争对中国人民所造成的伤害,若译者按照信达雅的翻译原则进行直译,则很难让译入语读者读懂并了解原文所表达的真实内容,从而增大了译入语读者阅读异质文学作品的困难。因此,译者以接受环境为主,在语言方面进行适当的误译是具有一定积极意义的。

---

① 谢天振:《译介学》,上海外国语教育出版社1999年版,第154—155页。
② 同上书,第137页。
③ 巴金:《寒夜》(中英对照版),茅国权、柳存仁译,香港中文大学出版社2002年版,第45页。
④ 同上书,第44页。
⑤ 同上书,第269页。
⑥ 同上书,第268页。

综上所述，翻译作为一种交流手段，在不同文明之间的文学在传播与交流的过程中起着重要的作用。然而，任何一部作品经过翻译之后，都会由于不同国家的意识形态和文化传统的差异以及译者的翻译个性和审美观念等因素而产生各种变异。以比较文学变异学的语言变异为出发点，从创造性叛逆的角度分析《寒夜》的英译本，不仅关注译文在语言层面上的变异，而且从变异学视角更多地关注语言变异现象背后隐含的深层次的内因以及相关的文化意义。这样不仅可以为文学翻译研究提供一个新的视角，也能够增进不同文明之间的文学与文化的沟通、交流与互动。

第二章

英语世界对巴金生平与思想的研究

一 英语世界巴金生平的研究

英语世界学者对巴金的研究成果,无论是著作还是学位论文都对巴金的生平做了简要或详尽的介绍,为巴金在英语世界的传播提供了一定的基础。本章主要选取具有代表性的英语世界的学位论文、英语世界巴金的传记研究、英语世界巴金思想的研究进行分析比较。其中,学位论文包括《对巴金小说〈家〉中欧化文法的研究》和《巴金的梦想:〈家〉中的情感和社会批评》;传记研究以奥尔格·朗的《巴金和他的时代:过渡时期的中国青年》和《巴金和他的著作:两次革命中的中国青年》为例;思想研究主要阐释英语世界巴金的小说《家》及其他作品与无政府主义、巴金与无政府主义、巴金其他思想研究和中国学者对巴金思想的研究及中外研究成果的对比分析,以期阐释产生中国和英语世界的巴金研究的差异的原因及影响因素。

英语世界学位论文对巴金生平的简要介绍

虽然国内外巴金研究者对其生平活动十分了解,但是并非英语世界的其他学者都熟悉作为中国现代作家的巴金,所以对巴金生平的简要介绍会对英语世界的其他学者及读者增进对巴金的了解有一定的参考价值。因此,几乎每一部英语世界学者研究巴金的学位论文都对巴金的生平做了或多或少的介绍。为了保证资料的完整性,本书将介绍的基本内容和论文的其他内容放在一起进行评述。以下仅选其中两部代表性学位论文对英语世界的巴金生平的研究给予简要介绍。

(1)《对巴金小说〈家〉中欧化文法的研究》

1975 年，康奈尔大学的库布勒·C. 科尼利厄斯（Cornelius Charles Kubler）的学位论文《对巴金小说〈家〉中欧化文法的研究》（*A Study of European Grammar of Family*）在引言的第四部分简要介绍了巴金的生平活动。

科尼利厄斯对巴金的基本概况给予介绍：巴金，原名李尧棠，字芾甘，1904 年出生于四川省成都市。同时，他还介绍了巴金的家庭状况：父亲和祖父都是地主，同时也兼职做一些小买卖，并且他们保守着非常传统的信仰。因此，巴金从小便和家庭教师一起学习中国古典文学，从《百家姓》（*The Book of 100 Name*）、《三字经》（*The Three Character Classic*）和《千字文》（*The Thousand Character Classic*）开始。然而，20 世纪初是中国政治和社会非常动荡的一段时期，巴金的传统教育没有持续很长时间。在他十几岁时，便开始在成都基督教青年会学习英语课程，从而开始接受西方语言对他的影响。并且在他 14 岁时，开始阅读由商务印书馆出版的西方小说汉译本，如狄更斯（Dickens）的《大卫·科波菲尔》（*David Copperfield*）和《雾都孤儿》（*Oliver Twist*），雨果（Hugo）的《悲惨世界》（*Les Miserables*）和《巴黎圣母院》（*Notre-Dame*），以及其他许多著作。纵观英语世界的巴金研究，巴金的写作受西方小说影响较大。例如，在 1920 年，巴金在祖父去世之后，进入成都外语专科学校继续学习英语，同时开始学习法语。在外语学校学习的两年半时间里，巴金阅读了大量英语和法语原著。其中对巴金影响最大的是罗伯特·路易斯·史蒂文森（Robert Louis Stevenson）的《金银岛》（*Treasure Island*）。巴金在其小说《家》中屡次提到该著作。

对于巴金离家求学经历，科尼利厄斯的详细介绍有助于英语世界的学者更深入地了解巴金。1923 年，巴金离开故乡成都前往上海，之后又到了南京。他在南京大学附中学习了大约两年时间。虽然没有可供参考的记录说明他在这期间的学习课程的信息，但是可以猜想，他一定是继续他的西方语言和文学的学习。20 世纪 20 年代中期，巴金对当时在中国盛行的世界语运动非常感兴趣，并在上海进行了一段时间的语言学习。此外，他还开始了日语和德语的学习。在南京和上海的这段时间，巴金卷入了无政府主义运动。该运动潮流在 20 世纪 20 年代的中国仍然非常迅猛。从这一时期开始，他留下了大量原创作品和关于无政府文学的译著。1927 年 1

月,巴金在上海搭乘了一艘法国轮船,离开了中国,去法国学习外语。他本打算去法国的一所大学学习经济。但实际上,他并没有进入任何一所正规的学术机构学习,而是一边在一家法语学习盟会(Alliance Fransaise)学习法语,一边自学和翻译无政府主义作品。在法国期间,他将大量法国、英国、美国和俄国政治作品和其他文学作品翻译成了中文。此时,他阅读的俄语作品是法语和英语译本,因为他当时还不具备读懂俄语原著的能力,直到晚年才可以做到自由阅读。同时,巴金在法国期间还创作了他的第一部小说《灭亡》(*Destruction*),然后将手稿寄回了北京。这部小说深受中国读者喜爱,以至于在1928年12月巴金回国时,出乎意料地发现自己已经成了一位名人。

同时,科尼利厄斯还指出了巴金的创作深受欧洲文法影响的情况以及巴金对这个问题的陈述与贡献。详见下文"对《家》的语言学研究"部分。

(2)《巴金的梦想:〈家〉中的情感和社会批评》

1993年,普林斯顿大学(Princeton University)克莱格·赛德勒·萧(Craig Sadler Shaw)的博士论文《巴金的梦想:〈家〉中的情感和社会批评》(*Ba Jin's Dream: Sentiment and Social Criticism in "Jia"*)也介绍了巴金的生平情况。在第一章引言部分,萧除了对巴金的基本生平及家庭背景做了简要介绍外,相比科尼利厄斯的《对巴金小说〈家〉中欧化文法的研究》,他还补充了巴金在1928年回国后继续活跃于文学和政治领域的生平活动情况:直到1949年中华人民共和国成立,巴金一直从事作品创作,并且成果十分丰富。但是,萧认为1949年后巴金的创作作品的数量变得十分有限。直到1978年,巴金出版的《随想录》受到广泛的接受与好评。主要是因为其包含了关于回忆与反思的一系列文章。

萧还对巴金的作品给予梳理。巴金最初的创作作品以随笔居多,而且其创作生涯有多个第一部:第一部小说《灭亡》,从1929年1月到4月连载发表在《小说月报》上。第一部长篇小说,当时命名为《激流》,从1931年到1932年连载发表于《上海时报》。不过只有《激流》是以书籍的形式发表。该书就是我们现在所熟悉的《家》(1933年出版)。小说《家》是关于一个年轻人由于家庭传统保守而备受压抑的故事。当时深受学生的欢迎:《家》是每当人们提及"巴金",最先想到的一部作品。巴金的其他小说还包括：《新生》（1932）和《春天里的秋天》（1932）；《爱情三部曲》（1936）；《激流三部曲》：《家》（1938）《春》（1938）《秋》（1940）；《憩园》（1944），《第四病室》（1946），《寒夜》（1947），以及许多短篇故事。此外，萧还发现，巴金的著作小说都是基于他的生平经历创作而成的。例如，《家》的原型就是以巴金自己的家庭为背景的。《第四病室》是巴金在住院之后创作的，描述了病房内的不同人物的性格。《憩园》讲述的是一位出名的作家在离别家乡多年后，重访家乡四川的故事。这部小说正是在巴金离开家乡一段时间后重返故乡后创作的，而其中一个比较错综复杂的故事就是基于巴金自己家庭的某些事情创作的。《寒夜》则是巴金创作的最伟大的爱情故事：一个男人在其母亲和妻子之间左右为难，受尽折磨。虽然其故事情节不是基于巴金的亲身经历创作的，但是其中的一些背景（如发生在战争中的重庆）则是巴金自己亲身经历过的时代背景。

众所周知，巴金是中国现代文学六大家之一。但在 1949 年之前中国读者对巴金的评论却是不温不火的。萧引用 1935 年老舍对巴金小说《电》的评论来评论巴金其他作品在 1949 年的中国的接受情况："巴金的世界不是经验与印象的写画，而是经验与印象的放大，并且在放大的时候极细心的'修版'，希望成为一个有艺术价值的作品。它的不自然与它的美好，都来源于此。"[①] 还引用了 1937 年沈从文的《给某作家》。虽然该文没有明确指出巴金的名字及其作品，但实际上就是写给巴金的。沈从文建议："the writer should contain his emotions, get more experience of the world outside his books, and learn that good and bad often co-exist in a person's character."[②]（该作家应该抑制自己的感情，多接触外部世界，应该知道人性中其实善恶并存。）此外，萧还指出巴金作品的品评与老舍对巴金的书评中的巴金作品特点有很多相同之处。事实证明，老舍和沈从文对巴金的评价是准确的。如 1935 年，夏一粟写道："巴金成为中国当代史上最杰出的作家，正是因为他感情的力量，巴金的伟大之处就在于作者（巴金）所遭受的痛苦，这种痛苦使其读者禁不住流

[①] 老舍：《读巴金的〈电〉》，《刁斗》第 1 卷 1935 年第 1 期。
[②] Craig Sadler Shaw. *Ba Jin's Dream: Sentiment and Social Criticism in "Jia"*, Princeton University, p.3.

泪。"① 1937年，朱光潜在其讽刺评论《潜心美学之殿》中将巴金评论为"tear-jerking literature"②（流泪文学）的积极实践者。这一评论让巴金极为激动。但是这种讽刺评论足以说明巴金在1949年前中国的接受程度。因此，不管1949年前中国读者是否喜欢巴金，读者都会将这种强烈的感情视为巴金作品的主要特点。然而在中华人民共和国成立的最初几年，巴金突然受到四面八方的批评。萧以1951年王瑶对巴金的评论为例：王瑶认为巴金是个受欢迎的作者，但是也只是个小人物。他的生平总结起来不过几页纸，不屑去读。此外，补充批评材料"文化大革命"中，巴金却不再幸运。巴金受到严厉批斗，他的妻子也因为医院拒绝为其治疗而死亡。因此，1949年前与1949年之后的几年，中国的读者对巴金的态度十分紧张。

但是从某种程度上说，即使巴金受到负面的批评与关注，他的作品《家》还是成为极度畅销的一部作品。这一点可以从萧的论文中找到证明：1933年5月，《家》的第一版只出版发行了2000册，11月发行第二版，1936年发行第五版修订版。当时的销量证明了第五版的成功。1937年发行第十版，并再次修订。这次修订版在1953年前共印刷了23次，之后再一次进行修订，并于1953年印刷发行。于是，《家》分别于1958年和1977年修订后，再经印刷出版。③ 从20世纪50年代中后期开始，许多文章给予了巴金好评。例如，1957年，王瑶改变了对巴金的看法，并写了一篇长篇文章毫无保留地赞扬巴金。④ 另外，虽然在1958年和1959年的反"右"运动中，巴金受到严厉的批评，这也未能阻止人民文学出版社出版《巴金文集》。《巴金文集》是一部14卷的作品，出版于1958—1962年。20世纪80年代巴金受到中国学者的青睐，许多文章和专著都将巴金作为描写对象，赞扬巴金的热忱及他对30年代社会的现实描写。到了20世纪90年代，巴金的《家》还经常被视为中国当代小说的经典。

---

① 夏一粟：《论巴金先生》，《现代出版界》1934年第25期。
② Craig Sadler Shaw. *Ba Jin's Dream*：*Sentiment and Social Criticism in "Jia"*, Princeton University, p.4.
③ 龚明德：《巴金的修改》，开明书店1951年版，第249页。
④ 王瑶：《论巴金的小说》，《中国新文学史稿》，高等教育出版社1982年版。

二 英语世界巴金传记的研究：奥尔格·朗的巴金传记研究

奥尔格·朗（Olga Lang）是英语世界最具代表的巴金研究者。她先后出版发行了两部巴金传记：一部是1962年，她的学位论文《巴金和他的时代：过渡时期的中国青年》(Writer Pa Chin and his Time: Chinese Youth of the Transitional Period)；另一部是1967年，她的著作《巴金和他的著作：两次革命中的中国青年》(Pa Chin and His Writings: Chinese Youth between the Two Revolutions)。这两部作品对巴金的生平活动以及创作生涯进行了较为全面系统的梳理，并且已经成为英语世界的巴金研究者必备的参考书。在梳理英语世界的巴金研究的论文、著作时，作者发现几乎每一部论著的参考资料中，都含有奥尔格·朗的这两部巴金研究传记。因此，可以看出这两部巴金研究传记对于英语世界的巴金研究的参考价值与举足轻重的意义。

1.《巴金和他的时代：过渡时期的中国青年》

1962年，哥伦比亚大学的奥尔格·朗的学位论文《巴金和他的时代：过渡时期的中国青年》(Writer Pa Chin and his Time: Chinese Youth of the Transitional Period)，对巴金在1949年之前的活动和创作进行了研究。该论文是英语世界第一部研究巴金生平传记的学位论文，奥尔格·朗按照时间线索对巴金在1949年之前的活动与创造进行了全面的介绍，对巴金1949年之前的作品如《激流三部曲》《爱情三部曲》《火》，以及《灭亡》《死去的太阳》《新生》《海的梦》《雪》《寒夜》等进行了详细的分析。这部论文对英语世界的巴金研究者具有较大的参考价值。此外，从该论文的题目也能看出来，奥尔格·朗不仅仅是要研究巴金的生平和创作，还要借由对巴金及其作品的研究来探索那个时代的中国青年。不过，在实际的行文中，这一点体现得并不是特别明显，奥尔格·朗的重点仍是放在巴金及其作品上。

对于选择巴金的哪些作品以及哪个阶段的生活作为该论文的主要研究对象，奥尔格·朗主要关注于其是否有助于理解1949年中华人民共和国成立后中国知识分子的精神状态。因为她视年轻知识分子为巴金小说的主要人物，并且认为读者很容易从这些人物中认识自己。在该论文中，奥尔格·朗所做的过渡时期中国青年的研究主要是围绕两条线索进行的，即作者巴金本人的经历和对巴金最具代表性的小说的研究。其中，第一条线索：作者巴金本人的经历，从某种意义上来说，巴金就是同时代年轻知识分子的典型代表。第二条线索：对巴金最具代表性的小说的研究，是巴金从自己的视角描述了当时的年轻人的现状。奥尔格·朗虽然在巴金研究上取得了较大的成就，但是在她研究巴金创作的过程中却遇到了诸多问题。例如，研究中面临的资料搜集的困难。因为当时条件有限，她很难搜集到撰写巴金自传必需的大部分资料。此外，她也无法从巴金的朋友和同时代的人那里获取相关资料。因为他们几乎都提供不出关于巴金的记忆，也没有保存对巴金的较多的描述。除了两封信件外，奥尔格·朗手上没有巴金本人的日记，没有巴金的自传书籍，也没有巴金的信函，只有明兴礼所著的关于巴金的著作。而对她来说更为困难的是，巴金还在继续创作和发展——他的生活和生命没有结束。所以，对巴金妄下结论也难免有些困难。此外，奥尔格·朗的研究进行的时间和地点也成为一种困难，因为传记作家和其所做传记的对象不能对研究主题进行沟通。虽然困难重重，但是奥尔格·朗没有被匮乏的资料所束缚，她找到了一个解决材料缺乏问题的办法——以巴金的作品为中心。因为巴金的大部分作品，或者所有最好的作品都带有自传性质，或者包含自传性质的信息。从自传的角度来看，巴金的文学作品可以分为以下四类：(1) 巴金本人明确指定为自传的作品。(2)《激流三部曲》中的人物带有自传性（这一点得到大家公认，巴金本人也给予了确认）。(3) 充斥着人物自传细节的小说和短篇小说。(4) 散文和文章。小说的序言和结尾以及短篇小说集。巴金的此类文学作品帮助读者重塑他的精神世界的进展过程和了解他对亟待解决的政治和道德问题的看法。巴金的另一部分小说和短篇小说作品是在他自己观察的基础上创造出来的，而且创作过程中很少掺杂个人因素。此外，在这些作品中，读者仍能看到巴金本人的经历、观点和心理活动。

　　从某种意义上讲，巴金总是在描述自己、朋友以及他所熟知的人。所以在几乎巴金的所有作品中都能读到他本人性格的点点滴滴。奥尔格·朗在研究中发现，在巴金的自传中提到的一些朋友和熟悉的人，在巴金的小说中都曾经以不同的名字出现。同时，巴金的批判散文和政治文章不仅给读者展现了自己政治思想的发展历程，而且给读者提供了很多自传细节。

在表达方面，巴金对自己的个人生活讳莫如深。他的作品对自己的感情生活透露得很少，或是基本没有。但是，当谈论到政治和哲学问题的时候，他则十分豪放。因此，奥尔格·朗总结为："巴金的作品具有足够的信息来证明一点他试图把自己描述成过渡时期年轻人的故事中的中心人物。他是世纪之子，身上具有那代人的软弱和矛盾的内心，同时还具有年轻人令人赞赏的一面。他崇高的理想主义，对人民疾苦的敏锐嗅觉，对同胞尤其是年轻人的热切同情，以及试图帮助他们的拳拳之心无不渗透到其作品中。"("Pa Chin's works contain enough material to justify an attempt to describe him as a central period. He is a real 'child of his century,' endowed with many of the weaknesses and inner contradiction but also with some of the asmirable features of the young men of his generation. His high idealism, his ability to feel human sufferings, his warm sympathies for his fellow man and especially for Chinese youth, and his desire to help them permeate all his works."[①]) 这所有的一切为奥尔格·朗的研究提供了可行性。该论文中，奥尔格·朗主要研究巴金小说和短篇小说的内容，而不是分析其形式或其纯艺术价值。奥尔格·朗将巴金的文学作品视为研究中国社会和知识分子的途径。她认为："巴金不仅是一个社会作家，他还是一位梦想改变或影响社会的革命者。"("Pa Chin has been not only a creative writer who described society but also a revolutionist who wanted to influence and to change it."[②]) 事实上，他总是强调自己更注重影响社会。正如巴金所说的："比起艺术，有些东西更重要，也更持久。"[③] 巴金还表示，他沉浸在小说的内容中无暇顾及其形式。同样，巴金的读者也是被其作品的主题和传达的信息所吸引，而不是被其艺术价值和形式所吸引。在该论文中，我们可以看出奥尔格·朗对巴金评价较高，并认为巴金在中国读者中，尤其是年轻读者中的成功的社会意义不亚于其文学意义。

该论文共 477 页。其中包括引言，及第一章：幼年（1904—1911），第二章：成长中的巴金（1912—1917），第三章：年轻的巴金寻求到了政治信仰（1917—1920），第四章：青年巴金政治生活的开始（1920—

[①] Olga Lang. *Writer Pa Chin and his Time*: *Chinese Youth of the Transitional Period*, Columbia University, 1962, p.10.

[②] Ibid.

[③] 巴金：《生命的忏悔》，商务印书馆 1936 年版，第 58 页。

1923），第五章：巴金小说中的年轻人：1919—1923，第六章：在南京和上海期间（1923—1926），第七章：巴金小说中的中国年轻人（1923—1927），第八章：巴金在法国（1927—1929），第九章：巴金著作丰硕的几年（1929—1937），第十章：巴金小说中的中国年轻人（1929—1933），第十一章：抗战初期（1937—1942），第十二章：巴金小说中的中国青年（1937—1938），第十三章：战争后期以及国民党统治的最后几年（1943—1949），第十四章：巴金与西方的联系及其对巴金写作的影响。

对于巴金的幼年时期，与其他论文不同的是，奥尔格·朗除了对巴金的生平作以详细介绍，还对巴金幼年时期（1901—1911 年）的中国的历史状况给予具体描绘，这对英语世界的学者理解巴金的作品及其相关意义十分重要。为了更清晰地梳理出该论文的介绍与现实意义，本书将对作者巴金本人的经历。即，巴金同时代年轻知识分子的典型代表与对巴金最具代表性的小说的研究。即，巴金从自己的视角描述了当时的年轻人的现状分为两类综合论述。

首先是奥尔格·朗在他的论文中对巴金本人或巴金同时代年轻知识分子的典型代表的概括。巴金出生时中国的社会状况：1904 年 11 月 25 日，巴金生于四川成都。当时中国封建帝制依然存在，但是受外国的侵略和国内危机的影响，其崩溃瓦解已经成必然。结合 1894 年中国在中日战争中的惨败，中国工业化进程的加快，孙中山成立的兴中会，以及 1898 年改良派进行戊戌变法和慈禧太后对变法的阻挠，义和团运动以及之后的庚子赔款等历史事件，奥尔格·朗将重点放在对成都社会状况的介绍上。她指出成都素有天府之国美誉，不仅是四川的省会，而且是中国整个南方政治、经济和教育中心。然后，奥尔格·朗依据巴金的《忆》等作品，对巴金的家庭做了评介。这为英语世界的巴金研究者提供了进一步了解巴金作品所表达的深层次的意义的基本条件。巴金的家庭成分是由地主和官员组成的。其祖父是全家的统治者，同时也是这个大家庭的创建者。巴金的家庭成员喜欢中国传统文学，而不太接触西方文学。他们也与孙中山、康有为、梁启超等政治家的主张和活动较为隔膜。此外，奥尔格·朗还提及了巴金在广元的生活。因为当时巴金的父亲是广元的地方法官，巴金随父一起生活到 1911 年即 6 岁的时候，全家才迁回了成都，回到了李家大院。不过对于"专制的结束"，奥尔格·朗则只概述了当时中国的政治形势和李家的状况。如武昌起义的胜利、中华民国成立、选孙中山为总统等事件，以及对于中华民国的建立，巴金的祖父和叔伯们都表示认可，而巴金本人也剪了辫子，站到了革命一边。

在1912—1917年间，在巴金成长过程中面临着中华民国的困难开局。奥尔格·朗指出当时四川的政局不稳定，巴金及其兄弟姐妹的生活状况。李家大院里，巴金与兄弟姐妹一同玩耍；巴金对仆人的同情并从他们身上学习到了他们的"正义感"，包括仆人老周对巴金的影响，以及巴金父母的先后去世和此事对巴金的影响。巴金对中国封建家庭制度持反对与批判态度。根据巴金本人的回忆和《激流三部曲》的描写，奥尔格·朗介绍了巴金的祖父和大哥，以及巴金的三姐婚姻的不幸和其表姐遭受的裹脚之痛。在1917—1920年间，巴金一直在寻求无政府主义政治信仰。对于巴金从新文化运动中受到的影响，奥尔格·朗给予简要分析。当时正是中国新文化运动蓬勃发展的时期，巴金在新文化运动中寻求新的道德准则。因为巴金当时主要是在读书，并能从书籍中发现自己的兴趣，但是对抽象的哲学、玄学、宗教学以及自然科学不感兴趣。即便是文学革命中提出的问题（采用白话文）对巴金影响也不大，因为他认为接受白话文是理所应当的。从其文学生涯开始直到最后，巴金一直采用白话文。奥尔格·朗认为巴金是接受了陈独秀和胡适的建议，不去模仿古典文学作者，而尽量避免古典典故。巴金还受无政府主义影响较大。对于巴金无政府主义思想的形成过程，奥尔格·朗指出其对社会问题很感兴趣。如阅读相关书籍，表现出对社会公平和帮助遭受痛苦之人的渴望。其中最主要的有克鲁泡特金的《向青少年呼吁》，以及描写俄国革命党人暗杀活动的《夜未央》和一个无政府主义秘密团体的宣言书。第一位把无政府主义介绍给巴金的作家是埃玛·高德曼，也是帮助巴金寻找政治信念的人。因此，多年来巴金将她称为"精神上的母亲"。1920年，巴金成为无政府主义者，以致在1949年之前的写作生涯中他都坚信无政府主义。

在1920—1930年间，巴金参与了诸多政治活动。奥尔格·朗在介绍当时中国的政治局势时，提及了中国的内战和共产党、无政府主义在当时中国的境况，并指出新文化运动时期，无政府主义对中国知识分子影响巨大。此处所指的知识分子包括许多早期的共产主义者。俄国革命后，许多无政府主义者纷纷加入共产主义。同样在中国，共产主义因此逐渐开始对中国影响越来越大。当时四川也经历了战争的灾害。奥尔格·朗举例：1919年，四川总督开始建立自己的军队，试图摆脱护国军的控制。在这种背景下成都的青年运动逐渐开展起来。1920年,学生和当地军队之间冲突变得频繁。其中有一次冲突,巴金在《家》和《忆》中对其进行了详细的描述。在介绍了大背景之后,奥尔格·朗转入对巴金政治活动的叙述。她指出1919—1920年巴金加入了一个无政府主义地方团体"心社"(后改名为"群社"),而后他也相应成为"群社"的一员。群社最重要的活动是出版《平民之声》。巴金正是通过在该刊物上发表文章来进行与社会的接触。在社会活动中,巴金也找到了生命中的友谊。奥尔格·朗紧接着还提到了巴金与国际无政府主义者的通信情况。

1927—1929年,巴金在法国的经历。奥尔格·朗指出1927年1月,革命军转至南京、上海,巴金远赴巴黎学习,这正是中国革命的关键时刻,巴金恰好在这个时候离开。巴金选择离开,表明他是坚定的无政府主义者,而不是政治斗士。巴金之所以去法国是因为20世纪20年代,巴黎是国际无政府主义运动的重要中心。奥尔格·朗介绍了巴金在法国的活动,她指出巴金在法国参加了一个无政府主义者团体,他们经常集会、讨论,或是聚餐。他们给中国无政府主义出版的刊物写文章,大家一起讨论后,才把作品发回中国。巴金在巴黎的许多朋友,都是他小说或短篇故事中的原型。巴金在巴黎的时候,法国无政府主义者的主要活动就是宣传,主要借助发行刊物和公共集会等方法。无政府主义者有自己的工会中心,工会领导罢工,争取更好的待遇。另一个任务就是同法国以及外国对无政府主义者的迫害做斗争。

奥尔格·朗重点介绍了凡宰蒂对巴金的影响。首先是凡宰蒂遭受的不公平待遇。1920年5月,萨柯和凡宰蒂被捕,罪名是抢劫鞋厂,杀了两个保卫。凡宰蒂还被指控四个月前持枪抢劫。两个人被判死刑。这之后的七年里,两人多次上诉都被驳回。并且当时很多人都认为,萨柯和凡宰蒂受到了不公众的待遇,警察严刑逼供,而法官裁定不公。越来越多人相信这两个人是无辜的。但是后来他们二人还是被判死刑。巴金给凡宰蒂写信,向凡宰蒂表达自己的尊敬和热爱之情。凡宰蒂牺牲了,但是对于巴金来说,他虽死犹生。巴金经常提起他,称他为挚爱的老师,教会了他如何去爱,慷慨大方。凡宰蒂被处决后,巴金在散文中,称他代表了无政府主义的一切美好。1927年2月到1929年1月这两年间,巴金一直密切关注着国内发生的大事。这个时期,中国无政府主义中存在两股势力,一股势力反对共产主义,甚至和国民党合作,而另一股势力则认为反对国民党更为重要。巴金表明态度支持第二股势力。他认为中国的革命运动就是人民的运动，而不是国民党运动，国民党只是领导人民运动。无政府主义者应该加入所有人民的运动，指导他们走向无政府主义的道路，而不应该置身事外，让国民党在国民运动中一党独大。1927—1931年，他翻译了凡宰蒂的自传，并创作了数篇关于该事件的散文。

巴金在1929—1937年之间的活动和创作情况。奥尔格·朗称这段时期时为巴金著作丰硕的几年，并指出这时的巴金回到了国民党统治下的中国。当时的无政府主义运动正处于低潮，只限于上海、广东等几个大城市。参与者大部分是学生或是知识分子。在这种情况下，巴金继续自己的工作。《灭亡》的出版给巴金的生活带来巨大改变。但那时候，巴金认为自己主要的工作就是记录关于无政府主义的活动。1929年，他翻译了一些作品，还阅读了相关的哲学著作，同时还给无政府主义期刊写文章。1930年之后，他开始写政治、经济和社会学方面的作品。除此之外，他还给自己写的宣传册或是文章集补充序言或新的章节。该时期巴金继续进行创作：他先后创作了《灭亡》《死去的太阳》和《家》等作品。对于这几部作品，奥尔格·朗指出《灭亡》是巴金的第一部作品。巴金的这部小说得到了大家的一致好评。评论家和读者认为《灭亡》，有力描画了当时社会的情景。许多读者特别是那些年轻人都同小说的主人公杜大心的心情一样：对社会不公感到十分愤怒，同情百姓的疾苦，又憎恨各种压迫势力。《灭亡》的成功，极大地鼓舞了巴金，他开始挖掘过去的经历和观察到的事物，并且创造性地进行转换。巴金的《死去的太阳》的主题就是同外国侵略势力做斗争。随后，巴金对法国诸多印象开始升华，转换成一系列短篇小说，描写他在法国遇到的那些西方人。1931年，这些短篇小说被编辑成册，即巴金的第一部小说集《复仇》。这部小说集引起了人们的极大兴趣。因为当时很少有作家描写外国人的生活，而且他所描写的并不是殖民地的官员、外交官、商人的生活，而是普通外国人的生活。因此，读者十分喜欢这些小故事。1930—1931年，巴金开始创作著作《家》，这本书让巴金跻身中国一流作家的行列。接着奥尔格·朗分析了巴金与家庭的关系，她指出巴金认为无政府主义运动和文学事业要比他家庭的福祉更重要，像许多当时的年轻人一样，他更忠诚于自己的事业，而不是家庭。巴金完成《家》的创作之后，又写了《新生》和《雾》，发表了第二本短篇小说集《光明》。

1931年"九一八事变"之后巴金的生活也受到影响，奥尔格·朗也对此作了介绍。"九一八事变"之后，巴金开始创作一些反对日本入侵的作品，号召人民抵抗。1932年1月28日，日本攻击上海，上海抵御战持续了六周，在此期间，巴金的房屋被攻占，后来被日军抢劫，小说《新生》的原稿在出版社焚毁。巴金在这种情况下写了《海的梦》。这部小说谴责了侵略者、外国势力，以及叛国的上层阶级。此外奥尔格·朗还介绍了巴金从法国回来之后中国很多地方游历的情况。巴金频繁去北平和天津，1932年5月他长途旅行至中国南部地区，包括广东、福建。巴金在旅途中写了很多散文，收集到《旅途随笔》中，作者很享受南方的自然风光，但是他更关注当地的民众。巴金在旅途中创作了悲伤却迷人的短篇小说《春天里的秋天》，这部小说控诉了中国的家庭体系。

1932年夏天，巴金在上海创作了小说《新生》。奥尔格·朗指出小说的初稿在日本攻占上海的时候焚毁了。与此同时，巴金还写了几个短篇故事，都收录在他的第三部小说集《电椅》中。小说集里的第一篇小说，题目就是《电椅》，重塑了萨柯和凡宰蒂处决前最后的日子。《爱》描写了法国人的生活，其他小说的主题是中国知识分子。这些小说的社会政治意味较弱，不像以前的小说那样，深入挖掘人类行为的心理动机。随后，巴金开始创作《雨》，即爱情三部曲的第二部。完成这部重要作品之后，从1932年到1933年，他开始创作无产阶级小说，包括《砂丁》和《萌芽》，后来改名为《雪》。巴金借《雪》向当时左翼作家致敬，他认为工人阶级才是马上要到来的社会革命的主力军。巴金在创作《萌芽》的时候，还创作了几篇短篇小说，都收录在第四部小说集《将军》里。1933年5月，巴金去了北平，在那逗留几个月，创作一篇历史故事，完成爱情三部曲的最后一部《电》。《电》在出版过程中屡遭挫折。随后，巴金又创作了两部小说集，《沉默》和《沉落》。

1934年，《萌芽》被列为禁书，巴金感到中国的政治氛围太过压抑，决定离开中国一段时间，他远赴日本避难。巴金在日本的时候，学习语言，观察当地人的生活，还读了很多书。那时候，他一直专注宗教问题，以及信教人士的内心活动。期间他写的《神鬼人》和《神》，就是反映这个主题。1935年7月，巴金回到上海，在中日战争开始前的这两年，他在创作上花的时间，并没前五年那么多，他准备发表在日本写的两本书，《点滴》和《神鬼人》，还有1931—1936年，他创作了散文集《生之忏悔》和自传集《忆》。该时间段他所创作的小说,均被收录在《发的故事》里。奥尔格·朗认为小说《星》读起来像是巴金的自传,是巴金最好的作品之一。《雨》讲述的是一个悲伤的故事,女革命家"消失"了,而实际上她被秘密处死了。

巴金和当时很多作家关系很好,但他并没有参加他们的文学团体。他认为,文学的任务是为更好的生活而奋斗,所以他不能参加那些为艺术而艺术的团体,这些团体否认了文学和政治之间的关系。奥尔格·朗认为巴金和左翼作家们的关系既有合作也有争论。巴金积极参加无政府主义运动,同时也同左翼共产党进行良好的合作。奥尔格·朗还介绍了作家统一战线和巴金的关系。随着日本侵略中国的加剧,1936年春天,左翼作家联盟解散。此后,大家努力建设一个包含所有中国爱国作家的组织。巴金并没参加这些组织,因为加入了某个组织,就意味着背离无政府主义原则。此外,奥尔格·朗还介绍了巴金对西班牙内战的关注以及他与鲁迅的关系。

1937—1942年,奥尔格·朗概述了中国抗战初期巴金的活动和创作。当时处于战争时期:1937年7月7日日军进攻北平,7月27日,日军占领北平。8月9日,战争打到了上海。淞沪会战持续了三个月。那段时间,巴金就在上海。他住在法国租界里,战争开始后,他暂且放弃了无政府主义的原则,加入了1938年3月在汉口成立的中华全国文艺界抗敌协会。巴金还同其他抗日组织联系,在外国租界和被占地区,秘密进行抗日活动。小说《火》第一卷描写了那几个月发生的事,以及中国人民的反应。接着奥尔格·朗分析了巴金对抗日战争的态度,巴金虽然是国际主义人士,但他不同于其他无政府主义者,不会过度同情理解所有民族,陷入世界大同主义。1931年9月,日军占领了中国东北,巴金像大多数同胞一样,对日本充满仇恨。1937年,日本发动攻击之后,巴金坚定地为民族独立而斗争,绝不犹豫。

在1937年11月到1940年6月间,巴金辗转于上海、广州、重庆、桂林、昆明、成都等地,行程很复杂。奥尔格·朗指出他在这段时期内除了创作小说,还出版《烽火》和《文学季刊》等杂志,并在文化生活出版社工作。奥尔格·朗对巴金的这些活动逐一做了介绍。巴金在这一时期完成了《春》《秋》《火》的前两卷等作品,奥尔格·朗也介绍了这些作品的完成时间,并对其进行了简要的分析和介绍。最后她指出战争时期,巴金仍旧很受欢迎,同茅盾、郭沫若等并称为最著名的作家。战争初期,巴金充满了斗争精神，渴望胜利，也相信最终可以取得胜利，他不再悲观，不再思考着生活中的矛盾，也不再怀疑作品的价值。他变得充满精力，乐观积极，虽然中国军队节节败退，但他仍热切地赞扬国人的勇气。他不再怀疑作品的价值，认为作品展示中国文学的生命力，炮火纷飞也毁灭不了。

对于以上1904—1940年的巴金的活动，奥尔格·朗是按照时间顺序来排列的，对巴金本人或巴金同时代年轻知识分子的典型代表的概况给予介绍。下面是该论文对巴金最具代表性的小说的研究，即巴金从自己的视角描述了当时的年轻人的现状。因为这样论述能够将巴金作品中的人物在这段时间内的活动与巴金在这段时期的活动相对照，是一种较为独特的写作方法。对于《激流三部曲》的写作原因、写作过程以及这三部作品的主要内容，奥尔格·朗给予较为详细的评述。她认为《激流三部曲》集中描述了巴金对深深伤害年轻人的旧制度的反击，是反击旧制度的一把利器。他还认为巴金采用了许多与杰出现实主义作家相同的写法：几乎所有角色，都能在现实生活中找到原型。但是该原型也仅仅只是起点，这些角色又会脱离人物原型随着故事的发展而自行发展而取得了成功。这也是巴金紧接着创作了《家》的续集《春》的主要原因。1940年，巴金又创作了《秋》。奥尔格·朗认为这几部作品主要是关于当时中国旧制度和新力量的较量。不过虽然是在抨击旧制度，有时巴金却也把家写得十分温暖，充满诗意。因此，她通过《家》《春》《秋》这三部作品的主要内容来说明这一点。

（1）《家》主要是关于觉新和鸣凤的悲惨命运，以及觉民成功拒绝了祖父包办婚姻及觉慧的反抗。《家》没有完全按照巴金自己的真实生活去写，因为其祖父的命令到死也没受到任何挑战。觉民、觉慧对高老太爷的反抗是巴金看到其他家庭长者受到挑战之后才进行创作的。

（2）《春》的主要人物是觉慧的表妹周蕙和他的堂妹高淑英。她们的父亲都要为她们包办婚姻。周蕙无奈下答应了婚事，婚后极不幸福。因此，她病倒了。而丈夫的家人不允许她看西医，以致最后周蕙死去。而周蕙的堂妹高淑英的命运则截然不同。她读现代文学，在戏剧中看俄国革命者的生活。她因父而无奈下离开家乡，去上海过独立的生活。

（3）《秋》主要反映老一辈如何走向衰落的。巴金憎恨旧制度，但是他对老一辈人最大的控诉是他们连自己设定的道德准则都不遵守。《秋》中有两个旧制度的牺牲者。一个是淑贞，由于她是个女孩，家里对她很不好，以致她最后自杀。另一个是周枚，专制式家长周伯涛的儿子。周伯涛专制、蛮横的教育损害了周枚的性格和毅力。而周枚得肺结核后，父亲不许他去看医生，而最后病逝。如同前两部小说《家》和《春》，《秋》的结局也是年轻人的公开反抗。在家庭讨论中，淑华和觉民最后公开反抗叔叔们。觉新也加入了反抗。淑华去了现代高中读书。巴金的大哥在《秋》中对应的人物（即觉新）没有自杀。巴金这样安排是为了让读者相信觉新的一句话："我崇高的心没有死。"

对于《激流三部曲》中的人物，奥尔格·朗认为是李家三代人的写照。描写的最生动的要数高老太爷。对高家三代人的描述证实了巴金的观点：不幸是由封建大家庭制度，而非某个个人的性格造成的。第三代人中巴金描述的中心人物是觉慧。该人物的塑造给巴金带来极大成功。奥尔格·朗还把第三代人物分为以下两类：一类制度受害者：所有死去的年轻人，如周伯涛的儿子，以及过着空虚、无聊生活的年轻人，如觉新，他们都是制度受害者。觉慧的三叔和四叔也是家庭制度的受害者。另一类是反抗者：高家年轻的兄弟姐妹及其朋友们。他们生逢革命年代，读进步杂志，参加革命组织，支持学生运动。他们意识到"世界属于年轻人"（"This century belongs to the youth"）。[1] 觉慧、觉民、琴、淑英和淑华等人都具有反抗精神。本部分最后，奥尔格·朗把巴金的《激流三部曲》和曹雪芹的《红楼梦》进行了简单的比较。她指出这两部作品有很多相似之处：都带有自传性质，都是描述大家族的上层生活。两部作品相似的主要原因是：巴金描述的主要是旧中国的故事，虽然当时革命马上到来，旧中国力量却依旧十分活跃；而《红楼梦》的故事也正是发生在旧中国。她认为虽然巴金否认受其影响，但是他很难摆脱《红楼梦》对自己的影响。而巴金小说中的年轻主人公都生活在革命时代，也造成了《激流三部曲》和《红楼梦》的不同之处。两部作品中都有对旧的家庭制度的不满。但是在《红楼梦》中，他们的反抗很消极。贾宝玉为了皈依佛教而离开家。而在《激流》中，觉民和高淑英为了开始新的生活离开了家。

对于《死去的太阳》和《灭亡》这两部小说中的中国年轻人，奥尔格·朗给予深入分析。1930年巴金创作了《死去的太阳》，1927—1928年创作了《灭亡》，但是奥尔格·朗并没按照作品创作时间的先后而是根据这两部小说中叙述的故事的时间来论述这两部作品的。奥尔格·朗指出巴金在

---

[1] Olga Lang, *Writer Pa Chin and his Time: Chinese Youth of the Transitional Period*, Columbia University, 1962, p.133.

这两部小说中描述了 1923—1927 年的中国社会。这两部小说的主角，吴养清和杜大心，都是年轻的革命分子，他们在学生运动以及工会运动中很活跃。在这两个年轻人身上，可以看到很多巴金自传的成分。奥尔格·朗指出《死去的太阳》或是《灭亡》中的主人公，在工人运动中表现得很积极，希望根据自己的观点来改变世界。中国传统家庭中的罪恶和当时中国的政治、社会问题是吴养清和杜大心所受苦难的根源。然后，奥尔格·朗分析了《死去的太阳》中的人物吴养清。她指出吴养清是巴金刻画出的一个同时代年轻人，他想把革命的思想付诸实践。巴金自身的特点、思想都同小说中的要素混合在一起。就像巴金，年轻的吴养清出生于成都，在南京、上海读书，但和巴金不同的是，吴养清在童年里没有体会到爱与温暖。后来吴养清参加革命，因为他积极寻求正义，外国侵略者压迫中国，让他感到深深愤怒。他真切同情工人，但又不理解工人的苦楚。在斗争的关键时刻，他没挺住，鼓励工人结束罢工。他也没勇气和心爱的人在一起。奥尔格·朗认为这个女孩的角色很苍白，没有说服力。她是个学生，积极参加罢工运动。关键时刻她比吴养清表现得更为激进。她要求继续罢工，对于这样的一个女孩来说，人们可以预想到她能找到一个解除婚约的办法。最后奥尔格·朗指出这篇小说中会引起读者注意的另一个人物就是工人罢工的领袖。他和这两个年轻知识分子形成鲜明对比，他有坚如磐石的毅力，吴养清在他身上看到了从未见到的伟大。

《灭亡》描写了 20 世纪 20 年代上海革命知识分子的生活。奥尔格·朗指出同革命人士紧密联系的两个道德问题一直困扰着巴金：革命运动的主要目的是什么，是爱还是恨；革命中个人刺杀政治敌人的手段是正确的吗？《灭亡》就是巴金用小说的形式对这两个问题进行思考的结果。诗人杜大心是《灭亡》的主角，他来自富裕家庭。接触到"自由社会主义"之后，他就加入了革命组织，从大学辍学，将所有精力和家里给的钱投入革命组织中。工作过度，染上了肺结核，但他并不在意。杜大心加入革命之前，还经历一场个人悲剧。他的至爱虽然同样爱他，但是却和母亲选定的人结婚了。杜大心失望至极，内心极度痛苦。他坚持认为，革命活动的主要目标不是出于对人们的爱，而是对敌人的恨。奥尔格·朗指出同巴金一样，杜大心也充满矛盾。他的"大心"其实对人间的疾苦非常敏感。巴金对劳苦大众有真切的同情，而他对压迫者的恨来自对受压迫人民的爱。而恨意下暗涌的爱让杜大心更贴近巴金，巴金感受到的肯定是爱而非恨，这也就是革命的最重要目标。最后杜大心暗杀当地守卫的指挥官。向指挥官开枪之后，他也饮弹自尽。杜大心的行为或许没有意义，因为守卫头子只受了轻微的伤，还因此得到嘉奖。不过，故事的结尾并不悲剧。巴金认为，杜大心并没有白白牺牲。因为这鼓舞了他的朋友继续前行。杜大心牺牲后，他的至爱也投身到革命事业中。她成了工厂里工会的组织者，领导了胜利的罢工运动。奥尔格·朗指出这篇小说中的其他人物在巴金的自传中并没有相对应的原型。《灭亡》中描写了一个年轻的诗人，他坚信"为艺术而艺术"，他是一个沉静又温暖的人，相信人间之爱。杜大心还有一个坚定的追随者——常维春，他来自中产阶级，富裕的家庭在内战中没落，不得不去工厂做工。常维春心地善良，同情受压迫的人民，支持社会主义。他总是问杜大心"革命什么时候来？"这个涉世未深，像孩子一样的男人在被捕的时候，表现出英勇气质。最后奥尔格·朗指出通过这部小说，我们可以了解巴金所读过的书，以及从1923年到1927年间巴金在上海、巴黎的经历。在萨柯、凡宰蒂被处决后，巴金马上描述了常维春的处决的故事。小说也体现出巴金对苏联小说以及苏联革命运动历史的着迷。

《爱情三部曲》中的人物角色。奥尔格·朗首先关注的是激进的革命前辈的形象。教授是此类人的代表，是激进的学者，为了事业而活，没有个人情感、爱情或是私欲，其次是年轻的一代。《爱情三部曲》中出现的年轻人可以分为两类，一类并不是忠心追随革命，也没打算真正奉献自己，很容易就失去革命热情，而另一类则是真正的战士。第一类人的代表是周如水和玉雯。第二类人包括李佩珠、吴仁民、陈真、敏、德、慧等人。巴金主要刻画了李佩珠和吴仁民两个人物的内心发展。奥尔格·朗指出在《爱情三部曲》中，李佩珠是唯一一个原型不是巴金同代人的角色。正如巴金所说，她完全是巴金创作的产物，所以在创作李佩珠的时候，巴金脑海中想的是各国的革命家们。《雾》和《雨》中的吴仁民反对政治暗杀，他的观点正是当时无政府主义者们认同的。奥尔格·朗在分析的过程中介绍了作品中主要人物的经历，这些介绍相当于是对作品内容的概述。

巴金在1937—1938年间创作的小说中的中国青年。奥尔格·朗指出巴金在战时最重要的作品就是《火》。当时，巴金最关注的是中国新一代年轻人，他们是《激流三部曲》中出现人物的弟弟妹妹。《火》中出现的年轻人，富有强烈的自我牺牲精神，对祖国有责任感，他们没有反抗专制的父辈，而是将全部精力都用来抵抗外敌。在对《火》的主要内容和主题思想概括之后，奥尔格·朗指出《火》的第一卷描写了巴金亲历的1937年秋天上海战场。当时城里活跃着一个爱国组织"青年救亡会"，成员从事各种抗日活动，而此时上海还活跃着一个地下抗日组织，成员包括朝鲜人和中国人，其中就有故事的主角，学生刘伯。他们组织发行期刊，也筹划刺杀日本军队官员。这里既展示了组织成员的生活，也刻画了他们在工作中遇到的问题。在这部作品中巴金表达了对暗杀的态度。巴金很同情这些年轻的刺客，但是他直接或间接反对他们的行为，巴金认为要对抗的是整个邪恶的社会政治体系，而不是某个人。《火》的第二卷则描写了1938年夏季，中国中部大概是安徽境内的敌占区，活跃着一群宣传抗敌的分子。他们向农民宣传抗日。奥尔格·朗介绍了这部作品中的冯文姝、方春文、李南星、杨文木、李和方、刘伯等人物的性格、活动和经历。

在战争后期以及国民党统治的最后几年（1943—1949年）巴金的生活和创作，奥尔格·朗首先提及1944年5月8日，巴金同陈韵珍在贵阳结婚一事，之后分析了在作品中对爱情的描写以及巴金对爱情的态度，并指出巴金在许多作品中，批判中国传统家庭体系，但他也很可能反对现代家庭，因为无政府主义认为这是资本社会的一种社会体制。奥尔格·朗认为《激流三部曲》是巴金描写爱情最好的作品。巴金在描写女仆鸣凤的悲剧，高觉新同女性的关系，高觉民同琴的美好爱情时，似乎更注重揭露古老中国社会家庭体系的弊端，而不是展示年轻人的爱情。巴金的其他小说中，人物会陷入爱情之中，但是爱情的问题从来不会主宰他们的生活，即使是以爱为标题的《爱情三部曲》也不例外。巴金借助小说传达的信息是，信仰可以永生，但爱情不会。1949年以前，巴金创作了上百篇短篇故事，但是能算是爱情故事的只有九篇。尽管如此，随着巴金的成长，他也渐渐认可爱情在生活中的重要地位。但他花了很长时间，才接受家庭体系。几乎在巴金所有的小说中，年轻男女陷入爱情之中，他们的结合都会有助于奋斗事业，他们不会提及建立家庭，对孩子也不感兴趣。婚姻形式并不吸引人，除非是为了反抗旧式礼教。然而，他们的自由恋爱并非是放荡或是轻浮，他们很认真对待感情。1943年，巴金似乎找到了解决家庭问题的方法。《火》第三卷所描写的基督教家庭中，所有家庭成员之间互相尊敬爱护，积极参与到社区的工作中，小说完成的几个月后，巴金结婚了。

巴金同基督教的关系。奥尔格·朗指出巴金同基督信徒有很多共同之处，巴金对人类所受的苦难很敏感，他希望帮助同胞们，同时也富有自我牺牲精神，这都是基督教的基本信条。《火》的第三卷的主要内容也与基督教相关。奥尔格·朗接着对这部作品作了介绍。她说，该作品创作于1942—1943年，更加关注基督教，体现了巴金对战时国人行为的清醒认识。小说场景是中国西南的某个大型省会城市，还未被日军占领，故事发生在1940年的夏秋之际。主要人物们积极抗敌，但是巴金也刻画了中国现代社会中受过教育的阶层自私又不爱国的一面。小说的主题是所有人真正协力，为共同事业而奋斗的可行性。小说中，左翼无神论者同基督信徒合作抗敌。奥尔格·朗介绍了这篇小说的主人公田慧石的经历，他是一名基督信徒，创办一家文学杂志宣传抗日。工作环境非常艰苦，两个左翼女孩帮他解决发行杂志遇到的技术问题，并在他生病的情况下，当杂志的编辑。田慧石最喜爱的小儿子在空袭中身亡，已患肺病的他经受不住打击与世长辞。但直到最后一刻，他都全神贯注于杂志工作上。小说还描写了田慧石信仰基督教的经过。奥尔格·朗指出田慧石是个善良、活泼、充满爱的人。他的热诚、奉献、斗争以及拒绝妥协的精神都是巴金所深深赞赏的。通过田慧石这个人物，巴金表达了自己的基督教思想。之后奥尔格·朗介绍了小说中另一个人物楚苏晨的经历。三年前离开上海时，她就一直盼望着与恋人刘波相聚。当时，刘波是上海的一名地下党。在刘波终于得到准许离开上海时却被逮捕杀害了。听到这个消息后，苏晨立刻返回上海为刘波报仇。她参加了一场政治暗杀计划，然而计划失败，她也被杀害。奥尔格·朗认为这样的故事结局说明了在政治斗争中，巴金反对个人复仇行动。

奥尔格·朗接着指出这篇小说最重要的一个特点是对聚集在城市里的弱者和一些反面人物的描写。在巴金的作品里，对中国当代青年如此多的负面描写实属罕见。在这本小说里，几位从未参加过理想主义政治运动的教授和学生认为接受现代教育可以挣更多的钱，当他们发现教授的薪水如此之少，教育事业无利可图，唯有做私人生意才可发家致富时，便毅然放弃了学习。例如，作品中的程文、谢智君、王文婉及常艾莫教授等人。

抗日战争结束后（1945—1949）巴金的活动和创作情况。奥尔格·朗介绍说1944年5—6月，中国战争加剧。中国军队开始撤离湖南。6月18日，长沙沦陷。失陷之前，巴金刚刚结婚，他和妻子一起搬到重庆居住直至战争结束。他们居住在文化生活出版社临时建筑的一个小房间里。巴金从来没有放弃过写作。1944年所创作的小说中值得一提的是《憩园》。这部小说主要描写了战争期间一家医院的悲惨状况以及理想主义女医生无力改变其境况的尝试。战争胜利结束后,巴金回到上海。1945年12月,他的女儿出生了。接下来的四年,直到共产党执政,除了中国台湾和菲律宾的短途旅行,巴金一直都居住在上海。奥尔格·朗还介绍了巴金在这一时期的创作情况。她指出战后的几年,巴金的作品不是很多。仅出版了战时在重庆写的长篇小说《寒夜》,短篇散文集《静夜的悲剧》,为逝去的朋友所写的讣告合集《怀念》以及描述战时平凡百姓日常生活的短篇小说集《小人小事》。奥斯卡·王尔德的《快乐王子》也在这一时期翻译完成。接下来奥尔格·朗对《寒夜》的主要人物和故事情节做了简要介绍。她指出《寒夜》是巴金战后作品中最重要的一部长篇小说。这部小说在人物心理分析和动机描述上,达到了一定的境界。巴金这期间的作品都反映了自己的战后悲观情绪。相比战争前期集中描写为美好未来而奋斗的抗争者,巴金开始转向于描写那些不公平社会下无助的受害者,冷漠无情的官僚阶级,以及战争暴利商等。

　　对于巴金与西方的联系及其对巴金写作的影响,奥尔格·朗从比较文学的角度进行了详细分析。她既从宏观的角度讨论西方文学在19—20世纪的中国的传播概况,也从微观的角度分析巴金与西方个别作家的关系。可以说这一部分是中外学术界较早从比较文学的角度研究巴金的创作与外国文学的关系的重要研究成果,其学术价值值得充分肯定。

　　奥尔格·朗首先从宏观的角度论述了西方文化在中国的影响,在论述的过程中,她将俄国文学与欧美文学分开。1917年之前俄国文学对中国的影响不大,1917年之后中国翻译俄国文学作品逐渐增多,受俄国文学的影响逐渐增大。此外,奥尔格·朗也指出中俄相似的历史命运,相同的政治、社会和经济条件使得中国读者对俄国文学的了解多于对其他国家文学的了解。接着奥尔格·朗分析了巴金所受的外国文学的影响,她指出20世纪上半叶中国同西方的频繁联系影响了巴金活动的两个方面:政治生活和文学。从政治思想的角度来说有两种意识形态对巴金思想的形成起到关键作用:国际无政府主义和俄国平民主义(民粹主义)。奥尔格·朗认为巴金信仰的无政府主义是从西方传到中国来的,跟中国古代的哲学观点关系不大。巴金的无政府主义信仰反映了西方思想对巴金作品的影响。这里的西方思想指的是欧美,并非俄国。因为无政府主义作为一种政治趋势和理论在俄国影响很小。而俄国著名无政府主义者巴枯宁和克鲁泡特金,在欧美比俄国的影响更大。接着奥尔格·朗讨论了巴金文学作品中的无政府主义。她指出1929年之前,巴金只以自己真实姓名李芾甘发表关于无政府主义的小册子。1929年后,他开始以巴金为笔名写小说、文学作品和散文。在以巴金为笔名的文章中，巴金表达自己无政府主义观点很模糊。在其小说中，他向前迈了一步，观点清晰了些。可是，他从没有承认自己作品中的人物是无政府主义者，只是模糊的叫作革命者。但作者认为巴金的笔名取自巴枯宁和克鲁泡特金，这一点雄辩地说明了他是一名无政府主义者。他所有小说都签名巴金。也许，他不愿意承认自己笔下人物是无政府主义者有许多原因，比如恐怕审查制度牵连自己等。但是，许多巴金笔下的人物都显示了自己无政府主义者的身份。例如，他们引用巴枯宁的词句，墙上挂着著名无政府主义者的画像，将无政府主义视作道德权威，读无政府主义刊物。奥尔格·朗还分析了俄国的平民运动对巴金的影响。奥尔格·朗首先对俄国的平民运动（也称为"民粹运动"）做了简要介绍，指出平民运动最突出的特点就是他们崇高的理想，对自由和人类尊严的虔诚，以及为人民疾苦献身的精神。他们认识到暗杀对道德的破坏，决定只有走投无路的时候才用暴力。他们声称：政府若给予人民自由，立即放弃暗杀。他们的这种主张深深吸引了巴金。那时一部关于20世纪平民运动恐怖活动的戏剧（这里作者没有说明是哪部戏剧，很可能是《夜未央》）给巴金留下深刻印象。在法国留学时，巴金继续阅读俄国革命运动的书籍，并对苏联持批判态度。

然后，奥尔格·朗从微观的角度分析了西方文学对巴金小说的影响。她首先概括地指出巴金对外国作品的涉猎对他的创作思想影响极大。甚至有时候巴金直接从国外作品中照搬原文、场景和角色。当然有时的雷同纯属巧合。但是这些相似之处很难与巧合区分开来。同时奥尔格·朗也强调说不论巴金引用外国作品到了何种程度，他的引用都是为了展示中国的新现实。这种现实比起旧中国的情况更像外国的现实，而在旧中国文学中也很难找到方法去表现这种新现实。

对于巴金与西方各国文学的关系，奥尔格·朗首先分析了巴金和俄国文学的关系：（1）巴金与多位俄国作家的作品中的人物相似。如：巴金的小说《雪》中的人物——工程师曹殷平与左拉的《萌芽》工程师相似点少，但是却与库普林小说《摩罗神》中的工程师鲍勃洛夫十分相似。两人都是道德败坏的知识分子，都为自己的薪水和生活条件不及工人而感到羞耻。其中重点分析了巴金与屠格涅夫的关系。奥尔格·朗指出巴金和屠格涅夫的创作有着相同之处：两人都描写青年，都关注社会问题。对巴金影响最深的也是屠格涅夫作品中那些具有社会、政治影响力的书籍。两人另一个相似点：

都喜欢把意志薄弱的男主人公和坚定的女主人公放在一起。如屠格涅夫作品《处女地》中的涅日丹诺夫和玛丽安娜；巴金的《新生》中，李冷犹豫不决，而李冷所爱的人和他的妹妹却很有决心、有毅力，《电》中，李佩珠就比吴仁民更坚强。奥尔格·朗以巴金的作品《海的梦》与屠格涅夫的长篇小说《前夜》为例，探讨了两者的相似之处。例如，两部作品中的女主人公都嫁给了为解放人民而努力的外国人，丈夫死后妻子继续干事业。巴金的《火》的第三册结尾部分与屠格涅夫的《父与子》的结尾部分也极为相似。巴金翻译过屠格涅夫的作品，因此可以看出巴金的灵感来自《父与子》。另外，两人的作品中都透露着悲伤，而且这种悲伤都来自对祖国的担心。两人的创作方法也有相似之处：在创作角色前，两位作家都在脑海中存在一个具体的人物。但是奥尔格·朗也指出两者的不同：作为自由主义者，屠格涅夫笔下的角色不是巴金笔下虔诚的革命者。（2）俄国文学和历史为巴金作品中的人物提供了效仿的对象。例如，巴金及其笔下的人物读了很多相同作品，他们都景仰并阅读屠格涅夫、司捷普尼亚克等人的作品。高觉民读了屠格涅夫的《父与子》之后，对自己家庭里的冲突有了更好的理解。巴金笔下的年轻革命者同他一样，热爱平民运动。《爱情三部曲》主人公李佩珠将薇拉·妃格念尔以及苏菲亚视为模仿的对象。《新生》和《灭亡》中的人物都像巴金一样崇拜谢尔盖·涅查耶夫。李冷被逮捕的时候，他想成为谢尔盖·涅查耶夫，杜大心亦是如此。

然后奥尔格·朗分析了巴金和法国文学的关系。她指出巴金对法国十分了解。因为他在法国学习了两年。在留法期间，巴金对法国文学和法语有了更深的理解，这对其后来的创作影响很大。他对精神导师卢梭无限敬仰，并在自己的作品中对马拉大加称赞。同时奥尔格·朗也指出法国大革命中的人物对巴金的生活和写作的影响不如俄国的平民运动大，其小说中提到法国人物比俄国人物少。奥尔格·朗认为对巴金影响较大的两位法国作家是左拉和罗曼·罗兰。首先，她分析了巴金与左拉的关系。在所有法国作家中，巴金最推崇的是左拉。左拉的同情之心和对社会政治问题的关注吸引了中国无政府主义者。她还举例说明左拉的实证主义哲学以及自然主义文风都与巴金十分相似。左拉的作品对巴金的作品烙上深刻痕迹，其中以《砂丁》和《雪》最为突出。奥尔格·朗详细说明了二者的相似之处及其差异。例如，巴金作品中有两个工程师同情工人，左拉小说中没有这样的人物。在这一点上，巴金笔下的中国生活却更像俄国，不像法国。接着她通过实例探讨了巴金和罗曼·罗兰的关系。她认为巴金的小说和罗曼·罗兰的《约翰·克里司朵夫》有相似之处也有不同。约翰·克里司朵夫通过艺术服务人民，而巴金及其笔下的年轻革命者对艺术并不感兴趣。他们通过社会革命努力使人民过上更好的生活，这一点更像俄国小说。但是，两位作家的政治观点不同。罗曼·罗兰想通过提高个人的道德素质来改变世界，而巴金则提倡革命。奥尔格·朗还提及雨果和莫泊桑对巴金的影响。巴金读过雨果的《悲惨世界》《海上劳工》和《巴黎圣母院》。虽然巴金承认不喜欢莫泊桑，但他的《复仇》刚一出版，就有评论家称其文风很像莫泊桑。此外，巴金的几篇短篇小说也与莫泊桑作品很相似。因此，奥尔格·朗总结，尽管巴金热爱法国和法国文化，但是法国和法国文化对巴金来说不如俄国文化和革命历史意义重大。

对于巴金和其他西方国家的文学之间的关系，奥尔格·朗指出在英国作家中，巴金喜欢狄更斯，读过《大卫科波菲尔》和《雾都孤儿》的汉译本。巴金读了《金银岛》，但他很少提到《格列佛游记》。他笔下的人物引用过布朗宁。巴金没意识到莎士比亚的伟大。德国作家对巴金的影响比英语作家还小。他对歌德很不屑，就像对莎士比亚不屑一样。巴金在《秋》的序言里只是引用了德国海因里希·海涅的诗句，来表达自己对当时苦难国家的希望。与同时代人一样，巴金对易卜生很感兴趣。巴金笔下的人物读易卜生的作品，还读斯特林堡的作品。而巴金与美国文化和文学关系则没那么密切。巴金引用过帕特里克·亨利的名句"给我自由或者让我死亡"，也读过惠特曼，却没有提过其对自己的影响。此外，巴金和其他革命者对美国电影也都不屑一顾。

奥尔格·朗还对巴金的创作手法与文学手法加以论述。首先，她指出巴金小说的成功取决于小说的内容，因为读者从中能够找到自己的对应位置。巴金小说之所以吸引人是因为它传达了一种温情，而且他总能保持乐观的态度。显然，巴金是在描述自己的经历，包括许多悲惨的生活遭遇、死亡、自杀等悲剧，巴金也因此而不时地陷入悲伤和忧郁。但是，巴金的悲伤并不代表悲观。他向读者传达一种思想：结束悲惨命运的方法就是起来斗争。巴金极少关注作品形式和写作技巧。比起故事情节，巴金的作品更注重人物的描述。因此，其作品中很少有令人激动的故事情节，而是向读者传递了激情和温暖。虽然有时候情节的展开不是十分成功，但是其作品中的许多描述——如对家庭生活的描述、对年轻人生活的描述——能够引起读者的兴趣。虽然巴金的作品都倾向于传达一个清晰的信息，但里面的人物和场景却都来自现实。巴金的想象力还是比较差的。描述人物时,巴金脑海里总是已经有了既定人选作为原型。其次,奥尔格·朗认为巴金的文学手法属于19世纪西方文学,因为他在叙述故事时总是坚持客观观点。巴金的许多作品,包括《激流三部曲》,都采用的是第三人称叙述。巴金也会毫不犹豫地表达自己对作品人物感情经历的看法,但是作为常态,叙述故事时巴金却将自己的想法剔除出去。为了弥补这一点,巴金总是在作品前加上序言、介绍人物以及叙述作品手法和目的。奥尔格·朗还从总体上对巴金的创作历程作了概括。她指出作为一名艺术家,巴金的成长不是循序渐进的。例如,巴金的第三部作品《家》在文学艺术角度超过了其前两篇《毁灭》和《死去的太阳》,但在《家》之后的作品却不及《家》的水准高。战争后不久,巴金迎来自己的一个创作高峰,而《寒夜》就是其中一部。巴金一系列作品,艺术角度上看水平不高,但从感情角度来看,确是成熟的佳作。《寒夜》是这一系列中的一部。《寒夜》中包含着一种年轻人喜欢的精神,而年轻人因此也把巴金当作朋友和顾问。虽然许多作家在艺术水准超过了巴金,却传达不出巴金所传达的温暖和热情。因此,巴金的读者原谅了巴金的一些瑕疵:不够幽默、讽刺不够强烈。最后,奥尔格·朗总结了巴金作品的语言特点,她认为巴金不像屠格涅夫一样语言简洁。除个别短篇故事语言较为简洁,他的其他小说的语言都十分冗长而且经常重复。

  从以上评介可以看出,奥尔格·朗对巴金及其作品的认识十分到位,基本上概括出了巴金作品的特点。她对中国共产党胜利后巴金的作品和生活的背景的介绍,有助于对巴金1949年前的作品的理解与评价。奥尔格·朗还指出巴金作为无政府主义者对中国共产主义的胜利做出了一定贡献,并在知识分子中创建了一种精神氛围,帮助他们接受共产主义。另外,她从比较文学的角度分析了巴金与西方文学的关系,深化了学界对巴金的认识。她对巴金与西方作家作品的比较研究,显示了她开阔的视野和良好的文学功底,她的研究是值得充分肯定的。该论文是英语世界第一部全面介绍巴金在1949年之前的生平和文学创作的博士论文。奥尔格·朗按照时间线索介绍了巴金在各个时期的人生经历,全面介绍了巴金在1949年之前的作品,对这些作品的主要内容、主要人物和主题思想做了介绍和分析。在介绍这些作品时,奥尔格·朗对巴金小说的分析研究的先后顺序并没有按照作品创作的时间顺序,而是根据小说叙述的时代的先后顺序排列的。这样安排能够更清晰地显示出巴金的生平活动与他的创作的关系。虽然从中国的巴金研究的角度来说，该论文内容或许仅限于介绍性，但是其对英语世界的学者和读者了解巴金还是非常重要的。因此，从某种意义上说，该论文在英语世界的巴金研究史上占有一定的地位，奥尔格·朗为此做出的努力是值得肯定的。但是在该文中，奥尔格·朗所研究的巴金本人的故事以及巴金所描述的年轻人的故事止于1949年，巴金笔下的年轻人的故事告一段落。巴金也不再描述他们，也不再沉浸于创作曾经给他带来巨大成功的小说中。在当时，中华人民共和国成立，中国开始了新的历史，巴金的生活也开始了新的历程。

2.《巴金和他的著作：两次革命中的中国青年》

1967年，奥尔格·朗的著作《巴金和他的著作：两次革命中的中国青年》(Pa Chin and His Writings: Chinese Youth between the Two Revolutions)是在她的博士论文《巴金和他的时代：过渡时期的中国青年》(Writer Pa Chin and his Time: Chinese Youth of the Transitional Period)的基础上完成的，并由哈佛大学东亚研究中心出版。这部著作材料丰富，引证翔实，是英语世界巴金传记研究的重要成果，也是英语世界的学者研究巴金的必备参考书。在该著作的前言中，奥尔格·朗做了简要的自我介绍。从简介中，可以知道奥尔格·朗出生并成长于俄国。她的家庭环境赋予她俄语和法语双重文学背景，也引起了她早期对民粹运动的兴趣。年轻时曾在列宁格勒和莫斯科学习俄国及欧洲历史和文学的她，早在高中时期就已经广泛阅读了俄国以及国际工人运动的历史。在大革命后，她又对这一主题进行了深入研究，在各种刊物上就国际工人运动发表了大量的作品。因此，她能够洞悉国际无政府主义及俄国民粹主义对巴金政治思想带来的影响，及俄国与法国作家对其文学写作的影响。1935—1937年，奥尔格·朗在中国生活。在这期间她学习了中文，并在北平对中国家族体制进行了调查研究。同时，她也认识了许多中国学生，因此也了解了巴金对这些青年学生所产生的影响。

该著作共420页。除引言外，共有12章。第一章介绍了巴金的童年生活，第二章讨论了巴金的政治信仰，第三章介绍了巴金在故乡的最后日子里的活动，第四章分析了《激流三部曲》中新文化运动时期的中国青年形象，第五章介绍了巴金在南京和上海的生活，第六章介绍了巴金在法国的生活，第七章介绍了巴金以及战前中国的文学世界，第八章分析了《爱情三部曲》中描写的战前国民党时期的年轻革命者，第九章介绍了巴金在抗日战争和国民党政权的最后时期的活动，第十章讨论了巴金和西方文明的关系，第十一章分析了巴金的文学功底,第十二章是后记,介绍了巴金在1949年之后的活动。

该著作与作者的博士论文相比较,虽然个别内容概述的范围更宽广,涉及的作家更多,提出的观点也更有启发性,但是基本思想观点有很多是相似的。例如,巴金的童年生活;《激流三部曲》的青年人物形象;《激流三部曲》与《红楼梦》的比较;巴金不加入国民党或共产党的原因;巴金在法国的生活;巴金与屠格涅夫的关系;《爱情三部曲》中的人物形象;巴金的《火》的第一卷和第二卷的内容与人物形象比较与分析;俄国对中国的文化影响;巴金与基督教的关系;巴金的作品以及作品中的人物与俄国文学的关系;巴金与西方文学的关系等。此处不再重复。本书只对奥尔格·朗该著作中较有创造性的观点给予关注。

奥尔格·朗首先指出这部书对巴金作品的讨论集中在内容上,而不是形式或单纯的艺术价值上。她认为巴金的文学创作已经被当作研究中国社会及思想文化历史的重要途径,因为巴金不仅仅是一个描述社会的创造性作家,同时也是一个想要改变社会的革命家,所以这一途径应该是合理的。因此,奥尔格·朗基本将该著作的重心放在小说及短篇小说的主旨上,而无意重视其形式。另外,虽然该著作最后一章对巴金1949年以后的生活及工作作了描述,但奥尔格·朗认为巴金及他所描述的年轻男女的故事结束于1949年。并且1949年中国历史进入了一个崭新的阶段,也是巴金生命结束前最重要的一个阶段。她指出:"他(巴金)变了,不再是一个反抗者,而开始遵从他所在的社会形态和需求。"("He has changed. No longer a rebel, he conforms to the ideaology and demands of the society in which he lives.")[1] 她认为巴金笔下的年轻知识分子的故事似乎也渐渐结束了,不再涉及这方面的主题,也再没有写过小说这一将他推向巅峰的文学题材。

奥尔格·朗首先介绍了巴金的无政府主义政治信仰,以及新文化运动、五四运动等对巴金的影响。然后,她分析了巴金信仰无政府主义的过程。巴金受彼得·克鲁泡特金(Peter Kropotkin)著名的宣传册《告青年》《An Appeal to the Young》和德国作家廖抗夫(Leopold Kampf)《夜未央》(Yeh Wei-yang)的影响很大。而爱玛·高德曼、克鲁泡特金和巴金偶然加入的一个无政府主义组织,第一次决定了巴金的政治未来:巴金于1920年成为

---

[1] Olga Lang, *Writer Pa Chin and his Time*: *Chinese Youth of the Transitional Period*, Columbia University, 1962, p.5.

一名无政府主义者。奥尔格·朗称："由于巴金幼年时期就接受了无政府主义世界观，所以对中国经济社会体制的斗争比对外国侵略斗争更加感兴趣：有时他把这种体制称作是封建主义，有时称作资本主义；只有在外国侵略比较尖锐的时刻，他才会积极加入到反帝国主义的斗争中，而他的大部分同龄人大致也是如此。"("Because of his early acceptance of the anarchist outlook on life, Pa Chin was more interested in the fight against the social and economic system of China, which he sometimes called feudalism and sometimes capitalism, than in the fight against foreign imperialism. Only in acute moments of foreign aggression did he take an active part in the anti-imperialist struggle which meant so much to most of his contemporaries.")[①]他响应克鲁泡特金"到群众中去，为群众战斗"的呼吁。正如他从自己的无政府主义老师那里所学到的一样，斗争的矛头必须直指"体制"而不是个人。对巴金来说，"体制"意味着当代的整个经济和社会结构，包括他深知并且深深厌恶的家庭和旧社会的负面影响。因此，巴金加入了无政府主义运动。奥尔格·朗指出巴金在上海和南京生活的最初几年，生活中最美好的一次经历就是开始与爱玛·高德曼通信。当时巴金的主要工作仍然是发表文章，他是无政府主义刊物和出版社的记者、编辑和翻译。同时，巴金对世界语产生了兴趣。尽管生活非常艰苦，但巴金在任何情况下都没有怀疑或者动摇他的无政府主义信仰。奥尔格·朗还介绍了中国的无政府主义运动的历史，李石曾、吴稚晖、刘师培、刘师复等人的无政府主义活动以及新文化运动之后共产主义和无政府主义的关系。

巴金在大革命时期，仍坚持创作小说，奥尔格·朗举例说明该期间巴金创作的小说深受当时的政治社会背景影响。巴金分别于 1930 年和 1927—1928 年在小说《死去的太阳》（Ssu-ch'ü ti t'ai-yang）和《灭亡》（Mieh-wang）中描写了 1923—1927 年这段时间内发生的事件。两部小说的主人公，吴养清和杜大心，都是活跃在学生和工会运动中的革命知识分子。对两个年轻人生活、心理和思想的描写，大多带有巴金自己的影子，尽管不如《激流》中的主人公多。旧中国家庭制度的弊端是造成吴养清和杜大心痛苦的源泉，与《激流》中高家兄弟的遭遇如出一辙，但在《死去的太阳》和《灭亡》中，却重点描写了更普遍的政治和社会问题。她认为《死去的太阳》解决了困扰巴金的两个问题：帝国主义和资产阶级知识分子在工人

[①] Olga Lang, *Writer Pa Chin and his Time: Chinese Youth of the Transitional Period*, Columbia University, 1962, p. 48.

革命运动中的作用，并概括了该小说的主要内容。《死去的太阳》以五卅运动为背景。主人公是学生吴养清，参加了 5 月 30 日和 6 月 2 日的示威游行，所以被学生组织委派到南京，帮助组织抗议集会。但他与工人的观点并不一致。组织的罢工以失败告终。小说还描写了吴养清和一位成都女孩的爱情故事。这个女孩的形象有些苍白，缺乏说服力。作为一名学生和罢工运动的积极参与者，在关键时刻，她比自己的爱人更加激进和勇敢，并主张继续罢工。人们肯定会认为这个生活在 1925 年的女孩能够找到一条打破她婚姻枷锁的道路。小说中引起读者注意的另一个人物是工人领袖王学礼（Wang Hsüeh-li）。与两个知识分子主人公不同，工人王学礼形象丰满、具有惊人的意志力，从来没有怀疑和动摇过。同时，吴养清在工人身上看到了自己周围同伴身上所没有的伟大。

奥尔格·朗认为巴金在创作早期小说《灭亡》时，对于革命者来说非常重要的两个道德问题，一直困扰着巴金：革命行为的动机是爱还是恨，以及对政敌实施暗杀的个人行为是否是有效的革命手段。她指出巴金的《灭亡》正好讨论了这两个问题，并对《灭亡》的主要内容给予简介：故事的主人公是诗人杜大心，与高觉慧（《激流》）、吴养清（《死去的太阳》）以及巴金自己有很多共同点。和他们一样，杜大心是一个来自富裕家庭的年轻人。奥尔格·朗对杜大心和他的爱人李清书（Li Ching-shu）的性格和经历做了介绍，还分析了小说中其他人物如张维春（Chang Wei-ch'ün）、王平春（Wang Ping-chün）等人的性格。虽然奥尔格·朗在叙述巴金的各部作品的内容梗概，但是她已经在为巴金在英语世界的传播提供了重要的文本信息。

奥尔格·朗按照时间顺序对巴金从 1928 年回国到 1937 年抗战爆发这一时期的创作情况做了细致的介绍和分析，也对巴金在此期间的行程做了清晰的勾勒。把大量的作品和复杂的行程纳入其中，由此可见她为此所做的努力。奥尔格·朗首先介绍了巴金与文学界的关系；巴金不加入任何文学组织的情况；也介绍了 1936 年随着抗战形势的严峻；巴金加入中国文艺家协会一事；介绍了巴金对西班牙内战期间的西班牙无政府主义者的支持；还介绍了巴金和鲁迅先生的交往等。奥尔格·朗分析总结，当巴金成为小说作家后并不快乐。第一，因为他因此而离政治工作越来越远，使他良心上感到内疚。第二，他总认为自己无法处理强加到作家身上的责任，无法给予读者满意的答复，因为他不知道该如何说。奥尔格·朗认为乐观主义和悲观主义、绝望和希望、勇气和懦弱、言行不一致，所有这些矛盾都反映在了巴金的生活和文学活动中。阴暗情绪主要体现在巴金个人生活中;他的小说和许多短篇小说,却表现出更加坚定的信念。在巴金尝试描写除自己外的人物时,描写他认为具有代表性的内容,描写当时中国的进步力量,也许表达他的一厢情愿时,他都会让他的读者在合上书的时候,感觉到光明的力量一定会取得胜利。同时,这种乐观基调也是《爱情三部曲》(巴金描写的 1929—1933 年中国青年生活的伟大作品之一)的特点。

巴金在抗日战争和国民党政权的最后时期,一直生活在上海。奥尔格·朗对当时的主要活动给予描述:1937 年 7 月 7 日,中日军队在北平附近的卢沟桥发生激战,标志着中日战争的开始。8 月 9 日,战火蔓延到了上海。当时,巴金在上海。他住在法租界,继续从事文化生活出版社的编辑工作。战争爆发后,他决定先放下组织的无政府主义原则,加入了于 1938 年 3 月在汉口成立的中华全国文艺界抗敌协会。奥尔格·朗指出巴金虽然信奉无政府主义,但是他坚定地反对军国主义。巴金是一个国际主义者,但是不像许多无政府主义者一样,他从来没有将自己对所有民族的同情和理解延伸到将国际主义变成世界主义的地步。1937 年后,他毫无保留地支持民族独立,同年秋公开地强烈抗议侵略者的行为、抗议纵容他们这种行为的日本人。奥尔格·朗指出,在抗日战争最后两年,巴金写了两部作品,受到了读者的特殊关注。一部是《第四病室》(*Ti-ssu ping-shih*),小说中描写了战时医院的恐怖条件,和一个理想主义女医生想改变这种条件的徒劳尝试。另一部是《憩园》(*The Garden of Reset*)。在这部充斥着悲伤的小说中,巴金再次以家庭关系为主线,但出发的角度与之前作品并不相同。《憩园》中的家庭悲剧不再是传统中国家庭制度的结果;他们可能发生在世界的各个角落。这部作品的内容、故事背景、几个人物和故事环境都是受到了巴金最近一次回成都的经历的启发。从战争结束到共产党执政的四年期间,巴金在上海定居。文化生活出版社也搬回了上海,巴金又恢复了他的编辑工作。奥尔格·朗指出 1945—1949 年,巴金的作品并不多。他完成了小说《寒夜》(*Han yeh*),这部小说是战时他在重庆开始着手写的。奥尔格·朗认为这部小说是巴金战后作品中最重要的一部,也是最具有说服力的一部。在分析人物和他们的动机时,巴金达到了其他作品中很少达到的深度。但是,这是一个非常压抑的故事。悲伤甚至有点绝望的风格曾经会偶尔出现在《火》第三卷中,而且在《第四病室》中这种风格也非常明显,但是在这部小说中,却成为小说的主要基调。小说清楚地反映了作者的压抑心情,以及战后他生活的周围环境。

奥尔格·朗认为巴金在战后写的作品反映了他在战争结束时同样不快乐的状态，因为他看到了周围的痛苦、饥饿和寒冷。与为了美好未来而奋斗的人们不同，巴金只看到了不公正社会的无助牺牲品，以及阻碍美好未来的人们，包括冷漠的官僚、战争获利者，以及只关心自己的人们。除了《第四病室》中的女医生，巴金在1943年后写的小说中没有一个斗争者。就像最后几部小说描写的，国民党统治下的中国是一个阴暗的地方。

对于巴金和西方文明的关系，奥尔格·朗指出在20世纪上半叶，西方政治和道德观点以及西方文学对中国产生了深远的影响。巴金也受到了西方文明的影响。她还对俄国和西方的关系做了辨析。她认为俄国与西欧国家（和美国）文化存在不小的分歧，所以她将俄国对中国文化的影响与西方对中国文学的影响区分开来讨论。在巴金的思想形成过程中，奥尔格·朗总结出三种西方思想起到了主要重要作用：国际无政府主义、俄国民粹主义以及法国革命（程度较小）。她的博士论文在分析巴金的思想形成时只提到了国际无政府主义和俄国民粹主义，在该专著中补充了法国革命，可以视为她对这一问题思考的深化。然后她依次分析了国际无政府主义思想和俄国民粹主义对巴金的影响，但并没有提及法国革命在巴金思想形成过程中的作用。

接下来奥尔格·朗分析了巴金与英语文学和德国文学的关系。对于巴金与英语文学的关系，奥尔格·朗没有直接将巴金的作品与英语文学进行比较，而只是列出巴金阅读狄更斯（Dickens）的小说和乔治·吉辛（George Gissing）的随笔。《家》中的主要人物亦阅读了罗伯特·路易斯·史蒂文森（Robert Louis Stevenson）的《金银岛》（*Treasure Island*），并且编排了一场以这本小说为主题的舞台剧。巴金翻译了奥斯卡·王尔德（Oscar Wilde）的短篇小说；他偶尔也会提到《格列弗游记》（*Gulliver's Travels*）以及英国诗人和宪章派的托马斯·库珀（Thomas Cooper）。奥尔格·朗还指出巴金没有发现莎士比亚（Shakespeare）的伟大，他作品中的人物也很少提及莎士比亚。与英国文学相比，德国文学对巴金的影响更小。奥尔格·朗指出，巴金的作品中从来没有提及席勒（Schiller），他从来没有提及歌德的《少年维特之烦恼》（*The Sorrows of Young Werther*）。巴金对浪漫爱情不感兴趣，却一直致力于推毁旧式家庭制度，所以他无法接受《少年维特之烦恼》中家庭生活中的理想主义。巴金在1940年提到了海因里希·海涅（Heinrich Heine），诗人的诗句"祖国永远不会消逝"帮助他燃起了自己的希望。奥尔格·朗指出，可以肯定的是巴金对特奥多·施托姆（Theodor Storm）感兴趣，因而翻译了他的多部作品。奥尔格·朗还分析了巴金与易卜生、勃兰兑斯的关系。奥尔格·朗指出巴金与他同龄同胞一样都对易卜生产生了极大的兴趣。挪威剧作家对西方公众和家庭生活中存在的虚伪而进行的积极反抗与持不同政治信仰的现代中国年轻人的思想非常接近。易卜生的《玩偶之家》(Doll's House) 和《人民公敌》(An Enemy of the People) 深深吸引了巴金撰写的自传式三部曲中的男主人公们。接着奥尔格·朗指出巴金对丹麦批评家乔治·勃兰兑斯 (George Brandes) 很感兴趣，巴金尊敬他就像尊敬克鲁泡特金的朋友，并且在其作品中多有提及。

对于巴金与美国文学的关系，奥尔格·朗指出巴金很少在其作品中借鉴美国历史和文学。巴金引用了帕特里克·亨利 (Patrick Henry) 的"不自由，毋宁死"，这句话可能是艾伯特·帕森 (Albert Parson) 在芝加哥无政府主义者审讯中的演讲中所说。他也曾提到托马斯·佩恩 (Thomas Paine)。他阅读过华盛顿·欧文 (Washington Irving) 和惠特曼 (Walt Whitman) 的作品，无政府主义者认为惠特曼是一名无政府主义者。他还翻译了美国激进诗人马克·库克 (Marc Cook) 的诗歌，因为艾伯特·帕森 (Albert Parson) 在被处死前读了这首诗。

但是，巴金阅读的书籍不仅限于上述国家的文学作品。奥尔格·朗指出巴金还阅读、翻译和编辑了其他西方国家作家的翻译著作。他仔细研读了当代日本书学，并且认为自己从日本作家的作品中获益匪浅。她认为巴金阅读过的并且给他留下深刻印象的西方作家几乎全部来自19世纪，一个在精神上始于1789年止于1914年的世纪。因为巴金很少提及19世纪之后的西方作品，所以在他1949年前创作的作品中，未曾追寻到他受20世纪文学作品影响的任何痕迹。

奥尔格·朗认为巴金的文学功底直接影响着其文学创作的特征。她指出，博览西方文学对巴金所产生的影响不仅反映在他作品的内容中，还反映在其作品的形式上。采用一种新的西式风格，对巴金来说是完全符合逻辑并且自然流畅。对于巴金和其他现代作家而言，与过去彻底决裂是不可能的，但是如果将中国文学传统的因素与从西方文学借鉴的因素结合在一起，将会产生一种新的文学风格。巴金曾多次提到不是他特别关注文学形式、方法和技巧。因此，她认为巴金取得成功的主要原因是由于他所创作的短篇小说的主旨。他的读者喜欢他，是因为他们认为自己就是巴金作品中的主人公，并且在他的短篇故事中能寻找到许多解决当务之急的问题的答案。因此，奥尔格·朗评价巴金：如果巴金不是一个好的作家，不能用恰当的艺术形式表达自己的情感，那么便无从确定他的作品能否给人们留下如此深刻的印象。他的文学功底比他自己承认的还要深厚。他知道该如何讲述一个故事，而且从西方文学中习得的新文学方式提升了他作品的价值，使读者能够找到每一件当下事情的影子。这种质朴但充满感情的，以及诗意的语言也铸就了他的成功。与19世纪的俄国作家一样，他更关注对人物的描述，而不是故事本身，因此他的小说中缺少令人兴奋的情节。然而，他的作品中总是有一个情节，而且小说的结构，尽管非常朴素，但是却非常精湛。如果巴金不是严格按照计划创作，他的小说不会如此吸引人。此外，小说中充满了引人入胜的情节，并且讲述方式充满激情和热情。这种方式似乎不必从西方观点中借鉴，从家庭生活、年轻人、会议、街头情景以及人物之间对话的画面就可非常生动地表现出来。正是他的这些写作技巧引起了读者的兴趣。

　　奥尔格·朗分析了巴金选择小说作为创作体裁的原因，她指出巴金对最喜欢的文学体裁的选择主要由其故事的主题所决定。他首先想描述他的年轻同伴们的生活对他们所成长的动荡不安时代社会背景的映射。由于在所有文学体裁中，小说能够最好地实现他的目的，因此他选择了小说来实现他最珍爱的文学计划。由于他的小说描述了新的生活方式以及新观点，巴金自然也采用了新的文学形式。对于他这一代，新的文学形式就是19世纪西方小说的形式。

　　接下来奥尔格·朗分析了巴金小说的叙述视角。她指出巴金喜欢阅读以第一人称创作的短篇小说。对于一个年轻的、没有经验的作家而言，以第一人称进行创作是最简单的方法。他能够描述他所知道的，并且避免谈到自己不知道的事情。在创作描述外国生活的第一部短篇小说时，他就采用了这种方法。他对外国生活了解甚少，所以不敢谈论任何事情，除了即时观察到的事情。之后，当他变得更加成熟、见识更广，并且描述自己祖国的生活时，他在短篇小说中更多地采用了第三人称进行叙述，因为这是在他所熟悉的土地上。然而，在创作小说时，从最开始，巴金就喜欢采用这种方式，或许因为他非常了解小说中所要描述的生活，以及年轻的中国革命人士的生活。在他的所有作品中，只有五部小说采用了第一人称，其中三部是日记形式。当采用第一人称写作时，他努力坚持叙述者的观点，并且通常都成功了，甚至他选择了与自己观点截然不同的叙述者。

　　奥尔格·朗发现，在很多短篇小说以及一部长篇小说中，巴金采用了

"框架故事"的方式，这种方式在西方文学中非常常见，但是在中国却是一种全新的方式。他从屠格涅夫和莫泊桑（Maupassant）的作品中学会了这种技巧。他在人物的公共生活、他们与亲人的关系以及他们的恋爱行为中展现他们性格的关键特征。他采用倒叙的方式讲述过去的历史，并且让小说中的人物采用对话或者有时采用内心独白的方式来表示他们的情感。奥尔格·朗还对鲁迅与巴金对环境描写的不同作了比较，她指出鲁迅认为不需要采用景色作为背景，并且很少在其作品中描述自然环境，而巴金却不同，他大手笔地描写景色和天气。因为景色和天气描写能够缓解主人公的心情和情感经历。因此，在《雨》中，寒冷的雨水夹杂着人们无力追查被国民党警察带走的年轻革命女孩的悲伤和绝望。在写给朋友的讣文中，以及讲述自己的悲伤心情时，其作品中经常会出现冷雨和灰蒙蒙的天空。在《激流》中，有很多关于高家大宅周围的湖水、果园和竹子、松树林的美丽描述，以及飘过湖面的轻柔音乐。这些画面烘托了大宅院内年轻人的故事，他们的爱情、快乐和痛苦，他们年轻的忧郁与渴望。

　　巴金还不时地对其作品中人物的经历进行评价。奥尔格·朗解释说，他经常在作品的前言或后记中解释人物动机和行为，描述他采用的文学方式，并且说明创作主旨。同时，他写了几篇关于自己作品的长篇文章。巴金作品的情感力量深深地吸引了读者，尤其是年轻读者，奥尔格·朗认为他们受到巴金作品吸引的原因还在于这些悲伤和悲剧短篇小说的作者是一名乐观主义者。奥尔格·朗反对那些认为巴金是一位悲伤而忧郁的作家的观点，并反对悲观主义者对他的指责。作者认为这些指责都是毫无道理的。奥尔格·朗指出巴金曾经讲述许多悲伤的故事、荒废的人生、暴死、处决和自杀。因为作为一个现实主义作家，他必须描述周围的世界，并且在过渡时期的中国，生活是非常艰苦的甚至是悲剧的，然而美好的事情却非常少。由于巴金具有强烈的同情感，他忍不住会经常沮丧和忧郁。但是他的悲伤并非是悲观主义。巴金还向读者展示了结束自己痛苦的方式，以及为之奋斗的人道。《激流》三个部分全部以年轻人的胜利而结束，他们反抗过去的黑暗势力。即使巴金作品中的英勇革命人士死于悲剧，但是他们并非白白牺牲，因为其他人将会继续他们的斗争。事实上，巴金小说中有许多具有反抗精神的英雄式人物，这要比在现实生活中遇到的还多，这就证实了巴金的乐观主义，以及他对人类美好生活的渴望。奥尔格·朗认为《第四病室》和《寒夜》属于例外情况，这两部作品写于战争后期以及战后初期。这两部作品的基调确实是悲观的，反映了当时巴金绝望的心境。但是在青年人中，《第四病室》和《寒夜》的受欢迎程度并不高。尽管在艺术能力上超过巴金的其他现代作家也不胜其数，但是却没有一位作家像巴金那般热情专注地描写青年人。由于他的热情和专注，他的读者原谅他在写作方面的一些缺点。他缺乏幽默感，并且用的讽刺性语言也很蹩脚。他的最大缺点是不擅长描写负面人物。奥尔格·朗认为巴金对负面人物的描写毫无说服力。唯一的例外是对《家》中高老太爷的描写，高老太爷的原型是巴金自己的祖父。也许，巴金成功地描写了他，是因为他爱这位老人，尽管他既残酷又固执。

奥尔格·朗还对巴金的写作速度和作品作了总体评价，奥尔格·朗指出，巴金在写作时通常充满极大的热情，所以写作速度非常快，并且不对作品做恰当的修改。在巴金的长篇小说中，重复内容颇多、细节烦琐，而且有些篇幅过长，或至少从西方人来看是如此。然而，这种批判几乎不适用于巴金的短篇小说。他的多数短篇小说语言简洁，且通常有一个有趣的主题，涉及很多问题，并且描写各种各样的人。因此，巴金没有将自己的写作范围局限在只描写中国知识分子上，他还描写了各国和各阶级的人。

最后奥尔格·朗对巴金的创作道路作了总结。她指出巴金成为一个艺术家的道路并非一帆风顺。他的第三部长篇小说《家》的艺术性肯定高于他的前两部作品《灭亡》和《死去的太阳》。但是，之后的几部长篇小说，包括《爱情三部曲》，都未达到《家》的艺术高度，尽管巴金说《爱情三部曲》是他最喜欢的作品。抗日战争期间以及战后，对于巴金来说，是新的创作成就时期。他创作了温暖但又有点悲伤的小说《憩园》，以及他最优秀的悲剧小说之一《寒夜》。

接下来奥尔格·朗分析了巴金作品中强调的很多特点受到共产主义国家鼓舞的原因。首先是巴金的作品提倡为了共产主义事业而牺牲自己的利益。巴金的作品中不断呼吁"为了其他人而活"的思想，不断重复着自我牺牲"是真实生活的条件"的主张。此外，他作品中的正面人物，至少是最吸引人的人物，就牺牲了自己。而他作品中的那些自私自利的"利己主义者"则是不光彩的代表。其次渗透在巴金作品中的另外一种感情是他非常喜欢集体生活。巴金为奠定在中国广泛实施的集体主义和个人自我牺牲的基础做出了贡献。在他1949年之前创作的散文中，他经常承认自己的错误，并且将它们归咎于他的"封建""资本"和"小资产阶级"出身。他作品中的人物也是如此。在《火》前两卷中描述的自我批评会议就像是一个非常自然而且有益的过程。

奥尔格·朗还分析了巴金对苏联的态度，她指出尽管在1949年以前，巴金对苏联持反对态度，但是他为俄国在中国的知名度做出了很大的贡献。他的反苏联言论仅隐藏在一些无名的无政府主义刊物中，这些刊物通常只有很少的读者。另外，他的散文、长篇小说以及短篇小说表达了对过去俄国革命人士和民粹主义者的崇拜。

奥尔格·朗指出随着形势的发展，巴金必须证明他已经与无政府主义彻底决裂。首先，他在所有作品的新版本中删除了所有无政府主义色彩。巴金重新创作了他的传记作品，他自称自己是五四运动的产物，却未提及无政府主义是当时的重要趋势和运动。在《激流三部曲》中的李家年轻成员以及他们阅读的小说中同伴阅读过的书籍和刊物目录中，已经删除了所有的无政府主义标题，克里泡特金的《告青年》(*An Appeal to the Young*)除外；而且将共产主义史学家证明过的关于社会主义的一些书籍添加到了阅读目录中。在《春》的原著中，年轻人向在上海和北京的无政府主义和社会主义组织写信寻求指导；而在1958年的版本中，他们只说自己是社会主义者。高德曼已经从《忆》、从巴金的散文和长篇小说中消失了。其他的无政府主义者，如刘师复、凡宰蒂等人也都从他的作品中消失了。对于克鲁泡特金，巴金只是简单地说他过去"受到了克里泡特金的深深影响"。《雨》中的吴仁民不再引用巴枯宁的名言："毁灭的精神也是创造的精神。"尽管《雪》中的主人公仍然重复巴枯宁所说的非常普通但是不很容易理解的名言："个人的自由就是人民群众的自由"（"Individual freedom is the freedom of the masses"）[①]，但是却不再提及无政府主义领袖的名字。奥尔格·朗进一步指出，巴金甚至否认他笔名的由来，"巴"和巴枯宁没有任何联系，而是一个曾经在蒂耶里堡学生公寓住过一个月的中国学生的名字（后来自杀了）；"金"仍代表克里泡特金名字的最后一个音节，但是成为作者的名字却是非常偶然的：一个朋友知道他正在寻找一个合适的笔名，然后看到了放在他桌子上的克鲁泡特金的书，就"半开玩笑"地建议"金"用在"巴"后面最合适不过了。

如果读者阅读了巴金作品的新版本，将无从知道巴金曾经是中国无政府主义运动的一名积极和杰出的成员。奥尔格·朗以第十四卷为例，说明所有

[①] Olga Lang, *Pa Chin and his Writings*: *Chinese Youth between the Two Revolutions*. Havard University Press, 1967, p.269.

关于无政府主义历史和理论的文章已经被删掉，并且不再提及。这些读者将只知道巴金积极地参与了成都的革命年轻组织；如果细心的读者没有略过《我的童年》以及《作品集》第十卷中的脚注，那么他们将知道这是巴金曾经参与过的无政府主义组织，并且会为此感到非常遗憾。其他十三卷中，以及第十卷中的其他539页都没有提过无政府主义。读过这几卷的读者将会了解在去法国前（1923—1927年），巴金仅仅是在闭门看书。

奥尔格·朗还指出巴金不仅声明自己与无政府主义脱离了关系，还改变了自己对某些西方政治人物的态度。1940年他所列的他崇拜的伟大法国人的名单中，到1961年仅留下了伏尔泰、卢梭和法国革命领袖。他对俄国的态度也发生了变化。自1949年以后，他就已经忘记了所有对苏联政权的担忧。1952—1958年，他曾三次访问苏联。他受到了俄国人民、俄国文学家以及政党的热烈欢迎，并受到了他们的赞扬，被称为是连接俄国和中国友谊的牢不可破的纽带。奥尔格·朗指出巴金从传记中删除了俄国民粹主义，这使年轻的读者无法了解俄国民粹主义在帮助他塑造俄国革命人士形象方面重要的作用。但是，他没有删除小说中的英雄式民粹主义者，并且继续表达对俄国经典文学的崇拜；他知道他从屠格涅夫那里获益匪浅，并且说他现在比1949年以前更加欣赏契诃夫和高尔基。

在介绍巴金的创作情况时，奥尔格·朗指出自1949年以后，巴金的创作数量开始减少，但是显然他有更多的时间用在读书上。他对俄国文学和文化批判主义的理解更加透彻。他采用了马克思主义文化批判主义的形式，并且谈论他以前从未采用的批判现实主义、社会现实主义、自然主义、正面主人公和负面主人公。

奥尔格·朗指出20世纪50年代和60年代初，巴金改变了对中国文化传统的态度。他接受了顽固的旧式中国教育，并且喜欢用方言写的经典诗歌和长篇小说，但是在1949年以前，他很少提到它们。他以自己是一个现代作家而自豪。但是在20世纪50年代，中国批评家开始指出他的作品"没有足够的中国气息"，他的作品"过度欧化"，并且他的散文"既不属于中国风格，也不属于外国风格"。他同意批评家对他的大部分批评：他的风格不好，作品中有很多的野蛮行为；这归因于在文学创作初期，他翻译了很多外文作品，并且在没有经验的情况下，他按照字面意思翻译，并且模仿了外国句子结构。在对这些作品进行修改时，他尝试避免这种缺陷。他说他从欧洲、美国和日本小说中学到了很多知识，但是现在他只强调中国作品对他的影响，特别是对他写的散文的影响。他说，最重要的是现代作家对他的影响，包括鲁迅、叶绍钧（叶圣陶）等人；但是他也喜欢从成都传统老师那里学习的知识。正是因为他们"真正地学会了如何创作"，"在写文章时，如何坚持一个主题"。他甚至感谢他们让他背诵《古文观止》（最优秀的传统选集）中的两百篇经典文章，他很遗憾没有从中习得更多的知识。他极高地评价了旧中国文学。在重新思考自己对中国经典传统的态度时，巴金想起了几部中国作品。与老师要求他阅读和背诵的经典散文相比，他更多的是受到了一部方言作品的影响：《岳飞传》（*Shuo Yüeh chuan*）。在1949年以前，他从来没有在传记随笔或者小说中提过岳飞的故事，但是在共产主义的中国岳飞非常受尊敬，如果一个人在童年时期读过岳飞的故事，就证明这个人是爱国主义者。奥尔格·朗指出巴金还说他喜欢"受压迫民族的作家"所创作的故事。在此之前，他从来没有提过他们，但是鲁迅对他们非常感兴趣，并且翻译了他们的一些作品。

接下来奥尔格·朗分析了巴金对作品的改动，她指出除了删除能够确定作品中的人物是无政府主义者的细节外，巴金必须修改与党的路线相违背的其他"偏离"；有些修改不会破坏作品的艺术价值，而有些却会造成破坏。巴金必须要让他的作品变得更加乐观，而这个重要要求很难达到。尽管许多作品都有一个悲伤的结局，但是几乎所有作品基本上都是乐观的。他们通常会传达这样一种信念，即年轻生命的牺牲将帮助创建一个美好的未来。然而，这种乐观主义在现在看来似乎过于微妙；为此需要采用更加炫目的色彩。巴金努力去达到这种要求。最重要的改动似乎是对《第四病室》和《火》第三卷的改动。巴金还仔细考虑了《雪》及《寒夜》的悲伤结局，并且同意批评家们的责备意见。奥尔格·朗指出在为适应政权统治需要而做的记录背后，一个局外人很难想象巴金个人的紧张和压力。

奥尔格·朗认为巴金对国民党统治下的中国存在的懒散富人以及苦难的群众的谴责，肯定是真实的。他在某些方面坚持他的旧观念，例如他现在支持对家庭的新式攻击，猛烈抨击"愚孝"。他曾经多次回到成都，并且看到他的亲人，国民党政权末期的"大少爷们"靠着他们继承的遗产而生活，却还瞧不起工人们。现在，他们的报应到了。奥尔格·朗列举了巴金的堂姐、堂哥和一个老朋友在1949年之后生活的转变。奥尔格·朗还指出朝鲜的中国志愿者以及他们英雄事迹的故事可能是劣等文学，大部分是这样的，但是民兵向巴金讲述的生活是真实的。当讲述他们生活中的遭受饥饿、被地主残酷压迫、高地租、父亲被迫自杀、姐妹被卖为奴,以及士兵们在国民党和军阀军队中受到的非人性虐待时,巴金被眼前的画面所深深地震惊了。

奥尔格·朗还介绍了巴金再次到云南矿业小镇的经历。20世纪30年代,巴金在浙江看到煤矿工人的艰苦生活,以及关于云南锑矿条件的报告,都用作了《雪》和《砂丁》的创作背景。1960年,他再次来到了曾经描述的云南矿业小镇,他看到了一座美丽繁荣的现代城市。奥尔格·朗还提到了巴金的《一场挽救生命的战斗》(*Battle for Life*),他在这部作品中以赞同的态度记录了共产党如何坚持让医生努力去救治病人的过程。

奥尔格·朗指出巴金仍然坚持他以前的观点,在嘲笑知识分子以及他们自私行为的同时,他仍然崇拜工人、崇拜他们对工作的奉献、对党的忠诚,以及牺牲自己的准备。1949年前,他也表达了类似观点。他发现,如今的中国比以前的中国更加公正,并且以前的克里泡特金式公正是一个伦理社会所必需的。在中国,共产主义者更多地谈论到道德和自我牺牲,这加强了他想成为新社会有机部分的欲望。尽管他现在嘲笑自己在1927年一直关注伦理,但是人们仍然感觉在他的最新著作中,在高龄的巴金的眼中,伦理问题仍然是至高无上的。在巴金放弃了国家反对的无政府主义观点后,像许多共产主义者和非共产主义者一样,他为实力不断增强的国家感到骄傲。与所有同龄人一样,他想起了过去的耻辱,而当他说到所受的耻辱时,他的愤慨是真实的。例如,当他想起上海公园门口的臭名昭著的标语:"华人与狗不得入内"时,他义愤填膺。

奥尔格·朗分析了新时期的巴金是否快乐这一问题。她指出,首先要想快乐,作家就必须要创作,并且他的作品能够出版。但是1949—1966年,巴金的创作作品较少。他为什么没有创作或者出版更多作品呢?他说过,他有很多文学计划,但是,在1963年,大多数情况下,他唯一的工作是创作一部关于朝鲜志愿者的中篇小说(约250页)。1966年,他尚未写完。1956年,在与一位俄国记者的对话中,他解释了他文学创作数量少的原因,实际上就像其他中国作家一样,他将大量时间耗费在为不同机构工作,参加会议,等等。一年后,也就是在1957年的"百花齐放"期间,与许多其他作家一样,在毛主席的邀请下,巴金因为对国家的忠诚以及对国家繁荣的期望,他出了许多批评意见。他公开地提出一些对出版业和现代话剧的"不正确观点",尽管这种独立观点有时无法让人容忍。在"百花齐放"时期后,出版界斥责了巴金,并且在1958年,巴金谦虚地为他的观点道歉,再次以他是官僚主义和地主家庭后代作为挡箭牌。两年后,也就是在 1960 年,他恭敬顺从地看到周围存在"充实、美丽的生活"。然而,在 1962 年,他又发出了中国作家需要更多表达自由的声音。之后奥尔格·朗指出巴金想成为新社会的守法的一员,尽管年事已高,巴金仍然是"具有青年决心的人";他仍然尝试着进行改变,并且进行充分调整。最后作者以一个疑问句结束了本书:他是否会成功呢?

此外,奥尔格·朗在该著作中拓宽了巴金研究领域,或在其论文的基础上拓宽了多项对巴金的研究的探讨与思考。例如,巴金与俄国文学关系。奥尔格·朗补充了巴金和契诃夫的关系。她引用巴金本人的说法指出虽然巴金在 1949 年以前就阅读了契诃夫的作品,但是从 1949 年才开始理解契诃夫。她认为巴金在 1944 年创作的《第四病室》的标题和象征意义模仿了契诃夫的著名小说《第六病室》(*Ward Number Six*)。虽然巴金自认为他的病室仅是战争时期中国的微型缩影,正如契诃夫小说中的病室是指世纪之交时沙皇俄国的象征。奥尔格·朗还指出在 1949 年前,巴金不了解高尔基的作品,所以他的作品中没有提及过任何一部苏联文学的作品及其中的人物。再如,巴金作品中多数正面人物都有信仰,而《新生》中的人物李冷由于缺少信仰而备受折磨。他通过自己创作的小说中的人物〔该人物姓名取屠格涅夫的《罗亭》中的罗亭以及《处女地》(*Virgin Soil*)中的涅日丹诺夫(Nezhdanov)的话〕,表达了自己的痛苦。不过,在之后的人物发展中,巴金没有采用与屠格涅夫(Turgenev)一样的方式。最后,李冷最终找到了自己的信仰,并高兴地为了事业牺牲了自己,而涅日丹诺夫(Nezhdanov)却自杀了。

奥尔格·朗还对巴金与契诃夫小说的共性给予总结。在巴金的《激流》三部曲的结尾,家庭解散了,美丽的宅子和花园都被卖了出去。在听到这个消息时,家里的年轻成员都非常伤心,因为他们喜欢家里的老房子,而琴的话与契诃夫《樱桃园》中的人物的话较相似。奥尔格·朗认为巴金很可能读过契诃夫的戏剧。只是从年轻女孩琴的口中很自然就说出来这些话,这些话与她的态度一致,使人很难说它是有意识地借用契诃夫小说中的情节。此外,在巴金的小说中,经常有对城市生活的描写:熙熙攘攘的上海街道、鲜艳的标志和广告、贫富差距、挨饿的黄包车车夫、妓女,所有这些都是走在街道上、一个陌生伤感年轻人眼中的城市生活。这些描写让人想起了阿尔齐巴舍夫(Artzybashev)、安德烈耶夫(Andreev)和罗普申(Ropshin)描写的圣彼得堡和莫斯科的阴郁冬天和秋天。

巴金在1949年之后的活动也是该专著中奥尔格·朗补充的内容。奥尔格·朗经整理分析得出：1949年之后，巴金的作品在中国仍然相当受欢迎。国家出版社已经出版了其每部作品的多个版本，并于1958—1962年，出版了他在1949年前创作的十四卷《作品集》。共产党执政初期，他就被委任多项公职。在共产党执政后的前16年里，巴金去过国内外很多地方，并且多次回到家乡成都。除了公务占用了大量时间外，他一直忙于翻译作品，以及出版作品的新版本。他仍然继续创作，并且出版了几部短篇小说、随笔和散文，全部与他的政治任务有关。巴金1949年前创作的作品经常受到批判，因为共产主义国家无法轻易地接受这个著名的无政府主义者。但奥尔格·朗认为事实上，巴金为共产主义在中国的胜利做出了巨大的贡献。他在知识分子之间营造了一种感性氛围，来引导他们接受共产主义革命。他想创造的理想社会是一个自由无政府主义联邦政府，与20世纪三四十年代中国共产党效仿的苏联的制度完全不同。然而巴金很少在他的小说作品中明确地谈论无政府主义，并且只有拥有政治经历的读者在仔细推敲后才会认为小说中人物是无政府主义者。对于大多数读者，《激流》中的高家兄弟以及《爱情三部曲》中的陈真、吴仁民和李佩珠等仅是"革命人士"，是旧制度的敌人。巴金的小说中关于主人公表明自己是无政府主义者的内容很少。在这一部分奥尔格·朗详细介绍了巴金在1949年之后的活动和创作，对他在新政权的统治下修改旧作品做了细致的分析，这无疑对于我们了解巴金在当时的心态很有帮助。作者能够意识到巴金作品的不同版本，并对其进行比对和研究，这一点是值得肯定的。

　　以上的论述比较都是奥尔格·朗在该论著中较其博士论文补充或深化的内容，显示了她对巴金研究的进一步思考。此外，她还指出在某些情况下，巴金意识到他描写的这些事件、感觉和形势与俄国作家所描写的非常相似。在某些情况下，有人认为巴金对俄国文学的阅读，直接影响了他对所关注事件或动机的阐释。就像是克鲁泡特金、爱玛·高德曼和廖抗夫帮助年轻的巴金清晰地表达他心中模糊的政治和道德观点，而且在他的小说中，俄国作家也提供了这样的帮助。读者发现巴金作品和他很可能没有读过的俄国作家的作品存在惊人相似性，其原因可能是中国生活和俄国生活之间也存在相似性，从而使这种无意识的自然借用变得非常明显。这些相似性显然是出于巧合。

　　最后是该书的注释、参考书目、术语和索引部分。奥尔格·朗做了大量注释，其中引言部分7条，第一章88条，第二章105条，第三章29条，第四章41条，第五章77条，第六章79条，第七章188条，第八章39条，第九章129条，第十章201条，第十一章33条，第十二章71条。从这些注释中能够看出奥尔格·朗所下的功夫。在参考文献，奥尔格·朗首先列出了巴金的作品，并对其首先做了如下说明：大概从1951年开始，巴金改变之前作品的共产主义革命的风格，主要是为了迎合中国的民主政治潮流以及20世纪50年代到60年代的文学趋势。奥尔格·朗声明一般只引用巴金1949年以前的作品，并且是在1951年之前出版的。当奥尔格·朗需要用到后期的作品时，她会与前期的作品比较。只有很少情况不得已才会使用到后期的作品。如果出版日期与以下的版本引用的不一致，已经加以备注。同时，巴金的作品只是简单的列举作品名称，那些注明李芾甘，芾甘，黑浪，佩竿都是笔名。之后一次列举了巴金的小说、自传、游记，署名李芾甘或芾甘、吴、惠林、黑浪、佩竿的著作和散文集以及零星作品，之后是巴金的翻译著作，也包括以芾甘、黑浪等笔名翻译的著作，然后列举了巴金作品的英语、德语、意大利语、日语、波兰语、俄语译本。奥尔格·朗还列举了该书的200多条一般参考文献。最后，奥尔格·朗列出了该书的术语表和索引，以方便读者检索。

该著作是英语世界资料最丰富，介绍最详尽的巴金传记。著作中涵盖了尽可能多的参考文献，尽量使其论述更全面更有根据，这种严谨求实的治学精神值得充分肯定。在1960年前后，奥尔格·朗开始关注巴金与外国文学的关系，并对这个问题进行了详细的讨论，这是难能可贵的。奥尔格·朗注意到巴金在1949年之后的处境以及对作品所做的修改，并具体指出他改动了哪些，这对于研究巴金作品的版本以及巴金当时的思想状态都很有帮助。书中前十章的论述对中国巴金研究者来说似乎新意不多，但这些内容对英语世界的研究者来说却很有参考价值。因为他们在看不到中文材料或中国学者的研究成果的情况下，这部书必然成为他们研究巴金的必备参考书。例如1965年纽约城市大学布鲁克林学院的米歇尔·罗（Michele Rowe）的学位论文《巴金〈家〉的研究》（*A Study of the Family by Pa Chin*），1989年宾夕法尼亚州立大学的儒艺玲（Ru Yi-ling）的学位论文《家族小说：通用的定义》（*The Family Novel：Toward a Generic Definition*），1972年宾夕法尼亚大学戴安娜·格莱纳特（Diana Beverly Granat）的学位论文《法国的三个故事：巴金和他的早期短篇小说》（*Three Stories of France：Pa Chin and his*

Early Stories），1975年康奈尔大学的库布勒·C.科尼利厄斯（Cornelius Charles Kubler）的硕士论文《对巴金小说〈家〉中欧化文法的研究》（A Study of European Grammar of Family），1977年威斯康星大学沃尔特·玛丽·亨肖（Walter Marie Henshaw）的学位论文《从巴金小说〈家〉看俄国民粹—无政府主义运动对中国革命的影响》（The Influence of the Russian Populist-Anarchist Movement on the Chinese Revolution with Evidence in Pa Chin's Novel The Family），1993年普林斯顿大学克莱格·赛德勒·萧（Craig Sadler Shaw）的博士论文《巴金的梦想：〈家〉中的情感和社会批评》（Ba Jin's Dream: Sentiment and Social Criticism in "Jia"），2000年马萨诸塞大学阿默斯特分校拉丽莎·卡斯特罗塔（Larissa Castriotta）的学位论文《当代中国散文的榜样：巴金和随想录中的后"文革"纪念散文》（Role Models in the Contemporary Chinese Essay: Ba Jin and the Post-cultural Revolution Memorial Essays in Suixiang Lu），2005年哥伦比亚大学宋明威（Song Mingwei）的学位论文《青春万岁：1900—1958年间的国家复兴和中国启蒙小说》（Long Live Youth: National Rejuvenation and the Chinese Bildungsroman, 1900—1958）以及1977年纽约：修正主义出版社出版了弗拉迪米罗·穆诺茨（Vladimiro Munoz）的《李芾甘与中国无政府主义》（Li Pei Kan and Chinese Anarchism）等研究著作或论文都参考或引用了奥尔格·朗的这部传记，从这里也能看出其在英语世界的巴金研究中的地位。

三 英语世界巴金思想的研究

巴金是著名的无政府主义者，英语世界对巴金思想的研究也集中在研究他的无政府主义思想上。英语世界有两部专门研究巴金无政府主义思想的学位论文：1977年威斯康星大学沃尔特·玛丽·亨肖（Walter Marie Henshaw）的学位论文《从巴金小说〈家〉看俄国民粹—无政府主义运动对中国革命的影响》（The Influence of the Russian Populist-Anarchist Movement on the Chinese Revolution with Evidence in Pa Chin's Novel The Family）和1978年哈佛学院马克 J.哈蒂（Mark J. Harty）的论文《无政府主义者巴金：大雪覆盖下的火山》（The Anarchist Ba Jin: A Snow Covered Volcano）。英语世界的其他论文和专著中也会涉及巴金的无政府主义思想，但并不以此为主题。为了保证这些论文和专著的完整性，本书在本章不对这些研究进行再研究。

1. 《家》与无政府主义

1977 年威斯康星大学（University of Wisconsin）沃尔特·玛丽·亨肖（Walter Marie Henshaw）的学位论文《从巴金小说〈家〉看俄国民粹—无政府主义运动对中国革命的影响》（*The Influence of the Russian Populist - Anarchist Movement on the Chinese Revolution with Evidence in Pa Chin's Novel The Family*），以《家》为个案来探讨俄国的民粹—无政府主义运动对中国革命的影响。该论文是英语世界第一部研究巴金的小说《家》与无政府主义关系的学位论文。从该论文的题目可以看出其研究思路，即亨肖试图通过研究《家》来探究俄国的民粹—无政府主义对中国革命的影响，而不是将关注点仅仅局限在《家》上。

该论文共 87 页，分为五章。第一章简要介绍了俄国民粹主义的发展，第二章论述了民粹—无政府主义在中国的影响，第三章介绍了巴金的生平与思想，第四章是对巴金小说《家》的分析，第五章是结论。

亨肖首先梳理了俄国民粹主义的发展历史。虽然这部分内容与本书主题的相关度不多，但为了保证论述的连贯性，本书在此给予简要的概括。对俄国 18 世纪的历史状况，亨肖指出 1825 年十二月党人起义对俄国影响深远，标志着现代俄国知识分子的诞生。而这些知识分子具有西方思想，希望唤醒所有人的个体尊严意识。对十二月党人的镇压加深了人们追求自由、投身社会革命的信念。许多青年学生发誓要继续十二月党人的事业，这其中就包括俄国民粹主义之父亚历山大·赫尔岑。亨肖接着介绍了赫尔岑和车尔尼雪夫斯基的民粹主义思想：他们坚信农民公社是实现社会主义目标的途径；他们都看到资本主义的罪恶及其带来的压迫情景；他们还热爱农民而不愿看他们受苦。

为了让更多的研究者了解并理解民粹主义，亨肖还分析了民粹主义者与马克思主义者的异同。她指出民粹主义者和马克思主义者的相同之处在于，都赞同革命的必要性。但实现变革目标的途径却不同。民粹主义者对资本主义的道德罪恶和社会罪恶确信不疑，想要不惜一切避免其在俄国产生。而马克思主义决定论认为俄国无法避免资本主义的发展，资本主义必须充分发展后社会主义革命才能发生。这一观点与民粹主义者坚信的公社是社会主义革命的关键这一观点相悖。马克思主义者和民粹主义者都对这些有争议的阐释做出回应，并开始追寻新的思想道路。而且两者最大的不同之处是，公社社会可以不必经过资本主义阶段而直接过渡到社会主义。此外，亨肖还指出民粹主义与马克思主义又是相辅相成的。如果没有马克思主义的刺激，民粹主义就不会发展得如此羽翼丰满。同样的，如果没有民粹主义者提出的问题，马克思主义者不会被迫重新评估自己的思想，并变得如此确信自己的理论。在辩论的过程中，民粹主义最初的模糊性逐渐消失。革命者更加确信自己的信仰，其中最有影响的两个无政府主义者是巴枯宁和克鲁泡特金。两个人虽信仰无政府主义思想，但无政府主义不一定意味着恐怖主义。巴枯宁和克鲁泡特金认为无政府是一种实际的革命理想。这一理想预见到，在建立新政府前必须摧毁当前的政府。如果其他所有方式都不能实现这种摧毁，那么暴力就是可以接受的方式。无政府主义者有两个阵营：一种想要个体完全的自由，没有任何权威；一种是集体主义者，想要在废除现存国家后建立公社。巴枯宁和克鲁泡特金的许多追随者都是政治和社会绝对论者，他们不喜欢零星的改革，而是热切盼望一次彻底的变革。

　　巴枯宁和克鲁泡特金的思想对巴金影响尤为深远。亨肖指出巴枯宁被认为是革命中民粹—无政府主义的领袖之一。她还指出巴枯宁认为是国家造成了社会等级的差别，因此国家是最大的罪恶。人类的自由被国家否定。解决这一问题的方法是用自由的个体组成的合作社来代替国家，那些个体能代表所有人的福祉。农民阶级，在一小群知识分子的影响下，可以实现这样的变革。人民是革命的力量，但知识分子必须提供革命的火花。巴枯宁不仅是著名的无政府主义者，他同时拥有许多民粹主义者的观点。他始终相信人类本质的善良，相信农民会自觉响应知识分子的领导，帮助他们消除邪恶的制度。然后农民通过合作和社群的形式组成自己的"政府"。亨肖还指出克鲁泡特金是19世纪俄国另一个重要的无政府主义者。她认为克鲁泡特金赞同巴枯宁许多基本信条，但认为只有在所有尝试都失败后，才能接受暴力。她还说，克鲁泡特金的前辈将革命作为一个目标，并承认国家是阻碍人类天性发展的障碍，一旦这一障碍消除，合作团体就会迅速出现，进而发展成自由的联邦。尽管他预期经济秩序会逐渐发展，但他意识到国家必须被立即摧毁，只有暴力革命才能实现这点。要引发革命必须教育农民，他认为农民天生具有集体主义精神。克鲁泡特金还强烈支持1873—1874年的"到民间去"运动。同巴枯宁一样，克鲁泡特金也认为俄国可以略过资本主义发展阶段。农民只要生活在公社中，实践他在《互助论》一书中的理论，就能实现这点。

对于民粹—无政府主义在中国的影响,亨肖提及了中英鸦片战争结束以后直到 20 世纪初中国的内忧外患,签订了一系列不平等条约,西方国家占领了中国的一些领土,并划分了自己的势力范围。她还提及了甲午中日战争和《马关条约》、康有为领导的戊戌变法及其失败,以及中国革命者接受无政府主义的情况。她指出 1903 年,赞成改革的人和认为革命是唯一出路的人之间产生严重分裂。一些革命分子在寻找实现目标的有效途径的过程中对无政府主义产生了兴趣。关于无政府主义的书籍文章被译为日文,在日本被阅读,通过知识青年,这些书籍文章也进入中国。1906 年,章炳麟任《民报》编辑。编辑生涯初期他的兴趣从社会民主转向无政府主义。章炳麟不仅发表有关俄国革命形势的文章,还与日本著名作家、演说家幸德秋水过从甚密,幸德秋水是日本无政府主义领袖。刘师培是在日本的中国激进分子领袖,清政府垮台时,他和妻子何震迫切希望将无政府主义引进中国。1907 年,他们和张继在日本成立了社会主义讲习会。在巴黎还活跃着另一群中国流亡者。1902 年起,李石曾和张静江一起帮助中国学生。1906 年,他们与吴稚晖一道买下一家出版社,1907 年开始出版《新世纪》,致力于推动世界范围内的革命。① 基本上,他们追随巴枯宁和克鲁泡特金的理论,通过这种方式,生活在巴黎的中国人开始了解俄国民粹—无政府主义运动的那些伟大领袖。

对无政府运动在中国的状况,亨肖给予简要的概述。她指出,中国无政府主义运动的一个重要领袖是刘师复。他的思想也直接影响着巴金。亨肖说,刘师复在同盟会(T'ung Meng Hui)的成立中发挥了积极作用。但因他卷入了广东省的刺杀行动而受伤入狱。在被囚禁期间他变成彻底的无政府主义者,与同盟会断了联系。1912 年,他成立了中国第一个无政府主义团体"晦鸣学舍"(The Society of Cocks Crowing in the Darkness),1914 年在上海成立了"无政府共产主义社团"(Anarchist-Communist Society)。这个社团重印《新世纪》上的文章,也出版克鲁泡特金等著名领袖的著作。但是,刘师复 31 岁便死于肺结核,因此无政府主义运动少了一个活跃者。然而,"他们的组织还在发挥影响,从一些方面来说,这一时期无政府主义思想对中国知识青年的影响是最深的。"("Organizational efforts continued and, in

---

① 高慕柯:《中国知识分子与辛亥革命》,牛津大学出版社 1969 年版,第 156 页。

some respects, anarchist thought had its greatest influence upon young Chinese intellectuals during this period."）[1] 然后，亨肖简要介绍了 1914 年日本占领山东；1915 年《二十一条》签订、陈独秀创办《新青年》杂志；1919 年的五四运动以及马克思列宁主义传入中国；以及许多知识分子走上这条道路等事件。在介绍了上述背景之后，亨肖笔锋一转，指出此时在成都的巴金还是个年轻人。他热情敏感，关心国家的发展。而上述介绍意在说明以上提及的事件对巴金的哲学和意识形态的影响。

该论文也介绍了巴金的生平与思想。此部分内容与奥尔格·朗的《巴金和他的著作：两次革命中的中国青年》基本相同。而且亨肖也在其论文中承认巴金的生平与思想部分多来自奥尔格·朗的著作。不过，为了使这部分内容与其他部分内容相协调，亨肖并没有对巴金的生平做面面俱到的介绍，而是主要介绍巴金与无政府主义相关的活动。

对于巴金初涉无政府主义，亨肖给出了详细的介绍。1923 年，巴金与哥哥两人去上海求学，在上海遇到了家乡无政府主义团体的旧识。他们聚在一起讨论现状，得出的结论是在改变整个社会之前，个人要先从道德上改善自身。还提到他与世界无政府主义领袖爱玛·高德曼（Emma Goldman）建立了联系。他把高德曼作为自己的"精神母亲"，与她通了很长时间的信。亨肖还介绍了巴金的法国之行。1927 年，巴金前往巴黎。在巴黎他集中精力研究和翻译无政府主义及民粹主义领袖的作品。他对法国和俄国革命感兴趣，对两国的文化和文学也感兴趣。他意识到，民粹主义者关心的是伦理问题和人类的实际福祉。巴金的作品显示出他曾读过俄国小说，但对他影响更大的是关于民粹运动的历史文献。他受巴枯宁和克鲁泡特金的影响巨大，笔名就是取自巴枯宁的第一个字和克鲁泡特金的最后一个字。1929 年，一回到上海，他就用芾甘的笔名写作和翻译无政府主义的书籍，并用巴金的笔名写小说。

巴金的小说《灭亡》是体现无政府主义的代表。亨肖指出 1928 年，巴金在法国创作第一部小说，获得广泛好评。这部小说是当时中国社会的缩影，体现了俄国革命和俄国文学的影响。小说名为《灭亡》，主人公杜大心是活跃于学生运动的革命知识青年。他接触了无政府主义，加入了革命组织。可以明显看出此书的情节是以作者的生活为原型，特别是他对民众苦难

---

[1] Robert Scalapino & George Yu, *The Chinese Anarchist Movement*. Berkeley: University of California Press, 1961, p.44.

的认识,这似乎是促使他采取行动的动力。在创作《灭亡》时,巴金汲取了自己在1923—1926年间的真实经历和回忆。这部小说为读者树立了效仿的典范,中国青年寻找的正是这种引领。杜大心被塑造成一个富有同情心的人。当杜大心的女友嫁给她母亲为她选的另一个人时,杜大心对社会深怀不满。他加入了革命运动,以改变这样的社会。后来杜大心的工人朋友张为群因运送革命传单被捕遇害。他发誓为朋友报仇,刺杀戒严司令的行动失败后,杜大心自杀身亡。杜大心死后,他的新女友李静淑也变成一名革命者。她不肯接受父亲安排的婚姻,而是选择去上海学习,当时极少有女性有这样的权利。她让我们联想到索菲亚·彼罗夫斯卡娅(Sophia Perovskaya)和薇拉·妃格念尔(Vera Figner)这两个俄国民粹—无政府主义革命者。

亨肖继续按照时间顺序介绍巴金的创作与活动。1931年,巴金发表了其最著名的小说《家》,讲述的是成都一个高姓大家庭四代人的故事。小说被认为具有自传性质,其中许多事件与巴金的真实生活有关。这是巴金《激流三部曲》中的第一部,三部曲抨击了旧式家庭制度。巴金把写作当成一种唤醒中国青年的任务。此后,他写了大量短篇小说,许多都是跟应对中国社会关键问题的革命知识分子有关。他继续翻译出版克鲁泡特金的作品,继续坚持无政府主义信仰。对他思想影响最大的三种西方思想是国际无政府主义、俄国民粹主义,以及法国革命的理想(影响程度较小)。亨肖的这个说法显然来自奥尔格·朗的《巴金和他的著作》一书。

亨肖还分析了巴金对共产主义的态度。她指出巴金不愿意接受共产主义的一个最主要原因是共产主义者很少探讨伦理问题。无政府主义者认为伦理问题是首要的,人们道德的改善是取得政治成功的先决条件。无政府主义者之所以吸引巴金,是因为他们有崇高的理想,并且要求其追随者要有正直的品德。俄国民粹主义运动中许多人的英雄行为对巴金的写作和革命信仰都有启发。民粹主义者的自我牺牲精神激励巴金为他的同胞以及革命的成功孜孜不倦地奋斗。巴金小说中的所有人物都与现实中的革命者相似。他越是致力于写作,就越不能积极参加政治活动。然而,他为年轻读者提供了效仿的榜样。其小说中的女主人公让人强烈联想到现实中的民粹主义者,如薇拉·妃格念尔和索菲亚·彼罗夫斯卡娅(Sophia Perovskaya)。巴金作品的流行,无疑向中国人民宣传了俄国革命者。这些革命者在中国甚至比在俄国还要受欢迎,布尔什维克革命之后,他们在俄国就很快被人忘记了。

在分析巴金与民粹主义的关系时,亨肖指出15岁的巴金第一次接触民粹主义者，对他们的兴趣深深影响了巴金的写作。巴金认为他们"到民间去"那种奉献精神是中国青年效仿的榜样。通过阅读关于克鲁泡特金、巴枯宁和车尔尼雪夫斯基的生平文献，巴金认识到民粹主义者的伟大之处不仅体现在俄国小说中，更体现在那些有关民粹运动的历史文献和那些投身该运动的人的生活中。

1937年之后的经历对巴金的影响也较为深刻。亨肖指出1937年，抗日战争爆发时，巴金编辑抗日期刊，继续写作、关心青年。整个抗日战争时期他都无所畏惧、保持乐观，这些都反映在他的作品中。抗战结束后，1947年巴金创作了小说《寒夜》。有人认为这是巴金的一部力作，反映了作者对当时国家境况不满。1949年之后巴金不得不修改所有的作品。他书中的人物不再是无政府主义者。那些男女主人公必须被称为"革命者"。在对巴金的生平和思想做了上述介绍之后，作者指出基于巴金的生平，她将研究巴金最著名的小说《家》，探讨他的写作是受何种影响，及怎样影响他人的。

亨肖以巴金小说《家》为代表，对其民粹—无政府主义立场思想进行了分析。她指出这部作品贯穿了巴金的四种基本态度：他对中国家庭制度的反对，对国家的厌恶，对资本主义的谴责，以及他的革命精神。之后她分别论述了这四点，并对《家》做了介绍。

亨肖认为《家》是对中国家庭制度的反对。她指出《家》讲述了官僚大家庭高家四代人的故事，全家生活在高老太爷的父权统治之下。家庭成员的个性受到僵化的社会制度的压迫，这种制度认为服从权威是最重要的。故事围绕年轻的高家三兄弟觉新、觉慧、觉民展开。觉新年龄最大，也第一个体会了旧制度的残酷。鸣凤是这部作品中的另一个受害者，她爱上了觉慧，但被高老太爷送给一个老混蛋做妾，她选择自杀而不愿意苟活。觉慧听说鸣凤死后，愤怒控诉造成这出悲剧的社会不公和不道德。后来觉民的婚事也被安排下时，觉民无意听从祖父的命令。前后发生的一件件事表明，中国的青年不愿再被当作没有意志、不会思考的生物。在弟弟和朋友的帮助下，觉民为逃婚躲了起来。高老太爷临死前，终于变得和善起来，他让觉慧把觉民找回来。两人此时的相遇象征了旧社会濒死，新思想将取而代之。两者的斗争是贯穿整部小说的主题。想要按照自己意愿生活的青年必须迈出脚步，投身深渊，去承担后果。觉民和觉慧愿意做出必要的牺牲，而不愿意再受大哥那样的折磨。

此外，亨肖指出《家》中一些事件表明了觉慧的人道主义思想。她认为巴金是觉慧这一角色的原型。觉慧爱护、同情轿夫和其他仆人,因此被称为人道主义者。巴金也有同样的经历。对家人认为是理所当然的许多做法,觉慧非常痛恨。庆祝新年时,高家的男性观众会虐待表演舞龙灯的人。一些人用花炮朝表演者身上射。尽管表演者痛得叫出来,他们还不肯停手。觉慧无法忍受这种行为。觉慧认识到两个阶级之间巨大的差异。他越来越被仆人们的淳朴和真诚吸引,并远离士绅阶级的虚伪。有一次,醉酒的他离开高家大宅的年饭酒席去外面透透气。在街上他遇到一个哭泣的小乞丐。当他看到这个小孩,他一下清醒过来,意识到这就是他所处社会的常态。他感到很羞耻。他唯一能做的就是给小孩一些钱,但他知道还需要做更多的事情。这样平常的情景表明了富人和穷人之间的鸿沟,这让觉慧和他的朋友确信必须要集中力量改变这个社会。他们要想做真正的人道主义者,就必须采取行动。他们开始聚会制订行动计划。可喜的是,许多知识分子已经开始发挥领导作用。

亨肖认为《家》还表现出了巴金的革命精神。她指出巴金在14岁时,如饥似渴地阅读《新青年》和《新潮》。这些期刊是新文化运动的主要喉舌,发表知识分子领袖和激进青年的文章。巴金的个人经历通过觉慧这一人物记录在小说《家》中。这些年轻人与同伴分享进步杂志。一次,病重的梅看到了《新青年》,她赞同所读文章的观点,但意识到自己有生之年看不到这些理想实现了。亨肖认为这反映了当时许多青年的挫折感和无助感。所有人都知道必须要改变现状,但鲜有人能够采取行动。然而,通过阅读期刊,新思想得以传播,许多社会旧习也动摇了。

亨肖指出,《家》所表现出来的革命精神也体现在《家》对女性剪发的描写上。传统上,中国妇女是梳长辫的。20世纪初期,一些年轻中国女性开始剪短头发,作为她们与旧传统决裂的象征。比较激进的杂志刊登文章鼓励妇女剪短发。在《家》中,巴金写到年轻女孩们讨论剪短头发,尽管多数女孩对此表示赞同,但很少有人真的去剪短头发。那些勇敢地剪掉头发的女孩在大街上遭人取笑。因为不愿意遵守无意义的传统习俗,她们便受到人们的排斥。这种遭遇让受害者们更团结起来。他们找到聚会的地方,自由地讨论新趋势,阅读那些鼓舞人的最新杂志。在思想达到一定成熟程度,并认识到印刷文字的价值后,觉民、觉慧与朋友们办起了一份小报纸。年轻人聚在一起讨论社会现状,提出应对社会问题的方法。他们希望传播那些曾开阔了他们视野的思想。他们不再只对社会问题和经济问题感兴趣,也开始关注政治制度。他们一有机会,就讨论青年和旧权威之间日益增长的分歧。亨肖指出这些描写与俄国无政府主义者以及俄国文学有关系。因为这些场景让人想到俄国作家和革命分子描述过的许多场景。谢尔盖·斯特普涅科(Sergey Stepnyak-Kravchinsky)在《地下俄国》(*Underground Russia*)中描述过许多民粹主义者的活动。《地下俄国》特别写到两个女性民粹主义领袖索菲亚·彼罗夫斯卡娅(Sophia Perovskaya)和薇拉·妃格念尔。巴金书中许多人物无疑是以她们为原型。事实上,巴金最早写的文章里就有一篇是关于索菲亚·彼罗夫斯卡娅的生平的。索菲亚因为自己的信仰被处决,而薇拉·妃格念尔因为从事民粹主义活动被关押了20年。这些女英雄极大地鼓舞了刚刚觉醒的中国女青年。中国青年知识分子受着革命领袖和所读书刊的鼓励,撼动了旧中国的根基。

亨肖用巴金的作品证明了巴金深受西方和俄国文学的影响。她指出在《家》中,巴金写到年轻人阅读翻译的俄国著作。《新青年》和《新潮》里刊登的文章引用了易卜生的《玩偶之家》。年轻女性尤其受到这部戏剧的鼓励。学生们热切地阅读托尔斯泰的《复活》和屠格涅夫的《前夜》,并将其传阅给朋友,这样他们也可以了解这些文学作品的精神。

民粹主义者认为国家体制使得阶级和斗争产生。亨肖认为巴金同意这种观点。她指出巴金认为政府、国家或统治者离间了人民,把军队当作对付人民的武器。之后亨肖分析了巴金对中国革命的看法。她指出巴金一直认为知识分子能够引燃中国革命的火花,但是革命成功的希望在农民阶级身上。中国的大多数人口是农民。巴金游历了中国南方,参加了农民的聚会,听他们控诉压迫他们的地主和赋税。巴金意识到,中国要在现代世界中有所进步,必须改变农民的境况。巴金对农民悲苦的认识体现在《家》中。但她在这里讨论巴金对中国革命的看法即巴金对中国农民的同情,似乎有些游离于主题之外。

对于民粹主义对巴金的影响,亨肖引用了奥尔格·朗的看法:"巴金在为他的读者寻找效仿的榜样,他在俄国民粹主义者身上找到这种榜样。"巴金曾经想要效仿他们,同样地,为了使中国变得更好,他希望把自己的读者也吸引到民粹主义者的哲学中来。很明显觉慧遵守的就是民粹主义信仰。他在家庭中独自对抗传统,厌恶社会的罪恶。觉民弟兄和朋友办的进步期刊《黎明周报》受到孔教会的威胁。孔教会是由社会遗老组成的,他们想要维持传统的行为和信仰。但觉民兄弟并不把他们的威胁当回事,直到有一天警察来没收了他们的报纸。于是青年们更加清楚地意识到，反革命的势力根深蒂固，非常难以根除。但是理想主义的中国青年愿意做出巨大的牺牲，他们能够使旧秩序毁灭。他们效仿 19 世纪后期俄国民粹主义者的榜样。亨肖举了琴的例子来说明这一点。琴想上能阅读更多进步文学的学校，很明显她想上的是男校。她希望禁令解除后能尽快转学到那里。她和朋友知道，一旦这件事传出去，她会成为人们的笑柄。但她愿意这样做，任何革命事业的成功，都需要这种精神和意志力。所以亨肖认为从《家》中人物身上反映出巴金的民粹—无政府主义思想。她认为巴金对中国家庭制度的敌视是显而易见的。这种权威制度既压迫仆人，又压迫其家庭成员。巴金展示了包办婚姻是其中最大的罪恶之一。这种制度不仅侵害了当事人自由选择的权利，并且常常会给他们带来一生的悲惨。年轻的家庭成员无处申诉，他们受到长辈和规矩习俗的压迫。

巴金对国家的态度恰好体现了他的民粹—无政府主义思想。亨肖认为同所有民粹—无政府主义者一样，巴金十分反感国家。因为巴金认为国家延续了罪恶的家庭制度。国家干涉了个人生活，甚至要立法规定女性头发的长度。政府士兵对学生的暴虐行为证明了他们对人民大众的漠不关心。即使人们提倡改革，国家也要坚守旧制度，这体现出国家控制中国的僵化性。巴金知道，要为中国注入新生，就必须打破国家的枷锁。

通过对《家》的解读，亨肖指出其主要思想史对资本主义的谴责。因为她认为，巴金常提到穷人和仆人，并将富人与穷人对比，证明财富并不能带来幸福。在巴金眼中，仆人们是富有的，富人们则不是。富人对金钱和物质享受的热爱让他们变得多疑和憎恨彼此。乞讨小孩和习惯浪费的富人形成鲜明的对比。巴金认为财富在人与人之间制造了分裂，如果不创立一种惠及所有人的新制度，这种分裂还会扩大。他认为新制度的建立只能通过革命。巴金的革命精神在其作品中是显而易见的。他认为祖国的情况已经不可容忍，只有真正的革命才能建立新的精神和社会，挽救祖国。

亨肖指出巴金在书中经常提到《新青年》《新潮》杂志，以及俄国作家和革命家的著作，这体现出他的革命精神。她说，巴金认为自己有义务唤醒青年，让他们了解解决国家问题的可能途径。觉慧和朋友们沉浸在革命工作中，这也体现了巴金及其朋友的革命精神。亨肖还提出可以把小说《家》的内容看作中国社会的缩影。高老太爷和老人们代表在父与子之间造成冲突的国家。对传统的彻底坚守在家庭成员之间造成裂隙。觉新、觉民、觉慧代表了被"国家"压迫的农民。与此同时,觉新三兄弟对这家的仆人来说也是"国家"。随着对现实认识的加深,三兄弟的差别变得越来越大。觉慧是唯一一个完全拒绝遵守旧式习俗的人。他愿意做出任何牺牲,以打破过去的枷锁,帮助建立人人都能有尊严地生活的新秩序。从小说的开头到结尾,我们可以看到在觉慧身上诞生了一个新的人,一种新的心态。同时,我们也在高老太爷身上看到旧制度的崩溃。在最后几章老太爷病重时,我们看到他的死亡就是旧社会本身的灭亡。中国的新生即将来临。亨肖虽然声明要从巴金对中国家庭制度的反对,对国家的厌恶,对资本主义的谴责,以及他的革命精神这四个方面来分析,但是在实际行文过程中却没有完全按照先后顺序依次讨论这四个问题,而是有些跳跃和凌乱。

亨肖从总体上论述了俄国的民粹—无政府主义对巴金的影响。她指出,从19世纪中期起俄国产生了一场声势浩大的思想运动,这场运动对20世纪中期的中国有深远影响。一百年的时间里,民粹—无政府主义的理想在各国传播。巴金受到了赫尔岑、巴枯宁、屠格涅夫、克鲁泡特金等人的影响。亨肖认为巴金翻译的作品中大部分是克鲁泡特金和屠格涅夫的著作,他对两人的生平和作品非常感兴趣,自然地也吸收了他们的理想。同屠格涅夫一样,巴金也主要关注社会问题并关心青年。她还指出在他的小说中,巴金经常提到那些活跃于革命运动中的俄国伟大作家。要想改变旧秩序,首先必须改变人们对旧秩序的看法。既然巴金认为自己的国家与俄国存在相同的社会问题,那不难相信他也认为中国的问题可以用与俄国类似的方式解决。巴金认为革命是为中国带来永久改变的唯一可行途径。因此,他希望通过自己的作品在读者脑中和心中播种下对新制度的渴望。她还指出觉慧这一人物就是巴金的化身。觉慧所有的感情都是作者的感情。当小说中的觉慧认识到整个社会制度必须被改变时,无疑他表达出的正是巴金的思想和热情。觉慧受到所读的无政府主义作家作品的影响。他试图影响朋友们,让他们也加入废除旧秩序、建立自由新社会的事业中。他们的行为与19世纪后半期的俄国青年是一样的。对传统制度及由其引发的不公平感到不满;进行秘密聚会和讨论;偷偷阅读激进刊物;所有这些都是屠格涅夫、托尔斯泰等人笔下的俄国民粹—无政府主义革命者曾经历的东西。民粹—无政府主义者的一个主要特点就是人道主义。从赫尔岑到克鲁泡特金到巴金到觉慧,主题都是一样的。他们全都表达了对仆人生存条件的关怀。对人民深深的热爱和对改变他们境遇的渴望将巴金吸引到无政府主义运动中去。

巴金始终极为关注道德问题。亨肖说，同克鲁泡特金和托尔斯泰一样，巴金认为一个社会道德水平的提高是首要的，其他的改变都是顺理成章的。他认为所有的社会目标必须以道德为基础，并尽力将这种观念灌输给中国青年。中国的无政府主义团体遵守的就是这种哲学。巴金对克鲁泡特金伟大著作的翻译有助于无政府主义思想在中国青年中的传播。巴金本人从未偏离无政府主义的信仰。巴金曾多次被指责在小说中宣扬无政府主义，但他不断地否认这些指责。巴金声称自己的本意从来都是将人物塑造成革命者，而非界定一种绝对的哲学。对此，亨肖指出人们总是深受所读书籍的影响，巴金深受无政府主义影响，他没有意识到这已经成为融入他自身、与他不可分割的一部分。

同时，亨肖也认为巴金的无政府主义信仰同民粹主义理想是不可分割的。因为从小起，巴金所读的书大部分是关于无政府主义或民粹主义。早年阅读了这些书后，巴金写了许多关于俄国民粹主义者的文章。他承认自己深受19世纪俄国民粹主义领袖车尔尼雪夫斯基的影响。当巴金游历全国同青年交谈时，他为青年们讲述俄国两位女性民粹主义领袖薇拉·妃格念尔和索菲亚·彼罗夫斯卡娅的故事。亨肖还指出巴金认为能给一个年轻中国作家的最高赞美就是将他比作俄国的革命者。许多中国青年热切地阅读巴金的作品，巴金的观点和理想也为读者所效仿。

对于巴金与共产主义的关系，亨肖指出20世纪20年代初期，当马克思主义在中国传播的时候，巴金对其不感兴趣。当时马克思主义者很少探讨伦理问题，而巴金哲学的基础就是伦理和道德。亨肖还对巴金1949年之后的经历做了介绍，她指出巴金产出最少的时期是1949—1977年。她提到了巴金对自己作品的修改，对自己无政府主义信仰的回避等问题。以上介绍与奥尔格·朗在《巴金和他的著作：两次革命中的中国青年》中的论述基本一致。显然，亨肖参考了奥尔格·朗的观点。最后，亨肖引用了巴金的一句话："我不是因为想成为一名作家而开始创作，我写作是因为生活迫使我提起笔。"（"I did not start to write because I wanted to be a writer.I wrote because life foreces me to pick up my pen."）[①] 给读者以期待："或许在未来，我们能够更清楚地认识这个慷慨、仁慈的人（巴金）对20世纪中国的巨大影响。"（"Perhaps the furure will reveal to us even more clearly to mementous influence

---

[①] Pa Chin, "How I wrote the Novel 'Family'", *China Reconstructs*, January, 1958, p.15.

that this generous, humane person has had on China in the twentieth century.")①

该论文主要从巴金的《家》着眼来讨论俄国的民粹—无政府主义对中国革命的影响,选取的作品相对单一,但研究的视野较为开阔。从整体上看,该论文提供了巴金受俄国民粹—无政府主义运动影响的史实,虽然没有展开详细的分析。此外,该论文完成于1977年,亨肖对巴金的赞扬以及对他的无政府主义思想的肯定,与当时中国大陆对巴金的评价截然不同。同时,这也反映了不同国家的学者由于受各自所处的文化环境的影响而对同一作家作出完全不同的评价的具体情形,给中国的巴金研究者提供了翔实的参考资料。

2. 巴金与无政府主义

1978年哈佛学院马克J.哈蒂(Mark J. Harty)的学位论文《无政府主义者巴金:大雪覆盖下的火山》(*The Anarchist Ba Jin: A Snow Covered Volcano*)研究了巴金的无政府主义思想。该论文共274页,分为四章。第一章介绍了巴金的童年,第二章介绍了对巴金产生很大影响的三本书和三位先生,第三章论述了巴金与世界无政府主义的关系,第四章探讨了巴金与中国。

哈蒂在引言部分指出巴金既是一位作家也是一名无政府主义者。虽然巴金因小说出名,但该论文将他作为一名无政府主义者来进行研究,希望通过研究无政府主义对他的重要性来更好地理解他的作品。首先,哈蒂指出巴金是如何成为一名无政府主义者的,无政府主义对他的意义,以及为何1949年甚至中华人民共和国成立后巴金仍然是一名无政府主义者等问题。之后哈蒂简单追溯了中国无政府主义的历史,在中国,无政府主义常被追溯至道家的老子与庄子。然而,现代无政府主义直到20世纪才在中国受到重视。其中,李石曾和吴稚晖及由他们在巴黎出版的无政府主义刊物《新世纪》。张继、刘师培及其妻子何震,他们于1907年在东京组织的无政府主义团体"社会主义讲习会"和他们出版的《天义报》。刘师复(又名,师复)1912年在广州成立的晦鸣学社,及由他创办的无政府主义刊物《民声》。事实上,在俄国革命胜利之前,在共产主义吸引中国人的注意力之前,无政府主

---

① Walter Marie Henshaw, *The Influence of the Russian Populist-Anarchist Movement on the Chinese Revolution with Evidence in Pa Chin's Novel The Family*. University of Wisconsin, 1977, p.75.

义曾被认为是最前卫的思想制度，并有大批的追随者。

哈蒂在论文中也介绍了巴金的童年。但是他主要是根据巴金的《忆》完成的。哈蒂认为可以从巴金童年的很多细节来概括巴金的性格，因此，对于巴金的童年的介绍，哈蒂穿插了较多巴金童年的细节。例如，巴金与母亲的亲密关系：母亲是小巴金世界的中心，是她教会了他爱的含义。在广元县时巴金很喜欢家里的鸡，但当这些鸡一只一只被杀时巴金忍受不了，但他又改变不了大人的决定，这给他造成了很大的冲击。他时常问母亲、问先生、问他人，难道鸡生来就是为了被宰杀、被人吃吗？但都没得到令他满意的回答。在别人看来很自然很容易接受的事情，在巴金看来却无法理解。从这件事情上巴金学到的教训就是永远不要接受事物所呈现出来的样子，要问一下为什么会这样，是否有其他可能性？哈蒂就是运用这种思路从细节中观察巴金的性格。

哈蒂指出对巴金影响最大的是三位先生与三本书。第一位先生是他的母亲，给他最亲密的爱。第二位先生是轿夫老周，对其无政府主义思想影响较大。因为从他身上，巴金学会了一种对待生活的态度：忠实地依照自己的所信生活。巴金记住了老周的生活态度，也就是要严格按照你的信仰去生活。他成为一名无政府主义者，同时，哈蒂还指出巴金在创作小说的时候极力不让他的政治信仰体现在作品中。五四运动后，第三位先生是无政府主义者吴先忧，对巴金走向无政府主义起到了决定性作用。哈蒂认为在巴金看来，吴先忧就是自我牺牲的典范。吴先忧与巴金曾是外语专门学校的同学，班次比他高。后来，他辍学去做裁缝学徒，靠自己的劳动所得生活。吴先忧秉承师复制定的原则是一位素食主义者。让巴金最为感动的还是吴先忧对刊物做出的贡献。为了维持经费，他经常拿自己的衣服去抵押。这给巴金增加了勇气，也教会了他什么是自我牺牲。哈蒂还具体论述了对巴金的影响最大的三本书。第一本对巴金起到重要影响的"书"是克鲁泡特金的《告少年》(*An Appeal to the Young*)[①]。《告少年》的对象是那些不迷信、想要用他们的才智与能力帮助那些生活在悲惨和无知当中的人们的青年。《告少年》对巴金起到了鼓励他加入革命事业的作用。第二本书是廖抗夫（Leopold Kampf）的《夜未央》。这是一本戏剧，讲的是1905年俄国革命前夕，一群俄国革命青年与沙皇统治者英勇斗争的故事。它肯定了革命者为消灭压迫者而自我

---

① Peter Kropotkin, "An Appeal to the Young", *Kropotkin's Revolutionary Pamphlets*. Baldwin, ed. New York: Dover Press, 1970, pp.261-282.

牺牲的革命价值，明确传递出为革命事业英勇奉献的信息。这部戏剧让巴金看到了一个新世界，让他第一次发现了他的使命。从克鲁泡特金身上，巴金学到了对人类的爱与对即将到来的革命的信仰；从《夜未央》中，他发现了要学习的英雄人物。而高德曼则清晰了他"模糊的视野"，给予了他明确的政治信仰。在《实社自由录》第一期中，巴金读到了她的《无政府主义：到底它主张什么》。这就是影响巴金的第三本"书"，将他领向了无政府主义。哈蒂认为以上三本书让巴金有了行动的欲望，并介绍了巴金加入适社，并与原适社成员组织成立"均社"的经历。此外，他还指出巴金用从这三本"书"和三位"先生"身上所学到的东西将自己武装起来，终于能够冲破一直束缚他的铁笼，离开了成都到南京、上海和法国开始了更加活跃的无政府主义生活。

哈蒂还讨论了五四新文化运动对巴金接受无政府主义的影响。他指出五四运动之后，巴金与哥哥们争相阅读新报刊、新杂志。除《新青年》和《每周评论》以外，他们还读《新潮》《星期评论》《少年中国》《少年世界》《北大学生周刊》《进化杂志》及《实社自由录》等报刊。值得注意的是，这些刊物中很多都具有无政府主义倾向，尤其是最后三个。此外，他们还阅读几本成都出版的刊物：《星期日》《学生潮》《威克烈》。这些新刊物向巴金与他的兄弟们介绍了一系列的社会问题，并向他们展现了各种社会思潮。在这众多社会和政治理论中，巴金选择了无政府主义。

在介绍了巴金与中国无政府主义的关系之后，哈蒂接着介绍了巴金与世界无政府主义的关系。在介绍巴金的经历时，哈蒂引用了明兴礼《巴金的生活和著作》和奥尔格·朗的《巴金和他的著作：两次革命中的中国青年》。叙述巴金1923—1927年的生活经历。

对于无政府主义运动，不得不提及芝加哥干草市场暴乱。对于巴金描写的文章《芝加哥的惨剧》和他对俄国民粹主义者的敬仰，哈蒂指出，巴金在上海的那段时间，将大部分精力用于学习世界无政府主义运动方面。他曾写过一篇有关芝加哥干草市场暴乱的文章，名为《芝加哥的惨剧》。《芝加哥的惨剧》是巴金早期无政府主义作品的典型代表，表现了他的革命热情。他认为中国人民要想成功建立新中国，应具备芝加哥殉道者们那种革命乐观主义精神、虔诚的奉献精神、热情以及对人类无私的爱。巴金发现许多西方历史人物都具有这些精神和特点，因此他用了很多精力来将这些人物介绍给中国人民。哈蒂指出之后的巴金小说的人物也具备这些特点，如《家》中的觉慧,《灭亡》中的杜大心,以及《雨》和《电》中的吴仁民。哈蒂还说,另一个吸引巴金注意的团体是俄国19世纪的民粹主义者,尤其是刺杀了沙皇亚历山大二世的民意党。他发现巴金经常在作品中提到他们,并总是带有最崇高的敬意,特别是苏菲亚·佩罗夫斯卡娅。

此外,五卅运动引起了强烈的反日情绪,哈蒂举例说明巴金在上海创作的早期文章也有讲述日本无政府主义者反抗日本政府的活动的,如发表于1925年12月4日的《东京的殉道者》。巴金将他们与芝加哥干草市场暴乱相比,并得出结论,在当今社会,没有正义、没有道德。巴金从东京殉道者身上看到了英雄气概、勇气、对人类的爱、对事业的奉献以及愿为同胞做自我牺牲的精神。这些品质正是他希望他的读者能具有的。之后,哈蒂介绍了巴金翻译的无政府主义作品。巴金对中国无政府主义事业做出的最重要贡献是翻译了无政府主义作品。其中一部便是克鲁泡特金的《面包掠取》。1926年12月,在去法国之前他完成了这部译著。1940年,巴金修改了他的翻译,并以"面包与自由"为题重新出版。因为大多数中国人不明白"面包掠取"的意思,这是从法文版题目翻译过来的。而"面包与自由"是从俄语版翻译过来的。巴金认为克鲁泡特金在题目中用"面包"一词不是说人类应仅仅保证基本生活所需即可,而是获得"面包"的权利标志着每个人都享有普通的幸福的权利。[①] 在之后的30年里,巴金仍然继续翻译克鲁泡特金和其他无政府主义作家的作品。

巴金1927年的法国之行的唯一目的就是学习无政府主义。哈蒂指出在法国,巴金继续为中国无政府主义出版物翻译作品、写文章,尤其是平社的《平等》杂志写稿。他利用在法国的这段时间集中学习了无政府主义学说,收集了大量无政府主义作品,并与各种无政府主义者进行了联系,包括当时最著名的无政府主义者,如马克思·耐特劳(Max Nettlau)、亚历山大·贝克曼(Alexander Berkman)和爱玛·高德曼等。在法国期间,巴金翻译了克鲁泡特金的《伦理学的起源和发展》(*Ethics: Origin and Development*)的上半部分,回到上海后又完成了下半部分。这部作品可以说是《面包与自由》的姐妹篇,这两部著作以及《互助论》(*Mutual Aid*)是对克鲁泡特金思想的相对全面的总结。哈蒂指出,克鲁泡特金以及他的《伦理学的起源和发展》指出了伦理对革命成功的重要性,这对巴金的思想产生了重要影响。

---

① [俄]克鲁泡特金:《面包与自由》,巴金译,商务印书馆1982年版,第Ⅳ页。

他将自己看作"克鲁泡特金主义者",非常推崇克鲁泡特金的作品,甚至表示,《伦理学》会给那些想为同胞贡献力量却无门的人指明道路。巴金的翻译无政府主义作品为中国的无政府主义事业做出了贡献,同时翻译工作也进一步加深了巴金对无政府主义的了解,加强了他的信念,增强了他的勇气。

哈蒂还介绍了萨柯-凡宰蒂(Sacco-Vanzetti)事件以及凡宰蒂对巴金的影响。哈蒂指出 1920 年 5 月 5 日,萨柯和凡宰蒂被捕入狱。他们最初以为是因为自己是激进分子而被捕,所以为了保护同志们,他们当时撒了谎。直到后来,才发现陷入了圈套,他们的罪名是抢劫,而且其中一起还涉及谋杀。在整个案件审理过程中,直到 1927 年 7 月 10 日被判死刑,他们都坚称自己无罪。在他们自己看来,是由于他们的无政府主义信仰才被捕的。世界各地同情他们的人也持有相同观点,认为他们是无政府主义事业的真正殉道者。巴金曾给凡宰蒂写过两封信,还写了好几篇有关萨柯与凡宰蒂的文章。第一篇写于 1928 年 5 月,萨柯与凡宰蒂被处死之前。在文中,巴金恳求中国人民支持拯救萨柯与凡宰蒂的努力。他公开呼吁采取直接行动,呼吁全世界的齐心协力。最终,在全世界的反对中,萨柯与凡宰蒂还是被处死了。听到其死讯后,巴金非常伤心、失望。他立刻给美国无政府主义杂志《自由之路》写了一封信,鼓励美国的同志们正义永远不会死!无政府主义永远不会被打败!在中国,虽然萨柯及凡宰蒂事件引起了人们的注意,但从他读到的所有对此事件进行评论的文章来看,巴金认为在国内没有一个人真正了解这个事件。巴金对此非常失望。他认为问题的核心在于国人不知道萨柯是谁,不知道凡宰蒂是谁。为此,巴金翻译了凡宰蒂的自传《一个无产阶级者的故事》。萨柯及凡宰蒂事件给巴金留下了深深的伤痕。特别是凡宰蒂,与高德曼、克鲁泡特金等其他无政府主义者一同对巴金产生了重要影响。因为他们,巴金接受了洗礼,确认了他的无政府主义信仰。巴金 15 岁时开始将自己看作无政府主义者,在他 18 岁时,也就是 1923 年,无政府主义已在中国衰落。但在中国最动荡的年代,至少到 1949 年,巴金一直坚持他的无政府主义信仰。虽然在 20 世纪三四十年代这让他生活在中国政治事件的边缘,但他的小说却成为启发中国年轻人灵感的来源。

对于巴金与中国的关系,哈蒂认为实际上主要是巴金与中国无政府主义的关系。哈蒂指出,作为一名无政府主义者,巴金反对所有政党,即反对所有试图控制政府,将其放置于传统政治权力结构之内的政党。无政府党派与其他党派并不相同,他们不是要获取对政府的控制权,而是要摧毁所有政府。虽然有些无政府主义者认为没有必要形成"无政府主义党派"这种组织，但无政府主义的主流思想还是认为这是有必要的。许多中国无政府主义人士认为作为无政府主义者就意味着要反对所有组织。其中的代表人物便为中国早期无政府主义领袖——师复。巴金与师复的观点不同，他认为无政府主义党派与其他党派的区别在于，无政府主义党派是建立在自由的原则之上的，所以其成员可以自由表达他们的不同观点。

哈蒂还论述了巴金对国民党和共产党以及无产阶级专政的态度，并指出巴金之所以有这些观点，也是受到爱玛·高德曼、亚历山大·贝克曼等无政府主义者的影响。这两个人皆为俄国人，1917年俄国革命爆发之后，他们对俄国自由的未来充满希望。1921年，他们离开美国回到俄国。但他们的希望很快破灭了，随后开始了流亡生活，对布尔什维克政体进行批判。这也让他们疏远了几乎所有其他左翼人士。哈蒂指出在中国，巴金也面临着同样的问题。当大多数左翼人士将俄国看作革命榜样之时，巴金则对苏维埃进行猛烈批评。巴金很欣赏二月革命的精神，并认为如果二月革命继续进行，苏维埃将成为其他国家追随的光明之地。这就使他不可能得到左翼人士的支持，而巴金又痛恨国民党，所以当1928年年末他从法国回到中国的时候，他发现自己处在了中国政治舞台的边缘。

哈蒂分析了巴金在民族主义方面与其他无政府主义者的不同。他指出日本侵华在中国激起了强烈的民族主义情绪。巴金也不例外。他写了许多批评日本、呼吁抵抗的文章。但巴金的民族主义可以说是防御性民族主义，是温和的民族主义。他将日本民众与真正的敌人——日本政府区别开来。巴金认为抗日战争中中国人的胜利将意味着日本民众的解放和中国人民的自由，真正的敌人是日本军国主义和法西斯主义而不是日本民众。但正统的无政府主义观点认为无政府主义者不应在战争中选择支持哪一方，而应该平等对待战争双方，不关心战争结果。在中国也有这样的无政府主义者对中日战争采取漠视态度。巴金虽意识到可能有无政府主义者反对他的立场，但他仍然相信自己的选择是正当合理的。

哈蒂还指出巴金回国成为一名成功的小说家，但巴金并没有放弃他的无政府主义活动，尤其是翻译工作。此时的巴金将自己投入促进中国革命的事业当中，在作品中给中国年轻人树立学习的榜样。在该方面，他无疑是成功的。哈蒂分析了巴金的作品与无政府主义的关系，他指出巴金作品中的许多男主人公都是无政府主义者，而且他们所具有的品质也是巴金从巴枯宁、克鲁泡特金和高德曼等无政府主义者身上学到的。其次，巴金并没有在作品中直接表明提倡任何政治信条或思想。之后哈蒂提到了巴金受到的批评及巴金的回应。有批评说巴金的故事有种消极的意味，他没有在作品中为读者指出从当前社会的黑暗通往光明的具体道路。巴金相信绝对有一条通往新世界的道路，但他不想向世人宣布他的路是唯一的道路，所有革命者必须跟随他，为人类事业牺牲。尽管他认为革命者应有牺牲的准备，但他并不想将自己的意志强加给读者。巴金的路便是干草市场的无政府主义者、俄国民粹主义者、日本殉道者以及萨柯和凡宰蒂所走过的道路。这是条对人类充满无限的爱的道路，为自由事业完全投入的道路，是牺牲与殉道的道路。他当然不能要求读者都选择这条路，只能寄希望于为他们描绘社会的黑暗，为他们树立革命的榜样。巴金作品在 20 世纪三四十年代的流行表明有一群中国年轻读者想要建立一个新中国，他们在寻找巴金给他们提供的灵感与激励。

　　哈蒂指出，虽然巴金的创作很受欢迎，但巴金并不满足于当一名成功的作家，他将写作看作生活中的一个阶段。他想做更多更有意义的事情，这在他的作品中有所体现，尤其是他的散文《我的梦》。哈蒂认为《我的梦》总结了巴金自创作小说以来的思想感情。巴金一方面认为自己的作品有用，另一方面又认为其无用。因此，他在这二者中间摇摆不定。他不断地想要放弃写作，再加入政治活动中去。但每次他都没有成功，每次都被迫重新写作。他责备自己的无能和软弱，无法投入真正的革命工作中去。除了上述原因，哈蒂指出还有两个原因使巴金无法投入活跃的政治活动中去。一方面，他是个敏感的知识分子，不适合政治的要求。另一方面，当时中国的政治活动主要在国民党和共产党之间进行，但巴金对这两党都不喜欢。所以，他很难进行真正的政治活动。

　　巴金作为作家的同时，也做翻译。尤其是翻译克鲁泡特金的著作以及与国际无政府主义者通信的情况。哈蒂指出 1940—1945 年，巴金最重要的活动就是出版克鲁泡特金的所有作品，包括他的地理著作，作为纪念克鲁泡特金 100 周年。原本共 20 卷，但只出版了 10 卷。为了这个项目，巴金专门成立了一个"克鲁泡特金研究所"，由他任主要领导。克鲁泡特金项目完成后，巴金又开始与国外的无政府主义者通信。1949 年 12 月 4 日，巴金给美国无政府主义者出版商约瑟夫（Joseph Ishill）写了一封信。在信中，他希望约瑟夫能寄给他一本尤金的《沉默的声音》（*Muted Voices*）和约瑟夫出版的一期杂志《自由远景》（*Free Vistas*），这期杂志是献给美国无政府主义者本杰明·塔克（Benjamin Tucker）的，他还请求约瑟夫能寄给他一本约瑟夫出版的《克鲁泡特金纪念号》。同时他给约瑟夫寄了三本克鲁泡特金著作的中文版，其中有两本是他翻译的。哈蒂还提到了巴金与鲁多夫·洛克尔（Rudolph Rocker）的通信。巴金翻译完《六人》后，他也给鲁多夫·洛克尔寄了一本。而巴金寄给洛克尔的书，也在洛克尔的信件中找到了证据。哈蒂在此引用了 1950 年 2 月 3 日洛克尔写给约瑟夫的信，在信中洛克尔写道，在新年前夕，他收到了一份惊喜：从上海寄来的《六人》的中文版，由李芾甘翻译。

最后，哈蒂总结，至少在 1949 年共产党胜利之前以及之后的短暂时期，他与约瑟夫、洛克尔、尤金、旧金山的一些中国"同志"以及乔治·伍德科克（George Woodcock）通过信。他给约瑟夫的信也明确反映出他收集无政府主义材料的迫切心情。哈蒂指出 1949 年之后，巴金选择留在中国，并没有像他的偶像高德曼、贝克曼那样在对苏维埃政权的幻想破灭后去流亡。不过到 1949 年，巴金一直忠诚于无政府主义的信仰。

哈蒂在该论文的结语部分总结了该文的主要内容：从 20 世纪中国动荡的年代直到 1949 年中华人民共和国成立，巴金一直是坚定的无政府主义者。他的无政府主义思想反对政党通过控制政府将自己置于统治阶级的地位，因此，他既没有与国民党合作，也没有与共产党合作，从而在中国的政治舞台上被孤立了。此外他无法像萨柯和凡宰蒂那样为人类自由放弃生命，但他可以成为凡宰蒂在信中所说的那些为自由默默奋斗的"无声的人"（"silent ones"）[1] 中的一个。也许因为这个原因，巴金说自己是"一座雪下的火山，随时可能爆发"（"a snow covered vacano, which might erupt at any moment."）。[2] 最后这句话算是解释了该论文为何命名为《无政府主义者巴金：大雪覆盖下的火山》的原因。

从整体上看，哈蒂介绍了巴金的童年经历；巴金与无政府主义的关系；巴金与国际无政府主义者的联系；巴金在中国参加的无政府主义活动，以及巴金由于无政府主义的信仰而对国民党和共产党的态度。虽然这些内容对于专门的巴金研究者而言近乎常识，但是却给英语世界的读者普及了巴金研究的基础知识。该论文深入地探讨了巴金如何成为一名无政府主义者，无政府主义对他有何意义，以及为何他在 1949 年甚至中华人民共和国成立后仍然

---

[1] Vanzetti, "Vanzetti: an Unpublished Letter", *Resistance*, Vol.7, No, 2.July/August, 1948, p.3.
[2] Mark J.Harty, *The Anarchist Ba Jin: A Snow Covered Volcano*. Harvard College, 1978, p.94.

是一名无政府主义者等诸多问题。此外,哈蒂治学态度严谨,征引了较多参考文献,作了大量的注释,力图做到言必有据。该论文中,哈蒂提供了较多巴金与国外无政府主义者交流的资料,这对于中国研究者来说很有参考价值。此外,该论文完成于 1978 年,由于特定的历史环境,当时中国研究巴金无政府主义思想的文章还较少。而哈蒂身在异国,不必受制于中国的文化环境,可以自由地谈论这个问题,无须遮遮掩掩。因此,该论文的学术价值较大。

3. 英语世界的其他著作对巴金无政府主义思想的研究

英语世界还有一些其他著作对巴金的无政府主义思想进行了研究。例如,《中华民国传记词典》和茅国权的《巴金和他的寒夜》描述了巴金与国际无政府主义者的交往以及他接受无政府主义的过程;夏志清的《中国现代小说史》研究了无政府主义思想对巴金的文学创作的影响;等等。

《中华民国传记词典》[①] 简单描述了巴金的无政府主义活动。该书指出从 1925 年到 1927 年,巴金参加了无政府主义运动,创作了多篇关于无政府主义的文章,并开始与无政府主义者高德曼通信。1927 年,巴金前往法国,在法国他研究了法国革命和无政府主义运动的历史,还研究了俄国 19 世纪和 20 世纪初的民粹派运动,并继续同著名的无政府主义者通信。1927 年 8 月 23 日,萨柯和凡宰蒂在美国被枪杀。巴金为之大为震惊,并将其收入《断头台上》。在此期间,巴金还撰写了数篇关于无政府主义观点的专题论文,翻译了一些关于克鲁泡特金伦理观的文章。巴金后来放弃了无政府主义观点,并且在 50 年代末准备出版著作时,删除了作品中所有赞同无政府主义的内容。

茅国权的《巴金和他的寒夜》[②] 详细地论述了巴金被无政府主义者爱玛·高德曼的著作和文章所征服,而称其为自己"精神上的母亲",并与高德曼的通信联系的经过。巴金通过阅读,深深地被无政府主义对权威性制度、观念及理论作彻底批判的精神,和对人的理想、良知、道德完善的信赖精神所吸引,加入了无政府主义组织"适社",并以无政府主义者自称。该书还提到巴金在"文化大革命"期间由于无政府主义信仰而受到的批判。

[①] 《中华民国传记词典》,美国纽约:哥伦比亚大学出版社,1967—1972 年第二卷,第 297—299 页。

[②] 茅国权:《巴金和他的寒夜》,香港中文大学出版社,1978 年。

夏志清的《中国现代小说史》①讨论了巴金的无政府主义思想对他的文学创作的影响。在该书第十章中，夏志清指出作家巴金的成果十分流行与多产，但却不在文学史上占重要地位，其主要原因是巴金的创作思想，受无政府主义思想的影响。夏志清说，因为巴金的作品没有脱离过少年成长期，巴金作为作者跟读者一样不成熟。夏志清认为巴金对克鲁泡特金最初的阅读，不是扩大或改变他的人生观，而是钳制了它，因为对于多数态度严肃的作家，一本15岁所喜爱的书，往往在25岁时遭到淘汰。此外，夏志清对巴金成长过程中所面临的悲剧与思想上受到的影响抱有礼貌的同情，但是他还是认为巴金在作品中笼统描绘了一个有着爱情和革命却缺乏真实感的世界。

1977年，纽约修正主义出版社出版了弗拉迪米罗·穆诺茨（Vladimiro Munoz）的《李芾甘与中国无政府主义》（*Li Pei Kan and Chinese Anarchism*）一书。该书实际上是一部年表，这个年表列举了1884—1972年世界和中国著名的无政府主义者的活动。年表主要围绕巴金展开，其中也涉及了其间中国发生的重大历史事件。通过这个年表可以详细了解巴金的无政府主义活动。但是限于篇幅本书不详细引述该年表，而是将其放入论文的附录当中。弗拉迪米罗·穆诺茨的这部书除了这个年表之外，还有一个附录，这个附录是C.J.田（C.J.Tien）写给弗拉迪米罗·穆诺茨的一封信的一部分。信中提到了巴金翻译克鲁泡特金著作的情况。由于附录的这封信有一定的资料价值，本书将其汉语翻译转述如下：

> 我们认为《告少年》是克鲁泡特金第一部被译成中文的作品。1905到1920年间，克鲁泡特金其他以中文出版的作品有：《近世科学与安那其主义》（*Modern Science and Anarchism*）、《无政府主义者的道德》（*The Moral of the Anarchist*）、《巴黎公社》（*The Commune of Paris*）、《无政府主义在社会主义进化中的地位》（*The Place of Anarchism in Socialist Evolution*）和他的《回忆录》（*Memoirs*）及《互助论》（*Mutual Aid*）。在这一时期，缩减版的《面包略取》（*The Conquest of Bread*）也出版了。1927年，上海自由书店计划出版他的全集，当由于资金困难而不得不关闭时，自由书店已出版了六卷。这六卷如下：
>
> (1)《国家论及其他》，旅东、凌霜等译。

---

① 夏志清：《中国现代小说史》，友联出版社和台湾传记文学出版社，1971年。

(2)《近世科学和安那其主义》(和其他关于战争、政府等的文章)，凌霜、震天等译。

(3)《面包略取》，李芾甘译。

(4)《田园工厂手工场》，汉南译。

(5)和(6)《人生哲学：其起源及其发展》，李芾甘译，两卷。

还有三部作品不属于这部文集，但随后相继被出版：《一个革命者的回忆录》，李芾甘译；《法国革命史》，杨人楩译，两卷，另一卷由刘康云（Liu Kiang Yuen）译；以及《俄国文学史》，郭安仁译。

1936年，在李芾甘的监督管理下，计划出版包括20卷的克鲁泡特金全集精装版。但是，战争令这个项目举步维艰。1949年，当共产党掌权并成立他们的政府时，这一版只由上海平明出版社出版了4卷。这4卷是：

(1)《面包与自由》，李芾甘译，这版的题目是根据俄语版 Bread and Liberty（《面包与自由》）翻译的。

(2)《一个反抗者的话》，毕修勺译。

(3)《互助论》，朱洗译。这一译本还包括了中国译者一篇很有价值的文章：《中国人之间的互助》。

(4)《伦理学》，李芾甘译。

所有这些卷有一个共同特点：图文并茂。其中包括下列卷：《一个革命者的回忆录》（自从首次被译成中文，这本书已被重新编辑过多次并有广泛的流通）；《俄法狱中记》；《法国大革命史》；《近代科学和无政府主义》；《田野、工厂和工场》以及他另外9卷关于地理、科学、社会科学、农业等方面的文章，以及他的书信。这一版本原要以《克鲁泡特金研究》这一卷结束，我们认为是由无政府主义者李芾甘编纂的。其材料对英语世界乃至中国的巴金的研究者都有一定的参考价值。

此外，英语世界还有一些学位论文涉及了巴金的无政府主义思想。例如，圣路易斯华盛顿大学宋瑜真（Soh, Yoojin）的论文《报复及其影响：晚清和现代中国小说中关于正义的文学话语》(*Revenge and Its Implications: Literati Discourse of Justice in Late Qing and Modern Chinese Fiction*) 在分析巴金(1904—2005)的《灭亡》时揭示了无政府主义者在政治上的无能。新泽西州立大学王汝杰（Wang Rujie）的学位论文《透视中国现实主义：鲁迅、巴金、茅盾和老舍的文本研究》(*The Transparency of Chinese Realism*:*A Study of Texts by Lu Xun, Ba Jin, Mao Dun, and Lao She*) 的第三章中，通过对巴金的《家》的分析，阐释了俄国的无政府主义对他的影响。王汝杰指出克鲁泡特金的无政府主义认为没有平等，就没有公正，没有公正，就没有道德。在这种无政府主义背景下，《家》里的青年反叛似乎在道德上是合理的。这种逻辑很重要。在此基础上，鸣凤、梅、瑞珏、琴和高家兄弟才能说他们的家事实上是一所监狱，他们是这种令人窒息的家庭关系的受害者。他还认为无政府主义吸引巴金的地方不在于其反对雇佣奴隶制和建立政府，而是在于它强调绝对平等，以及对个人自由意志和道德自主的尊重。无政府主义为巴金提供了一种让氏族权力与个人意志敌对的形式，让他了解到中国的传统习俗和风俗是不合理的、灭绝人性的，是不必要的。

4. 英语世界巴金其他思想的研究

美国巴金研究者除了关注巴金受无政府主义思想影响之外，还注意到其反抗传统儒家家庭体制，追求个人自主、自由和解放等思想在巴金思想中的地位，同时也指出了中国传统文化和新文学对巴金的熏陶和培育作用。

2000 年，密歇根大学冯晋（Jin Feng）的《从"女学生"到"女性革命者"：以中国"五四"时期小说中的非传统女性代表》(*From "Girl Student" to "Woman Revolutionary": the Representation of the Deracinated Woman in Chinese Fiction of the May Fourth Era*)，分析了巴金的《家》。并指出《家》描绘了一个传统的"儒家"家庭中年轻一代与老一辈之间的激烈斗争，并赞扬年轻一代的反抗精神，以此说明巴金反传统的思想。冯晋分析了巴金的《家》中觉慧这一中心人物，由觉慧的视角来揭露高家长辈们的虚伪，以此来传递小说的主题思想，从而使高家成为自相残杀的儒家传统的象征。冯晋认为巴金对高公馆内部景色的描述背叛了他对旧家庭的态度。

1993 年，新泽西州立大学王汝杰的论文《中国现实主义的透明度：对鲁迅、巴金、茅盾和老舍文本的研究》(*The Transparency of Chinese Realism: A Study of Texts by Lu Xun, Ba Jin, Mao Dun, and Lao She*) 指出，巴金的《家》将家庭关系网看作一个灭绝人性的过程，个人的行动选择受到各种相应的社会角色所具有的责任与义务的限制；巴金崇尚无政府主义因而将儒家伦理规范看作对自我的压迫，中国的传统家庭体制充斥着专制、奴役、纳妾及包办婚姻。他反抗传统儒家家庭体制，追求个人自主、自由和解放。王汝杰还从巴金批判儒家家庭体制的角度解读了《家》，他指出因为巴金受到自由主义、个人主义、无政府主义、民粹主义和自我中心论的影响，所以只能将巴金的文本当作启蒙运动这个大工程的一部分。并且巴金的作品关注的是家庭，明确指明他希望启蒙运动朝哪个方向发展。

1989年，俄亥俄州立大学肖明翰（Xiao Minghan）的博士论文《巴金与福克纳作品中贵族家庭的堕落》(*The Deterioration of Upper Class Families in the Works of William Faulkner and Ba Jin*)，指出与关注人类正直品格的存在主义伦理观不同，无政府主义伦理的目的主要是促进人际关系的和谐，提倡平等、关爱和互助。因此，在巴金的很多作品中，读者看到年轻人之间的温暖友谊，而这是对使人对立的封建等级制度和家族制度的否定。肖明翰认为在巴金描写的年轻人无私的友谊中也可以看到儒家"义"的痕迹，儒家的"义"是手足情谊的道德基础。但是巴金和无政府主义者芾甘虽然有关系但是却不同。巴金在写政治杂文时会署名芾甘，从不用"巴金"这个他写小说时用的笔名来署名他的政治文章。这可能显示出巴金作为小说作者和无政府主义者之间的象征性分裂。

第三章

英语世界巴金的《家》的研究

《家》是巴金最重要的作品。英语世界也有不少学位论文专门研究《家》,这些论文在研究时采用不同的角度,有的从文学性的角度着眼,有的从语言学的角度讨论,还有的侧重分析《家》的人物形象。本章根据这些论文的研究角度和内容的不同来对其进行分节讨论。需要指出的是这一章讨论的论文都是专门研究《家》这部作品的论文,对那些涉及《家》但不以这部作品为主要研究对象的论文和专著,本章不予论述。

一 对《家》的文学研究

1965年纽约城市大学布鲁克林学院的米歇尔·罗(Michele Rowe)的学位论文《巴金〈家〉的研究》(*A Study of the Family by Pa Chin*)是从文学的角度对《家》的研究。论文分三章,第一章介绍了《家》写作的社会背景,第二章从章节、技巧、英译等角度对《家》做了介绍和分析,第三章引录了中外三位批评家对《家》的评论,并表达了作者自己的观点。附录部分有米歇尔·罗写的后记,中国出版的巴金评论集中"出版人的话"部分,包含米歇尔·罗英译的《家》第37章的译文以及米歇尔·罗对"我们能从《家》中得出什么?"这一问题的思考。

在引言部分米歇尔·罗指出《家》(*The Family*)著于1931年,并简要介绍了当时的社会状况。她介绍,《家》讲述的是四川一个贵族家庭的故事。他们四世同堂,住在四合院内,但这并不是个理想家庭。因为这个家庭中充满各种困扰。要想解决困扰,首先要知道什么是传统家庭,以及当时的社会结构是怎样的。鉴于此,米歇尔·罗详细地阐述了当时中国的社会背景和家庭观念。

对于当时中国的"家庭"状况,米歇尔·罗将其分为"传统家庭"(The Traditional Family)[①] 和"过渡时期" (Transitional Period)[②] 两部分来介绍。同时不时联系《家》中的描写进行阐发。这种介绍对于英语世界的读者来说很有必要。对于中国"传统家庭"的状况,米歇尔·罗指出传统的中国家庭是大家庭,从夫的、父系的、家长的、世袭的家庭。理想的情况是五代同堂,但通常难以实现。压力会驱散家庭成员和/或资金缺乏会影响大家庭的维系。家庭系统的重心是父子关系,这能保证家庭过去及将来的幸福。有儿子延续香火,照顾祖先是至关重要的。因此,家庭的团结优先于任何家庭成员的幸福或个人的欲望。之后分别介绍了中国传统中一个人一生中的六个年龄段以及在每个阶段与家庭的关系。最后米歇尔·罗总结说,家庭是社会中最基本的团结单位。不同的家庭,团结的类型和程度也相去甚远,这完全取决于家中各个成员之间的关系。家庭成员的关系是除感情上的联系外,以义务和责任为特征的。父亲要为儿子找妻子和继承人,儿子要尊重父亲,顺从父亲,在父母年迈的时候照顾他们。《家》中的父亲去世了,爷爷(Yeh-Yeh)以父亲的形象出现,有着严厉的权威。之后米歇尔·罗又分析了兄弟关系在中国传统家庭中的位置:兄弟关系在家庭系统中是至关重要的。只要父亲是一家之主,就能将家庭成员凝聚起来。但当领导权传给长子之后,这就不是那么容易维系的了。遗产是平均分配的,只要父亲在世,他可以拒绝划分财产,但长兄却无权拒绝其他兄弟。如果在大家族中兄弟间没有牢固的联系,会分裂成小的单位。家庭的和睦在很大程度上取决于妯娌间的关系。《家》中的家长在世的时候,家庭成员表面上是和睦的。他过世了,整个系统就支离破碎了。家长还没下葬前,兄弟们已经开始争着分财产。

对于"过渡时期"的中国家庭。米歇尔·罗说,这里的"过渡时期"是从19世纪末期开始的。米歇尔·罗指出从19世纪末期开始,中国社会系统在西方文化和工业革命的影响下发生的变化。例如工业化为人们提供机会,使得人们可以远离家族的统治。而有了经济出路,西方的思想和理念才能够在中国生根发芽。个人主义、政治自由、自力更生、男女平等、教育普及和其他思想也在中国传播。有了这些思想,中国人才意识到家庭

[①] Michele Rowe, *A Study of the Family by Pa Chin*, The City University of New York, 1965, p.3.
[②] Ibid., p.9.

系统对中国的现代化发展的阻碍作用。之后米歇尔·罗介绍了中国社会在男女同校、青年从家庭中独立出去、恋爱自由、反对包办婚姻、不再纳妾等方面的变化，以及这些变化在《家》中的体现。

在对以上背景做了简要介绍之后，米歇尔·罗对《家》进行了介绍和讨论。她首先是对《家》的故事情节做了详细的介绍。在介绍《家》的情节时，米歇尔·罗不时对其中的人和事进行一些评论，这些评论与我们中国人对《家》的认识很不一样，也很能反映作者评价作品和人物的态度。米歇尔·罗在评论觉慧时这样说道：觉慧（Chueh-hui）一直在陈述这样一个主题：旧社会是空虚腐败的，必须要改变。所有旧社会的邪恶都能在高家见到。觉慧在各种情况下都一直在重复这个主题，因而故事基本上说的就是觉慧的觉醒，他总是认为社会是邪恶的，别人的悲剧也印证了他的信念。社会和家庭连续不断的悲剧串联起来，激发出了觉慧的愤怒。与中国学者赞赏觉慧的反抗意识不同，米歇尔·罗认为觉慧过分叛逆的天性看多了也沉闷了。在评价觉慧和鸣凤的爱情时，她指出觉慧很关心这个可爱的婢女。但认为如果鸣凤（Ming-feng）不是婢女，觉慧可能就不会像这样喜欢她。也许他对鸣凤的喜爱只是浪漫的幻想，因为后来觉慧没能站出来，阻止鸣凤成为老男人的妾侍。他在得知鸣凤自杀的消息之前，决定放弃这个女孩。有两样东西在背后支持他的这个决定：那就是有进步思想的年轻人的献身热诚和小资产阶级的自尊心。对此米歇尔·罗分析指出，"小资产阶级的自尊心"的想法说明觉慧并不是彻底地反叛，让他更有人性。当他知道鸣凤自杀了，他的愤怒和自责很快就转变成了对传统家庭以及它所代表的一切的痛恨。

米歇尔·罗还评论了巴金对改变社会现状的看法。在巴金看来只有年轻人才能改变社会，拯救中国。米歇尔·罗认为中国面临的问题并没有那么简单，并不能简单通过贵族年轻人解决。她指出觉慧和巴金并没有意识到这一代的年轻人也会变老，变得没那么热情。年轻好年老不好的想法太过于简单了。而对于中国读者一贯视为反面形象的高老太爷，米歇尔·罗却有不一样的看法。对于高老太爷发现觉慧参加学生罢课之后，把觉慧关在房里。米歇尔·罗认为，他这么做可能最主要是关心孩子的安全，以及保存家族的颜面，不让觉慧惹麻烦。

瑞珏和梅与觉新的感情关系是《家》的重要内容之一。在作品中，这两个善良的女性都深爱着觉新。后来瑞珏与觉新结婚，她知道梅与觉新的关系之后，并没有表现出嫉妒或怨恨，而是对梅很和善、很热情。对此米歇尔·罗评价道：从瑞珏的行为我们看得出她是个很亲切善良的人。她引用奥尔格·朗的观点，瑞珏是屈从的传统妻子，能够接受丈夫在外面有其他的女人。但米歇尔·罗不认同这种诠释，他指出瑞珏的顺从后来导致了她的死亡。在介绍完《家》的情节之后作者分析了这部小说中的角色。米歇尔·罗指出：角色要真实，必须反映出人的情感，这样才能引起读者的共鸣。如果只有抽象的人性，那就不是完整的人，就不可信。

对于《家》中的人物形象，米歇尔·罗首先指出巴金主要是想通过《家》来让社会知道他的想法，而人物角色倒是其次。巴金表示理想是高于艺术的。因此，他笔下的角色接近刻板形象，是扁平的，而不是像人一样全面，充满个性。接着米歇尔·罗依次分析了书中各主要角色。米歇尔·罗还分析了觉慧的形象，但他的分析与我们中国人的认识有不小的差别，他指出觉慧所有的行为都表现出他是个反叛的年轻人。觉慧的行为是可预测的，他有自己的类型，但他和鸣凤的关系表现出了这个角色人性化的一面。因为在和鸣凤谈恋爱时这个角色鲜活了起来，而不是彻彻底底的呆板木头。米歇尔·罗认为觉慧是个明显的英雄式角色，他常常道出巴金的心声。但当觉慧提及理想和教条的时候，他显得非常不真实。尽管他的感情很强烈，很引人注目，对话却没有达到同一高度。梅（Mei）过世了，他站在棺材前面，想让她明白她是被谋杀的。这很感人，但却有点夸张，毁了气氛。觉慧的思维很简单，认为事情不是对就是错。这也许是因为他年轻气盛，但他也代表了巴金，这在角色的创作上是个失误。夏志清（C.T.Hsia）认为巴金到了40岁还没走出青春期，而米歇尔·罗则认为夏志清的观点也许解释了觉慧为什么这么单纯。觉慧并没有分析他所经历的悲剧，找出其中的原因，却将一切责怪到旧的家庭系统。尽管这并不错，但却过于简单，也没有告诉读者为什么旧的家庭系统是导致一切的原因。觉慧是人道主义者，他不坐轿子，不把仆人不当人看。觉慧代表的是善良和正义，这是中国年轻人的象征，是中国的希望。

米歇尔·罗还分析了觉民和觉新的人物形象。对觉民的分析很简单。但对觉新的分析较为详细。总的来说，米歇尔·罗认为觉新是个善良的人，并为他的不幸感到可惜。在所有的兄弟中，觉新是敏感的现实主义者，他没有其他两个弟弟那么强硬，他是最真实的角色。米歇尔·罗指出觉新的极度软弱毁了两个女孩。但他认为完全将梅的死归咎于觉新是不公平的。如果觉新争取了她，梅可能会过得更幸福，但还是会染上肺结核。觉新与梅的婚事在他很小的时候就取消了。因此，他那时的软弱是情有可原的。而瑞珏的死主要是他的责任。他知道家里那些女人的要求会让妻子陷入危险之中，但他没有意识到危险的程度。最后瑞珏因搬出城外生孩子而死，觉新却不能在她临死前见她一面。这显示了他的软弱。从此他开始反击，最后帮助觉慧离开家。对觉新的这种转变米歇尔·罗觉得不能理解。他指出，如果觉新连在妻子临死前守在她床边的勇气都没有，他又哪来的勇气，在不那么戏剧化、不那么重要的情况下，帮助弟弟离开家呢？觉新能够改变是值得赞赏的，但这改变来得太唐突。巴金应该花更长的篇章慢慢发展这种变化，这样才会更可信，更有意义。米歇尔·罗认为除了这个缺陷觉新是三兄弟中最可信的角色。

  米歇尔·罗对《家》中的女性角色做了分析。他指出《家》(*The Family*)中的几兄弟非常接近刻板的形象，但强烈的情感让读者不会觉得无聊。《家》的故事情节很紧凑，能带动读者。米歇尔·罗认为小说中的女性，尽管她们都是小角色，巴金没有花太多的笔墨描写他们，她们反而更真实，能自己站住脚。在评价鸣凤时米歇尔·罗指出鸣凤是个充满生机的年轻女孩。她有梦想，却也知道它们是不现实的。她的死也许会有些过分夸张，但她还小，年轻人有时候会有偏激的行为。在评价梅时，米歇尔·罗认为与觉新一样，梅受着传统社会的束缚。丈夫死后她不能改嫁，她也没法出去找份工作，投身于职业生涯。米歇尔·罗认为如果她是更现代的女性，她也能有所成就。但她是传统的，无法获得自由。尽管她的命运悲惨，但她并没有像觉新一样可悲，她是一个更坚强、更高尚的角色。觉新是男人，他有更多的自由，有更多的机会获得幸福。他应该主宰自己的命运，但他却夹杂在两个世界、两份爱情、两份责任之间（对长辈和兄弟的责任）。梅只爱过一个人，她从未觉得自己属于变革的新世界；因此，她能比觉新更好地接受自己的命运，不像他那么可悲。米歇尔·罗认为瑞珏是典型的传统妻子形象，而琴(Chin)是觉慧和觉民一样的女性角色。米歇尔·罗指出，像觉慧一样，琴的角色也有点僵硬，可能是因为两个角色都很"激进"，他们说话的方式听起来不近人情。他们没有瑞珏、鸣凤和梅的温暖和人性。

  米歇尔·罗对高老太爷的分析颇为深入，他指出在《家》中高老太爷有两个角色：一个角色是当他睡觉的时候，当他在做自己的时候，他才像个人；另一个角色是他醒着的时候，是传统家庭家长的时候，他扮演了恶人的角色，这是社会赋予他的角色。只有祖父意识到他这代人的腐败的时候，他才能复原，才能有人性。这个过程从他知道他儿子克定（Ke-ting）的堕落行为开始。他变得沮丧，意识到他辛辛苦苦建立起的家已经烂到骨子里了。他是个好人，却是社会的产物。高老太爷当众惩罚儿子是很丢脸的事，但克定却不觉得羞耻。这件事也同样反映了高老太爷已经无力阻止系统的衰败。高老太爷非常沮丧。只有当他是强势的独裁者，这个家庭才是有生机的整体，但他现在已经老了，一切都支离破碎了。这就说明旧的家庭系统并不是个好系统，因为只有通过强势的管理才能维持。他的沮丧唤醒了他，让他认识到了他家庭的现状，他开始有了人性。在他临终前，他发现孙子们都是好孩子。因此在他死前，他取消了觉民（Chueh-min）和冯家的婚事，告诉两个孩子要好好学习，为家里争光。米歇尔·罗指出小说中的传统社会才是真正的恶霸，因为它要求祖父扮演家长的角色，在他孙子看来，这样让祖父没了人性。觉慧与社会的抗争也是与祖父的抗争。因为祖父代表着社会，所以传统社会才是真正的恶势力，而希望则落在代表新社会的幼辈身上。

  对于《家》中使用的文学技巧。米歇尔·罗指出巴金在小说中采用的是叙事和细节描述的方式。他通过描述性的图像勾勒了人物生活的具体环境，而并没有对角色本身作细致的描述。女孩子有漂亮的黑眼睛，男孩是圆脸。觉民比较突出，因为他戴了金边眼镜。除了这些基础的特征，读者不知道他们长什么样子，读者可以充分发挥自己的想象。此外，米歇尔·罗说，巴金详细描述了贵族生活。这部分不能留给读者去想象，因为这些是事实。有些描述是客观的，记叙了场景而没有评论，但大部分情况下描述中都带有作者的评论。巴金对公馆外部的描述透露着不祥，这就让读者能预见里面的邪恶。有着黑漆大门的公馆静寂地并排立在寒风里。两个永远沉默的石狮子蹲在门口。门开着，好像一只怪兽的大口。里面是一个黑洞，这里面有什么东西，谁也望不见。公馆是个神秘的地方，让人相信如果走进大门，会被野兽给吞噬。

  米歇尔·罗认为巴金通常用物质环境来奠定基调。在觉民告诉觉慧他爱上琴的那晚，巴金的描绘很优美，让人更容易接受。巴金还通常将不同的气氛放置在一起，增添了戏剧感。在这个场景中，觉民道出了他的爱，觉慧鼓励他，他们听到了哭泣的声音。不知道从什么地方传来一丝丝的哭泣，声音很低，似乎被什么东西压住了，却弥漫在空气里，到处都是，甚至渗透了整个月夜。那是大哥在吹笛子。从愉悦转向悲伤的气氛提醒了弟弟们通往幸福的道路是崎岖的。巴金能快速自然地转换气氛，这是非常有效的。在整部小说中他都用到了这个技巧。

米歇尔·罗指出巴金描绘的画面十分形象，以至于读者在读完整部故事之后还停留在脑海中。在使用具体意象的时候，整部小说变得栩栩如生，而当巴金开始讨论哲学，通过觉慧说出他对社会的观点时，却非常僵硬。因此，在柔和的时刻，比如鸣凤和觉慧在一起的场景，学生抗议时男孩站在雨中等待督佐的回复的紧张和戏剧性场景，以及觉新在瑞珏产房外面等待的场景，这些是小说中最好的片段。米歇尔·罗对《家》的评价可谓恰当。

米歇尔·罗认为巴金将放烟火的场景描绘得十分生动，不仅有颜色、声音，还有变化，展现的画面格外美丽。巴金对元宵节的夜晚的描写也很成功。巴金对觉慧童年的描绘也很好，在《家》中巴金描写了觉慧常常躺在马房里轿夫的床上，在烟灯旁边，看那个瘦弱的老轿夫一面抽大烟一面叙述青年时代的故事；他常常在马房里和"下人们"围着一堆火席地坐着，听他们叙说剑仙侠客的事迹。那时候他常常梦想：他将来长大成人，要做一个劫富济贫的剑侠，没有家庭，一个人一把剑，到处漂游。米歇尔·罗认为这样的章节让觉慧更真实，我们会更喜欢这样的他，而不是表现得像个彻头彻尾的新青年。米歇尔·罗举了一个例子，即觉慧在梅的棺材旁边转了一圈，说他希望梅知道她是怎样被谋杀的。这个场景和对话都过于夸张了，让他听上去有点傻，但我们知道这不是巴金想要的效果。

米歇尔·罗重点分析了巴金对瑞珏难产而死这段情节的描绘。她指出在巴金使用紧张的戏剧性场景时，小说到达了一定的高度。在这些场景中，角色才真实，读者才会投入感情。这方面最好的一章是第三十七章。这章说的是瑞珏生第二个孩子。米歇尔·罗指出这一章紧张的气氛在一开始顿时就出现了。觉新在家耽搁了，下午三点钟才到瑞珏那儿。他连忙走进瑞珏房门的时候，在门口被张嫂拦住了。这是第一个不祥的预兆。他此时比原本这个时刻更加着急，因为只能听到里面的声音，什么也看不到。这与她生第一个孩子时恰恰相反。那时他陪在她身边，而现在却有两道门把他们隔开。之前她身处的环境也更好，现在却在一个乡下小宅子里。而最重要的区别是，第一次生产很顺利，而这一次她却死于难产。米歇尔·

罗指出和前几章一样，巴金在这章用到了对比，这就增加了这个场景的戏剧效果。其中有与第一次生孩子时的对比，还有行为的对比。当觉新听到婴儿的哭声，他轻松了，认为最坏的已经过去了。但是不久，最坏的却发生了。他听见淑华（Shu-hua）大叫一声，知道瑞珏已经死了。他的快乐和轻松瞬间化作痛苦与绝望，他对孩子的爱变成了对敌人的恨。这个转变是快速有效的。

巴金使用了所有的写作技巧来获得他想要的戏剧性。米歇尔·罗认为巴金对话表现得很好，说明了当时紧张的情况。不像表达社会主题的场景，语言很平缓自然，没有了觉慧在梅的丧礼上那些对白的夸张和僵硬。在这章的第一部分，在悲剧降临前，语句更长，更复杂。觉新在思考，不需要快速的语言。米歇尔·罗详细地对本章中句子的长短、快慢与人物心理和当时气氛的密切关系给予分析。她指出觉新的痛苦和愤慨通过他的思想斗争表现出来，当时的对话用的是简短的句子。痛苦不需要过多的修辞，简单句就很有效很自然。觉新和瑞珏之间的呼喊引起读者的共鸣，让读者想要帮助这对年轻夫妻。从这里到孩子出生的对话节奏都很快，到孩子出生，觉新放松下来，句子就变长变复杂了。突如其来的惊恐的叫声打破了这一切，节奏又加快了。描述性的句子更长更慢，表现了无望的情境。愤怒需要波澜起伏的长句子，但绝望是慢情绪，当觉新的希望破灭时，绝望降临了。其中有一句话单独成段，是最终的陈述，不给读者留下任何疑虑。这句"但是死来了"使气氛变为极度的绝望。现在觉新开始回想起来，真正意识到在他身上发生的一切以及原因。用来表达顿悟的动词为读者描绘了一幅形象的画面。觉新的顿悟比前一段的绝望需要更快的节奏。从周氏（Chou-shih）进入李氏心碎的哭喊，这段场景的节奏加快了。

以上的这些分析非常细致贴切，米歇尔·罗很可能受过新批评的训练，所以能够对作品作出这么精彩的分析。这其实也在一定程度上提示我们，对《家》的研究不仅可以在思想内容上进行阐发，也可以在写作技巧层面展开探讨。深入阅读文本，仔细分析巴金所用的写作方法，有助于深化我们对《家》的艺术成就的认识。本书认为这一研究角度正是我们需要借鉴的。

米歇尔·罗还对《家》的英译文与汉语原文做了对比和分析。他指出这篇论文中引用小说的内容大部分是基于外文出版社出版的沙博理

(Sidney Shapiro)官方译文。而对比的内容是巴金小说的第三十七章（沙博理译文的第三十六章）。米歇尔·罗自己也翻译了这一章，放在论文附录当中。之后米歇尔·罗对巴金的原文和沙博理的译文各自的特点进行了对比："巴金喜欢写长的复杂句，放慢节奏，但因为句中包含有感情的词语，这就建立了感情基础。在翻译巴金的小说过程中，沙博理简化了句子，使其更精确，没有原文那么冗长，这就增加了剧情的张力，因为句子节奏比原著更紧凑。"（"Pa Chin tends to write in long, convoluted sentences which slow the action, but since they contain emotionally charged words they build the pathos. In translating Pa Chin's work, Shapiro has shortened the sentences and has made them more precise and less wordy resulting in an increase in dramatic tension since the sentences move faster than they do in the original."）[1] 这可能是出于对巴金过多的描写做出的改进，但这样就缺少了原著中很有特点的色彩和丰富性。但最重要的是，沙博理抓住了原著的精髓。他描绘的场面很棒，能与巴金的描述能力相媲美。但在更复杂的描述部分，他通常完全省略了。巴金能从一个场景中彻彻底底地表现出情感，但沙博理可能觉得这不太符合现代西方人的口味。

在做了上述总体评价之后，米歇尔·罗选取了沙博理的译文与原文中的一些句子来进行仔细的比较和分析，沙博理有时候省略掉了一些句子，有时候省去了一些细节，有时候是对一些情节的改写，米歇尔·罗分别找出了实际例子来分析这些情况。他通过细致对比巴金的原文和沙博理的译文，的确发现了他们各自的特点。虽然他并没有对沙博理在翻译中删减原文的做法进行直接评价，但我们却要对这种现象进行分析。翻译其实不仅仅是两种语言之间的转换，它其实还涉及两种文化在地位上是否平等这个问题。沙博理的翻译不论取得了怎样的成就，他对《家》的这种删减从翻译角度来说都是不忠实的表现。他之所以这么翻译，有迎合英语世界读者阅读习惯的考虑，但也反映出了他对《家》的某种"轻视"。只有当译者居高临下地面对原作的时候，他才会在翻译中进行这种删减。而这种删减在中国文学英译当中并不少见，这也颇能反映出英语世界的译者对待中国文学的态度，以及中国和英语世界在文化地位上的不对等。这里作者只是选取了《家》的第三十七章的英译文来进行分析，其实我们也可以对

---

[1] Michele Rowe, *A Study of The Family by Pa Chin*. The City University of New York, 1965, p.60.

这个英译本进行研究，这样可以更全面地探讨沙博理的翻译策略以及翻译效果。如果从变异学的角度来看，也可以探究翻译过程中发生的跨语言变异现象，并分析导致这种现象的深层原因。

此外，米歇尔·罗还引述了三篇关于《家》(The Family) 的评论文章。这三篇文章分别是北京师范大学 1958 年出版的《论巴金的创作》(Discussion of Pa Chin's Creative Works) 一书中的《我们从〈家〉里得到些什么?》①、什磨家一成② (Issei Shimojo) 的《关于巴金的小说〈家〉(Chiá)》以及夏志清的《对巴金和〈家〉(The Family) 的评论》。《我们从〈家〉里得到些什么?》主要是用当时流行的阶级分析方法来评价《家》。米歇尔·罗对该文中的有些观点并不认同，例如该文批评巴金在描写觉慧和鸣凤的爱情时"没有通过集体的斗争抵抗封建道德"，但米歇尔·罗却不同意这种看法。在他看来以阶级斗争为基础的爱情就像生理吸引一样肤浅，所以这两者之间的比较是毫无意义的。最后米歇尔·罗接着指出：从根本上说，该文的结论是这部小说是错误的。它的道德主题不准确。因为小说要求的是以个人主义为基础的社会改革。米歇尔·罗认为该评论是以批评者的个人角度分析的，而不是从作者的主题出发的。因为批评者没有以小说本身为参照，他一定会从中挑错。

米歇尔·罗还分析了什磨家一成的《关于巴金的小说〈家〉》这篇文章的分析角度与中国学者不同。什磨家一成按照自己的参照标准分析了巴金的作品。他将小说中的角色分为三类：代表旧封建系统的家庭成员（高老太爷）、代表新社会的家庭成员（觉慧），以及夹在两派中间的人（觉新）。什磨家一成分析了觉慧、觉新和高老太爷的形象，最后指出巴金试图给出多样的时间和故事的不同方面，从而导致角色的抗议，但这些事件的联系和人物的性格是单方面的，没有任何复杂性，或角色的发展。这部小说只有一个方向，一个观点。《家》(The Family) 中角色的描述是单方面的。我们跟着主线走的时候，事件就在那儿等着发生，而不是自然的发展，只有量而没有质。从数量上发展角色就是用同一个观点来展现各种事件。觉慧表达出的观点是他必须逃离封建家庭，之后这个观点不断地重复，愈加强烈。因此，我们看不到一个完整的角色，而且事件和角色性

---

① 北京师范大学中文系巴金创作研究小组编：《巴金创作评论》，人民文学出版社 1958 年版，第 84 页。

② 此处为音译。

格之间的关系从小说的开始到结束都没有改变。旧势力代表邪恶，新势力代表正义，而中间势力很可悲。这个观念一直都没变。我们没有看到封建家庭的复杂矛盾，也没有看到《家》中不同生活方式的冲突。巴金解释了一切。而《家》缺乏分析的发展，只能是部简单的作品，也不能让读者满意。最后什磨家一成总结说：巴金的兴趣不在于揭示封建系统，而是指引人们该怎样生活。巴金对生活有他自己的理解，他笔下的人物也是按照他的理解来描绘的，他描写的场景很强烈。这部小说无法让有分析能力的读者满意，但却能激励那些寻求新的生活方式的人，因为它有很强的导向作用。作者使用的方式限制了读者的范围。巴金并非通过小说来观察人性，而是直接作用于读者。对《家》的这种认识堪称准确到位。

米歇尔·罗引述了夏志清（C.T.Hsia）对巴金和《家》的评论。因为夏志清对巴金的评价并不高，他在《中国现代小说史》（*A History of Modern Chinese Fiction*）一书中批评了巴金的早期作品。夏志清认为巴金没有走出青少年时期也许解释了为何他笔下的人物如此简单。不成熟的人会创造出不成熟的角色。夏志清对巴金作品的风格评价颇低。他还认为巴金为《家》创造好与恶的"人造"模式以支持他的理论太过于感情用事了。巴金强烈的情感受到了理论的支配，使其非常单调乏味。对于《家》的主题，夏志清说："巴金的小说展示了好与恶的最基本斗争，他笔下的人物不是英雄就是懦夫；英雄会反抗，懦夫服从邪恶的系统。反抗和懦弱以自主意志为先决条件，巴金不承认个人责任会导致人们站在恶的一边，因此他的小说缺乏真实的根基。作者描绘了反面角色，但他常常却展现出这些角色的非反面形象，从而支持他的理论，只有系统本身才是邪恶的。"（"His fiction rehearses the elementary struggle between good and evil, and his characters are either heroes or weaklings: the former defying and the latter submitting to the evil of the system. Defiance and cowardice presuppose free will, however, and Pa Chin's refusal to account for evil in terms of reality from his fiction. Evil characters are presented, but time and again the wuthor absolves them of that evil so as to maintain his theory that the system alone is to blame."）[①] 夏志清认为觉慧是"家族里最果断开明的年轻人，尽管他是非常令人乏味的一部小说中的角色"（"the most resolute and enlightened

---

[①] C.T.Hsia, *A History of Modern Chinese Fiction*（Third Edition）, Bloomington: Indiana University Press, 1999, p.249.

youth in the family, though he emerges from the novel a truly insufferable bore")[①]。他认为鸣凤的死是"中国当代文学中最感人的一幕"("the death of Ming-feng is the most affecting scene in modern Chinese literature")[②]。同时,夏志清也认同其他批评者的观点,认为巴金小说中衡量好与恶的标准是年龄。他认为老者中有一些让人同情的角色,包括琴的母亲和祖父。尽管祖父很专制,但他保留了一些儒家的正直。对此米歇尔·罗认为这是一个有趣的评论,并引述共产主义者、日本学者什磨家一成和夏志清对祖父这个角色的评论:共产主义批评者不认为祖父是个让人同情的角色,因为他是封建社会的坚定分子。日本批评者什磨家一成认为作者没有向我们展现太多祖父的心理,因而很难去同情他。而学者夏志清认为他让人同情,因为他有儒家的正直。这三种观点中米歇尔·罗认为日本批评者什磨家一成的观点是最客观的。他的观点是基于小说中的事实,不带任何明显偏见。而米歇尔·罗的观点和他们的都不同:米歇尔·罗认为祖父是令人同情的角色,因为从本质上来说他是个好人,只是社会赋予了他那样一个角色,这是巴金想要传递给读者的观点。

在引述了三位批评家的文章之后,米歇尔·罗作了总结,尽管《家》中的几兄弟非常接近刻板的形象,但强烈的情感让读者不会觉得无聊。故事情节很紧凑,能带动读者。巴金的作品很强烈,充满了色彩,尽管有时候太过于感情横溢甚至夸张,巨大的情感力量能让读者感同身受。所以尽管这不是最好的作品,却能给人深刻的印象。小说的道德缺陷对那些与作者持不同信仰的人来说是很明显的,这部小说也不会受这类人的欢迎。这部小说能吸引受过教育的人,因为他们从社会上意识到中国需要快速进入现代化。因此,《家》对他们的影响很深。第一次读这部小说是最能刺激人的。但因为它不是一部深入分析的小说,它经不起重复阅读。这部小说可以看作年轻人与根深蒂固的传统的较量,从这个角度来读赋予了它一定的普遍性。

在论文最后,米歇尔·罗附录了巴金为《家》的修订本写的后记:北京师范大学出版的《巴金创作评论》一书的"出版人的话"。他还翻译了《家》第 37 章的英译文以及《我们从〈家〉里得到些什么》("What

---

[①] C.T.Hsia, *A History of Modern Chinese Fiction* (Third Edition), Bloomington: Indiana University Press, 1999, p.251.

[②] Ibid..

can we get from *The Family*")① 一文。

从总体上看，该论文最具特色的部分是对《家》的写作技巧和英译的分析。这部分让我们这些习惯了从社会政治角度来理解《家》的中国学者耳目一新，米歇尔·罗的研究方法为我们的进一步研究提供了启示。另外，她穿插在文中的那些对《家》的评论，虽然不成系统，但是很有新意，让我们看到了英语世界学者对《家》的看法和态度。所有这些都可以对我们的固有观念形成冲击，这也是我们研究英语世界学者的研究成果的目的所在。不过该论文在整体上较简单，虽然对社会背景的分析可以让英语世界的读者了解传统的中国家庭与处于过渡时期的家庭的状况。还有对《家》主要内容的概括，流于一般的内容概述。此外，米歇尔·罗引述三篇文章再总结自己的看法，虽间有新意，但属于作者自己的创获不太多。

二 对《家》的语言学研究

1975 年康奈尔大学（Cornell University）的库布勒·C. 科尼利厄斯（Cornelius Charles Kubler）的学位论文《对巴金小说〈家〉中欧化文法的研究》（*A Study of European Grammar of Family*）对巴金的《家》中的欧化文法进行了研究。

该论文是关于欧洲语言对现代汉语文法的影响的研究。以巴金的小说《家》作为研究对象，主要关注书写方面的影响，也涉及了口语方面的影响。论文共分为四个部分，即引言、词法、句法和结论。具体而言，该论文是以《家》作为分析的例证来证明现代汉语受到的欧化文法的影响。论文中涉及了不少语言学的理论及相关的研究背景，因其与巴金的《家》关系不多，所以本书只关注科尼利厄斯对《家》的研究部分。

首先，科尼利厄斯对于西方语言对汉语影响的简史给予概述。他指出，汉语在 20 世纪受西方语言影响的历史进程。其中提到了汉语会在 20 世纪的前几十年欧化速度如此快，最重要的原因是其摆脱了文言的束缚。他提及了一些影响较大的作家时，提及了巴金，还有鲁迅、茅盾、徐志

---

① Michele Rowe, *A Study of The Family by Pa Chin*, The City University of New York, 1965, pp. 110-118.

摩,将各种外国语言结构适用于汉语;虽然有些没能在这场试验中存活下来,但是其他的做到了,并且越来越枝繁叶茂。此外,他还指出现代作家的翻译活动对他们的创作有很大影响:大量中国现代最著名的作家都开始了西方文学翻译的生涯。其中,包括巴金、鲁迅、茅盾、胡适以及郭沫若,在阅读和翻译了大量外国作品之后,他们自然地受其影响,其译文已经适应了欧化风格,他们很快开始将外国文法要素引进自己的创作。欧化的译文以及新风格的原创作品逐渐增多。出现了一代年轻的求知若渴的中国读者,他们虽然自己不懂外语或者知之甚少,但是能够在自己的写作中模仿外国语言结构。

科尼利厄斯称巴金为中国现代文学巨匠之一。因此,可以看出其对巴金的重视与关注。科尼利厄斯专门举例说明了西方语言对巴金书面文体的影响。他首先简要介绍了巴金的生平。由于研究西方语言对巴金书面文体的影响,他有意突出巴金学习外语的经历。同时还特别强调外文对巴金的影响。由于巴金阅读并翻译了大量外文作品,他自己的书面文体自然会受其影响。科尼利厄斯引用了奥尔格·朗的观点和巴金的自述来说明这一点。科尼利厄斯还指出 20 世纪 50 年代初巴金对他过去所有的作品进行了修改。他这样做既有政治上的原因也有文体上的原因。他有必要清除过去所有的无政府主义痕迹。文体上,他要修改其中的欧化语句。

科尼利厄斯在讨论巴金小说《家》的欧化文法时,分别对其涉及的两个版本给予说明:一个是 1931 年巴金 26 岁时出版的原始版本,另一个是 1957 年首次发行的修订版本。

科尼利厄斯通过研究现代汉语在词法方面所受的西方语言的影响来说明西方语言对巴金书面文体的影响。首先,他讨论的是:复数词缀"们",并提到:"在现代书面和口头汉语中,'们'与表示人的名词(有时是并非指人的名词)连用的情况大大增加了。"("Accoding to traditional Chinese grammatical usage, the suffix - men is quite restricted in occurrence. It is used by far most commonly to form the plural forms of the personal pronouns.")[①] 作为例证,他列出了小说《家》中所有与"们"连用的名词(小括号内插入的页码都指的是 1931 年版本;中括号中的数字表示这个组合成的特殊词语在小说中出现的总次数):

[①] Cornelius Charles Kubler, *A Study of Europeanized Grammar in Ba Jin's Novel JIA*, Cornell University, 1975, p.20.

人们　　（316）"people"［22］
仆人们　（261）"servants"［9］
同学们　（63）"fellow students"［7］
轿夫们　（138）"sedan chair bearers"［7］
学生们　（204）"students"［6］
代表们　（53）"representatives"［5］
亲戚们　（16）"relatives"［5］
太太们　（189）"wives"［3］
女眷们　（157）"women"［3］
主子们　（198）"masters"［3］
兵士们　（50）"sodiers"［2］
小姐们　（20）"young ladies"［2］
主人们　（116）"masters"［2］
少爷们　（20）"young lords"［2］
叔父们　（316）"uncles"［1］①

科尼利厄斯指出在个别情况下除了单个名词外，多个不同的名词组合也可以用后缀"们"来表示复数。虽然总的来说，这种用法在现代汉语中不是非常常见，但是在小说《家》中，出现的频率非常高。如：

姐妹们　　　（144）"older and young sisters"［5］
弟妹们　　　（276）"young brothers and sisters"［3］
兄弟姐妹们　（126）"brothers and sisters"［2］
兄弟们　　　（269）"brothers"［1］②

科尼利厄斯还指出了另一种情况，即当复数后缀"们"与那些本身从来不能被复数化的名词连用时，它还有另一个功能。它除了表示所指的那个人外，还包括许多其他人。在这种用法中，"们"的功能与普通话的"等"或"及其他"很相似。小说《家》中的例子：

觉新们（171）"Juexin and the rest"［5］
觉英们（154）"Jueying and the rest"［2］
淑英们（147）"Shuying and the rest"［2］

---

① Cornelius Charles Kubler, *A Study of Europeanized Grammar in Ba Jin's Novel JIA*, Cornell University, 1975, p.22.

② Ibid., p.24.

觉民们（134）"Juemin and the rest"［2］

觉英，觉群，觉世们（140）"Jueying, Juequn, Jueshi and the rest"［2］

瑞珏们（125）"Ruijue and the rest"［1］①

因此，对比小说《家》1931年和1957年两个版本，巴金在"们"的使用上没有太大的差别。在原始版本中，含有后缀"们"的名词一共出现了135次。其中，有7处完全被删除，另外7处在修订版中，在原有名词基础上去掉了"们"。这种改动似乎主要是作者个人的风格问题，没有明显的文法上的原因。另外10个名词，在原始版本中没有添加"们"，而在修订版本中却加上了这个后缀，其中包括了一些有趣的词，如"野兽们"（1957：260）、"苍蝇们"（1957：369）。接着还引述了吕叔湘等中国学者对"们"的研究成果，并讨论了汉语方言对现代汉语中"们"的使用增多的影响。从这里也能看出该论文主要是拿《家》作为分析的例证，而不是着眼于研究《家》的语言。不过从该论文的举例和分析中我们也能在一定程度上看出《家》在语言方面的特点和时代特征。

科尼利厄斯还通过研究状语后缀"地"（-de）来说明西方语言对巴金书面文体的影响。他指出在经常以冗长结构著称的欧洲语言的影响下，汉语动词前的副词短语，比以前长了很多，也变得更复杂。参考小说《家》中的例句：

"不再有那些有秩序地睡着的脚迹了……"（1931：4）

"Those footprints that were sleeping orderly were no longer there…"

"这样一来那条很威武地飞动着的龙就全个身子从头到尾，差不多都烧成了一个空架子。"（1931：142）

"In this way, the whole body of the majestically flying dragon burned away from head to tail, leaving only an empty frame."②

"这个少女纯洁地无私心地爱着他……"（1931：197）

"The maiden loved him purely and selflessly…"③

另一个西方对汉语产生影响的例子，是副词后缀"地"与本身是副

---

① Cornelius Charles Kubler, *A Study of Europeanized Grammar in Ba Jin's Novel JIA*, Cornell University, 1975, p.25.

② Ibid., p.29.

③ Ibid., p.30.

词的词连用的情况增多。小说《家》中这种累赘的"地"的例子如下:

"……但一双眼睛却是非常地明亮。"(1931:1)

"… but his eyes were both very bright."

"她……暂时地恢复了自己身体的自由……"(1931:18)

"She... temporarily regarded her own body's freedom..."

"这样地决定了以后,众人便不再像先前那样地苦闷,那样地愤激了。"(1931:252)

"After having decided in this way, everyone was no longer so depressed and so angry as before."[1]

在列举了以上例证之后,科尼利厄斯指出:"现代汉语中,无论书面还是口语,这种机械地将多余的后缀'地'用于所有副词的趋势,毫无疑问反映了一种汉语意识的渴望,渴望将他们语言的词类,通过正式的文法因素,与其他语言进行区分。"(The tendency in Modern Chinese, both written and spoken, automatically to use a redundant suffix-de 地 with all advers reflects no dout a conscious desire on the part of Chinese to distinguish the word classes of their language by means of formal grammatical elements.)[2]

科尼利厄斯还研究了表示进行的后缀"着"(-zhe)来说明西方语言对巴金书面文体的影响。科尼利厄斯指出现代汉语的词法发展至少部分受西方影响的另一个例子,是动词后缀"着"(也可以写成"著")的使用频率的增加,以及它与动词连用用法的出现。这个后缀很久以来一直在北方官话方言中表示行为动词的进行体。在早期白话小说中就已经出现,如《红楼梦》和《水浒传》。然而,自从开始受欧洲影响,"着"已经比以前使用更为广泛。仔细观察以下从小说《家》中摘录的句子,其中所有的"着",虽然现在可以接受,但是以前可能会被省略:

"这些脸向她逼近,有的变成了怒容,张口向她骂着……"(1931:21)

"The faces pressed close to her, some of them becoming angry in their expressions, and opened their mouths to scold her..."

"我们只应该看着现在,想着将来。"(1931:107)

---

[1] Cornelius Charles Kubler, *A Study of Europeanized Grammar in Ba Jin's Novel JIA*, Cornell University, 1975, p.30.

[2] Ibid., p.31.

"We should only look at the present and think of the future."

"众人都注视着觉新,并不注意到天空。"(1931:150)

"Everyone gazed at Juexin, not paying any attention to the sky."①

科尼利厄斯认为后缀"着"使用频率的增加可能(至少部分)归结于西方语言复杂的动词词法的影响。现代的中国作家,他们中的大部分都曾学习和阅读欧洲语言很多年,因此,可能会自觉或不自觉地用汉语动词后缀和西方语言的动词词尾(大部分西方动词都带词尾)进行对等。

在引用了王力等中国学者的观点之后,科尼利厄斯指出从汉语传统上来说,只有行为动词如"拿"和"指"可与"着"连用。在受西方影响之前,固有的持续性动词如"继续""相信"和"存在"从来不与"着"连用。然而,在如今的汉语中,"着"已经能够更加自由地与这类词连用了。小说《家》中的如下这些句子,其中的主动词已经有持续性意义,它们以前是不会与表进行的后缀"着"连用的:

"张太太又继续着说下去……"(1931:24)

"Mrs.Zhang continued to speak…"

"她相信着觉民……"(1931:343)

"She believed Juemin…"

"她自己也不知道有这种东西存在着……"(1931:19)

"She herself hadn't known that something like this existed…"②

"着"与固有持续性动词最显著的新用法,是与动词"有"连用,这种用法以前从来没出现过。这个创新从五四运动时期才开始流行。小说《家》中还有如下的例子:

"祖父还有着一个姨太太……"(1931:57)

"Grandfather also has a concubine…"

"她又说她的前途有着许多的障碍……"(1931:264)

"Then she said there would be many obstacles facing her in the future…"

"有着黑漆大门的公馆……"(1931:4)

"The residences, with their large, black lacquer painted doors…"

"他们有着结实的身体,有着坚强的腕力。"(1931:141)

---

① Cornelius Charles Kubler, *A Study of Europeanized Grammar in Ba Jin's Novel JIA*, Cornell University, 1975, p.32.

② Ibid., p.34.

"They had strong bodies and powerful wrists."

"她底面庞占有着他底全部思想。"（1931：73）

"Her face occupied his whole mind."①

在列举了以上例证之后，科尼利厄斯对巴金小说《家》的原始版本和修订版本中后缀"着"的使用情况作了对比：在1931年原始版《家》中有大量与"着"连用的动词，在修订版本中都去掉了"着"。之前列举的三个"着"与固有持续性动词（不是"有"）连用的例子，在1957年的修订版《家》中都去掉了后缀"着"（1957：32、435、25）。1931年版的《家》中，一共出现了27个"有着"，而在1957年版中，其中的12个或者将近一半都省略了后缀"着"。前面列举的第一、第二和第五个例子，在修订版中删除了"着"（1957：74、330、94）。科尼利厄斯指出这些证据似乎表明，曾被批评文体过分欧化的巴金意识到"着"的使用的增多特别是与动词"有"连用，是一种欧洲习气，所以他在修订版中努力减少对这个后缀的使用。

科尼利厄斯分析了"者""品""性""化"等词缀在《家》中的使用情况。首先，他指出名词化后缀"者"是现代汉语欧化词法中一个很好的例子。以前，"者"在白话中不是非常常见，通常被"的"（-de）取代。而后来，这种形式被用来翻译西方以-er和-or结尾的名词，并且现代汉语中出现了许多由该后缀组成的词。虽然一些说汉语的人仍然认为它太书面化，但是它在口语中的使用却迅速增多。科尼利厄斯列举了小说《家》中的一些例子（标出的页码都指的是1931年版，修订版中的形式无改动）："作者"（197）、"读者"（87、199、259）、"播种者"（196）、"订阅者"（195、252）、"牺牲者"（90、272）、"人道主义者"（7、87、100）；另外，此处后缀"者"之前还加了另外一个被欧化的后缀"主义"。

接着科尼利厄斯指出，自受欧洲影响开始，汉语中另一个被普遍使用的后缀是"品"。在小说《家》中，我们发现有"奢侈品"（197）和"牺牲品"（152、160、279、322）。"性"是小说《家》中出现的又一个欧化后缀。这个后缀用来构成表示特性或容纳力等的定语（如"描写性""同时性"），或者构成表示状态、情况或性质的抽象名词，有点像英语

---

① Cornelius Charles Kubler, *A Study of Europeanized Grammar in Ba Jin's Novel JIA*, Cornell University, 1975, p.34.

中的词素"-tion""-ty"和"-ness"。小说《家》中出现的有"煽动性"(87)和"可能性"(201)。其中,后者过去常常不加这个后缀,如"没有这个可能"。但是,大概是为了将该词的名词性功能与其他静态动词和助动词等功能区分开来,现在许多人在说话时往往加上这个冗余的后缀"性",所以,上面的句子就变成"没有这个可能性"。另一个其现在用法受到西方语言影响的新的汉语后缀是动词化后缀"化"。这个后缀,表示状态或情况的变化,相当于英语词尾"-ize"和"-ify"等。小说《家》中的一个例子是"具体化"(198)。

科尼利厄斯还从词法的角度论述现代汉语所受的西方语言的影响,来说明西方语言对巴金书面文体的影响。其中,以巴金的《家》为例证。显然,科尼利厄斯不是以研究《家》为最终目的,而是为了探究普遍的现代汉语用词现象。但是可以通过他的举例和分析,来探讨巴金的《家》在用词方面的某些特点。

然后,科尼利厄斯以《家》为例研究现代汉语句法受西方语言影响的情况。首先,科尼利厄斯研究了中性代词"它"和"它们"在现代汉语中的使用情况。他指出在汉语开始受欧洲影响之前,"它"通常限于宾语位置,其前通常接及物动介词"把"。中性词"它们",没有在任何位置上被使用,而是用"它"来代替。他还以小说《家》中的一些句子为例,说明了"它"("牠")的传统用法:

"这担子太重了。他想把牠摆脱掉。"(1931:334)

"This burden had become too heavy. He wanted to shake it off."

"我看这种病应该早些医治,把牠医治断根才好。"(1931:194)

"It seems to me that one should cure this kind of illness early, and that one must cure it completely."

"祖父底房里起了骂声……「且不管牠」他还是这样想。"(1931:229—300)

"In his grandfather's room there arose the sound of scolding voices…'I'm going to ignore it,' he still thought."

"她用得着的东西……他……把牠拿去放在提箱中……"(1931:320)

"The thing she could use… he took them out and put them in a suitcase…"

"这些事情还提牠做什么?"(1931:229)

"These matters, why do you still bring them up?"①

科尼利厄斯指出，在过去的几十年中，在西方语言的影响下，单数和复数无生命代词普遍被用于句子中各个位置，"它"也比之前运用更自由。现在，"它"用作句子的主语，并且其作为宾语的用法也已经增多。此外，"它"在口语和书面语中的使用都有增加。参考以下 1931 年版《家》中"它"作为主语和宾语的例子，其中一些在 1957 年版中有所改动（只给出了原始版译文）：

"回忆！牠有时竟可以使人忘却一切。"（1931：175）

"回忆有时真可以使人忘记一切。"（1957：219）

"Memories! They can sometimes actually make one forget everything."

"船开始动了。牠慢慢儿从岸边退去。"

"牠在转弯。"（1931：356）

"The boat started to move. It slowly retreated from the shore. It was turning."

"这所谓神底帮助……牠有着很复杂的形式。"（1931：305）

"This so-called help from the gods... it took a very complicated form."

"不要说这樣的話，我们不要聼牠……"（1931：45）

"不要说这样的话，我们不要听……"（1957：59）

"Don't say things like that, we don't want to hear them..."

"他对于命运底安排感到了不平，他想反抗牠，改变牠。"（1931：12）②

"He felt that Fortune's wheel was unfair, he wanted to oppose it, to change it."③

科尼利厄斯提出自开始受欧洲语言影响以来，最显著的创新，是"它们"关于无生命物体的用法，这种用法在传统汉语中从未出现过。现在，这个代词出现在句子的各个位置，虽然其用法仍主要限制于书面语，但是有时也会出现在口语当中。他列举了小说《家》中的例句：

"梅底眼光變得非常温和了，牠們愛憐地在瑞珏底臉上盤旋着。"（1931：194）

"梅底眼光变得非常温和了，一对水汪汪的眼睛充满感激地望着瑞

---

① Cornelius Charles Kubler, *A Study of Europeanized Grammar in Ba Jin's Novel JIA*, Cornell University, 1975, p.41.

② Ibid., p.42.

③ Ibid., p.43.

珏。"（1957：242）

"Mei's eyes became very gentle, they lovingly circled around Ruijue's face."

"据说这些棺材是完全没有主的,牠们在这里放了一二十年……"（1931：294）

"It was said that these coffins were claimed by no one, that they had been lying here for ten or twenty years…"

"古玩字畫是爹平生最喜歡的東西,他費了很大的苦心才把牠們蒐集起來……"（1931：317）

"古玩字画是爹平生最喜欢的東西,他費了很大的苦心才搜集起來……"（1957：401）①

"The antiques and scrolls were the thing Father loved most during his life, only by spending a great deal of effort was he able to collect them…"

"这些话来得太不寻常了,他仔细地把牠们都听懂了……"（1931：29）

"These words came too unexpectedly, he listened to them all with care."

"這幾個罐頭……「我自己又用不着牠們……"（1931：29）

"这四筒罐头……"我自己又用不着。"（1957：443）

"These cans… 'I, moreover, don't need them…' "②

此外,科尼利厄斯用如下图表③记录了代词"它（牠）"和"它（牠）们",在小说《家》的两个版本中出现的次数:

	它／牠	它／牠们
31版／57版出现总次数	125／110	54／51
出现在主语位置次数	40／37	23／23
与所有格形容词"底／的"连用出现次数	19／18	6／6
作为"把"的宾语出现次数	20／16	7／6
作为其他动介词宾语出现次数	13／13	8／8
作为功能性动词宾语出现次数	33／26	10／8

---

① Cornelius Charles Kubler, *A Study of Europeanized Grammar in Ba Jin's Novel JIA*, Cornell University, 1975, p.43.

② Ibid., p.44.

③ Ibid..

在做了上述统计之后科尼利厄斯指出，虽然"它（牠）"比"它（牠）们"常见得多，但是这两个代词都频繁出现在句子的各个位置。《家》的修订版减少了这些代词的一些使用次数（特别是宾格用法），但是，发生改变的数量相对较少。

接着科尼利厄斯分析了现代汉语中主语增加的现象。他指出由于西方语言的影响，汉语中性代词"它"和"它们"的使用，特别是在主语位置，大幅增加。他列举了1931年版《家》中的以下例句，所有这些例句在1957年版中都没有改动：

"他极力忍住眼泪，他不再哭了，他只是长叹了一声。"（1931：292）

"He tried his best to hold back his tears, he did not cry anymore, he only heaved a long sigh."

"他很感动，他也想哭，但他并没有流出眼泪来。"（1931：76）

"He was deeply moved, he wanted to cry also, but he did not shed any tears."

"我每一次见着她，我总想法接近她和她说话。"（1931：230）

"Every time I seen her, I thinkg of a way to get closer to her and speak with her."①

"他掉过头不敢再看水面，他急急地走过了桥。他极力和那个思念挣扎。他终于胜利了。"（1931：257）

"He lowered his head, not daring to look at the water's surface, he quickly crossed the bridge. He struggle with that thought to the utmost of his ability. In the end he won."

"她并不推开鸣凤，去温和地用手抚摩鸣凤底头发，像母亲对女儿那样，她爱怜地说……" 1931：213）

"She did not push Mingfeng away but stroked her hair tenderly and, as a mother to a daughter, she said lovingly…"②

科尼利厄斯认为在这些例证的基础上，可以看出自从开始受欧洲语言影响以来，越来越多以前省略主语的汉语句子和从句，都添加了主语。出现这种情况的原因，可能是学习西方语言的中国学生，在学习到外语句子

---

① Cornelius Charles Kubler, *A Study of Europeanized Grammar in Ba Jin's Novel JIA*, Cornell University, 1975, p.47.

② Ibid., p.48.

必须包括主语和谓语之后,认为省略主语的汉语句子"不符合文法"或者"没有逻辑",从而改变他们的汉语书面文体。

对于《家》中含"被"的被动语态的使用情况,科尼利厄斯指出现代汉语欧化句法中的一个经典例子,是被动语态结构中"被"的使用频率和范围的增加。在传统白话文中,被动句的使用远比西方语言中的要少;当法语或英语使用被动语态时,汉语则经常用主动语态来表达。然而,在今天的汉语中,被动句的总体数量已经有了大幅增加。而且,除了"被"之外,以前还有大量使被动语态能被一眼辨认的标志性词语——从口语化的"叫(教)""挨""让"和"给"到更书面的"见""于"和"为……所"等。但是,自从开始受西方语言影响,"被"就优先于所有这些词,成为现代汉语被动语态中使用频率最高的词。他列举了小说《家》中的一些用传统汉语方式来表达被动语态的例子:

"我们无缘无故挨人打……"(1931:59)

"For no reason at all, we were hit by people…"

"他底希望,他底勇气都给那些话夺去了。"(1931:331)

"His hopes and his courage were banished by those words."

"为那个爱我而又为我所爱的母亲牺牲更踏实一点。"(1931:205)

"To make a sacrifice for my mother, who loves me and is also loved by me, is a little more realistic."

"一个学生在南门被三四个兵士围着痛打……"(1931:55)

"A student was surrounded and badly beaten by three or four soldiers at the South Gate…"

"他赶走了一个弟弟,又被另一个弟弟骂为懦夫……"(1931:279)

"He drove away one brother and was called coward by another…"[1]

科尼利厄斯还指出在过去几十年中,"被"的用法发生了很大改变。现在,"被"的使用比以前广泛得多,并且不考虑是否指不幸含义或有无施事者出现,可以自由地、频繁地使用。

"有一年爹被派为 X 县的县史……"(1931:91)

"One year Father was appointed District Magistrate for district…"

"主子们被请了出来……"(1931:94)

---

[1] Cornelius Charles Kubler, *A Study of Europeanized Grammar in Ba Jin's Novel JIA*, Cornell University, 1975, p.51.

"The Masters were asked to come out…"

"瑞珏被推举为令官……"（1931：98）

"Ruijue was chosen game leader…"

"她只顾用手轻轻去抚摩她的第一次被吻的嘴唇。"（1931：220）

"She only stroked her lips lightly with her hand, her lips that had been kissed for the first time."

"其他的陈设以及壁上的画屏等都搬到后面被称为后堂屋的桂堂里去了。"（1931：315）

"The rest of the furnishings as well as the screens on the walls were all moved into the room in the back named thehoutangwu."[①]

以上例子清楚地表明"被"字在近期使用范围更广了。科尼利厄斯认为这个标志性词使用频率的增加，可能是由于将英语和其他西方语言一字一句地翻译过来造成的，在西方语言中，被动语态不像汉语，它不受表示不幸含义、带有施事者的动词的限制。

科尼利厄斯还比较了《家》的两个版本中含"被"的被动语态的使用情况。在原始版小说《家》中，被动语态的标志性词"被"一共出现了272次。而在1957年修订版中，巴金省略或修改了其中的116处——将近一半。巴金大概因为过分使用欧化文体而遭到其他人的攻击，所以他在修订版中尽力删减"被"字的使用。1957年版《家》完全删除了1931年版中32个含"被"的句子。接下来科尼利厄斯讨论了巴金所做的其他修改。

科尼利厄斯指出在巴金修改的84个被字句中，其中31个只是将原始版的被动语态转变为主动语态。如：

"我梦见我跑在深山里，被一群豺狼追赶着，看看要被牠们赶上了……"（1931：71）[②]

"我梦见我在深山里，一群豺狼在后面追赶我，看看就要赶上了……"（1957：91）

"I dreamed that I was running in the middle of the forest, that I was being pursued by a pack of vicious beasts, and I saw I was about to be cauth by them…"

[①] Cornelius Charles Kubler, *A Study of Europeanized Grammar in Ba Jin's Novel JIA*, Cornell University, 1975, p.52.

[②] Ibid., p. 53.

"我也许是太自私了，也许是被别的东西迷住了眼睛……"（1931：234）

"我也许太自私了，也许是别的东西迷了我的眼睛……"（1957：292）

"Maybe I'm too selfish, maybe my eyes were confused by other things…"

"这些话被周氏和觉新听得清清楚楚……"（1931：335）

"周氏和觉新清清楚楚地听见了这些话……"（1957：424）

"These works were heard very clearly by Mrs. Zhou and Juexin…"①

以下是科尼利厄斯所举小说《家》中22个被动句中的3个例句，原始版和修订版中的唯一区别是标志词"被"的省略：

"在他出世的时候，他底命运更（原文如此，应该是'便'）被决定了。"（1931：28）

"在他出世的时候，他的命运便决定了。"（1957：37）

"His fate was decided the minute he was born."

"他底勇气也被鼓舞起来了。"（1931：237）

"他的勇气也鼓舞起来了。"（1957：296）

"His courage was also roused."

"上身的衣服完全被打湿了……"（1931：244）

"上身的衣服完全打湿了……"（1957：304）

"His clothes above the waist were completely soaked…"②

巴金减少"被"的使用的另一个途径，是用其他的被动语态标志词，如科尼利厄斯之前提到的，来代替"被"。1931年版《家》中有21个被字句用这种方式进行了修改，16个用"给"替代，3个用"让"，2个用"受"。例如：

"他底愤怒就被激起来了……"（1931：336）

"他的愤怒就给激起来了……"（1957：427）

"His anger was greatly aroused."

"老奶妈就劝我坐轿子，免得在路上被那般人跟着纠缠不清。"（1931：203）

---

① Cornelius Charles Kubler, *A Study of Europeanized Grammar in Ba Jin's Novel JIA*, Cornell University, 1975, p.54.

② Ibid., p.55.

第三章 英语世界巴金的《家》的研究

"老奶妈就劝我坐轿子,免得在路上让那般人跟着纠缠不清。"(1957:253)①

"My old wet nurse urged me to take a sedan chair so as to avoid being followed on the street by those types and getting into trouble."

"大嫂……被人嘲笑……"(1931:152)

"大嫂……受人嘲笑……"(1957:191)

"Sister-in-law number one…was ridiculed by people…"②

科尼利厄斯在上述例子的基础上指出,在过去的几十年里,由于西方语言对汉语的影响,被动语态标志词"被"的使用情况发生了相当大的改变。

科尼利厄斯分析了《家》中助动词"在"的使用情况。他指出动词"在"作为助动词的用法,用来表示动词的进行状态的用法在现代汉语中正迅速增多。在小说《家》中这种含有助动词"在"的结构非常常见,如:

"他们努力在和风雪战斗,但依旧敌不过牠……"(1931:1)

"他们斗不过风雪……"(1957:3)

"They were struggling fiercely with the wind and snow, but as before, they could not conquer them…"

"左边的两个位子在空着。"(1931:6)

"左边的两个位子空着。"(1957:10)

"The teo places on the left were empty."

"孤寂,一种从来没有感到过的孤寂开始在蚕食他底心。"(1931:117)

"Loneliness, a loneliness that he had never felt before began feeding upon his heart."③

"你在吃药吗?"(1931:194)

"Are you taking medicine?"

"人们依然在笑,在哭,在吵闹,在争斗。"(1931:304)

"Peopke were laughing, crying, quarreling, and fighting as before."④

科尼利厄斯指出这种结构使用增多的主要原因有三个:最重要的原因

---

① Cornelius Charles Kubler, *A Study of Europeanized Grammar in Ba Jin's Novel JIA*, Cornell University, 1975, p. 55.
② Ibid., p.56.
③ Ibid., p. 58.
④ Ibid., p. 59.

是受翻译的影响，在这个过程中，"在"逐渐作为英语中由 be + -ing 构成的现在进行时的惯用翻译（注意到"在"经常译为"be"）；另一个影响的来源是中国的英语课堂，课上英语表示现在进行的动词经常被机械地翻译为"在"，例如将"I am coming"翻译成"我在来"；另一个原因可能是受其他汉语方言的影响，如台湾人讲的闽南语中，助动词"tèq"就紧贴在一句话的主要动词之前，表示持续性动作，如"Gùn+lǒng tèq thǎk Iēng-gì 阮攏（在）讀英語"。当说这些方言的人说官话时，他们倾向于用"在"来代替"tèq"的位置。

科尼利厄斯分析了《家》中含动介词"在"的短语在句中的位置。他指出根据传统汉语文法规则，如果句子的主动词是单音节并且没有宾语，那么"在"可以作为动介词出现在主动词前，或作为后置动词（postverb）出现在主动词之后，如既可以"他在纽约住"也可以"他住在纽约"。然而，如果句子的主动词是双音节或多音节，或者有宾语，那么"在"必须出现在主动词之前，而不能出现在其后。唯一一个例外，是当"在"表示方向而非地点时，如"他吐了一口痰在地上"。

西方语言中，副词短语一般跟在主动词之后，受其影响，现在，汉语中由"在"构成的短语也有时候跟在主动词之后而不是之前。科尼利厄斯列举了从《家》的两个版本中选取的例子：

"几家灯烛辉煌的店铺……散布了一些温暖与光明，<u>在这寒冷的冬日的傍晚</u>。"（1931：3）①

"几家灯烛辉煌的店铺……<u>在这寒冷的冬日的傍晚</u>，多少散布了一点温暖与光明。"（1957：6）

"Several stores ablaze with lights... scattered a little warmth and brightness in the cold winter evening."

"胸前那两堆柔软的肉<u>凸起在汗衫里</u>。"（1931：21）

"胸前两堆柔软的肉<u>在汗衫里凸起来</u>。"（1957：28）

"The two soft mounds of flesh upon her chest protruded through her underclothes."

"觉慧看见喜儿底背影<u>消失在梅林底另一端</u>……"（1931：65）

"觉慧看见喜儿的背影<u>在梅林的另一端消失了</u>……"（1957：84）

---

① Cornelius Charles Kubler, *A Study of Europeanized Grammar in Ba Jin's Novel JIA*, Cornell University, 1975, p.60.

"Juehui caught sight of Xi'er's back disappearing at the other end of the plum grove…"

"一弯新月高高地挂在天空，投下淡淡的银光<u>在水面上</u>……"（1931：165）

"一弯新月高高地挂在天空，<u>在水面上</u>投下淡淡的银光……"（1957：208）

"A new moon hung high in the sky and cast a light, silvery beam upon the water…"

"这女人留在客厅里……会散布着淫欲的毒气<u>在这公馆里面</u>……"（1931：186）

"让这个女人住在客厅里……会<u>在公馆里</u>散布淫乱的毒气……"（1957：233）①

"This woman's staying in the guest room… would spread the poison gas of immorality in this compound…"②

科尼利厄斯指出从这些例句中可以看出，上述例句在 1957 年版本中都将之前的欧化语序调整成了传统汉语语序，但是小说《家》中"在"的欧化用法的大部分句子都没有进行改动。

科尼利厄斯分析了现代汉语间接引语中说话人的位置。现代汉语句法中另一个新特征，是将引语的说话人的名字放在他所说的部分或全部话语之后，像英语一样，这种情况只出现在书面语当中。科尼利厄斯还列举了《家》中的例子：

"'你为什么不答应我？'<u>她嗔怒地问道</u>。"（1931：242）

"'Why don't you answer me?' she asked angrily."

"'同学们，安静点，秩序，我们要保持秩序！'<u>一个代表大声地叫</u>。秩序！秩序！<u>一部分响应地叫着</u>。③

'管他什么秩序！先冲进去再说！'<u>有人这样叫</u>。

'不行，他们有枪！'又有人这样回答。

'秩序，秩序，听代表说话！'<u>大部分的人都这样叫</u>。"（1931：51）

---

① Cornelius Charles Kubler, *A Study of Europeanized Grammar in Ba Jin's Novel JIA*, Cornell University, 1975, p.61.

② Ibid., p. 62.

③ Ibid., p. 64.

"' Fellow students, take it easy, order-we've got to preserve order!' arep-resentativecried out loudly.

'Order!' 'Order!' a part of the people shouted in echo.

'Who cares aout order! Le's first break in, then we'll see…' someone cried.

'No, they've got guns!' someone else ansewered.

'Order, order, listen to the representatives!' the majority of the people cried."

"'琴姐，我不愿意散，一个人留着多寂寞！'坐在琴和淑英中间的淑贞忽然抬起头茫然望着琴底脸求助似地着急地说……"（1931：150）

"'Elder Sister Qin, I don't want to part from you all, i's so lonely to stay all by myself!' Shuzhen, who was sitting between Qin and Shuying, suddenly raised her head and pleaded fervently, gazing vacantly into Qin's face."①

科尼利厄斯指出还有一种语序，没有上文所述语序那么常见，说话人既不放在引语之前也不放在其后，而是放在中间。所以，引语被分成两个部分。英语中说话人的插入可能会将一句话分成几个句子片段，但是，与其不同，汉语中被打断的引语的每个部分通常是一个完整的句子。他从小说《家》中摘录了这类被拆开的引语例句：

"'为什么要诅咒我们？'觉新②关了书温和地问，'我们和你一样，都是在这个旧家庭里面讨生活。'"（1931：88）

"'Why do you want to curse us?' Jueminclosed his book and asked softly, 'We're trying to get along in this old style family just like you.'"

"'妈，你今天牌打多了，'琴在桌子旁边一把椅子上坐下来，和她底母亲座位斜对着，她带笑地望着母亲说。'本来打牌太费精神，亏得你还打了十二圈。'"（1931：23）

"'Mon, you played mah-jongg for a long time today,' Qin looked at her mother and said with a smile, as she sat down in a chair next to the table across from where her mother was sitting. 'Mah-jongg wastes so much energy anyway,

---

① Cornelius Charles Kubler, *A Study of Europeanized Grammar in Ba Jin's Novel JIA*, Cornell University, 1975, p.65.

② 原文中的错误（Cornelius Charles Kubler, *A Study of Europeanized Grammar in Ba Jin's Novel JIA*, Cornell University, 1975, p.65.）

and you had to play twelve rounds.'"

"'各位，督军早已回府去了。所以由兄弟来代见，劳各位等了许久，很抱歉①的。'一个陌生的清脆的声音开始说，'方才已经和诸位代表谈过，各位同学提出的条件兄弟接受了……'"（1931：54）

"'Ladies and Gentlemen, the governor has already returned to his home, so I am here to represent him. Let me apologize for making everyone wait so long.' An unfamiliar, clear voice began to speak, 'I just talked with the various representatives and I accept all the conditions which you students have set…'"②

科尼利厄斯还分析了西方语言对现代汉语书面语的第三种影响，即当说话人的身份根据语境来看已经很清楚时，通常说话人会被完全省略。小说《家》中的例句：

"你还不晓得？鸣凤就要嫁了。"

"鸣凤要嫁了？哪个说的？她还这样年轻！"

"爷爷把她送给冯乐山那个不要脸的老东西做姨太太去了。"

"冯乐山？我不相信！他不是孔教会里的重要分子吗？他快要到六十岁了还讨小老婆？"（1931：220—1）③

"'You don't know yet? Mingfeng is about to get married.'

'Mingfeng is getting married? Who said? She's still so young!'

'Grandfather gave her to that bastard Feng Leshan as a concubine.'

'Feng Leshan? I don't believe it! Isn't he a bigwig in the Confucian Ethics Society? He's almost sixty, and he's still taking a concubine?'"④

科尼利厄斯分析了《家》中由"虽然"引导的从句在句中的位置。他指出根据传统汉语文法规则，"虽然"引导的让步状语从句，总是放在主句之前。汉语中的这种情况与西方语言如英语中的很不相同。在英语中，像句子"Although he was quite angry, he didn't say a thing."⑤ 和 "He

---

① Cornelius Charles Kubler, *A Study of Europeanized Grammar in Ba Jin's Novel JIA*, Cornell University, 1975, p.66.
② Ibid., p.67.
③ Ibid..
④ Ibid., p. 68.
⑤ Ibid., p. 70.

didn't say a thing, although he was quite angry."① 在口语和书面语中都可能出现。在欧洲语言的影响下，中国人现在也通常允许让步状语从句出现在主句之后。例如，小说《家》中的例句：

"觉新也以为是这样，<u>虽然他并不赞同祖父底办法</u>。"（1931：268）

"Juexin also believed that it was so, although he by no means agredd with his grandfather's way of doing things."

"瑞珏忽然觉得自己很喜欢梅，<u>虽然她和梅就只谈过一次的话</u>。"（1931：167）

"Ruijue suddenly felt that she liked Mei very much, though she had only spoken with Mei this one time."②

"他不敢看父亲底眼睛，<u>虽然那眼光依旧是温和的</u>。"（1931：29）

"He didn't dare look in his father's eyes, although their expression was still warm and gentle."

"'琴妹，是我。'觉民说，他真是悲喜交集，<u>虽然还没有到流了泪又笑，笑了又流泪的程度</u>。"（1931：282）

"'Younger Sister Qin, i's me,' Juemin said. He was torn by conflicting e-motions, although he hadn't yet reached the stage of simultaneously crying and laughing."

"'珏，你不要去！'他重复说了两遍，用的是那样的一样声音，使得瑞珏许久都不能忘记，<u>虽然她不明白他为什么如此坚持地不要</u>她到那里去。"（1931：327）

"'Jue, don't go!' he repeated twice in a voice that Ruijue was unable to forget for quite a while, although she did not understand why he insisted so strong that she not go there."③

科尼利厄斯分析了《家》中"当"的使用。他指出早期译者在尝试将英语和其他西方语言翻译成汉语时，遇到了很多问题，其中之一是如何处理像以英语单词"when"开头的长的时间状语从句。他们的解决办法是在从句的开头使用汉字"当"，与英语单词"when"的位置相同，并且

---

① Cornelius Charles Kubler, *A Study of Europeanized Grammar in Ba Jin's Novel JIA*, Cornell University, 1975, p. 70.

② Ibid..

③ Ibid., p. 71.

将其与传统汉语表达相结合,形成一种新的表达模式"当……(的)时(候)"。这种"当……(的)时(候)"模式,在原始版小说《家》中一共出现了12次。但是,小说《家》在1931年版出现的12个有"当"的模式中,其中有10个在1957年版中被改成了传统的没有"当"的模式。巴金显然意识到,这种结构是借鉴外国的文体,所以在其修改的过程中力图回避。

科尼利厄斯指出1957年版的《家》中仍然存在的两个含"当"的例句,一定是巴金在校对文章时因粗心遗留的。因为其功能与另外10个被修改过的几乎没有区别。科尼利厄斯列举了小说《家》中12个此类例句中的3个:

"当明天小鸟在树枝上唱歌,朝日的阳光染黄了树梢,在水面上散布了无数的明珠时,……"(1931:222)

"明天,小鸟在树枝上唱歌,朝日的阳光染黄了树梢,在水面上散布了无数的明珠的时候,……"(1957:277)

"Tomorrow, when the little birds would sing in the branched and the rays of the morning sun would dye the treetops yellow and scatter countless bright pearls on the water's surface,…"

科尼利厄斯注意到,以上给出的例句,在修订版中,不仅删除了"当",而且"时"也被替换成了更加口语化的"的时候"。

"当他抛开书本走出房间的时候,……"(1931:77)

"等到他抛开书走出房间的时候,……"(1957:98)

"When he threw aside his books and walked out of his room,…"

这里,欧化的"当"被常见的汉语对等词"等到"(直译为"wait until")代替。

"可是这一次当把戏做完贺客散去以后,……"(1931:30)[1]

"可是这一次把戏做完贺客散去以后,……"(1957:40)

"But this time, after the whole show was over and the wedding guests had left,…"[2]

科尼利厄斯分析指出在上文引用的1931年版《家》的例句中,"当"

---

[1] Cornelius Charles Kubler, *A Study of Europeanized Grammar in Ba Jin's Novel JIA*, Cornell University, 1975, p.75.

[2] Ibid., p.76.

没有与"的时候"同时出现,而是与"以后"连用。但是在修订版中"当"被删除了。这是小说《家》中此种用法的唯一例句。

接下来科尼利厄斯在第三章第九节分析了《家》中修饰句首代词的形容词性小句的使用情况。他指出现代汉语受外语影响的另一个例子,是用以连接主从句的小品词"的"为标志的形容词性小句来修饰句首的代词。五四运动以前,这种用法闻所未闻,传统汉语中,只有名词能够被这样修饰。小说《家》中这种新用法的例句:

"他,士大夫阶级的他,虽然有他底骄傲,但也有他底谨慎……"(1931:185)

"他,士大夫出身的他,虽然有他的骄傲,但也有他的谨慎……"(1957:231)

"He, who was from the class of the scholars, although he had his pride, was not without his predence, either."

"有着江湖气质,而且憧憬着好汉底名誉的他们就是这样地在痛楚中找到了暂时的满足。"(1931:142)[1]

"They, who had a love for adventure and hoped to gain a reputation for being brave, in this way found temporary contentment in the midst of their suffering."

"这种快乐,在狂热者的他底眼前竟然带了空幻的,崇高的性质……"(1931:195—6)

"这种快乐,在他的眼里竟然带了一种空幻的、崇高的性质。"(1957:244)

"This kind of pleasure, in his view, enthusiastic as he was, actually possessed a kind of illusory and lofty nature."

"其实这时候他所悬念的她并不在仆婉室……"(1931:222)

"Actually, at this time, she, whom he was so concerned about, was not in the maids' quarters…"

"现在连太太也没有办法了,更何况做孙儿的他?"(1931:218)

"Now not even Madame could do anything anymore, and all the less so he,

---

[1] Cornelius Charles Kubler, *A Study of Europeanized Grammar in Ba Jin's Novel JIA*, Cornell University, 1975, p.76.

who was grandson."①

科尼利厄斯认为这种用形容词性小句来修饰代词的用法，可能是在尝试翻译西方关系从句的过程中产生的。现在，用形容词性小句来修饰代词的用法，在现代汉语书面语中相当频繁。

科尼利厄斯分析了《家》中句子内嵌程度的增加这一情况。科尼利厄斯指出在开始受西方语言影响前，带有许多内嵌分句的长难句在汉语中非常罕见。在过去几十年的汉语书面语中句子中的内嵌程度有了很大提高。现在，句子的主语和宾语常常被以连接主句和从句的小品词"的"为标志的长内嵌分句修饰。科尼利厄斯认为句子长度上的这种增加，其中一个原因是受西方文学作品译文的影响，这些译文中的句子通常很长且复杂。以小说《家》中含有内嵌分句的欧化长句为例：

"他临睡时总要去望<u>那躺在妻的身边，或睡在妻的手腕里的孩子的天真的睡脸</u>……"（1931：35）

"Before going to sleep he would always look at the innocent, sleeping face of the child which lay next to his wife or else slept in her arms…"

"他变成了<u>梁任公的带着煽动性的文章的爱读者</u>。"（1931：87）

"He became and avid reader of Liang Qichao's passion-laden essays."

"<u>发亮的枪刺</u>向着<u>跳跃的人的血肉的身体</u>刺进去……"（1931：160）

"The bright bayonets thrust towards the flesh and blood bodies of the darting people…"

"这是从<u>那几个读了告示脸上带着喜色而散去的人的态度</u>上可以看出来的……"（1931：170）

"This could be seen from the attitude of the several people who had read the notice with happy expressions on their faces and then left…"

"然而对于<u>这个除了伯父的零落的家外什么都被剥夺去了的谦逊的人</u>，就只有这轻轻的一诺了。"（1931：233）

"But for this modest person, from whom everything except his uncle's decaying family had been taken away, there was only this one small promise."②

科尼利厄斯分析了《家》中引导性表语从句、插入语和与状态动词

---

① Cornelius Charles Kubler, *A Study of Europeanized Grammar in Ba Jin's Novel JIA*, Cornell University, 1975, p.77.

② Ibid., p.80.

连用的"是"的使用情况。科尼利厄斯首先分析了引导性表语从句,他指出直接受欧洲文学作品(引导性表语从句出现相当频繁)译文的影响,过去几十年里,汉语中长且句法复杂的引导性表语从句的使用已经很大程度上增加了。根据传统汉语文法规则,从小说《家》中摘录以下每个句子的第一个分句都应该包含一个主语(其中的两个句子就是巴金在其修订版中按照这个规则改写的):

"这时候好像被一种崇高的理想(卫道的理想)鼓舞着,他大步走到客厅的门前,推了门进去……"(1931:186)

"这时候他好像被'卫道'的和'护法'的思想鼓舞着,迈着大步走到客厅的门前,掀开了门帘进去……"(1957:233)

"Now, as if aroused by a noble ideal (the ideal of preserving Confucian ethics), he strode with big steps to the door of the guest room, pushed the door open and went in…"

"和他底前辈完全不一样,觉民对于自己的亲事的进行非常关心……"(1931:270)

"觉民跟他的前辈完全不同,他对自己亲事的进行非常关心……"(1957:339)

"Completely unlike his elders, Juemin was very much concerned about his wedding arrangements…"[1]

科尼利厄斯接着分析了插入语,他指出汉语句法受欧洲语言影响导致了插入语在现代书面语中的偶尔使用。虽然这种用法(就所有语言来说)在随意讲话中非常常见,但是这种在书面语中精心考究的插入语的使用:用括号标明,同样是从外国借鉴过来的——仅仅始于与西方开始接触的那一刻。小说《家》中的例句:

"人们照常和平地(至少是在表面上)生活着……"(1931:195)

"People lived peacefully (at least on the surface) as before…"

"他于是有了勇气回家来受新的侮辱(觉慧称这为侮辱)。"(1931:261)

"He…then had the courage to return home and submit to new kinds of humiliation (Juehui called this humiliation)."

---

[1] Cornelius Charles Kubler, *A Study of Europeanized Grammar in Ba Jin's Novel JIA*, Cornell University, 1975, p.82.

"为了这意料不到的慈祥和亲切（这是他从来不曾在祖父那里得到过的），他答应了一个'是'字。"（1931：311）

"Because of this unexpected kindness and warmth (something he had never before received from his frandfather), he answered with a 'yes'."①

最后科尼利厄斯分析了与状态动词连用的"是"的用法。他指出汉语的其中一个特点是"形容词"（更确切地叫法是"状态动词"），如"红"和"漂亮"等用作谓语时不需要 be 动词。但是，在近代的汉语散文中，偶尔会发现中国作家甚至也将同位动词"是"与状态动词连用，这完全是模仿西方的写法。在传统汉语中，"是"只用于谓语性主格，其中主语与宾语对等，如"他是医生"。如科尼利厄斯从小说《家》中摘录的例句：

"他们喜欢掷那'狮子筹'因为牠是比较复杂而有趣。"（1931：133）

"They liked to play that 'Lion' dice game, because it was more complicated and more interesting."

"这些生命对于他是太亲爱了……"（1931：323）

"The lives of those people were very dear to him…"

"这时候他是很倔强的。"（1931：288）

"At this time he was very stubborn."②

科尼利厄斯还指出，"是"与状态动词连用时还可以表示强调（如"你不累吗？"，"我是很累"），以上例句中似乎没有使用这种用法。这里的"是"加上状态动词看上去正好相当于西方语言的连系动词加上形容词。最后科尼利厄斯提到上面第三个例句中"是……的"结构与状态动词连用的用法，在现代汉语中的使用频率已经大大增加了。

综观全文，科尼利厄斯首先综述了该书的主要内容是对巴金小说《家》中欧化文法的例句做了详细讨论。其次，他指出这种研究方法的缺陷是由于只关注于这一本书和这一个作者，数据完整性上受到了限制。接着科尼利厄斯指出该文中研究的欧化文法代表了如今常用的绝大多数种类，所以此后的研究除了提供新的信息外，还可能对该文呈现的一些细节进行修改，但是该论文所讨论的重点依旧不会改变。最后，科尼利厄斯简

---

① Cornelius Charles Kubler, *A Study of Europeanized Grammar in Ba Jin's Novel JIA*, Cornell University, 1975, p. 83.

② Ibid., p.84.

要论述了该文对汉语语言学、普通语言学研究的启示，以及对之后的同类研究的借鉴意义。

从总体上来说，作者科尼利厄斯有明确的方法论意识，对所用方法的效用和局限有清醒的认识。整体的论述建立在大量的例句材料基础上，同时吸收了很多中外学者的研究成果，是一篇较有新意的论文。虽然该论文的立足点是通过《家》来表明现代汉语在词法、句法方面所受西方语言的影响，但是从文中列举的两个版本的《家》的例句中，我们也能在一定程度上加深对《家》在语言上的特点和时代色彩的认识。另外，该论文的研究思路也为我们研究外国文学翻译对中国文学创作的影响提供了方法论上的启示，我们可以把研究对象由《家》替换为《呐喊》《子夜》《骆驼祥子》等，经过深入细致的分析，相信会得出有价值的结论。该论文也启发我们研究文学问题，不妨借鉴语言学的研究方法，这样可以为我们的研究提供新的视角。

三　对《家》的人物形象的研究

英语世界还有一些学位论文对巴金《家》中的人物形象进行了分析和讨论，这些论文采取的分析角度也各不相同，有的从文化冲突与人物塑造的关系入手，分析觉慧和觉新的形象，例如，2008年犹他大学卡尔·W. 蒙哥马利（Carl W Montgomery）的学位论文《论激流：巴金的〈家〉中的身份认同与文化冲突》（On the Turbulant Stream：the Search for Identity and the Clash of Cultures in Ba Jin's Family）；有的着眼于讨论人物对传统家庭体制的反抗，例如，1993年新泽西州立大学新布朗斯威克分校王汝杰（Wang Rujie）的学位论文《透视中国现实主义：鲁迅、巴金、茅盾和老舍的文本研究》（The Transparency of Chinese Realism：A Study of Texts by Lu Xun, Ba Jin, Mao Dun, and Lao She）的第三章对《家》人物形象研究；有的专门研究《家》中的非传统女性形象，例如，2000年密歇根大学冯晋（Jin Feng）的博士论文《从"女学生"到"女性革命者"：中国"五四"时期小说中的非传统女性代表》（From "Girl Student" to "Woman Revolutionary"：the Representation of the Deracinated Woman in Chinese Fiction of the May Fourth Era）的第四章对琴这一人物形象的分析。

1. 文化冲突与人物塑造

2008年犹他大学卡尔·W.蒙哥马利的学位论文《论激流：巴金的〈家〉中的身份认同与文化冲突》(*On the Turbulant Stream：the Search for Identity and the Clash of Cultures in Ba Jin's Family*) 从主人公的身份追寻与中外文化交流碰撞的关系的角度分析了觉慧和觉新这两个人物。该论文在引言部分首先对巴金的《家》(*Family*) 做了简要介绍。指出巴金1931年著的小说《家》是中国当代文学的一部最重要的作品。它描绘了中国年轻人在快速变化的20世纪早期的中国寻求新身份的故事。那时中国社会的变化主要是受新文化运动的影响。新文化运动以外国现代文学和政治、社会意识形态的汇集为特征。受到外国思想的激励，当时的学者开始以文学作为挑战中国传统社会的手段。巴金就是在这样的环境下度过了青少年时期，以这种环境作为小说《家》中事件的背景，描绘保守的传统家庭生活。其笔下的人物在中国社会的古老传统和快速发展的西方理念中挣扎，想要在变化的社会中找到一席之地。至于为什么选择觉慧（Chueh-hui）和觉新（Chueh-hsin）这两个人物作为分析的对象，蒙哥马利解释说是因为这两个角色表现了对新文化运动接受和投入的不同程度。觉慧是以巴金为原型的年轻激进知识分子。觉新受到了现代思想和新文学的影响，却没有力量抵抗家长，抵抗传统。通过研究觉新和觉慧对激进思想的不同反应以及他们接受新文化思想对它们命运的影响，我们能更好地理解文化冲突对他们各自的身份认同的影响。

蒙哥马利在第一章介绍了巴金创作《家》的背景。他指出《家》这部小说利用了巴金自己生活中的一些事件，但故事有更高的历史意义，而不只是一部半自传体小说；这是中国年轻人为独立而抗争，塑造新身份的故事。接着蒙哥马利介绍了巴金的家庭出身以及他童年时期中国的社会状况，提及了巴金的家庭状况，他在广元和成都的生活，他与仆人的关系；也介绍了中国儒家思想的特点及其与中国传统家庭体制的关系。蒙哥马利提到巴金写小说的目的是攻击旧社会和旧系统。然而，通过出版小说的方式来攻击旧系统在传统中国文学中不是成功的策略，因为中国学者更倾向于使用诗歌作为艺术和政治表达的手段。所以在古代中国诗歌是使用广泛、备受推崇的文学形式，而小说散文却受儒家文人的鄙视。蒙哥马利还介绍了梁启超提倡的新小说，并指出梁启超力求通过新小说的启蒙功能和谐地消除儒家传统主义和社会现代化压力的鸿沟,而年轻一代的作家追随他,希望通过文学的力量去摧毁旧社会。接着,蒙哥马利提到了胡适(Hu Shi, 1891—1962)发起的白话文运动和陈独秀创办的《新青年》。他指出《新青年》和其他激进杂志是新文化运动的催化剂,在1915—1922年间发展壮大。新文化运动鼓舞了全国的大量学生和知识分子。而1919年的五四运动则鼓舞了新的民族主义,刺激了全国范围内的激进政治活动。

蒙哥马利介绍了巴金接受无政府主义的过程,他指出巴金是《新青年》及同类期刊《新潮》(*New Tide*)的热心读者。通过这些期刊,他了解了俄国无政府主义作家彼得·克鲁泡特金(Peter Kropotkin, 1842—1921)的作品。虽然他当时才15岁,他受到了无政府主义者推崇的终极自由和个人自治观念的强烈影响,从那时起,他开始将自己定义为无政府主义者的一项基本思想是拒绝传统家庭和亲属关系。年轻的李芾甘之所以取笔名为"巴金"是受到无政府主义教义的激励,取巴枯宁(Bakunin, 1814—1876,著名俄国无政府主义思想家)的第一个字"巴"和克鲁泡特金的最后一个字"金",合为"巴金"。巴金视传统家庭为个人自由的元凶。在创作《家》的过程中,他响应了克鲁泡特金对揭露其丑恶的号召,控诉了家庭制度的罪恶。

作者对这一部分的论述稍显松散,但是却全面交代了巴金创作的背景:他的家庭情况,他童年时代中国社会的状况,梁启超的"小说界革命"提升了小说的地位、辛亥革命推翻清朝统治、新文化运动以及白话文学运动、五四运动、无政府主义在中国的传播等。这些内容有些庞杂,但都与巴金的创作有直接或间接的关系。

蒙哥马利在第二章分析了对觉新和觉慧的形象。他指出《家》中的主角是高家兄弟的大哥觉新和最小的弟弟觉慧。高家三兄弟都很喜欢五四运动风潮席卷中国后越来越流行的新文学,但他们接受和拥护新文化的程度却各有不一。觉慧非常独立,而觉新尊重以传统集体为出发点的旧社会。觉新和觉慧代表了两个极端,因而他们的生活有很大的差异。蒙哥马利指出通过这两个角色的对比,巴金的目的是向读者展示向旧制度投降只能造成悲剧和不幸,而彻底地反抗旧制度是通向未来的唯一途径。

蒙哥马利首先分析了觉慧,将他视为"新青年"的代表,认为他的激进思想和直言不讳的反抗为读者勾勒出了抵抗旧社会的年轻革命者的形象。蒙哥马利指出觉慧支持《新青年》上的思想家提出的观点。新思维让他有了其他的意识形态来批评传统制度。他并没有完全发展成革命者，正如他并没有将意识形态付诸实践，但他十分坚信新的进步理论，这让他与小说中其他大部分激进的年轻人区分开来。虽然觉慧够幸运，能去现代学校上学，但他在家中仍觉得受到限制。个人的命运由他在家中和社会的等级决定，这是很让觉慧恼怒的。觉慧在他的传统家庭中没有归属感，他很享受离开家的时间。学校为他提供了最好的机会，结识志趣相投的年轻人，与他们交换意见；然而，他与同学很快就与城里的当权者产生了冲突。对觉慧来说，传统家庭和群族边界终将被取代。在他的同志友情中，他第一次通过志同道合的个人感受到自我定义的自由，而不是家庭的纽带。

　　蒙哥马利介绍了觉慧与高老太爷的矛盾。他指出当祖父得知觉慧参与了学生示威，他把觉慧叫到房里来。在祖父发怒的时候，觉慧看了看这个斜倚的老人，觉得他是自己的敌人。这反映了新青年和传统制度保守者之间的紧张和敌意。而巴金则明确地表达了他的写作目的——赞美新青年的个人主义，谴责老辈死板的阶级制度。在此处，蒙哥马利顺便分析了一下高老太爷的形象。他指出尽管巴金多次提到觉慧对爷爷的绝对权威的痛恨，强调爷爷无法理解年轻人，但巴金并没有把老人刻画成一个恶人的形象。爷爷很明显没有故意要伤害晚辈，让他们痛苦。他爱自己的家，非常努力地建立起稳定繁荣的根基，为晚辈提供更好的未来。爷爷和以觉慧为代表的新青年之间的差别不在是否希望得到幸福，而是如何获取幸福的本质和模式的根本差异。儒家观念深深扎根在爷爷的思想里，他深信社会的幸福来源于对规定的传统原则的遵守。这里对高老太爷的分析与我们惯常对高老太爷的认识有些距离，不过也言之成理。

　　蒙哥马利指出当觉慧被关在家里时，他非常孤单，只能靠新杂志给予安慰。沉浸在杂志之中，他不再是被家人关起来的孤独年轻人，而是逆势而上的年轻人同盟中的一员，与旧社会抗争。但当他放下杂志回到房里，他又回到了家庭现实里。但在这个时候，觉慧的角色正在向积极革命者发展。要维护自我，成为真正的改革者，觉慧首先必须要彻底否定旧制度，打破旧传统。他的反抗通过一个被关在家中的场景象征性地表现出来。通过有趣的叙述风格，巴金用了几乎一整章来引用觉慧冗长的日记。这是整部小说中唯一一处以第一人称详尽地描写的场景。这样的修辞手法强调了日记的内容,加强了作者对觉慧的认同。免去了第三人称的叙述还能让目标读者,即未来的年轻革命者更加了解觉慧的内心思想和个人动机。

蒙哥马利指出在《家》这部作品中巴金描述了觉慧从一名有进步思想的青年发展成旧阶级制度的真正反抗者的过程。觉慧的实际行为表现了对儒家的孝道的拒绝。他完全接受《新青年》的目标:推翻传统儒家制度。他决定不再害怕爷爷的权威,而是积极反抗。意识到家族没落的必然性,他充满了希望,因为他的家族的没落象征着整个封建社会制度最终的毁灭。高老太爷死后,觉慧在朋友的帮助下,登上了去上海的船,希望能为新文化事业献出一己之力。蒙哥马利指出巴金对觉慧上船之后的河水的描写是整部小说中最美的、最振奋人心的。所有的一切都会是新的,旧生活已经成为过去的一场梦。与觉慧称为"狭的笼"的高公馆相比,广阔的河面能给人带来自由的感觉。虽然带着一点伤感,但是这个场景充满了希望,"激流"势不可当地向未来流去。

蒙哥马利分析了觉新的形象。他指出觉新是"牺牲品"的典型,其性格与觉慧相反。在整部小说中,巴金将两个角色并置,用觉慧的声音去批判觉新,以及那些屈服于尊长的年轻人。两个兄弟之间的对比不在于他们对旧制度的不同看法,而是他们对传统压迫的不同反应。他们都是年轻人,都接触了现代读物。新文化运动及其文学鼓舞了觉慧掌握自己的命运。然而,尽管觉新对新文化很感兴趣,他无法将自己的利益放在大家族的利益之上。他遵从集体的意愿,结果证明他的顺从不仅摧毁了他,也摧毁了他的爱人。觉新最终的悲剧不是他被制度摧毁,而是他的自我毁灭。他是一个有潜力的人,却因对家庭系统的集体意愿的顺从而被摧毁。觉新的性格当中最普遍、最具毁灭性的方面就是他对权威的服从。他并不赞同旧制度,但他却没有勇气挑战它。他是长房长孙,因此他有责任管理整个家,而家庭的互动是一套复杂的系统,需要遵循传统以维持家庭内部的和平和平衡。

蒙哥马利指出觉新认为他既是受害者又是牺牲品,这是他的特征的主要方面。小说中还有很多其他的受害者和牺牲品,他与其他人不同的原因是他是自愿的受害者,他为自己认为的更大的利益而做出有计划的牺牲。小说中还有一些其他的受害者,他们的悲剧是因为完全没有能力对抗社会的权威。例如自杀的鸣凤。和觉新一样,这些可怜的婢女也是受害者,但她们所属的社会阶层不同于觉新,这些可怜的婢女是社会弱势群体,是下等阶级的受害者。她们的悲剧是因为软弱,而觉新的悲剧是因为懦弱。觉新是通过深思熟虑,选择成为受害人,他认为反抗是没有用的,比挣扎更痛苦。他试图在道德和礼节范围内减少冲突,因为他小时候就是这么被教导的,但他没能反抗传统和社会造成的不公平,最终造成了他身边最亲近的人的悲剧。为了让家人高兴,他不仅毁了自己的生活,也将兄弟姊妹的幸福置于危险之中。为了使矛盾最小化,他将自己置于难题之中,在兄弟之爱和对长者的责任间进退两难。直到他对大家庭意愿的顺从直接致使他失去妻子,他才最终从他的服从哲学中解脱出来。蒙哥马利指出通过对瑞珏的死的描述,我们可以看到觉新不断地受绝望的折磨,因为他每天的生活就是为他人牺牲。觉新既无法委身于传统制度,又不能为新文化运动付出。他谴责自己是夹杂在新旧世界之间的痛苦存在。觉新是传统儒家社会走向现代化的问题的象征。

最后,蒙哥马利总结说巴金看到了对人身自由的否决,看到了对个人价值的贬低。这是旧制度的邪恶根基。巴金这部小说的目的是控诉传统家庭制度,号召人们采取行动,意图激励年轻的中国读者为个人自由而抗争。巴金对个人价值的信念通过书中的主角觉慧表现出来。他是作者理想的年轻激进分子的典型,受新文学和新文化的鼓舞,觉慧决定通过反抗家庭的意愿来掌握自己的命运。他与大哥觉新是互为并列的角色。觉新很年轻,他了解进步理论和文学,但缺乏拥护个人、反抗家庭意愿的勇气。《家》传达的信息很简单:"个人对传统观念的顺从只会带来悲剧。我们要打造一条新的路,反抗过去的传统,这才是前进的道路。等待新中国的将会是从过去的权威中彻底解放出来。巴金不知道未来会怎样,就像觉慧站在出发去上海的船上时,不知道将会发生什么。他唯一确定的是过去的道路充满悲剧,人们必须要面向未来,就像湍急的激流一样。"("Submission of the individual to the will of traditional norms can bring only tragedy. The way forward is by forging a new path and defying traditions of the past. What future awaited a new China after fully liberating itself from the authority of the past Ba Jin did not know, just as Chueh-hui did not know what lay in store for him as he stood abroad his boat ready to leave for Shanghai. The only certainty is that the road behind is strew with tragedy, and one must commit to face the future as it rushes on like a turbulent stream."）[1]

该论文从文化冲突的角度分析了觉慧和觉新这两个人物形象，认为觉慧是新青年的代表，而觉新是牺牲品的代表。在分析的过程中，蒙哥马利引述了巴金的小说《家》对这两个人物的描写，通过人物的行为和经历来分析人物的思想和性格。从总体上来说，其分析颇为准确，抓住了觉慧和觉新这两个人物的主要特征，其结论与中国学界对巴金的《家》的认识大体一致。

2. 对传统家庭体制的反抗

1993 年新泽西州立大学新布朗斯威克分校（The State University of New Jersey）王汝杰（Wang Rujie）的学位论文《透视中国现实主义：鲁迅、巴金、茅盾和老舍的文本研究》（*The Transparency of Chinese Realism: A Study of Texts by Lu Xun, Ba Jin, Mao Dun, and Lao She*）在第三章从反抗传统家庭体制的角度讨论了巴金的《家》。该论文共分六章。第一章引言主要关注解释学范围的变化；第二章研究鲁迅在《阿Q正传》中对中国人的性格特点进行编码；第三章研究巴金的《家》；第四章分析作为中国"缩影"的《子夜》；第五章研究《骆驼祥子》：西方自然主义与中国人文主义间的冲突；第六章是结语。本书只关注该文章中对巴金《家》的探讨。王汝杰在引言部分指出巴金的《家》将家庭关系网看作一个灭绝人性的过程，个人的行动选择受到各种相应的社会角色所具有的责任与义务的限制；巴金反抗传统儒家家庭体制，追求个人自主、自由和解放，这令读者马上联想到克鲁泡特金的无政府主义。该论文第三章的标题是"家如牢房：巴金的《家》"，王汝杰认为巴金将儒家伦理规范看作对自我的压迫与屈从，中国的传统家庭体制则是专制、奴役、纳妾及包办婚姻的牢房。

王汝杰首先介绍了"巴金"这个笔名的来源，分析了克鲁泡特金对他的影响。接着王汝杰讨论了克鲁泡特金的无政府主义和俄国民粹主义的思想渊源，他认为这些思想起源于文艺复兴时期有关个人权利、自由和解放的哲学与政治论述。在俄国，欧洲启蒙运动的兴起不仅为自由解放等理想创造了社会和政治环境，也为俄国哲学思想引入了新内容——唯我主

---

[1] Carl W. Montgomery. *On the Turbulent Stream: the Search for Identity and the Clash of Cultures in Ba Jin's Family*. The University of Utah, 2008, p.43.

义、无拘束的个人主义以及自我中心论。在中国也出现了类似情形，随着启蒙运动的传入，自由与个人解放成为国人评判社会的理想标准，但同时也出现了无政府主义，巴金对其尤为积极。王汝杰指出，研究巴金的《家》我们免不了会遇到这些主张；它们同时也是巴金批判儒家家庭体制的根据。我们解读这一文本，也免不了像巴金一样受到自由主义、个人主义、无政府主义、民粹主义和自我中心论的影响，所以，我们只能将巴金的文本当作启蒙运动这个大工程的一部分。

王汝杰指出，巴金的作品关注的是家庭，明确指明他希望启蒙运动朝哪个方向发展。虽然巴金反对中国传统家庭的道德观念是众所周知的事，但没有人将它放在不同文化背景下进行重新评估。之后王汝杰从中西对比的角度对《家》做了分析。他引用了陈汉生（Chad Hansen）对中国道德的论述，陈汉生认为："在西方哲学中，在道德自主这个概念中，处于绝对中心地位的一个方面就是将道德与传统道德观念适当区分开来。……那么儒家传统政治哲学是否也有这种不同的道德概念。"（"One absolutely central aspect of the concept of moral autonomy in Western philosophy invoives distinguishing morality proper from conventional mores… It may fairly be asked if Confucius's traditional political philosophy has this distinct concept of morality at all."）[1] 中国道德体系缺乏道德自主，很少将个人看作独立于家庭和国家之外的自由的道德主体。对孔子来说，个人没有道德的自主权，家庭关系网好比自然，它才是人类道德的基础。有道德就是要善良、要仁，这是每个人一出生就具有的品质。然而，儒家道德思想的这一前提，构成人类社会和道德方式的习俗正是《家》中的反叛青年所批判的。王汝杰指出对于巴金来说，道德赋予了社会等级和统治的合法性，而家庭关系网就是在此基础上形成的一个谎言。

王汝杰将中国和西方的平等观念做了对比，他指出五四运动以前就早已存在平等这一概念。儒家思想中的平等这一古典概念指的是自然平等，关注的是出生时的状况和共有的品质。他引用孟旦（Munro Donald）的观点，说明在西方，平等意味着在上帝眼中，人人都有平等的价值，出生时，上帝没有赋予任何人凌驾于他人之上的权利，应公正、公平地对待所有人。人们终生都有这种平等的价值，只有经过"同意"，某些成年人才

---

[1] Hansen, Chad. "Punishment and Dignity in China" in Donald J. Munro, ed. *Individualism and Holism: Studies in Confucian and Taoist Values*. Ann Arbor: University of Michigan Press, 1985, p.362.

可以统治他人。在平等问题上,这一本体论区别对我们理解《家》中那些反对家庭权威和社会等级的反叛青年很重要。接着王汝杰又引用了舒衡哲(Vera Schwarcz)的观点论证:在西方,那些被启蒙的人是要将自己从宗教教义中解放出来,而在中国,那些启蒙运动的倡导者是"与那根深蒂固、受家庭权威支持的自我压迫战斗,将人们从责任与忠诚的联系中解放出来,而正是这种联系让子从父、妻从夫"("battling entrenched habits of self-repression upheld by familial authority" and trying to free prople "from the bonds of duty and loyalty that have kept sons obedient to fathers, wives obedient to husbands")[1]。

　　王汝杰分析了克鲁泡特金的无政府主义与巴金的《家》的关系。他指出克鲁泡特金的无政府主义认为,没有平等,就没有公正,没有公正,就没有道德。在这种无政府主义背景下,《家》里的青年反叛似乎在道德上是合理的。这种逻辑很重要,所以鸣凤、梅、瑞珏、琴和高家兄弟才能说他们的家实际上是一所监狱,他们是这种令人窒息的家庭关系的受害者。而无政府主义吸引巴金的地方不在于其反对雇佣奴隶制和建立政府,而是在于它强调绝对平等,以及对个人自由意志和道德自主的尊重。无政府主义为巴金提供了一种让氏族权力与个人意志敌对的形式,让他了解到中国的传统习俗和风俗是不合理的、灭绝人性的,是不必要的。

　　对于理性和社会等级,王汝杰分析了鸣凤的抗争以及她的自杀所包含的反传统意义。王汝杰首先将鸣凤与黄妈做了对比,他指出在儒家道德思想中,社会等级或不平等并没有被理解为统治与压迫;而只是根据不同的功劳进行分配的诸多社会角色中的一种。而巴金的无政府主义正是与这种功劳伦理学相对的,因为新思想认为任何社会等级都是不道德的。在《家》中,女仆鸣凤和黄妈代表了对平等的两种理解方式,对社会等级的两种态度。黄妈臣服于传统的伦理体制,认为这种社会等级是必要的,而且在这种等级中找到了自己的定位。但鸣凤不同,她意识到自己是个没有道德辩护的女仆,她所经历的都是一种压迫。鸣凤虽然不得不屈从于这种传统,但她在心理上是想要反抗的。她发现自己很难融入高家,因为她不是将仆人身份看作一种关系,而是一堵将她与高家其他人,尤其是觉慧,分开的无形的墙。她无法像黄妈那样能够欣然接受自己低下的身份。她需

---

[1] Schwarcz, Vera.*The Chinese Enlightenment: Intellectuals and the Legacy of the May Fourth Movement of* 1919.Berkeley: University of California Press, 1986, p.3.

要一个理解她的女仆身份的合理解释。然而从黄妈身上，我们却看不到社会不平等带走了人的尊严这样的想法，她没有主见，但在道德上她的表现与她的主子们是平等的。儒家的伦理道德并没有视社会等级为不平等，这让她无论在情感上还是行动上都能很好地融入高家。鸣凤痛恨这种不平等，晚上也为此难以入睡，但黄妈却将其视为在不完美的世界中得以保持她的人性的必要条件。鸣凤爱觉慧，正是这种爱支撑着她。可后来，她却被逼成为冯乐山的小妾，这迫使鸣凤再次审视是否接受作为仆人的命运。没有选择，或者说在不幸的婚姻与自杀之间进行选择，儒家伦理让像鸣凤一样的仆人生活在痛苦与煎熬之中。最后儒家伦理道德不仅夺走了鸣凤的尊严也夺走了她年轻的生命。

王汝杰认为不能说鸣凤是家庭专制的受害者，因为她并不是高家的一员。但她确实是不公平的命运的受害者，是陈腐的封建伦理的受害者。巴金用鸣凤的死来反对这种通过几个人的一时决定而造成他人的无谓受害与牺牲的制度。实际上，鸣凤是用来实现废除家庭奴隶制和纳妾制这一政治目标的工具还是真的有自杀倾向的人并不重要，重要的是该如何理解她的经历和她的死亡，这都取决于读者如何看待。对巴金来说，鸣凤的死代表着社会的不公和对生命的无情漠视；她的悲剧正是废除奴隶制度和纳妾制等习俗、制度的缘由。鸣凤的死体现出当时中国无情的等级社会缺少平等与自由。这是类似"无自由，毋宁死"的无声抗议。读者也不得不以批判的眼光审视儒家的中庸之道。我们不能再选择待在理想与现实的道德中间地带，因为这已经成为那些没有社会地位、没有政治权利的人的葬身之地。

对于理性与人格，王汝杰分析了觉新的形象，他并没有单纯地指责觉新的软弱妥协，而是从传统与现代的冲突中来分析觉新的复杂性。王汝杰指出在高家第三代中，大哥觉新的生活可以说是幸福的，也可以说是不幸的。他的生活是否令人满意主要取决于他自己内心如何看待自己的生活。觉新生活令人满意的一面是通过儒家的人格主义实现的。儒家思想强调人作为传统习俗的吸收者所具有的社会性和可塑性，而不是他们作为理性者的自主、独立和独一无二。因此，通过修身、养性，觉新可以成为儒家道德的高尚者，他也很愿意按照圣贤、君子的道路走下去，有耐性，关心老幼，孝顺长辈。虽然他的婚姻是父亲和祖父替他安排的，但他娶了瑞珏后也算生活得幸福，而且还有了一个孩子。他很高兴，没有觉得自己失了人格，因为他没有从家庭生活之外看待自己的自我身份认同。通过瑞珏和他们的儿子，觉新成为一种关联的一部分，也完成了儒家所谓的"五伦"。他是父亲的儿子，妻子的丈夫，也是家中的大哥。但如果从西方自由主义的观点来看，觉新的这种人格可以说是丢失了个性。

王汝杰指出觉慧的个人主义哲学将人看作一个自由的道德个体，当儒家的人格自我实现预言与觉慧的这一主张相碰撞的时候，觉新的自我意识动摇了。觉慧给他念着屠格涅夫的《前夜》，里面的话语犹如给他判了死刑般让他难受。之所以会这样是因为中国和西方的家庭观念不一样。中国文化不是从宙斯、阿弗洛狄忒这些轻视家庭生活的神话人物开始的，也不是从多年远离家庭生活的史诗英雄开始的，它没有俄狄浦斯这种家庭生活有问题的示例故事，因为中国文化是从家庭开始的。在中国，家庭生活与家庭关系一直都被神话、理想化，因为它们是实现社会稳定的手段。如果跳出这种文化，就很难充分理解觉新的人格危机。在《家》里，巴金将个人的政治权力和家庭氏族权力对立起来，让这种传统的中国文化暴露出了问题，如果要获得自由，觉新好像要不得不背叛他的母亲，个人自由与传统文化发生了冲突。

王汝杰认为觉新与觉慧两兄弟在晚辈服从长辈、孩子服从父母、下级服从上级问题上的冲突引出了家庭专制这个问题。从儒家传统道德来看，觉新无疑是个君子，谦卑有礼又善良。觉新是儒家道德的典范：孝顺祖父与父亲，尊敬母亲，为家庭幸福承担责任。以为家庭之名做出的牺牲，对他来说证明了他的道德人格。在西方民主出现在中国以前，个人的苦难经常被理解为是为儒家道德观念做出的牺牲，并因此而得到赞赏。鸣凤的死、梅的悲惨命运以及瑞珏的不幸都被看作公正的小失误、理想家庭的不幸小插曲，直到一种新的道德思想的到来，这种道德思想正如耶格尔（Werner Jaeger）所言："是用道德自主和自由赋予人以尊严。"（"… a new moral discourse… dignifies man with moral autonomy and freedom."）① 对于受这种思想影响的觉慧来说，觉新是个懦夫、家庭专制的傀儡，不会为自己的幸福而奋斗。觉新自己也越来越不能理解，他服从权威竟然只是丧失了自我、丧失了个人自由与尊严。当他试着从自我解放的观点看待问题时，传统家庭竟然开始成为一种专制和不幸的来源。觉慧、鸣凤、梅，甚

---

① Jaeger, Werner. *Paideia: the Ideals of Greek Culture*, Trans. Gilbert Highet. New York: Oxford University Press, 1939, p.8.

至觉新都把自己的愤怒指向了两大封建制度：传统家庭和包办婚姻。

瑞珏的死让觉新对"礼"失去了信心。对礼教的失望让觉新放弃了此前重视的价值观。他开始认为自己的牺牲都是徒劳。最终觉新明白传统家庭和包办婚姻这两大社会习俗夺去了他的自由和幸福。至此，觉新似乎陷入了一种两难的境地，这也是让包括巴金在内的许多中国现实主义者和启蒙运动倡导者面临两个方向的抉择："重新接受儒家人文主义，还是追求个人主义、寻求思想独立。"（"… to restore and reconcile himself with Confucian humanism, or to pursue individualism by seeking independence of thought."）[1] 在巴金的作品中经常可以见到这种二元思想，要么为家庭牺牲自己，要么为自由和个性站起来反抗。觉慧和觉新就是这两方面的典型代表。觉慧提倡一种实用主义哲学，认为好的道德就是让大多数的人实现最大的幸福，力求将思想变为行动。但觉新不同，他向高家其他成员宣扬他的"作揖主义"和"无抵抗主义"。甚至在意识到传统的中国家庭体制是如何压迫、如何灭绝人性之时，他也坚持服从儒家思想和礼教。所以，觉新的生活一半是谎言，一半是真实，既英勇又懦弱，既幸福又悲惨，既正直又可笑。王汝杰对觉新的分析没有对其进行简单的批判或否定，而是从中西文化冲突的角度来讨论觉新在这两种文化之间的挣扎和选择，这样的研究无疑更有深度。

对于理性与自我中心主义，王汝杰分析了觉慧的形象。他指出觉慧是受新思想启蒙的典型，反对中国传统价值观。理性对他来说是通往自由的手段。之后王汝杰将觉慧与西方文学中很多人物作了比较，认为觉慧让读者想起了许多在西方文学中不太受欢迎的有争议的角色。觉慧像易卜生笔下的格瑞格斯那样自负，通过教化他周围的世界来治愈自己病态的良心；像陀思妥耶夫斯基笔下的拉斯柯尔尼科夫那样冰冷理性，超越人类制定的法律而成为超人；像司汤达的于连·索黑尔那样狂妄无忌，为寻求个人成功而不关心他人；像屠格涅夫的巴扎罗夫那样虚无，发现所有传统道德都没有经科学验证的价值。他像唐璜、浮士德那样浪漫得无可救药，对于他们来说，现实只能用超越社会习俗的新方式在他们自己的心中发现。他对社会习俗与道德规范持怀疑观点，认为它们都是压迫的形式。

王汝杰指出觉慧将自己看作自由的道德代理人，用他自己的标准去评

---

[1] Wang Rujie.*The Transparency of Chinese Realism: a Study of Texts by Lu Xun, Ba Jin, Mao Dun, and Lao She*.The State University of New Jersey, 1993, p.82.

判他那个时代的道德规范。为了实现道德自主和行动的完全自由，觉慧似乎会选择混乱而非秩序。接下来王汝杰的分析可能让我们难以接受。他认为随着人类通过生产从大自然中获得自由，对旧有的道德传统的不尊重，甚至憎恶会与日俱增。克鲁泡特金的《面包与自由》便提出了人类不需要臣服于自然这种激进的观点。如果自然可以被征服、被利用、被改变，那么人类关系和道德习俗也可以。儒家所崇尚的中国传统家庭受自然的控制，而在巴金看来，这都是压迫，他认为工业革命和科技可以改变人类臣服自然的现状。正是对这种无政府共产主义未来的幻想让觉慧不仅期盼旧时代的结束，也期待新时代的开始。觉慧期盼一种新的道德和社会秩序的出现。科学、技术和工业革命将产生一个新社会，在这个社会中，人类将最终从苦痛、从不幸、从腐败与不平等、从欲望与堕落，以及从纳妾制度和包办婚姻等压迫中实现道德自主与自由。觉慧的确反抗现实的压迫，巴金也的确赞扬这种反抗，但是说巴金认为工业革命和科技可以改变人类臣服自然的现状就有些过度阐释了。

　　巴金认为纳妾制度、奴隶制度、包办婚姻和传统家庭本身都是带有压迫性的、不公平的社会制度，因为它们不承认个人的权利与道德自主，因此，他通过觉慧向这些制度宣战。为了促进正义、平等、自由等道德事业的发展，觉慧根据自己的道德标准对他周围的人进行了划分。他同情婉儿、鸣凤和黄妈，因为她们是被压迫者，是权力的受害者；他厌恶他的祖父以及那些处于统治地位的人，因为他们是权力与压迫的象征与化身。对觉慧和巴金来说，现实已经几乎成为他自己的概念想象或者对平等正义的迷恋的产物。而在王汝杰看来，觉慧的道德与心理显示了诸多政治话语的优缺点。首先，他看待道德和社会问题的方式具有西方思维方式的特点。王汝杰引用了爱德华·霍尔（Edward Hall）在《超越文化》（*Beyond Culture*）一书中的观点，爱德华·霍尔说："在追求秩序的过程中，西方人通过否认已融合的部分、铭记破碎的部分制造了混乱……西方人最重视'逻辑'。他们将逻辑体系看作真理的同义词，也是通往现实的唯一道路。"（"… in his striving for order, Western man has created chaos by denying that part of his self that integrated while enshrining the parts fragment experience…Western man sees his system of logic as synonymous with truth. For him it is the only road to reality."）① 王汝杰认为这正是对觉慧的准确描述。他决定爱鸣凤，因为这符合平等原则的逻辑。他反抗祖父和觉新，与觉民和琴结成联盟，同情仆人和玩龙灯的人，这些都是他的道德逻辑的体现。觉慧追求道德理想的方式也让作者想起了胡塞尔（Husserl）对无限在欧洲思想中的角色的评论："欧洲人的终极精神目的在于无限，无论民族还是个人。"（The spiritual telos of European man, in which is included the particular telos of separate nations and of individual human beings, lies in infinity.）② 而对无限的追求却让我们偏离了对人类最终需求的注意，也就是面对死亡。在追求道德正义的过程中，觉慧对有限和人类的短暂生命并没有表现出过多的敬意。他构建与周围人的关系是为了促进平等、自由和正义事业。这里对觉慧的分析，尤其是将其与胡塞尔的说法来比较，可能有些不符合巴金在作品中描绘的实际情况。

王汝杰认为作为一名自由的道德代理人，觉慧的行为是一个典型的以自我为中心者的表现。他与鸣凤的爱情只是一出由他操纵的戏剧。鸣凤也只是他实现公平正义等道德理想的方式。觉慧试图启蒙鸣凤，而他对鸣凤的爱是减轻他因作为鸣凤主人而产生的道德愧疚的一种方式。

王汝杰又将觉慧与西方文学中的人物做了类比，认为托尔斯泰《复活》中的聂赫留朵夫想通过喀秋莎在道德上拯救自己，易卜生《野鸭》中的格瑞格斯希望通过纠正他朋友婚姻中的错误来治愈自己病态的良心，与此相似，觉慧只是将他与鸣凤的爱情置于他的自我意识当中。在这一方面，他是个自我中心主义者。对觉慧来说，鸣凤不仅是个人，也是不幸与不公的化身，所以应给予她支持与同情。无论她在实际中是否是个听话乖巧的姑娘，对他来说都不重要。他热情和想象的自我主义让他觉得鸣凤很脆弱，同时也因此让他觉得自己是弱者的救世主或解放者。他对鸣凤的爱与同情到何种程度是由他有多少可用于思考的空暇时间决定的，其强烈程度也由他表达厌烦情绪的知识能力决定。

最后，王汝杰指出觉慧对鸣凤的爱似乎与他对自己所过的生活的鄙视和憎恶一样强烈。他在鸣凤身上发现了与自己不同的一面，一种不同的可能性，他们的思想和命运都不相同，这让他可以将自己设想为平等、为全

---

① Hall, Edward. *Beyond Culture*. Garden City, New York: Anchor Books, 1976, p.9.
② Hursserl, Edmund. *Phenomenology and the Crisis of Philosophy*. New York: Harper and Row, 1965, pp.157-159.

人类的自由而战的斗士。觉慧对鸣凤做出的浪漫行为似乎表明他真的爱着废除奴隶制度和纳妾制度这一道德事业，因为这让他在精神上和道德上都有满足感。当鸣凤需要他帮助摆脱嫁给冯乐山当小妾的命运时，觉慧却早已忙于其他事情，那些事情比鸣凤更需要他的关注。似乎没有什么比他的目标和自由更重要的了。鸣凤的死以及后来瑞珏的死激怒了觉慧，但也只是让他在道德上有了离开高公馆的理由。他关心自己的反叛事业，但并不是真的关心那些人的苦痛遭遇。因此，觉慧最终离开了高公馆，离开了成都，以此来表达他的愤怒与蔑视。他获得了重返混乱寻找自我的自由。他到了上海，在那里他觉得自己可以作为一个个体成长。这一部分作者对觉慧的分析既有独到之处，也有片面的地方。当作者从巴金的作品本身来分析时，他的结论往往更有启发性，但一旦他将觉慧与西方的思想相比照时，无形当中会用西方的标准来认识觉慧，这样就导致他对觉慧这个形象的探讨存在偏差。

　　对于理性与女性身份，王汝杰分析了《家》中的女性形象。王汝杰指出巴金在法国的两年时间里（1927—1928年）读了许多有关西方女性选举权的作品，也因此看到了中国女性的束缚，她们被困在婚姻和家庭生活之中。正是这一经历让他将中国女性描绘为包办婚姻、纳妾制度和女性礼仪的受害者。因此，《家》也是有关中国女性主义的论述，试图重新定义、重新建立女性身份。巴金笔下的女性遵守女性礼仪，成为服从的牺牲品。鸣凤因被迫做小妾而自杀；婉儿随后被迫代替鸣凤成为冯乐山的小妾；梅和瑞珏因服从包办婚姻而失去了爱情和幸福。只有琴和她的同学许倩如通过反对传统女性身份而避免了这些不幸。

　　王汝杰分析了易卜生的《玩偶之家》中的娜拉与《家》中琴的关系。他首先分析了娜拉的形象：一方面，娜拉拒绝接受婚姻生活对她的束缚；另一方面，她也感到很沮丧，因为在19世纪70年代她别无选择。娜拉代表的这种新女性身份要求女性可以而且应该掌控自己的命运。这种女性要求个人自由和独立的思想源于欧洲的启蒙运动。通过抛弃孩子、离开丈夫，娜拉证明女性需要武装自己、解放自己。所以，娜拉通过自由、平等和个人权利这些思想帮助女性重新定义、重新建立了女性身份。接着王汝杰讨论了琴与娜拉的关系：琴就像娜拉一样，开始意识到由于她的女性身份，受到了诸多限制。她也经历了从敏感、顺从、含蓄的中国传统女性到敢于质疑、有主见、率性的新女性的蜕变。琴的变化源于政治话语和道德伦理的冲突，巴金认为中国女性最终都会经历这种冲突，继承娜拉的精神，解放自己。要实现"为自己思考"这种政治权利，意味着女性需要做一些在传统家庭中认为女性不应该做的事情。为了给自己自由，为了实现道德自主，琴决定去外语专科学校上学。她想去外语专科学校读书与学习外语本身没有什么关系，而是为了实现女性解放和平等受教育的权利。同样，剪短发也与女性的美没有任何关系，是为了实现女性的选择权和解放。在为实现道德自主斗争的过程中，琴开始对政治感兴趣，她做这些事情其实并不是为了政治本身，而是为了通过这些活动实现女性解放。琴的独立性也表现在她对婚姻问题的思考上。她的母亲说琴应该嫁给一个年轻富有的男子，而作为一名受启蒙的女性，琴发现这个建议非常恶心，这不是因为她厌恶婚姻与财富，而是因为母亲没有让她自己独立思考自己的事情。在她看来，婚姻和家庭这些社会制度都是以女性的血肉为食的绞肉机器。如娜拉一般，琴拒绝成为母亲听话的孩子，拒绝成为有钱人听话的妻子。

接着王汝杰分析了梅和瑞珏的形象。他指出梅和瑞珏在爱情、婚姻和教育方面没有尊严、没有选择权，也因此她们的生活被毁了。瑞珏嫁给了觉新，而觉新娶她为妻也主要是出于家庭权威的压力；梅一直爱着觉新，却被迫嫁给一个她不认识的人，最后作为一个年轻的寡妇死去。她们被剥夺了情感自由，被剥夺了爱与幸福，也被剥夺了生命。巴金将中国女性描绘为社会习俗的受害者，沉重打击了儒家道德体系。瑞珏和梅在对待她们与觉新的三角恋中有一定的高尚与气度。梅并没有试图将觉新抢回来，不是因为她没有意识到可能性，而是因为她认为爱情应该高尚、有道德。作为一名传统女性，梅能够在爱的同时而不放弃其他同样高尚的情感，比如，为他人着想、尊重婚姻、尊重自己同时尊重爱人。她拒绝成为激情的奴隶，认为她的爱与她的自尊和女性身份同样重要。就像瑞珏的不抵抗一样，梅的自我牺牲体现出一种道德话语的逻辑，这种逻辑与女性解放事业同样具有人道主义精神。梅苦笑着接受了她悲惨的命运，表明人性受到了儒家伦理道德的限制，但在此处，儒家伦理的自我服从与压抑也让瑞珏与梅成了好朋友而不是敌人。梅还因为无法成为一个自由独立的女性而绝望，她阅读了《新青年》之后对其中描绘的"另一个世界"既羡慕，又深知自己做不到。王汝杰认为这表现出女性的理想状态与社会现实之间的巨大差距，中国女性实现个人自由和情感自主要付出什么样的巨大代价？

而这一代价是她们承担不起的。

王汝杰又回到对琴的分析。他指出在为女性的自主权斗争的过程中,琴越来越不确定自由女性主义这一理论该如何将中国女性从瑞珏和梅那样的悲惨命运中解放出来。起初,她将娜拉作为自己的生活偶像,但在可能遭到抢劫和强暴威胁、意识到女性是何等脆弱与无助的时候,她同样无可奈何,由阅读易卜生的书得来的信念在这个时候并不能使她坚强地面对这些威胁。对此作者分析说中国传统女性非人的待遇和地位与娜拉这一敢于走出受压迫的家庭生活的现代女性形象向读者传达了这样一种信息,至少在巴金看来,中国的传统反对现代女性和女性解放。娜拉这一形象鼓励女性强大起来,努力做一个真正的人,同时也暗示解决女性不幸福的办法就是离开婚姻、卸下作为母亲的职责。娜拉离开了,觉慧离开了,琴也与她的朋友许倩如讨论过离开这个话题,许倩如告诉她自由的唯一方式就是离开她的母亲、离开家,但是琴却无法抛开她的母亲。她陷入了理智与情感的冲突之中,不知该选择为女性的自主权斗争还是该选择母亲,这展示了中国女性不得不做出的艰难抉择。

王汝杰对琴、瑞珏、梅等人物的评价相当到位,其中也不乏值得我们借鉴之处。但是作者偶尔也有误读错解之处,例如他认为"我们经常从鸣凤、梅和瑞珏的脸上看到眼泪与苦笑,这些不只是女性无助与顺从的标志,也暗示出一种强烈、和谐的道德信念"。但这一说法无疑很难得到我们的认可,这些"眼泪与苦笑"如何能"暗示出一种强烈、和谐的道德信念"呢?

从总体上说,该论文对《家》里面的人物形象的分析较为深入,能够给我们较有益的启发。王汝杰从中西文化对比的角度来分析人物,从而得出仅从单一视角出发较难得出全面的结论,这是值得充分肯定的。但是,王汝杰有时将《家》中的人物与思想比附西方的思想,难免有误读之处。因上文中已经指出,所以此处从略。

3. 对非传统女性形象的研究

2000 年密歇根大学冯晋(Jin Feng)的博士论文《从"女学生"到"女性革命者":中国"五四"时期小说中的非传统女性代表》(*From "Girl Student" to "Woman Revolutionary": the Representation of the Deracinated Woman in Chinese Fiction of the May Fourth Era*)研究了鲁迅、郁达夫、巴

金、茅盾和丁玲的作品中的非传统女性形象。冯晋按照这些作家创作作品时间的先后顺序，构建出了中国五四时期小说中的非传统女性从"女学生"到"女性革命者"的演变谱系。该论文仅在第四章"促进激进男性的成长：巴金笔下的女学生和女革命者"分析了巴金笔下的非传统女性形象，这一章又分成了"非传统女性是促进男性成长的工具""巴金《家》中的'工具化'的女学生""《爱情三部曲》中的女性革命者"三节。该论文的第四章虽然涉及了对《爱情三部曲》的讨论，但为了保证该论文的完整性，不再分开论述。

对于巴金研究部分，冯晋首先指出从20世纪20年代中期开始，许多"五四"知识分子从提倡个人主义转而投向提倡马克思集体主义，他们小说里的非传统女性代表也有了新形象。女性革命者逐渐代替女学生成为"五四"小说中最主要的非传统女性形象。冯晋举例给予说明，例如，政治活动者、团体组织者和入伍士兵等。与中国小说中的女扮男装者不同，女性革命者在公共场合并不避讳自己的女性身份，在加入为民众服务的行列后也没有重新回到自己的家庭，因为脱离家庭一直被描绘为其踏上革命道路的转折点。此外，女性革命者比女学生要更为激进、革命得更为彻底，她们更多的是摧毁既有体制而不是向体制屈服。

冯晋主要着眼于巴金在刻画激进的非传统女性上运用的叙述策略。从20世纪20年代末开始，许多女知识分子从女学生成长为职业女性，将其所学用于工作。然而，与女教师、女作家等其他类型不同，"五四"小说里对这种叙述策略的运用标志着中国知识分子开始转向左翼激进主义。因为从20世纪20年代起，革命文学汲取了马克思主义意识形态和无产阶级思想，关于革命文学的辩论也越发炽热，甚至无视五四运动某些最具代表性的纲领（如个人主义），因为这些纲领与马克思主义的基本原则相冲突。探究20世纪20年代末30年代初的社会政治环境有助于理解"五四"小说中为何出现了越来越多的激进女性。但通过研究刻画这个时期的非传统女性所运用的叙述表达手法，我们可以更有效地探索文本和背景之间、传统与现代之间的复杂关系，而这些关系并不一定与作者的政治立场一致。

此外，冯晋认为巴金的小说中的非传统女性是促进男性成长的工具。20世纪20年代末，巴金开始小说创作。冯晋说，巴金的作品更多地使用激进的非传统女性，包括具有革命思想的女学生和女性革命者。他对"现代"中国女性的描绘开始于并集中于女学生形象。在他的小说中，无论是从女性人物对情节所起到的作用还是从作者的叙述刻画来看，女革命者的影响力都不及女学生。当然，由于巴金在小说中运用了特定的叙述手法将女学生和女革命者融入男性人物的塑造当中，所以她们对激进的男性知识分子的成长都起到不可或缺的作用。

接着冯晋将巴金笔下的女学生与鲁迅和郁达夫描写的女性作了比较。鲁迅的子君是环境的受害者，而巴金小说里的女学生则在后五四运动时期有能力改变她们的命运。现代思想赋予了她们力量。她们离开家乡，寻求现代教育甚至男女同校教育、与男性知识分子一起宣传革命思想，并勇敢地要求自由选择婚姻伴侣。虽然在巴金笔下，女性解放也有重重阻碍，但他更强调女学生对父权压迫的英勇反抗。冯晋认为，巴金小说里的女学生代表了理想的中国"五四"现代女性：智慧、勇敢，还有成功。郁达夫笔下的悲情男主角常受到女学生的威胁，而巴金笔下的男主人公通常积极赞扬女学生挑战社会规范的勇气，欣赏她们的现代、革命品质，如此，通过共同的现代化和革命理想，将男女知识分子联系在了一起，这也再次验证了"五四"小说中激进的集体化倾向。更为重要的是，巴金在他的作品中用女学生来促进男主角的成长。男主角在克服内外阻碍的斗争中苦苦挣扎，常将女学生当作激励自己冲破家庭重围的榜样。在男主角成长的每个阶段，女学生都与他并肩而立，见证他的成长。但是，很多情况下，女学生自己情感上的弱点而不是社会习俗阻碍她无法实现与男主角一样的命运。冯晋还指出，巴金在突出非传统女性性格上的缺陷的同时，事实上表现了女性的自然弱点。这间接表明了男主人公性别上的固有优势，巴金是用对非传统女性命运的刻画来强调男主人公的革命性。

冯晋分析了巴金在《家》中创造了女学生琴这一形象，是为了衬托男主人公觉慧的。在他同时期的作品，尤其是《爱情三部曲》（《雾》《雨》《电》）中，也使用了类似的手法。某种程度上，《爱情三部曲》更清晰地展示了巴金将男女人物对比的手法。在《家》里，琴对觉慧来说，是理想的现代中国女性，而在《爱情三部曲》中，巴金刻画了不同的女学生形象，有些后来成了革命者，与男主人公的情感关系更为亲密。

冯晋还分析了以琴为代表的巴金《家》中的"工具化"的女学生。为了有效深入研究巴金在该作品中是如何表现女学生这一形象的，冯晋在此处从分析巴金是如何描述琴与其他家庭成员之间关系这一角度入手。因为这种方法不仅有助于评估年轻一代与传统家庭的复杂关系、故事的冲突核心，还有助于评价挣脱这种家庭的"五四"非传统女性的总体特点。

冯晋指出在《家》中，女学生琴被置于一个非她选择的家庭关系之中。她的母亲和亲戚都很喜欢她，而对她家庭之外的生活却很少提及。在结构上，她与表弟觉慧形成了一种特殊的联系。觉慧是小说的中心人物，是一名男学生。与鲁迅和郁达夫的作品不同，《家》里的女学生与男主人公有更多的相似之处而非不同。事实上，《家》体现了一种主体间的二重性，既使琴与觉慧互相区别又将他们联系在一起，将他们描绘为具有社会良知和真挚情感的现代知识分子，但只有觉慧跨越了家族关系，做出了革命性的行为——离开家。正是通过强调他们各自在与传统家庭的关系上的不同，巴金让琴成为觉慧的一面镜子，来凸显男主人公最后冲破封建家庭的成功。觉慧对家庭中的男性长辈持有更激进的态度，而琴则在她的母亲面前是一位孝顺的乖女儿。觉慧与传统家庭体制的冲突也描述得比琴的更为激烈。巴金把琴的这个弱点归于性别差异。最终，觉慧超越了他的男性同龄者，也超越了家庭里的所有女性，因为他超越了琴——女性中的先锋。

对于觉慧这个人物包含的矛盾性，冯晋指出由于在情感上留恋传统家庭，觉慧的性格表明了现代思想的妥协。在这方面，巴金在《家》里对真挚情感的运用既是一种成功也是一个严重的缺陷。一方面，他用真诚衡量人物的道德，用真诚作为向觉慧虚伪的叔叔发起攻击的武器。《家》在年轻读者中取得成功主要是因为证明了理想主义和激情的存在。另一方面，不可避免，觉慧与家庭的决裂永远都不是绝对的，因为他的不满大部分来源于他对家庭在情感上的愤怒，而不是理性的批判。觉慧陷入矛盾境地最明显地体现在他对他的祖父——高老太爷的复杂感情上。最初，觉慧认为他的祖父是个独裁者，无时无刻不控制着他人的生活。他还直接或间接将鸣凤和瑞珏的死归咎于高老太爷。高老太爷还替觉民安排了婚事，导致觉民离家出走。觉慧是所有家庭成员中最敢对祖父的独裁表示愤怒的。在小说的最后，觉慧毅然离家去了革命的中心城市——上海，并鼓励他的兄弟、亲朋随他一起去。但他绝不是他在各种新书、新报中所读到的那种英雄。在家里，他经常发现自己处于矛盾的感情中。比如，觉慧认为他的大哥是个懦夫，让自己和自己所爱的人做了无谓的牺牲。但他也帮不了什么，只能同情觉新的处境，而且实际上，在受到祖父和叔叔们的惩罚之时，他经常依赖觉新来缓和。

觉慧对他祖父的感情是最具矛盾性的。冯晋认为，当觉慧把高老太爷当作家长统治的象征的时候，他很容易就跟受他祖父压制的人建立统一战线。而当他把高老太爷当作一个平常人的时候，他的感情就变得模糊不清了。当高老太爷躺在床上等死，而不再是那个要对付的独裁者时，觉慧的心理发生了变化。意识到祖父将死，觉慧卸下了武器。他发现自己不再害怕或畏惧这位老人了，因为祖父的身体状况让他想起了人类终究要走向死亡。"传统"与"现代"、"独裁"与"反抗"这些抽象概念的界限也变得模糊起来，他感到作为人类，他与祖父之间有一种新的联系。此时，高老太爷表示在死前想要弥补觉慧；他称赞觉慧是个好孩子，并保证取消觉民的婚事。这让觉慧相信高老太爷是真诚悔悟的，也再次让自己陷入自我矛盾。

冯晋认为鸣凤的死进一步证明觉慧在高家没有力量，他对仆人的同情也只限于表面。在与高老太爷最后会面时，觉慧发现他很容易就可以原谅祖父，因为他意识到自己也是压迫弱者的帮凶。毕竟，他对鸣凤被嫁一事缄默不语。然而，鸣凤的死没有让觉慧离开高公馆，他承认自己有罪也没能离开高公馆。而在高老太爷死后，家庭成员间的贪婪与敌对彻底摧毁了高家，巴金才设计让觉慧离开了家。有人说是高家内部越来越严重的腐朽与没落才迫使觉慧踏出这一步。但是，觉慧离家的时间也暗示了高老太爷的死终于释放了家庭对所谓的"叛徒"的控制。高老太爷作为连接整个家庭的中心，一生都在命令别人，不仅是因为别人畏惧他的财力或家庭地位，还因为他是儒家道德的权威象征。

在觉慧看来，高家的男性长辈都是虚伪的堕落者。冯晋指出，不仅高老太爷年轻时如此，他的朋友冯乐山也是如此。高家的最后衰落亦是因为高老太爷的儿子们。在批判高家男性长辈的不道德的同时，巴金完成了他控诉旧家庭体制吞噬年轻人生命的目标。但他也证明觉慧离家更多的是由于对他的叔叔们道德品行的失望，而非看透了家长制结构。从某种程度来说，觉慧对家庭的矛盾心理是在他逐步成熟的过程中出现的，在这个过程中他发现自己也有受他谴责的长辈们的特点。觉慧没能将他革命性的自我与家庭中其他反革命的他人区别开来，所以，巴金需要用琴这个女学生来促进觉慧的成长。

接着冯晋继续分析琴的形象，他指出琴在小说中是一位挑战传统规范的新女性。她为争取男女同校的机会而斗争（虽然最后没有成功），她支持觉民反对包办婚姻，她接受现代教育、具有革命勇气，对于她的表姐妹和表兄弟来说，琴是现代女性的楷模。然而，在小说最后她与觉民相恋并留在了家中。琴虽然与高家的其他女性不同，想像男人那样，但她最终没能成为男人那样，没有像觉慧那样脱离家庭，这衬托出了觉慧的勇敢与成长。当然，琴也有心理上的复杂性。她的矛盾总是源自作为女性的劣势。在她的意识中，力量和强壮与男性相连，而软弱则与女性相关。在面对个人受到侵犯的威胁的时候，琴的想法暴露了她现代身份建立的不确定性。小说告诉我们，她接触西方思想主要是通过书本、杂志和报纸。事实上，她是在她读到的有关女性解放、青年自由和国家现代化的内容的基础之上才建立起她的理想和抱负的。所以，她依赖的是男性知识分子对现代女性的定义来建立她自己的身份。这也提出了一个问题，在一个以男性为中心的现代化方案中，女性能否得到真正的发展？琴悲叹自己与其他女性无异，一样的脆弱。她还把梅和瑞珏看作脆弱与失败的象征。她同情她们，也许在潜意识中甚至有些鄙视她们，但是这两个人在面对死亡和比死亡更糟糕的命运的时候，远比琴要更坚定。虽然她们一个有着被包办的婚姻，一个爱情未果，但她们都努力在家长制的限制下打造自己的生活，但这些都被琴否认为不重要。琴设想的自由只是男性知识分子宣传的那种妇女解放：接受现代教育、自由选择婚姻伴侣、参加革命工作。结果，这致使她疏离了其他女性的经历，这种疏离也让她感到无助。

  冯晋指出巴金并没有将琴的这种自我疏离归咎于"五四"现代化思想对她的影响，而是将她的困惑归咎于她的心软。在高老太爷死后，正义感促使觉慧毅然离家，与他相比，琴黯然失色了。她扮演的角色是孝顺的女儿和给予支持的恋人。虽然她与觉民的婚约因为他们革命性的反抗胜利了，但也表明她习惯于家庭生活。在巴金的另外两部小说《春》《秋》中，琴扮演了一个相对静止的角色。在《春》里，琴的表妹，另一个女学生淑英离了家，而琴直到《秋》末尾才要离家，她剪了发，并打算嫁给觉民，陪伴他去嘉定教书。在这两部《家》的续集中，琴事实上变成了脱离传统的男性与旧家庭的纽带，她时常与已经离家的人通信。一方面，她在家里是反抗者；另一反面，对于离家的男性激进分子来说，她是有教养的女性。最后冯晋总结说无论是琴的优点还是她暴露出来的缺点都促进了男主人公革命品质的发展。

《家》这部小说以觉慧离家去上海结束。冯晋指出，巴金在结尾以流水比喻发展与进步，设定了一个积极向上的调子。从另一方面来看，要远离家乡在一个陌生的城市生存下去，觉慧仍然依赖于家庭的资助，尤其是他大哥的帮助。如流水一般，他正在走向未知的未来，对他来说，唯一可知道的就是"新"。虽然未来会有令人激动的事情发生，但也有不确定，也有困惑，甚至是恐惧。冯晋指出觉慧向前看必定要先向后看，这也是巴金在《家》里面用到的叙述手法。巴金的进步革命思想伴有对前现代文学传统的留恋。他用女学生来衬托男主人公的成长反映了他传统的以男性为中心的思想，他运用前现代叙述手法也体现了对前现代文学传统的留恋。

　　冯晋接着指出，在《家》中，还有其他的叙述方式反映出巴金对传统与现代的矛盾。在这部小说中，有两种叙述同步进行。巴金通过觉慧这一中心意识来揭露高家长辈们的虚伪，以此来传递小说的思想信息，让高家成为自相残杀的儒家传统的象征。然而，巴金对高公馆内部景色的描述背叛了他对旧家庭的态度。巴金在《家》中运用了前现代叙述手法，他大量借用了《红楼梦》里的情节和文学手法。

　　冯晋认为，巴金对高公馆花园诗一般的描绘反映了他对家庭既留恋又想离开这里的矛盾。与《红楼梦》中的大观园类似，高公馆的花园也是各种人类戏剧上演的舞台，尤其是浪漫故事。冯晋举例说，觉新在这个花园里遇到了他分别多年的前恋人，而他的妻子也在这里碰到了这对正在悲伤的旧情侣。在这里，觉慧表达了他对鸣凤的爱，而鸣凤后来也在花园里跳湖自杀。将这个花园描述为季节变换和渴望梦想之地，这种描述性表达而非表现情节的戏剧模式体现出巴金最深层次的矛盾心理。

　　在《家》中，花园经常是家庭团聚和狂欢的地方。冯晋描述了高家在花园里庆祝春节的场景，将近占了整部小说的1/4，而且叙述速度也慢了下来。第十一章讲述了觉慧给高老太爷请安的场景以及他是如何被禁足在家的。第二十章开始讲述城里败兵的乱象。因此，在这一叙述速度放缓之前，各种冲突以及觉慧的反抗就已逐渐建立起来了；在盛大的庆祝过后，高家开始走向了衰落。十二章到十九章作为一个高峰，既总结了前面的发展也为后面高家的衰落和家庭成员的离散做了准备。所以，冯晋认为《家》采用了前现代白话小说，如《水浒传》《金瓶梅》和《红楼梦》里常用的手法。小说的剩余部分见证了家庭成员的死亡、家族的瓦解和多人的离去。在这八章故意放慢节奏，表明巴金不仅享受这种格式化的节日欢愉，也使用了前现代白话小说中的叙事传统。

另外，冯晋还分析了《爱情三部曲》中的女性革命者。他指出正如《家》中的琴一样，在《雾》《雨》《电》中，巴金塑造了更激进的非传统女性来帮助男性知识分子反抗传统。这三部作品某种程度上有着共同的背景和人物。前两部都是在上海周边的城市展开的，第三部发生在一个不知名的小镇。而且巴金在进行人物分组时再次使用了三人结构。在《家》中，有三兄弟觉新、觉民和觉慧，从最保守的到最激进的。在《雾》中，有三个男性角色在投身无政府主义事业上面形成了对比：陈真，是最积极和坚定的；吴仁民，热情但鲁莽；周如水，对革命最不关心，在人格上也是最软弱的。在与女性的关系方面他们三人也形成了鲜明对比。在《雾》中，陈真完全将自己投入革命事业当中，对女性表现出了厌恶的态度。而周如水则与一名现代女学生有纠缠，只在最后一刻才因为他早已存在的婚姻退出来。在《雨》中，另一份失败的爱情将他推向了自杀的道路。与这二人不同，吴仁民在爱情当中是最具持续性的一个。他也是将这三个故事连接起来的男主人公。在《雾》中，他是一个快乐的已婚男士，对革命有热情，而在《雨》中，他成了一个新近的鳏夫，又很快与另一名女性陷入爱情。在《电》中，他成为一名成熟的革命领袖，赢得了原是女学生现为女革命者的李佩珠的心。

冯晋接下来分析了吴仁民的成长与他生命中的三位不同女性的关系。这三位女性分别是他的妻子（《雾》）、他的情人熊智君（《雨》）以及他的第二位情人李佩珠（《电》）。他的革命性也与这三位女性脱离传统的程度相适应。他的妻子一直照顾着他和家，而熊智君还是个年轻的寡妇，也是他以前的学生，独自到上海来谋生。但就像吴仁民的妻子一样，熊智君也为他牺牲了自己。当一个反动官僚威胁要处死吴仁民的时候，她不得不答应嫁给那个官僚，最后死于肺病。相比之下，李佩珠是这三人中最激进的。她离开了年迈的父亲，到乡下组织革命活动。她也是最独立的，与吴仁民有着共同的奋斗事业。即便李佩珠是巴金小说中最脱离传统的女性，巴金依然要用她来验证吴仁民是否够成熟。巴金通过吴仁民爱情的变迁来表现他的成长。

冯晋指出虽然《爱情三部曲》也使用一个理想的非传统女性来促进男主人公的成长，但在使用上要比《家》更为直接。例如，陈真将他认识的女性分为三类：端庄纯真的小资产阶级女学生，如张若兰，堕落的享乐主义者和"留学生"，如秦蕴玉，以及成熟的革命女性，如李佩珠。这些非传统女性与《家》里的琴类似，她们为男主人公走向成熟做了铺垫。但是，这几个女性角色在心理描述上没有那么深入，与琴相比，她们更为单一。而且，将男性角色的性格在结构上与几类女性角色相适应也让故事情节缺少了复杂性。

最后，冯晋指出巴金将脱离传统的女性角色加入男主人公的成长中，这一做法与郁达夫和鲁迅类似。但是，他又与后二者不同，在革命问题上，巴金将男性与女性放在较为亲密的关系上，而非对立面。而且，对于女性解放的未来和男性知识分子的成长，巴金表现出了更多的积极乐观。他对男女知识分子的塑造更清晰地表明，当时"左"倾集体主义正逐渐取代个人主义。然而，巴金塑造的非传统女性也表现出了"五四"破坏偶像主义的模糊性和不确定性。《家》里的男主人公对传统家庭存在矛盾情绪。他对觉慧与家长制情感联系的描述以及潜意识里对男权统治地位的认同颠覆了"五四"对传统的谴责之声。此外，巴金在创造《家》的过程中，使用了前现代白话小说的叙述手法和西方文学的惯用手法，进一步将现代与传统融于"五四"小说作品当中。

该论文主要是从巴金对中国非传统女性的描写的角度来分析巴金的作品，主要分析了《家》中的女学生琴，简要分析了《激流三部曲》中的女性。冯晋指出在巴金的笔下，这些女学生、女革命者都是促进男革命者成长的因素，也是凸显男革命者的参照。冯晋从独特的视角阐释了巴金作品的特点。另外，冯晋还指出巴金对中国前现代作品中的文学手法的借鉴以及巴金在面对传统与现代问题上的矛盾，也颇有启发性。

第四章

英语世界的巴金其他作品的研究

除了研究《家》之外，英语世界的学者还对巴金的其他作品进行了研究。有的概括地介绍了巴金在1949年之前的生活与作品；有的著作比较全面地分析了巴金1949年之前的文学创作以及他所取得的文学成就；有的对巴金早期创作的小说进行了研究。例如，对巴金的《雷》《房东太太》《罗伯特先生》《好人》《灭亡》《新生》《爱情三部曲》《激流三部曲》和《火》等作品的研究。有的对巴金的《随想录》进行研究；本章将对此类研究进行再研究。

一 英语世界的巴金1949年之前生活与作品的研究

1963年华盛顿大学拉尔夫·劳埃德·皮尔斯（Ralph Lloyd Pearsey）的学位论文《巴金1949年前的生活与作品》（*The Life and Works of Pa Chin Prior to* 1949）对巴金在1949年之前的生活和作品进行了研究。该论文除了开头部分的简介之外共分六章。第一章介绍了巴金从出生到成名期间的生活，第二章介绍了巴金的《灭亡》与《新生》，第三章主要从"中国青年的英雄"的角度来研究巴金，第四章分析了巴金的《爱情三部曲》《激流三部曲》和《抗战三部曲》，第五章介绍了巴金的其他小说，包括《死去的太阳》（*The Dead Sun*）、《春天里的秋天》（*Autumn in the Springtime*）、《砂丁》（*The Antimony Miners*）、《海的梦》（*Sea Dream*）、《雪》（*Snow*）、《利娜》（*Lena*）、《第四病室》（*Ward No.*4）、《寒夜》（*Cold Nights*）等作品，第六章是结论。

皮尔斯首先介绍了该论文的主要内容和研究方法。他指出该论文结合李芾甘年轻时期的背景环境介绍他在1929—1949年间的作品，这样能更准确地评价他的作品对他人思想和行为的影响。他还指出，巴金的作品饱含情感，如果不考虑其作品出版时读者所处的环境因素，我们很难理解他的作品。为此，可以看出该论文的重点是分析李芾甘创作的内容与手法，而其创作背景环境也会简略提及。在研究内容上该论文主要讨论的是李芾甘的生活，以及他的长篇小说和中篇小说，皮尔斯在恰当的地方还会穿插一些对巴金其他作品的评论，尤其是他的短篇小说和散文。不过，该论文没有对李芾甘的翻译作品进行深究，也没有讨论《憩园》（*Leisure Garden*）。

该论文中，皮尔斯也简要介绍了巴金从出生到成名期间的生活和经历。例如，巴金六岁前的生活，此部分的介绍依据的也是巴金的自传中的回忆；巴金广元县的生活，主要包括他在那里受的教育，与兄弟姐妹玩耍的情景，他与大花鸡的故事，他的贴身婢女香儿以及保姆杨嫂，他母亲对他的影响，教书的刘先生，他父亲审案子以及对犯人用刑等内容。皮尔斯用两句话总结了巴金的这些回忆：出生在富裕之家，巴金有机会成为理想主义者和感性青年。他爱别人，因为他自己也获得了爱。皮尔斯还介绍了巴金在1911—1923年的生活。包括巴金在成都的生活；革命到来时巴金随母亲到外祖父家逃难的经历；巴金父母、二姐的死亡；巴金和家里的几个年轻人合办杂志；巴金对仆人和轿夫的同情；巴金与祖父的关系；巴金学习英语的经历；巴金18岁与哥哥一起离开家去上海等内容。

对于1923年春到1927年1月15日之间的生活经历，皮尔斯指出，巴金见证了上海的工人运动：他在1923—1925年就读于南京的国立东南大学附中。完成学业后，巴金立即回了上海，开始创办自己的杂志，以及巴金在上海的时候他翻译了克鲁泡特金（Kropotkin）的作品《狱中与逃狱》（*Escape From Prison*）和五卅运动以及蒋介石发动政变后，巴金在1927年1月15日动身离开上海，前往法国的经历。

巴金在法国的经历，皮尔斯关注较多的是他研究的被译成英文或法文的俄国革命家的作品。皮尔斯举例，克鲁泡特金（Kropotkin）、普希金（Pushkin）、赫尔岑（Herzen）、屠格涅夫（Turgenev）、高尔基（Gorky）和托尔斯泰（Tolstoy）等名字越来越深地扎根在他的脑海里。皮尔斯发现巴金不仅研究俄国的历史，还有法国的革命历史。而且他还阅读柏拉图

(Plato)和亚里士多德(Aristotle)的作品,还有惠特曼(Whitman)的诗集。皮尔斯还指出巴金从头到尾熟读了《圣经》(*The Bible*)的旧约和新约。除此之外,皮尔斯还概述了巴金创作《灭亡》的经过与当时法国的无政府主义运动以及中国国内的政治局势。

巴金的作品《灭亡》(*Destruction*)与《新生》(*New Life*)也是皮尔斯研究的重点。皮尔斯指出,《灭亡》是巴金的第一部小说,并概述了小说的主要内容是关于杜大心(Tu Ta-hsin)的故事。杜大心是非常感性和虔诚的人,而他对上帝失去了信仰。他曾经信服克鲁泡特金的学说,后来随着他越来越沮丧——革命越来越遥远——他渐渐地放弃了爱的教条。患上肺结核让他更加绝望,他看不到一丝希望。最后,他有了新的信条,成了巴枯宁(Bakunin)思想的追随者,相信恨的教条。杜大心的毁灭源自仇恨,以及他想要为死去的同志张为群(Chang Wei-Chü)(Chang Wei-chun)报仇的愿望。他的仇恨占据了理智,他想要暗杀警察局长。但他最后只伤到了警察局长,然而出于极度的绝望,他将最后一颗子弹射向了自己的头颅。皮尔斯分析巴金喜欢张为群胜过杜大心。由于巴金对他创作的角色十分同情,导致他对杜大心有些夸张的陈述,让读者认为巴金是在鼓吹恐怖主义。皮尔斯指出不论巴金何时写作,他都是自己情感上的奴隶。在发展杜大心"误入歧途"的情节过程中,巴金对他自己创造出来的角色充满了同情。

皮尔斯认为巴金成功的妙方是,从《灭亡》起就没有改变他的写作风格,他都是用一些初中高中生能看懂的词汇,总是充满了能吸引青少年读者的理想。他认为唯一的缺陷是巴金的读者从《灭亡》中得到了错误的概念。为了纠正这个错误,巴金写了《新生》。皮尔斯认为《新生》澄清了巴金在《灭亡》中未成功宣传的思想,将他的思想清晰地传达给了读者。他认为巴金没有哪一部小说能像《新生》那样对"合适的"革命行为如此夸张地描述。为了表明是爱的信条鼓舞了他笔下的男女主人公,而不是恨或者恐怖主义,巴金走了极端:他让这些革命家想象自己戴着荆棘的冠,背上了十字架!李冷(Li Leng)在被枪杀前,在他的日记中写道:"没有留恋,没有恐怖,没有悲哀,没有痛苦。所有的只是死。死是冠,是荆棘的冠。让我来戴着这荆棘的冠冕昂然走上那牺牲的十字架罢。并且我为之而骄傲。"("I have nothing to regret, and I have nothing to fear; I am neither sad nor bitter. All that I have to look forward to is death. Death is a crown, an crown of thorns.Let me put on this crown and mount the cross of sacrifice.Let me do it with pride.")① 皮尔斯认为巴金在向读者传达信息的时候几乎走向了艺术自杀,因为巴金绝对知道这样的方式会遭受文学批评家的全力攻击。不久,巴金就遭到了刘西渭(Liu Hsi-wei)的冷嘲热讽。可这丝毫不影响巴金对中国青年的吸引力。尽管他为了向读者表明自己的态度而差点毁了《新生》,他的小说仍十分受欢迎。李冷叹息他的朋友杜大心毁了他自己,这使他坚信了每个人都应该只关心自己的信念。而李静淑成为积极革命者,领导工人罢工和抵制等活动。李静淑到了完全忘我的境界,革命就是她快乐的源泉。皮尔斯认为读者会发现李静淑和她的女友将李冷拉出了完全的自我怜惜和消极的心态,使他积极地参与革命。最后李冷被抓走,他又开始自怜。

因此,皮尔斯认为《新生》称不上是一部优秀的小说,却也不是一部失败之作。因为它告诉读者,巴金让他们去追求爱的信条,无论如何都要这么做,都要继续他们的革命活动。在巴金的文学生涯初期,他太感情用事,写不好关于好人的小说。他知道一个好人应有的信仰和行为,但他太富有同情心,无法让这样的英雄成为他自己。因此,皮尔斯指出《灭亡》中,巴金的同情心使得他牺牲自己想说的来塑造杜大心这个角色。而在《新生》中,巴金的同情心控制住了他的笔,重新塑造了李冷这个角色。巴金从没有满意自己的作品,他从未认为自己的作品是上乘的。他知道这都是因为他的情感,而他也珍视这样的精神冲突。他以中国青年来写,他为中国青年而写。他的读者知道,巴金也爱他们。他创作的每一部作品都能让读者感受到他的脉搏。

皮尔斯把巴金定义为中国青年的英雄。因为巴金信仰无政府主义。首先他介绍了当时中国的政治局势:中国在蒋介石的独裁下实现了统一,军阀混战。国共关系破裂,共产党成立中华苏维埃共和国。以这样的社会背景,巴金最先创作了一部由十五个短篇故事组成的小说集,之后将它们集合在《复仇》(*Vengeance*)中。这部小说集从1929年开始创作,第一个故事是《房东太太》(*The Landlady*),直到1931年才完成,以他在法国认识的一个波兰女革命者亚丽安娜·渥柏尔格(Aliana Volberg)的故事结束。巴金想要向中国人表达的是社会主义运动是国际化的;他选择用外国

---

① Ralph Lloyd Pearsey.*The Life and Works of Pa Chin prior to* 1949.University of Washington, 1963. p.51.

的革命英雄来证明他的观点。在写这部短篇小说的过程中，巴金同时也在创作他的中篇小说《死去的太阳》(*The Dead Sun*) 以及他最具代表性的作品《家》(*The Family*)。

巴金喜欢写他所谓的"小资产阶级"。皮尔斯认为主要是巴金的家庭背景对其影响较大。他指出巴金本身也是出身这样一个阶级，他不仅能够描述他们的思想和情绪，还有他们的想象和期待。这是让他的小说能够特别吸引年轻的"小资产阶级"的一种品质。巴金深刻地意识到左翼作家的思想应该成为创作宣传文章的"合适"技巧。但是巴金对写"无产阶级文学"不感兴趣。他散发出"新成名"的骄傲，认为自己的小说要比"社会主义现实主义者"的作品更"现实"。皮尔斯还说巴金还有很多东西要学，但他十分享受他的名气；巴金仍相信他的小说《灭亡》出名的原因是他的写作"能力"。事实上，他没有什么能力；他的作品之所以能吸引人，完全是因为巴金的同情心以及中国青年的同情心。巴金被他成名的光环蒙蔽了双眼；这是很自然的反应，尤其是对一个这么年轻的人来说。皮尔斯的这种分析有些想当然的味道，未必准确。

接下来皮尔斯简要介绍了巴金从1931年到1949年的生活经历和创作情况。他说，1931年，巴金参观了一座煤矿。他的短篇小说《煤坑》(*The Coal Pits*) 就是在这次旅行后不久写成的，收录在他的短篇小说集《沉默》(*Sinking Into Darkness*) 中。1931年，巴金完成了另一部中篇小说《雾》(*Fog*)。同年，巴金写了九部短篇小说，收录在《光明》(*The Light*) 集里。他在1931年11月写下了序。读者可以从中看出巴金的革命决心受了他哥哥自杀的严重影响。《光明》(*The Light*) 集中收录了巴金最出名的短篇小说《狗》(*Dog*)。小说中传达的信息是，只要中国人继续接受他们的"命运"，寻求庙宇以作慰藉，他们永远都是"狗"。皮尔斯指出巴金的出名同时也带来不少批评。很多时候批评的矛头是指向巴金这个名字，而不是攻击巴金作品的内容。巴金绝不是"恐怖主义者"，而批评者从巴金这个名字推论出的两个无政府主义者：巴枯宁和克鲁泡特金，便认定了他有"恐怖主义"倾向。

1932年6月，巴金在去"南方"旅行的时候写下了《春天里的秋天》(*Autumn in the Springtime*) 这部小说。皮尔斯认为虽然巴金借鉴了左拉的《我控诉》(*J'accuse*) 的技巧，但他在这部小说中要更偏向象征主义，而不是现实主义。1932年9月，巴金完成了他的小说《砂丁》(*The Anti-*

mony Miners）。这是他利用1931年参观煤矿时收集的资料创作的第一部小说。但由于他过分描写了爱情悲剧，并没有成功借鉴到左拉的风格。这依然是一部不错的小说，以爱情为主导，最后双双走向自我毁灭；这自然是社会制度导致的结果。巴金差不多在同一时间完成了另一部中篇小说《海的梦》（Sea Dream），通过独特的阶级斗争，将想象和"现实"合并在一起。皮尔斯认为在这部小说中，是爱引起了复仇的欲望。尽管小说不长，却是巴金的政治寓言作品中质量上乘的一部。巴金的政治寓言作品主要是短篇小说。他在天津的时候，创作了一部短篇小说《母亲》，之后结合了另一个故事《杨嫂》（Yang Sao），构成了另一部短篇小说集《抹布》（Dustcloths）。巴金孩童般的好奇心让他有时无法忍受中国社会制度背景下他见证的一些事物。它们躺在那里，蜷缩在角落，就像用过后扔掉的一块抹布。这一时期巴金经常听到对他的作品的各种批评，在1932年末他写下了《灵魂的呼号》（The Screaming of the Soul）这篇散文来作为对这些批评的回应。

皮尔斯用"自我评价的力量"来概括巴金在1932年10月至1937年7月之间的活动和创作。他说，1933年5—7月，巴金去了"南方"。他在广州的时候写了《雪》（Snow）。尽管巴金声明他放弃了文学，但他忍不住要做最后的尝试。这一次通过《雪》，他成功借鉴了左拉的风格。巴金终于满意了，他作为艺术家不再是彻头彻尾的失败。在回到上海前，巴金写了20篇散文。这些散文和1934年6月写的《一个车夫》（A Peddy-cab Puller）都收录在《旅途随笔》（Notes Jotted While On A Journey）中。1933年12月，巴金还在北平的时候，他完成了小说《电》（Lightning）。此外，他在1934年2月在上海完成了自传。离开上海前，巴金着笔写了一些短篇小说，后来分别收录在《沉默》（Sinking Into Darkness）卷一和《沉默》（Sinking Into Darkness）卷二中。1934年2月到了北平后，他继续创作这两个短篇小说集，同时还写了穿插在爱情三部曲中第二部和第三部之间的短篇小说。这部（相当长的）短篇小说命名为《雷》（Thuder），于1934年9月在北平完成。他同时也完成了《沉默》的第二卷。1934年10月，中华苏维埃共和国取消，共产党开始了走向延安的历史性长征。巴金1936年创作的长篇小说《星》（Hsing）表达了他没有为苏区的建立和抗争做出更积极的努力而深表遗憾。

皮尔斯还提及了巴金在日本和刚回到上海的生活和创作。他指出，巴金在日本的时候创作了一部散文集《点滴》(Drops)，还有一部短篇小说《长生塔》(The Pagoda of Longevity)。他还指出《长生塔》是1934年12月完成的，之后发表在同名的短篇小说集里。另外，回到中国前巴金写了两部新的小说《神》(Spirits)和《鬼》(Ghosts)，加上他之前写的小说《人》(People)，构成了一本新的小说集《神鬼人》(Spirits - Ghosts - People)。回到上海后，巴金创办了文化生活出版社，成了《文学月刊》(Wen-chi Yüeh-k'an)的主编。在他当文化生活出版社的编辑的时候，巴金出版了自己的很多宣传无政府主义的作品。散文集《短简》(Short Spans of Time)在1936年11月完成。1936年4—9月，当他还在上海的时候，他写了四个故事：《发的故事》(The Story of Hair)、《雨》(Rain)、《窗下》(Under My Window)和《星》(Star)，组成了短篇小说集《发的故事》(The Story of Hair)。1937年1月，巴金写了散文《谈〈家〉》[In Regard to (My Novel) Family]，回答了很多关于他最出名的作品中材料来源的问题。1937年2月，他写了另一篇散文《答一个"陌生的孩子"》(In answer to a Young Stranger)。

皮尔斯认为巴金在"逃离现实"。接着他解释了原因：巴金在1937年7月至1941年5月之间的活动。七七事变之后日军进攻上海，巴金住在上海的法租界。1937年9月19日巴金写了散文《给山川均先生》[(A Letter) To Shan Ch'uan-chun]，当年他还创作了一部短篇小说《蒙娜丽莎》(Monalisa)，皮尔斯指出，我们不知道巴金当时是怎样的想法，但我们从他1937年秋冬创作，1938年2月完成的小说《春》中能够看出，他对法租界围墙外的活动已经到了精神超然的状态。巴金离开了现实王国，将他的心智像时钟般调回了1921年。此时，巴金的同胞就在他的附近被炸得粉碎，而巴金在做昔日的梦。因为皮尔斯发现在这部有三四十万字的小说中，竟然没有一句话表达了反日的感受。

皮尔斯认为巴金的散文恰好能反映出巴金的感情波动。他举例，如巴金在1938年4—6月创作的散文：《醉》(Drunkenness)、《梦》(Dreaming)、《死》(Death)[收录在散文集《梦与醉》(On Dreaming and Drunkenness)中]这些标题中我们就能感受得到巴金的感情波动，以至他对国际社会主义运动的信念在崩塌。与此同时，无政府主义的发源地俄国并没有在这危急时刻抛弃中国社会主义者。苏联给了国民政府很多帮助，皮尔斯指出对很多人来说，他们认为俄国这样做是意识到了如果中国失败了，大部分驻扎在中国的日本军队也可能会占领俄国。但对巴金来说，他认为这些行动最有可能证明俄国至少在履行国际社会主义反帝运动的义务。

皮尔斯还介绍了巴金在1938—1941年间辗转于上海、广州、贵州、桂林、昆明、重庆等地的经历，并提及了他创作的《秋》、《火》第一卷和散文集《旅途通讯》《龙虎狗》《无题》《废园外》等作品。他说，1941年4月13日，苏联与日本签订互不侵犯条约，默认满洲国，从而赢得日本认可蒙古国。这时候，甚至巴金都能看出，"国际"社会主义运动不过是一场机会主义的游戏而已。皮尔斯指出巴金终于从本质上看问题，明白了各种"主义"不过是作为群体压力的结果形成的空想的游戏。从这时起，他所有的作品中但凡提到了社会主义运动，用的都是过去时。他是个中国人多过于他是个无政府主义者；巴金是个战士，但他是个中国的战士。

皮尔斯还用"现实主义和昔日的梦"来概述巴金在1940年10月至1949年之间的活动。他说，1941年12月，他在桂林写了两部短篇小说——《还魂草》(*The Grass Which Makes The Soul Return*) 和《某夫妇》(*A Certain Lady*)，加上1937年12月写的《蒙娜丽莎》，收录在小说集《还魂草》中。在这部作品中，巴金尽力成为"旧时的自己"，成为那个大声呼喊"我控诉"的人。之后皮尔斯介绍了巴金在这一时期的创作情况，提及了他的小说集《小人小事》、《火》第三卷、《第四病室》、《憩园》和《寒夜》。皮尔斯介绍说《寒夜》讲的是两个结了婚的理想主义者曾经希望通过人性和社会主义运动来拯救世界，后来便放弃了理想的故事。故事的主角在战后死了，他是死于肺结核。他认为《寒夜》是个机会主义故事，是很好的小说。此外，他认为巴金在1949年之后的生活和创作只是听从命令写作。

皮尔斯也十分关注巴金的三部曲。他首先对巴金的爱情三部曲作了总体介绍，之后依次介绍了《雾》《雨》《雷》《电》的主要内容和人物。因这些介绍对中国学者而言应是常识，所以此处从略。接着又介绍了《激流三部曲》(*The Trilogy, Torrent*) [《家》(*The Family*)、《春》(*Spring*)、《秋》(*Autumn*)]，皮尔斯指出《激流三部曲》最初的构想是作为巴金"我控诉"系列的作品。《家》取得了很好的效果。但当巴金开始写《春》和《秋》的时候，这类的技巧已经不再是好的宣传方式，因为其使用的材料已经成为一种风格，由于过度使用而失去了效应。但《春》和《秋》的写作目的不是以宣传为主，而是在巴金需要逃避现实的时候创作的，这样巴金就能通过回顾他过去的生活而重新激起斗志。皮尔斯指出《激流三部曲》中三部作品的标题都有象征意义。巴金在从法国回来后不久就开始创作《家》，其中"春"象征着"青年""积雪消融""流水""无限的能量"等，而"秋"象征着"落叶""老去""衰败"等。总的来说，三部曲可以这样来概括：由于"家"的环境条件，家中年轻的成员随"春"水而流，在高家大宅"秋"（没落）之际得到了拯救。

首先，皮尔斯介绍了《家》的主要人物。他指出《家》主要是围绕着高公馆的三兄弟展开：觉慧（Chueh-hui）、觉民（Chueh-min）和觉新（Chueh-hsin）。作为大哥的觉新在父亲死后按照传统，被迫担起了家长的责任。与他相反，他最年幼的弟弟觉慧从小说的开篇就非常自信，这样的品质使得他很特别、很直率。这自然会让批评家有机会说"这很肤浅"，但作者不过是借觉慧之口说出进步的思想，就像觉新的行为表现出另一个极端的目的一样。觉民这个角色是随着小说的发展而进步的，因为觉民（在小说的开始）最接近巴金的读者：他不勇敢，也不懦弱；他两个方向都有可能发展，这取决于环境条件。在小说的结尾，巴金将觉民发展成另一个觉慧，这样读者就能明白，只要愿意，像觉民这类的年轻小资产阶级知识分子也能发展成觉慧这种类型。

在介绍《春》时，皮尔斯指出在《春》中巴金使用了与《家》中相同的技巧来发展女孩淑英（Shu-ying）的性格。觉新还是"不该怎么做"的缩影，而觉民替代了觉慧，成为进步思想的代言人。之后皮尔斯又分析了《秋》，在皮尔斯看来，《秋》之所以能成功，是因为巴金很沮丧，他不能完全通过梦想和想象来重新回到青年时期。巴金这名老战士尽自己最大的努力，保持年轻的热情，保持青年时期伴随的爱恨矛盾。他非常努力地想要以开始的"我控诉"的方式结束三部曲，但巴金累了，也沮丧了。他想要休息。还有什么值得斗争的呢？在年轻的梦与年老的"智慧"之间波动，巴金完成了一部既能吸引年轻人，也能吸引老者的小说。对年轻人来说，这是"我控诉"的小说，对年老的人来说，其中有很多柔和与自满的场景。

最后，皮尔斯总结说，三部曲中没有描写阶级冲突。从开始到结束，穷人和富人都在同一社会制度下，有着相同的处境。"改变社会制度，所有的阶级都能受益",这是巴金的态度。

皮尔斯介绍了巴金的《火》三部曲。《火》第一卷的故事以1938年的广州为开始,1940年的昆明为结束。其任务是号召人们建立民族主义,激起人们反抗的意愿。这是宣传作家在抗日战争时期的最主要目的。从人物角色上来看,这部小说是以小资产阶级女性冯文淑(Feng Wen-shu)为中心的,描述了她如何接触更加保守的社会主义青年组织"救亡团体"[Save (China) from Destruction Organization],之后加入新成立的"战地服务团"(Battlefield Services Organization)。在小说的开始,冯文淑与她的朋友朱素贞(Chu Su-chen)一道加入了中国的少年红十字会。素贞爱上了文淑的同学刘波(Liu Po)。尽管这些都是相对次要的角色,巴金能通过这段爱情故事,将三部曲的第一部与第三部联系起来。因此,虽然这三部作品能分开阅读,却也形成了统一的整体。当时中国出了不少汉奸,刘波"一伙人"认为除掉这些汉奸是他们的责任。他们买了一些手枪,过起了以匿名英雄的身份随意"处理"汉奸的生活。《火》的第二卷主要是围绕冯文淑参与的"战地服务(宣传)团"活动展开的。对于《火》的第三卷,皮尔斯认为通过其主要内容和主要人物的分析,从每一页都能看出巴金在写这部小说的时候,也是在等待死亡。

对于巴金的其他小说,皮尔斯指出1930年巴金的《死去的太阳》(*The Dead Sun*)让巴金的读者身临其境地感受了1925年5月30日发生的"五卅"惨案。读者跟随着吴养清(Wu Yang-Ch'ing)去冒险。他是一名学生,也参与工人组织运动;这部小说让读者看到了导致上海罢工(迅速发展到全中国)以及最终被破坏的因素。接着皮尔斯分析了1932年巴金创作的《春天里的秋天》(*Autumn in the Springtime*)。皮尔斯着重分析这部作品的叙述视角。他《春天里的秋天》是以第一人称的口吻写的。这无疑提醒了我们这样一个事实:小说除了讲故事,不外乎是对语言、特殊习惯和所有角色的行为的描述。因为这样的限制,巴金无法描述除主角外的其他人内心的思想。但这并没有降低巴金将读者的情绪推向高点的能力。读者会受叙述者的眼泪的影响,因为读者能通过整部小说,与叙述者有精神上的联系。这也许是以第一人称写作的最大优势:作者能更容易地向读者表达自己的情绪,因为他不用等到他的代言人帮他说话。鉴于巴金更喜欢激发情感,而不是发展众多的角色,以第一人称写作尤其吻合他的目的。

在介绍1932年巴金的创作的《砂丁》(*The Antimony Miners*) 时，皮尔斯只是概述了这部作品的主要内容，此处从略。在介绍1932年巴金创作的《海的梦》(*Sea Dream*) 时，皮尔斯指出当时巴金对中国的执政党与对日本人同样愤怒，巴金巧妙地通过儿童故事暗喻中国当时的现状。这是他唯一的一部童话小说，但他也用过同样的风格写了很多短篇小说。皮尔斯认为1933年巴金创作的《雪》(*Snow*) 从很多方面来看是《砂丁》的续集，只是人物、地点、时间不同而已。同样的暴行依然存在，只不过工人了解了要通过工会来获得联合的力量。但《雪》没有《砂丁》那么戏剧化。在让读者同情工人们的悲惨命运的同时，巴金巧妙地陈述了这样一个事实：管理阶层不得不精打细算、增加产量、降低采矿的成本，这样才能和国外进口的煤竞争。他们的论点是中国的工业还不够成熟，必须要阻止国外进口商品对中国工业的彻底"破坏"。

皮尔斯认为1934年巴金创作的《利娜》(*Lena*) 是巴金利用了俄国的革命英雄来宣传他自己的理想和信念。在俄国革命英雄的伪装下，巴金能够在人们以俄国为范本宣传共产主义的时期宣传无政府主义。在评价巴金的《第四病室》(*Ward No.4*) 时，皮尔斯指出在这部充满黑暗的小说中，偶尔我们会见到一丝人性的光辉，但总的基调是枯燥无味的。他还指出巴金在这部小说中犯了严重的错误，他笔下的陆先生是23岁的男子，但陆先生的所做、所看、所想，都像是一个经历过生命的现实磨炼的老男人。如果读者忘记了陆先生才23岁，那他们会认为这是一部不错的小说。但事实上这是可悲的；尽管他尝试过了，巴金没有办法再像以一个青少年或年轻人的眼光看这个世界。

最后，皮尔斯介绍了《寒夜》(*Cold Nights*)。他指出这部小说是围绕汪文宣（Wang Wen-hsuan）和他的妻子树生（Shu-sheng）展开的。他们34岁，曾经是"社会主义工作者"，可是早已放弃了对理想和信念的追求。战争、通货膨胀和就业难这些事情占据了他们的思想。虽然是琐碎的事情，却也很重要。因为放弃了理想，他们的思想变得僵化。在这样一个只有"黑市"商人才有钱的社会下，人们饱受生理和环境的折磨。再加上另一个社会问题，压得他们喘不过气来，那就是：妒忌的婆婆。她不光是妒忌，还非常瞧不起她的儿媳妇。作者还概括了小说的主要情节，指出小说以寒冷的冬夜开始，以寒冷的冬夜结束。这是小说的主题，其中穿插着上百个琐碎的事情——都是以小气的人的狭隘逻辑为基础的。读完这部小说，我们没有站起来反击的欲望，而是想挖个坑跳进去，把土埋上。

在结论部分，皮尔斯总结说，从《灭亡》到《寒夜》，巴金向我们展示了这个世界残忍的一面。然而，在他的早期作品中，他更倾向于向我们展示生活的积极方面，只在他对一些激励他行动的理想完全失去信心后，他才变得十分"现实"。文学批评家更重视他后期的作品，因为"现实主义"在这些作品中是时常存在的。但皮尔斯说，他更喜欢那些充满生命和理想主义的作品。他作此论文的目的是以巴金写作以及作品发表时的环境条件为切入点，描述他的生活和作品的，从而理解巴金为什么写作，以及为什么中国青年相信他写的东西。皮尔斯自称因为他不满于巴金的作品总是被批判，所以才拿起了笔，写下了纯主观的分析。他还指出如果读者发现这篇论文的行文以巴金不同时期的创作情绪变化而变化，则这些变化都是以巴金的小说、短篇故事和散文为基础的。皮尔斯说到不仅是他本人，还有全中国的读者都能从巴金的作品中感受到他的情绪。有时候他热血沸腾，有时候又十分低落。只有那些内心年轻的人才够资格总结巴金的作品。该论文最后还引述了两则1949年之后巴金对自己1949年前作品的评价，并对巴金在1957年之后（截至该论文完成时间1963年）的创作活动及所遭受的批判做了介绍。

该论文是英语世界较早研究巴金在1949年之前的生活经历和文学创作情况的学位论文。皮尔斯的介绍和分析虽然简单，但如果将其放在当时的英语世界的巴金研究史中来考察，该论文对英语世界的读者了解巴金及其创作是有十分重要的意义的。另外，皮尔斯在论文中已经声明，他作此论文的目的主要是针对那些对巴金的批评，因为当时中国在严厉批判巴金，而大洋彼岸的学者却在为巴金鸣不平。皮尔斯还声称自己的论文只是从自己的喜好出发对巴金的创作进行的文学批评，因此对于该论文中一些个人化的观点也不能完全从学术角度来苛求。笔者认为该论文可以被视为是一个英语世界的读者在读过巴金的作品之后写的读后感。因为该论文的意义在于让我们看到了一个异域读者对巴金的解读，而不是提供了多少有深度的观点。

二 英语世界的茅国权的巴金研究

茅国权的《巴金》(*Pa Chin*)对1949年之前巴金的作品进行了全面

的介绍和研究。这部著作从文学批判的角度来评价巴金，同时研究他所使用的写作技巧，以及这些技巧所产生的效果。茅国权说他的写作目的在于整理论述巴金作为 20 世纪中国的一名文学大师所具有的优点与缺点。

该著作在正文开始之前是巴金的大事记。第一章是巴金的小传，第二章研究巴金的早期小说，第三章研究巴金早期短篇小说，第四章研究《激流三部曲》，第五章研究巴金战争年代的作品，第六章研究《憩园》，第七章研究《寒夜》，第八章是对全部内容的总结。为保证全书的完整性，本书不将该著作的不同章节划分到本书的相应部分，而是放在这里一并论述。

与其他论著相同，茅国权首先以巴金小传为题，介绍了巴金的童年。包括巴金在广元的生活，他受到的教育，他的母亲，他的兄弟姐妹以及他的保姆杨嫂，他与仆人的关系，仆人老周对他的影响，他父母的去世等内容的简介。然后是对巴金的政治觉悟的介绍：《新青年》和五四运动对巴金的影响。巴金对克鲁泡特金的《告青年》（1880 年）产生的兴趣，以及他与陈独秀的通信。他加入成都的无政府主义组织，并向该组织写稿。一位姓吴的同事对他影响很大。巴金祖父的去世。他学习外语的情况。1923 年春，他和哥哥离开成都。

接着茅国权介绍了巴金的文学生涯，提及了巴金在上海和南京的生活经历。1927 年 1 月 15 日，巴金离开上海前往马赛。在马赛时为与孤独做斗争，他开始写作小说《灭亡》（*Mieh-wang*）并把克鲁泡特金的《伦理起源与发展》（*Ethics, Origins and Developments*）翻译成中文。为更好地进行翻译工作，巴金读了柏拉图、亚里士多德和圣经。1930 年，巴金完成了《死去的太阳》以及短篇小说集《复仇》（*Fu-ch'ou*）。茅国权还指出，巴金压制不住内心的怒火不停地写作。在极度痛苦的情况下，他完成了《激流》三部曲之一的《家》、《新生》（《砂丁》）、《雾》（*Wu*），以及一部名为《光明》（*Kuang-ming*）的短篇小说集。1931 年冬，他在煤矿待了一周时间，这一经历成为他创作中篇小说《萌芽》（*Meng-ya*）的依据，后来这部小说改名为《雪》（*Hsueh*），于 1934 年发表。

茅国权还交代了巴金其他几部作品创作的历史背景。1931 年，日军炮轰上海的郊区闸北激怒了巴金。因此，巴金创作了《海的梦》（*Hai ti meng*），控诉日本侵略者对他故乡的践踏。以及 1932 年，他写了一部浪漫小说《春天里的秋天》（*Ch'un-t'ien li ti ch'iu-t'ien*）和一部无产阶级小说《砂丁》(Sandogs)。茅国权还介绍了巴金辗转于香港、广州、上海、天津、北京和日本的经历，以及他的创作情况。最主要的是1935年7月，巴金成为上海文化生活出版公司的编辑。他编辑出版了多部中外经典以及中国年轻作家的作品。他还将屠格涅夫的若干作品从俄文翻译成中文[①]，并写了《春》(Ch'un)和《秋》(Ch'iu)，即小说《家》的续篇。茅国权还介绍巴金在这期间的散文作品。

茅国权介绍了巴金在战争年代的活动。1937年抗日战争爆发后，巴金写了一些战争诗文、散文和信件来谴责日本的无理轰炸并赞扬中国人的英勇抵抗。1937年和1938年，除了在文化生活出版公司工作以外，他还在《烽火》(Feng-huo)和《呐喊》(Na-han)杂志编辑部工作并重新开始了他对《春》的创作。1938年4月，在看到《春》的长条校样之后，他再次离开上海。他在广州写了《火》(Huo)三部曲的第一卷，并编写了一本散文集《梦与醉》(Meng yu tsui)。1938年9月，他乘船、汽车和火车从长沙到达武汉。10月初，巴金回到了广州，此时，这座城市已经被日军包围。1938年10月20日，巴金乘船到达广西省梧州市。他从梧州去往桂林，那里也常常被日军空袭。在那里他编写了杂志《文学杂集》(Wen-ts'un tsa-chih)，但是，他大部分时间都浪费在了躲避空袭上。1939年他回到上海，住在法租界内。除了指导哥哥的俄语翻译工作之外，他还翻译了更多的克里泡特金的著作，并且着手创作他的小说《秋》。1940年7月法国人向德国投降后，他离开上海去往昆明。在那里他完成了《火》三部曲，然后去往重庆和他的家乡成都。1941年，他回到桂林并在那里住了三年。期间他曾多次顺道拜访贵阳、昆明、重庆和成都。1944年5月8日，他在贵阳与陈蕴珍小姐结婚。她曾是昆明市国立西南联合大学外语系的学生，他希望她回到昆明完成学业，但她坚持陪他去桂林。1944年5月和6月，战争每况愈下。在日军最后攻击的压迫下，中国军队撤出湖南和广西，6月18日，长沙沦陷。因此，他和妻子搬到了国民政府的临时首都重庆。他们在那里一直待到1945年抗战结束。1945年8月日本投降。但胜利并未给巴金带来太多喜悦。他在1946年所著的小说《寒夜》和戏剧随笔《无题》(Wu t'i)中生动地表达了他对胜利的感受。他两个月后回到上海。1946年，他的成果只限于对死去朋友的一些悼文。

[①] 笔者认为此处作者的说法有误。因为这一时期巴金翻译屠格涅夫的作品是从英译本转译的。

他重新担任上海"文化生活出版公司"的编辑职位,开始翻译克里泡特金的 Speeches of Rebel。他继续支持中国的无政府主义活动,并与国外的无政府主义者保持联系;他还对基督教表现出极大的兴趣并经常与蒙斯特利特(Monsterleet)神父碰面,这位比利时耶稣会会士还写了一本关于巴金的书。1947年他发表了《寒夜》和几部短篇小说。

茅国权介绍了共产党胜利后巴金的活动。1949年共产党取得胜利后,巴金被任命为中国文联和中国作家协会副主席、四川省人大代表,以及若干国际文学政治会议的代表。好几次代表中国访问其他国家。受当时中国政治环境的影响,1961年,巴金承认他的生活已脱离大众,他没能找到可遵守的正确道路,只是与几个亲密的朋友坐在房间里幻想世界。他表示,自己未能充分研究中国博大的经典著作,也没有正规地学习过书法,这让他深感愧疚。当他准备出版作品集时,他改了其中几个作品的结尾,删除了对无政府主义的引用;他否认他的笔名"巴金"是取自巴枯宁和克鲁泡特金名字的首尾音节。

在"文化大革命"期间,正规的出版业被暂停,旧书或被没收或被烧毁。巴金的作品被书店和图书馆移除,有的则被销毁。与同时代的其他作家一样,他因为他的小资产阶级背景,以及未能在作品中采用更加明确的革命路线,和与无政府主义保持长期的联系等原因而被"揪出来"批判。"文化大革命"爆发后,基本上没有关于巴金的消息;人们认为1975年他在上海接受劳改。他最近的动向是于1977年7月在《文汇报》发表了一篇文章,揭露四人帮对他的迫害。之后,茅国权对巴金的介绍并没有特别指出,只是提及了巴金的主要人生经历,为后面介绍他的作品提供背景和参照。

对于巴金的早期小说,茅国权首先介绍了中国近现代文学的大背景,包括胡适发起的白话文运动,五四时期中国流行的各种主义等内容。在介绍巴金的创作时,他指出从《灭亡》开始,一直到《砂丁》(《新生》)以及其他政治小说,巴金从未动摇过揭露他所认为的邪恶势力的努力。在《爱情三部曲》(*Ai-ch'ing ti san-pu chu'u*)中,他表达了拥有"hsin-yang"(信仰)的重要性:虽然他并未清楚定义这一词语的含义,但他却暗示年轻人的行动会让明天变得更加美好。茅国权总结了巴金的创作特征,他认为巴金不重视文学技巧,但这种对技巧的忽视并不意味着他没有技巧。茅国权说,为适当评价巴金的成果,我们必须注意他说了什么以及他是怎说的。有时候他会非常严谨地发挥材料的重要性，这会使他对技巧的改善和使用变得不再重要；而有时，他对技巧的使用有助于他发现、探索和开发主题，传达它的意义，从而创作出意义丰富、内涵深度、能引起读者共鸣的作品。

1927—1936年，巴金创作了一系列小说：《灭亡》《砂丁》《新生》《死去的太阳》《家》《春天里的秋天》《海的梦》《砂丁》《雪》《利娜》和包括《雾》《雨》《电》以及插曲《雷》的《爱情三部曲》。从主题的角度来看，《灭亡》《新生》《利娜》和《爱情三部曲》属于革命小说；《家》和《春天里的秋天》属于抨击旧家庭体制的小说；而《死去的太阳》《海的梦》《砂丁》和《雪》属于关于具体社会经济问题的小说。

对于巴金的小说，茅国权首先分析了《灭亡》。他指出这部小说在艺术上有许多缺点：巴金没有将它规划为一个统一的整体；而是零碎地创作，将他过去的记忆中和从朋友那里听来的思想串联起来。结果不出意外，几乎每一章的紧张感都会随着情节的转换而消退，因为作者没有试着尽可能地将这些情节组合成一个大的单元。前两章第一组的主要情节旨在列举实例，彰显社会的不公正，但它们包含了一些不相关的元素，如汽车交通事故、杜大心所创作的肤浅的诗歌，还有街头争吵的场景。随着陈述转向杜大心对过去四年发生事件的回顾，各场景的作用渐渐削弱。同样，杜大心对李小姐的爱意越来越深，同时他也越来越清楚地意识到自己生命中恶魔般的使命，但这些都被分散成许多独立的场景，很多时候被一些不必要的场景所打断，最后，杜大心的浪漫和自我憎恨的情感力量也因而被削弱。

茅国权认为巴金叙述技巧的粗糙还体现在他对人物性格的描绘和对主题的发展中。他要展现的是一位希望成为烈士的浪漫主义者。通过将杜大心描绘成一个身患结核病恶疾的人，他减弱了杜大心在试图刺杀警备司令时自我牺牲的意义。他通过杜大心的"口吻"详细描述其对爱情和憎恨的想法，但他却把杜大心描绘成了一个痴迷的演说家而非一个内心挣扎燃烧的人。他塑造的其他角色也同样令人失望。李静淑把爱情说得很抽象，但似乎缺乏肉欲；而且他的哥哥李冷则是背景中的一副空架子。此外，巴金关于社会是不公正的，因而需要被推翻的观点缺乏具体事实依据。他没能充分展现统治阶级的罪恶和穷人们的苦难，或者说没能挖掘社会罪恶的根源以及共同行动的重要性。茅国权还分析了巴金作品的语言特点。他认为巴金的散文简单易读，他所创造的句子也服从主谓结构。通常情况下，他不会使用华丽的辞藻，而是用简单的词汇和直截了当地叙述。

不过，茅国权也并没有完全否定《灭亡》的价值，他认为虽然《灭亡》（Destruction）中存在非常明显的缺点，但它却包含了20世纪20年代中国小说的普通主题、态度和偏见。表达了对将要到来的"没有人哭泣，没有人受苦，每个家庭都会拥有自己的房子，每个人都能吃饱、穿暖，人们平静地生活"的时代希望。同时，对于巴金而言，这部小说也是一种灵魂的最初探视。

在分析《新生》时，茅国权指出尽管《新生》的政治主题与《灭亡》大同小异，但巴金却成功展现了对这一动荡革命的详细研究，这几乎违背了他自己的初衷。在小说《灭亡》里，李静淑的哥哥李冷是小说的主角。他近乎病态的自恋，他满怀希望地将自己与整个社会和自己的家庭分离出来。虽然分离使他和别人渐渐疏远和隔离，但他却在无政府主义的道路上找到了自己，并英勇献身。茅国权还将李冷的形象与陀思妥耶夫斯基塑造的地下室人、加缪在《局外人》（The Stranger）（1942）中塑造的莫索特（Meursault）、索尔·贝娄（Saul Bellow）在《摆荡的人》（The Dangling Man）（1944）中塑造的约瑟夫（Joseph）等人物做了对比。

茅国权认为《新生》的艺术成就并没有延续至《利娜》（Lina），后者描述了一位俄罗斯革命者的降生和生命历程，以及19世纪70年代他被流放到西伯利亚的故事。这部中篇小说是以书信体写的，包含了寄给尤里安娜（Yuliana）的19封信。茅国权认为巴金之所以采用这种形式来写作，是因为他坚信俄罗斯人会向女性友人以这种形式写信。结果使得文章很别扭，读起来常常像是呆板的文字翻译。

在分析《爱情三部曲》时，茅国权认为这组作品是一部现代年轻人和革命者的个人行为指南。巴金喜欢《爱情三部曲》，因为作品中许多角色都是依据他朋友的生活经历所创造的。许多朋友在婚事上因父母之名和个人喜好而进退两难，在事业和爱情上矛盾不断。为了回答他们的问题，巴金写了这部三部曲，为的是帮助他的朋友们，以及可能有类似问题的所有人。所以，他利用自己创造的角色来表达自己的观点。例如，在《雾》中，他的寓意是年轻人必须自己选择伴侣，并通过讲述周如水（Chou Ju-shui）的故事阐释他的理论。在《雨》中，巴金将他的注意力转向爱与责任的问题，这个问题曾困扰了他的前辈革命者们，也许也折磨过许多他的朋友们。巴金在《电》中，解决了爱与责任的对立和矛盾。他创造了一位中国女革命者李佩珠（Li P'ei-chu），其形象类似于俄国的薇拉·妃格念尔（Vera Figner）。在这部作品中，正是李小姐的爱让吴仁民成为一个负责而卓有成效的领导人。他代表了巴金理想中的人物，他找到了革命承诺和满足个人需要的平衡点。因此巴金在三部曲中为年轻人和革命者提供了他的个人行为指导准则。

茅国权指出，巴金还在三部曲中展现了新时代中国女性的形象。除了神圣的爱情之外，巴金对性需求也有简单的涉及。但是《雷》是个例外，他在这部作品里似乎承认了肉体激情的真实性。但茅国权认为如果把三部曲说成是关于个人行为的指南，那么不得不承认，它的成效甚微，并没有清晰地解答年轻人的困惑。无可否认，从文学作品的角度出发，这是个败笔。巴金所注重的仅仅是提供问题的答案，却忽视了文学方面的要求。他没有描述背景，也没有任何地点提示。他只是在堆叠一些可预测的场景，例如，《雨》里的陈真死于交通事故，以及《电》里预谋刺杀警备司令，但却未遂等；而且这些事件在《灭亡》中已经使用过，情节大同小异。此外，《雾》中的情节从未真正结合实际；《雨》和《雷》中的情节则过分夸张；《电》中的情节毫无刺激可言。他笔下的革命者总是太过情绪化，他关于社会罪恶的描述也并不真实。他笔下的爱人，诸如吴仁民、李佩珠等都只不过是用来阐释不同观点的木偶。这些小说没有一般爱情小说里会有的痛苦和陶醉。同时，性爱的魔力在很大程度上没能得到开发，令人遗憾。作者对这部作品场景重合、情节不符合实际的指责或许有一定道理，但是批评巴金没有开发性爱的魔力，则让人觉得匪夷所思，为什么巴金非要描写性爱呢？

接着茅国权分析了《春天里的秋天》中的女性形象。他指出《春天里的秋天》也是对旧中国家庭体制的控诉。由父母单方意愿决定，毫无选择的婚姻是一很常见的主旨，但《春天里的秋天》却写得很有艺术技巧。巴金将求爱期醉人的幸福和如世界末日般的绝望之间自由切换，几近完美。茅国权认为不论巴金多么想要证明家庭体系的罪恶，这篇中篇小说都未能如愿。对于云和林两人的爱情悲惨结局而言，云（Yün）的家庭与林（Lin）的家庭都无须承担太多责任。与巴金的意图相反，这篇中篇小说最突出的是对云角色的刻画，她是一位为浪漫的爱情而着迷、听从父母之言、敢于自我牺牲的中国年轻女孩。

茅国权认为《死去的太阳》表现了中国人对外国人的敌意。巴金在该小说中描述了外国人在中国的邪恶罪行，对读者产生了巨大的情感影响。小说表达了一个在外国控制下对生活挫败失意的人的日积月累的愤怒。但巴金避谈解决中国对外问题的实际方法，仅仅提出了中国人积极抵抗的必要性。而《海的梦》也有同样的主旨。茅国权指出这部小说讽刺了日本对中国政治军事的侵略。小说中所指外国敌人就是日本人；下层阶级就是被日本人所奴役的亿万中国人民；而小说中讲述故事的这个女人为推翻敌人所做的努力代表着中国人民英勇抵抗日本侵略者的运动。茅国权认为从艺术层面上看，《海的梦》的效果较弱，因为它属于一部政治宣传作品。

对于巴金的《砂丁》和《雪》，茅国权指出《砂丁》这部作品是描写矿工的生活的。虽然《砂丁》可能过分简单化了对经济问题的处理，情节过于戏剧化，人物性格描述不够，但巴金的目的是表现矿工所经受的欺压、饥饿、无知和受苦，更加根本地展现社会主义者和无政府主义者对待工人与资本家之间阶级斗争的观点。之后茅国权将巴金的《雪》与左拉的《萌芽》作了比较。他指出左拉强调的是遗传与环境两个方面对人物性格的影响，但是巴金却忽略了前者，着重描写后者。和左拉一样，巴金希望告知读者们矿山的工作条件，以及矿工和他们的家庭是如何生活的，同时情节不断发展，若干人物进入故事中，每个人都代表了矿工生活的一个不同方面。左拉没有被他的政治热情蒙蔽双眼，他的作品具有心理现实性和公正感，然而不幸的是，巴金因意识原因深深陷入情感之中，使他无法客观地创造心理上具有说服力的角色。左拉说所有人都是潜伏的冷漠无名之力的受害者，就如同处在坚不可破的神龛之中的邪恶神灵一般。在巴金的《雪》中，读者没有找到对这种两面性的阐述；他看到的善良只存在于穷人中，而邪恶只存在于矿山经理中。巴金没能创造有说服力的角色，使得《雪》只能成为一本包含宣传作品中常见的半真半假的陈述、夸张和过度简化的政治小册子。

在这一部分最后，茅国权分析了巴金的无政府主义思想。他指出巴金在他早期的小说中用了若干无政府主义思想。第一，他想要描绘的是他所在社会的不公正性。第二，他通过突出强调无情的富人与愚钝的穷人之间存在的鸿沟表达了行动的必要性。第三，他赞成包括刺杀在内的暴力行为。第四，巴金认为知识分子能在工人运动中发挥作用。第五，尽管巴金认为知识分子在革命活动中能发挥一定的作用，但他强调人民大众才是反抗的主要元素。总之，巴金早期的政治小说描述了一个明显划分为穷人和富人两个阶层的社会，在那里只有政治革命能废除社会不公正。他的主要目的是通过这些作品唤起对苦难大众的同情。他抨击那些当权者是贪婪的、不道德的和暴虐的，与总是善良的穷苦人民形成鲜明对比。他的作品充满了他的意识形态，他塑造的角色具有无情的毅力，他们绝对服从他的意志，他们会阐明预先设置好的主旨，而不是去满足内心的可能。所以，许多角色变得很抽象；而巴金的创作方法很简单。

茅国权还对巴金早期的短篇小说进行研究。主要是1927—1936年，巴金完成的短篇小说集：《复仇》（*Fu-ch'ou*）、《光明》（*Kuang-ming*）、《电椅》（*Tien-yi*）、《抹布》（*Mo-pu*）、《将军》（*Chiang-chün*）、《沉默》（*Ch'en-mo*）、《沉落》（*Ch'en-lo*）、《神鬼人》（*Shen、kuei、jen*）、《沉默 II》（*Ch'en-mo II*）、《发的故事》（*Fa ti ku-shih*）和《长生塔》（*Chang-sheng t'a*）。茅国权指出巴金认为自己是一位毫无技巧可言的作家。但细心的读者可能会发现巴金很善于写短篇小说，他能够巧妙地阐明人的状况，同时，在结构、观点、情节发展、人物性格塑造、故事背景、语言运用等方面，他的小说也呈现出多样化的特点。这并不代表他写的所有短篇小说都好看，实际上，他是一位很不稳定的作家。在他状态最低迷之时，他的缺点很明显：充斥着政治宣传、木偶式角色和毫无创新而言的情节发展；但是，当状态良好之时，他的优点也显而易见：他通过表达角色行为的原因、展现与读者自身类似的特点、激起读者思考人类的意义从而让读者深陷入角色当中。茅国权主要按照主题分类来研究巴金的一些短篇小说。

首先，茅国权分析了巴金短篇小说中的革命者。他指出一般而言，巴金笔下的革命者分为两类。第一种是理想和英雄型，而第二种则缺乏这两个特点但更具人性化。作为一个从未参加过革命的局外人，巴金崇拜革命者的行为，对革命者持一种虔诚的态度。所以，他笔下的革命者总是高于生命，从而不具有说服力；其中某些小说是优秀的虚构人物的传记，但其他作品只能算是宣传文件。但是在《一个女人》（*Yi-ko nu-jen*）中，巴金的描写重点从抽象的革命热忱转换到一位原革命者所面临的问题上。他从一个无所不知的第三者的角度描写了这位女性，随着故事情节的展开，他想象着她的每个举动。茅国权指出将这位身份不明的女性与巴金笔下的其他革命者区分开来的正是她的平凡。没有长篇大论的空话口号，她冷静地想办法面对失业的丈夫、经济困境还有家庭的生存问题。这个故事的情节非常少，更像是一篇素描，它的成功之处一定程度上在于巴金的叙事手法，他向读者展现出主角后，紧接着是对她的评述、她与客人的谈话以及最后她的独白。因此她更像是一个人物而非漫画。

茅国权分析了巴金短篇小说中的流亡者。流亡也是巴金最喜欢的主题之一。在巴黎求学时，他遇到了很多俄国犹太人和其他民族的避难者。在小说《将军》中，巴金极为有效地使用了流亡的主题。他通过一位住在上海的白俄罗斯官员的经历让读者感受到流亡的痛苦。这位官员试图在这个始终是外国的世界中保持自我。巴金的技巧是让读者们看到流亡者真正的悲哀：一方面，被自己的祖国和俄共所嫌弃；另一方面，无法适应在中国的生活，"将军"活在孤独和失意中。为了解脱当前的单调乏味，他想象着过去在圣彼得堡的生活，想象着他向妻子安娜（Anna）求爱的过程，想象着在圣彼得堡的会议上，将军们、他们的妻子和女儿们随着柔和的音乐而翩翩起舞。而现在，他大部分的时间都消磨在一家中国咖啡馆里，向一位不识抬举的服务生一遍又一遍地讲着他的故事，同时他又费尽心思地按照圣彼得堡的品位和感觉在一个国外世界维持自己的身份。"家"不过是公寓楼二层有简单家具的房间；"家"就是流亡者悲哀的现实，他每晚听他妻子讲着醉酒客人瞎编的恐怖故事以及她希望回归祖国的热情。他无法面对他身为妓女的妻子用她的收入供养他的事实，他又回到安全的避难所——咖啡屋。读者在读这部作品的过程中能够清楚地感受到这位俄国人的悲哀。这也正是该小说的成功之处。

茅国权还分析了巴金短篇小说中的流离失所者。他主要论述了巴金的《狗》和《五十多个》两篇作品。他指出短篇小说《狗》的叙述者同时也是中心人物。他从未表明自己的身份，他没有受到任何爱，生活在饥饿和寒冷之中。在介绍了叙述者的经历之后，茅国权指出这部小说中的大部分故事情节都是通过外部环境得以强加的。也就是说，每个场景都想通过暗喻表达一种特殊的含义。巴金在创造符合他暗喻目的的场景方面取得的成功是有限的。无法看到的"我"谁也不是，而同时又可能是任何一位没人要的、低贱的中国人。神像和庙就是他的全部。前者是指异常沉默的权力的形象，后者则是他唯一能待且不受羞辱的避难所。女人、她的宠物还有那些绿眼睛长鼻子的人简直是无所不在、无所不能的神；叙述者在地窖中的自我冥想可以象征性地解释为中国人继续斗争的希望——从而找到自己的身份。《狗》比喻了中国人在自己国家的卑微,而《五十多个》(*Wu-shih to-kuo*)则刻画了由 50 多个农民组成的一伙人的艰难困苦,他们的村子被洪水冲毁,家园被狂暴的军队洗劫烧毁。这伙男女老幼带着极少的财产已经在路上走了六个多月,却没找到任何落脚的地方。茅国权指出与采用比喻手法的《狗》不同,《五十多个》采用的是现实主义甚至是自然主义手法。它的优点在于对这群流离失所的人的描绘,他们简单动人的话语、相互之间的同情和生存的决心都给人留下了深刻的印象。

对于巴金短篇小说中的知识分子形象。茅国权指出在早期的小说中,巴金借助杜大心、李冷和《爱情的三部曲》中为人类事业而英勇牺牲的角色表达了他对这些知识分子的无限崇拜。这样就容易看出为什么巴金会谴责其他知识分子只说不做。茅国权指出在短篇小说《沉落》(*Ch'en-lo*)中,巴金展现了大多知识分子空虚的清晰画面。叙述者是一位无名教授,他建议学生看更多的书,认为学生示威没什么用,要从日本手里收复失地也要靠学习。他认为,对待邪恶无须采取行动或进行抵抗,因为存在的即是合理的。无名教授故意伪装自己,对他年轻的妻子与他年轻同事和曾经的学生的通奸行为视而不见,用对古代文学和瓷瓶的研究来安慰自己。在《知识分子》(*Chih-shih chieh-chi*)中,巴金写了教授们为了权力阴谋相互对付。一位汪教授为了自己的安全和直接利益,在学生和同事的压力下彻底屈服了,加入到罢免学校校长的行动中,而这位校长正是他发誓要去支持的恩人。

茅国权指出巴金在《神、鬼、人》(*Shen、kuei、jen*)中还表现了另一种知识分子。在这卷小说的第一个故事《神》中,巴金描写了一位虔诚的日本佛教徒。当他意识到他无力改变任何事情时,他摆脱了自己激进分子的身份,他现在偶尔会行斋戒、诵佛经,尽可能地远离这个世界。在他消极的生活方式中,他从来不读书,甚至连报纸也不看,因为他在上面找不到任何与战争、杀戮、灾难、全人类的苦难无关的信息。相反,他一心一意地想成为预言家。第二个故事《鬼》描写了一位日本中学教师,他坚信超自然世界和鬼魂的存在。最后一个故事《人》描写了一位东京拘留所的犯人,他坚持认为自己应该被当作人对待,他有权盗走安德烈·纪德(Andre Gide)、弗里德里希·尼采(Friedrich Nietzsche)和列夫·托尔斯泰(Leo Tolstoy)写的书。茅国权认为以上三个故事有一个共同的主旨。每个故事讲述的都是一个找寻人生意义的聪明且醒悟的人。每个人都产生了一种信念或防御体系，使他在充满苦难、不公正和压迫的世界中生存。还有叙述者自己。尽管他不是很赞成佛教徒和中学教师的做法，并对《人》中的那个小偷表示同情，他还羡慕他们，因为他们都为信念而活。他知道不靠某些"错觉"而保持人的自尊是非常困难的。但是，他太聪明了，不会去追随佛教徒和中学教师简单而无吸引力的信念，同时，他又太诚实，也不能装作赞成小偷所坚信的逻辑。除了对现状模糊的不满感之外他没有什么实际的东西可以代替佛教徒的诵经、中学教师的通灵会议和小偷的无辜声明。这种不满代表了20世纪30年代中期中国知识分子特别是巴金自己所面临的问题。

　　茅国权分析了巴金创作的寓言。他指出这一时期巴金写了四个故事想要表达他对现实生活的感慨；每个故事中都有一位父亲给他的孩子讲一则寓言故事。第一个故事是《长生塔》；第二个是《塔的秘密》(*T'a ti pi-mi*)；第三个是《隐身珠》(*Yin-shen chu*)；第四个是《能言树》(*Neng-yen shu*)。尽管这些故事都涉及当代生活的复杂本质，但它们都是简单的假象。巴金牺牲了文学丰富性，不是向读者展现而是通过讲述来传递他的信息。寓言的共同主旨是人类存在的黑暗。《隐身珠》和《塔的秘密》都描写了一位残忍的、灭绝人性的皇帝和他的朝廷，那里实际上是一个屠宰场，反映了巴金所看到的最坏的世界。每个故事中，巴金将人类的苦难归因于制度，它将普通的人变成毫无良知的禽兽。这种人类禽兽认为长生不老、地位和权力比人命更重要。尽管充斥着黑暗，巴金的观点中并不是完全没有希望。会说话的树最后对饱受苦难的兄妹说的话表达了对生命、爱和怜悯的肯定。茅国权认为巴金选用寓言的形式改变了他对人类存在的现实主义描绘。很可能是因为他相信读者偶尔需要暂别一下现实生活，以便继续在这个充满战争、杀戮和每日无数的暴行的世界里活下去。与公开说教的寓言相同，巴金唯恐读者误解他的真实用意，因此采用了毫无掩饰的、显而易见的表述。但是巴金并不是一名真正的幻想作曲家。他没能通过使用两者皆可用的语言将他的魔幻和常识王国融合起来；事实上，他所创造的混合物并不存在。他对人性的批判太过说教，故事不具备好的幻想作品所必要的现实主义、机智、魅力和神话。

　　接着茅国权分析了巴金创作的爱情小说。他指出相比快乐与安慰、饱满、激情和美好，读者在巴金的爱情小说中更易找到烦恼、痛苦、不切实际、残酷和吝啬。这些爱情小说可以归纳为关于男人与女人——未婚和已婚——之间的爱与父母的爱。在巴金的第一部短篇小说集《复仇》中有一篇《初恋》(Ch'u-lien)，讲述的是一位年轻的中国学生和一位法国女孩之间的传统的暗恋故事。而《罗伯特先生》(Lo-po-erh hsien-sheng)则是一个结局曲折的爱情故事。故事的主要焦点是暗恋对罗伯特先生产生的后果。音乐教师的坦白对男孩的成长、发现自己的真实身世，并知道隐藏在他所看到的表面现象下的东西具有至关重要的作用。从技巧层面而言，这个意外结局的实现，是由于巴金尽可能地将最重要的一条信息保留到最后，这样只有当读者看完整个故事后才能充分理解之前行为的意义。结局也解释了为何音乐教师习惯在男孩家正对着的河对岸唱他的爱情歌曲，以及为何男孩的母亲会同情音乐教师。巴金的另一部爱情小说《爱的十字架》(Ai ti shih-tzu chia)是以书信体写的。这则故事讲了一个亡妻和一个孤独、游荡、痛苦的丈夫；本应在阳光下盛开的爱情却只有一年短暂的幸福，此后是充满黑暗以及更多的懊悔和悲伤的六年时光。

茅国权还分析了巴金的《好人》。这篇小说的叙述者是一位中国人，他有很高的是非判断力，他对自己和自己的工作都不满意。茅国权指出巴金希望这篇小说能丰富读者的人性体验，给其人生赋予复杂性和人性。故事没有试图说服读者相信具体道德观念的是非，而是让叙述者重新思考、重新检验他关于是非曲直和真善美的旧教条。反过来，这篇小说也就能让读者重新检验自己的道德准则。这正是这篇小说的独到之处。茅国权还分析了巴金的《父与子》，他指出《父与子》(Fu yu tzu)是一篇完全不同类型的关于爱的故事。这篇小说突出描写了一位父亲和他儿子之间的复杂关系。小说通过第一人称叙述者的口吻为读者讲述了自他儿子敏(Min)出生后，多年以来两人之间的紧张关系；无论他与妻子为多么琐碎的事情争吵，最终儿子总会站在妻子她的身边，这让他视他儿子为侵略者。之后经过冲突他们终于和解了。

在这部分的最后，茅国权分析了巴金创作的暴力小说。他指出巴金最优秀的暴力小说是《复仇》(Fu-ch'ou)。《复仇》的成功，不仅仅是因为它巧妙地呈现了一个网状结构，而且它也没有任何作者评论和侵入元素。读者能通过结构展开完美地把握文章的主题。而巴金的另一篇暴力小说《房东太太》(Fang-tung t'ai-t'ai)与《复仇》的结构类似。《房东太太》采用的是千层饼式的结构，这有助于巴金描写人类的苦难。

最后，茅国权总结说他在这一部分分析的小说是巴金在 1937 年中日战争正式开始之前所创作的最优秀的作品。几乎每一篇小说都有其亮点，有的亮点在于角色描写的深度，有的则在于引人入胜的情节发展，还有的是对道德和伦理的考验。除了在某一方面技巧上的成功之外，这些小说值得阅读和分析的地方在于它们对人类追寻生命意义的探讨。从这一角度出发，巴金可以称得上是一位真正的艺术家，他力图展现他对复杂世界中人类的洞察。

英语世界研究巴金时，对他早期的短篇小说创作关注不多，所以该著作对巴金这类创作的全面介绍和分析有助于英语世界的读者了解巴金创作的全貌。因此，该著作对英语世界的巴金研究具有十分重要的参考价值。

茅国权接下来对巴金的《激流三部曲》给予研究。他首先对这三部作品作了简要介绍：《家》主要描写了成都一家富户高家在 1919—1923 年期间所经历的衰败及其年轻家庭成员的叛逆行为。《家》的续篇是《春》。巴金详细描写了高老太爷去世后高家发生的变化。《春》和《秋》都包含双重情节，与周家相关。在《秋》里，高家的财产被挥霍殆尽。年轻人对这个大家庭的崩溃毫不留恋。在这三部小说当中，《家》最知名。三部曲的成功除了因为切合时代的主题之外，还因为巴金对忠实现实的展现、对家庭与个人主体的挖掘，以及对读者情感的有力感染。在这三部作品中，巴金采用现实主义手法成功地记录了 1919—1923 年一个传统家庭中老少家庭成员日常生活内容。此外小说还包含了对社会动乱和政治骚动的描写。

首先，茅国权分析了《激流三部曲》中家庭与个体的关系。他指出大家庭是中国最古老的制度之一，但对于巴金和许多其他人来说，它早已过时无用，而成为极权统治者、寄生虫和受害者滋生的土壤。为了将大家庭的邪恶戏剧化，巴金主要描述了两大家庭成员的生活状态：高家和周家。这些人主要分为三类：现状的维护者、现状的受害者和现状的反叛者。主要的战场是高家大院。最希望维持现状的当属高老太爷。他不惜一切代价守住过去，提倡严格遵守旧的价值观和美德。高老太爷是封建历史的产物。他与被他伤害的人一样，也是历史的受害者。尽管他为保护家庭团结采取了很多英勇的行为，但高老太爷却带着失望悲痛的死去。茅国权指出巴金对临死前的高老太爷深表同情。如果在不同的环境中，他或许会成为一个完全不同的人。虽然他犯了很多罪行，但至少他有保护他所相信的现状的坚定信念。人们可能会做出错误的判断，但是，不能否认他们的真诚。

接着茅国权分析了周伯涛的形象，他指出周伯涛与高老太爷表面上类似。他也相信时代正在恶化，为了做一位"合格的"父亲，他坚持让他的女儿慧（Hui）嫁给一位麻木不仁而又自以为是的男人。他应该为他女儿的过早离世负间接责任。他没有从女儿的悲剧中吸取任何教训，仍然坚持让他17岁的儿子娶一个21岁的女子，使他遭受各种身心的折磨。而当他儿子得重病后，周伯涛拒绝给他进行适当的治疗，直至他儿子病入膏肓而死去。周伯涛的罪孽在于他完全不尊重子女的意愿；在他试图狂热地满足自己扭曲的正统儒家行为观念的过程中，他牺牲了一双儿女的性命。

如果说家庭是极权统治者的滋生地，那么它也是寄生虫的温床。寄生虫只会维持自身利益，并在家中争取更多权力。在三部曲中有许多寄生虫。其中就有陈姨太、高老太爷的三个儿子以及他们的妻子。他们不仅在社会上无所作为，而且还非常迷信、虚伪和残忍。这些寄生虫与高老太爷的不同之处在于，他们缺乏高老太爷的真诚和坚定信念，因为他们本质上是自私自利的。高老太爷能得到一点同情，而寄生虫却只配得上彻底的蔑视。但寄生虫却是系统固有的部分。作为一股庞大的力量，他们能够让许多人遭受痛苦甚至死亡。

家庭体系中有许多受害者。包括仆人、老妈子和温顺的孩子。这些受害者当中，最痛苦的要数三个高家孙辈的长孙觉新。茅国权认为，作为巴金的代言人的觉慧，看到了儒家规范的不公正性：它将孝心强加于孩子们身上但却未赋予他们任何权力，它视父权制为专制的基础，更是老人控制年轻人的方法。因此他不断反抗，他因爱上女仆鸣凤而违反了家庭准则，积极参加如创建激进杂志等学生活动，并参与爷爷认为不合规矩、政府认为违法的其他工作。他帮助二哥觉民反抗爷爷的指婚。他最大的胜利是指责陈（Ch'en）姨太和叔叔他们愚蠢的驱鬼行动。最后他离开家去上海开始了他的新事业。

巴金传递的信息很明确。在旧家庭体系要求和主张个体权利之间没有妥协；必须要毁掉这体系。同时，要拯救年轻人意味着要对抗不讲道理的老人们，只有通过积极的反抗才能解放年轻人。

接着茅国权分析了《激流三部曲》中对多愁善感的描写。他指出由于巴金儿时情感丰富，在多愁善感的母亲的养育下，他对遇到的每件事物都会产生情感。巴金因多愁善感的作品而闻名于世，部分原因正是出于他敏感的天性。为达到这种情感效果，他创造了感情极为丰富的男女角色。他们共同的特点就是浪漫的怀旧。巴金笔下多愁善感的角色的第二个特点就是想与自然进行亲密的结合。为了触动读者的情感，巴金详细描述悲伤的情形，他笔下的大部分角色，不论男女，面对严重的事件或事故时都会撕心裂肺的哭泣。许多流泪的情形都发生在离别和死亡时。死亡在三部曲中发挥了非常重要的作用，每次都必然会导致深度悲痛。对于巴金笔下的女性角色来说，死亡意味着更多。她们被困在空虚而绝望地无聊生活中。巴金在《家》中对鸣凤自杀前思绪的描写，以及他《秋》中对淑珍死后情景的叙述都产生了很大的情感冲击。

在这部分最后，茅国权对《激流三部曲》作了评价。他指出《激流三部曲》旨在追寻在中国历史的过渡时期，在新旧价值观碰撞冲突之时，现代中国家庭的命运。它不仅仅真实地呈现了一个中国大家庭的日常生活，它还综合探讨了年轻人爱情失意、女性地位低下、纳妾制、父母和子女间的怨恨、对年轻人的严酷对待等话题，所有这些都直接由大家庭体系引起。巴金通过反叛现状的受害者之口来抨击这一体系，让他们不知不觉地揭示罪恶、苦难和改革的必要性。没有几位中国读者不会为之动容，让读者感动的不仅仅是他那强烈的道德热情，还有他的正直、善良和慷慨的人性热情。

接着，茅国权介绍了巴金在战争年代的作品。在这一时期巴金创作了长篇小说《海的梦》（*Dream on the Sea*）、包含三个短篇小说的《还魂草》（*Huan-hun ts'ao*）以及《火》三部曲。

茅国权首先分析了《还魂草》。他指出《还魂草》的三个短篇小说的第一个故事叫作《蒙娜丽莎》（*Meng-na li-so*）。叙述者讲述了在上海一家餐厅与一位法国女人和她的孩子碰面的情形。叙述者为法国女人和中国服务生翻译，从中得知这位长相酷似蒙娜丽莎的女人嫁给了一位中国战斗机飞行员。第二个故事叫《还魂草》。叙述者向一位朋友写了他与两位重庆年轻女孩的友情。其中一个女孩和她妈妈死于一次空袭中，为此另一个女孩伤心欲绝，她希望传说中的"还魂草"真的存在，这样就能让她的朋友们死而复生。最后一个故事叫作《某夫妇》（*Mou fu-fu*），描写了叙述者的朋友所遭遇的悲剧，他死于一次空袭中，撇下了他的妻子和幼子。茅国权指出这三篇小说算不上是战争小说中的杰作。小说除了表达了巴金在战争初期的个人感受之外别无他意。他们仅有的共同点就是战争的主题。《蒙娜丽莎》表达了人民在抵抗侵略者时的英勇气概;《还魂草》是中国抵抗者们意志和决心的象征;《某夫妇》描写了战争对本该在一起快乐地生活、幸福地计划未来的普通家庭带来的劫难。

接着茅国权介绍了《火》的三部曲。他指出《火》三部曲是巴金一部较为重要的抗日小说。三部曲的第一部主要描写了1937年在上海生活的男男女女们的活动。他们都是"实干家"。他们只对有利于国家的事物做出情感反应,同时,他们渴望消灭敌人。《火》第二部,描写了1938年在前线附近服务的一个12人宣传小队,大概在中国中部安徽省的山地战区。这个小队住在一个碉堡里,成员都是20岁左右的青年;他们的工作就是发动农民对抗战的支持。他们创作表演宣传剧目,与农民们一起唱歌,开会讨论日军侵占的后果。《火》第三部主要描写一位中年爱国主义基督徒的生活和抗争,作品中也出现了一些反面角色。巴金继续表现他对"空虚"知识分子的蔑视。茅国权指出《火》三部曲是对巴金战时感受的展现。小说中的地点包括上海、战区和广州;其中既有令人钦佩的角色,也有卑鄙的角色。虽然缺乏感人的战争场面,振奋人心的个人或集体英雄主义,激情四射的爱情故事以及对中国人战时心理的探寻,但三部曲却令人难忘,它是巴金对爱国男女情感的集中描写,小说的标题《火》正是他们的理想主义和热情的象征。

在介绍巴金的《小人小事》时,茅国权指出这部由五篇短篇小说组成的小说集描绘了普通人为了在战争年代努力生存而进行的斗争。小说中没有解析战争的长篇大论的宣传语言。长年的战争把小说中的角色变成了废人,他们身心贫乏、萎靡不振、神经过敏、小气吝啬。也没有了人的尊严。这些小人物没有什么理想,只是想要活下去。接着茅国权依次介绍了这五篇小说的主要内容,最后他总结了这部小说集的特点,他指出从结构上说,五个故事都没有一般意义上的情节。而是以一种中国作家极少使用的实现方式创造了一些情绪,明确了某些基本情感。读者们铭记于心的正是这些情绪和情感。结果产生了一系列的时刻,每个时刻都很饱满。每个时刻,巴金都表现了对人内心烦恼的窥视。每个故事都表现了巴金所看到的主人公所追求的生命的本质。在每个故事中,这种透彻的揭示会突然出现,有时通过一句话呈现,有时则用一段话描述;每次巴金都会富有同情地展现他笔下角色最深层的秘密。

茅国权还分析了巴金的《第四病室》。他指出《小人小事》中呈现的一般病态在《第四病室》中被放大好几倍。这部小说是以巴金自己1944年在贵阳的一家不合标准的医院的住院经历为基础创作的一部中篇小说。《第四病室》没有枯燥地描写一帮普通人如何试图在不同场景下应对难题，而是将背景限制在中国内陆一间有12个病床的病室里。一位胆结石患者在日记中记下了他住院18天期间在病室内的所见所闻。他记录下的是病室、医院工作人员和病人们的一系列画面。该小说的成功既不在于角色分析也不在于情节发展。巴金在这两个方面都没有下太大功夫。他没有深入挖掘角色的思想。他的重点集中在从一个局外人的角度描述自己的所见所闻——手势、工作、对话和故事发生地。小说展现了作者敏锐的观察力——不仅包括对声音和气味的描述，更重要的是对人物普通行为的描写——吃、呕、叫、拉、死等。但小说的描述并不缺乏重点。这部中篇小说准确、精彩而又逼真地描绘了生命的衰退和死亡。叙述者注意到同一家医院的上等病人会受到最好的治疗，服务人员随叫随到。巴金认为没钱就必然意味着会受到其他人的残酷对待。巴金的言外之意是本不应该如此，但事实就是事实。

在这部分最后茅国权指出他在这一章中讨论的作品代表了战争年代巴金观点转变的三个阶段。第一阶段的他与许多其他作家一样，希望点燃人们的抗日热情；第二阶段他主要描写普通人的遭遇，例如《小人小事》。在第三个阶段，随着战争的拖延，他对国家的悲观情绪越发增加，这主要体现在《第四病室》中。《第四病室》旨在通过微观画面展现社会总体的病态。

茅国权还研究了巴金的《憩园》。他首先介绍了这部作品的创作缘起：1941年巴金回到成都他儿时的家。他在那里暂住了50天。其间，他得知他声名狼藉的五叔最近去世了。他想起了叔叔生前的点点滴滴，开始不太认真的考虑据此创作一部小说，即《秋》的续集，继续描写一个传统家庭的衰败。1944年这个想法变为现实，当年他写了一部叫作《憩园》的小说，名字取自他祖父公馆里一个亭子的名字。

茅国权介绍了这部小说的结构，他指出这部小说在结构上有两个主线：以巴金五叔为原型的杨老三（Yang Lao-shan）的生与死，以及以虚构人物姚国栋（Yao Kuo-tung）和他的家庭为代表的新式家庭的兴起。通过杨老三以前佣人们以及他小儿子的讲述，以"倒叙"的方式展现了他悲惨过去的点点滴滴；杨老三生前的故事与姚国栋家的故事同时发生，一直到他死亡；故事以姚国栋儿子的死结局。两条主线分开进行，主要由叙述者联系起来；叙述者是小说的中心，他与所有其他角色都有接触，因而能够将小说的线索串联起来。而第二个将两条线索联系到一起的工具是人物的类比。

茅国权指出巴金的这部小说有三大主题：金钱的罪恶、女性的地位，以及父子关系。他指出在《憩园》中，罪恶的根源是金钱的挥霍。出于对安逸的富人阶层的憎恶，他想表现出富人的可憎之处，并暗示普通人的富人梦只不过是薄纱下的噩梦。换句话说，这部小说是对20世纪40年代中国社会的批判；他宣读了对自认为动力十足的社会秩序的死亡判决，他通过小说背景、人物以及杨老三和姚国栋的儿子的悲惨结局来营造这一主题。巴金大概希望通过这部小说起到警示作用，告诫其他有钱人不要像姚家人那样生活。

茅国权认为该小说的第二个主题是备受压迫的女性。巴金笔下的两位具有象征意义的女性在年龄相差一辈人，但两人都生活在男性统治的压迫之下。杨太太是她这一年龄段的人的典型，她既不质疑女性的现状，也不关心女性所扮演的角色，一味地忍受丈夫一而再再而三的不端行为。虽然她发现他一次次地欺骗她，但她几乎本能地选择原谅，还抱着乐观的希望。后来，只能靠大儿子养活自己的她被迫同意大儿子的要求，让她丈夫永远搬出房子。她对丈夫超乎常人的忍耐和对大儿子的绝对服从是中国传统文化使然。没有人教过她去享受自己的权利，满足自己的需求，她除了忍受自己的丈夫，别无他选；而没有任何养活自己方法的她也只能同意儿子的要求。姚国栋第二任妻子的遭遇跟杨太太一样糟糕。虽然她住在一座奢侈的房子里，也有佣人伺候她的饮食起居，但她却像一只笼中鸟。她丈夫不像杨老三那样不负责任，但却既不了解她，也不关心她。她跟他没有什么共同语言。她的世界里只有一位守旧的母亲和一位哥哥，她在学校时所学的知识有限，与整个世界的联系也非常少。她想通过嫁给姚国栋来开拓自己视野，但最终只是徒劳。嫁给他之后，她要么读小说，要么看电影，这些是她生活的主要内容。与一位麻木的丈夫一起生活的她似乎没有机会发挥自己潜能。她既不能自救，也不能救助他的继子；她只能看着他越来越糟。她对丈夫的影响力微乎其微，这一点跟杨太太很相似。

巴金非常同情这两位女性。小说中姚太太与巴金之前小说中描写的女性完全不同——那些女性会发表杂志、领导游行示威、参加爱国活动、倡导自由恋爱等。由此茅国权提出如下疑问：20世纪40年代中期已经结婚的巴金改变了之前他对女性社会角色的认识？他认为女性的主要职责就是做好家庭主妇？他认为现代社会中，幸福家庭的基础是被另一半所理解？这一观点的转变是不是巴金从政治主题向家庭关系等更世俗主题转变的信号呢？不过他没有对此展开论述，仅仅是提出了这些问题。

茅国权指出这部作品最后的主题是父子关系。共包含三部分，第一，杨老三和父亲的关系；第二，姚国栋和儿子的关系；第三，杨老三和他两个儿子的关系。这部小说中的父亲都是不负责任的，儿子们对父母不负责的态度有不同的反应。在巴金笔下的人物中，杨老三的大儿子有其独特之处。他对父亲的态度可谓不近人情，这甚至超过了觉慧或《激流三部曲》中的任何其他的叛逆人物。按照中国的传统标准，他应该属于最不孝的孩子。但与大儿子完全相反的是小儿子对父亲的无条件的爱。小儿子从来不说父亲的不好。茅国权指出巴金在描述两个不同的孩子时，将反抗父权和容忍父权的主题进行了对比，这很可能是他内心矛盾的写照。茅国权认为可以将这部小说看作巴金内心深处情感需要的表达，或者用弗洛伊德式的话说，是他自我和超我的矛盾——即他自身的恋母情结和他的犯罪情结的矛盾。对于这一令人着迷的父子关系问题，巴金没有找到答案，它仍将继续萦绕在他心里。茅国权用弗洛伊德的理论来解释巴金，但这种解释未必能揭示巴金的真实心态，这里的解释还仅仅是他的一种猜测。

接着茅国权分析了悔改的败家子杨老三的形象。他指出杨老三是个过去不知珍惜温暖舒适的家庭生活，而后又追悔莫及的败家子。杨老三的人物原型是巴金的五叔。但巴金在小说中创作的人物比他叔叔更感人。与巴金的叔叔不同的是杨老三知道悔改，他对自己行为的深深的自责。颇具讽刺意味的是，他的大儿子把他从家里赶出来正象征了他人生的转折。从那以后，他才真正意识到自己的罪孽深重，他开始停止犯罪，转而赎罪。叙述者看到了杨老三人性中善良的一面，这暗示着每个人都有好的一面。叙述者通过杨老三看到了人的善与恶；杨的赎罪完善了叙述者对人性的认知。

茅国权还分析了小说的叙述者。他指出叙述者是架起姚家与杨家两个家庭的关系的关键桥梁；他也是影响读者对事件判断的工具。他也使巴金与主题脱离开，让他在不牺牲关注焦点的前提下以客观的态度展开小说情节。

在这一部分最后茅国权从整体上对这部小说做了评价。他指出《憩园》是一部非常有趣的作品。如果批评家不经深度考虑可能会认为它对主题和人物的处理太过肤浅，但仔细阅读之后就会产生不一样的感想。它的结构建立在两个利益中心之上，与主题内容直接相关。而采用叙述者是一个明智的手段。首先，叙述者让发生在几个星期之内的故事紧凑地呈现在一部小说中；其次，叙述者也让叙事变得经济。通过采用叙述者—观察者—角色的方式来讲述故事，他实现了作者与作品之间的距离感。而让叙述者在回忆中讲述故事也是选择细节和组织情节的一种自然工具。从表现、主题的角度来说，巴金对金钱问题的处理很巧妙。他不再长篇阔论地向读者讲述金钱的罪恶，而是展现了金钱对富人们了解自己和了解他人的阻碍。对于女性问题而言，小说展现了自五四运动之后女性社会地位的变化之微。在探索父子关系方面，巴金否定了早期关于家庭体系完全邪恶的想法，认为家庭是一个可以产生不同类型的人际关系的地方，而且人际关系错综复杂，不能简单分类。最后，茅国权分析了巴金在人物塑造方面的成功。《憩园》的整个意义是基于对所有部分的理解，每个部分都为全景做铺垫。除了娴熟的技巧之外，这部小说令细心读者所着迷之处是它对巴金自己内心的揭示。在展现杨老三的两个孩子在拒绝父爱和接受父爱的分歧时，巴金也许是在表达自己对家庭的矛盾观点；在他早期的作品中，家庭是被蔑视和严厉抨击的对象，现在却变为一个充满深情的孩子和他不负责任的父亲之间亲情的沃土。

茅国权研究了巴金的《寒夜》。他指出如果说《第四病室》是压抑的，那么一语双关的《寒夜》则是令人寒心的。巴金根据自己在抗日战争的最后一年在国民政府的临时首都重庆的个人经历创作了这部小说，描写长期战争所导致的社会萎靡。巴金反复描写了重庆的恶性通货膨胀、高失业率、流行病、饥饿、政府对人民的漠不关心以及人民斗志和道德的沦丧。为了凸显这些生活现实的真实性，巴金细心地留意过高的医疗费用、学费，甚至是一块生日蛋糕的价格。他突出描写了一位大学生汪文宣的经历，除了一份微薄薪水的出版公司的工作以外，他很难再找到其他工作。巴金精彩地描绘了小店主们的困境以及从饱受战争蹂躏的全国各地涌入重庆的难民的悲苦生活，还颇具讽刺意味地注明政府宣传文件一直在赞美人民生活条件的"改善"以及人权的"进步"。

对于巴金来说，战争最让他震惊的就是原本友好、善良、仁慈的人们的堕落。他们变得简单、麻木而又残酷。汪文宣在抗战胜利后数日内死去，他的命运象征着那些像他一样寄希望于更美好的中国、更美好的明天的所有人的死亡。完全绝望的巴金似乎要表达，随着汪文宣死去的还有革命激进分子、旧家庭体系的对抗者以及抗日爱国人士的热情。而且，他似乎还要说明，如果战后文明仅仅是战前样子的延续，那么中国将不会有希望。对他来说，未来没有希望，只有模糊的可能性。虽然巴金创作了许许多多的作品，但《寒夜》始终都是他的杰作之一，或许也是他最好的作品。它展现了在他之前的作品中极少看到的艺术上的成熟。从技巧上说，它全篇通过对黑暗孤寂夜晚的画面和季节变换的描写保持了一种凄凉感；通过场景的运用让读者有一种身临其境之感；通过对话展现出主要人物之间的矛盾；通过独白揭示人物的内心世界。所有这些策略构成了小说的紧凑感。

茅国权首先分析了《寒夜》中的夜和季节变换。他指出巴金巧妙地运用夜晚这一画面来表达一种持续不变的凄凉氛围。这部小说由三十章和一个尾声组成，但其中只有六章（第三、四、五、九、十七和二十五章）是白天发生的场景；只有八章（第十一、十二、十三、十四、二十、二十六、二十七和二十九章）既有白天也有晚上的场景。其他十七章（大部分章节）全部设定在晚上。为了传达这种凄凉感，巴金突出描写了阴暗、昏暗和黑暗。即便在白天，太阳也不会光芒四射，天空永远都是阴云密布，风雨似乎随时可能来临。他笔下的夜晚也常常黑暗阴冷，灯光昏暗。如果所有背景都是黑色或接近于黑色，那么小说中的某些角色就像是幽灵，他们中大部分人都未确定身份。他们是第一章中蜷缩在黑暗中的影子、在寒风中快步前进的行人、躺在汪文宣的公寓楼外的孩子、尾声中的难民。夜晚还有各种噪声：老鼠啃木地板的声音、一个女人悲惨地哭号着为体弱多病的孩子叫魂的声音，还有一位年老的小贩每晚叫卖热水和年糕的声音。夜晚总是伴随着烦恼或奇怪的梦。黑暗而凄凉的场景不仅仅是强化阴暗环境的修饰性背景，更是统一全书的重要结构工具。例如尾声的第一段与小说的第一段类似，小说兜了个圈又回到了原地。汪和其他人都死了，但人们依旧在黑暗中摸索，不知道未来会是怎样。黑夜同样具有象征意义。微弱而不稳定的供电象征着汪文宣的家人之间的纽带。夜晚与黑暗是整部书的主要基调，代表了许多人物的生活状态，特别是汪文宣的生活。

接着茅国权分析了巴金在《寒夜》中对季节变换的描写，他指出除了在小说中使用光这一主要元素之外，巴金还通过季节变换来反映主要人物的内心状况。小说始于秋天也终于秋天，跨越了一整年。秋天这个季节预示的是行将结束的关系，主要通过汪文宣不断感受到的寒意来表现；而在巴金笔下的阴冷世界里，冬天是最漫长的季节。在整个漫长无休止的冬天里，汪文宣、他母亲，还有他妻子都在无休止的痛苦煎熬着。而春天让人产生的只有错觉。汪文宣的病没有好转；母亲对儿子康复的希望最终落空；树生找寻幸福的愿望也没有实现，幸福避开了她。夏天杀死了汪文宣。他死于晚夏的一天；夏天带给他母亲的同样是绝望，她不但失去了儿子，也失去了赖以生活的唯一手段。又是在秋天，树生回到了这个城市，但她却发现丈夫已死，突然明白她是浪漫幻觉的受害者。又一个冬天来了，又是一个痛苦和不确定的季节，就像之前与她丈夫、婆婆和儿子共处于两室公寓的那个漫长冬季一样。

茅国权还分析了巴金在《寒夜》中对场景的运用。他指出巴金的方法一般是以最直接、最简洁的语言对故事进行总结，并运用场景让非常紧张的时刻变得戏剧化。之后茅国权分析了巴金对树生去兰州时的场景的描述，他指出巴金细致入微地描写了人物的每个动作和想法，让其成为全书最令人铭记于心、最悲情的场景之一。

对于《寒夜》中的对话和独白，茅国权指出巴金运用的对话不仅让读者感到直观和身临其境，而且向读者表现了人物之间的冲突。茅国权选取了汪文宣的母亲和她的媳妇之间互相侮辱的一段对话来分析，指出隐藏在无礼与愤怒之下是传统和现代女性价值之间的强烈差异。茅国权认为巴金笔下的独白是有条理的独白，是"意识流"的"最终产品"，而非无序的意识流。除了独白之外，巴金使用的揭示人物想法的第二个工具是书信，这让读者近距离地接触人物的想法与情感。巴金揭示人物潜意识的第三个工具是梦和幻想。

接着茅国权分析了《寒夜》的人物形象。他指出这部作品描写了母亲、儿子和儿媳的挣扎。其主要成功之处在于巴金对汪文宣的母亲、汪文宣的妻子和汪文宣的刻画。汪文宣的母亲是个寡妇，她独自把儿子养大。深受旧传统影响的她认为，女人出嫁后就应该服从自己的丈夫、尊重自己的婆婆、大部分时间都应花在做家务上。她觉得儿媳的价值观与她的完全不同，这令她讨厌万分。但是，她对树生（汪的妻子）现代特权的怨恨只是试图隐藏她希望永远拥有儿子的无声愿望。她一遍一遍地告诉儿子树生不会跟他在一起，她只不过是他的姘头，想要制造她儿子与儿媳之间的隔阂。对汪文宣来说，她永远都是自己的好母亲。她修补孙子穿破的冬衣，在冷天洗衣服，做各种家务，还担心儿子的健康。随着肺结核的侵蚀，儿子的身体不断恶化，她忍辱去做了20世纪40年代任何中国佣人都不愿意做的家务。她为他按摩、洗漱、做饭、熬药、安慰他，一直希望他最后会康复。但同时，她潜意识里也明白他的死能为她带来什么：他将永远属于她。她最大的愿望之一就是让他继续做她纯洁的孩子，他的死将从某种程度上满足她的愿望，让她在劲敌树生面前取得胜利。

茅国权还分析树生的形象。巴金将树生描绘成善良但意志薄弱的女性。34岁的她很有魅力，她喜欢去自视高人一等的咖啡厅，跟她老板去跳舞，对于他那位多病而软弱的丈夫来说，这些活动都太过昂贵。下班回到家的她难以忍受肮脏的两室公寓、怀有敌意的婆婆、有病的丈夫和有时沉默寡言的儿子。作为一个从封建枷锁中解脱的"新"女性，她希望有机会探寻生命的所有恩赐。为了发挥生命的潜能并结束这个象征着她无聊生活的冬天，她对自己那位温文尔雅、富有的上级陈主任既着迷又排斥。他对她不断的追求为她提供了自由，也拓宽了她的眼界。但她以为离开重庆的家与陈主任一起去兰州就能满足自己美好生活的梦想，这说明她的目标非常短浅。这也是她被她婆婆所打败的原因。在内心需要和外在问题之间摇摆不定的她最终认识到她不能接受陈主任的爱，她真正爱的是她丈夫。但此时已经晚了，因为她丈夫已经死了一个多月了。她的生活只能算是一次失败。她因为自己的弱点（以及她对丈夫三心二意的占有欲）而没能和丈夫走到最后，她缺乏与婆婆对抗或者帮助她丈夫承担极度痛苦的灵魂重负的能力与坚持。

在介绍汪文宣时，茅国权指出汪文宣是两个女人斗争的核心。他很小的时候父亲就去世了；因此他对母亲产生了一种伴随一生的依恋。尽管他爱妻子，但只要母亲还活着，他就无法完全属于她，因为他无法真正爱除母亲以外的其他女人。母亲和妻子的双重折磨让他更加虚弱。他缺乏内在的勇气，也没有从中做出选择的意愿，因此，他只能靠自己不变的谦卑尽可能地活着。他乐意也成心允许，甚至催促他妻子去兰州，尽管他知道，这将把她推向另一个男人，但他不愿意成为妻子"追寻幸福"的绊脚石。

他如此受虐是为了补偿他作为儿子的失败，因为他让母亲承受了不必要的痛苦。他在不知不觉中选择了死亡。因为只有死他才能再一次彻底纯粹地做一次母亲的儿子，不受其他女人关系的牵绊。

在这部分的最后茅国权对《寒夜》取得的成就做了总结。他指出《寒夜》是一部成熟的作品。巴金在文中成功地描写了环境、感人的场景、个人矛盾以及人物的内心想法。它也是一部苦难与怨恨的作品——是对中国社会和国民政府的严厉控诉。他表现的是一个普通人如何被包括他自己在内的每个人所伤害的。尽管巴金知道汪文宣自身并不完美，但他仍用了很多篇幅来谴责社会和政府。巴金不厌其烦地详述着汪文宣死前的精神和身体苦楚，以及战争最后一年间发生在这个特殊家庭的事情。《寒夜》可谓一部心理学小说，它让读者陷入小说人物的精神和情感经历当中，明显扩充了巴金散文化小说的艺术维度。读这部小说能丰富读者对人性的认识。这就是《寒夜》的成就。

茅国权最后对巴金的创作做了总结。他指出巴金的一生是对 20 世纪中国变革的写照。1949 年以前，他的创作能够坚持个人的信仰。他称自己为坚持信仰的作家，反复声明自己并非艺术家，但他的文字比艺术更持久。他创作的目标只有一个——就是激起读者对"黑暗"的憎恨以及对"光明"和"真相"的热爱。信念坚定的他在早期小说中抨击了他所认为的社会罪恶：资本主义、外国人压榨中国工人以及其他社会问题。20 世纪 30 年代是他最多产的时期，他关注的一大主题是旧家庭体系的罪恶与衰亡。《春天里的秋天》是他最瞩目的成就《激流三部曲》的序曲，三部曲是对现代中国传统家庭体系的最全面最详细的描述。三部曲的第一部《家》广受欢迎和赞誉，其错综复杂的人物与主题常常被拿来与中国经典名著《红楼梦》相提并论。20 世纪 40 年代，他又重拾对家庭体系的兴趣，创作了《憩园》和《寒夜》。

抗日战争期间，跟许多同时代的其他作家一样，巴金创作了很多短篇小说和《火》三部曲来描写爱国人士的活动。在《小人小事》中，他抛开了战争的光环，准确地描写了"小人物"的形象。随着漫长战争的延续，他对中国的悲观态度也与日俱增，《第四病室》充分反映了这一观点，而《寒夜》将该观点加倍放大。

茅国权指出 1949 年共产党取得胜利后，巴金除了写了一些赞美中国和朝鲜共产主义同志的小说以外没有什么作品。看得出，他对政府的态度很谨慎，修改了许多旧作中关于无政府主义的部分，对许多作品的结尾也做出了改动。但即便如此小心，也没能避免他在百花齐放时期后和"文化大革命"期间受到攻击。他的作品反映了他的感情历程：从20世纪20年代和30年代的乐观主义到40年代的悲观主义。他的主要成就无疑就是他对这20多年间中国的全面刻画。这是一位艺术家的个人记录，它准确反映了这个纷乱年代的真实状况。

茅国权分析了巴金与外国文学的关系。他指出巴金对日本、英国、美国、俄国等外国文学的阅读帮助他形成了自己的思想。其中最重要的是对无政府主义和民粹主义文学的接触，这些成为他早期作品中所使用的主题。此外，阅读给他提供了一些情节和人物方面的想法。他的《雪》（*Snow*）会让读者联想到左拉的《萌芽》（*Germinal*）。他的《海的梦》会让读者联想到屠格涅夫的《夜未央》，而他的《第四病室》则会让读者联想到契诃夫的《第六病室》（*Ward Number Six*）。人们还能看出他笔下的革命者与俄国民粹主义者之间的相似性，或《新生》中李冷和屠格涅夫所著的《处女地》（*Virgin Soil*）中涅日丹诺夫（Nezhdanov）的共同之处。除了阅读之外，巴金还从别人的叙述中提取知识营养。他所听到的任何东西都会被合理的利用，整合到他的思想主题中。

在分析巴金所目睹和经历的生活对他的创作的影响时，茅国权指出巴金是一位富于想象力的现实主义观察家，他能把见到的所有东西转换成写作素材。他最重要的素材来源是他自己的家庭和童年。他的思想不仅决定了他在作品中选用的材料，而且深刻影响了他的写作风格。由于他与素材的联系太深，他无法用客观的观点进行创作，因此，他的作品总是充满了情感和对残酷细节的沉重累积；而且，巴金常常介入其中，引导读者的思路。他不仅仅是在向读者叙事，还在向读者诉说。事实上，不管是采用他偏爱的第一人称还是第三人称，巴金总是以客观的无所不知的评论者的身份出现，试图引导读者的思维。他总是按时间顺序来讲故事。即便选择大规模地使用与意识流相关的倒叙，他在其中也依旧是无所不知的作家。当他创作第一部小说《灭亡》时，他几乎没有情节意识，只是宣泄一肚子的情感。他没有用心构思情节，而只是重复地罗列事件或情节，以此证实和说明业已决定的主题。

在分析巴金与他笔下的人物的关系时，茅国权指出巴金笔下的人物大都是他的三种主要态度的反映：爱、恨、怜。他喜爱年轻的革命烈士和爱国游击战士；他痛恨腐败官僚、工厂主、空虚的知识分子、专权家庭的首脑；他怜惜那些无法保护自己的人。他的主题反映在他的刻板画廊里，包含了热血沸腾的革命者、政治压迫者、激进的学生、空虚的知识分子、小官僚阶级和普通人。所有人物都源自他熟悉的人。因此，许多人物都很有说服力，因为读者会对这些人物的特征产生共鸣。他把读者带到小说场景后面的人物家庭隐私当中，让读者听到、看到那里发生的一切，引发读者对小说人物的关心。这使读者不仅进入人物家里还进入他们的内心世界里。在同时代作家当中，只有巴金有能力拨动读者的心弦，有能力满足他那个时代的情感需求。

最后茅国权指出在全盛时期，巴金被尊为年轻人的导师。事实上，他的许多作品的创作目的就是回答年轻人所面临的一些个人和社会问题。跟鲁迅、茅盾、郭沫若和其他作家不同，不能仅把巴金视作一位老师或骚动的创造者。随着时间的推移，他的作品会被看作纯粹的艺术。

茅国权的这部著作对巴金在 1949 年之前的创作进行了全面的梳理，并对巴金这一时期的作品作了全面的分析。这在英语世界的巴金研究中是比较少见的。英语世界研究巴金的学位论文往往选取一部或几部作品来研究，而难以将巴金在这一时期的创作全貌展现出来。虽然奥尔格·朗的研究涉及了巴金的很多作品，但是她只是将巴金的生平和作品放在一本书或专著中讨论的，或在论文和著作中分析巴金的作品，不如茅国权的这部著作分析的内容多。另外，值得充分肯定的是茅国权的这部著作不仅囊括的作品多，而且在分析中得出的结论也值得我们重视。茅国权对巴金作品的分析较为细致深入，常常能发人所未发，做出较新的阐释。例如，他十分关注巴金作品的叙述方式和叙述者，在分析作品的叙述特点的时候，还能兼及巴金为何要选用这种方式，这种方式的特点，及其与表达主题的关系等问题，所以讨论得比较深入。此外，他也在分析过程中指出了巴金作品的一些缺点。例如，有些话虽然说得有些刻薄，但是很多时候茅国权能够指出巴金作品的问题，这些同样值得我们重视。当然，茅国权的论述也并非全无瑕疵，有时候他也会"误判"或"错解"。例如，他认为《爱情三部曲》没能开发性爱的魔力而令人遗憾。他还指出郁达夫、郭沫若、徐志摩等中国作家之所以都热衷表达多愁善感的情绪是由于从古至今的中国读者都习惯看情感戏、小说和诗歌，这显然是他自己的推想臆断。另外，茅国权还用弗洛伊德的理论来阐释巴金，他在分析《憩园》中杨老三的两个儿子对待父亲的不同态度时指出巴金借此对比了反抗父权和容忍父权的主题，这很可能是巴金内心矛盾的写照。可以将《憩园》看作巴金内心深处情感需要的表达，或者用弗洛伊德式的话说，是他自我和超我的矛盾——他自身的恋母情结和他的犯罪情结的矛盾。这种解释只能看作茅国权本人的一种猜测。不过瑕不掩瑜，该著作仍是英语世界研究巴金的文学创作的重要学术成果。

三　英语世界的巴金早期创作的研究

英语世界有一些学位论文对巴金早期创作的小说进行了研究，例如研究他的《雷》《房东太太》《罗伯特先生》《好人》《灭亡》《新生》《爱情三部曲》《激流三部曲》和《火》等作品。有的论文还翻译了他的小说。这一节主要就是对这些论文的概述和研究。

1. 对《雷》的介绍与翻译

1961年斯坦福大学拉里·肯特·布朗宁（Larry Kent Browning）的学位论文《〈雷〉的介绍与翻译》（*Thunder: A Translation with Introduction*）对巴金及其作品作了简要介绍，之后翻译了巴金的小说《雷》。

对巴金生平的介绍，除非另有说明，其资料来自巴金的自传《巴金自传》。布朗宁介绍的内容比较简单，展现当时英语世界巴金研究的情形，因与其他论文介绍内容基本类似，此处从略。布朗宁指出，巴金是中国现当代作家，他的朋友曾批评他的作品气氛过于消极，而巴金说"我的对人类的爱是不会死的。事实上只要人类不灭亡，则对人类的爱也不会消灭，那么我的文学生命也是不会断绝的罢"[1]。事实上，巴金的一生确实揭示了一个可以在他的诸多作品中发现的主题，那就是对社会的强烈反抗。

巴金的以"抗争"为主题的作品，表达了对人类的爱，并相信只要抗争人们可以让自己变得更好。[2] 巴金反对一切阻碍人类幸福的事物，尤其是旧社会的束缚。除革命外，爱是他的另一个主要主题。他用爱来帮助表现他的作品中的人物性格，并且试图通过一个人的私人生活来揭示他的

---

[1] 《巴金文集》，人民文学出版社1958年版，第Ⅲ卷，第5页。
[2] 同上。

特征。布朗宁用夏志清对巴金的评价:"巴金是这十年间最流行又最多产的作家之一,但是却不是最重要中间的一位。因为他不遵守传统的艺术标准。"[①] 此外,夏志清还说:"很难在巴金的作品中发现为卓越而奋斗;相反,巴金表示要追求比艺术更高的理想,要给大众带来光明;他的早期作品尤其像是'在灵感冲动以后,自动书写下来的产品'。"[②] 然而,随着越来越成熟,巴金的立场也逐渐发生了变化。夏志清认为:"随着年龄的增长,巴金的心境日趋平和,同时对于早年革命热诚以及乌托邦式的理想(即认为只要改变中国的政治和社会制度,人民就会得到幸福),不再存天真的想法。布朗宁指出从1944年巴金结婚后创作的小说中可以看出,他的兴趣逐渐从抽象的浪漫课题,转到具体的婚姻问题上去,这应归功于成家对于他人生观的改变。布朗宁还引用中国学者丁易对巴金的评价,说明其作品表达了很强的反叛精神,'由于作者对马克思列宁主义革命理论没有认识,更没有和实际革命斗争接触,再加上长期的孤寂生活,于是热情和反抗却使得作者错误地走向虚无主义的道路'。"[③] 而正是"走向虚无主义的道路"这一点让巴金受到了许多人的批评。布朗宁认为巴金的确是名无政府主义者。甚至他的笔名都显示他将无政府主义作为自己的理想。他总是具有个人主义精神。他的作品呈现出生活的阴暗面,而唯一的逃脱途径就是个人反抗。而对共产党员来说,这等同于异教邪说。因为"只有工农群众的斗争,只有在无产阶级领导下的人民大众的革命才能取得最后的胜利"[④]。因此,对巴金作品的"消极影响"颇为担心。[⑤] 然而,很明显,它们有足够多的优秀品质使得它们能够继续出版。"如果根据当时客观历史情况来看,这些旧现实主义作品也不能说就没有积极意义,他们还是适合了当时革命的总任务反帝反封建的要求……因而也就或多或少地鼓动了读者地反抗情绪,至少是更增加了读者对现实不满地情绪。从这一意义来看,这些作品在它的历史阶段上也就起了一定的积极作用,在现代文学史上仍是有其历史价值的。"[⑥] 丁易还说:"作者是受了现实生活的波动

[①] 夏志清:《中国现代小说史》,刘绍铭等译,中文大学出版社2010年版,第203页。
[②] 同上。
[③] 丁易:《中国现代文学史略》,作家出版社1955年版,第273页。
[④] 北京师范大学中文系巴金创作研究小组:《巴金创作评论》,人民文学出版社1958年版,第5页。
[⑤] 同上书,第1页。
[⑥] 丁易:《中国现代文学史略》,作家出版社1955年版,第270页。

而从事写作的,对丑恶的现实生活他是深恶痛绝并愿意尽力去摧毁它的。"① 巴金自己的话也反映他对这些批评的回应,夏志清的评价也表明了巴金在1949年之后的处境以及创作状况。

对于巴金的《雷》的简介,布朗宁指出《雷》是巴金《爱情三部曲》中的一小部分。第一部名为《雾》,第二部《雨》,第三部《电》。《雷》写于1934年,被称为"插曲"。② 它被放在《电》之前,虽然在自然顺序上应放在其后。它的作用是来介绍《电》中的一些人物。在整个三部曲中,有一条思想主线,大部分人物都存在于三部小说中。然而,在每一部中,情节是不同的,围绕的中心人物也是不同的。小说背景设置在20世纪20年代的动乱时期。三部曲总体讲述了一群中国激进青年知识分子的爱情与困难。

《雷》有两个版本,第一个版本在中华人民共和国成立前印刷多次,第二个版本是中华人民共和国成立后出现的修订版。布朗宁声明,为了能尽可能地接近巴金的原始思想,该论文使用了第一个版本作为翻译的基础。在比较两个版本之后,布朗宁发现了许多改动,但很少可以称得上是思想上的变动。总体而言,变化都是正常的编辑改动。事实上,巴金的大部分作品都是写完后直接发表,几乎没有修改时间。所以,巴金的大多作品并不是很完美。其修订版就是使用不是很专业的词汇来使作品更通顺,同时删除或重新改写那些华丽的词组。布朗宁指出其中一项重要改动值得注意:删掉了所有提及俄国女性无政府主义者高德曼的内容,巴金对她的无政府主义活动十分敬仰。虽然《雷》是《爱情三部曲》的一个发展情节,但它的故事本身也是很完整的。它的主题是爱情与革命,是个悲剧,它体现的精神是牺牲精神。

在对《雷》做了以上介绍后,该论文附上了《雷》的英文翻译。该论文对巴金的生平和创作的介绍很简单,只是提供了一些关于巴金的基本信息,这反映了英语世界的巴金研究在初期阶段的特征。但是布朗宁在该论文中指出了《雷》的第二版删除了与无政府主义相关的内容,这也象征着巴金思想的转变。对于巴金及《雷》在英语世界传播和介绍有一定的贡献。

---

① 丁易:《中国现代文学史略》,作家出版社1955年版,第275页。
② 《巴金全集》,人民文学出版社1985年,第Ⅲ卷,第7页。

2. 对巴金早期三部短篇小说《房东太太》《罗伯特先生》和《好人》的介绍与翻译

1972年宾夕法尼亚大学戴安娜·贝弗莉·格莱纳特（Diana Beverly Granat）的学位论文《法国的三个故事：巴金和他的早期短篇小说》(*Three Stories of France: Pa Chin and his Early Stories*) 研究了巴金的早期小说创作，并翻译了他的三篇短篇小说。前言部分介绍了巴金的生平和创作特征，然后是《房东太太》《罗伯特先生》《好人》三篇小说的英译文，最后是脚注和词汇表。该论文的研究重点是前言部分。

首先，格莱纳特以文学性的笔调开始论述。通过对巴金的1928年的照片的描述，引出对巴金的介绍：照片里一个年轻的中国小伙子现在看起来并不起眼，圆脸，偏分头，金边眼镜，西装。眼中没有狂热的神情，脸上没有智慧的闪光。然而这个年轻人李尧棠，笔名巴金，将成为中国最受欢迎的作家之一。或许他身上的这些特征能够让读者们想起他塑造的很多人物形象。然后格莱纳特介绍了巴金的生平及生活背景。因其与其他研究相似，此处从略。

格莱纳特称，对于巴金更重要的是他创作的《灭亡》于1929年以连载的形式被刊登在1—4月的《小说月报》上。自此，巴金成为文学界小有成就的作家。一直到1932年前，巴金又创作了共十部小说和短篇小说集。早期的短篇小说集包括创作于1930年的《复仇》，紧接着是1931年的《光明》和1932年的《电椅》。到1931年，他已完全步入了作家的行列。

格莱纳特紧接着转入对巴金的创作特征的分析。她认为从某种程度上说，巴金的所有作品都可视作他的处女作《灭亡》的延续，因为这些作品都与青年人的苦痛有关，他们饱受爱与恨、信仰与热爱、思想与行动、理性与情感之间的矛盾的折磨。巴金创作的现实主义作品力求批判社会顽疾，个人见解丰富，对他来说世界黑暗而不幸。他的作品力图描写那些丧失幸福、行动自由、青春和爱情的人们的痛苦，以揭露社会缺乏公平与平等的现状。他还喜欢指出一个解决方案，但是一个都没实现。

巴金作品中的英雄们很少能获得幸福的结局，因为他认为"在那样一个黑暗的旧社会独自战斗的人很难逃脱悲惨的结局。"（"a man fighting a-

lone in that dark old society, … could hardly escape coming to a sad end.")①
对此,格莱纳特指出巴金的作品总被形容为虚无、悲伤和压抑。但是她认为也正是巴金这种对生活的强烈不满使其想要抗争,以打破现状。她引用夏志清对巴金的评价"巴金作品的一大优点在于这些小说是真挚情感的流露,并且在小说中他反抗社会的斗争取得了成功。"("His work lies in the fact that his novels are a reflection or outpouring of his sincere feelings, and that in his novels he succeeded in fighting against society.")② 另一方面,巴金是一个人道主义者。只要世界上还有痛苦,他就会闷闷不乐,并且相信给他人带来幸福才是生命的真正意义。他把生命视作短暂的斗争,且常常以悲剧告终。与生命的短暂相比,艺术是长久的,但巴金认为有比艺术更为长久的东西。巴金拒绝直接透露这"东西"到底是什么,态度可谓神秘,而是让其读者去"领悟"。因此,格莱纳特通过巴金的作品中总结道:"相比于艺术,巴金更看重对生命、青春、幸福和爱情的追求,不仅为自己也为别人,正是这种追求促使小说中的人物不断奋斗。"("In contrast to the brevity of life, art was long-lasting, yet there was something Pa Chin considered even more lasting than art, the author valued the search for life, youth, happiness, love - not just for oneself but for others, which motivated the characters in his stories.")③

格莱纳特也提到了巴金还是一个无政府主义者。但是她认为对于巴金来说,个人主义是无政府主义的基础。巴金作品中塑造的人物独自抗争社会的丑恶,而非在工人阶级的领导之下行动。他们是知识分子和小资产阶级,这些人物的个人主义和中产阶级身份令巴金成为一名现代作家。因而他的作品代表了包含学生、教师、商人和官僚在内的阶层。他与个人自由密切相关,并且强烈提倡人有自主决定未来、独立思考和自由恋爱的权利。这些都可以被总结为对传统观念的反抗和革新。他是一代人的灵魂,在这一代人心中灌输了公平正义和不满足于现状的思想意识。

英语世界的其他论文中对于巴金出国的经历均给予介绍,但是格莱

---

① Pa Chin, The Path I Trod, *Chinese Literature*, 6 (1962), p.98. (Hereafter cited as "The Path")
② C.T.Hsia, *A History of Modern Chinese Fiction* 1917-1957, p.177.
③ Diana everly Granat, *Three Stories of France Pa Chin and his Early Short Stories*, University of Pennsylvania, 1972, p.12.

纳特在其论文中指出该经历加剧了巴金与中国传统社会的疏远。1929年巴金刚回国时，尽管脑海中对法国的记忆仍然清晰，也并没有立刻开始创作，而是忙着阅读和学习。有一晚他从睡梦中醒来，想象着自己看到了什么，还听到了哭声。之后他再也睡不着，便开灯写东西。写完时已是清晨，他出门在清新的空气中散了会步，回来后就又睡了。那晚创作的小说《罗伯特先生》后来成为小说集《复仇》的一部分，这些小说有的讲述了一个法国老太太在战争中失去了儿子，有的描写了意大利一名穷苦的音乐教师，被爱情折磨得痛苦不堪，还有一个法国学生没能升学的故事，一个波兰革命者的故事，以及其他基于他对法国的记忆而创作的故事。尽管这些故事都发生在法国，展示了普通法国人以及聚集在巴黎的各类革命人士多种多样、生动有趣的生活图景，巴金并不是在试图描写法国生活的细枝末节。这位年轻的作者认为这些故事都发出了人类痛苦的呼喊，他否认它们仅仅是在刻画美妙的诗意般的情感。从一开始巴金对待自己的作品就严肃而认真。格莱纳特还举例说明了该小说集中很多小说的取材来自巴金在法国的亲身经历。例如，《罗伯特先生》的创作背景位于马恩河岸的蒂耶里堡。巴金正是住在小说中提到的那所中学校园里，学校后面有条小河，有座桥，还有附近的麦田。音乐家的原型正是学校的音乐教师，确实有一位漂亮的姑娘在那家花店工作，巴金和另一名中国学生要在过节的时候从花店送花给校长夫人，而校长12岁的女儿正是叫作玛丽·保莱。这些真实的事件都出现在小说里，尽管顺序杂乱无章。小说的取材还来源于他从朋友那听来的故事，但他都按照自己认为合适的方式作了补充和更改。《初恋》是根据他的一位法国同学写给他的信件改编的，《房东太太》出自一位工作和学习中结交的朋友之口，而其后半部分，讲述失明的老太太等待在战争中丧生的儿子回家的情节，是巴金自己加上去的。《好人》中查尔斯·默东这个角色的原型就是蒂耶里堡的那所中学里的一名德国教师。巴金离开学校的时候，那名老师还给了他一本德语书。

  一开始巴金的作品都是用白话文写的，20世纪30年代早期白话文已成为文学创作的标准用语。尽管文学革命刚开始时巴金还较年轻，但从1929年开始，他已成为革命的主要代表之一。尤其是他的短篇小说，语句坦率直接，并不拘束于古典语法和表达。与传统的汉语习惯不同，他用标点符号并在姓名下画线以澄清句意。要理解巴金的作品并不难，因为他的语言并不隐晦,并且每一部作品都提供了前言和后记。正如前面科尼利厄斯指出的巴金的作品《家》中使用了欧化文法,巴金其他的作品同样如此。

对于巴金1949年之前的作品,格莱纳特将其分为两个阶段:(1)早期作品,包括直到1937年中日战争之前的所有作品;(2)后期作品,则包括抗日战争期间及抗战结束之后的作品。大部分早期作品是在表达情感或讲述故事。在表达情感方面,巴金有时是通过故事传情,有时则直接向读者表达情感。他不会保持中立,冷眼旁观,而是把自己的感情倾注于纸上。巴金就像年轻人一样,情感充沛,但不加节制,直到精疲力竭才会停笔。他的抒情风格不是静静地描写风景或刻画人物,却能立刻吸引读者注意,让他们关注人物的生活、痛苦和欢乐。因对人类苦难抱有极大的怜悯,他有时狂喜,有时悲伤。当表达激情时他的笔触是猛烈鲁莽的,平静时他的语言则"像春日之水清澈而透明"①。尽管巴金非常喜欢左拉,他却缺乏这位法国自然主义者的中立态度。他更加热情,把全部的身心投入创作中,但也带着一丝忧伤。他创作的小说唤醒了读者的心,激起了他们对传统的仇恨和对美好未来的渴望。读者能很容易分辨他的爱与恨,因为他的作品就"像一位好友在信中倾诉心声"②。为了让小说中的人物更容易激起读者的同情,他使用了一种自白的口吻。因此,如果讲述一个悲伤的故事或悲剧结尾,他的读者总是能感同身受。

巴金吸引读者并不全是靠抒发情感。格莱纳特认为巴金同样注重情节发展和精心刻画的人物形象。因为巴金自己也是读者,他一直认为人物的命运最为重要,他是否喜欢一部作品首先取决于书中人物的经历。人物刻画也很重要。在塑造人物方面,巴金采用真实的人物作为原型,尽管一些人物纯粹是虚构的,但他强烈地感觉到他们存在于他的思想里。为了使自己的作品更有意义,巴金尝试塑造典型的人物形象。

巴金不仅对人物经历感兴趣,他还想描写他们的追求、愿望、信仰和理想。格莱纳特发现为了描写他们的心理状态,并强调他们的精神世界,巴金运用了梦境、幻觉和独白的手法。为了表现人物的心理特征,巴金还运用了书信、日记和第一人称的叙述方式,这些都帮助他聚焦人物的内心世界,并利用其自身的斗争和矛盾发展人物。格莱纳特举例说明:在描写

---

① 明兴礼:《当代中国文学》,《外国书刊》,人民文学出版社1954年版,第285页。
② 王瑶:《论巴金的小说》,《文学研究》,南京大学出版社1957年版,第24页。

欧洲人和欧洲事物时，第一人称尤其方便。通过这一手法，作者可以借西方人之口表达他这个中国人的情感。有些"我"是男人，有些是女人，有的是老年人，有的是年轻人，有的是中国人，有的是欧洲人，有些"我"是巴金自己，有些则是其他人。巴金认为除了方便描写欧洲人，使用第一人称还能避免叙述他不确定的东西，而只写自己了解的。他还觉得这种方法能使读者感到叙述者在与自己面对面地谈心。

巴金使用的另一种手法是，一开篇有很多人在一起聊天，轮流讲故事，到主人公开始讲故事时，他的叙事也进入主体部分。格莱纳特在文中以《初恋》为这一类小说的代表。在其他小说中，主人公只是讲述自己的亲身经历或是另一个人的悲情故事。巴金年轻的时候很喜欢这类小说，因为其容易理解和记忆，所以当他开始创作时，他也采用了这种风格。一开始巴金并不在意故事的结构，他只是随意写着，在适合的环境或背景下让人物自己创造情节，抒发情感。由于他主要考虑的是比艺术更长久的东西，因此他的作品称不上艺术精品并不奇怪。作者认为生命是短暂而快速的，艺术则是缓慢而辛苦的。从本质上讲，他创作是因为他在生活，因此他的作品中多半是记叙和对话。为与其创作速度、作品数量和艺术观点保持一致，巴金在作品中倾诉完毕后通常不会回味自己的作品，这也是可以理解。但是巴金对自己的作品并不完全满意。虽然很中意一部分作品，却不喜欢另一些，且总体上对自己的文学创作成果并不满意。除了行文，巴金对自己作品的内容也表达过不满。他曾坚持说自己的生活经历仍不丰富，称不上一位优秀的作家。巴金认为20岁的作者无法成为一名专业作家，因为他还不懂生活，而自己也是在20岁左右开始创作生涯，因此每每看到自己的小说都会对自己青年时代的成功感到懊悔。

外国文学对巴金的影响。英语世界的学位论文多次提及该问题，但是没有具体展开。格莱纳特在其论文中对此给予具体的例证。她指出巴金并没有通过有意识的学习、分析或模仿著名作家的风格来学习写作，他的写作技巧和灵感主要来源于大量的阅读。11—13岁，巴金读了很多中国作家的小说，14—18岁时又读了大量欧洲和美国作家的小说，一开始读的是狄更斯的《大卫·科波菲尔》《雾都孤儿》和《双城记》。十八九岁时他开始阅读英文原版小说和俄国小说，尤其是屠格涅夫和高尔基的作品。由于俄罗斯和中国的生活环境十分相似，他对俄国小说尤其感兴趣。俄国早期的政治作家，如巴枯宁和克鲁泡特金，给他留下了很深刻的印象，他的笔名"巴金"正是取自这两个人名字的中文音译。法国文学也对他产生了深刻影响。年轻时他读维克多·雨果的作品，去法国之前他读左拉的作品。人们经常把他和左拉做对比，不是比风格就是比主题。他创作的《砂丁》和《雪》与左拉的《萌芽》十分相像。在法国时他读完了整套左拉的《卢贡·马卡尔家族》系列小说及罗曼·罗兰的作品。人们也经常拿罗曼·罗兰和巴金比较，巴金的忧郁、叛逆、正义感、无政府主义和为事业献身的愿望堪比罗兰所描写的爱情与死亡的震撼、青年人的自由与老年人的专制、奴隶与富人的差距、新旧思想的斗争以及与朋友并肩抗争恶劣环境的激情。巴金作品的故事发展线索与莫泊桑很相似。然而，尽管承认读过莫泊桑，巴金坚持说自己并不喜欢他的作品。

格莱纳特的观点与科尼利厄斯相同：由于巴金读过很多欧洲作家的作品，他的创作习惯与这些作家很相似。此外，他的个人经历激发他创作了自己的早期作品，并使这些作品带有个人浪漫色彩。在法国的两年里，他每天都与法国人接触，对他们的生活也有了一定了解。巴金对法国的最初认识是那里是卢梭、罗伯斯庇尔、左拉和罗兰的故乡，但在前往法国的路上，他们的船停靠在越南，了解到越南是法属殖民地后，他对法国的殖民行径极为批判。然而，这种批判并没有影响他对法国的喜爱，以及他对自己住过的地方和邂逅的人的喜爱。

巴金深受西方文学、哲学和政治理论的影响，同时也极大地影响了中国的青年读者。这一观点在该论文中也有所体现。格莱纳特称，巴金的影响之大超过了茅盾、郭沫若，甚至是鲁迅，因此人们几乎将那个时期称为巴金时代。巴金在青年人中尤其受欢迎，因为从一开始文学创作，他刻画的人物大多是年轻人，他的目标读者也是年轻人，他赞美他们，塑造他们能够学习效仿的青年人物。他提出了对当代青年至关重要的问题：传统家庭中的人际关系、爱情与自由选择配偶的权利和献身事业的勇气。

格莱纳特认为巴金反对保守思想，主张青年人要奋起反抗旧势力，他通过自己的作品激发并鼓励那个时代的读者们。强烈的情感使他的作品充满吸引力，并为这些现实主义作品注入了浪漫主义的元素。为此，她引用评论家们的观点："尽管作者并没有提出明确的解决方案，宣扬无政府主义，然而这些作品能够唤醒心怀不满的青年人，激励他们走出去，奉献自己。""他的读者们十分看重这些作品，忠实地阅读他的每一部创作，很多个夜晚无法入睡，因同情书中刻画的优秀青年人在旧社会的统治下遭受残酷命运而潸然落泪。"

由于巴金的作品表达了人民的不满,激发了他们改变现状的愿望,读者们都被这些作品深深吸引,并因此怀揣革命理想。巴金的作品甚至到1949年之后都吸引着大量中国读者。20世纪50年代,随着巴金作品集的出版和电影《家》《春》《秋》的制作,他的人气逐渐上涨,周扬甚至一度称他为"现代文学之大成者",并将他与郭沫若、茅盾和赵树理并列。之后格莱纳特又列举了中国各类读者对巴金的评价,并指出未来中国也许会出现更伟大的作家,但巴金的短篇小说和一些优秀的长篇小说一定仍会在中国文学史上占有一席之地。

格莱纳特接着对巴金的三部短篇小说:《房东太太》《罗伯特先生》和《好人》的简要介绍。她指出,前两部被收录在巴金的第一部小说集《复仇》中,最后一部被收录在第二部小说集《光明》中。这三部都描述了法国的生活图景。《房东太太》和《好人》讲述了一个住在法国的中国人的故事,而《罗伯特先生》是以一个法国人的口吻在进行叙述。在这三个故事中巴金都使用了戏中戏、第一人称叙述、梦境、幻觉和大量对话的创作手法。

《房东太太》是关于抗战的故事。格莱纳特指出,尽管小说犯了年代错误(其中出现的坦克并不属于那个年代,因为那时还没有发明坦克)但故事强有力地控诉了一种独特的人类制度——战争。此外,她认为巴金不仅局限于批判战争,也明显批判了资本主义。这一点,从故事本身就可以看出。主人公在工厂卖命,每日的工作都能让他减寿一个月,为了给富人制造汽车,他们总是面临有可能切掉手指的危险。在盖琳的悲剧故事中,她的侄子并非死于战争,而是死于资本主义压迫,资本主义体制彻底摧毁了她的家庭。格莱纳特认为总体而言,故事的叙述手法直接且有力,但其中对倒咖啡和祝酒的情景描写乍看令人费解,而细想就会发现巴金的读者是生活在20世纪30年代的中国人,对他们来说这些异域风情十分有趣。她还指出《罗伯特先生》的结尾极富戏剧性,出人意料。一个私生子在死前突然找到自己的亲生父亲,这样的结局对现代读者来说也许平常无奇,但由于其早于曹禺的作品,在当时还是很有冲击力的。巴金从一个欧洲人的视角出发进行创作非常大胆,但效果不错。此外,抒情的段落让读者体会到作者对这座法国城市真挚的情感。

《好人》与莫泊桑的作品较为相似。格莱纳特认为,通过使用一名中国军阀的言辞并加入他的中国式行为，巴金巧妙地创作了自己的故事。她说，如果从作者知名的婚姻观角度考量这部作品会很有趣，而且尽管故事中的女孩并没有被正式领养，但在中国人看来，这仍是乱伦的婚姻。对于故事背景，巴金使用的是他熟知的巴黎：他每天散步的卢森堡公园，还有左岸的旧书摊。和另两部小说一样，描写的段落只占很小的一部分。它们设定场景或唤起情感，但由于大故事中戏剧性的小故事通常发生在另一地点，背景设置并不是特别重要。格莱纳特发现，在《好人》中巴金也有失误：拒绝服役的人通常不会被驱逐到北非而是被关进监狱。

巴金对这些作品的修改。尽管巴金承认自己写得很快，通常在完成作品后就对其置之不理，但是格莱纳特指出，可以看到1932年上海版、1965年香港版和1959年北京版都出现了一些有趣的改动，且1959年北京版在某些地方改动较大。这些变化有时是对整个段落的澄清说明，有时是改动一两个词语。而在有些地方整句话被删除，或者加入新的句子。虽然这些改动看起来是为了让文章更清楚或减少冗余，但有时这些改动很令人费解。她举例，在《房东太太》中有这样一段话："我的经济困难让我别无选择，只能放弃，只能像奴隶般继续给资本家干活讨口饭吃。"（"My economic straits gave me no choice but to give up, and like a slave, go back to the capitalists to beg for a few leftovers."）① 这段话在1959年的版本中被改成："我别无选择，只能去资本家那里讨点活干。"（"I had no choice but to go to the capitalists to beg for a little work."）②

格莱纳特还指出，《房东太太》中的另一处改动是文章中一个法语词"boches"的脚注。巴金在正文中做了音译处理，但他认为有必要向读者解释这个奇怪的词语，因此他加了脚注。1932年版本的脚注是："法国人贬损德国人的法语词，意思类似中国人咒骂'矮鬼'。"（"A derogatory French term for the Germans like the Chinese cursing the 'Dwarf devils'③."）1965年香港版（在大多地方都与1932年的版本完全相同）的脚注则变为："法国人咒骂德国人的法语词，就像中国人咒骂洋鬼子。"（"A derogatory French term for the Germans — like the Chinese cursing the foreign dev-

---

① Diana everly Granat, *Three Stories of France Pa Chin and his Early Short Stories*, University of Pennsyvania, 1972, p.32.
② Ibid.
③ "Dwarf devil" is a Chinese derogatory term for the Japanese.

ils.")1959年北京版的脚注则是:"法国人咒骂德国人的法语词,等同于'德国鬼子'。"("A derogatory French term for the Germans, equivalent to saying 'German devil'.")① 格莱纳特没有给出定论。她只是觉得,谁做出如此改动还不清楚。或许巴金改了一些,他自己没提;又或许不同的编辑出于文体或政治的考虑做了他们认为必要的改动。

最后,格莱纳特用充满文学性的笔调写道:"读这些小说的时候我们必须记着,一个敏感而多情的年轻人,在上海的一间小屋里奋笔疾书,法国的那段记忆还清晰地留在脑海。在巴黎,关于家乡生活和朋友的记忆驱使他开始创作生涯,回到中国后,关于自己在法国期间的经历、朋友和法国人生活的记忆也同样驱使着他在创作之路上继续前进。对于这个聪慧而多情的男人来说,把话咽在肚子里是不可能的事。他的笔似乎拥有自己的生命,一刻不停地写啊写,不过确实收获颇丰。"("When reading these stories one must keep in mind the sensitive and emotional young man with memories of his stay in France fresh with him, writing furiously in a little room in Shanghai.Just as in Paris, when memories of life and friends in China caused him to begin his literary career, so, back in China, memories of his own life, his friends, and the lives f Frenchmen in France caused him to continue his literary career.For this intelligent but emotional man, holding things inside him was impossible.His pen seemed to have a life of its own, and he could not but write and write.His compulsion was fruitful indee.")② 之后,格莱纳特翻译了上述三部短篇小说,此处从略。

该论文对巴金的介绍十分简单,对巴金文学创作的分析也不是很深入,但是从整体上概括了巴金早期的创作特征。另外,英语世界更多研究者关注的只是巴金的《家》,很少有人关注巴金的早期创作。因此,该论文对巴金早期的创作的研究提供了一定的意义与参考价值。

3. 对巴金的《灭亡》《新生》和《爱情三部曲》的研究

2005年哥伦比亚大学的宋明威(Song Mingwei)的学位论文《青春万岁:1900—1958年间的国家复兴和中国启蒙小说》(*Long Live Youth*:*Na-*

---

① Diana everly Granat, *Three Stories of France Pa Chin and his Early Short Stories*, University of Pennsyvania, 1972,p.32.

② Ibid., p. 33.

tional Rejuvenation and the Chinese Bildungsroman, 1900—1958）分析了中国从清朝末年到中华人民共和国成立这一段时间内"青春"的话语实践和历史表现。该论文指出"青春"是实现中国现代化的主要比喻。对于许多中国现代作家而言，"青春"已经是选定的信号，表达他们对启蒙、文化改革、政治革命和民族复兴的渴望。摘要部分指出通过阅读中国成长小说，来集中分析中国现代化历史复杂性中的代表因素。该文的论点在两条相关的维度之间发展：历史和表现、现代性和青春。该论文共分五章。第一章"新青年"和"老青年"主要分析了叶绍钧的《倪焕之》，第二章"将青年写入历史"主要分析了茅盾的《蚀》（蚀三部曲，1928年）和《虹》，第三章"无政府主义、情节剧和青年热"集中分析巴金的《灭亡》《新生》和《爱情三部曲》，第四章"通向内心的旅程"讨论了路翎的《财主的儿女们》和鹿桥的《未央歌》，第五章"社会主义教育小说，或驯服青春"分析了杨沫的《青春之歌》（1959年）和王蒙的《青春万岁》。该文在分析一部作品时很少涉及其他作品，所以其对巴金及其作品的分析集中在第三章，其他章节有时偶尔提及巴金，但并没有对巴金展开研究，所以本节重点探讨该文的第三章的主要内容。

该论文在前言部分论述了研究思路和研究内容，即自19世纪末开始，"青春"对于很多代中国知识分子和革命者而言，已经是一种选择的标记，表达他们对启蒙、文化、改革、政治革命、民族复兴和现代化的渴望。在概括了狄尔泰、巴赫金、卢卡奇三位学者对"成长小说"的论述后，该文指出其研究对象是一组20世纪20—50年代的中国成长小说的代表性作品：叶绍钧的《倪焕之》（1928年），茅盾《蚀》（蚀三部曲，1928年）和《虹》（1930年），巴金的《灭亡》（1929年）、《新生》（1933年）和《爱情三部曲》（1931—1933年），路翎的《财主的儿女们》（1945—1948年），鹿桥的《未央歌》（1959年），杨沫的《青春之歌》（1959年），以及王蒙的《青春万岁》（1956年）。最后是容闳、梁启超以及《新青年》对青春的论述的分析。

在对巴金的研究部分，宋明威主要是对巴金与无政府主义，以及巴金的《爱情三部曲》（《家》《春》《秋》）、《灭亡》和《新生》中的情节剧和青年热集中进行了分析。宋明威首先对《家》中的主人公高觉慧给予简要分析，认为他是最受中国青年喜爱的偶像，超过中国现代文学史上的任何其他小说角色。宋明威结合巴金文学生涯早期的写作风格——"青春的代言人"指出，巴金将觉慧清晰地描绘成浪漫人物，永远精力充沛的激情年轻人，中国读者首次见识一位青年高度崇拜的形象，他对独立自主理想的坚定信仰，以及他全身心投入反抗社会的事业，造就了"新青年"的鲜明化身。但是宋明炜仍然相信，我们无法将《家》列为完整的成长小说，因为该小说的叙述跟随着主人公性格的发展，直到他决定与其家庭断绝关系前。并且，《家》的最后一幕觉慧从四川搭船到上海，渴望生活的新开始，恰好是《倪焕之》和《虹》开始叙述的地方。该小说只是呈现了青年自我意识过程的初始阶段；只有在叙述结束时，觉慧的旅程才开始。

宋明炜还指出，巴金的处女作《灭亡》及其续集《新生》，和《爱情的三部曲》(《雾》《雨》和《电》)等作品一般被称为"无政府主义小说"，因为它们都集中讨论中国年轻的无政府主义者的角色和行为。他也认为《家》中的觉慧是巴金年轻的化身，他摆脱了他的"老"家庭，为了参加政治运动，成为一名无政府主义革命者，以及在20世纪20年代，在中国无政府主义运动的全盛时期，他参与一系列政治活动。但是宋明炜指出，与觉慧不同的是，巴金最后成为一名小说家，并引用陈思和的观点对此作了说明："巴金作为作家的成功源于他作为革命分子的失败；他的文学魅力依赖于他未完成的政治梦想。"①

此外，宋明炜还分析了从《灭亡》到《爱情的三部曲》，巴金展现了其成长小说的复杂性。他指出，相比描绘绝对清晰的《家》，巴金的无政府主义小说进一步预示青年的巨大流动性。《灭亡》和《爱情的三部曲》经常因过分流露情感遭到批判，作品中描绘的这类青年的形象不如我们在高觉慧的形象中所见那般清晰，但是通过其强加的动力，我们有这样的印象，它旨在从所有正规限制和文学惯例中解放"青年"。

在该论文中，宋明炜也深入探讨了巴金与中国无政府主义运动的关系。他提及1907—1927年，在中国出现上百个无政府主义组织和上千名无政府主义期刊和出版社；提及当时三大最具影响力的无政府主义期刊刘师培的《天义报》、李石曾和吴稚晖的《新世纪》和刘师复的《民声》。一方面，这几位无政府主义领袖通过引进无政府主义理论和策划政治行动，努力倡导无政府主义革命。另一方面，他们尤其献身于中国青年的政

---

① 陈思和：《人格的发展：巴金传》，上海文艺出版社1992年版，第118页。

治和道德启蒙运动，通过成立若干旨在确立"完整个人"的青年学社，他们据此为未来社会构想出青年的理想形象。当无政府主义运动在中国达到最高人气的时候，巴金加入该运动。但是该论文不同于其他论著中，宋明威把巴金与中国第一代无政府主义者相对比。他认为巴金拥有直接从西方无政府主义者学习的优势。因为巴金的心愿激励他阅读原版，他学会并精通几种现代语言，包括英语、法语、俄语、德语和世界语。他系统性地研究无政府主义的历史，以及蒲鲁东、巴枯宁、克鲁泡特金、司特普尼克、萨柯和凡宰蒂等优秀无政府主义领袖的政治观点，他将他们的这些政治观点翻译成中文，出版了约20本书籍和小册子。宋明威说，对巴金影响最大的是克鲁泡特金。他在巴金整个青春期间一直是他最敬仰的指导者。巴金特别喜欢克鲁泡特金的道德观念。也是由于克鲁泡特金，巴金才接受居尤将个人道德发展的过程定义为"生命之开花"的道德想法。宋明威接着分析了克鲁波特金的伦理理想使巴金对"牺牲"有了新的理解：为物种牺牲不是对生命的否定，而是其最高和最高贵的形式；从这层意义上说，牺牲成为人性道德原理的必要部分。宋明威也提及了另一位对巴金生命产生深刻影响的国际性著名无政府主义者是爱玛·高德曼，宋明威也概括了巴金视其为精神之母，是第一个向他展示无政府主义之美的人。并从他与高德曼通信中获益。（高德曼帮助巴金减轻一种由上层社会根源导致的自卑感，并意识到如何成为一名真正的革命分子；高德曼向巴金介绍屠格涅夫的散文诗《门槛》，使巴金发现他现实生活中的英雄：19世纪俄国的平民论者和虚无主义者，他们是天生的贵族，但通过牺牲找到他们的信仰。）

  对于俄国的平民主义和虚无主义运动与无政府主义的关系，宋明威认为他们在本质上是相关的。他说，许多平民主义者和虚无主义者成为专业的无政府革命者。例如，中国第一部关于无政府主义的出版物——《俄罗斯大风暴》(*The Russian Storm*)[①]，是一本描述和赞扬平民主义和虚无主义革命者的书。巴金在11岁时，已经阅读了三部关于俄国最勇敢的平民主义者索菲亚（Sophia Perovskaia）的书。宋明威指出，巴金作为一位革命者找到了真正意义：一个人需要为他的信念做出牺牲，甚至是生命。以致后来在巴金的著作、小说中无数次出现"中国的苏菲亚"等。宋明威指

[①] 马君武：《俄罗斯大风暴》，广智书局1902年版。

出，巴金在她的生命中，或者很大程度上，在"入口处的女孩"想象中，找到了年轻的明确意义：这正是克鲁泡特金的道德理想在现实生活中的体现，是"生命的绽放"，是为人类服务的个人品质的完美展现，是牺牲瞬间所达到的永恒之美。

对于巴金作为中国无政府主义者所受的教育，宋明威举了三个方面的例子。第一，他的无政府主义信念强化了年轻人反抗所有形式的制度压迫，包括传统的父权制社会和独裁权力中神圣的个人个性独立的概念，并且这种概念为巴金早期小说中的大多数行为提供了基本动机。第二，刘师复的牺牲精神，即"敢于面对死亡"，在巴金的无政府主义道德观念中具有更积极的意义，并且在受居尤和克鲁泡特金的道德理论影响变得合理化后，这种精神在"生命的绽放"形象对巴金来说，完美地总结了年轻人理想化个性中体现出来。第三，通过"入口处的女孩"形象，巴金为他虚构的青年人物找到了现实生活的原型，并且从俄国平民主义者和虚无主义者的生活经历中，他看到了伟大成长小说的蓝图，这部小说同时为个人完善和人类进步的过程做出了规划。

宋明威还通过对巴金创作《灭亡》的经过的解析以及巴金的创作计划从《春梦》到《家》的转变，来说明巴金期待透过文学视角，将青年人的前途从灭亡中拯救出来。同时，《家》也记录了巴金自己"重生"的瞬间，即他开始认真地对待作为创作型作家的职业，而不是选择做一名革命者。根据巴金其他的无政府主义小说，包括《灭亡》的姊妹篇《新生》，以及更热烈的《爱情三部曲》大多创作于《灭亡》和《家》之间，都聚焦于处在更成熟阶段的像高觉慧一样（有时是年轻女性）的角色，宋明威得出结论：巴金是在描绘了一系列从极度绝望到乐于献身的无政府主义青年形象之后，才勾勒出他的成长型小说，小说从反面重塑了它的原型，就像我们在《家》中看到的更新的青年形象。因此，巴金的成长型小说是按相反的时间顺序，甚至是相反的历史顺序进行创作的。它主要是通过"应该是什么"的想象来虚构，而不是按照"事实是什么"的历史经历来描写。

为了全面了解巴金经验形成的重要阶段以及想象虚构的相应描述，宋明威指出，我们需要仔细审视作为无政府主义者的巴金新的"创作"事业的形成，以及他的政治信仰和他所追求的文学形式之间的联系。同时，为了对巴金的成长小说创作机制——将假定的起源放在理想化的青年人身上——进行更精确的鉴赏，我们首先需要调查现实中青年人毁灭的真实起源。因此，他以《灭亡》中的死亡场景来说明巴金文学作品中复杂的心理和社会环境。根据巴金的回忆录，萨柯和凡宰蒂的死是激励他创作《灭亡》的直接原因。《灭亡》，既象征着革命的失败，又预示着年轻生命的结束。

该论文中，宋明威专门探讨了文学中的结核病患者。他认为现代中国小说中结核病患者的出现，标志着新的通常与革命意义相关联的人物刻画方式的产生。他说像我们在丁玲、蒋光慈以及其他许多中国作家（尤其是左派作家）的作品中发现，青年人总是被描述成结核病患者，疾病强烈地激化了他们内心的疏离感和不安情绪而使他们成为反对已有秩序的浪漫主义英雄的理想人选。他以结核病患者杜大心为例，说明结核病为杜大心精神上极大痛苦的毁灭性本质提供了明显的形式，激怒了他的绝望和疏离感，以至于他似乎同时遭受神经衰弱症。从更广泛的意义上说，它还将他的革命节制渲染成了一种心理狂热状态，促使他将"灭亡"视为所有社会问题的绝对和终极解决方法。他还说，杜大心的结核病成为精神以及社会和文化维度毁灭性的象征，从而揭示了其在小说叙事结构中的重要特征。这种病态的人物刻画集中展示了无政府主义革命的内涵。因此，从杜大心可以看出，现存人类社会垂死的性质，表明了一场只能够预示世界末日的革命的意义。从这个意义上说，革命正是以致命疾病的形式用来消除人类的弊病。革命本身也成为一种弊病。但讽刺的是，正是在这种将革命比喻成毁灭性"弊病"的恐怖描述中，我们发现了无政府主义者信念的最强烈表达。

对于巴金成长小说构建的青年形象是身心都是遭受"弊病"摧残的青年人。宋明威指出，"弊病"虽然造成了青年人的毁灭，但同时也找到了青年人的绝对形象。一方面，青年人的弊病引起了对"年轻"的深刻意识，并且它呈现了一种对年轻的夸张表达：短暂、瞬间、脆弱。另一方面，它将年轻人框定在一个永恒的形象中，因为它剥夺了年轻人进一步走向成熟的任何可能性。青年人弊病的另一个纬度表明，它还唤起了对现在很大程度上缩短了的生命的抑郁性哀悼，从而引发了大量感伤主义的情绪。而感伤主义的奔放风格，使人联想到一位最易受外部压迫影响，同时也最坚决将自身主观性强加于周围世界的无政府主义青年形象。

从对《新生》和《爱情三部曲》可以找到巴金作品中的通俗化的牺牲。如果说《灭亡》通过一种表达无政府主义青年人内心不安的"无政府主义"形式,为巴金所有的无政府主义小说奠定了基础,那么在"灭亡"之后所渴望的是"新的生活"。该论文中,宋明炜对《新生》的评价是:"读起来可能并不是一部令人非常满意和令人信服的小说,因为其叙述是零碎和不连贯的。但是在巴金'作品'中作为一个从'灭亡'到'救赎'的超越步骤,其重要性依赖于'牺牲'的描绘和展现。而且作为无政府主义者巴金来说,其作品中的'牺牲'代表了革命事业奋斗中最神圣和最美的瞬间。"("New Life may not read satisfying and convincing as a story because of its fragmentariness and inconsistence, but its importance in Ba Jin's 'writing' as a transcending procedure from 'destruction' to 'salvation' nevertheless relies on the heightening and hyperbolic use of 'sacrifice' as the leading element in the designing of a melodramatic narrative.")[①] 之后,宋明炜转入对《爱情三部曲》的分析。他认为《爱情三部曲》与巴金失去的梦想:无政府主义的联系最为紧密,并且他在这部小说中创造了最理想化的青年形象。他引用茅国权对《爱情三部曲》的评价"个人行为的现代指南",因为他觉得它具有明确的说教目的:向年轻读者展示如何过上理想的生活,并且给他们提供效仿的榜样。巴金想要在书中以文学的方式提倡无政府主义,而这部小说呈现更多的是牺牲这个主题。

宋明炜指出,巴金选择当"观察者"而不是参与地下运动,在《爱情三部曲》中他利用文学想象为中国的无政府主义者建立了一座"纪念碑"。他用所记录的无政府主义运动的最后时刻,来建立永恒的革命形象,来传播无政府主义的"信条"。但同时它也成就了巴金的成长小说,因为它呈现了革命者人格发展的全景图,在牺牲瞬间人格发展达到了顶峰。爱情与事业是小说的主题,并且也是小说标题的由来。小说中描绘的浪漫爱情,代表生命;而为事业献身,从小说所指的历史背景来看,只表示死亡,正如《灭亡》和《新生》所表达的那样。

《爱情三部曲》系统描绘了年轻生命在面对爱情与事业、顺从与斗争,以及最终的生与死的选择时的牺牲瞬间。从更具体的意义上说,这样的描述,通过小说不同的三卷内容,形成了牺牲的层次等级,以最低形式

---

① Song Mingwei.*Long Live Youth*: *National Rejuvenation and the Chinese Bildungsroman* (1900—1958).Columbia University, 2005, p.175.

开始，即最世俗、最本能、最无意识，甚至最虚假和消极的类型，以最高形式结束，即最有意识、最理想化和神圣的类型。这种等级清楚地揭示了人格向道德意识的预定阶段渐变发展的过程。

宋明威探讨了第一卷《雾》，专注于描绘一个缺乏主见的无政府主义作家，周如水的消极和微不足道的牺牲。第二卷《雨》，用更加强化的戏剧风格，进一步勾画出关于牺牲的故事。《爱情三部曲》前两卷中另一个重要的人物是陈真，在《雾》中作为一个对比角色首次出现，是无政府主义者的正面形象，而周如水则代表的是负面形象。因此，故事激励的力量从爱情与牺牲的情节转化为生与死的剧情。奥尔格·朗认为，陈真的原型是刘师复，中国无政府主义者青年的真正的精神领袖和伟大的道德权威。但是，宋明威认为《爱情三部曲》中最辉煌的青年形象是李佩珠：作为巴金无政府主义理想的化身，李佩珠这个形象成为青年人的完美代表。而且他说，巴金承认"李佩珠这个近乎完美的人物将在最后一章中充分地展现"，这一章他并没有写完小说就突然结束，给人一种悬而未决之感：佩珠冒着生命危险走出革命者的藏身之处；巴金未完成的内容很可能是佩珠的自我牺牲。巴金的《爱情三部曲》揭示了如下主题：通过牺牲人类将获得一个新的宗教信仰；一个新世界将在死亡中诞生；新的历史将从"结局"开始。对于《爱情三部曲》，宋明威认为巴金在过渡的小说构建中的理想青年的形象特征是情绪和激情流露，从而形成了巴金在小说中构建的理想青年形象的突出特征。《爱情三部曲》中释放的大量感伤主义，可能对于一些批评者来说无法忍受，但是它在为无政府主义青年的顿悟提供心理基础方面起着重要的作用。

该论文从"成长小说"的视角来研究巴金的《灭亡》《新生》和《爱情三部曲》，其中穿插了对巴金的无政府主义的探讨，以及他的无政府主义思想与这些"成长小说"的关系，较新意。作者宋明威对这些小说的分析很细致，对人物形象的把握颇为准确。此外，宋明威清晰地描绘了巴金"成长小说"创作的发展轨迹，以及在塑造的人物形象中寄托自己的革命思想的情形，这些可以加深我们对巴金及他的作品的认识。

4. 对巴金的《激流三部曲》和《火》的研究

1967年哥伦比亚大学王贝蒂（Betty Wong）的学位论文《小说家巴金的中期创作：〈激流三部曲〉和〈火〉人物性格分析》（*Pa Chin in his*

Middle Period as a Novelist：*an Analysis of Characters in The Torrent Trilogy and Fire*）对巴金的《激流三部曲》(包括《家》《春》《秋》)和《火》中的人物性格做了研究。论文共有四章。第一章除简介外，是情感与感伤的探讨；第二章是《激流三部曲》；第三章是《火》；第四章是结论。为了保证这篇论文的完整性，本书将不单独对其中的《家》的部分进行分析，而是放在此处讨论。

王贝蒂在该论文中对巴金在1949年之前的创作进行了介绍，并称巴金时至今日依然是一位十分成功并且享有盛誉的作家，他在很大程度上尤其能吸引中国年轻人群的目光。他认为无论是巴金最为知名的作品《家》还是其他作品中，绝大部分来自外界的批判以及赞美都是关于他的作品中无一不反映着中国青年人的反抗精神，人们也将巴金视作那个时代中反映社会潮流的典型例子。王贝蒂指出，《家》因为文中的情感表达而大受追捧，但是实际上《家》的立场十分尴尬，因为其中语言平淡无华，精彩的段落似乎不是巴金有意为之，而文中的伤感部分也几乎能让读者崩溃。他列举了两兄弟放学回家的路上讨论学校活动的事情的一段为例。在这段中，巴金运用了十分简单直白的描述性语言来写，但是似乎并不是那么的让人印象深刻。然后，仅仅用了四行字，觉慧突然间就开始揭示他自己的人物个性。此处，觉慧表现出的兴奋和激动与寒冷的天气之间的联系不仅缺少实质性的关系，而且也使人有一种压迫感。另外，文中从大量描述性语言过渡到兄弟之间对话的过程中欠缺了一丝微妙的联系，而这恰恰着重体现了巴金写作风格中的朴素特点。王贝蒂分析，因为在小说后半部分觉慧自己的行为清晰明了地证明了他的这种冲动的存在，而文章开头的这种说明似乎就好像代表着觉慧在向读者介绍他的为人。他觉得显然表明巴金并不确定到底要怎样来描述觉慧，所以才让觉慧本人清楚明白地说明。这就导致了觉慧这个角色让人看起来未免有些华而不实，甚至有些肤浅。

虽然《寒夜》与《家》都是关于家庭生活的点点滴滴，但是相比于对《家》的批评态度，王贝蒂认为巴金《寒夜》有着相当重要的文学价值。《家》主要书写一个四世同堂的大家庭中有反叛精神的年轻人和家里传统思想的长辈们周旋的故事。《寒夜》中，家中只有四个人。主人公不再是冲动的年轻人，矛盾中心已经转移到了单个成人之间的关系。王贝蒂对其中对人物的描述也运用了更多的写作技巧举例说明：主人公汪文宣的心理活动："紧急警报发出后快半点钟了，天空里隐隐约约地响着飞机的声音，街上很静，没有一点亮光。他从银行铁门前石级上站起来走到人行道上，举起头看天空。天色灰黑，像一块褪色的黑布，除了对面高耸的大楼的浓影外，他什么也看不见。"("It was already about half an hour since the urgent alarm had sounded; in the sky, the sounds of airplanes were very faint, the streets were very quiet and there wasn't even a alit of walked down to the sidewalk.He raised his head and looked at the sky.The sky was murky-colored, like a piece of black cloth; except for the deep shadow of the lofty building on the opposite side, he could see nothing at all.")[1]王贝蒂认为这段描写中的空气中散发出的沉闷和抑郁是这个人的痛苦的折射。主人公王文宣在漆黑的夜空里变得好似盲人，就好像整个天空背后中的黑云挡住了面孔，而且他的脑海中同样也是找不到内心挣扎不堪的解药。并非通过直接描写，巴金通过使用意象的写作手法描绘出了一位深陷困境的人。文中语言的朴素和简洁达到了和海明威（Hemingway）的新闻式写作手法基本相同的积蓄力量的效果，而且这种手法也使主人公正在经历的窘境变得更加生动，他必须要调节他的母亲和妻子之间的关系，更要重新去修复自己和妻子之间的关系。汪文宣只说了一句话，但是他的悲伤已经表现得十分明显了。

此外，王贝蒂还指出，巴金似乎在《家》中描绘出了正方（年轻人）和反方（长辈们）的分界线。另外，在《寒夜》中，并没有如此残酷的道德批判。巴金不再单纯地用情感方面的控诉去为他书中的人物博取同情，也不再对每个主要人物都进行命运多舛的悲伤描写。他把他们视为单独的个体，他们的重要性并不在于他们信奉的理想，而在于他们的感受和他们的所做所想。这样的话，书中人物的塑造就仅仅是基于他们的行为和想法。除去了下一步升华主题的目的，整篇作品的写作似乎更加精练，同时也更加具有强有力的戏剧性。《寒夜》所取得的成就在巴金所有的作品中一枝独秀，其余的大部分作品都是偶尔出现几句智慧或者哲理的平庸的文章。从20世纪30年代早期到40年代中期，巴金的写作有一定程度的发展，经历了某些变革。作者认为通过对两部三部曲的研究，从成书于这个时期的《激流三部曲》(The Torrent Trilogy)和《火》(Fire)中也许可以分析出巴金在他的写作事业蒸蒸日上时期的写作特点。

对《激流三部曲》(The Torrent Trilogy)中的《家》(Family)、《春》

---

[1] Pa Chin. Cold Nights.NJathan K.Mao & Liu Ts'un-yan, Trans.Hong Kong：The Chinese University Press, 2002, p.1.

(*Spring*)、《秋》(*Autumn*)，都是写于 20 世纪 30—40 年代。王贝蒂认为这部三部曲中有一个特定的连接点，那就是三部作品都把焦点放在类似高家这种大的家族系统里面。男女主人公总是在不断地变化着，但是主角的角色投射还是始终保持不变的。只看部分不看整体，是无法赏析这部作品的。

《火》的三个部分是在 1940—1945 年出版的。王贝蒂认为该作品的篇幅要比《激流三部曲》少了很多。其表面上描写了抗日战争时期中国人民的精神和一系列活动。前两个部分讲的是一位年轻的中国女孩冯文淑（Feng Wen-shu）和她朋友们的冒险故事。故事发生在日军侵华之前的上海，随后故事发展到了战争前线附近的一个营地里面。但是，最后一部分，巴金转移到了描写天主教徒田惠世（T'ien Hui-shi）一家的生活上。与《激流三部曲》(*The Torrent Trilogy*) 十分不同的是，《火》讲述了作者巴金生活在当时的中国的各种各样的心境。《火》中每一部分的场景都大有不同，并且所有新的角色都成了每一部分的中心。

王贝蒂对巴金评价是客观的，他不否认巴金在文学界的地位，但是他认为巴金并不是最优秀的中国现代作家。甚至如果没有《寒夜》的问世，我们都要怀疑他到底值不值得被称为一位好的作家。然而，他依然明确有力地表达出了他观察到的周遭事物之后的感受，他也愿意在他的文章里面去探究人们思考的方式。如果只此一点来说，那么分析他的作品并评估其价值就是十分值得我们去做的。作者还对情感和多愁善感这两个概念做了讨论。作者指出《激流三部曲》整体都弥漫着多愁善感的元素。因此在研读《激流三部曲》之前，似乎有必要简单地了解一下"情感"和"多愁善感"这两个词表达的意思，以及它们作为文学评论用语所代表的含义。

情感是一种感觉或者说是情绪。而多愁善感就是容易激发情绪，具体就是指一个精神上脆弱的人倾向于更加随意地表达自己的情感。如果极端地说，很容易变成情绪化而且沉溺在它自己的世界里不能自拔。对于这个过程的定义暗指的就是人的内心品质。当作者在书中运用大量感情描写来升华文中人物的情感历程时，一部类似于《激流三部曲》的文学作品很有可能被冠"伤感"之名。通常作者定下全文的感情基调会减少其作品的文学价值，因为那似乎代表着他所创造的角色和情景本身并不能引起大家的喜爱。当作者表达的感情不恰当的时候，会让读者感到不适，更会因此让作者产生写作时的结构矛盾。而这个问题只能通过一个办法来解决，那就是在伤感片段出现的时候好好研究一下它的成因。还有个问题就是有些场景，人物或者特定目标总是能激发一些特定情感，所以它们就成了彼此感情释放的见证。如果作家总是一遍又一遍的利用这种联系，很明显，他在作品中就会出现落入俗套的现象。因此，多愁善感这一特质对文学的评估价值具有双重功效，从上下文来看，它有可能是优点，也有可能是缺点。

对于巴金的文章，应该时刻牢记传统中国文学中蕴含的伤感因素要比西方文学中的多很多是十分重要的，而且中国文学中情感的展现并不总是批判性的。王贝蒂举例说，在经典著作《离骚》中，屈原（Ch'u Yuan）博得了很多人的眼泪。英文短语"Alas alack"（唉哀哉）几乎就是那种陈词滥调的伤感代名词。但是在中国，与之相对的"嗟乎"或者"呜呼（Wu-hu）"或其他的类似的词汇变体都会在最优秀的作品中出现。当然，作者都会小心谨慎地使用它们，但是也比西方文学要频繁了很多。确实，葬礼上的哀乐和挽歌是中国人比较惯用的形式，然而在西方只有最优秀的作家能够自由优雅地使用它，并使之成为完美的文章。否则的话，他就会被当作讽刺的对象。因此，在中国文学的创作中，对于情感的描写如果是仔细斟酌之后呈现给读者的话，就不应该受到批判；他们也许会很欣赏作者在情感的表达方面表现出的深度。在一定程度上，这一点用来形容巴金很合适。他的作品中总是时不时或多或少地迸发出一些西方思维，他总是会在作品中写出几个主要人物的从小到大的心路历程。然而，巴金内心中也保留着典型的中国作家的风范。但他对于感情的抒发已经达到了极致。简而言之，讨论他的多愁善感以及他如何运用自己的情感表达来对他书中人物表示尊重对评价他的创作有至关重要的作用。

王贝蒂认为《激流三部曲》可能是巴金本人的自传。他认为巴金创作这部三部曲的目的是公然的抨击庞大家族系统中的罪恶和专制的压迫。他的写作途径主要是由主人公的痛苦和绝望构成，而这种痛苦和绝望的来源则是人物的经历和一系列悲剧场景的显著对比。为了阐述巴金构建人物的技巧以及他如何从自己的每部作品中成长为一位作家，这篇论文将重点放在分析巴金每篇小说出现的各个重点人物，并且分析能够展现主要人物性格的各个场景或者他们通向最终灭亡的衰败之路。

王贝蒂对《家》的故事梗概及其中的主要人物给予介绍分析，并说明为了证明觉慧因为必须服从祖父命令而妥协自己的意志所带来的生活中的苦难，巴金描绘出的人物太突出以致和整篇文章的基调和全文显得格格不入。同时他指出这并不是巴金把某一特定角色刻画到极致的唯一例子，而巴金似乎认为为了表达自己对他们的感情，对于主要人物的极致刻画是十分必要的。王贝蒂认为既然觉慧在意识上的突破达到了作者巴金预期的效果，但是小说的后半部分也还是继续保留着想要提炼并加强他思考的方式的走向和他宏图大志的意图。而这一点也在小说的最开始通过一系列关系到这一点的事件的描述也再次证明了这个大家庭的专制与压迫。其中，王贝蒂详细地分析了直接关系到觉慧的一件事情：女仆鸣凤的自杀事件。王贝蒂认为整个文章的情景似乎是被巴金硬推到悲剧的高潮一样，认为巴金写到了他对鸣凤幻想的描写产生的影响不是真实的。他认为觉慧情感上的矛盾揭示了巴金在刻画男孩和丫鬟之间关系的木讷。两人的想法出现时，巴金并没有更深层地评价他们过去所做出的行为的原因。很大程度上，他们的年轻幼稚似乎可以解释其原因，但是试着去自明原因也一定会让他们的人物性格更具有衔接性。此外，所有关于鸣凤的情节全部太情绪化并充斥着戏剧性，觉慧的所有反应都缺乏目的性和可信度。

显然，王贝蒂对鸣凤事件的分析显然与我们的理解相差很远，这里本书不评价他的分析正确与否，而只是立此存照。

王贝蒂认为《家》中的死亡情节是接下来的两部曲《春》《秋》将要效仿出现的预兆。因为每件事件连贯的感情路线的处理很适合巴金这样的作家，而他也孜孜不倦地在小说中为感情描写留出了很大篇幅。巴金的作品中没有其他地方能如此清晰地看出他是怎么样利用情感描写来提升自己作品的影响力。除了一些细微的变化之外，这些情节大致都遵循一个发展模式。王贝蒂指出巴金作品中的人物的死因，无论是怎样间接地缺少医疗救助等的原因，最后总是归根于同一原因：家庭的压迫。他举例说，如果非要指出其中一个，那么瑞珏的死是最痛苦的。巴金用尽浑身解数使她的死看起来更加悲惨。王贝蒂认为《家》似狂想曲一般，是其所研究的小说中最有青年人气息的一部。他对此部分的论述做了说明，指出文中笔墨运用的不当和参差不齐的语言，只是为了分析巴金是如何在这一舞台上成长起来的。

《激流三部曲》中的第二部作品《春》。王贝蒂认为《春》有一种说不清道不明的感觉，就好像是《家》的副本。他指出，《春》主要是关于觉慧的妹妹，高淑英（Kao Shu-ying）精神觉醒的故事。在分析淑英之前，首先分析了与她产生强烈对比的人物，周蕙（Chou Hui）的悲惨境遇。她是觉慧的表亲，她的命运也是很悲惨。他还指出所有感情丰富的人物的个性都十分相似。他们中的大部分是传统家庭观念下包办婚姻的受害者。对于蕙结婚的场景，王贝蒂认为是以巴金的一个表亲为事实基础来写的。他对巴金的写作手法持批评态度，他指出巴金只是仅仅运用描写悲惨情节的夸张手法并且无可救药地将文章沉浸在汪汪泪水中，以此取代了有力地运用描写来表现蕙的情感张力是如何驱使她做出这种徒劳的行为的。整个场景都集中于这些被置于恶势力面前的无助的人们；他们控诉自己悲惨的命运，所以根本就不试着去寻找解决问题的办法。为了安慰母亲，蕙认为是命中注定的，怪不得母亲。这些描写就是不恰当的情感处理。对于蕙婚后的不幸生活以及她的死亡。王贝蒂指出除了对她的悲惨生活的描述，蕙这个角色也常常被用来和《春》中的强势的女性人物高淑英来做比较。关于蕙的大部分生活都只是在小说的后半部分发生的，也正是这个部分淑英作出决定要从家中逃走。在淑英作出每一个决定的时候，通过将蕙的出现作为对比，很明显巴金想要强调的是蕙的种种屈服的行为正是年轻女孩要避免的。巴金对蕙的着重描写旨在体现她影响了淑英的心理发展变化。表面上他的目的是给淑英提供一个结局如此悲惨的消极的刺激点，但是既然巴金将蕙的本质写的这么可悲又多愁善感，那她的出现就仅仅是想强调她的一成不变而已。不仅如此，他并没有全神贯注将精力集中到写作上，以至于在最后的分析中，她经历的情感和伤痛以及由她引起的、别人被动承受的伤痛和对她的同情，到最后都只是因为结局本身所以才觉得这些描写更加重要并令人印象深刻。虽然淑英的遭遇相对于觉慧和蕙来说稍显平坦，但是王贝蒂认为关于她的思想变化，巴金还是缺少令人满意的技巧性描写。

接下来，王贝蒂对《家》和《春》做了比较。他认为虽然《春》保留了《家》中的基本情节，但《家》更多的是和历史事件相辅相成的。此外，《春》是《家》的延伸，但是他太将自己陷入情感的过度描写了。在巴金特有的见解中，关于小说中的人物行为如何促进事件的发展以及人物如何成长为成熟的、可以理解他人的角色，他确实是过于感情用事了，通过运用人物的情感和所处的情景作为主要元素，来实现他小说的公开抨击的目的。在《家》和《春》中，他写的话太露骨了，而这在这些作品中反而会削弱力量的发展。进而他不可避免地就会凭借说教手段去达到自己的目的。通过描写大家庭的衰败来达到主题，巴金把重要的形形色色的人和事物进行分类，以达到为全文服务的效果。

《秋》这部作品让三部曲上升到了整体的高度，并不是主要部分，而是推动情节发展的力量。王贝蒂认为，对于觉新这个角色的考量也许更清晰地体现了巴金在整个写作过程中过人之所在。《家》中，他被塑造成一个具有双重人格的人。在家中对待长辈他是一直处在一个处理得当的层面上，也一直服从他们的要求。在前两部小说中他一直保留着自己的本性。对于家庭，王贝蒂提及了觉新一直奉行的是刘半农（Liu Pan-nong）提出的作揖主义（tso-i-chu-i）和托尔斯泰（Tolstoy）的无抵抗主义（wu-ti-k'ang-chu-i）。这与中国巴金研究有着相同的视角与观点。

催人泪下的临界点也遍布了其他的死亡场景和葬礼情节。那些描写毫无疑问是很伤感的，王贝蒂认为那些描写大多集中在角色的忏悔和悲伤上。对于淑贞的自杀，巴金并没有纵容自己沉浸于一场恣意的悲伤，而集中描述了几个主要人物的反映从而使情绪变得多样化，进而呈现了一个整体的悲伤画面。确实，整件事情只用了大约十页来描写让人觉得相当的简略。王贝蒂认为这和巴金之前惯用的表现手法可能大相径庭，因为以前在这种描写上面，除了家里面又有什么事情发生了，他都会一页又一页地来描写无边无际的令人想流泪的悲伤场景。

巴金能够很好地把人物情感和小说结构更有效地整合到一起。王贝蒂指出巴金以主要人物觉新为例，所有他被迫要忍受的那些考验，似乎确实给他造成了不少影响。但是他却从像琴和淑华的女孩儿们那儿得到了同情和安慰。即，那些爱、友情，加上悲伤、焦虑不安和愤怒的情绪在这部小说中是一步推着一步发展的。因此，对于《秋》的写作技巧。王贝蒂指出，尽管《秋》篇幅很长，但是它的故事情节却更加紧凑，文字语言更加简洁。他认为巴金虽然并不完全是一个善用写作技巧的作家，但是他已经开始在他的写作中使用那些能够让作品更加优秀的技巧要素。整体来说，巴金的三部曲是水平高度参差不齐的作品。

在王贝蒂对巴金的《家》《春》《秋》中的人物形象做的分析，以及对巴金刻画人物的方法做的评论，可能与我们通常的认识并不相同，但是王贝蒂的有些说法能够促使我们反思这三部作品的艺术成就。

在巴金的《火》中，包括了大量的抗战宣传在里面（其中第三部分可能例外)。在之前的作品中,王贝蒂认为,巴金试图在他的故事里填充大量感伤的情节,想要借小说中的人物来表达对美好理想的向往,宣告陈旧体制下那些人的苦涩与痛苦,以此来引起和读者的共鸣。当这样的情况和人物的话语在这部小说的上下文中,如同在《秋》中那么恰当和自然时,那么他就算成功了。而在《火》这部小说中,他同样想要引起读者的情感共鸣,那就是通过讲述在抗日战争中,一些典型的中国青年的热血爱国活动,让读者去感受那种爱国主义,并起来抵抗日本对中国的侵略。王贝蒂指出,巴金的这两个三部曲的写作目的基本是一样的,就是激发人们反抗恶势力的斗志;这一情感的激发或多或少是通过同一种方式达成的——奠定多愁善感和一般教条主义的基调。但是不知什么原因,他认为巴金在《火》上获得的成功却大打折扣,因为其缺少那种像《激流三部曲》展现出来的生命力和活力。接着,他还对《火》三部曲中的人物以及巴金的写作手法进行了分析。他指出第一部小说像《家》一样,它是抗战三部曲中最不严谨、最糟糕的一部。巴金苦于如何让想要传达的信息被读者接受,这一意图占据主导地位,以至于他在写作技巧上没有下那么多功夫。他分析巴金在写作过程中,小说中的主要人物慢慢变得肤浅,并且人物台词更多的时候像是在雄辩而不是在对话。对《火》三部曲的第二部,他指出整个团体作为小说中主要角色,故事的焦点在于叙述年轻人们之间的人物关系,相比较第一部来说,它更成功一些。他还指出,虽然该小说的整体构想比第一部更好,但是故事却不如第一部那样有意思。其中宣传抗战的内容出现得过于频繁,而关于他们对农民做思想工作的描写,则显得沉闷冗长。这些问题可能是因为小说中缺少有意思的角色。周欣和文淑与之前的性格没有什么变化,而读者又对王东不是很了解,所以对他也没有任何积极的印象。他认为《火》三部曲的最后一部和其他两部相比,在一些内容和表达方式上完全不同。首先,在这部作品中,大部分故事仍然是以战争为背景,而且故事的中心问题不再围绕着人物们的思想而展开。其次,贯穿于之前两部小说的主要人物们一直是年轻人,故事主要集中于描述他们的年轻和炽热的爱国情怀。王贝蒂说,如果巴金能够坚持到底,能够继续更加完整地去刻画描写这个人,那么《火》的第三部,可以说确实是一部非常好的作品。然而,他在这种写作兴趣和以中国人民对战争做的种种努力为主题的三部曲之间,被困住了。在这本书的后半部分中,他很突兀地用三个段落,来介绍战争距离每个人是那么近,就好像是为了弥补之前对于这一主题的忽略。至于小说的写作质量，整体来说，它虽然是一部失败的作品，但是作者令人钦佩的努力和尝试还是值得称赞的。巴金想要摆脱他通常的陈词滥调和平凡人物的尝试，是很有意义的。然而，对于用他的思想进行大幅内容叙述，并且描写田惠世和文淑之间的辩论，显得十分无聊单调。而且，在描绘一个人的特点时，他更显示出了他的不安局促。为了他写作的终极目的，他会适当地牺牲和忽略掉对于性格化一致性的需求。

王贝蒂将《火》与《激流三部曲》相对比。他认为《火》不如《激流三部曲》那样成功，因为巴金并没有能够激发读者对任何一个人物和情节的任何兴奋点。主要的原因是《火》的这三部分有着不一样的兴趣和主题。因为这样，整个三部曲就没有整体性，并且在情感高潮时，也不能像在《秋》中一样，给情节增加任何紧张感。《激流三部曲》的魅力和成功在于，几乎所有的情节和场景都能体现出大家庭体系的堕落和腐败，所有的这些重要的情节，都使得故事高潮更加动人、令人印象深刻。不幸的是，这种写作方式和技巧在《火》中并没有体现，因此，这部小说并没有达到像《家》《春》《秋》中情节发展时，那种相同的力度和成功。

王贝蒂还指出，巴金在这两部三部曲中的主要关注点在于，表明人们在各种痛苦环境的背景下会如何去应对。当他对于即将发生的事情有了先入为主的想法，并且想要令它们在他的情节描写下令人印象深刻时，他的叙述似乎就显得很笨拙，而故事则很做作、不自然。从他的写作风格来讲，更像是一场自然主义的展览会，它很含蓄地暗示可能发生的结局，因此就会留下显而易见的线索，即试图用各种方法营造出那样的情节，这就是先入为主的概念。他主要的错误在于把事情看得过于简单，并且对于他的作品，使用了过度夸张和戏剧性的手法。就好像是他有意识地努力去吸引读者的主要情感。

总的来说，巴金是一个不稳定的中等作家，即使他是一个能够敏锐地协调好他那个时代的文学趋势，并且因为他小说的主题而有着重大影响力的人。王贝蒂人物，当巴金的写作风格受到限制，他便简单地任由他的情感去建立内心强有力的声音，正如《秋》中所体现的。而当他不再完全依赖于那些陈词滥调的公式化语言时，他显示出了他情感的力量能够通过他的写作来支撑。这个时候，他证明了在面对逆境时，他确实可以代表他同代人所具有的勇气和乐观。在小说中所有那些缺乏想象力的部分中，有些段落可以看出他良好的心理状态，他的表达很清晰，因此在他最后完成《寒夜》写作的时候，写出了他的希望。一些个体的人物在他的小说中是最重要的部分，而只有当他不再把过多的精力，放在叙述他们的过去经历和背景上，允许他们简单而朴素地为了个人的尊严而去做什么的时候，他就获得了一定的成功。

在该论文中，王贝蒂更多的是从否定性的角度来批评巴金的作品的。他的观点我们未必赞同，但是我们可以从他的分析中借鉴对有益于具有参考价值的说法，也许可以由此重新认识巴金。国内学界对巴金小说创作的艺术成就本就有不一样的看法，通过该论文，可以深化我们对这一问题的认识。

四　英语世界的巴金后期创作的研究

对巴金的《随想录》的研究

2000年，马萨诸塞大学阿默斯特分校（University of Massachusetts at Amherst）拉丽莎·卡斯特罗塔（Larissa Castriotta）的学位论文《当代中国散文的榜样：巴金和随想录中的后"文革"纪念散文》（*Role Models in the Contemporary Chinese Essay: Ba Jin and the Post-cultural Revolution Memorial Essays in Suixiang Lu*）。

该论文共分两章，第一章是巴金回忆性散文中的楷模。第二章是作者翻译的巴金的回忆性散文代表作《怀念胡风》（*Remembering Hu Feng*）。

该论文指出，巴金的《随想录》（*Random Thoughts*）运用回忆性散文的写作手法塑造楷模，旨在引导读者如何成为一个行善之人，试图通过对家人和朋友的回忆，向读者展示博爱主义，并传递了他所珍视的价值观念。巴金自己的行为与散文中塑造的人物的行为形成鲜明反差，以此来突出他所传递的思想。他非常明确地指出他的行为是1949年后中国人的典型代表，而他所塑造的角色的行为却与时代格格不入。巴金的《随想录》出版后，他文中所传达的精神也受到了中国文化界的尊敬。该论文的研究内容和研究角度是通过《随想录》中收录的散文，分析巴金是如何用自己和至爱的家人朋友的经历为他人树立楷模。而他的同辈人对他作品的肯定也充分证明了他在文章中塑造楷模的成功，这些楷模对读者也是一种激励。

　　该文首先对巴金的家庭背景概述了巴金的早期生活和教育情况。作者卡斯特罗塔指出，因为巴金早期接受的中国传统教育与长大后学习英语，接触到西方文学、西方思想，学习英语等，使他接触到了无政府主义。在无政府主义的基本信仰中蕴含着巴金所推崇的人文主义精神，他认为社会每个人都是有价值的，而且是平等的。卡斯特罗塔也指出巴金深受他母亲的慈悲之心的影响，非常重视道德伦理问题。无政府主义之所以受到巴金等理想主义者的推崇是因为它关注道德问题及其需求，认为道德进步是社会前进的基础。无政府主义同样也攻击巴金所蔑视的机构和制度，为巴金正在成形的信仰提供了一个框架。无政府主义者提倡摧毁家庭和政府的传统制度，并且认为个人能力对改变现状至关重要。卡斯特罗塔认为，巴金对众人的同情心，以及想要从传统制度中解放自己和被奴役的民众的欲望都能在无政府主义中找到共鸣。克鲁泡特金的《告青年》（*An Appeal to the Young*）是写给那些想要帮助他人的富裕青年的，这本书深深地触动了巴金（Ba Jin）。除此之外，她还对巴金笔名的来源给予界定：巴金还喜欢迈克尔·巴枯宁、爱玛·高德曼、廖抗夫等人的著作，其中巴枯宁和克鲁泡特金（Kropotkin）这两位无政府主义作家对他影响最为深刻。因此，巴金各取其中一个字。

　　因为巴金的青年生活及其与中国共产党的关系及中国"文化大革命"，让他产生了创作《随想录》的想法。卡斯特罗塔指出，巴金只是在一定程度上支持共产党，认同它平等自由以及其他与之相似的目标，但是即使到1949年中华人民共和国成立前，他对于共产党都持谨慎态度。巴金对于文学的见解及应用，卡斯特罗塔说，巴金笔下的人物都是为更好的中国而努力、为打破帝国主义和传统社会的束缚而奋斗的中国年轻人。他们全身心地投入这项事业中，并愿意随时为之而献身。而在巴金早期的创作生涯中，巴金认为写作技巧和艺术性都是为内容服务的。巴金一直认为作家有责任启发读者，打击他们共同的敌人并且还要为人真诚。对于巴金创作《随想录》的原因，卡斯特罗塔提到了在1962年演讲的四年后"文化大革命"。巴金为了保住自己的位置，没有站出来说话。从1978年到1986年他创作了《随想录》，在文中他回到了1962年讨论过的主题，比如作家的责任心与真诚。

　　巴金的《随想录》和其中的回忆性散文的简要介绍。《随想录》

(*Suixiang lu*)一共包括150篇散文。从1978年开始，这些散文就刊登在上海《文汇报》上，随后分成五册出版发行：《随想录》（1979年）、《探索集》（*Exploration*）（1981年）、《真话集》（*Truth*）（1982年）、《病中集》（*In the Hospital*）（1984年）、《无题集》（*Untitled*）（1986年）。最后，于1987年合并成一本，题为《随想录》（1987年）。

巴金的《随想录》有重要的意义。随着这些散文的出版，巴金成为第一个站出来叙述"文化大革命"的中国作家，并且在文中表达了他的内疚。卡斯特罗塔表明巴金完整地陈述了在"文化大革命"和早期政治运动中，他的所作所为曾直接或间接地伤害了他的家人和朋友，他曾为求自保而故意伤害他人。而且在他的文章中不仅告诉读者他将承担他的行为所造成的后果，还告诉大家到了去承担责任有所作为的时候了，这样中国能够避免重蹈"文化大革命"的覆辙。她认为，文中巴金并没有掩饰他的羞愧，并没有遗忘历史，而是将故事的原本真相和盘托出。这些散文中同样有涉及婚姻、教育、流言的负面影响等当代话题。巴金还在文中探讨了他的创作过程、当代社会中文学的地位以及政治和文学的关系等问题。巴金的《随想录》中的"回忆性散文"是写给那些具有高尚品质的人们的——他们在逆境中坚持信仰、真诚且富有同情心，他们在任何时候不惜任何代价坚持着作为人类、作为艺术家的责任，他们正是巴金的楷模。之后卡斯特罗塔举例分析了与这些人相比，红卫兵的不足。红卫兵不具备巴金所敬佩的基本品质：人道主义。红卫兵所缺少的正是他朋友身上具备的让他尊敬的品质。当其他人，甚至是巴金本人都把仁慈和同情心丢弃了的时候，他的朋友们却仍然保留着美好品质。所以巴金把他的这些朋友塑造成楷模。他深信人在前行过程中必须不断总结过去的经验教训。对他而言，从过去吸取经验意味着回忆那些可作为楷模的人物故事。在他新版回忆性散文的前言中，他说到"敬爱的死者都是我学习的榜样"[①]。巴金在文中突出了他记忆中的这些人物的品质：对工作和国家的善良、真诚、仗义、忠实、理想主义、坦率、责任感。除此之外，他笔下的人物都具有坚持信仰并为之奋斗的勇气。巴金通过对他朋友行为的描述，告诉读者什么是善。尽管在他的回忆性散文中并没有称任何人为"楷模"或"老师"，但通过回忆叙述他们的生活以及描述他们是如何影响自己的生活，自然而

---

① 巴金：《随想录》，三联书店1996年版，第409页。

然地就向读者展现出一个个楷模的形象。巴金在文中也描述了自己不光彩的行径,他没有向他的朋友学习,更不用说坚持自己的信念了。他用自己的行为告诉读者什么是恶。

巴金对过去的经验教训的总结和忏悔。卡斯特罗塔指出,巴金认为中国只有记住历史,从历史中吸取经验教训才能走向未来,避免重蹈历史的覆辙。他呼吁读者在那段被他称为中国最恐怖的时期里,勇于承担起自己的责任。在《随想录》中,巴金还树立了楷模。卡斯特罗塔用大量实际例子来详细说明了巴金赞扬的品质:友善真诚;有信仰与理想;实话实说;有责任;爱国,对待工作和国家认真负责等。同时,巴金在这些文章中也写出了与此相对的反面典型,而这个反面典型就是巴金自己。巴金在文中定义何为善之后,他进一步将自己的行为与他的朋友作比较,以此来突出他们的善良之举。通过将自己与朋友对比,巴金向读者展示出他所缺乏的品质。

巴金通过回忆性散文中的人物来建立他所重视的价值标准,并树立行为榜样。卡斯特罗塔还指出,这些价值观包括即使在逆境中也要保持仁慈、真诚、忠实、乐观和有理想;即使是面临极大的人身危险也要真诚正直;对待工作和责任严肃认真;还应有一颗爱国之心。他对这些品质高尚之人怀有深深的赞赏与崇敬,也以此说明了向这些人学习的重要性。

1949年以后,他缺乏早期创作和行为中的道德勇气。他曾亲眼所见他的同事因为自己的文学作品而被迫害,因此为了避免类似情况发生,他选择了逃避。他描述自己的行为正好与他所敬仰品质的背道而驰。巴金在文中讲到了他是如何为求自保而慢慢丧失了他所珍视的品质:最基本的善良和忠诚、不顾安危敢于讲真话的决定和勇气以及勇于承担自己作家责任的态度。取而代之的是,他选择了随波逐流,加入50—70年代暴力政治运动中。他切断了与朋友的联系、忽略事实、用谎言背叛了朋友,也没有坚持一个作家应尽的责任。他明确地承认他知道自己的所作所为所讲都是错误的,他的描述中充满了对他所做的和没有做的事、所讲的和没有讲的话感到的内疚和羞愧。巴金并没有给他的懦弱找借口,相反他通过忏悔性散文说明,如果出现类似的情况,不应该这么做。他向读者展示了那些背叛自己价值观的反面典型。巴金重新讲述自己的经历时,劝诫他的读者不要犯同样的错误。卡斯特罗塔总结巴金谴责自己的恶习:言行不一;懦弱;对自己为求自保不惜一切代价的做法;有时候与朋友断绝关系不像

"划清界限"那般激烈;甚至巴金为了生存,还参加了一些对朋友的迫害活动等。

随着《随想录》的问世,很多中国人对巴金和《随想录》做出评价。从 1986 年至今,有很多关于《随想录》的文章,阅读这些文章能够从另外一个角度评判巴金对现代中国的影响。《随想录》五册合订版本出版后 13 年的今天,人们仍然在讨论它的影响,这也证明了它的重要性,以及它对中国当代文学和文化的贡献。卡斯特罗塔以大量例证,证明了《随想录》在当时中国文坛的影响。例如,1999 年 2 月,赵瑞蕻(Zhao Ruihong)在《文汇报》(*Wen Hui Bao*)的一篇文章写到"大家都认为巴金的《随想录》是当代中国文学的精品,蕴藏着深邃的思想感情的火苗"("Everyone believed that Suixiang lu was the essence of contemporary literature, collecting the fire of beautiful thought and feeling")①。巴金的散文在《文汇报》刊登和合订出版后的几年里,当代中国的知识分子称巴金的《随想录》为"新时期的思想和文化做出了最重要的贡献",它占据了"20 世纪文学领域不可以动摇的重要地位"。孙继国(Sun Jiguo)称"巴金新时期的散文具有长远的价值"。而李方平(Li Fangping)认为《随想录》是巴金"给我国人民和我国知识分子最大的贡献"("the greatest contribution to his people and intellectuals")②。《随想录》的重要性不仅仅局限在文学领域,它"的意义超出了文学领域"。巴金的作品"远远超出了文学领域,对思想和文化界产生了深远的影响"。《随想录》"警觉广大的读者,'文革'的发生有着深广的政治、历史、社会、文化和经济的根源"。即使是《随想录》的批评者也承认其"有着深远的历史意义、政治意义、人文价值、史料价值或其他种种"。知识分子称赞巴金的自我反省,以及文中包含的"某种历史的真谛"。这些回忆性散文不单单只是对往事的回忆,其中包括了巴金的羞愧与自我谴责,因为这些散文"强化了道德价值和精神力量"。陈家平(Chen Jiaping)称"这些散文超越了其他回忆性作品,他们具有历史深度和现实意义"("These essays surpass other Memorial works, they possess historical depth and practical meaning")③。

---

① 赵瑞蕻:《读巴金先生的一封信》,《文汇报》1999 年 2 月。
② 李方平:《随想录与中国知识分子的人格独立》,《青岛大学师范学院学报》1996 年第 4 期,第 132 页。
③ 陈家平:《从人类的欢乐到冷峻的沉思》,第 63 页。

对于巴金创作《随想录》的意义，卡斯特罗塔总结为，其中一个目的就是讲真话。他的同辈人也相信他成功地讲出了心中所想。就某种程度而言，《随想录》是一本纪实的书。巴金"以文学为武器，探索着救国救民的真理"。《随想录》中的回忆性散文正是这样的工具，巴金叙述了他生活中的榜样人物，他们教会了巴金善良忠诚、坚持说真话的重要性以及每个作家对于读者和国家的责任。他通过将故事中人物与自己的缺乏道德勇气的行为进行对比，从而成功塑造了一个个楷模形象。在文中他详细地描述了自己在逆境中是如何一次次地背弃朋友，是怎样的言行不一，是怎样背弃事实辜负读者的。通过人物的对比，读者能够从这些楷模身上清楚地了解到什么是好人。就中国文坛的反响而言，他成功传达了他的思想，因此巴金也重新被肯定。

最后，卡斯特罗塔翻译了《随想录》中的一篇，《怀念胡风》（Remebering Hu Feng），并为该文加了详细的注释。

该论文对巴金和《随想录》的研究只是初步的介绍。卡斯特罗塔大量引用巴金的陈述，对巴金赞扬的品质和忏悔的缺点进行了分别论述，还引用了当代中国人对巴金《随想录》的评价，来反映《随想录》在当代中国的地位，为英语世界的读者了解巴金的《随想录》提供有益的参考价值。此外，卡斯特罗塔查阅了大量的汉语文献，力图以实证研究为该论文提供坚实的基础，这是值得充分肯定的。我们可以将该论文视为导读之类的入门读物。但要深入了解巴金的这部书，仅靠这篇论文显然是不够的。

第五章

英语世界的巴金与中外其他作家作品的比较研究

英语世界的巴金研究者大多为有着中国文化背景的留学生，或者在英语世界工作生活的华人。他们既关注巴金及中国其他作家的文学创作与生活，又对国外的相关作家作品十分感兴趣。因此，他们以独特的视角将英语世界的巴金与中外其他作家作品联系起来，并进行了卓有意义的创作研究。

一 巴金与福克纳的比较研究

1989年俄亥俄大学的肖明翰（Xiao Minghan）的学位论文《威廉·福克纳与巴金小说中上层家庭的衰败》(*The Deterioration of Upper Class Families in the Works of William Faulkner and Ba Jin*) 对福克纳和巴金的小说中对上层家庭衰败的描写进行了比较。论述了这两位作家在人道主义、个人主义、理想主义等方面的异同，并比较了两位作家前后期创作的转变。这篇论文涉及了对巴金思想的研究，但由于是从平行比较的角度着眼的，并且又不仅限于研究巴金的思想，而是将他的思想与他的创作结合在一起探讨，所以本书将该论文放在这里讨论。该论文共分八章。第一章是历史文化背景；第二章是威廉·福克纳和巴金的本质；第三章是家庭与家；第四章是父亲；第五章是孩子；第六章是女人；第七章是仆人与侍者；第八章是技巧。该论文第二章"威廉·福克纳和巴金的本质"提及巴金，并指出威廉·福克纳和巴金有一个重要的相似之处：两位作家的很多重要作品都在讲述上层社会家庭的没落。他们也有不同，例如他们的思维、理想、信仰,他们的文学技巧甚至是他们对家庭衰败的描述都存在明显不同。但是他们在本质上是一样的:他们都是人道主义作家,这一点超越了一切。人道主义是他们所有作品的核心。巴金的母亲来自典型的传统中国家庭,很明显她对爱的认知是儒家的"仁爱"("仁者爱人")。她对幼年时期敏感的巴金带来的影响是深远的。巴金后来说道:"母亲的眼睛像是两盏灯笼陪伴我的一生。"("Mother's eyes like two lanterns followed me through my life.")①

肖明翰分析说,巴金人道主义来源一个是新文化运动。因为当早熟的巴金积极寻找精神食粮的时候,新文化运动在唤醒麻木的中国人。新文化在本质上是一场类似欧洲启蒙运动的运动,其目的是将人类从封建主义的压迫中解救出来。在纪念1919年五四运动六周年之际,巴金在一篇散文中写道"我们是五四运动的产儿,是被五四运动的年轻英雄们所唤醒所教育的一代新人。"("We were all the children of the May Fourth Movement, a new generation awakened and taught by the young hero.")② 另一个来源是国外的影响。15岁时,他热情地支持欧洲的无政府主义。后来他研究了法国的人道主义者。他对卢梭尤其崇拜,并深受克鲁泡特金的无政府主义和俄国的民粹主义者的影响。尽管他在不抵抗主义这个问题上与托尔斯泰意见不同,正如他在《激流》中对觉新的描述,但他十分崇拜俄国的人道主义。

与巴金对个人生活的坦白不同,福克纳很少公开自己的隐私。肖明翰认为他也会常常谈起他的基督教思想,他的人道主义就来源于他的基督思想。同巴金的人道主义保持着浓厚的儒家色彩一样,福克纳的人道主义则带有明显的基督教的烙印。另外,像巴金的妈妈对巴金的影响一样,福克纳家的老保姆,卡洛琳·巴尔大妈也向福克纳传达了传统的人道主义价值观。她代表了基督教的人道主义,她对福克纳的影响之大使福克纳以她为原型塑造了迪尔西和莫利,并将《去吧,摩西》献给她。与此同时,像巴金受新文化运动影响一样,福克纳受到了美国新人道主义的影响,尽管程度更小些。此外,那些福克纳当作大师的人,像莎士比亚、托尔斯泰、

---

① Ba Jin. Quoted in Olga Lang, *Pa Chin and his Writings: Chinese Youth between the Two Revolutions.* Cambridge: Harvard Univ. Press, 1967, p.14.

② Ba Jin. Quoted in Chen Sihe and Li Hui, *Essays on Ba Jin.* Beijing: People's Literatue Press, 1986, p.16.

陀思妥耶夫斯基、康拉德、狄更斯和巴尔扎克都深受人道主义的影响。因此，这两位作者的人道主义并非一种哲学体系，而是他们对人类的信仰，他们对人们的爱，他们对被压迫者的同情，他们对人类尊严的欣赏，对人类未来的关切，对理想的人际关系的支持。这些因素就构成了他们人道主义的本质。

在对两位作家的人道主义思想做了概述之后，肖明翰又进行了更为深入的分析。因福克纳与本书的主题无关，所以此处略去相关部分，仅在必要的地方保留一些简要的论述，以便于展现他和巴金之间的比较。此外，肖明翰指出福克纳和巴金这两位作家人道主义最好的体现是他们对人类的颂扬，对压迫人类的力量的谴责。巴金展现了对人类热烈的爱和对穷苦人民满满的同情。对那些不人道的制度，巴金采取了比福克纳更加激进的立场。在巴金的小说中，他无情地揭露了"敌人"的邪恶，揭发了他们的本质，并展现了他们造成的悲剧。他在刻画家庭独裁者的时候尤其成功，这些独裁者代表了社会、家庭和民族制度。与巴金早期的创作不同，在家庭这一方面，福克纳总是对它展现出温暖的感受，而巴金后期也越来越表现出这种情愫。有趣的是，巴金对家族的批判和福克纳对加尔文教会的批评非常相似。对他们来说，传统的中国家族和美国南部的教会不仅残酷镇压了人们实现欲望的尝试，而且也压迫着人们的欲望。不过，肖明翰认为虽然人道主义是这两位作家的核心，他们在展现他们的人道主义思想对残忍的社会、种族、家族力量进行攻击，并塑造积极的人物形象时是不同的。当福克纳攻击当时的社会秩序、种族歧视和加尔文主义时，他经常把这些看作个体的性格特点进行抨击，而巴金则是直接抨击那些体系。在巴金眼里，超脱于个体和具体人际关系的抽象的人道主义是不存在的。

因此，从以上几点可以察觉出巴金和福克纳之间有根本区别。肖明翰举例说，巴金更加关注社会和人与人之间的关系。福克纳只对人感兴趣，对那些自我矛盾的人，不合群的人，不合时宜的人，不适应环境的人感兴趣。巴金则会相反，他更加强调其人物与周围人的矛盾与他所处环境的矛盾。这点不同从一定程度上讲实际上是源于这两位作家各自基督教和儒家的传统。基督教和儒家的一个根本区别是基督教支持原罪的信条，而儒家则不然。虽然儒生也强调道德修养，但与西方人相比，他们更注重正确处理人际关系。

除了人道主义的问题之外，肖明翰还提及了巴金和福克纳的个人主义思想及其表现。作者指出他们的个人主义源自他们的人道主义。与福克纳一样，巴金激烈反对两千年来一直无情地剥夺人的个性、要求服从的势力。在那些势力的压抑下，个性被完全否定，个体的欲望得不到满足，人的尊严被践踏。从他人道主义的角度出发，巴金扛着个人主义的旗帜对抗封建主义。但是肖明翰同时也指出，尽管福克纳和巴金都相信个人主义，他们之间却有巨大的不同。巴金的个人主义从来没有福克纳的个人主义来得深入。如果福克纳为了保护人的个性而反对商业社会，巴金主要利用个人主义来反对封建主义福克纳倾向存在主义而巴金崇尚无政府主义。本质上，存在主义和无政府主义都是人道主义，但它们是人道主义相反的两个极端。

除了个人主义之外，肖明翰还论述了巴金和福克纳的理想主义思想。之所以说福克纳和巴金都是理想主义者，是因为他们对自己所认为的人类和世界应该具备的模样坚信不疑。从根本上说，他们都是带有强烈浪漫主义特质的人道主义理想家。但具体来说，肖明翰认为这两位作家的理想主义思想又有很大不同。尽管巴金强调德育，巴金最珍视的是社会理想和伦理理想。而尽管福克纳也在他的作品中展露了其对旧式种植园式生活的怀念和对种族平等社会的希冀，但是他的理想主要是与个人和道德有关。

另外，肖明翰还提到了福克纳和巴金对待他们的故乡的态度。他指出，同福克纳一样，巴金对他的故乡、故乡的过去、故乡的传统也存有自相矛盾的态度，不过巴金的这种自相矛盾的态度没有那么"激烈"。巴金对中国的感情几乎是爱恨交织。和福克纳一样，巴金真正恨的不是他的故土本身而是那个地方的社会、家庭、伦理体制。自相矛盾的是，他的这种恨根源于他对人民和国家的爱。他越爱他的人民和国家，他就越恨压迫人民、削弱国家的那些制度。

福克纳一直保持着南方的那种生活方式，而巴金则不同。他有段时间反对中国的所有社会、家庭和文化传统。他把旧式的家庭看作专政，把儒家伦理看作牢笼。

肖明翰还将巴金和福克纳描写家庭的作品进行了比较。他认为，巴金和福克纳在他们的文学创作中都写了关于家庭的大量文章，而这些文章就可以反映出这两位作者的变化。尽管他们两人的第一部小说都不是关于家庭的，他们文学上的成功都是从关于家庭的作品开始的。如果我们将这两位作家早期和后期创作的小说比较一下的话，我们可以很容易地找到一些明显的差异。肖明翰指出，巴金家庭类小说的变化与福克纳的一些变化相似。在《激流》中的高家，我们看到了各种道德腐败，对年轻人、妇女、仆人的非人的对待以及封建伦理所导致的悲剧。而且像福克纳笔下的神秘家庭一样，高氏家族的败落代表着中国封建体制的瓦解。但是巴金和福克纳之间的重要不同是福克纳从未把家庭体制本身当作敌人。而巴金则截然相反。因此，巴金在家庭这一主题上态度的转变更加引人注目、更加重要。

最后，肖明翰指出，通过对巴金和福克纳创作中的变化的探讨，可以看出两位作家的思想都不是静止不变的，他们不仅在艺术技巧上发生了变化，他们对人类、生活、世界的基本看法也发生了变化。他们思想中的基本要素，如个人主义、存在主义、无政府主义、理想主义、爱与恨以及他们对传统的态度，所有这些都是人性主义在不同方面的体现，这些都在他们人生和创作的不同阶段发生了重要变化。只有人性主义一直是两位作家的思想核心。另外，正如两位作家的对比所展现的那样，虽然他们在一些方面有较强的相似性，但是他们在其他方面都有很大不同。这些相似点和不同点都很难解释。社会状况、文化传统、个人特点和生活经历都对他们思想的形成起到一定影响。因此，这些因素的产生以及两位作家的思想的基本要素如何一起影响他们在各自的作品中描述上层社会家庭的没落是有一定的原因的。

该论文对巴金和福克纳的思想的比较研究较为深入。通过这两位作家的对比，揭示出了巴金和福克纳思想上的共同点和差异之处。作者的研究不是简单的比附，而是选择两位作家的人道主义、个性主义以及理想主义等相同话题来进行比较研究，展现了他们这些思想的形成因素以及在他们作品中的表现。由于作者肖明翰能够从他们各自的文化传统和个人经历中找出影响他们思想的因素，因此，该论文的论述显得很扎实。此外，肖明翰将两位作家的思想与其文学创作结合起来分析，得出的一些观点很有启发性。例如，肖明翰分析巴金早年的教育养成了他对旧式家庭生活的一些好感，而这种好感是他公开谴责的。这让他内心充满矛盾，这些内在的冲突使他的作品也出现了一些矛盾和不一致的地方，而这些被误认为是他写作技巧拙劣、思维不灵活的体现。但肖明翰指出这些冲突矛盾极大地丰富了他的作品，使他的作品带有一种模糊性和复杂性，增加了其文学价值。这种分析对我们理解、研究巴金及其作品有一定的启发与借鉴意义。

二 《家》与美国小说《纯真年代》的比较研究

1998年，维诺纳州立大学的范江平（Jiangping Fan）的学位论文《中国小说〈家〉与美国小说〈纯真年代〉的对比研究》（*A Comparative Study of a Chinese Novel, Family, and an American Novel, the Age of Innocence*）对巴金的《家》和伊迪丝·华顿（Edith Wharton）的《纯真年代》（*The Age of Innocence*）进行了比较研究。平行比较由于容易流于比附研究而被广遭学者诟病，所以范江平在引言部分先对该论文的研究依据做了说明：虽然中国和美国在社会和文化发展中有诸多差异，但是这并不排斥从某个特殊时期的文化和社会发展的历史背景来看，二者存在的一些相似之处。在19世纪末20世纪初，两个国家都面临着撼动以社会等级制和父权制为基础的旧社会结构的社会和经济革命。仔细查看两个国家的这一历史时期可以发现，尽管他们呈现的文化背景不同，但就社会特征、社会制度以及历史变迁来说，二者却有着惊人的相似之处。虽然社会变迁使人们对世界有了新的认识，但是传统的社会制度仍极力将人们困在旧有模式中。因此，在个人和社会之间产生了冲突，一方面，人们渴望摆脱旧制度的束缚独立地向前发展；另一方面，传统的社会力量势不可当，继续设法将人们锁在过去的枷锁里。这种社会背景在文学著作特别是现实主义作家的作品中自然地反映出来。基于这个视角，该论文对巴金的《家》（*Family*）和伊迪丝·华顿的《纯真年代》（*The Age of Innocence*）进行了对比研究。

该论文共分三章。第一章是社会特征的对比；第二章是现实主义与性感特征；第三章是现实主义与叙事技巧。

范江平首先对19世纪和20世纪之交中国和美国的历史发展状况和社会背景给予简介，以此来建立中国小说《家》与美国小说《纯真年代》的可比性。当时中国的社会状况：进入20世纪，中国最后一个帝国，它的君主政体、它的父权式家庭制度，以及它建立在儒家道德基础之上的编织紧密的社会网络，都将土崩瓦解。革命的浪潮席卷了整个中国，在其猛烈攻击下，最终彻底摧毁了长期的封建残余。与此同时，一系列的政治事件也引发了中国内部的动乱：1911年最后一个王朝被推翻，建立了共和政府，袁世凯复辟，1912年国民党成立，1919年学生运动，1927年共产党起义，以及日本的经济入侵且随之而来的1931年的军事侵略。在国内外社会动荡的双重包围下，整个中国内部从家庭层面开始，发生了不可思议的变化。几千年来统治家庭生活的父权制度正遭受中国新青年的挑战。儒家道德、封建家庭礼仪、强加的行为准则，以及对年长者的完全顺从等旧的封建观念遭到了质疑。这就是巴金小说《家》的历史背景。

美国的社会状况：引用了《诺顿美国文学选读》（The Norton Anthology of American Literature）一书的说法。在美国，20世纪的世纪之交被称作转型期，因为在内战结束之后和第一次世界大战开始期间，美国发生了彻底的转变。内战之前，美国本质上是一个由理想主义、自信和自立的居民组成的遍布农村和土地气息的孤立的共和国；而以世界强国身份加入第一次世界大战的美国，则是一个工业化、城镇化的陆上国家，其人民已经欣然接受了达尔文的进化论（Darwin's Theory of Evolution），同时，其社会制度和文化价值也发生了深层变化。这一时期产生了各种社会和文化上变化，其主要特征是全国性的工业化。工业革命"制造"了一批各式各样的人，有海盗、大企业领袖，以及被上流社会的优越感所吸引、试图利用金钱和社会野心进入其中的白手起家的人。因此，受旧传统支配的上流社会内部开始出现不和谐：保守的老贵族阶层依旧存在，而加入其中的富有新贵族则是庸俗的纨绔子弟，然后出现了一批新富人，他们通过商业上的成功，挤入上流社会，同时也给这个已经稳固的群体的刻板僵化带来了挑战。与之对立的是古老的欧洲贵族及其由来已久的具有强大智慧潮流、感知力和生活方式的传统。这就是伊迪丝·华顿的《纯真年代》的创作背景。

在对中国小说《家》与美国小说《纯真年代》进行对比研究之前，范江平先是对中美两国的社会情况进行了比较。他指出，中美两国的历史性转变大致发生在同一时期：20世纪的世纪之交。但是中国是以政治为主导的转变，而美国的则更趋向于经济上的转变。就中国文学来说，受政治倾向的影响，其文学主要都是充满强烈政治色彩的关于社会批判的小说。美国小说也集中于社会批判，以及通过探究新的商业对人们生活方式和意识形态的影响的方式进行的社会检验。因此，美国和中国的作家在世纪之初面临的另一个现实，是东西方国家之间的交流日益增多，这增进了彼此之间的相互了解和相互依赖关系。同时文学思潮的影响也跨越了国家界限而向全球蔓延。就这个时期的作家来说，尽管地理距离遥远，但是他们受这一时期的主要文学运动：现实主义的影响。正是这一运动的影响和其所带来的文学可能性，为这篇以巴金和伊迪丝·华顿为代表作为研究对象的论文，提供了文学审查的基础。在界定现实主义时，作者引用了威廉·迪恩·豪威尔斯（William Dean Howells）的说法。在豪威尔斯看来，现实主义是对资料的真实反映。根据他的理论，现实主义者都是民主主义的信徒，因为他们在其小说中描述的是普通的大众的日常生活；同时，他们也是实用主义的信徒，因为他们的作品集中于现在的时间和地点，而不去追寻更加遥远或超自然的事物；他们所寻找和表达的真实是相对的真实"与可辨认的结果相联系并且通过经验可以被验证"。巴金和伊迪丝·华顿在他们的文学创作中都遵循了现实主义原则。

对于《家》和《纯真年代》所反映的社会现实，范江平从现实主义的视角进行阐释。他以巴金在《激流三部曲》（包括《家》《春》和《秋》三部小说）为例，说明巴金强烈地反对当时中国的社会制度。还以华顿的《纯真年代》揭示其渴望改变的心愿以及个人与社会未能发生改变而产生的后果。范江平清醒地认识到通过这两部小说来研究中美两个国家的过渡时期肯定是不够的，但是他却避开了这一点，而是探索现实主义巴金和华顿这两位作家的影响方式。他们的共同点都是用坦率和真实如实还原美国和中国处于世纪之交的社会现实的能力。

接着，范江平对两位作家处理小说内容的方式进行了检验：是遵循还是偏离现实主义一般的原则。他认为就主题来说，两位小说家似乎偏离了现实主义的标准。现实主义要求主题是关于资本家或中下层阶级的生活和习俗，并且作者要选择描述普通大众生活的题材。巴金的《家》以20世纪初一个中国大家族的生活和习俗为中心展开叙述；伊迪丝·华顿的《纯真年代》讲述的是纽约上层阶级的故事。他认为在不同程度上，这两部小说都展现了现实主义的所有主要特征：实际的、相对的、民主的和试验性的。它们是实际的，因为它们关注的是不极端的、具有代表性的和很可能发生的事情；它们是相对的，因为对巴金来说，小说中的小家庭是大社会的缩影，对伊迪丝·华顿来说，小说中"生活的小层面反映了整个社会背景的大层面"。虽然他们对现实主义概念的理解有所不同，但是他们恪守诚实和真实的信念都取决于对文化和文学的考虑。他认为，人物刻画以及巴金和伊迪丝·华顿采用的与现实主义相关的写作技巧。现实主义者的民主态度使他们能够在小说中强调个人的价值和聚焦人物的刻画。与其他现实主义作家一样，巴金和伊迪丝·华顿都认为人物高于情节，叙述行为产生于人物，人物制造事件。因此，他们在小说中创造了二维或三维的立体人物。如大多数现实主义作家一样，他们通过人物的语言和心理特征，来刻画人物形象，展现人物性格，同时他们又将这些人物置于一定的社会条件下进行审视和评判。他认为巴金和华顿的叙事技巧，特别是对叙事视角和叙事模式的处理。他们倾向于试验性地采取适合其主题的叙事手法，这种手法与讲故事的写实技法相符。他们对小说的灵活性非常感兴趣，这种灵活性不再强调传统的以作者为叙事者的方式，而更依赖于作为故事中事件的"过滤器"的某个特殊人物的中心意识。此外，巴金和伊迪丝·华顿都坚持展现生活的复杂性，因为读者可能从中找到他们自己的生活从而产生共鸣。因此他们通过降低叙述者权威性的方式来阐明故事的复杂性。尽管他们在处理写作视角和叙事模式方面有不同，但是他们的共同之处是渴望试验性地并能灵活地达到更真实的感觉。

1. 社会特征对比

（1）社会的微观世界

《家》和《纯真年代》所表现的社会特征的对比。范江平指出这两部作品表现的社会的微观世界：现代文学倾向于关注现实的问题，以及如何通过展现当时的各种冲突来充分反映社会的本质。巴金和伊迪丝·华顿对他们的社会机制进行了深入调查，并对当时社会制度各种压力和个人之间的相互作用进行了探究。他们都展示了当时渴望改变现状和自己命运的个人如何受反对改变的强大的传统势力和社会结构的压制。

在《家》和《纯真年代》两部小说中，巴金和伊迪丝·华顿通过对构成其社会微观世界的"现实生活的典型片断"的真实描写，揭示了人类生活中的一个主要冲突——个人与社会之间的冲突。这些"现实生活的典型片断"来源于世纪之交时期中国和美国社会的上层阶级。巴金的《家》和华顿的《纯真年代》都是选取一个"微观世界"（家庭或者宗族）来表现整个社会的变革与冲突的，在这一方面，这两部书具有相似性。

（2）社会等级的反映

同时，范江平还指出《家》和《纯真年代》中描写的两个世界还有一个相似之处，那就是严格的等级制度强加于人们身上使人丧失个性特征。接着，他对《纯真年代》和《家》中存在的等级制度进行了对比。他指出传统的中国社会由三个主要的社会阶层组成：官员、平民和"地位卑微者"。这三个等级中的第一个事实上是中国社会的贵族等级。这些人享有各种特权，在穿着、饮食、出行方式等方面与众不同，并且有各种机会和渠道获取经济利益。但是当范江平对比《纯真年代》中宗族对待外来者的非人道与《家》中高家对待下人的态度时，我们可以看出有趣的两点。第一，对人进行不同类别划分似乎是全体人类的共性，不论他们身处何处，是在像纽约上层社会的大环境中，还是在如高家大院的小环境里。一旦人们被分成不同等级，等级制度就开始运用绑在其成员身上的相同的黏合力，并且将他们束缚在特定的习俗下。第二，不同的社会和文化背景为等级划分提供了不同的基础。在纽约上层社会，社会地位是以继承的家族荣誉、名望和财富为标志的。而在中国旧社会，社会地位是以个人在科举考试中的成功和传承祖先的成就为基础的。由于这种差别，这两个社会上层阶级成员在个人教育和职业生涯的社会功能上存在着细微差别。当时的中国教育不仅仅与个人的智力培训相关，更重要的是，它是个人提升社会地位的一种途径，是个人将来进入上层社会的坚实基础。相比之下，在纽约上流社会，等级流动性几乎不可能，个人教育似乎更趋向于一种社交装饰和个人修养的证明。在中国，教育和职业之间的关系是，受过良好的教育可能确保在朝中或当地政府谋得一份好工作，这样就能保证社会地位和经济财富。而纽约上流社会的等级制度，使其青年免于为工作竞争，也不必为职业发愁。在当时的美国，教育不一定与个人的职业紧密联系，因为它不与他们社会地位的提升有直接联系。在《家》和《纯真年代》中很好地展示了这种差别。

(3) 教育和职业的作用

《家》和《纯真年代》中的中国和美国的教育和职业的作用。范江平指出，虽然巴金在小说中没有直接关注教育在家族成员的生活和职业中所起的作用，但是小说还是为我们提供了足够的参考。与《家》相似，《纯真年代》中主人公的教育也不是作者关注的焦点。但是可以察觉到，上层阶级成员大都有广博的知识。教育的定位以及个人对职业的不同态度，揭露了中国和美国社会运行中的一个侧面。

(4) 父权制在维护等级制度中的作用

《家》和《纯真年代》中的中国和美国的父权制在维护等级制度中的

作用。范江平指出，在《家》中高老太爷就是高家父权制的化身。他是这个家族的统治者因为这是他一手创建的。而伊迪丝·华顿的《纯真年代》是一个"人们生活在一种含而不露氛围中"的世界。在这个世界里，父权制在维护等级制度以及支配其成员生活和行为的过程中，执行了相同的效力。但是，与《家》中所描述的世界不同。在那里，家族统治者的权威，必须通过明确定义的法则和规范，以及通过身体上的惩罚、当众训斥、不合理的权利执行等方式，对这些法则和规范进行强力执行来进行维护，纽约上层社会依靠礼仪、良好的习惯、高雅和规矩来保证父权制度的执行。整个宗族无条件拥护父权制度的旧传统。热情的墨守成规者坚决地执行现存的等级法则，而宗族统治者则对他们的行为进行监督。

（5）商业化——旧社会制度的威胁

商业化对中国和美国传统社会的影响。范江平指出，旧社会结构的崩溃通常是由意识形态的变化引起的。然而，思想革命与经济革命联系紧密。进入20世纪，经济发展或商业化，以中国和美国为例，加速了社会的变革。事实上，商业化和社会变革的发生是相互依赖的。在从旧社会向现代社会转变的过渡时期，中国和美国的社会变革体现在商业化渗透到社会生活的各个阶层。经济现实和人们思想上的改变造成了旧制度的瓦解。

在旧中国"商业财富是遭到蔑视，商人在社会地位上低于农民的"。上层阶级成员觉得参与商业活动或与商人往来有损他们的尊严。同样，在老纽约，商业活动被认为是庸俗下流的交易，商人也因此遭受鄙夷。上流社会成员从来不会降低自己涉及商业活动。当中国社会和精英家族在那个历史过渡时期无法不与商业化发生关系时，纽约上流社会在面对日益扩大的经济影响时，也同样感到无助。

综上所述，进入20世纪，商业化作为一种日益增强的力量，开始侵蚀《纯真年代》中反映的美国社会以及《家》中反映的中国社会。在两部小说中，小说家通过构建其社会的微观世界（纽约宗族和高家），揭示了社会变革对中美上层社会的影响。为了清晰地展现这些变化，两位小说家都采用现实主义手法，详细描述了商业化对这两个社会的影响。

以上部分从《家》与《纯真年代》表现的内容方面的相似处进行的比较分析。这两部作品都选取了各自社会的"典型环境"，表现了等级制度尤其是父权制在这两个"微观世界"中的影响，展现了教育和职业在这两个社会中所处的不同地位，分析了商业化对这两个社会的影响。从总体上来说，以上比较分析较为深入，范江平的确把握住了这两个社会的本质特征，所以得出的结论也能让人信服。这种研究其实正是比较文学平行研究所需要的。

2. 现实主义与人物性格刻画

《家》与《纯真年代》的人物刻画与现实主义的关系。范江平指出，受现实主义影响，巴金和华顿在人物性格刻画中遵循以下几个原则：他们相信一个开放的以人类为中心的世界，在这个世界里，人类可以作用于环境，并且可以掌控自己的命运。他们相信人物高于情景，正是恪守了这种以人物为中心的原则，他们在作品中没有过多地强调事件或故事情节。他们都排斥古怪、性格单一、特殊的人物，同时也反对理想化的人物。他们将这两种极端类型组合在一起，创造出了有个性但不古怪、有代表性但非理想化的人物。现实主义人物是丰满的，但是不均匀的丰满。用豪威尔斯的话来说，他们被创作成"不规则的球体"以便"接收环境中不同的光束并将其反射回去"。

伊迪丝·华顿和巴金都十分关注人物创作和人物在展现故事主题中的作用。在其小说《家》和《纯真年代》中，他们采用了现实主义人物刻画手法，因为他们想精确地描绘出他们所处的时代背景。当然，由于不同的社会背景、不同的文化背景和不同的文学传统，他们的现实主义处理方法也不同。这一章深入研究两部小说在人物刻画中的相同和不同点，以及产生这些不同的原因。首先，巴金和伊迪丝·华顿都遵循一贯的现实主义人物刻画模式，在其小说中有效地创造了一个富有感知力的人物，并将这个人物放置于一个复杂的社会环境中。伊迪丝·华顿在人物刻画中非常求实。因为她熟练地设计这些丰满的二维或三维人物，用他们来反映纽约上流社会、其成员的困境以及他们在努力维护或摆脱那个社会中进行的挣扎的不同侧面。在《家》中，巴金也设计了代表当时社会，尤其是家族系统的不同侧面的人物。为了达到这个目的，巴金设计了许多人物，并让每个人物反映系统的一个侧面。也就是说，巴金主要用二维而不是三维人物来进行他的社会研究和评论。这可能和他小说中所写的当时的社会和文化背景有关。巴金创作《家》时，中国的封建制度已经存在四千多年了。长期的封建统治已将封建思想深深刻进了人们大脑之中。另外，儒家观念也很大程度上禁锢了人们的思想，以至于一些人精神上几乎处于"封闭"

状态。对于他们来说，反对社会准则以及反抗严酷习俗是他们完全不敢想的事情。在上层阶级成员中尤其如此。他们几乎没有面对新事物的勇气。巴金的《家》中就有在这种制度作用下的典型人物。既然现实铸就了这种僵硬死板的人，那么创造能够反映这种环境的不同侧面的人物就自然而然地具有现实意义。

在《家》中，上层阶级的女性角色多半被描述成这种类型。因为现实生活中，这些女人长期以来被各种社会和家庭规则贬低了价值。当时的中国妇女过着"木偶"般的生活，社会地位低下，经济上具有依赖性，思想上受各种社会和家庭习俗约束。范江平以梅为例，说明巴金只用了三种方式来描述梅的整个境遇。第一，通过年轻人谈论梅和觉新受阻挠的爱情以及她的不幸婚姻进行侧面描写。第二，采用直接对话，让梅自己讲述她情绪上的折磨。第三，戏剧性地展现梅和觉新的相遇以及彼此表达的感人至深的爱。梅的性格可以用三个词来概括：顺从、微弱、无力。她被描述成单维人物：她自始至终都如开始出现的一样。

从社会的角度来说，有很多与梅有着相同命运的中国妇女，所以梅是当时上层阶级妇女的真实代表。此外，一些中国小说，特别是四大名著之一《红楼梦》（*The Dream of The Red Chamber*），真实地勾勒了一个栩栩如生的人物林黛玉，她简直是梅的原型，但是林黛玉是一个更丰满的人物：她的生理、心理以及情感生活被描绘得细致而完整。所以，当另一本小说中出现了相似的女性人物时，她很快被认出，而且读者在她身上找到了林黛玉的影子及其悲怜的境遇。这就是梅仍然能够唤起中国读者内心感动的原因。

对于巴金和华顿的创作与现实主义的关系，范江平经过对比与比较认为，两部小说中都使用了以创造不同类型为基础的人物刻画方式，来真实反映当时两个国家不同的社会和文化背景对个人的影响。两位作家都依赖于创造不同类型的现实主义手法来进行人物的刻画。巴金倾向于定型的女性人物，因为他所处的社会不允许女性有太多的自我发展的机会。而华顿笔下的美国女性类型，在当时则有稍微多的发展机会。这两种手法都是揭露了他们生活"真相"的重要途径。范江平举例，如伊迪丝·华顿创作《纯真年代》时，纽约已经经历了强烈的社会变革。她选择纽兰来体现纽约上流社会的思想变革。但是因为华顿对旧纽约怀有一种依恋，因此她找到了另一种表达方式。她通过纽兰不规则的性格发展，渴望改变但又不愿放弃过去来体现这种思想变化。这似乎是反映华顿对过去的态度的一面镜子，在其中她看见了那个压抑的社会令人不快的一面，但同时她也怀念那个社会给予她的一些值得怀念的东西。而中国古老的封建家庭制压制个人，并且剥夺他们在生活中行使自由意愿的权利。觉新就是其中一个典型代表。巴金的现实主义体现在觉新性格向个人行动的成长，同时反映了这一特点在家庭制度以及整个社会中的发展。觉新就站在新旧制度的分界线上。他的一生跨越了中国历史的过渡时期。因此，他的个性一定与他那个时代一起，经历了某种变化，不管这种变化是大是小。巴金自己坚定地相信，社会和意识形态的改变，最终将导致个人的完全改变，以至整个国家的变革。其小说中的主人公就是这种思想的化身。

纵观历史，个人与社会之间有着不可化解的矛盾。范江平在本章末，总结了巴金和伊迪丝·华顿写作过程中对现实主义原则的践行。他指出，社会要求个人服从集体的利益。如果个人服从集体权威，那么他就能在那个社会平静地生活；如果个人拒绝接受集体的规定，那么他将遭遇猛力的迫害。在这种情况下，社会的每个个人，就好像一颗卫星，只要不越出严格设定的界线，就能够在自己的轨道上自由运行。但是在现实中，一个人，即便在那个社会出生、长大，也不可能完全顺从，任由固定社会模式的摆布。个人的直觉、意愿、欲望，以及基于对外部世界了解之上的洞察力，所有这些之和造就了一个与众不同的人。因此，个人与社会之间就存在不可避免的冲突，只要社会存在，这种冲突就不会消失。这种冲突总是不可预测：大多数情况社会可能占据上风，但是努力让自己不被集体平庸压倒的个人有时也能成功。为了遵循真实反映生活的现实主义主要原则，现实主义作家们通常在其小说中模糊地设计这种冲突，因为他们认为模糊情景与模糊结尾是模仿现实生活的一种方式。在这方面，巴金和伊迪丝·华顿遵循了现实主义原则。

以上部分对巴金的《家》和华顿的《纯真年代》的人物刻画与现实主义的分析比较深入，也能切合这两部作品的特点。范江平通过对《家》与《纯真年代》中人物的比较，虽然初看起来相隔很远，但是巧妙地选择个人与社会的关系这个角度来展开谈论，从本质上抓住了这三组人物的特征，因而这种比较并不使人觉得肤浅或附会，反而能够给人以启示。这也提示我们，在比较文学平行研究中，关键要找到比较的立足点，这样才可以在同一个层面上对不同的对象进行比较。同时在这些相同的层面上展开比较时,也要关注这些相同的层面背后的差异,这样才能使我们的研究具有实质意义上的价值。

3. 现实主义与叙事手法

该部分首先对叙事视角和叙事模式的相关理论问题做了说明:视角的选择影响小说的叙事模式。但正是故事采用的模式与视角,决定了故事是生动还是沉闷。要选择合适的视角和模式来呈现生动、易于理解和令人信服的故事,作者需要巧妙地确定故事的叙述者(是主要人物、次要人物,还是作者自己),或者以什么样的模式来讲述故事(叙述、描写还是评价)。之后,范江平引用亨利·詹姆斯(Henry James)的说法。詹姆斯将美国现实主义小说定义为三种模式:"场景"(scene)"画面"(picture)和"评价"(evaluation),每种模式都要求特定的观点。"场景"詹姆斯指的是"使读者能够身临其境的戏剧化呈现"("the dramatice presentation of a scene at which the reader presumably is present and overhears the characters speak")[1]。"画面"意思是"对场景或动作的间接描述,能够由角色制作或在第三人称口吻中出现的概要"("the description of a scene or action at second hand—a resume, which can be made by a character or in the author-narrator's third-person voice")[2]。"评价"是指"作者作为叙述者给出的直接评论和判断,或者小说角色对故事中的人们和事件的内心反映(或叫中心意识)"["the direct comments and judgment by the author-narratoe or the internal reflection of a character(also called the central consciousness)"][3]。为了更加直观,范江平对这三个概念进行了改动,他用"戏剧化呈现"来代指"场景",用"作者的讲述和展现"来代指"画面",用"作者的评论"和"中心意识"来代指"评价"。他对巴金的《家》和伊迪丝·华顿的《纯真年代》中文学技巧的研究,就以这里提到的现实主义叙事模式和视角的理论原则为基础。研究两位作者的叙事手法是如何受现实主义原则的影响和指导,他们是如何采用现实主义手法处理视角问题,以及他们在艺术创作中采用了何种模式。同时他也预先说明,对这两部文学作

---

[1] Kolb, Harold H. *Illusion of Life*, *American Realism as a Literary Form*. University of Virginia. Charlottesville: The University Press of Virginia, 1969, p.65.

[2] Ibid.

[3] Ibid.

品的现实主义叙事手法进行研究，是为了探究现实主义技巧的程度和种类而非其现实主义倾向纯度问题，并且查明他们在作品中是如何有效地采用叙事方法。

（1）《纯真年代》的叙事手法

因《纯真年代》的叙事手法与本书的主题相关性较小，所以只做简要的概述，为下文提到的该作品与《家》的比较做铺垫。

伊迪丝·华顿的文学原则非常符合现实主义叙事模式和视角的一般原则。该小说是她用现实主义进行的创作实验成功的例子。范江平指出，伊迪丝·华顿反对通篇采用全知和无处不在的叙述者。她建议故事的视角应不超过两个，要选择特定人物作为反思意识，他们"彼此在精神和道德上联系紧密，或者具有辨别各自在剧中角色的辨识度"，这样能够使故事完整地呈现在读者面前。《纯真年代》是一个简单的故事，情节本身并不新颖也无创意。如果不是成功采用独特的文学技巧，来表达看似平淡无奇的故事中的预期思想，那么它仅仅是一部关于三角恋爱的平庸之作。范江平还指出，《纯真年代》的成功之处在于伊迪丝·华顿在表达主题时对叙事模式和视角的完美拿捏。她能够用戏剧的表现方式来展现一些具有代表性的社会场景；通过讲述、展现和评论故事的视角来揭露整个社会背景；用中心意识过滤故事中的人物和事件来表达对社会的批判态度，这些都是小说的主要文学成就。

对于《纯真年代》的写作技巧，范江平分析，除了尾声之外，其他33章中一共出现了六场重要的社会和家庭聚会，每场都是纽约全景图中不可缺少的部分。为了使这些场景尽可能地真实、可信和生动，伊迪丝·华顿大量依靠戏剧表达方式来展现复杂的社交礼仪。她淡化作者的评论，客观地呈现必要的社会背景信息，最重要的是，她通过中心意识来表达对社会的批判态度。在故事叙述过程中，伊迪丝·华顿擅长运用灵活的叙事模式来达到合适的叙述效果。

伊迪丝·华顿的叙事策略。在描绘这六场聚会时华顿采用的叙事策略与本书无关，所以不再引述，而只突出一点。在《纯真年代》中，伊迪丝·华顿选择纽兰作为意识的中心，并且通过他的内心活动来展现人类反对制约性社会的复杂心理体验。为了达到这个目的，作者将他安排在每个场景中，这样，主要事件就能通过他的视角进行呈现。作为主角，从设计的逻辑上来说，他能够看见其他人物看见或看不见的事物。但是，他的作用在于，他不仅拥有"无处不在"的角色身份，而且与其他两个最重要的人物，埃伦和梅有密不可分的关系。这样一来，小说的各个场景，每个人物都可以通过埃伦的视角来展现。之后范江平仔细分析了伊迪丝·华顿是如何在叙述中凸显埃伦的这种角色，并达到自己的叙述目的。由于这些与本书的关系不大，所以此处从略。

在文体风格方面，是真正的现实主义者，她大量依赖戏剧表现手法来展现纽约上流社会的"生活片段"，减少作者的介入。她采用一定量的作者讲述、展现和评论的手法来简化叙述。同时她设计了一个中心意识，用来反映处在那个特定阶段新旧世界边缘的个人的复杂心理体验，并展现了对当时纽约社会的批判观点。该小说的主要成功在于，通过恰当的叙事手法，使内容统一，叙事新颖，具有完整性。

(2)《家》的叙事手法

通过对《家》的叙事手法与《纯真年代》中的社交场景叙事的比较，范江平比较了伊迪丝·华顿与巴金的写作手法。他指出，伊迪丝·华顿通过大大小小的社交场景来反映老纽约，而巴金则主要通过家庭场景来呈现世纪之交的旧中国。巴金选择了一个体现各种复杂关系和社会问题的典型中国家族来进行他的社会研究。对于家族场景用来反映家族礼仪、习俗、文化环境、社交规则以及封建制度。这要求作者采用一定的叙事手法，以达到预期的效果。

在《家》中，巴金全文采用灵活的叙事手法：作者的讲述、展现和评论，戏剧表现形式，心理描写，人物沉思和日记表现形式。虽然巴金采用了多种叙事手法，范江平仍然认为，其所有的叙事模式都具有现实主义特色：戏剧表现形式、作者的讲述、展现和评论，以及人物的特殊视角，具有批判意识，能够使故事情节紧密、流畅、有逻辑。事实上，巴金采用作者叙述的方式来推动故事向前发展，同时自由运用戏剧表现形式和批判意识适应不同的需求。恰当地说，灵活采用叙事模式和视角，是整个小说成功的一个重要因素。

在《纯真年代》中，伊迪丝·华顿指出他用戏剧表现形式以及作者的讲述、展现和评论来处理社会和家庭场景；并且为了展现对社会习俗的批判观点，她运用了一个中心意识。巴金也在小说中采用了作者的讲述、展现和评论，戏剧表现形式，以及批判意识。虽然运用了相同的模式，但是其应用因不同目的而有所不同。华顿对纽约社会的态度，使其有必要采用中心意识来表达对社会习俗的批判观点。这使她能在叙述者观点和中心意识观点之间保留一些距离。这种距离使她能够自由地展现对纽约社会毫无矛盾的怀念之情。相反，巴金对当时旧中国的态度则非常厌恶。他毫不犹豫地展现他对社会和习俗的批判观点。在展现家族场景时，他真心地想揭露社会阴暗、肮脏和充满镇压的氛围。因此，他在各种家庭场景中，采用作者的讲述、展现和评论，以及戏剧表现形式，来充分展现当时的情景。但是，在描述这个微观世界的过程中，像许多现实主义作家一样，巴金也设计了一个特别的视角，以达到预期的效果。觉慧他是小说的主要人物之一，经常表达对社会和家庭不公正和不合理性的强烈不满。他代表了一种批判意识，读者正是坐在他的意识窗户旁边，观看事情的进展。

这部小说的目的，首先是展现那个时代典型中国家庭的全景图，并且批判性地回顾剥夺青年人自由和幸福，摧毁他们生活的专横的旧中国封建家庭制度。其次，通过高家大院内外各种冲突，展现家族王国逐渐破碎的根基。

伊迪丝·华顿在《纯真年代》中，很大程度上依赖戏剧表现形式和批判意识，而较少采用作者的讲述、展现和评论，来呈现社会和家庭场景。相比之下，在《家》中，巴金则更多地采用作者的讲述、展现和评论来呈现家庭和社会场景，同时经常用戏剧表现形式和批判意识来进行补充。巴金试图通过各种家庭场景来展现中国过渡时期的全景图。他通过特殊事件来揭露社会的某个侧面或某个角度。例如，新年庆典显示了高家的财富、风俗、复杂的家庭礼仪、习俗和父权制度；老人的生日宴会显示了家族奢华的生活方式、社会地位，及其荒淫的娱乐品味；家族统治者的死亡仪式揭示了他们所依靠的不合理的、荒谬的家族迷信；学生运动和战争展示了社会的混乱和社会制度基础的破碎。其中一些社会或家庭事件通过作者的叙述加以浓缩并提炼。每个场景都有相同的叙事模式，事件的背景通过作者的叙述来展现，事件的发展过程通过戏剧表现形式进行展现，冲突结局通过作者的总结来呈现。

在一些场景中，家庭全景是焦点。因此，作者的讲述和展现以及戏剧表现形式共同作用以达到效果。该论文对高家大院新年庆典的描述横跨六章（从第八章到第十九章）。在这六个章节中，当谈到高家整个新年庆祝程序时，主要采用作者叙述的方式，就像照相机取景孔一样，迅速而有选择地从一个场景转向另一个场景，还原生活的真实画面。这些章节中，除了作者的讲述和展现外,巴金还采用了作者评论的手法,展现高家的黑暗势力和压迫性环境。巴金的作者评论的独特之处在于它的特殊形式将情感融入静物的充满诗意的描述,这是作家和诗人表达激动情绪时的一种传统的中国式写作方式。巴金通过无生命物,通常是背景、自然现象,如天气、湖水、月亮,或物体、或当下正在发生的事情来表达情感。他用它们来表达对社会和家庭阴暗面的批判观点。事实上,巴金自由地用这种方式作为对即将发生的事件、压迫性环境或小说中人物的悲惨命运的间接评论。范江平以新年庆典为例:家族成员沉浸在各种娱乐活动的欢声笑语中;作者对这种笑声进行了描绘:笑声在半空中相互碰撞。一些裂成丝片、破碎,已无法补救;新的笑声加入,跟在完整笑声之后,并将其粉碎。在上一部分中,我们已经意识到旧家庭制度摧毁高家年轻人生活和愿望的力量;通过诗意描述的间接评论,加强了这种对抗意识。

此外,巴金在小说中也善于运用中心意识。他选择了一个特殊的视角,使主要事件很好地呈现在读者面前。巴金将觉慧作为批判意识,不断发掘他的内心想法来阐释封建家庭制的阴暗面。而作者之所以选择觉慧作为批判意识,是因为他的言语和想法符合作者的信念。在《家》中,巴金通过展现高家内外的各种冲突,使我们充分相信封建制度、父权制和旧习俗令人厌恶之处,从而建立他的观点。建立观点之后,巴金在觉慧身上设计了符合这个标准的道德和智力品质,这些品质体现在他的反叛个性、他掌控自己命运的能力,以及他试图帮助其他成员掌控自己的生活。这些表现在故事中觉慧不断反抗各种家庭和社会的不公正。

为了使批判意识有效地展现其功能,范江平指出,巴金将觉慧置于大家族中一个重要位置,与其他成员存在各种关系。在中心意识或批判意识的选择上,巴金和伊迪丝·华顿采取了类似的方法。正如阿切尔能看见、听到并且轻易接触到各种外部事件和某些人物的内心想法,觉慧在小说《家》中的情况也一样。就内心反映来说,觉慧的角色与《纯真年代》中的纽兰有几分相似。作为反映者,作者在小说中赋予他两种重要的职能:第一,他揭露了黑暗势力如何扭曲和毁灭人的个性;第二,阐明了小说中各种冲突的本质。因此,觉慧的感知力和对人和事的诠释成为小说不可分割的一部分。作为批判意识,觉慧强调了巴金想要传达的主题:像高家一样的家族生活对于即将到来的变化是无知和绝望的。此外,他的叙述口吻降低了作者作为叙述者带来的虚假性和干扰性。

范江平指出，巴金利用觉慧的批判意识从三个方面揭露了家庭制度的破坏力。首先，它展示了这个制度如何将人的个性扭曲；其次，它揭示了这个制度如何使年长一代堕落；最后，它阐明了这些人物所生活的压迫性世界。他认为巴金采用了多种手法相结合的方式，其中觉慧的批判意识最为重要。巴金采用作者讲述和戏剧表现手法，通过三个重要事件来展现觉新对长辈的顺从和懦弱：牺牲自己的爱情来依从长辈的意愿，力劝他的二弟牺牲幸福顺从长辈，以及为了满足长辈的要求牺牲自己妻子的生命。在之后的章节中，一直延续并越来越强烈，因为觉新一次又一次地重演他悲怜的境遇。范江平认为这种内心反思是一部无声电影《我控诉》，是对整个家族黑暗势力的强烈冲击。它强化了人们的意识，即像觉新这样的人被家族意愿无情地践踏和扭曲。同时，这种反思有效激起了读者对小说描述的旧家庭制度的强烈愤慨和憎恨。

巴金内容上的现实主义体现在用叙事手法来匹配作品的主题。该论文指出，他的戏剧表现形式生动地还原了当时真实的家庭场景；作者的讲述、展现和评论，提供了当时中国社会和家庭制度的充实背景和信息。他采用特殊的视角来过滤小说事件，成功表达了他对封建家庭制度的批判态度。作者对巴金在《家》中的叙事手法的分析的确很细致。通过这种分析，他展现了巴金的这部作品的艺术成就，同时也加深了我们对《家》的认识。

范江平的这种分析方法对我们的研究很有借鉴意义。中国的巴金研究者往往习惯于单纯地研究作品的思想内容、人物形象和艺术技巧，很少有人把这些结合起来进行探讨。在我们的研究模式中，文学作品的内部研究和外部研究往往是割裂开的，如何将其融合到一起进行研究，对我们而言是一个难度很大的问题。而这篇论文的研究方法在一定程度上提供了成功的范例，也可以对我们的研究有所启发。作者把对《家》和《纯真年代》的叙事手法的分析与巴金和华顿的写作目的和想要表达的主题联系起来考虑，分析了他们基于不同的写作目的所采取的各有特色的叙事手法。这种研究，既能避免单纯强调作品的思想性而忽视艺术性的弊端，也可以防止一味研究作品的形式特征而不谈思想内容的形式主义倾向。总之，该论文不仅在研究内容上深化了我们对《家》的认识，也在研究方法上对我们有所启示。

此外，该论文运用平行研究的方法对《家》和《纯真年代》做了比较研究。在中国学界，平行研究由于容易流于比附研究而广遭诟病，以至于严肃的学者较少涉及这种研究模式。但是这篇论文为我们提供了一个平行研究成功的例子。作者不是随便找几个角度，仅凭印象来对这两部作品进行异同比较，而是首先搭建比较研究的前提，即这两部作品都是对20世纪初中国和美国在社会转折期的社会现实的反映，作者都受到现实主义文学运动的影响，都在作品中采用了适合表达各自主题的叙事手法。在此基础之上，作者分别对这两部作品进行了深入分析，探究了这两部作品在上述三个方面的相同和不同之处，在平行比较当中凸显它们各自的特点。因此可以说这篇论文中的平行比较是有一定系统性的，并且在比较当中得出了单独研究这两部作品难以得出的结论，因而是成功的。

三　从小说类型学的角度研究《激流三部曲》

1989年宾夕法尼亚州立大学的儒艺玲（Ru Yiling）的学位论文《家族小说：通用的定义》（The Family Novel: Toward a Generic Definition）对作为一个独立的文学类型的家庭小说进行了比较研究。作者主要研究了三部她认为比较典型的家庭小说，即中国巴金的《激流三部曲》：《家》《春》《秋》（1906—1940）；英国约翰·高尔斯华绥（John Galsworthy）的三部曲《福尔赛世家》（The Forsyte Saga）：《有产业的人》（The Man of Property）、《骑虎》（In Chancery）、《出租》（To Let）（1906—1921）；和法国罗杰·马丁·杜·加尔（Roger Martin du Gard）所著的家庭小说《蒂博一家》（Les Thibauts）（1922—1940）。该论文主要的研究思路和观点：通过叙述家庭小说的以下几个突出特点将其定义为小说的次文类：它的现实主义风格和年代的使用；小说中的仪式感和集体意识；以及对家庭冲突的关注。家庭小说对这三点的处理方式使其有别于其他类型的小说。该论文还讨论了老一代与年轻一代之间的冲突以及爱情失败导致的冲突，这两类冲突都成为这些作品的基本情节和主题。社会政治方面家族的兴衰也帮助塑造了基本的叙述和架构模式。这些家庭小说在20世纪初在世界不同地方几乎同时出现，说明小说作为一种文学形式与现代主义关注点之间具有一定的联系。小说中各个家族的衰落与解体暗示了旧世界及其秩序，即信念、习俗和价值观的丧失。子孙们的心理发展和个人发展标志着向现代世界的转型。作者认为，家庭小说的内在架构是基于宗族势力与个人意志之间的矛盾以及旧与新之间的冲突的基础上的，这个架构在小说形式中起到动态力的作用，也揭示了家庭小说的平行结构以及它的普遍性。最后作者提出，20世纪初成长为独立文学类型的家庭小说，在当代依然在向前发展。家庭小说在世界各地蓬勃发展，对这一新的文学类型进行研究势在必行。

该论文共有五章，第一章从总体上说明家庭小说作为次文类：逐渐被定义为一种类别，并对以上三部作品进行了简要的概述。第二章和第三章分别研究了家庭的两种基本冲突：父子之间的冲突和男女之间的冲突。第四章研究家庭的兴衰。第五章总结了家庭小说作为一种文学传统与正在转型的价值观的特征。显然作者是将《激流三部曲》作为这篇论文的一个分析对象展开其对家庭小说这一小说类型的研究的。在论述过程中，作者同时分析了巴金、高尔斯华绥、罗杰·马丁·杜·加尔三位作家的作品。由于《福尔赛世家》与《蒂博一家》与本书的主题无关，所以此处省略作者对这两部作品的分析，仅仅探讨她对巴金《激流三部曲》的研究。

儒艺玲首先从整体上论述了家庭小说作为一种次文类，被定义为一种类别的情形。在说到巴金的《激流三部曲》时，她说这三部小说描述了一个传统的中国家庭自1919年至1923年的生活点滴。这部三部曲刻画了居住在一个大院里的一家四代人，通过倒叙来讲述家族的历史，又包括了之前的几代人。她指出，家庭小说有一些现实因素，可以认为是来自自传。巴金的这三部小说就有他自己生活的影子。接着她对巴金的早期生活给予简要概况。但是她认为巴金的作品绝不仅仅是自传。他自己也宣称"我并不是写我自己家庭的历史，我写了一般的官僚地主家庭的历史"。巴金作品真正的社会政治意义在于它是对19世纪末20世纪初中国人民生活的真实描述。之后儒艺玲论述了"家风"问题：巴金作品中所描述的高家成员都有着相同的家庭价值观。虽然在中文的三部曲中并没有哪一段话清晰地界定该家族的品质，但却重复地强调一点，即将家庭价值观（家风）继承并发扬光大是一个家族的重要使命之一，尤其是一个父亲的使命。"家风"在中国传统中是一个极为常见的概念，以至于巴金不需要去解释它。"家"即家庭，"风"指风俗或风格，因此"家风"指的是"家庭的风俗"。这个词语的意思是一个家庭所特有的品德，使这个家庭作为一个小集体区别于其他家庭的品质。而"家风"还指一个家庭的价值观体系或道德准则。每个家庭成员都珍视"家风"，并且努力在举止言谈中遵守"家风"。接着,儒艺玲对巴金的《激流三部曲》中描述的一些传统的家庭仪式,如除夕夜的大餐,婚礼,中秋节庆祝,父亲六十大寿的聚会以及父亲隆重的葬礼,给予概述。又详细介绍了中国的文化中家庭仪式的祭奠祖先来说明巴金在使用家庭仪式来反映家族的衰落方面是独树一帜的。

对巴金的《激流三部曲》中描写的"家风"、家庭仪式的分析,该论文十分恰当。从这些角度出发,儒艺玲抓住了这三部作品的一些本质特征。而她对"家风"、家庭仪式的分析,也与其将家庭小说作为一个小说类型的整体预设紧密相关。抓住了这两个关键词,也就抓住了中国家庭的重要特征,从此入手来分析巴金对这两者的描写,可以更好地显示出巴金对中国家庭的艺术展现。

对于基本家庭冲突之一的父子之间的冲突,儒艺玲详细描述了巴金的《激流三部曲》中的父子关系,以及觉民对包办婚姻的反抗而致高老太爷不能容忍而死。她认为巴金这样安排在三部曲第一部接近末尾,是想让他认识到了他为之奉献了一辈子的家庭的衰败。

以上的分析都是对巴金的《家》的概括。但是儒艺玲对高老太爷的分析很可能会让中国读者难以接受。她认为老太爷在临死之时被愧疚感困扰着,他迫使孙子离开了家,他希望家人能够原谅他对他们造成的伤害。在巴金的小说中,看到家庭的衰落让老太爷开始怀疑自己对家庭做出的努力是不是有意义。他很清楚他残酷的行为对家人造成了伤害,但他也知道自己是为了这个家好。看到家庭衰败,他意识到了自己的虚荣,并后悔如此严苛地对待他的子孙。愧疚感占据了这个将死之人的灵魂,使他的态度和脾气发生了突然转变。最后,他性格中感性与慈爱的一面得到放大。老太爷许诺撤销婚姻,并让觉慧叫觉民回家,这让觉慧很是吃惊。直到最后一刻,觉民终于回到了老太爷的病榻前,老太爷保证撤销包办的婚姻。看到觉民,高老太爷终于内心得以安定,死而无憾了。因此,巴金笔下的老太爷是传统教条的执行者和奴隶。当他在家庭中执行这些教条时,其实他自己相当于独裁者的角色,而家人们都是受害者。但同时他自己也是这些教条的受害者,因为他的责任感迫使他做出这些行为。他必须拒绝承认自己对爱的渴求,因而最终自己成了自己子孙的敌人。因此,在巴金的小说中,高老太爷的一生之中都饱受愧疚感的困扰,但社会责任感压倒了这种愧疚感并迫使他继续下去。最终他态度大变并取消了为觉民安排的亲事,这揭示了他迫切地想要摆脱愧疚的内心。

在我们的理解中高老太爷是封建家庭制度的代表，刻板专制，缺少人情味，但是这里儒艺玲却说他在临死之前要摆脱愧疚的内心。这种说法出乎我们的意料之外。当然我不准备在这里评价这种说法的是非对错，每个研究者出于不同的视角往往会对作品作出自己的解读，异域学者研究中国文学也经常会有我们想象不到的结论。这些结论在一定程度上迫使我们反思我们自己习以为常的解读，并促使我们不断地回到作品，不断地反思我们的评价标准，这样可以深化我们对巴金作品的认识。

在巴金的作品中，儿子和孙子们分为两种，一种叛逆，一种顺从。儒艺玲指出，觉新是顺从型的，而觉民和觉慧是叛逆型的。巴金在小说的情节架构中改变了两个叛逆兄弟的行为。的确，我们在三部曲第一部《家》的末尾看到觉慧永远地离开了家，而觉民留在家里继续反抗。觉慧代表着中国新青年文化运动（1919年）的一员，他们从旧世界的毁灭性中寻找出路。因此，觉慧的离开在中国的特殊环境下具有独特的意义，因为当时家庭关系是人们生活中最重要的部分。孩子必须完全依从家人，或者说尤其是父亲。孩子的生活完全由父亲决定，孩子从出生到死亡都受其家庭所限。在这种传统之下，觉慧挑战这个体系其实冒着很大的风险，承受着巨大的社会压力。他逃亡的地方可能不会接受他，认为他背叛了他的家庭。但觉慧得到了他兄弟姐妹的支持，不仅仅在经济上，更在精神上。他的逃离标志着中国青年第一次成功逃离传统教。

小说中的大哥觉新是个顺从派。在现实中国，祖父的大儿子的第一个儿子，也就是长孙，将会继承家业。觉新很在意他继承人的位子并努力去遵守传统教条。然而，在努力尽到他责任的同时，他也承受了比任何人都大的痛苦。为了做一个好儿子，他遵从父亲与祖父的命令，但他为此牺牲了他的个人野心，他的妻子和儿子。巴金对他笔下的觉新这个人物有着极大的同情，这或许是因为他自己也曾有个大哥，但他自杀了。所以说觉新的悲剧暗示了传统家庭转变的需要。

老太爷这个角色有着心理上的矛盾，一方面他渴求权力，而另一方面也渴望被爱，然而由于老太爷是家族的首领，描写上会更加强调前者。与之相似的是孙子在对爱的渴望与对自由的渴求之间的挣扎。但小说中更着重描写了他对老太爷的反抗，因为他的意愿与老太爷的权力之间的冲突更为强烈，尤其是从社会政治学的角度来看。老太爷对家庭的责任感驱使他对自己的儿孙采取专横统治，努力把他们打造成自己的接班人。他要求自己的子孙跟随自己的脚步，如果他们胆敢反抗，他会残忍地毁掉子孙的意志。的确有些子孙变成了十分顺从的继承人，但他们顺从到完全失去了自己的意志。叛逆的儿子就像蔑视上帝的撒旦。虽然老太爷与他的子孙都希望得到对方的爱，但他们更强的渴望（即他们的意志）阻碍了他们之间形成更亲近的感情。因此，老太爷对统治权的渴望和子孙对个人自由的渴望决定了他们之间激烈的冲突，而这种冲突成为整个家庭小说的特征。

从表面上看，《激流三部曲》这样的中国家庭小说与西方的家庭小说大不相同，无论从故事、背景还是人物上看都有很大的差异，但是他们都有一个共同点，即权力与意志的对立，以及通过父子冲突显示出来的人物以至社会的生与死的对立。该文对《激流三部曲》中父子冲突的分析较为简单，只是介绍了这部作品中父子冲突的情况而没有展开详细的分析和讨论。在分析过程中，作者的一些提法与我们的认识颇为不同，例如他说"觉新很在意他继承人的位子"，说老太爷一方面渴求权力，另一方面渴望被爱。其实在我们看来，觉新未必那么在乎他继承人的位子，他在那个位子上生活的异常痛苦，而且这个位子并没有给他带来什么好处，只是给他造成了很多麻烦。而说老太爷渴望被爱，或许他真有人之常情的一面，但是在我们的认识当中高老太爷恰恰没有这个层面。这能够显示出中外研究者不一样的地方，同时也促使我们在异域学者观点的参照之下，去重新思考我们之前的认识。

对于基本家庭冲突的男女之间的冲突，儒艺玲在提到巴金的《激流三部曲》时着重论述了鸣凤与觉慧的爱情悲剧。她指出巴金描述男女爱情的出彩之处是他创造了几位不同的可敬的女性形象。她以高家的女仆鸣凤为例，因与高家三孙觉慧相爱而导致的悲剧是中国许多女人悲惨命运的缩影。对巴金来说，年轻人对爱与被爱的渴望是他们追求自由的一种表现。鸣凤死前的自白表达了对自由和平等的渴望。虽然她年轻的生命被旧制度毁掉了，她的追求与牺牲构成了对旧家庭系统的挑战。巴金通过男女之间的冲突描写塑造了人物性格。

该论文对《激流三部曲》中男女冲突的分析也比较简单，仅仅是概述了冲突的内容，而没有对其进行深入细致的分析和研究。而对《激流三部曲》所展现的家族兴衰的主题做了详细的论述。儒艺玲首先重述了第一章提到过的观点，家庭小说的主题是家族：其价值观、传统、冲突和演变。在重新塑造一个传统家庭时，家庭小说家经常侧重于描写家族随时间的发展而兴盛与衰落的历程。例如，巴金的《激流三部曲》将重点放在高家的衰落，从其精神基础、道德价值与经济状况的变化，以及整个家族的分崩离析可以看出。高家的衰败与该论文所选取的西方小说里描绘的文化萧条展现了显著的相似性。尽管中国与西方在20世纪初的历史背景十分不同，东西方的家庭小说家都尽其所能在作品里反映了那段时期社会政治的根本变革。因此，家族的衰落象征着旧的社会秩序的灭亡。

儒艺玲还对巴金作了介绍。她说，巴金的作品在20世纪中国的遭遇回顾。巴金是中国最有争议的作家之一。在20世纪30年代和40年代，他发表了其代表作《激流三部曲》之后，他很受读者欢迎。由于小说中有"革命"的思想，他遭受了国民党政府迫害。在1976年"四人帮"垮台之后，巴金恢复了其作为一位中国作家和公民的声誉。评论家如张慧珠和贾植芳反对那些批评巴金的极左派。西方学者对巴金的研究，可能由于西方批评家缺乏对中国政治局面的了解，巴金也没有从他们那里得到应有的关注。夏志清更多地将巴金视为一位革命者，而不是艺术家，而巴金自己一再声明"我不是文学家"。其他西方批评家如茅国权和奥尔格·朗也引用了巴金的这句话。所有这些观点背后的设想是巴金只把艺术作为服务于其思想目的的工具。但该文作者并不同意他们的看法。在美国出版的仅有的两本关于巴金的书更侧重于介绍性研究，而没有深入分析他的作品。

所有这些关于巴金的评论观点，不管是东方的还是西方的，都没有给予他的作品一个准确的评价。在讨论巴金的作品时没有将中国文学特有的文本外特征考虑在内，西方批评家无法真正理解巴金。巴金既不是一位革命者，也不是一位反革命者，而是一位进步的艺术家。要想公正地评价他的作品，我们需要仔细阅读其文本，并且有意识地将中国的历史背景考虑在内。与其他两部西方小说（《福尔赛世家》和《蒂博一家》）相比，《激流三部曲》更侧重于描写这个家族的衰落历程。通过引述导致这个家族衰落的众多原因，巴金强调了精神堕落，即他小说里面人物的道德衰退。巴金描写了觉新悲惨的一生，将其作为家族继承人的精神软弱的象征。觉新继承了同样的价值观，认为自己的人生与亲戚的命运亲密相连。之后作者详细分析了觉新的人物形象。

对一些中国的马克思主义评论家的观点做了反驳。这些评论家认为觉新是杀人凶手，因为他遵从了长辈们的命令，害死了无助的爱人和妻子。

他们认为觉新是剥削阶级的共谋,是为高老太爷所代表的统治阶级的利益服务的"地主阶级的孝子贤孙"。作者不赞同他们的观点,在作者看来,用僵化的"阶级根源"和"思想根源"理论分析觉新这样一个复杂的人物是很荒唐的。

因为巴金刻画了觉新的双重性格。一方面,他继承了家族诚实和无私的美德。家族命运的意识影响了他的一生。他按照儒家的道德标准要求自己,尽最大努力保全这个家族和它所代表的一切。他牺牲了自己的一切,自己的感情,自己的抱负,自己的事业,以及自己的爱人和妻子,以完成自己作为家族继承人的使命。另一方面,巴金也强调了他在这个家庭中的角色的阴暗面。觉新伤害了他人,而他对家庭事务的盲目顺从不仅给自己带来痛苦,也导致了挚爱的妻子的死亡。如果我们说他是家庭传统的牺牲品,那么他自己也在遵从这些传统的同时牺牲了别人。关于社会政治方面的重要性,作者认为巴金想要控诉已经统治中国两千多年的僵化严格的家庭和社会体系,而不是评论那些阶级斗争。觉新可以被视为这个家族的"孝子贤孙",但他不是"地主阶级"。巴金的小说里没有表明觉新是压迫人民的统治阶级的一员。巴金试图揭露旧制度的丑恶,而不是阶级斗争。巴金的小说不是讲述阶级,而是讲述了一个在古代封建社会制度下的家族的瓦解。儒艺玲指出,巴金的三部曲是部典型的家庭小说。觉新在不理解或者无法控制的情况下做了一些善事和恶事。家庭小说通常让人类成为他们自己的本性、环境或者在社会所处的位置的牺牲品。

儒艺玲还分析了卷二《春》和卷三《秋》巴金描写的觉新人生的更多悲剧。她认为巴金塑造的另一个相关人物是枚少爷,他是觉新母亲的娘家周家的顺从的儿子。和觉新一样,他也很软弱。这两个角色的相似性暗示了像觉新和枚一样的年轻人已经成为传统道德的工具,他们已经失去了自己的个性和身份,他们只能听从别人的安排。后来,枚同意了一桩包办的婚姻,但仅仅婚礼本身已经让他耗尽体力。之后没多久,他就去世了,年仅17岁。觉新这次没有感到悲伤,而是更多感到惊恐,因为他从枚的死看到了自己的死亡,自杀的念头不时在他脑海闪过。但是,巴金没有让觉新死去。因此巴金为读者留下了一些希望,因为觉新的自我觉醒表明中国年轻人有觉醒的可能。

家庭小说里面的儿子可分为两种:将成为继承人的儿子和叛逆的儿子。儒艺玲举例《激流三部曲》来说明这两种类型。除此之外,巴金还塑造了第三种儿子——被腐蚀的儿子。巴金着重强调了金钱对于年轻一代灵魂的腐蚀。作为第四个儿子的克安和第五个儿子的克定完全依赖家族的财产。除了自己的享乐以外，他们什么也不关心，而且他们花钱随心所欲。此外，儒艺玲指出巴金用祖父的离世标志着这个繁盛的家族的终结与其衰落的开始。

儒艺玲还分析了《秋》里的关于卖掉还是保留高家公馆的斗争。通过争斗，可以看出从家族各个成员已经改变了各自的生活方向显露出家族的完结。巴金的家族三部曲揭示了从老一代毫无自我意识的生活到年轻一代的自我意识的显著进步。这种发展标志着世界进入一个崭新的不同的时代。

奥尔格·朗把巴金视为年轻的狂热的无政府主义者。对于巴金来说，他的理想比任何东西，包括他自己的生命，都要神圣。巴金相信艺术的力量，找寻一条可以通过艺术从痛苦中拯救自己的道路。他探索一种拯救的途径，通过文学创作得到内心的安宁。更重要的是，他想要让中国人民通过读他的作品得到拯救。之后儒艺玲批判了夏志清对巴金的评价，认为夏志清说巴金似乎"对于理想的服务，高于艺术"是错误的。因为对于巴金，艺术与理想是同等重要的。巴金相信只有通过文学他才能找到出路，不仅仅为他自己，也为了他的人民。他是位斗士，毕生都在同旧的传统观念作斗争。他的创作与人生代表了中国知识分子的勇敢与坚毅。我觉得是时候恢复巴金的声誉，并且重新评价他的作品。我认为巴金既不是位革命者，也不是位反革命者，而是一位反传统的作家，一位呼吁中国社会变革的进步作家。巴金不断有意识地督促自己，"做一个'善良些、纯洁些、对别人有用些'的人"。他谦逊地强调这是他探求的最终目的，而就是这样他无私地为他所爱的人民奉献了自己的一生和创作。在20世纪动荡的时期，像巴金一样的中国知识分子总是奉献自己，为了一个更好的中国通过写作与封建势力做斗争。他们会一直是中国文学史上的骄傲。这是作者对巴金的文学创作作出的高度评价。

西方评论家对巴金作品客观的评价。儒艺玲指出，虽然西方评论家对巴金作品评价较为客观，但是他们并不太赞同他的思想。夏志清对巴金的批评。夏志清认为巴金的思想伤害了他的小说，因为"巴金的一贯信念，认为社会制度是邪恶存在的唯一因素"。但作者却认为夏志清不理解中国的知识分子，他们的爱国主义，以及历史赋予他们的使命感。我认为中国作家将他们的艺术创作与他们的爱国使命感紧密联系在一起。用茅国权的话来说，他们的目标是帮助建设更美好的社会和更强大的中国（"to help build a better society and a stronger China"①）。在中国特殊的背景下，当广大人民群众无法接受教育，莫名地过着悲惨的生活，中国的作家意识到让他们觉醒的责任落在自己的身上。

因此，儒艺玲总结说几乎所有的家庭小说中一个家族的坍塌都有着重大的社会政治意义。它代表着20世纪初的旧世界的毁灭。家庭小说已经成为英国人、法国人和中国人经历从旧时代的终结到现代的开始的长篇故事。每个国家的历史背景都很不一样。如中国在世纪的转折点从封建社会进入半殖民地半封建社会，而此时大部分西方国家如英国、法国和美国早已成为发达资本主义国家。但是20世纪初的根本变革为世界范围内家庭小说的出现创造了历史背景。因此，家庭小说是人类发展历史的产物。这决定了家庭小说与人生、世界和人民紧密相连。家庭小说的社会政治方面的重要性对于每个国家是不同的。巴金对自己国家和人民的责任感凸显了他的三部曲中特有的中国本性——中国知识分子坚持不懈的探索与爱国主义。

虽然作者对巴金的《激流三部曲》的分析稍显简单，但是在最后其对巴金的写作目的的分析无疑是深刻的，是很有启发性的。作者没有盲从其他学者的既定看法，而是根据自己的阅读和思考来提出自己的见解，这一点难能可贵。此外作者对20世纪中国作家的创作与中国社会历史的关系的论述也很有启发性，例如中国作家将他们的艺术创作与他们的爱国使命感紧密联系在一起，他们将自己的人生与写作奉献给把中国与中国人民从旧制度的压迫中拯救出来的使命，而巴金的身上很好地体现了这种品质。这些说法很好地概括了20世纪中国文学（包括巴金的作品）的特征，反映了作者对20世纪中国文学在整体上有清楚的认识。

在该论文中，儒艺玲还指出家庭小说作为一种文学传统与正在转型的价值观的情形，并通过一些节日庆典出现的家庭兴旺和睦的假象说明巴金小说对家庭仪式的重现，不仅体现了家庭传统，更体现了家庭传统的衰败。现代世界必须从丢失的家庭信仰和仪式中浴火重生。

从总体上来说，该论文从家庭小说的角度对《福尔赛世家》《蒂博一

---

① Mao, Nathan K. *Pa Chin*. Boston：Twayne Publishers, 1978, p.249.

家》《激流三部曲》进行了研究和分析。论文前三章对《激流三部曲》的研究并不深入，只是做了一些概括性的介绍，所以对我们中国学者的借鉴意义不大。第四章对《激流三部曲》主题的分析较为深入，通过分析觉新的形象和成长历程来反映家庭的兴衰。同时作者在这一章对巴金文学创作的评价也很有启发性，上文已经论述过，这里不赘。通观全文，《激流三部曲》与其他两部作品一样是作者分析的例证，作者试图通过研究这三部作品来探讨作为一种此类型的家庭小说的特征。在这一方面作者努力概括出能够适合每一部作品的判断标准，但是在概括的过程中出现了一些牵强之处。例如作者在第四章的结尾又提到第二章中出现过的一个观点，即家庭小说的第一部分通常包含大家长的离世，而最后一部分一般以年轻一代成员的死亡作为结尾。之后作者就以这个标准来衡量巴金的《激流三部曲》。认为尽管巴金没有让他的主要年轻人物如觉新、觉民和觉慧死去，另一个将成为继承人的儿子，周家的枚少爷，在17岁时死去。而且克定的女儿，淑贞15岁时自杀，而觉新的儿子在孩童时期就死了。这种分析难免有把这些作品强行纳入既定框架的嫌疑，虽然实现了论述当中的自洽，但是这种概括未必真正适合巴金的小说。当然瑕不掩瑜，从总体上说，该论文仍能给我们一些启示。

四　巴金与中国其他作家作品的比较研究

1. 巴金与鲁迅："家庭小说"的比较研究

1998年，哈佛大学彭素文（Sue W Perng）的学位论文《家：五四文人话语中连接巴金和鲁迅的纽带》（*Family: the Ties that Bind Ba Jin and Lu Xun in May Fourth Intellectual Discourse*）从家庭的角度分析了巴金和鲁迅在文学创作上的连续性。该文中的"家庭"是指在20世纪以前家庭的状况，即该传统家庭只存在于20世纪以前，或现代家庭都是在那个时代之后出现的。但是，并不是说当时只存在这种家庭类型。而且，在20世纪以前，有很多中国家庭确实想要达到一种理想状态：一个大家族，家人生活在一起，有着父权社会，家长统治，秉承孝道，祭祀祖先，尊敬长辈的传统信念。这种理想化的传统家庭模式在五四运动期间不断受到攻击。

该论文被构想成是两位作家之间的虚构辩论，不受时间和空间的约束，每人根据自己的政治和个人经历以及特定一代的乐观主义（或因此缺乏乐观主义）进行对话。论文共分四章，在第一章中，通过描绘知识分子试图重建中国精神时，他们努力克服的问题，以及家庭主题成为如何使国家现代化的辩论中心的过程，展示了五四运动的文化、知识和社会背景。这一章还粗略介绍了巴金和鲁迅，以及作者为什么选择这两位作家，以及作者在对比研究中引入具体作品的原因。第二章和第三章的重点分别是巴金和鲁迅。以他们在传统多代家庭中成长的个人历史和自身经验开头。他们对家庭和五四运动的政治信仰和个人情感将在这两章进行讨论。作者选择巴金的小说《家》和鲁迅的五篇短篇故事作为分析的对象，通过仔细阅读这些作品，来探讨这两位作家对中国家庭具体性格背后的动机和含义。第四章在前三章的基础之上对论文进行了总结，作者指出巴金和鲁迅试图在平衡中国情感和根深蒂固的广泛传统社会价值时，开拓出新的民族精神和个人的现代意识。鲁迅提供的中国家庭比巴金的更为微妙和复杂。在鲁迅的故事中，中国家庭不能简单地确认为儒家学说和传统，也不能迅速被家庭的现代和西方观点所取代。

该论文首先对1919年中国的五四运动及当时中国的家庭给予简要介绍。作者彭素文重点关注巴金和鲁迅作品中对家庭的描述。因为他们的作品被广泛阅读，且具有极大的影响。而之所以将这两位作家放在一起讨论，首先是因为巴金和鲁迅是社会批评家、同辈人以及友人。其次，两位作家在传统的多代乡绅家庭中都拥有直接经历。再次，他们俩都非常希望唤醒并激励中国人，尤其是将成为任何文化运动先锋的年轻人。而彭素文认为是巴金将中国的社会不幸与家庭结构联系起来。而鲁迅将其小说的目的确定为给自己和社会提供启迪，他试图照亮社会的不幸。因为他的家庭描述对当时其他五四思想家和年轻人造成极大的影响。所以作者选择了巴金最著名的小说《家》和鲁迅的五篇故事。《狂人日记》（*Diary of a Madman*）、《阿Q正传》（*The Story of Ah Q*）、《祝福》（*New Year's Sacrifice*）、《伤逝》（*Regret for the Past*）和《弟兄》（*Brothers*）。虽然鲁迅还有很多其他描绘家庭的文章，但这五篇是最著名的，也最富洞察力。

彭素文接着介绍巴金和制度化的家庭，对巴金的家庭和他的童年生活给予概括。然后他对《家》描写的故事及家庭对他的政治和个人情感的影响给予分析。他将一本巴金传记和巴金的小说作了对比之后得出结论：巴金的家庭李氏与其小说中的高氏宗族非常相似。此外，彭素文认为巴金的政治意识形态也影响他对传统中国家庭的态度,尤其是巴金信仰无政府主义,他认为整个中国社会体制必须被拆分,尤其是家庭,巴金将他的无政府信仰融入拥护废除传统家庭体制中。

而对巴金的小说在文学术语方面,彭素文说其虽然过分简单化,但是作为政治宣言,在吸引年轻人,并使他们付诸行动方面相当成功。因此,有必要从文学和政治两个角度进行分析,因为单从审美的角度阅读巴金的小说将专注于他作为文学作者的一面,很容易忽略他更大的政治目标。因此,他强调巴金是文化和社会潮流代表,而不仅仅是文学代表。巴金将家庭描绘成一种体制。作为一种体制,家庭在小说中是冷淡无情的敌人。他还进一步对巴金小说中的人物进行分析。他认为大部分人物都是一维式的,他向其读者精确地叙述了人物的感受如何,详细说明他们在家庭中的地位以及他们以前的伤心事。因此,读者没有通过情节发展了解角色,因为巴金已经为读者提供了关于角色的大纲,不让他们有空间偏离脚本。彭素文以觉慧为例,指出是一位刚愎的年轻改革者,而梅、鸣凤和瑞珏是贵族的牺牲者。他们的反应、动机及命运均可预见,几乎不会脱离他们规定的角色。相应地,几乎没有人物发展,高氏成员仍保持一维式且一成不变。《家》不是一本关于矛盾个体的复杂的精神分析的书籍,而是对社会的陈述,其中每个角色在清晰的寓言中扮演关于传统价值的特定类型。但是,在确立忠于特定类型的角色时,巴金没有让他的读者看到人物的复杂性和丰富性。

彭素文还指出家庭决定了个人。一个人在家庭单元中的地位和责任决定了一个人的命运。他认为觉新可能是一个让人同情的角色,但是他没有机会追求他自己的雄心壮志,不仅仅是因为家庭体制的束缚,也因为作者确立的界限。巴金构造这样一维式的角色,以增进其意识形态的信息。虽然觉新确实是让人同情的角色,但巴金清晰地批评他缺乏坚定的信心和行动力。因为觉新放弃他自己的愿望,以维护家庭的和平。巴金向其读者留下了避免重蹈觉新命运的明确信息,即如果他们忍受家庭体制,就算他们有最好的意图,最终也会以悲剧告终。相反,无畏地在家庭圈以外追求其自由的觉慧是五四青年应遵循的原型。作者对《家》的这种分析很有启发性。他指出,通过将家庭塑造得如此负面,采用冷酷的体制、死亡、过时、虚伪和奴隶这样如此黑暗的形象,巴金对家庭体制展开了激烈批判。作者认为巴金的这种陈述有三大动机。首先,巴金通过狠狠地诋毁家庭,能够更有说服力地呼吁完全拆除这样压迫性及毁灭性的结构。其次，巴金通过将传统中国体制与有关落后生活方面的所有问题联系起来，能够引进并介绍西方自由和民主的观点。最后，巴金通过将家庭描写成毁灭性敌人，能够引起同情心，并让他的读者为之愤怒。

该论文还讨论了巴金特别说明与生俱来便品行端正的个人和家庭体制之间的区别。彭素文指出，一个人一旦接触家庭秩序的体系框架，便成为一名同谋者。巴金相信像觉慧这样的人，如果融入许多其他志趣相投的改革者队伍中，真的能够通过摧毁基本单元（家庭），彻底改造中国社会。巴金认为家庭体制对社会而言是种绝症，它能侵蚀民族精神并摧毁有独立思想的年轻人。所以道路是明确的；一个人必须切断家庭关系，并重新开始。巴金明白，如果让年轻人看到无情的体制而不是他们仍抱有体谅忠诚的父母或同族，谴责家庭对他们而言会更容易。《家》不是关于所有中国家庭的，批评家将《家》视为富裕的乡绅家庭中的"忠实再现"。高氏家庭代表具体的类型，是上流社会的传统大家庭的典范。因此，彭素文指出在分析巴金的《家》时，不应将其仅作为文学作品或五四运动期间代表中国家庭的个案进行研究。相反，一个人应将其作为政治小册子阅读，它有一个大多数五四青年能轻易识别的标题：家庭。严格的文学阅读将会让一个人对巴金及其审美风格表示不满并失望。但是，通过文学和政治两种方法，一个人能更好地欣赏巴金的小说，并收集比批评家所忽略的更多的复杂故事，并由此开启一个探视五四青年反传统主义的窗口。他认为，《家》是五四知识分子在面临痛苦困境时的启蒙范例，同时也展现了五四运动期间中国出现的知识困境。

彭素文总结，巴金试图让中国家庭失去人性，以至于一个人不必对家庭再抱着怀念或同情之心。通过将多数中国人觉得和传统中国家庭有联系的体制具体化和熟悉化，巴金能够有效地提倡摧毁家庭制度，而不会受到多大阻力，但他自己的小说中未能完成这项任务。巴金对家庭的概念化表明了他的乐观主义，同时巴金留下了关于是否能够成功改变家庭和社会等未回答的问题，而这些问题恰恰是鲁迅探讨的。

对于鲁迅，彭素文主要探讨了鲁迅的家庭背景以及他在上文提及五部短篇小说中对家庭问题的思考。为了保证这篇论文的完整性，本书简要引述其中的核心观点如下。该论文首先介绍了鲁迅的家庭背景。并指出这一章的中心论点是鲁迅没有在他的作品中大规模谴责中国家庭。相反，鲁迅将家庭作为解构社会的背景，以突出他看到的内在的个人和民族问题。彭素文指出，鲁迅对中国社会的家庭讨论是批判性的，但是他对制度本身的态度并不刻薄，他的解决方法也不激进。鲁迅不提倡完全摧毁家庭体制。家庭本身不是中国问题的根本原因，它只是社会的缩影，拥有所有根深蒂固的过时想法的症状。否定家庭并不是解决的方法，必须完全重塑中国民族的性格。家庭被视为文化的传递者，尤其是传统价值。在鲁迅的小说中，家庭的攻击不在于固有的破坏性或潜伏性特点中，而是在于传授给孩子们的过时的有害风俗中。他举例《狂人日记》来说明，鲁迅将中国习俗和哲理比作食人族。叙述者相信他的兄弟和乡亲是野蛮人，将他视为他们的下一个牺牲品。

与巴金相同，家庭在鲁迅的写作中，同样与排外性和成员资格的形象联系在一起。家庭联系被视为是联系无情世界的纽带；拥有一个家庭便属于这个家庭，因为家庭是中国实现自我认同和保护的主要方法。彭素文举例《祝福》中的祥林嫂同样处于外来者的位置，因此，悲惨地看到了中国社会的无情。祥林嫂的困境阐述了社会的冷漠，以及家庭体制的不公平，尤其是妇女在制度中的地位。在鲁迅的故事中，家庭不完全是存心不良的。家庭联系也许是中国社会中少数制度之一，能够引起人们的慈爱，还引出不让人们变得野蛮的仅有限制之一。

此外，彭素文认为在鲁迅的故事中，家庭是一个沉迷于仪式的体制。这种体制非常壮丽且正式，但完全没有真正的品德。鲁迅不断指出问题在于个人，而不在于基本的制度。鲁迅再次通过说明新时代家庭中的同样的麻木不仁对该问题做出论证。即使在已改革的西方制度中，像精神的冷漠和麻木这样的同样的基本问题仍然盛行。鲁迅还将家庭想象成基于义务誓约的制度。鲁迅未必诋毁这些关系。

巴金和鲁迅写作中对家庭讨论的不同。彭素文对此提出自己的分析和假设，并从个人和家庭之间的关系、家庭的有形表现、家庭的作用以及传统家庭的"五四"替换物这四个角度展开分析。相信这些不协调更加表明大量的知识问题，而不仅仅是两位作者之间的文体差异。他从巴金和鲁迅构想的中国家庭的定义；巴金和鲁迅的写作中呈现的其他类型的家庭成员：压迫者和反叛者；巴金和鲁迅都认为家庭是儒家传统的表现；巴金和鲁迅对儒家思想的批评；巴金和鲁迅对家庭的功能的描写；以及巴金和鲁迅拥有共同的吸引力等，来说明巴金和鲁迅依赖于西方思想家的思想和术语表达他们对家庭的反对，说明中文中甚至缺乏新建或描述基本家庭单元以外的个人的适当词汇。通过对巴金和鲁迅作品的分析，说明中国作家在他们自身的传统范围内，没有重建其社会的语言或必要工具。

之后，彭素文又对巴金与鲁迅的差异进行分析比对。例如，巴金和鲁迅的写作之间的主要不同点是个人和家庭之间的关系，个人欺骗家庭义务的要求时，尽力创造个人身份。巴金将家庭置于其故事的中心，因此创造了一维式角色。而在鲁迅的故事中，家庭不是中心，而是多彩的背景，因此能够强调固有的中国精神的缺陷。在巴金创造的小说世界中，个人是在家庭内行事的人。在鲁迅的写作中，个人在家庭中的角色没有明确决定这个人。鲁迅家庭中的角色似乎更具人性，不仅仅是家庭塑造的被动物体。相反，鲁迅利用家庭反映个人，提供一种视野，通过它，人们能看到程度较小的社会问题。再如，在个人和家庭的对比中存在两个充满张力的要素：权利和责任。在巴金的《家》中，一个人的责任和职责取代任何幸福的个人追求，家庭是角色生活中有形的实体存在，家庭最终是人造的空间，并由家庭成员维持。巴金认为中国的不幸并未隐藏起来，而是通过家庭结构表现出来。此外，巴金通过提供家庭界限，限制了家庭的范围和影响。即家庭定义了周边界限，家庭无法走出该界限影响个人。巴金概述的中国社会的问题是表面上可辨别的实体：传统的家庭体制。这是巴金希望留给五四读者的印象。在鲁迅的写作中，家庭的界限更加朦胧，并不局限于特定的空间构造。在作者选择的五篇短篇故事中，家庭的影响通常不明显。

彭素文还指出，巴金和鲁迅相信西方思想可以替代传统家庭体制；巴金和鲁迅关于社会中文学用途的观念，也影响他们作品中所展现的家庭制度。巴金真诚地相信笔的力量，可毁坏社会中的有害事物。鲁迅虽然相信文学能够启迪社会，但如果他无法提供解决方案，他会犹豫是否该用他的笔进行阐述。关于写作（或任何知识分子的作品）能够促成真正改变的效力，鲁迅的态度比巴金更加矛盾。对于鲁迅而言，中国问题的解决方法和最初的问题一样复杂。提倡一个简单而彻底的变革可能没什么用。

对于家庭关系的意义部分，彭素文对巴金和鲁迅做了不同的总结。巴金的家庭概念是没有任何积极品质的摧毁力量，而且他同样暴力的解决方法反映了他对中国传统的绝对谴责。鲁迅提供更复杂且模棱两可的家庭描绘。中国民族衰弱的问题和解决方法不在于家庭单元，而在于个人。改革中国要进行基本价值观的个人革命，但是没有确保成功转变的公式化过程。鲁迅更多的是社会批评家而不是空想家，他对实施系统性改革没多大信心。

从总体上来说，彭素文的确抓住了巴金和鲁迅的家庭描写各自的特点以及他们的不同之处。通过两者的对比，他们的特征能够更加凸显，这是作者运用比较研究法所取得的效果。这篇论文其实不是纯粹的文学研究，而是以巴金和鲁迅为视点来研究五四时期中国的家庭状况，通过分析两位作家对中国家庭问题的思考来展现在那个变动的年代中国家庭的历史处境。此外，从社会思想的角度来分析巴金和鲁迅对家庭的不同描写以及由此体现出的他们对中国家庭问题的不同思考，可以更好地理解他们的家庭小说。这也是该论文的价值所在。

2.《家》与《红楼梦》中的伤感元素和社会批评的比较研究

1993年，普林斯顿大学克莱格·赛德勒·萧（Craig Sadler Shaw）的学位论文《巴金的梦想：〈家〉中的情感和社会批评》（*Ba Jin's Dream: Sentiment and Social Criticism in "Jia"*）从中国传统的浪漫主义小说对《家》的影响的角度对《家》进行了研究。该文在摘要中指出中国近代浪漫主义小说在主题和写作技巧方面有很多相似之处，在中国丰富多彩的浪漫主义文学作品中可以找到这些主题和写作技巧。这些主题和写作技巧在《红楼梦》中也曾出现，只是为了取得讽刺效果或其他特殊效果。它们被沿用到了20世纪的小说中，巴金的小说《家》就受其影响。其中包括：《家》中许多场景直接摘抄自《红楼梦》，许多人物也直接以传统浪漫主义小说的人物为蓝本，"宴席风格"基本与《红楼梦》中相似，两部小说都采用了才子佳人小说的浪漫主义观点。

小说作为批评社会的工具。中国小说产生之初，小说作家和评论家就强调文学应该传达跟道德有关的信息。清朝末年的改革家又进一步推动了这一观点：他们将小说视为对大众进行道德教育和政治教育的主要手段。受这种观点的影响，许多评论家将《红楼梦》解读为一部有关政治的小说。后来，近代评论家（如胡适）将《红楼梦》视为一部自传，但依然强调这部小说有社会批评的元素。《家》反映了以上两种影响的激烈碰撞。《家》利用伤感语言讨论社会问题，其语言也展示出两种影响的碰撞。《家》试图利用传统浪漫主义小说中的伤感来批评社会，但是伤感和社会批评的结合使两者都变得毫无特色。巴金无意识地利用传统小说的写作技巧来表示自己对中国文化的怀疑,反映了他对几千年中国文化的矛盾态度。

论文分六章,第一章是引言,第二章是中国浪漫主义的特点,第三章时《家》和《红楼梦》,第四章是中国小说的说教力及品读《红楼梦》,第五章是《家》的语言用词,第六章是《家》作为批评浪漫主义的小说。这篇论文有不少篇幅涉及中国浪漫主义小说以及《红楼梦》,由于与本书的主题并不相关,所以此处将省略这些内容,只论述与巴金的《家》的相关部分。

引言,巴金的生平经历和中国人对他的评价。这些内容本书在"英语世界对巴金生平的研究"部分详细论述,所以此处从略。

萧首先论述了巴金写作《家》的影响因素。他说,《家》创作于中国文学史上的一个关键时期——积极寻求文学的新内容和新形式的时期。当代地方语言和西方文学模式得到推崇,文学创作也多用于政治和社会目的。但是,几乎所有的新文学的倡导者都受过中国传统文化的教育。他引用巴金的话:"因为读书无数,我学会了创作,并能够凭借本能编造故事;我所谓'学'不是说我写小说之前先找出一些外国的优秀作品仔细地研究分析……我以前不过是一个爱好文学的青年,自小就爱读小说,长篇的也读,短片的也读,先读中国的,然后读外国的。"[①] 这种小说创作的观点有力地支撑了他的观点:若一个人大量阅读某种文化的文学作品,那么他将潜意识地学会该文学类型的创作规则。而这些规则将影响他,让他明白如何创作小说。萧认为这需要大量的实践和经历,而《家》就是这种现象下的结果。

但是,巴金一代的作家有双重身份:既是作家,又是批评家。他们经常否定中国传统文化,喜欢接受西方文化的影响。这段时期文学的一个重要倾向就是试图利用新形式的小说推翻旧社会。因此,很多批评家忽略了传统中国文化在20世纪中国文学中的重要性。之后萧提到了夏志清、李欧梵、柳无忌、王瑶等学者对中国现代文学与中国传统文学关系的论述,他们大多强调现代文学与传统文学的区别,只有王瑶提到了中国现代文学与传统经典文学的密切联系。因此,这给当代学者留下了一个不断萦绕他

---

① 巴金:《谈我的短篇小说》,《巴金文集》,人民文学出版社1958年版,第448页。

们的问题：传统文学和现代文学的不同之处在哪里？而他们之间的密切关系又是什么？

在仔细研究红楼梦之后不久，萧读了小说《家》，然后开始撰写这篇论文。他被《家》和《红楼梦》之间的众多相似之处震惊，并惊奇地发现西方学者对于两者的相似（对于当代和传统文学之间的连续性）关注极少。他做研究的最初十年间，除了胡志德（Theodore Huters）研究过当代和传统文学之间连续性的其他方面，再没有学者研究过当代小说如何吸收了传统浪漫主义文学的写作技巧。巴金本人否认《家》和《红楼梦》有任何关系。《红楼梦》（1979 年版）评论集，曾邀请巴金写下对于《红楼梦》这部小说的印象。当时他对此邀请的回答全部如下："我对《红楼梦》可以说是'一无所知'。十几岁时翻看过它。我最后一次读《红楼梦》是在一九二七年一月，在开往马赛的轮船上，已经是 50 年前的事情了。《红楼梦》是一部伟大的文学作品，是一部反对封建的小说。它当然不是曹雪芹的自传。但是这部小说里面有原作者自传的成分。书中那些人物大都是作者所熟悉的，或他所爱过，所恨过的；那些场面大都是作者根据自己过去的见闻或亲身的经历写出来的。要不是在那种环境中生活过，他就写不出这样一部小说。"①

显然，同其他受过教育的年轻人一样，巴金年轻的时候也读《红楼梦》，但是《红楼梦》给他留下的印象实在有限。在今后五十年的文学生涯中，巴金没有再次读过《红楼梦》。他对这部"伟大的反封建小说"的唯一评价是：虽然这是一部小说，却包含了许多自传元素。然而，巴金对于《家》的评价和对《红楼梦》的评价如出一辙："然而要是没有我的最初二十年的生活，我也写不出这样的作品。我很早说过，我不是为了要做作家才写小说，是过去的生活逼着我拿起笔来。《家》里面不一定就有我自己，可是书中那些人物却都是我爱过的和我恨过的。许多场面都是我亲眼见过或者亲身经历过的。""我可以说，我熟悉我所描写的人物和生活，因为我在那样的家庭里度过了我最初的十九年的岁月，那些人都是我当时朝夕相见的，也是我所爱过和恨过的。然而我并不是写我自己家庭的历史，我写了一般的官僚地主家庭的历史。"②

尽管巴金声称小说《家》中的人物和故事来自他自己的生活经历，

---

① 巴金：《我读红楼梦》，见《巴金文集》，人民文学出版社 1958 年版，第 1 页。
② 巴金：《家后记》，见《巴金文集》，人民文学出版社 1958 年版，第 382 页。

并利用这些人物和故事来批评和揭露中国文化,但是巴金的作品在很多方面和中国传统文化的模式极为相似。出于对这种相似的质疑:这样一位著名的现代作家是如何将传统文学因素吸纳到自己20世纪的作品中的?虽然《家》不是一部杰作,但是这部作品将中国的浪漫主义传统和反传统思想巧妙地结合起来。可以说以上这些是作者对写作这篇论文的缘起的交代。

因此,对小说《家》创作过程产生最大影响的两种中国本土因素:一个是中国感伤浪漫主义小说的传统,另一个是20世纪小说对小说实用性的强调。

《红楼梦》对《家》的两个影响。萧认为,一方面,《家》中有许多场景直接来自《红楼梦》。《家》中的人物也是以传统浪漫小说的人物为模型。《红楼梦》的"筵席样式"也存在于《家》中。而且《红楼梦》和《家》都采纳了"才子与佳人"的浪漫视角。《红楼梦》对《家》的另一个方面,《红楼梦》用小说来谴责社会的手法。从中国小说起源之初,作家和评论家都倡导作品要承载或传达道德方面的信息。对于明朝的两部著名小说《水浒传》和《金瓶梅》的评论都侧重其传达的道德方面的信息。而到了清朝,许多改革家将小说作为教育大众的工具,传达政治和道德方面的信息。因此小说宣传道德的功用得到了进一步加强。许多评论家倾向于挖掘小说的说教功能,甚至将《红楼梦》视为一部政治小说。之后,很多现代评论家将《红楼梦》视为一部自传。但是,他们依旧强调《红楼梦》中的社会批评功用。

萧还对《红楼梦》和《家》的相似之处给予分析。他首先分析了两部作品的写作风格。《红楼梦》辞藻丰富,语言华丽;而《家》用词朴实,而且各个人物之间话语都很平淡,区别不大。另外,巴金运用了许多现代语言元素,这一点与《红楼梦》颇为不同。《家》强调的是感情,这使得这部小说有些抒情的情调。这一点与《红楼梦》符合。《家》中许多篇章很具抒情化。即使有时候是暗指对社会的批评,却也强调作品中人物的细腻感情。因此,作者试图通过研究《家》中人物细腻的感情描写和其说教功用,来探讨浪漫主义传统。正是这种浪漫主义传统影响了《家》。

接着萧说明了中国浪漫主义小说的特点。为了便于在此基础上讨论这些特点对巴金创作《家》的影响,本书将引述其主要内容,以保证叙述的连贯性。萧指出大约在7世纪，中国小说作为一种文学类型得到认可，爱情成为小说的主要元素。伤感爱情小说在17世纪极为盛行。这种小说被叫作"才子佳人小说"，对后来中国的小说影响很大。从狭义角度来看，"才子佳人浪漫主义小说"指的是明朝后期中篇爱情小说，这种小说集古典文学色彩与本土写作方式于一体。但萧不但要探究才子佳人浪漫主义小说，而且讨论一些短篇故事和戏剧，这些戏剧要么直接体现"才子佳人小说"特点，要么与"才子佳人小说"的特点有直接关联。萧关注的是中国伤感爱情小说的一些共同之处，阐明他们之间的联系，包括《红楼梦》和巴金的《家》之间的联系。他指出，中国浪漫主义小说经常将某个小说故事情节和之前作品联系起来。例如，《西厢记》《红楼梦》。但是他认为《红楼梦》虽然不是传统的爱情小说，但是许多读者也会将其视为才子佳人小说。《红楼梦》具有不少浪漫主义写法的元素，这使其成为浪漫小说的化身。他还指出尽管曹雪芹努力试图将《红楼梦》与浪漫主义传统分开，但这部作品还是以不同方式运用了浪漫主义的一些手法。也许是故意运用，也许只是巧合。必须意识到：《红楼梦》对浪漫主义手法的运用进行了一点改变，表示作者故意对老套的浪漫主义进行修改来服务于自己的特殊目的。另外，我们也容易发现其中的一些元素，正是这些元素令读者感到这是一部伤感小说。之后萧分析了《红楼梦》与浪漫主义相符合的地方。作者说到最能体现《红楼梦》与浪漫主义相符合的地方体现在对贾宝玉家庭富裕程度的描述。另外，曹雪芹利用了老套的伤感元素编织故事，对主人公贾宝玉性格的描述就是一个体现。浪漫主义小说的主人公的突出特点是他们感情的敏感性，而不是他们强大的力量。他还指出，《红楼梦》与传统浪漫主义小说不同。在传统浪漫主义小说中经常插入一些诗，这看上去仅仅是爱情手法的必要部分而已，在《红楼梦》中，诗却用于描述人物性格，还为情节发展埋下伏笔。很明显，这与典型的浪漫主义小说有所不同。

  萧详细分析了《红楼梦》对梦的描写。他指出《红楼梦》中的梦与其他浪漫主义小说中的梦有异曲同工之处：《红楼梦》第五章中贾宝玉的梦境在许多方面都同《金云翘传》中王翠翘的梦相似。《红楼梦》试图利用浪漫主义的老套来支持反浪漫主义生活观，它本身却成为伤感浪漫主义小说的绝世佳作。他还分析了张恨水的《啼笑因缘》。他指出，在这部小说中，《红楼梦》和传统浪漫主义被明确地或影射地提到多次。如同早期的浪漫主义小说,该小说与浪漫主义传统关系紧密。因为张恨水擅长章回体,所以在其小说中有许多传统元素也不足为奇。张恨水的成功表明:所有以上手法和特点仍是 20 世纪小说创作的一部分。在该章所发现的可以作为爱情故事象征的元素,不是仅仅来源于一种文学类型,也不仅仅是某一特定历史时段,但其重要意义就是这些元素被广泛应用。众多作家,从王实甫到张恨水,都在其爱情小说和故事中用到这些元素。当涉及巴金的作品《家》在何种程度上以何种方式利用了中国传统叙事模式时,我们可以参考以上元素。有了这一章的参考元素作为背景,下面可以以此为基础继续分析《家》。

《家》和《红楼梦》的关系是萧论述的重点。首先,他对巴金的小说《家》给予简要介绍。而后对多位批评家对《家》与《红楼梦》的看法给予详细评述,例如,1933 年版《家》问世后,有一篇简短的评论指出《家》中爱情的细腻描写与《红楼梦》如出一辙。另一篇评论认为《家》在人物和情节上对《红楼梦》的依赖更大。但是这两篇评论都对《家》做了否定性评价。20 世纪 40 年代徐中玉和巴人的两篇长论也对巴金的这部作品持否定态度。有一些评论家谈到《家》和《红楼梦》相似度很高,但是他们说得太宽泛、太模糊。余思牧写道:"家这部小说具有现实意义,它有点像红楼梦,但比红楼梦更具反抗性。"[1] 法国评论家明兴礼(Jean Monsterleet)对巴金的评价跟余思牧相似:"《红楼梦》与激流的确有许多相同点:《红楼梦》是 18 世纪的杰作,激流无异议地是现代的一部伟大的作品。这两部小说都是时代的代表作品,但是因为时间的殊异,所以每部都有每部的特色。激流不是模仿,使我们现在的创作,无疑地是青年中国的产物。"[2] 英语世界的研究者奥尔格·朗的评论更贴切。她说:"激流三部曲中描述的一些场景和时间与巴金自己的家有出入,但是在《红楼梦》中能找到类似的场景和事件。"(Some of the situations and events described in Turbulent Stream deviate from the history of Ba Jin's own family but find their parallels in The Dream of theRed Chamber.)[3] 辜也平认为将《激流三部曲》和《红楼梦》的对比,两者在写作背景和人物性格类型方面相

---

[1] 余思牧:《作家巴金》,南国出版社 1970 年版,第 209 页。
[2] 明兴礼:《巴金的生活和著作》,文风出版社 1950 年版,第 67 页。
[3] Olga Lang, *Pa Chin and His Writings*: *Chinese Youth between the Two Revolutions*. Cambridge: Harvard University Press, 1967, p.84.

似。然而这篇论文更多的是展现两部作品的反封建价值观具有一致性，都把重点放在描写"新生的民主思想，进步的力量与陈旧的封建礼教，封建势力的冲突"上。辜也平指出的结构元素（如开篇处介绍主要人物并简要按时间概要故事发展）在传统小说中随处可见，所以结构元素并不能具体指出《家》和《红楼梦》的相似点。在做了上述文献综述之后，作者指出既然许多读者对两部作品的相似性进行了评论，那么就有必要抛开两部作品背景上的相似，寻求它们之间的连续性。

虽然《家》和《红楼梦》有很多相似之处，但也有许多不同之处。萧指出，《家》中年轻人比长辈视野更宽广，也只有年轻人在乎自己行为的道德影响。《家》中年轻人中没有恶人，也没有胆小鬼，长辈中也几乎没有人德高望重。这一点源自《红楼梦》。《红楼梦》中大多数长辈中要不无能（如贾政），要么腐败（如贾赦）。而《家》中的年轻人与大观园中的年轻人形成了鲜明的对比。大观园中，长辈总是欺压年轻人。在《家》中，年轻人同家庭的压迫进行抗争。这也是两部作品共有的内容。萧又指出，认真阅读《家》和《红楼梦》两部作品，就会发现两部作品的作者观点是不同的。《红楼梦》关切的是情的负面，然而宝玉确是误解了情的本质。通篇中，宝玉充满了情欲，充满了警幻仙姑所谓的意淫。因此，当曹雪芹写到宝玉的叛逆时，却故意打击其叛逆性。《家》却不同。虽然觉慧和宝玉一样脾气都很激动易变，但在《家》中，觉慧分析其传统家庭的组织结构时，他的分析一般是正确的，支撑了他正确的行动。这使得《家》和《红楼梦》截然不同。叛逆不是成长过程必须追求的东西，但却是应该达到的理想。

通过奥尔格·朗等研究者的声明，《家》的许多章节好像是从《红楼梦》的浪漫主义模式中衍生而来。巴金叙述的自己的一些经历为了鸣凤这个人物的背景信息，这使鸣凤和《红楼梦》中女主角的相似性更加明显。《红楼梦》人物描述中都采用了伤感色彩。如果巴金的目的只是渲染封建大家庭中女仆的悲惨命运，他本可以不用那么悲惨的方式，而且可以更好地达到目的。比如，他可以详细描述女仆如何辛劳工作，换回来的仅仅是饮食和居住。巴金创作了一个悲惨女仆角色再一次说明他对《红楼梦》感伤写法的依赖。萧的这种说法可以算是一种观点，但是这种论证方式却不能彻底证明巴金描写鸣凤是受了《红楼梦》的影响。

萧还分析了《家》中的其他人物与《红楼梦》的关系。在《家》中，另一个来自《红楼梦》的角色是梅表妹。梅和觉新青梅竹马，可是由于双方母亲有摩擦，两个人最终没能结婚。她结婚后一年就开始守寡，回到家乡后死于肺结核。巴金对人物背景的描述再一次显露了与《红楼梦》之间千丝万缕的联系。在塑造鸣凤这个角色过程中，巴金改造了事实，让小说更有趣。再一次，巴金在改造事实中遵循的是《红楼梦》，而不是个人经历。其中，萧主要对比分析了《家》中黄妈与《红楼梦》中刘姥姥。黄妈是《家》里面所有年长一代中唯一的正面积极人物。她既不是受害者，也不是压迫者，她只是一个普通人，在无爱的高家，她是唯一的简单爱着觉民和觉慧的成年人。其他的仆人不是受害者（如鸣凤，喜儿，婉儿）就是不知名的没有个性的小人物（如肥胖的女佣张嫂）。黄妈与高家冷漠无情的年长一代相对立，但她缺乏足够的分量去成为故事中的一支力量。所以正如《红楼梦》中的刘姥姥一样，把黄妈作为户外新鲜空气的象征给人一种诱惑，但是，这种平行却不能维持。黄妈是无法和小说的主旨相连接的。

萧还举例说明了许多评论家认为《家》和《红楼梦》的相似之处就在于浅层的家庭观念和家庭人物层面上。但萧本人不同意这种说法。他认为如果综观《家》这部小说，它采用了传统小说中的许多手法，这说明《家》从古典小说，尤其是《红楼梦》中沿袭了许多东西，不仅仅是浅层的。

萧列举了其中一个最成功的例子是小说的整体结构。古典小说的一个重要特点是结构的循而复始。《红楼梦》的结构亦是如此。宝玉消失了，但留下了个儿子；家庭衰败，后来却又从皇室得宠，巧姐嫁给富裕的农户（与贾母儿时相仿）意味着她的家运会好起来。各种一年一度的节日，周而复始，增强了故事循而复始的特点。而巴金也运用了这种模式，但是两者还是有不同之处。他说，《家》围绕庆祝新年展开。小说叙述了半年的故事，中心点是新年，而且这种庆祝一年一度，这给读者一种期待：这种模式会继续循环下去。

此外，萧还对《家》中的人物与《水浒传》的人物之间的关联给予评析。觉慧选择了武松。武松赤手空拳杀死了一只老虎而闻名。武松的嫂嫂杀了自己的哥哥，武松还处死了嫂嫂。大家对武松印象深刻还因为张都监诬告武松抢劫，武松残忍地杀了他。《家》的读者是不是应该将觉慧视作报仇的英雄，同样勇猛，不顾一切铲除腐败？这使人联想到很多问题。

觉慧是充满了憎恨，但是没想报仇。他找到他们，却并没有对他们进行处置。相反，他和老太爷最终都对对方产生了尊重。即使认同武松是觉慧这个人物在《水浒传》中的影射，两部作品中的其他人物的相关性还是存在问题。

因此，萧只能无奈地得出结论：为达到与《水浒传》的关联，牵强附会地去挖掘某些诗句的寓意是没有意义的。但萧并没有就此罢休，而是继续追问这种场景的描写到底意欲何在？第十三章几乎整篇都在描述除夕年夜饭。对所有到场的人都按照辈分进行了介绍：老太爷对自己的一生表示满意。孩子们在玩两种不同的划拳游戏，之后散席了。觉慧喝酒后热得睡不着觉。他听到外面有某种声音，观察后发现一个乞讨儿童在门外哭着，颤抖着。觉慧把兜里的零钱给了他，然后又回去睡觉。但是他觉得这种施舍在长期看来都是于事无补。

这个场景是为觉慧和这个小乞丐的相识做铺垫。萧描述这件事也许是试图使高家同外界产生关联。但是，这种关联在后文并没出现。如果说第十三章采用了中国古典小说的写作技巧，那么这一章为什么与中国古典小说的主题关系不大呢？本书只能得出这样的结论：该章的确借鉴了古典小说的叙述结构，只是自己没有感觉到，也没有意识到这种技巧的巨大作用。作者的这个看法或许是对的，但是他在这里的论证却很拙劣，既没有坚实的论据，论述过程也不符合逻辑。

从《家》对除夕年夜饭描述中，还可以发现《家》跟传统小说有联系的其他证据。在第十九章，元宵之夜孩子们在家里的院子里赏月。第十九章与《红楼梦》第七十五回和第七十六回有很大相似之处：《红楼梦》中描述的是贾家在大观园内赏月。两部作品都将此作为场景，但是两者之间的关联更重要。《家》中的聚会开始之际，淑贞像是被一个影子吓着了，以为那是鬼。众人都站住了。周围没有一点动静。大家来到湖边，都静静地站住了，看着月亮和月亮在水中的影子。小船上他们想起了没一起来的表妹。他们谈论着必然逃不掉的分离，这里和《红楼梦》也极为相似。他们想到的是"没有不散的筵席"，这与《红楼梦》里的"盛筵必散"相照应，"千里搭长棚，没有个不散的筵席""树倒猢狲散"，《家》中，类似语句意味着家庭的衰败和分离，都借鉴于《红楼梦》。

萧说，这些场景与《红楼梦》的联系是如此紧密，难以想象两者只是一种巧合。还有：向湖水中扔石头把鬼吓跑，湖水的涟漪映着月影，悲

第五章　英语世界的巴金与中外其他作家作品的比较研究　　275

凉的音乐带走了欢乐的气氛，家族的衰败和分离等，都与《红楼梦》有千丝万缕的联系。作者的这个结论其实未必一定成立，若要彻底证明，仍需寻找更多的证据，进行合乎逻辑的证明。

　　《家》和《红楼梦》描写人物出场的方法的比较。为了全面展现萧的分析，这里对其论述进行详细引述。《红楼梦》经常用传统手法引入人物的出现，如王熙凤的第一次出场如下："只听后院有笑声语，说：'我来迟了，没得迎接远客。'黛玉思到：'这些人个个皆敛声屏气如此，这来者是谁，这样放诞无礼？'心下想时，只见一群媳妇丫鬟拥着一个丽人从后房进来。这个人与姑娘们打扮不同，彩绣辉煌，恍若神妃仙子，头上戴着金丝八宝攒珠髻，穿着朝阳五凤挂珠钗，项上戴着赤金盘璃缨络圈，身上穿着缕金百蝶穿花大红云缎窄银袄，外罩五彩刻丝石青银鼠褂，下着翡翠散花洋绉裙，一双丹凤三角眼，两弯柳叶吊梢眉。身量苗条，丽格风骚。粉面含春威不露，丹唇为启笑先闻。"[①] 上述描述展示了《水浒传》中常用的手法。首先，人物的声音表示人物的出场，抓住了场景中心人物的注意力。中心人物对其打量一番，将进入人物的衣着、身材和面相等细节进行一番描述。在《家》中，我们也可以找到巴金运用该手段的例子："外面忽然响起了脚步声，一个女性的声音低唤着，'大表哥，琴小姐来了'一道微光略过剑云的脸，他低声说，露出愉快的样子。'啊，请进来吧。'觉新连忙站起来高声应道。这时门帘一动，进来的果然是琴。她底母亲跟张生在后面跟着，但张生马上又走了出去。琴穿了一身淡青胡皱棉袄，下面系着一条青裙。他底脸上淡淡傅了一点粉，发鬓垂在两只耳边，把她底鹅蛋形的脸庞，显得恰到好处，在两道修眉和一个略略高地鼻子中间，不高不低地镶着一对大眼。这一对眼睛非常明亮，非常深透，里面含着一种热烈的光，不仅给她地热烈，活泼地面庞添了光彩，而且她一旦走进房里，连这房间似乎变得明亮起来。"[②] 这种技巧与《红楼梦》中王熙凤的介绍如出一辙。首先，声音意味着人物的进入，各个人物的注意力转向王熙凤。对其衣着，面庞等进行细致介绍，然后是接下来发生的事情。这是巴金引入角色最喜欢的一种手法。另一个例子是对陈剑云的介绍。

　　《家》中对梦的描写与《红楼梦》的关系。萧指出，在才子佳人浪漫

[①]　曹雪芹：《红楼梦》，三民书局1972年版，第19页。
[②]　巴金：《家》，人民文学出版社1981年版，第54页。

主义小说中，当主要人物遇到困难时就开始产生了梦。梦的内容通常就是小说的概况，还经常产生心理作用。他说，梦在茅盾、老舍以及许多其他五四作家的作品中不占据重要位置。但巴金在自己的小说中经常利用"梦"的写法。其中，在《家》中就有两处梦。第一次是间接展开的。在玉府花园一起摘李子花，觉慧向鸣凤保证等他长大了，他会娶她。这个梦证明鸣凤是真的爱觉慧，其作用也仅仅是跟一句我爱你差不多。在这个梦里没有第二层意思，也没有表达复杂的感情。还有鸣凤自杀后不久，觉慧梦到她起死回生了。萧认为梦的长度跟《红楼梦》也有相关性。整个梦在1951年版的《家》中占了8页的篇幅；约3600字。而贾宝玉的梦大约在第五回有5500字，第十六回有4000字，这比《家》的梦要长。这是因为《红楼梦》中的梦更复杂，还因为巴金用词的风格，使得其篇幅较短。但是《家》和《红楼梦》在梦的内容上还是很相似的。萧以开场的场景为例，觉慧在树林中追着鸣凤，却追不上。宝玉在自己的第二个梦中也不断遭到拒绝。这两点也很相似。写梦是传统浪漫主义小说的主要特征，因此萧得到结论：写梦也是巴金采用传统技巧的证明。

对于《家》和《红楼梦》结尾，萧也进行了比较。在120回的《红楼梦》标准版本中，宝玉中举后离家出走。在一场大雪中，他的灵魂出现在父亲的小船上时，才再次出现，打扮得像个和尚。有评论家表示，觉慧出家同宝玉脱离世俗世界有相似之处。而《家》的最后场景是：觉慧坐上小船，去了上海。虽然两部小说角度的不同，但是其高潮部分却是相似的，都是男孩要到成年之际，不能再忍受家庭而出家。两部小说中最后都写到了出家，出家之后要发生什么，都无所得知。萧对这两部作品结尾的分析和比较有些牵强，并不能为人所信服。

通过分析，萧总结《家》和《红楼梦》两部小说各层次之间具有很多关联性。从《家》中家境富裕的描述，到才子佳人小说人物，再到家庭宴席的模式，再到《家》从传统小说中借鉴的多种手法：介绍人物入场和老套的悲伤表现形式。并对《家》和《红楼梦》关联度进行评价的大多数评论家只是指出了几个相似的元素，如典型的浪漫主义人物在富足的大家庭这一元素。因此，这种评论给予读者两者有关联的印象，但是需要做更多来加强这种印象。不管是故意为之还是巧合或无意模仿，巴金笔下中国大家庭的衰败的情节借鉴了许多先前作品，不仅仅是在宏观方面，许多细节和微观之处也进行了借鉴。显然，传统小说对巴金影响极大，超过了他承认的范围。巴金从传统浪漫主义小说中得到的恩惠很大，许多评论家注意到了《家》和《红楼梦》之间的关联性。事实上，这种关联性或者恩惠比评论家指出的还要大。这并不意味着《家》就是一部拙劣的仿制品。笔者只是想通过研究提醒大家：20世纪的中国小说大量借鉴了古代中国文学的传统成分。虽然像许多其他创作了近代中国文学作品的作家一样，巴金很注重外国作品对自己作品的影响，但是我们仍然可以在《家》中看到巴金受到中国传统小说影响的程度。

可以说该文的这个结论是很有启发性的，中国现代文学包括巴金肯定会从中国传统文学中受到各种影响，这个长期被中国学者忽视的领域值得引起学界的关注。但是这一章中所用的证明方法却并不能完全信服，仅仅是发现《家》和《红楼梦》等传统小说的相似，并不能彻底证明巴金受了这些作品的影响。虽然我们可以引用新批评"意图谬误"的说法来撇开作者的陈述，直接从两部作品文本的比较中发现线索，并进行证明。但是这样的论述方式仍不能确认巴金的确受到了这些作品的影响。为了完成这种论证，我们仍需发掘更多的材料，采用多种手段，立足于文学文本，同时兼用其他各类证据，或许才能得出能够被学界公认的结论。所以从这个意义上来说，这篇论文在这一方面还仅仅是开了个头，具体论证仍有待于今后的研究。

接着，该论文围绕中国小说的说教式热潮以及对《红楼梦》的研读展开。之所以做这一部分，是因为萧认为中国小说的说教倾向是另一个对《家》有影响的因素。萧对中国小说的说教倾向进行了历史梳理。20世纪中国文学具有很强的说教倾向。如同其他一些开创中国近代文学的改革家一样，巴金也重点考虑了作品的社会和政治影响。而强调国家（或政治的）和个人之间的对比，是清朝改革家和五四作家作品的标志，这从某种程度上也源自中国早期小说。萧对中国小说史给予概述：唐朝时期，小说开始被视作文学的真正形式，它要么传达强烈的道德意识，要么批评不道德行为，以《金瓶梅》《肉蒲团》等小说为例说明其具有道德说教的作用。19世纪末，政治改革家提倡小说是一种重要的教育手段，以及出现的一批暴露社会黑暗和政治腐败的谴责小说。晚清，改革家们主要关注小说的实用价值，提倡白话小说，又进一步推动了小说事业的发展。1911年清王朝覆灭，谴责小说也衰落了，但这并没有淡化小说的政治作用。五四运动的文学方面和晚清时期的新文化运动紧密相连，小说有或好或坏的道德教化作用。以及后来的新文学中的政治因素对古典小说的解释。通过《红楼梦》的几种解释，可以了解文学政治化的效果。1900—1930年的许多作家、评论家都认为《红楼梦》中存在着某种社会道德，而且这种道德是小说的最重要因素，认为《红楼梦》是一部抗议社会的文学作品。但是20世纪20年代的文学界，对浪漫主义文学的地位提出了新的观点，这也让浪漫传统转向了政治传统。反过来，又影响了巴金等后起作家对浪漫素材的看法。萧又分析了当代读者对《红楼梦》的理解。他说，大多读者认为其是一部爱情小说，但是蕴含深刻的哲学意味。20世纪初，文学环境高度政治化，《红楼梦》的各种解释中，比较流行的都加入了历史寓言。评论家并不把小说看成是独立的艺术作品，而是把作品套在自己的方案之内。都试图把作品同历史事件相联系。在中华民国成立早期，人们喜欢把《红楼梦》看成是直接讨论的社会问题，许多人认为，《红楼梦》是一部重要的社会批判小说。

而对于《红楼梦》的真正意义及对其的解释大多是文学之外的。萧通过许多例子都说明，《红楼梦》被解释为历史，而不是小说。如此，批评家要么把《红楼梦》的范围限定为历史的脚注，要么是对传统社会和风俗的批判。因此，在这种环境下，巴金有意识或无意识，把《红楼梦》看成是小说的模型，因为《红楼梦》中早已存在的浪漫感情同读者最近才挖掘出的社会批判相结合，这就不足为奇了。巴金接受对文学中社会角色的各种期望，1953年《家》的附言中，巴金讲道："一直到我写了《家》，我的'积愤'，我对于一个不合理制度的'积愤'才有机会吐露出来。所以我在一九三七年写的一篇《代序》里大胆地说：我要向一个垂死的制度叫出我的'抗诉'。"①

萧指出，尽管巴金广泛使用浪漫素材，但他并没有深入研究悲剧爱情故事或是个体的成长，而是通过写作谴责整个家庭和社会关系的体系。曾经，大家甚至把《红楼梦》视为爱情故事，后来视为社会或政治评论，所以巴金以类似方法对待自己的小说就很自然了。这种处理小说的方法会很容易让巴金这样的进步作家把多愁善感的浪漫文学、《红楼梦》当作典范。所有小说都会从社评的角度来评判，因为出于其他目的，感性的浪漫文学中早已发展了这些技巧，所以使用它们，简直是显而易见的。唯一的

---

① 巴金：《家后记》，《巴金文集》，人民文学出版社1958年版，第382页。

问题是，如何将感性素材同预期相结合，从预期讲，小说主要的构成为讨论社会问题。巴金并没有理解问题的解决方法，这也是《家》许多缺陷的根源。为了探寻巴金如何将感情和社会关切相结合，该论文会从检验《家》所使用语言来解决这个问题。这样萧就自然把论述的焦点转移到了下一章。但是在引述下一章的观点之前，该论文先对作者在这一章中的论述稍作评价。显然他花了很大的力气来搜集中国学者对《红楼梦》评论和研究的材料，这一点值得肯定。他在评述这些材料时所用的方法也无可厚非，但是在介绍了中国20世纪30年代之前的《红楼梦》研究情况之后，直接说巴金受到了这种评价的影响就说不过去了。巴金可能受其影响，也可能没有受其影响，这是一个有待证明的问题，而不是一个可以轻而易举得出的结论。

  萧在这一部分还有一段话，颇能概括其研究方法："许多读者，包括我自己，都认同，追悔过去，对爱的幻想落空，是《红楼梦》的重要元素，而且会发现其实俞平伯的分析很无趣，因为他和胡适一样，都坚持转移讨论的焦点，力证作者是个历史人物。他们关注小说，并不在意戏剧化的想法，而是对历史材料的使用。这个颠倒了解释的过程，即用历史资料来解释小说，而不顾及小说中的观点。"（"Many readers, myself included, agree that regret for the past and didillusion with love are important elements of Honglou meng, yet find Yu Pingbo' analysis to be ultimately uninteresting. This is because he, like Hu Shi, insisted on turning the discussion aways fron these ideas and toward the quthoe as a historical figure. Their interest in the novel lay not in its dramatization of ideas, but in its utility as historical source material. This reverses the process of exegesis, which uses historical materials to explain the novel, without shifting the discussion to wither the ideas presented in the novel or their presentation."）[1] 该论文认为一味使用历史资料来解释小说肯定存在一些问题，但如果仅仅从小说文本出发也带有一定的缺陷。显然萧更倾向于从小说中的观点出发来解释小说，这无可厚非，但是如果仅仅使用单一的材料，往往很难彻底解决问题。

  第五章，《家》使用的语言。《家》在语言上和《红楼梦》有很大的相似性。《家》的感情基调是源自对《红楼梦》文学风格的模仿，还是来

---

[1] Craig Sadler Shaw, *Ba Jin's Dream: Sentiment and Social Criticism in "Jia"*, Princeton University, 1993, p.118.

自其他元素？《家》在社会上的影响力如何表现在语言上？虽然《家》和传统浪漫文学有诸多关联，但是《家》的读者却无法想象，他在读一本18世纪或是19世纪的作品。当然，部分是因为主旨和政治观点，但也是因为《家》中所使用的语言。通过对比《家》和《红楼梦》中的语言，观察二者的语法元素，科学描述，叙述和对话中所使用不同层面的语言，可以证实这一点。为此作者选取了这两本小说中，对花园的进行描述的章节，即《红楼梦》的十七回，以及《家》的第十四章和第十九章。因为这些章节包含很多让两部小说看起来很相似的元素，也出于这个原因，可以用来表现两部小说中的诸多不同。

中国语言层面上，最明显的差异存在于"古典"汉语，即文言，以及"现代"汉语，即白话之间。萧说，巴金最早发表的小说作品，中篇小说《灭亡》的几个段落，表明它写作的风格中包含许多西方句法的元素，但也有一些令人惊奇的中国古典元素。然而人声之有无，这晚上在他也没有什么关系。因为他睡不着，一闭上眼睛，白天的惨象便出现在他的眼前。这个段落以半古典短语开始，"然而人声之有无"，但是后面又跟着一个白话短语，"在他也没有什么关系"。短语同"因为"放在一起，显得很笨拙，又难以理解，整体印象是，作者刚开始使用白话文写作。其他位置，虽然有逻辑性，但是很笨拙。闭着的门自己开了，进来一个女子。这时候黑暗的屋子里充满了非地上的光明。"进来一个女子"颠倒了正常语序，虽然汉语都能理解，但是这个句子看起来像是从英语直译过来的。"非地上的光明"这个短语看起来像是英文"非尘世的光"的直译。这样的写法造就了巴金现代主义的名声，也支持了巴金的说法，在他事业起步时期，写句子时，多采用英文语法而不是中文语法。

《家》的写作风格简约很多，但并不现代，甚至到了笨拙的程度，风格上也不像《红楼梦》或是其他前现代的小说。从最显著的特征着手，《家》没有说故事人的时髦用语，而到20世纪时，白话小说中几乎随处可见这些时髦用语。《红楼梦》中频繁模仿口述故事人，可是这些并不来自口头故事。《红楼梦》的每个章节结束时，都会变些花样来提醒读者，"不知后来如何，且听下回分解"。当叙述从一个人物转移到下一个，这种转变会用"暂且无话，且说……"来标志。某个人物的视觉感官会用短语"只见……"来表示。许多前现代的小说中，叙述者偶尔会直接同读者对话，比如"看官"标注的段落。虽然最后一种情况在《红楼梦》

中并不常见，但是叙述者至少用了两次，来直接和读者说话。《家》中很难找到这些标签。或者只有很少使用，却可以表明角色的立刻感知的"只见"，将《家》古典小说联系在一起。当觉民和觉慧想象着炮火外面的场景时，才使用这个短语。一阵"冲锋"过后，只见火星闪耀，发亮的枪刺向着跳跃的人底血肉的身体刺进去……或许有人会说，这"只见"仅仅是字面意思，它意味着观察者无法看见其他事情。即使事实如此，这个词组还是从传统小说中的语言借来的，作者认为这样的词组不能用字面意思来理解。"只见"后面跟着的不是单独的形象，而是整个吓人的场面吗。火星飞溅，刺枪闪烁，人们被刺中的时候跳了起来。如果足够亮，能看清楚这个场景，也能看见大屠杀的全貌。"只见"的意义就在于标志出想象场景的效果，这同传统小说中的作用一样。

萧说，《家》没有用传统方法来结束每一章，而是用对某些场景的感情反应，这些场景往往是觉慧想出来的。同其他20世纪以前的中国小说一样，《红楼梦》中的对话常常由短语引入，"×笑道"会引出角色要说的话。巴金在《家》中也采用了这个方法，把它放在话语后面的位置，同时插入一个小品词。有时，他在这个短语旁插入副词，清晰表达角色说话的语气。虽然"×笑着说"是最常用的形式，他还经常使用"×温和地说"，或者恳切地、坚决地、惊讶地等。虽然巴金会借助不同的动词来改变模式，但是这个模式的优势还是会让人想起传统小说。除了借助动词变换模式，对话标记的位置也是20世纪小说的特点。也许，传统上，中国古籍印刷时根本没有标点，至多只有短语标记，所以中国传统小说中的对话总是以短语"××道"引出引语。采用西方的标点和分段落，20世纪的作家可以改变对话标志的位置，却不用担心受误解。巴金充分利用这一点，经常把话语标志词放在引言的中间或是末尾，改变传统的模式。

这个相对简单的变化，就是让巴金作品具有现代感的原因之一。萧说巴金使用方式副词来明确标记出小品词"地"，这也是20世纪的写作特点。这种现代构造，将形容词变成副词，很显然也是欧洲对中国语言影响的结果。《家》中类此的用法更多地出现在叙述中，而非对话里，似乎巴金也认为这并非一种口语用法。《家》风格上另一个现代元素就是很大程度上使用正字法。刻画琴的时候，作者小心地区分读音都为"的"的三个副词。现代风格中，巴金也是谨慎使用它们。在分析了巴金语言上表现出来的现代感之后，萧接着指出除了《家》风格中的明显特征，对于书面白话文的构成要素，巴金和曹雪芹的观点还存在一些重要分歧。《红楼梦》作为白话文风格的典范，其实混合了多种风格。对话从单纯白话文过渡到古典汉语。年轻的男仆很自然地讲原汁原味的白话文。人物情境不同，说话风格也会变化，这也是《红楼梦》有那么多鲜活人物的原因之一。

《家》中人物虽然不同，但是都说着同样呆板的语言。有时，年轻人物或是叙述者会用些新造出来的词，但是对于哪个人物风格如此，并没有一致性。对话似乎更偏向于书面语而不是口语化。《家》中大多数人物都是接受良好教育的年轻人，所以他们说话风格相似，也符合逻辑，但是其他人居然也和这些年轻而有学识的人讲话一样。而《红楼梦》中有许多文言成分，所以一部分叙述，大部分描述体现文言风格也就不足为奇了。只要几行叙述，就可以证明作者正统语言的风格。《红楼梦》并非因场景描述时，使用了白话文而出名，实际上《红楼梦》中的描述偏向文言，而不是白话文。

萧指出，巴金的作品和其他前辈有很大的差别，很可能是因为巴金有意识地采用全国兴起的白话文来写作。从 19 世纪末开始，语言改革就和政治、社会和文化复兴联系在一起。到 20 世纪 20 年代末，大多数改革家都不再用纯文言来写作。尽管巴金在《家》之前的小说中采用的是晦涩难懂的现代风格，但《家》显示了巴金尝试用"更明白更朴素"风格写作。同传统小说相比，或者同巴金早期作品相比，《家》的白话文更加直白。

不同于《红楼梦》或是《儒林外史》，《家》中的叙述、对话和描述在风格上都很接近。《家》中的描述和叙述要比对话更抒情，但是词语并不晦涩。而《红楼梦》，场景描述很印象化，并不是很具体。尽管词语简单，描述简洁，但是具体细节很少。萧解释说，这种描写风格的效果就是把读者的注意力集中在情感上。不管感觉是来自角色，或者仅仅是总体上感觉，都暗示着读者似乎身临其境，这种感觉非常重要。修饰感情时，众多的修饰词加强了这个效果，强调所说的某个词语，或会发生的某个动作。这些词通常并不单独出现，相反，这些词会得到解释。正如上文指出的，新式的状语结构可以进行解释，但又常常显得多余突兀。随着故事发展，这种叙述仅仅是在解释背景。其实这就像是传统叙述者在介绍一个人物时，会解释其背景和与故事相关内容。

在巴金的作品中，萧认为很少看到他所受的高等教育，或是地区方言的迹象。在叙述和描述中的词汇很平实，没有使用过多的文言词汇。所有人物都讲同样平实没有显著差异的语言，只使用了几个四川方言词。甚至是应该使用文言讲话的角色也只是使用了平实的白话文。他认为巴金非常重视感情或是感觉，产生了强烈的抒情基调，这也产生了最显著的差异。而曹雪芹和巴金对于书面白话文的表达，有完全不同的感觉。对于曹雪芹来说，白话文就是文人的口语，所以自然会加入很多文学表达法，这些是没有受过什么教育的普通人不会用的。显而易见，从《红楼梦》中设计考究的对话可以看出，他很清楚不是每个人都像他一样受过良好教育，所以讲话方式也不会和他一样，但是总体上，白话文叙述还是包含了许多文言元素。《红楼梦》中的叙述暗示着说话人受过很好的教育，比如贾宝玉即使在说话的时候，就很容易说起文言文。曹雪芹刻画的人物，属于哪个阶层，他就会使用这个阶层的语言，来进行人物对话。所以《红楼梦》中充满了当时不同的方言。萧给予解释的原因是，或许巴金生活在不同的时代，或许巴金认为在写作时无意识操纵而写出的东西更加诚实。

以上详细的语言分析，的确可以展示出《家》在语言方面的特征以及这种特征与巴金的创作目的之间的关系。这种研究是很有启发性的。而笔者在这里之所以大量引述作者对《家》和《红楼梦》语言的分析，一是为了完整展现作者的分析过程；二是为了向国内学者提供一个可以借鉴的分析方法。萧很可能受过新批评的学术训练，所以他对这两部作品语言的分析非常细致，从这种细致的分析中也能看出很多被人们忽视的问题。中国学者善于从某个理论视角出发研究作品的内容，但对作品文本的细读却稍逊一筹。所以我们需要学习外国学者的这一长处，以提升我们的研究水平。

然后，萧讨论了《家》的批判浪漫主义文学特征，解释了为何许多20世纪的中国小说都强烈偏好政治性。此外，他还论述了中国现代文学的政治诉求与文学形式之间的关系，以及五四现实主义作家文学观点。他指出，《家》中的感伤主义其实是作者个人感情的多种表达。巴金选用浪漫主题，是因为他想表达深深压抑的感情。与此同时，《家》中含有强烈的社会批判，这也出现在许多现代中国文学中。社会批判结合多愁善感，非常符合20世纪30年代的文学趋势，当然这个趋势延续至今。萧指出盛行于20世纪70年代晚期至80年代早期的"伤痕文学"就受到这种影响。

此外，他认为，《家》的许多元素都来自传统的浪漫小说，特别是《红楼梦》。这其中包括，永垂不朽的浪漫人物形象，丰富而夸张的环境，还有些特殊技巧，如介绍人物的手法，反复提到某些文学前辈，作者把前辈称为"标志性文本"，大多数都适用于社会批判。他还指出很多方面上，巴金更关心情感的表达，而不深入钻研中国文化的复杂。巴金确实不想写一部浪漫主义小说，那么他采用了浪漫主义文学的各种元素，就和他表示想写一部关于中国家庭事实的说法相左。

不可否认，巴金的社会批判性并不强。巴金并不满足于在各个方面都令人满意的社会中，挑出几处不足，他认为，整个社会都应该推翻，他写小说也是为了这个目的而服务的。巴金表示，他写《家》的目的就是对读者有帮助，对社会、对人民有贡献。因为巴金的这个意图，《家》中出现的许多浪漫主题和陈词滥调都适用于社会批判。举个有说服力的例子，巴金把某些文学前辈作为灯塔而引用。出于当代政治的目的，巴金所引用的"标志性文本"，采用了传统浪漫技巧。年轻而敏感的觉慧会从屠格涅夫的《前夜》中明白如何解释自己的感情，而每每陷入困境时候，也会反复如此，获得慰藉。琴爱看易卜生的作品，既可让人物处于政治环境中，也可刻画出个体的感情状态。但是其他从浪漫文学借用的例子就没怎么有效了。在"集体传记"中，刻画的高家三兄弟的确阐释了当时年轻人的某些行为，但是在很多方面，他们的个性相似，所以这些区别并不会特别显示出他们的性格。兄弟几人中，性格最主要的不同，在于反抗老一辈压迫的程度。觉新同意每个要求，他也因此被毁。觉民只会抗争自己的事，对其他事不管不问，所以他达到了自己的目标，却没有影响到家庭体系。觉慧反抗整个家族体系，意识到离开才是唯一的答案。他们性格之间的不同仅此而已。从情感上，他们三个有很多相似之处。处理事情，多数是从情感角度，而非理性角度出发，而且又都有些自我怜惜。不同之处就在于对待权威的态度，这种影响具有社会批判性而非是对品格的检验。巴金还使用"宴会模式"中对比元素的反面，也强调了这些社会问题。以上例子表明，巴金以批判性的目的，采用了许多浪漫主义的元素。

《家》中使用的语言，萧认为重点在表现情感而非事实。这种印象派的场景描述，反复提及感情，高度情绪化的情节都结合在一起，引起了读者的感情共鸣。尽管巴金很明确表示要写一部"一个正在崩溃中的封建大家庭的全部悲欢离合的历史"。这犹如一场拉锯战，将读者拉近感情而非理智。《家》中的情感因素要比许多其他小说强烈。《家》在描写中国传统家庭时，经常会借助伤感主义。而另一个取自传统浪漫主义的元素在描绘女性角色时候，表现得尤为明显。20世纪20—30年代的中国小说中，常常可见将年轻女性刻画成被压迫的受害者。此外，《红楼梦》中最受欢迎的女主角便被视为受害者，这给《家》将女性角色刻画成无助受害者提供了足够多的先例。萧指出，还需要考虑另一个因素：巴金说起自己的小说，犹如它只是现实的简单反映，里面的人物和剧情都是他自己经历的稍许改编。与此同时，他设置的情节、描写的感情都表明巴金希望影响读者们的感情，也希望读者们能从理智上理解社会问题。五四文学中，受压迫女性的老套形象取自许多改革者的坚定信念，即女性深受传统文化的压迫。现实中，女性一般被刻画成受害者，这些文学先例让巴金很容易去描写令人心碎的场景，表现她们受到何种不公。

　　一般来说，女性所受的压迫，会间接让《家》中的男性也受到压迫。似乎巴金并未找出家庭生活中让他感到如此压迫的原因。有些东西他并不完全理解，所以也不能将其戏剧化，所以他选取女性受压迫作为主题，以此暗示，男性也遭遇了类似的不公。萧说，也许正是巴金的政治信仰导致了艺术上的不足。至少巴金自认为，小说中最重要的元素就是传达的真实信息。因此，巴金十分怀疑文学技巧。他觉得技巧不过是混淆真相，或是狡猾的作家用来迷惑读者，接受某些不真实，却包装精细的观点。巴金坚称自己不是作者，只是写书的人。巴金自然没有在意创作的技巧层面。结果，尽管《家》有很多版本，但风格都是重复且单调的。巴金深信不疑技巧的这种本质，所以也奠定了小说的感情基调。他真诚希望小说能够获得社会影响，但同时这也要充满感情。过度沉浸于感情，可以帮助我们探索巴金的真实目的。《家》是在政治小说外衣下的情感小说。表达政治理想和社会批判，进而引发读者的感情回应。巴金希望用感情来表达自己的观点，所以也经历很多困难。为了捍卫社会观点，他就不得不忽视某些感情上的真相。为了进行社会批判，巴金运用感情元素，但是巴金也掉进一个陷阱，他试图刻画的感情，以及他赋予的政治意义也都因此而贬值。一方面，巴金很容易接受爱情中的陈腐平庸，因为这些都指向家族体系中的残忍。感情的肤浅刻画并没有影响巴金看见感情和基本主题之间的联系，所以他也没必要精练感情的描写。另一方面，借助老套的感情表达严肃的观点，也让人们怀疑这个观点，所以《家》对罪恶家庭体系的描述看起来过于简单。这个简单的观点让支撑起它的感情看起来更加陈腐。《家》无法逃离这个恶性循环。

《家》中叙述和所有对话的语言都很相似,似乎有个声音贯穿了始终。巴金轻蔑文学技巧。这同时也说明他认为他要说的事情比怎么去说更为重要。巴金关注小说的社会影响,希望在很大程度上,通过感情来表达社会影响,这代表了处理文学的五四手法。萧引用胡志德、夏志清等学者的观点,说他们将矛盾的冲动归因于中国现代小说,特别是关注文学的社会影响,认为文学应该给作者一个手段,表达最深刻的感情,显然,《家》便是如此。《家》将传统的浪漫叙述模式适应于传统社会的批判。

巴金将浪漫主题应用到社会批判中,本来就不会成功,这其实没什么内在原因。《红楼梦》成功地使用浪漫主题来反驳浪漫的观点。《红楼梦》获得了成功,因为作者有意识又批判地应用这些主题。而《家》虽然大受欢迎,取得巨大影响,但是迈克尔·伊根却把它称作"有缺陷的经典",未加批评便接受浪漫文学中的老套,又赋予其社会意义,这导致作品的缺陷成分大于经典。

因此,我们可以把这个改良文学的失败等同于对整个文化的改革。对《家》的分析的启发。既关注了巴金创作《家》时中国的文化背景以及巴金所依赖的文学传统,同时也从巴金的写作目的的角度论述了这种写作目的怎样影响了巴金的具体写作以及他对写作方法的选择。作者认为巴金的写作是有缺陷的,并详细分析了何以会出现这些缺陷,这些都深化了我们对《家》的认识。

从整体上来说,该论文讨论了巴金《家》中的伤感元素的来源,以及巴金出于社会批判的目的如何来写这些伤感元素,这一研究思路值得肯定,作者的结论也能成立。此外作者对中国小说史中浪漫主义传统的梳理以及对巴金的创作背景的分析,显示了他对中国文学有相当的了解,文中大量的注释也能在一定程度上反映作者的学术水平。当然正如前文已经指出的那样,作者在论证《家》所受的《红楼梦》的影响时存在逻辑上的漏洞,这是需要我们注意的地方。其实这也是比较文学影响研究中很难解决的一个问题,本书在此无意展开对影响研究的具体操作方法的讨论,只是由对这篇论文的评价引出了一些思考。不过该文作者整体的研究思路以及其最后的结论仍能给我们十分重要的启示与借鉴。

第六章

英语世界的巴金研究与中国的
巴金研究的比较研究

英语世界学者在研究巴金时会由于文化过滤的机制而产生"误读"，他们的研究领域也不如中国的巴金研究广阔，这是他们的劣势。但是与此同时他们也有其优势，即当他们立足于自己的学术传统和文化背景来研究巴金时能够得出一些令我们耳目一新的结论，他们的一些学术实践也能够为中国学者的研究提供参考，深化其对某些问题的认识。但是，并不是英语世界所有的巴金研究成果都具有借鉴意义，因为有一些巴金研究，无论在其论述的内容的深度与广度都无法比拟中国的巴金研究。究其原因，应归根于他们受语言能力以及材料不足的制约有关。本章[①]仅选取英语世界的部分重要的论著对英语世界的巴金研究与中国的巴金研究的利弊得失以及对中国巴金研究提供的启示与借鉴意义加以阐释分析，以期推动中国的巴金研究的发展与进步。

一 文化过滤与文学误读中的巴金研究

当英语世界的研究者单纯从其自身的视角出发来研究巴金时，不可避免会出现一些"误读"[②]和变异现象。同时，这也是异国研究者在研究他

[①] 部分被收录在王苗苗《英语世界的巴金研究对中国巴金研究的启示》，《中外文化与文论》2015年总第29期。
[②] 对于文学误读，中国学者曹顺庆认为："误读是文化在传播和接受过程中会因文化过滤的原因而造成发送者文化的损耗和接受者文化的渗透，这样也就会因发送者文化与接受者文化的差异而造成影响误差，或者叫创造性接受，这就形成误读。"曹顺庆：《比较文学学》，四川大学出版社2005年版。

国文化时常常遇到的问题。因此，从异质文化的角度来分析本国的作品也能得出令人耳目一新的结论。

2008年，犹他大学卡尔·W.蒙哥马利的学位论文《论激流：巴金的〈家〉中的身份认同与文化冲突》(*On the Turbulant Stream: the Search for Identity and the Clash of Cultures in Ba Jin's Family*)。尽管该文多次提到觉慧对爷爷的绝对权威的痛恨，强调爷爷无法理解年轻人，但并没有把老人刻画成一个恶人的形象。爷爷很明显没有故意要伤害晚辈，让他们痛苦。他爱自己的家，非常努力地建立起稳定繁荣的根基，为晚辈提供更好的未来。爷爷和以觉慧为代表的新青年之间的差别不在是否希望得到幸福，而是如何获取幸福的本质和模式的根本差异。儒家观念中的大阶级家庭深深扎根在爷爷的思想里，他深信社会的幸福来源于对规定的传统原则的遵守。作者卡尔对高老太爷形象的分析与我们的认识差别很大。但是还不太离谱，细反思一下，就会觉得作者对此的分析也有一定道理。

此外，1993年新泽西州立大学新布朗斯威克分校的王汝杰（Rujie Wang）的学位论文《透视中国现实主义：鲁迅、巴金、茅盾和老舍的文本研究》(*The Transparency of Chinese Realism: A Study of Texts by Lu Xun, Ba Jin, Mao Dun, and Lao She*)，用西方的文化观点来阐释巴金的小说《家》。王汝杰在讨论中通过《家》中的人物与思想来比附西方的思想，因而产生了误读。如，觉慧的思想：随着人类通过生产从大自然中获得自由，对旧有的道德传统的不尊重，甚至憎恶与日俱增。而克鲁泡特金的《面包与自由》提出了人类不需要臣服于自然这种激进的观点。如果自然可以被征服、被利用、被改变，那么人类关系和道德习俗也可以。儒家所崇尚的中国传统家庭受自然的控制，而在巴金看来，都是压迫，他认为工业革命和科技可以改变人类臣服自然的现状。正是对这种无政府主义未来的幻想让觉慧不仅期盼旧时代的结束，也期待新时代的开始。觉慧期盼一种新的道德和社会秩序的出现。科学、技术和工业革命将产生一个新社会，在这个社会中，人类将最终从苦痛、从不幸、从腐败与不平等、从欲望与堕落，以及从纳妾制度和包办婚姻等压迫中实现道德自主与自由。觉慧反抗现实的压迫。巴金也赞扬觉慧的这种反抗，但是王汝杰说巴金认为工业革命和科技可以改变人类臣服自然的现状就有些过度阐释了。觉慧追求道德理想的方式正如胡塞尔对无限在欧洲思想中的角色的评论，欧洲人的终极精神目的在于无限。而对无限的追求却让我们偏离了对人类最终需求的注意,也就是面对死亡。在追求道德正义的过程中,觉慧对有限和人类的短暂生命并没有表现出过多的敬意,而她所构建与周围人的关系是为了促进平等、自由和正义事业。此处对觉慧的分析,尤其是将其与胡塞尔的说法来比较,本书认为和巴金在作品中描绘的实际情况有所差异。再如,梅的遭遇:梅苦笑着接受了她悲惨的命运,表明人性受到了儒家伦理道德的限制,但儒家伦理的自我服从与压抑也让瑞珏与梅成了好朋友而不是敌人。王汝杰引用了梅和瑞珏的一段互道痛苦的对话,并指出这段对话似乎在暗示女性的悲伤和毫无生气的存在,但也显示出那些服从儒家伦理道德的女性的深层情感。我们可以从鸣凤、梅和瑞珏的脸上看到眼泪与苦笑。其实,这些不只是女性无助与顺从的标志,同时也暗示出一种强烈、和谐的道德信念。这种认识与我们的理解反差很大,因为这些"眼泪和苦笑",不可能"暗示出一种强烈、和谐的道德信念"。

在上文已经指出,当英语世界的研究者单纯从其自身的视角出发来研究巴金时,难免会出现一些"误读"和变异现象。这是异国研究者在研究他国文化时常见的现象。我们对此要有清醒的认识,但不能因此因噎废食。其实有时候从异质文化的角度来分析本国的作品也能得出令人耳目一新的结论。虽然论文中作者时常拿西方的文化观点来解释《家》,而出现"误读",但是我们还是可以通过这种方法找出其带来的"洞见"。

对于克鲁泡特金的无政府主义与《家》的关系。王汝杰并没有直接从这两者的关系入手展开论述,而是首先对比了中西"平等"概念的差异。五四运动以前中国就已经存在平等这一概念。儒家思想中的平等这一古典概念指的是自然平等,关注的是出生时的状况和共有的品质。孟旦对中国的平等概念与西方平等概念的分析指出,在西方平等意味着在上帝眼中,人人都有平等的价值,出生时,上帝没有赋予任何人凌驾于他人之上的权利,应公正、公平地对待所有人。人们终生都有这种平等的价值,只有经过"同意",某些成年人才可以统治他人。之后他才提出在平等问题上,这一本体论区别对我们理解《家》中那些反对家庭权威和社会等级的反叛青年很重要。舒衡哲(Vera Schwarcz)指出,在西方那些被启蒙的人是要将自己从宗教教义中解放出来,而在中国,那些启蒙运动倡导者是与那根深蒂固、受家庭权威支持的自我压迫战斗,将人们从责任与忠诚的联系中解放出来,而正是这种联系让子从父、妻从夫。最后才开始分析克鲁泡特金的无政府主义与巴金的《家》的关系。作者指出克鲁泡特金的无政府主义认为，没有平等，就没有公正，没有公正，就没有道德。在这种无政府主义背景下，《家》里的青年反叛似乎在道德上是合理的。这种逻辑很重要，因为它，鸣凤、梅、瑞珏、琴和高家兄弟才能说他们的家事实上是一所监狱，他们是这种令人窒息的家庭关系的受害者。显然，王汝杰的这种分析过程能够更清楚地揭示《家》与无政府主义的关系。

王汝杰在其论文中，以觉新为例的人物形象的分析。他并没有单纯地指责觉新的软弱妥协，而是从传统与现代（或者说中与西）的冲突中来分析觉新的复杂性。觉新生活令人满意的一面是通过儒家的人格主义实现的。觉慧的个人主义哲学将人看作一个自由的道德个体，当儒家的人格自我实现预言与觉慧的这一主张相碰撞的时候，觉新的自我意识动摇了。在《家》里，巴金将个人的政治权力和家庭氏族权力对立起来，让这种传统的中国文化暴露出了问题，如果要获得自由，觉新好像要不得不背叛他的母亲，个人自由与传统文化发生了冲突。从儒家传统道德来看，觉新无疑是个君子，谦卑有礼又善良。觉新是儒家道德的典范：孝顺祖父与父亲，尊敬母亲，为家庭幸福承担责任。王汝杰指出，在西方民主出现在中国以前，个人的苦难经常被理解为为儒家道德观念做出的牺牲，并因此而得到赞赏。但从西方的个人主义和民主思想的角度来看，觉新就是个懦夫、家庭专制的傀儡，不会为自己的幸福而奋斗。觉新自己也越来越不能理解，他服从权威竟然只是丧失了自我，丧失了个人自由与尊严。当他试着从自我解放的观点看待问题时，传统家庭竟然开始成为一种专制和不幸的来源。因此，王汝杰认为觉新似乎陷入了一种两难的境地，这也是让包括巴金在内的许多中国现实主义者和启蒙运动倡导者面临两个方向的抉择：重新接受儒家人文主义，还是追求个人主义、寻求思想独立。在巴金的作品中经常可以见到这种二元思想，要么为家庭牺牲自己，要么为自由和个性站起来反抗。此处对觉新的人物形象分析没有对其进行简单的批判或否定，而是从中西文化冲突的角度来讨论觉新在这两种文化之间的挣扎和选择，这样的研究无疑更有深度，也更能深化我们对这个人物形象的认识，进一步说这样的研究思路可以更好地展现巴金对中与西、传统与现代两种文化的选择，以及这种选择具有的价值和面临的困惑。

因此，一国文学在与其他国家文学的传播与交流的过程中，在文化过滤机制的作用下，由于不同国家、民族、文化的政治环境、经济条件、文化传统、民族心理等因素的不同，往往产生变异现象。这是我们在研究中不容忽视的问题。2005年，中国学者曹顺庆在其著作《比较文学学》① 中提出了比较文学变异学理论。他指出，比较文学研究应该从"求同"的思维中走出来，而从"变异"的角度出发，从而拓宽比较文学的研究。2006年，曹顺庆在其发表的论文《比较文学学科中的文学变异学研究》② 中明确地给出了比较文学变异学的定义，并在其著作《比较文学教程》中对该定义作了进一步补充，即"比较文学的变异学将变异性和文学性作为自己的学科支点，通过研究不同国家不同文明之间文学交流的变异状态，来探究文学的内在规律"③。比较文学变异学的理论为我们研究英语世界学者在研究巴金过程中出现的误读与变异现象提供了理论指导和方法支撑，从变异学的角度出发，我们可以对这些现象有更深入的认识。

二 中国的巴金研究与英语世界的巴金研究的异同

英语世界的巴金研究虽然不及中国的巴金研究涉及的范围广，参考文献多，但是从某种程度上说，英语世界的巴金研究与中国的巴金研究有共性，也有差异。彼此对巴金研究都有一定的贡献与意义。本书仅选取部分主要的研究方面加以概括及比较。

1. 对巴金作品中人物形象的研究

自从巴金的作品出版发行以来，中国学者就开始对其中的人物形象进行分析、探讨。其研究主要集中于巴金的小说，如《家》《寒夜》《灭亡》等中的觉新、觉慧、曾树生、鸣凤、汪文宣、杜大心等人物形象。其中，尤其以贯穿整个《激流三部曲》的觉新的形象为主。大多研究者认为觉新集托尔斯泰的无抵抗主义与刘半农的作揖主义的双重性格于一身；认为他懦弱，甚至绝望。其中最具影响的是王瑶的《论巴金的小说》④。王瑶以理论意义批评的视角，对觉新的形象进行研究。他认为觉新精神十分痛苦，是旧礼教的帮凶，虽然因为封建制度的束缚而失去了反抗精神，但是

---

① 曹顺庆：《比较文学学》，四川大学出版社2005年版。
② 曹顺庆、李卫涛：《比较文学学科中的文学变异学研究》，载《复旦学报》（社会科学版）2006年第1期。
③ 曹顺庆：《比较文学教程》，高等教育出版社2006年版，第97页。
④ 王瑶：《论巴金的小说》，《文学研究》1957年第4期。

其内心仍然拥有爱恨是非的思想。英语世界的巴金研究亦是如此。同时，英语世界的巴金研究者对传统的巴金作品中的人物形象研究进行了一次全面的梳理，并且推陈出新提出了新的观点和独特的见解。此外，其研究视角在更新，研究方法在增多，研究范围也越来越深入、越来越客观。

2. 对巴金短篇小说的研究

巴金的优秀作品主要是以中篇小说和长篇小说为主。虽然其短篇小说也同样为读者提供了丰富的精神食粮，但是中国学者对其的研究从未脱离研究者的视野，而相较于长篇小说及散文的研究仍显不足，且具体文本分析还是相对较少。在 20 世纪 80 年代初期，中国学者对于巴金短篇小说的研究带有一定的政治批判色彩。例如，牟书芳的《巴金早期短篇小说人物形象漫谈》，对巴金早期的短篇小说中的人物形象进行分析后得出结论："小说在思想水平上，虽未达到时代所要求的高度，还不是优秀的作品，但结合当时的历史看，它们几乎每一篇都有利于人民群众的斗争，因此都是好的。"[1] 但是，巴金的短篇小说却始终受英语世界学者的关注。而且，英语世界的研究者能够不受政治因素的约束，更多地从巴金短篇小说的文学性给予客观的阐释与解析。

3. 对巴金儿童文学的研究

巴金最早涉猎儿童文学是从 20 世纪 20 年代阅读俄国诗人爱罗先珂（B. R. Epomehk）的童话集开始。30 年代初，巴金编辑并出版了其童话集《幸福的船》。1934 年开始，巴金先后创作了《长生塔》《塔的秘密》《隐身珠》《能言树》四部童话。此外，在 40 年代，巴金还翻译了英国作家奥斯卡·王尔德（Oscar Wilde）的童话《快乐王子》（*The Happy Prince*）等。但是，巴金的儿童文学没有得到应有的重视。中国学者偶有对于巴金儿童文学的关注，但是主要集中于其文学作品的翻译、思想或者与原著作者的无政府主义的共鸣等。例如，林琳的《从美学视角看巴金译〈快乐王子及其他故事〉》[2]、刘孝银的《从翻译美学析巴金译王尔德童话》[3]

---

[1] 牟书芳：《巴金早期短篇小说人物形象漫谈》，《齐鲁学刊》1983 年第 2 期。
[2] 林琳：《从美学视角看巴金译〈快乐王子及其他故事〉》，博士学位论文，上海外国语大学，2007 年。
[3] 刘孝银：《从翻译美学析巴金译王尔德童话》，博士学位论文，山西师范大学，2012 年。

等，都是基于翻译美学分析巴金的译文的。而伍寅的《童话世界里的两颗童心——记爱罗先珂与巴金的童话比较》①，则通过对巴金与爱罗先珂对无政府主义和对人类的爱等思想的比较，分析其创作的艺术风格。而在英语世界的研究中，笔者仅发现在奥尔格·朗的《巴金和他的时代：过渡时期的中国青年》中提及巴金当时完成了奥斯卡·王尔德的《快乐王子》的翻译，没有过多地关注与进一步地研究。

4. 对巴金散文的研究

巴金不仅是一位著名的小说家，还是一位散文家。他共出版了 42 部散文集，还出版了含有散文成分的合集 9 部。中国学者对巴金的研究，大多侧重于其小说、传记等。虽然偶有个别研究论及其散文创作，但是研究深度与广度还十分有限。中国学者把巴金的散文创作分为三个阶段：(1) 民主革命时期；(2) 中华人民共和国成立后十七年；(3) 巴金晚年。其中，中国学者研究最多的是巴金晚年创作的《随想录》，学术论文有300 余篇。主要从其思想内容、道德精神层面、中西文化比较、艺术性、版本学、叙事学等视角分析研究《随想录》的。如曾绍义的《巴金晚年思想的再思考——重读〈随想录〉和〈再思录〉》②，李辉的《理性透视下的人格》③，王立明的《论巴金〈随想录〉的价值及赫尔岑对该书的影响》④，罗四鸰的《〈随想录〉的"春秋笔法"》⑤，胡景敏的《巴金〈随想录〉的发表、版本及其反响考述》⑥ 等。此外，也有部分研究对《随想录》持保留意见。其中，以包雁冰、林贤治、张放等学者为代表。例如，张放的《关于〈随想录〉评价的思考》⑦ 等。虽然中国学者对巴金的散文研究十分有限，但是相比之下，英语世界的巴金的散文研究更加单一，且仅局限于其《随想录》研究。并且，这也许只能普通为英语世界的读者

---

① 伍寅：《童话世界里的两颗童心——记爱罗先珂与巴金的童话比较》，载《应用写作》2013 年第 1 期。
② 曾绍义：《巴金晚年思想的再思考——重读〈随想录〉和〈再思录〉》，《宝鸡文理学院学报》（社会科学版）2004 年第 2 期。
③ 李辉：《理性透视下的人格》，《读书》1992 年第 5 期。
④ 王立明：《论巴金〈随想录〉的价值及赫尔岑对该书的影响》，《沈阳师范大学学报》（社会科学版）2005 年第 1 期。
⑤ 罗四鸰：《〈随想录〉的"春秋笔法"》，《文艺争鸣》2008 年第 4 期。
⑥ 胡景敏：《巴金〈随想录〉的发表、版本及其反响考述》，《长江学术》2009 年第 2 期。
⑦ 张放：《关于〈随想录〉评价的思考》，《文学自由谈》1988 年第 6 期。

提供一部关于巴金散文研究的入门读物。

5. 对巴金思想的研究

中国学者对巴金的美学思想、无政府主义思想、民主主义思想、人道主义思想、爱国主义思想的研究较多。自20世纪末开始，还有学者从不同侧面研究了巴金的其他思想：教育思想，伦理思想等。例如，翟瑞青的《巴金小说中的家庭教育观》①，通过文本分析概括出巴金提倡爱与教相结合的家庭教育观。何阳的《巴金教育思想刍议》②，通过对整体的分析总结巴金主张民主科学、公平理念、改革创新的教育观等。并且研究者多认为巴金的教育思想具有一定的现实指导意义。对于巴金的伦理思想的研究，则主要集中于家庭伦理。例如，牟书芳的《论巴金小说中的家庭伦理观》③，通过对巴金作品《春天里的秋天》《憩园》中的爱情观、道德观等的分析概括，指出巴金批判旧的家庭伦理观。马怀强的《巴金新型家庭伦理关系探究》④，认为巴金深受西方思想的影响，融合了传统家庭伦理意识与现代自由、平等的观念。同样，英语世界的学者关注更多的也是巴金的无政府主义思想、民主主义思想、人道主义思想、爱国主义思想等。不过英语世界的学者则不受政治制度的影响，能够较为客观地评析无政府主义。

6. 对巴金和中国传统文化的关系的研究

巴金作为一名生长于中国文化背景下，扎根于中国文化的作家，虽然深受西方文学文化的影响，但是他的思想、美学观念、创作仍然受到中国传统文化的影响。"文化大革命"后，中国学者不再用政治批判性话语阐释巴金及其作品中的思想，而是客观地分析巴金，并开始探讨其作品与传统文化的关系；论述其中的中西方文化交融；或关注其文本中所体现的文化冲突等。例如，吴定宇的《巴金与〈红楼梦〉》⑤，指出巴金《激流三部曲》中的人物形象、情节安排，以及场景描写等都借鉴了曹雪芹《红

---

① 翟瑞青：《巴金小说中的家庭教育观》，《德州学院学报》1996年第3期。
② 何阳：《巴金教育思想刍议》，《内蒙古师范大学学报》（教育科学版）2006年第8期。
③ 牟书芳：《论巴金小说中的家庭伦理观》，《东岳论丛》1989年第5期。
④ 马怀强：《巴金新型家庭伦理关系探究》，《铜陵学院学报》2011年第2期。
⑤ 吴定宇：《巴金与〈红楼梦〉》，《中山大学学报》（社会科学版）1996年第1期。

楼梦》的创作。这一点英语世界的学者也论及了。张民权的《巴金小说与民族文化传统》[1]，通过对巴金的小说的人物形象性格、作品的意识取向，以及感性形式等方面，来探讨相关民族文化的特点。杨建仙的《论中外文化对巴金家庭小说创作的影响》[2]，论述了巴金小说在中国传统文化和外国文学的影响下的创作风格。相对于巴金与外国文化的关系，中国学者对巴金与传统文化的关系研究并不十分广泛，但是一直在不断深入。而英语世界的研究者却不受时间限制，始终以实事求是的态度评析巴金与中国传统文化的关系。

7. 对巴金传记的研究

对于中国学者对巴金传记的研究，最早出版的是评传类的巴金传记。中国出版的第一部是法国人明兴礼的《巴金的生活和著作》[3]。该著作是由明兴礼的博士论文的一部分翻译而成的，主要是关于巴金的生平及其早期的文学创作的介绍。同时，明兴礼捕捉到巴金的母亲曾经和外国的传教士往来的细节，并认为其给巴金传授了博爱的思想。此外，因为由于作者深受西方文化背景的影响，在该传记中，他还将运用比较文学的研究方法将巴金与罗曼·罗兰、马尔罗等外国作家进行对比与比较。陈丹晨的《巴金评传》[4] 则是第一部由中国学者撰写出版的巴金评传。该著作较为全面系统地介绍并评述了巴金在1979年前的文学创作与经历，其中重点探讨了巴金与无政府主义的关系，对巴金早期的思想矛盾的理解具有十分重要的指导意义。此外，还有余思牧的《作家巴金》[5]；李存光的《巴金民主革命时期的文学道路》[6]、陈思和的《人格的发展：巴金传》[7]，而英语世界的巴金传记研究当属奥尔格·朗的学位论文《巴金和他的时代：过渡时期的中国青年》和其著作《巴金和他的著作：两次革命中的中国青年》最早最全面。此外，英语世界的巴金传记研究大多来自巴金的作品中的自

---

[1] 张民权：《巴金小说与民族文化传统》，《天津师范大学学报》（社会科学版）1987年第4期。
[2] 杨建仙：《论中外文化对巴金家庭小说创作的影响》，山东师范大学，2006年。
[3] 明兴礼：《巴金的生活和著作》，上海文风出版社1950年版。
[4] 陈丹晨：《巴金评传》，河北人民出版社1981年版。
[5] 余思牧：《作家巴金》，南国出版社1964年版。
[6] 李存光：《巴金民主革命时期的文学道路》，宁夏人民出版社1982年版。
[7] 陈思和：《人格的发展：巴金传》，上海人民出版社1992年版。

传性及回忆性片段。

8. 研究视角

中国的巴金研究与英语世界的巴金研究在研究视角上,既有共同之处也存在差异,但是相互具有一定的启示与借鉴意义。(1)从心理学角度研究巴金。巴金文学创作的一个最显著的特征是情感化。在他的作品中,巴金十分注重其作品中的人物心理的描写。这一点也是中国的巴金研究者与英语世界的巴金研究者共同关注的。例如,吕汉东的《心灵的旋律》①,运用文化学、心理学以及文艺学等多种方法探讨巴金创作的审美心理结构和创作心境等。张民权的《巴金小说心理描写浅探》②,结合具体的文本分析探索巴金的作品中的心理描写的表达方式及特点等。再如,英语世界的戴安娜·贝弗莉·格莱纳特的《法国的三个故事:巴金和他的早期短篇小说》、冯晋的《从"女学生"到"女性革命者":以中国"五四"时期小说中的非传统女性代表》以及范江平的《中国小说〈家〉与美国小说〈纯真年代〉的对比研究》等,均对巴金的作品中人物的语言和心理特征进行深入研究。探讨了巴金对于人物的刻画和个人特点的展现手法。(2)从女权主义角度研究巴金。对于《寒夜》,中国的巴金研究与英语世界的巴金研究均从女权主义视角对主人公曾树生的形象进行阐释与解读。例如,刘慧英的《重重樊篱中的女性困境——以女权批评解读巴金的〈寒夜〉》③,黄丽的《曾树生形象的女权主义解读》④ 等。也有学者曾运用女性主义批评方法来分析《家》,指出产生鸣凤的悲剧主要原因是男权中心观下形成的奴性人格。例如,邱雪松的《〈寒夜〉人物塑造中的阴影——论巴金创作的男权意识》⑤,董鑫的《论巴金〈家〉中的男权主义思想》⑥,以及英语世界的茅国权的著作《巴金》等。(3)运用比较的方

---

① 吕汉东:《心灵的旋律》,中国文联出版社 1999 年版。
② 张民权:《巴金小说心理描写浅探》,《上海师范大学学报》(哲学社会科学版)1985 年第 1 期。
③ 刘慧英:《重重樊篱中的女性困境——以女权批评解读巴金的〈寒夜〉》,《〈中国现代文学研究丛刊〉30 年精编:作家作品研究卷(上)》,2009 年。
④ 黄丽:《曾树生形象的女权主义解读》,《沈阳师范学院学报》(社会科学版)1999 年第 2 期。
⑤ 邱雪松:《〈寒夜〉人物塑造中的阴影——论巴金创作的男权意识》,《天津成人高等学校联合学报》2005 年第 4 期。
⑥ 董鑫:《论巴金〈家〉中的男权主义思想》,《当代小说(下)》2011 年第 2 期。

法研究巴金。中国学者有的从宏观上用影响研究的方法探讨巴金与外国文学文化的影响主体性,例如,陈思和与李辉的《巴金和外国文学》[①];有的具体论述某一位中国或外国文学家与巴金的关系,例如,花建的《巴金和屠格涅夫》[②],周启华的《巴金与托尔斯泰》[③];还有的采用平行研究对巴金与某一位或多位中外文学家或其作品的比较等,例如,肖明翰的《大家族的没落》[④],王薇的《巴金〈寒夜〉与契诃夫小说中的"小人物"》[⑤],孔繁娟的《相同的主题不同的导向——巴金与岛崎藤村同名小说〈家〉之比较》[⑥]。英语世界的巴金研究与中国巴金研究的方法相近,不过在一定程度上,其平行比较涉及了题材、主题、思想、人物形象、历史叙事、心理学分析等,在一定程度上拓宽了巴金研究的视野。例如,范江平的《中国小说〈家〉与美国小说〈纯真年代〉的对比研究》,刘佳佳的《革命的个人与外部世界:马尔罗和巴金的文化与跨文化危机》等。

  因此,中国学者对巴金的研究虽然未必尽善尽美,甚至可能还存在一定的问题,但是在研究范围的广度上是英语世界的巴金研究无法比拟的。可以说中国学者研究了与巴金相关的各个研究领域,有的领域多一些,有的方面少一些,但是其研究的覆盖面较广。英语世界的巴金研究则不同,英语世界的巴金研究主要关注的是他的代表作《家》,对他早期的其他作品以及晚期的《随想录》的研究关注并不多,对他的思想的研究也主要关注他的无政府主义思想,对他的翻译活动、编辑出版活动以及与世界语的关系等方面根本没有涉及。但是通过对英语世界的巴金研究成果的梳理,对英语世界的巴金研究的再研究对中国的巴金研究有着一定的启示与意义。

---

① 陈思和、李辉:《巴金和外国文学》,《外国文学》1985 年第 7 期。
② 花建:《巴金和屠格涅夫》,《社会科学》1981 年第 6 期。
③ 周启华:《巴金与托尔斯泰》,《阜阳师范学院学报》(社会科学版) 2009 年第 3 期。
④ 肖明翰:《大家族的没落:福克纳和巴金家庭小说比较研究》,广西师范大学出版社 1999 年版。
⑤ 王薇:《巴金〈寒夜〉与契诃夫小说中的"小人物"》,《重庆社会科学》2006 年第 1 期。
⑥ 孔繁娟:《相同的主题不同的导向——巴金与岛崎藤村同名小说〈家〉之比较》,《佳木斯教育学院学报》1991 年第 4 期。

三　英语世界的巴金研究与中国巴金研究的互鉴

英语世界的学者在研究巴金时会由于文化过滤的机制而产生"误读",他们的研究范围也不如中国的巴金研究广阔,这是其劣势。但是与此同时也是他们的优势,即当他们立足于自己的学术传统和文化背景来研究巴金时能够得出一些令中国学者耳目一新的结论,他们的一些学术实践也能够为我们的研究提供参考,深化中国学者对某些问题的认识。需要补充说明的是并不是英语世界所有的巴金研究成果都具有同等的借鉴意义,其实有一些研究水平并不高,论述的内容也不及中国学者深入,这当然跟他们受语言能力以及材料不足的制约有关。本书前部分在评述英语世界的巴金研究的相关论著时已经对其研究的利弊得失以及对中国学者的借鉴意义做了说明,所以此处仅选取部分有代表性的研究成果进一步加以探讨。

一般来说,平行比较中的比附研究是严谨的中国比较文学学者较为质疑的一种研究方法,这与中国学界充斥的大量比附研究的论文有关。因此,指出这个问题很关键,而且这是涉及学术规范的一个重要问题。中国学者运用平行比较的方法研究巴金的相关成果时也存在简单的比附现象。在这方面英语世界的巴金研究为我们提供了较好的范例。例如,1989年俄亥俄大学的肖明翰(Minghan Xiao)的学位论文《威廉·福克纳与巴金作品中上层家庭的衰败》(*The Deterioration of Upper Class Families in the Works of William Faulkner and Ba Jin*)和1998年维诺纳州立大学的范江平(Jiangping Fan)的学位论文《中国小说〈家〉与美国小说〈纯真年代〉的比较研究》(*A Comparative Study of a Chinese Novel, Family, and an American Novel, the Age of Innocence*)都是运用平行比较的方法来研究并取得成功的例子。

肖明翰的《威廉·福克纳与巴金作品中上层家庭的衰败》对福克纳和巴金的小说中对上层家庭衰败的描写进行了比较分析,并阐释了这两位作家在人道主义、个人主义、理想主义等方面的异同,及其前后期创作的转变。在威廉·福克纳与巴金的本质中,肖明翰指出威廉·福克纳和巴金重要的相同与不同之处。

肖明翰认为福克纳与巴金的很多重要作品都在讲述上层社会家庭的没落,如福克纳的《喧嚣与骚动》《押沙龙,押沙龙!》《八月之光》《去吧，摩西！》和巴金的《家》《春》《秋》《憩园》等。福克纳与巴金在本质上是一样的：他们都是人道主义作家，这一点超越了一切。此外，福克纳和巴金的作品都体现了人道主义以及对人类的颂扬，对压迫人类的力量的谴责。福克纳一直都十分崇拜人类的坚强的意志与忍耐力。如他的作品中的人物迪尔西、朱迪斯、拉特克利夫等，都象征着人类坚强与耐力的普遍真理（old verities）。而且福克纳也理解并宽恕人物的植根于人类血肉中的罪恶行为，如凯蒂、尤拉、沙多里斯等。此外，他还同情被疏离的昆丁、亨利、和乔等。另一方面，福克纳不断地攻击不人道的力量，例如，商业社会所崇尚的物质主义；虐待黑人和穷苦白人的等级制度以及一直压制人性的宗教制度等。同福克纳一样，巴金在其作品中也展现了对人类热烈的爱和对穷苦人民的同情。他向我们展示了一系列的人物，如高家兄弟、琴、淑英、黄妈，这些人身上都散发出人性的美丽。巴金笔下的英雄不仅在为自我价值的实现而奋斗，他们更为实现一个人们之间互相关爱、和谐相处的新社会而努力奋斗。但是对那些不人道的制度，巴金则采取了比福克纳更加激进的立场。在巴金的小说中，他无情地揭露了"敌人"的邪恶，揭发了他们的本质，并展现了他们造成的悲剧。他在刻画家庭独裁者的时候尤其成功，这些独裁者代表了社会、家庭和民族制度。

  肖明翰对巴金和福克纳的思想的比较研究较为深入。他的研究不是简单化的比附，而是选择两位作家的人道主义、个性主义以及理想主义等相同话题来进行比较研究，展现了他们这些思想的形成因素以及在他们作品中的表现。通过对这两位作家的对比，揭示出了巴金和福克纳思想上的共同点和差异之处。并且由于肖明翰能够从他们各自的文化传统和个人经历中找出影响他们思想的因素，所以这篇论文的论述显得很扎实。此外，肖明翰还将巴金与福克纳的思想与其文学创作结合起来分析。他在分析巴金早年的教育养成了他对旧式家庭生活的一些好感，而这种好感是他公开谴责的。这让他内心充满矛盾，这些内在的冲突使他的作品也出现了一些矛盾和不一致的地方，而这些被误认为是他写作技巧拙劣、思维不灵活的体现。但肖明翰指出这些冲突矛盾极大地丰富了巴金的作品，使其带有一种模糊性和复杂性，增加了其文学价值。这种分析对中国巴金研究者理解、研究巴金的作品有一定的启发与现实意义。

  范江平的《中国小说〈家〉与美国小说〈纯真年代〉的比较研究》的方法论意识则更明确。他对巴金的作品《家》（*The Family*）和伊迪丝·华顿（Edith Wharton）的作品《纯真年代》（*The Age of Innocence*）进行了比较研究。也许是因为平行比较容易流于比附研究而被大多中国学者所诟病，也许是因为他对平行比较的缺陷有较为清醒的认识，范江平在引言中就对其论文中采用的平行研究的依据做了说明。他表示虽然中国和美国在社会和文化发展中有诸多差异，但是并不排斥从某个特殊时期的文化和社会发展的历史背景来看，二者存在一些相似之处。例如，在20世纪世纪之交前后，两个国家都面临着撼动以社会等级制和父权制为基础的旧社会结构的社会和经济革命。然后他分析了当时中国和美国的历史发展状况和社会背景的相似之处，并指出中美两国的历史性转变大致发生在同一时期：19世纪和20世纪的世纪之交。不过对于这两个国家来说，中国是以政治为主导的转变，而美国的则更趋向于经济上的转变。就中国文学来说，受政治倾向的影响，其主要都是充满强烈政治色彩的关于社会批判的小说。美国小说也集中于社会批判，即通过探究新的商业对人们生活方式和意识形态的影响的方式进行的社会检验。而东西方国家之间的交流日益增多，增进了彼此之间的相互了解和相互依赖关系，则是美国和中国的作家在20世纪初面临的另一个现实。同时文学思潮的影响也跨越了国家界限而向全球蔓延。就这个时期的作家来说，尽管地理距离遥远，但是他们受这一时期的主要文学运动、现实主义的影响。正是这一运动的影响和其所带来的文学可能性，为范江平的这部以巴金的作品和伊迪丝·华顿的作品作为研究对象的论文，提供了文学审查的基础。显然在研究之初，范江平就为自己的研究搭建了坚实的基础。在具体行文中又紧扣作品本身，并结合作品所处的实际背景来分析，得出的结论自然有一定的说服力。

因此，如果操作适当，平行研究依然可以作为一种较好的研究方法，可以得出单独研究一部作品无法得出的结论。所以英语世界的这两部对巴金研究论文所采用的研究方法以及具体的论证过程是值得中国学者深思与借鉴的。由此我们也可以进一步反思关于平行研究的方法问题，如何操作才能避免比附，才能符合学术规范。对这些问题的思考对中国学者为比较文学学科理论的认识提供了一条新的途径。

英语世界的另一个值得我们借鉴的研究方法是新批评的"细读"（close reading，实则应该译为"封闭阅读"，这里姑且采用约定俗成的译法）。该方法曾经在很长一段时间内主导了英语世界的文学研究。在英语世界的巴金研究当中，运用"细读"的方法研究的论文占相当大的比例。

并且运用这种"细读"的方法得出的结论对于中国巴金的研究具有一定启发性。

1975年康奈尔大学的库布勒·C.科尼利厄斯（Cornelius Charles Kubler）的学位论文《对巴金小说〈家〉中欧化文法的研究》（*A Study of European Grammar of Family*）对巴金的《家》中的欧化文法进行了研究。科尼利厄斯对《家》的两个版本（一个是1931年巴金26岁时出版的原始版本，另一个是1957年首次发行的修订版本）进行了详细的对照研究，从中挑选出大量的例句来进行仔细分析阐释，并结合现代汉语在20世纪30年代和50年代的发展状况进行了综合探讨。科尼利厄斯立足于巴金作品的个案研究，使论文在此基础上做出宏观的概括。同时，他还结合现代汉语发展的大背景来讨论《家》中的语言。因此，虽然科尼利厄斯的立足点不是单纯地研究《家》的语言或欧化文法，而是以此为切入点来分析现代汉语中的欧化文法。这部论文揭示了《家》在语言方面的一些特点以及《家》的两个版本在语言方面的变化。从版本的角度来说这部论文可以被称为是英语世界巴金研究中极少数研究《家》的不同版本的论文之一。此外，这部论文可以为中国学者提供两个启示：第一，我们在研究文学问题时，不妨借鉴语言学的研究方法，这样可以为我们的研究提供新的视角。第二，"细读"作为一种方法可以帮助我们更好地理解作品，认识作品的特点，尤其是语言方面的特点。

如果说科尼利厄斯的论文运用的"细读"方法不算是纯正的"文学研究方法"的话，那么下面这部论文对《家》的语言的分析则更为有意义。1993年普林斯顿大学（Princeton University）的克莱格·赛德勒·萧（Craig Sadler Shaw）的学位论文《巴金的梦想：〈家〉中的情感和社会批评》（*Ba Jin's Dream: Sentiment and Social Criticism in "Jia"*）从中国传统的浪漫主义小说对《家》的影响的角度对《家》进行了研究。这部论文的第五章分析了巴金在《家》中所使用的语言，并通过详细的语言分析向我们展示出了《家》在语言方面的特征以及这种特征与巴金的创作目的之间的关系。这种研究是很有启发性的。萧对《家》和《红楼梦》语言的引述与分析，一方面是完整地展现了巴金和曹雪芹的创作分析过程，另一方面也向中国学者提供了可以借鉴的分析方法。所以可以推断萧很可能受过新批评的学术训练，所以他对这两部作品语言的分析非常细致。并且从这种细致的分析中也能看出很多被人们忽视的问题。另外，中国学者较善于从某个理论视角出发研究作品的内容,但对作品文本的细读却稍逊一筹。因此,这也是英语世界的巴金研究给中国的巴金研究的另一个启示。

此外,英语世界的巴金研究者,提出巴金的著作在一定程度上模仿国外作家的写作。例如,巴金对左拉、罗曼·罗兰、莫泊桑、托尔斯泰等的文化主张、创作思想、人物形象塑造以及情节构成等方面的借鉴。英语世界研究者首次从语言学视角来解读《家》。例如,科尼利厄斯通过巴金的《家》来表明现代汉语在词法、句法方面所受西方语言的影响,有明确的方法论意识,对所用方法的效用和局限有清醒的认识,使我们也能在一定程度上加深对《家》在语言上的特点和时代色彩的认识。另外,该论文的研究思路也为我们研究外国文学翻译对中国文学创作的影响提供了方法论上的启示,同时也启发我们不妨借鉴语言学的研究方法研究文学问题,这样可以为我们的研究提供新的研究视角。

英语世界的研究者因其所处的社会文化背景及语言背景,在研究中出现许多误读,或者是误译。例如,2005年10月17日《BBC聚焦亚太》第一版有题为《中国作家巴金因癌症逝世,享年101岁》的报道。该文主要关于是巴金逝世的报道。报道指出:在与癌症和其他疾病战斗了六年后,中国最受尊敬的作家巴金在周一(10月17日)因癌症于上海去世,享年101岁。巴金原名李尧棠。他选择巴金为笔名,纪念他在法国的一位因憎恶世界而自杀的校友,金则来自他在俄罗斯学习哲学的同学。显然,巴金的名字的由来与其真实原因是大相径庭的。又如,弗拉迪米罗·穆诺茨的《李芾甘与中国无政府主义》中,关于陈独秀给巴金写了回信,与陈思和考证陈独秀并未给巴金回信不符;关于1933年,巴金通过《萌芽》《新生》《雪》和《雷》证明自己是一位人道主义作家。其中,《萌芽》又名《雪》,实则两者是同一部作品。

英语世界的巴金研究为中国学者提供了客观的乐观主义分析法。对于中国读者一贯视为反面形象的《家》中的高老太爷,米歇尔·罗却有不完全一样的看法。对于高老太爷发现觉慧参加学生罢课之后,把觉慧关在房里。米歇尔·罗认为,他这么做可能最主要是关心孩子的安全,以及保存家族的颜面,不让觉慧惹麻烦。在合理推理的情况下,愉悦了自己,也愉悦了读者。

英语世界的巴金研究在思想与立场上无论是关注无政府主义思想、俄国民粹思想，还是中国传统文化和新文学思想，都竭力淡化其政治意义，强化其文学价值。从整体上看，英语世界的研究者通常用较长的篇幅来介绍巴金的生平，写作风格与小说内容，很少对其作品进行政治意义层面的评说。此外，英语世界的巴金研究者关注中国传统文化和新文学对巴金思想的熏陶作用。同时努力使巴金这个著名的作家平民化，努力拉近受众与巴金之间的距离，还原了巴金作为一个普通大众的思维与生活，充满了人情味，从而去引起普通读者对巴金的关注与兴趣。中国和英语世界的巴金研究的差异，既有客观的历史原因，也有固有的主观原因；既有文化因素的作用，也有制度因素的影响。

综上所述，本书对英语世界的巴金研究的每一个重要部分对中国学者的启示都作了简要的论述与评价，即使部分只是选取具有一定参考价值的研究资料来专门讨论，以期引起学界的重视。由于英语世界的学者在文化传统、学术训练、知识结构和意识形态等方面与中国学者不同，而对巴金研究的认识不同，从而得出的结论也不同。正是由于他们仅仅从本国、本民族文化的角度出发来研究，没有关注到巴金作品背后的中国文学和文化背景，所以才会出现这些"误读"。对于这些"误读"，我们首先要指出其有意或无意的误读之处，其次要探究其产生的根本原因，最后应该在此基础上探索如何避免此类"误读"的方法。从而为不同国家、不同民族的学者的互相理解与平等对话提供借鉴，以期增进不同文明文学与文化间的交流与互动。

参考文献

中文著作

埃斯卡皮：《文学社会学》，王美华、于沛译，安徽文艺出版社1987年版。

巴金：《寒夜》（中英对照版），茅国权、柳存仁译，香港中文大学出版社2002年版。

巴金：《家》，人民文学出版社1981年版。

巴金：《生命的忏悔》，商务印书馆1936年版。

巴金：《随想录》，三联书店1996年版。

曹顺庆：《比较文学教程》，高等教育出版社2006年版。

曹顺庆：《比较文学学》，四川大学出版社2005年版。

曹顺庆：《中西比较诗学》，北京出版社1988年版。

曹雪芹：《红楼梦》，三民书局1972年版。

陈丹晨：《巴金评传》，花山文艺出版社1982年版。

陈思和：《巴金论稿》，人民文学出版社1986年版。

陈思和：《巴金研究论稿》，复旦大学出版社2009年版。

陈思和：《巴金自传》，江苏文艺出版社1995年版。

陈思和：《巴金域外小说》，上海文艺出版社1992年版。

陈思和：《巴金研究的回顾与展望》，天津教育出版社1991年版。

陈思和：《人格的发展：巴金传》，上海文艺出版社1992年版。

丁易：《中国现代文学史略》，作家出版社1955年版。

高慕柯：《中国知识分子与辛亥革命》，牛津大学出版社1969年版。

龚明德：《巴金的修改》，北京开明书店1951年版。

黄鸣奋：《英语世界中国古典文学之传播》，学林出版社1997年版。

贾植芳等编：《巴金专集（1）》（《中国当代文学研究资料》丛书），江苏人民出版社1981年版。

贾植芳等编：《巴金专集（2）》（《中国当代文学研究资料》丛书），江苏人民出版社1982年版。

［俄］克鲁泡特金：《面包与自由》，巴金译，商务印书馆1982年版。

李存光：《百年巴金：生平及文学活动事略》，人民文学出版社2005年版。

李存光：《巴金评传》，中国社会出版社2006年版。

李存光：《巴金民主革命时期的文学道路》，宁夏人民出版社1982年版。

李存光：《中国文学史资料全编（现代卷）：巴金研究资料（上中下册）》，知识产权出版社2010年版。

李存光：《巴金研究文献题录（1922—2009）》，复旦大学出版社2011年版。

李辉：《巴金传》，人民日报出版社2011年版。

吕汉东：《心灵的旋律》，中国文联出版社1999年版。

马君武：《俄罗斯大风暴》，广智书局1902年版。

茅国权：《巴金和他的寒夜》，香港中文大学出版社1978年版。

明兴礼：《巴金的生活和著作》，文风出版社1950年版。

夏志清：《中国现代小说史》，友联出版社、台湾传记文学出版社1971年版。

谢天振：《译介学》，上海外国语教育出版社1999年版。

肖明翰：《大家族的没落：福克纳和巴金家庭小说比较研究》，广西师范大学出版社1999年版。

余思牧：《作家巴金》，南国出版社1970年版。

张立慧、李今：《巴金研究在国外》，湖南文艺出版社1986年版。

《巴金全集》，人民文学出版社1994年版。

《巴金文集》人民文学出版社1958年版。

北京师范大学中文系巴金创作研究小组编：《巴金创作评论》，人民文学出版社1958年版。

《世界人民百科全书》（第二卷），哥伦比亚大学出版社1967—1972年版。

中文学位论文

白浩：《无政府主义精神与 20 世纪中国文学》，武汉大学，2005 年。
曹南燕：《重塑自我的历史形象》，华中科技大学，2006 年。
曹萍：《巴金小说人物形象的性格矛盾分析》，浙江师范大学，2011 年。
陈静静：《巴金前期域外小说创作》，青岛大学，2009 年。
陈南先：《俄苏文学与"十七年"中国文学》，苏州大学，2004 年。
陈露：《相同的〈家〉，不同的结局》，辽宁师范大学，2011 年。
陈维裕：《论巴金小说中的死亡意识》，湖南师范大学，2007 年。
陈若竹：《巴金中长篇小说中人物形象的功能》，华中师范大学，2012 年。
崔亚琴：《人生本相的艺术表达》，河北大学，2008 年。
邸丽莉：《多元视角中的高老太爷》，吉林大学，2008 年。
董轩：《历史、艺术与作家主体的心灵共振》，浙江师范大学，2009 年。
冯群英：《巴金〈寒夜〉文本变迁研究》，四川师范大学，2012 年。
冯立娜：《巴金小说中的生命意识》，河北大学，2009 年。
范海霞：《巴金与李健吾通信研究》，福建师范大学，2010 年。
郭继毅：《论郑振铎的抒情散文》，西南大学，2010 年。
郭艳：《论〈四世同堂〉对家族文化的深刻反思》，山东师范大学，2009 年。
韩敏：《〈收获〉的 90 年代》，四川大学，2004 年。
韩永胜：《中国现代教育小说概论》，东北师范大学，2008 年。
郝君峰：《30 年代中韩家族小说的叙事比较》，对外经济贸易大学，2006 年。
郝永萍：《契诃夫的影响与巴金小说创作风格的演变》，青岛大学，2009 年。
黄长华：《巴金小说叙事研究》，福建师范大学，2011 年。
黄科安：《知识者的探求与言说》，福建师范大学，2002 年。
黄晓婷：《论巴金〈随想录〉的忏悔意识》，中央民族大学，2007 年。
胡景敏：《现代知识者的忧思之旅》，中国社会科学院研究生院，

2007年。

贺耀萱：《汉语语言美感在英译过程中的磨蚀》，中南大学，2010年。

简加言：《融合中外散文精华的艺术创造》，福建师范大学，2006年。

江月华：《在女性主义批评的观照下》，南昌大学，2008年。

赖斯捷：《近现代湖南报刊与现代文学》，湖南师范大学，2009年。

李萌萌：《"弑父"与自断其根的文化批判》，青岛大学，2010年。

李昆明：《译本语言明晰化差异与翻译伦理》，重庆大学，2012年。

李文华：《十七年电影银幕上的现代文学名著》，西南大学，2011年。

李兵：《世俗社会的传统文人——民国时期范烟桥研究》，苏州大学，2010年。

李红利：《巴金短篇小说研究》，陕西师范大学，2007年。

李宗琴：《巴金作品里的死亡书写与死亡意识》，华中师范大学，2011年。

李曦：《创作意图、文学文本与文学史叙述》，西南大学，2008年。

李丽：《俄苏文学浸润下的中国现代散文作家》，苏州大学，2008年。

李健：《孤独的守望》，青岛大学，2009年。

李晓丽：《巴蜀文化视野中的李劼人小说创作》，郑州大学，2008年。

黎保荣：《暴力与启蒙》，暨南大学，2009年。

林琳：《从美学视角看巴金译〈快乐王子及其他故事〉》，上海外国语大学，2007年。

林娜：《从语域分析的角度看〈家〉中对话的翻译》，郑州大学，2011年。

刘瑞琴：《20世纪中国双语作家的翻译活动及其影响》，山西大学，2010年。

刘玉芳：《巴金张爱玲家庭小说比较》，湖南师范大学，2007年。

刘阳：《"父与子"：巴金〈家〉中人物形象及其关系论》，吉林大学，2010年。

刘孝银：《从翻译美学析巴金译王尔德童话》，山西师范大学，2012年。

刘一新：《记忆与光照》，四川师范大学，2009年。

刘明坤：《李涵秋小说论稿》，扬州大学，2008年。

刘璐：《论巴金女性观的生成与女性形象塑造》，陕西师范大学，

2007年。

刘娴:《美国20世纪20年代萨柯》,内蒙古大学,2008年。

陆晓婷:《〈收获〉与"十七年"文学的长篇小说生产》,上海社会科学院,2011年。

吕佳擂:《译者的文化身份与翻译行为》,中国海洋大学,2009年。

雷莹:《中国现代作家自传研究》,福建师范大学,2012年。

梅启波:《20世纪30年代中国文学对欧洲的接纳与变异》,华中师范大学,2004年。

倪佳:《二十世纪四十年代中国小说中的基督徒形象》,复旦大学,2008年。

朴海莹:《巴金〈家〉称谓语研究》,山东大学,2008年。

潘华方:《巴金的儿童文学翻译美学思想研究兼评〈快乐王子及其他故事〉中译本》,中南大学,2010年。

齐浩:《文化生活出版社时期巴金的编辑出版思想研究》,河南大学,2005年。

苏树杰:《论中国现代作家的忏悔意识》,西北大学,2008年。

苏霞:《大后方抗战文学的奇葩》,重庆师范大学,2009年。

师泽伟:《近代中国无政府主义思潮流变研究》(1924—1941),东北师范大学,2011年。

苏美妮:《灵魂漂浮与人格矛盾》,湖南师范大学,2009年。

斯炎伟:《全国第一次文代会与"十七年"文学体制的生成》,浙江大学,2007年。

唐君红:《巴金的文艺美学思想及其地域特色》,四川师范大学,2008年。

唐伟:《从创伤记忆到记忆的创伤》,辽宁师范大学,2011年。

田全金:《陀思妥耶夫斯基比较研究》,复旦大学,2003年。

魏娇:《叛逆与承担》,四川外语学院,2011年。

魏思超:《从适应选择论的角度看英若诚英译本〈家〉》,郑州大学,2012年。

魏桂秋:《狄更斯在中国的接受与影响》,山东师范大学,2010年。

吴罗娟:《巴金的〈家〉和藤村的〈家〉》,武汉大学,2005年。

文险:《巴金的宗教情怀》,河北师范大学,2011年。

汪太伟：《巴金家庭小说的解构主题》，重庆师范大学，2004年。

王辉：《从"出走"到"回归"》，西北大学，2011年。

王明科：《怨恨：中国现代十位小说家文化反思的现代性体验》，山东师范大学，2006年。

王沈洁：《知识分子、"文革"反思与消费热潮》，北京大学，2012年。

王晓乐：《巴金与路翎的家族小说比较》，西北大学，2011年。

王一莎：《巴金与无政府主义思潮》，陕西师范大学，2011年。

汪振军：《独立精神的坚守与失落》，河南大学，2003年。

邢亚君：《域外视觉——丁来东的中国现代文学研究》，吉林大学，2008年。

许正林：《中国现代文学与基督教》，华中师范大学，2001年。

徐小敏：《巴金在文化生活出版社时期的文学编辑活动研究》，福建师范大学，2006年。

徐文广：《中国现代战争小说创作论》，山东师范大学，2003年。

徐迎红：《一段妇女解放的激情之旅》，江西师范大学，2007年。

闫丽娜：《抗美援朝文学研究》，河北大学，2011年。

闫笑然：《巴金〈随想录〉版本比较研究》，四川师范大学，2011年。

严丽珍：《论巴金小说中的人物形象》，复旦大学，2008年。

杨亚芳：《老舍小说中的家庭关系研究》，西北师范大学，2012年。

杨建仙：《论中外文化对巴金家庭小说创作的影响》，山东师范大学，2006年。

杨晴琦：《因情生文》，上海外国语大学，2009年。

尹莹：《小说中的重庆》，华中师范大学，2009年。

於泽明：《"家园"的衰朽——巴金〈家〉与岛崎藤村〈家〉的比较》，吉林大学，2009年。

袁丽梅：《语境·译者·译文》，复旦大学，2012年。

原丽敏：《经典重构：从巴金小说〈家〉到2007年版电视剧〈家〉》，四川外语学院，2010年。

杨剑龙：《中国现代作家与基督教文化》，华东师范大学，2000年。

杨建仙：《论中外文化对巴金家庭小说创作的影响》，山东师范大学，2006年。

杨明：《1949大陆迁台作家的怀乡书写》，四川大学，2007年。

于莲：《现代文学叙事中的知识分子自我型构》，曲阜师范大学，2009 年。

战红岩：《从〈收获〉杂志栏目设置变化探析其审美风格的流变》，东北师范大学，2009 年。

张成成：《"集体旅行"中投向域外的目光》，山东大学，2011 年。

张娟：《自然之子的自由追求》，西南大学，2008 年。

张平：《巴金〈随想录〉主题意蕴解读》，延边大学，2011 年。

张妍：《巴金主编〈收获〉杂志的编辑活动研究》，北京印刷学院，2010 年。

张翼：《中国现代散文诗的诗学研究》，福建师范大学，2011 年。

张白：《王尔德童话三个译本的描述翻译学研究》，曲阜师范大学，2010 年。

张全之：《无政府主义与中国近现代文学》，南京大学，2004 年。

张曼：《文化主体意识与文学关系个性化特征》，华东师范大学，2012 年。

张磊：《历史在这里沉思》，武汉大学，2010 年。

张艳春：《论曹禺话剧〈家〉的经典性》，河北师范大学，2012 年。

张晓雪：《论翻译中的说服因素：理论溯源与实例分析》，复旦大学，2010 年。

钟昕：《巴金的意义》，南昌大学，2007 年。

周立刚：《〈家〉的接受研究》，河北大学，2008 年。

周立民：《五四精神的叙述与实践》，复旦大学，2007 年。

周坤：《二十世纪三四十年代家族小说中的"废墟"意象》，吉林大学，2011 年。

周琼：《赫尔岑与中国》，华东师范大学，2009 年。

朱杰：《选择与传播》，华中师范大学，2004 年。

朱秀锋：《中国现代小说中的肺病意象探析》，西北师范大学，2008 年。

朱运枚：《操纵理论和儿童文学中译》，湖南师范大学，2010 年。

钟游嘉：《从〈文群〉到〈收获〉》，华东师范大学，2011 年。

赵双花：《可能与限度》，华东师范大学，2011 年。

赵平：《论权势权威型读者对中国文学的影响》，复旦大学，2007 年。

曾昭平：《民族命运的预演》，湖南师范大学，2009 年。

郑红梅：《论老舍早期小说的"闹剧"特征》，延边大学，2009 年。

中文报刊文章

艾苦：《巴金谈周立波同志》，《作家通讯》1980 年第 1 期。

艾思：《西方重视中国现代文学的研究》，《国外社会科学动态》1982 年第 5 期。

艾晓明：《论巴金与克鲁泡特金》，《华中师范学院〈研究生学报〉创刊号》1980 年 12 月。

艾晓明：《论"五四"时期巴金的思想与活动》，《社会科学研究》1981 年第 2 期。

艾晓明：《大革命前后巴金的思想探索》，《文学评论丛刊》1982 年第 11 辑。

艾晓明：《1927 至 1930 年巴金的思想发展——巴金是怎样走上文学道路的》，《文学评论丛刊》1982 年第 15 辑。

巴金创作研究小组：《评巴金的〈激流三部曲〉》，《北京师范大学学报》（人文科学版）1959 年第 2 期。

北京师大中文系二年级师生：《论巴金创作中的几个问题——兼驳扬风、王瑶对巴金创作的评论》，《文学评论》1958 年第 3 期。

北京师大巴金创作批判小组：《论巴金笔下的革命者形象》，《中国青年》1958 年第 20 期。

曹顺庆、李卫涛：《比较文学学科中的文学变异学研究》，《复旦学报》（社会科学版）2006 年第 1 期。

曹顺庆、王苗苗：《翻译与变异——与葛浩文教授的交谈及关于翻译与变异的思考》，《清华大学学报》（哲学社会科学版）2014 年第 1 期。

曹禺：《为了不能忘却的纪念》，《文汇报》1978 年 8 月 6 日。

岑光：《试论巴金建国后的文学创作》，《宁夏大学学报》1980 年第 1 期。

岑光：《巴金的名、笔名及著作的辨正》，《文学评论》1980 年第 5 期。

岑光：《略谈巴金早期的新诗》，《中国现代文学研究丛刊》1981 年第 2 期。

陈传才、陈衍俊：《谈我们对巴金早期作品的看法》，《文学知识》1959年第3期。

陈传才、陈衍俊：《巴金作品的真实性和局限性》，《读书》1959年第1期。

陈丹晨：《关于〈坚强的人——方问巴金〉》，《新文学史料》1980年第3期。

陈丹晨：《评〈爱情的三部曲〉》，《中国现代文学研究丛刊》1980年第3辑。

陈丹晨：《巴金的童年、少年时代》，《春风》文艺丛刊1980年第4期。

陈丹晨：《论巴金〈家〉的杰出历史作用》，《新文学论丛》1981年第2期。

陈丹晨：《战士的性格——从〈爝火集〉到〈随想录〉》，《读书》1981年第6期。

陈丹晨：《一本倾诉悲哀的书——评〈灭亡〉》，《文艺论丛》1982年第14辑。

陈思和、李辉：《怎样认识巴金早期的无政府主义思想》，《文学评论》1980年第3期。

陈思和、李辉：《巴金和俄国文学》，《文学评论丛刊》1982年2月第11辑。

陈思和、李辉：《巴金与法国民主主义》，《文学评论》1982年第5期。

陈思和、李辉：《巴金和外国文学》，《外国文学》1985年第7期。

陈思和、李辉：《论巴金的文艺思想》，《中国现代文学研究丛刊》1982年12月第4辑。

陈喜儒：《作家生命——记巴金在日本》，《艺丛》1980年第3期。

陈贤茂：《〈激流三部曲〉的历史意义和现实意义》，《海南师专学报》1979年第2期。

陈则光：《一曲感人肺腑的哀歌——读巴金的中篇小说〈寒夜〉》，《文学评论》1981年第1期。

程景林：《〈家〉的"局限性"异议——评〈中国现代文学作品选讲〉对巴金〈家〉的批评》，《徽州师专学报》1982年第1期。

丁毅信谈：《〈家〉中青年形象的塑造》，《艺谭》1982年第4期。

德远：《从〈家〉中觉慧的出走谈起》，《学习生活》1946年第2期。

董鑫：《论巴金〈家〉中的男权主义思想》，《当代小说（下）》2011年第2期。

方铭：《生活的激流永远向前——重读巴金的〈家〉》，《安徽大学学报》1978年第1期。

冯华征：《巴金谈作家的生活》，《解放日报》1957年2月26日。

冯雪峰：《关于巴金作品的问题》，《中国青年报》1955年12月20日。

郭沫若：《想起了斫樱桃树的故事》，《文汇报·新文艺》1947年3月24日。

高擎洲：《巴金和他的创作》，《辽宁文艺》1957年5月号。

顾炯：《散论巴金的散文创作》，《文学评论丛刊》1982年2月。

公陶：《反封建的赞歌——读巴金的〈家〉》，《内蒙古日报》1979年5月6日。

韩斌生：《从〈家〉看巴金小说的现实主义特色》，《宝鸡师院学报》1979年第2期、第3期合刊。

韩文敏：《巴金的思想和创作》，《吉林大学学报》（人文版）1959年第2期。

韩悦行：《怎样理解巴金的〈家〉的现实意义》，《文艺学习》1955年第5期。

何阳：《巴金教育思想刍议》，《内蒙古师范大学学报》（教育科学版）2006年第8期。

胡景敏：《巴金〈随想录〉的发表、版本及其反响考述》，《长江学术》2009年第2期。

胡文斌：《是民主主义，不是无政府主义》，《文学知识》1958年第3期。

花建：《巴金和屠格涅夫》，《社会科学》1981年第6期。

黄丽：《曾树生形象的女权主义解读》，《沈阳师范学院学报》（社会科学版）1999年第2期。

纪申：《读巴金〈序跋集〉有感》，《新民晚报》1982年11月25日。

金丁：《谈谈巴金作品的教育意义》，《读书》1958年第16期。

金介甫:《中国文学（1949—1999）的英译本出版情况述评》，查明建译，《当代作家评论》2006年第3期。

贾玉明:《情做血脉理做魂——巴金的创作思维初探》，《巴金研究》2008年第1期。

柯文溥:《略论巴金的〈家〉》，《厦门大学学报》1978年第1期。

孔繁娟:《相同的主题不同的导向——巴金与岛崎藤村同名小说〈家〉之比较》，《佳木斯教育学院学报》1991年第4期。

林萤窗:《论巴金的家春秋及其他》，柳州文丛出版社1943年版。

老舍:《读巴金的〈电〉》，《刁斗》1935年第2卷第1期。

李冰若:《巴金在重庆》，《重庆日报》1956年12月30日。

李存光:《巴金研究的回顾》，《中国现代文学研究丛刊》1980年10月第3辑。

李多文:《试论巴金的〈家〉》，《文学评论丛刊》1980年8月第6辑。

李多文:《试谈巴金的世界观与早期创作》，《延边大学学报》1978年第4期。

李方平:《随想录与中国知识分子的人格独立》，《青岛大学师范学院学报》1996年第4期。

李辉:《理性透视下的人格》，《读书》1992年第5期。

李继昌:《〈爱情三部曲〉是一部反现实主义的作品》，《山东师范学院学报》（人文科学版）1959年第1期。

李均:《"家"并不因觉慧的出走而解体》，《读书》1958年第16期。

李恺玲:《巴金的早期创作与无政府主义》，《武汉师范学院学报》1980年第3期。

李培澄:《重读〈家〉》，《河北师大学报》1978年第1期。

李瑞山:《从〈激流三部曲〉看巴金创作的思想倾向》，《南开大学学报》1979年第4期。

李蓉:《巴金作品教人向真向善向美》，《文学知识》1958年第2期。

李玉铭:《〈家〉在青年读者中的影响》，《文汇报》1958年10月29日。

李希凡:《谈〈雾·雨·电〉的思想和人物》，《文学评论》1958年第4期。

李希凡：《关于巴金作品的评价问题——评扬风的〈论巴金〉》，《管见集》1959年9月版。

黎舟：《巴金与屠格涅夫》，《福建师大》1982年第4期。

林真：《读巴金〈随想录〉的随想》，《集萃》1980年第3期。

路遥：《爱与憎迸发的火花——喜读〈巴金近作〉》，《四川日报》1978年6月29日。

罗荪：《巴金评传》，《新华文摘》1981年第6期。

罗四鸰：《〈随想录〉的"春秋笔法"》，《文艺争鸣》2008年第4期。

刘国盈、廖仲安：《用什么尺度衡量巴金过去的创作》，《文学评论》1958年第4期。

刘慧英：《重重樊篱中的女性困境——以女权批评解读巴金的〈寒夜〉》，《〈中国现代文学研究丛刊〉30年精编：作家作品研究卷（上）》，2009年。

柳之琪：《反封建反礼教的控诉书——重谈巴金的〈家〉》，《江苏文艺》1978年第6期。

马怀强：《巴金新型家庭伦理关系探究》，《铜陵学院学报》2011年第2期。

曼生：《重读巴金的〈家〉》，《光明日报》1980年1月16日。

曼生：《巴金访问记》，《书评》1980年第3期。

曼生：《论巴金〈激流三部曲〉的现实意义》，《南京大学学报》1980年第4期。

曼生：《论巴金早期的世界观》，《文学评论》1981年第3期。

明兴礼：《当代中国文学》，《外国书刊》，人民文学出版社1954年版。

牟书芳：《巴金早期短篇小说人物形象漫谈》，《齐鲁学刊》1983年第2期。

牟书芳：《论巴金小说中的家庭伦理观》，《东岳论丛》1989年第5期。

潘克明：《略论巴金早期创作的思想》，《现代文艺论丛》1980年第1期。

邱雪松：《〈寒夜〉人物塑造中的阴影——论巴金创作的男权意识》，

《天津成人高等学校联合学报》2005年第4期。

沈从文：《给某作家》，《废邮存底》1937年1月。

沙叶新：《喜读〈家〉重印后记》，《上海文艺》1978年第1期。

邵伯周：《巴金和他的〈家〉》，《语文学习丛刊》1978年第1期。

孙中田：《论巴金及其长篇〈家〉》，《社会科学战线》1978年第2期。

宋曰家：《谈〈寒夜〉中汪文宣的形象》，《文苑纵横谈》(3) 1982年7月。

谭兴国：《论巴金的〈家〉及其有关批评》，《文艺论丛》1979年11月第8辑。

谭兴国：《动人心魄的英雄颂歌——读巴金〈英雄的故事〉》，《四川日报》1979年10月14日。

唐金海：《"挖掘人物内心"的现实主义佳作——评巴金的〈寒夜〉》，《钟山》1980年第3期。

田惠兰：《封建宗法制度的控诉书——谈巴金的〈家〉》，《华中师范学院学报》1978年第3期。

田一文：《回忆巴金——关于〈火〉第二部的写作》，《布谷鸟》1981年第4期。

田一文：《忆巴金写〈憩园〉》，《长江文艺》1982年第6期。

童佶：《系统研究巴金的思想和创作的第一本专著——〈巴金评传〉》，《中国社会科学》1982年第4期。

汪文顶：《老树新花——谈新中国成立后冰心和巴金的散文创作》，《福建师大学报》1979年第4期。

王德威：《英语世界的现代文学研究之报告》张清芳译，《海南师范大学学报》（社会科学版）2007年第3期。

王立明：《论巴金〈随想录〉的价值及赫尔岑对该书的影响》，《沈阳师范大学学报》（社会科学版）2005年第1期。

王苗苗：《从比较文学变异学视角浅析巴金〈寒夜〉翻译中的创造性叛逆》，《当代文坛》2013年第6期。

王苗苗：《跨异质文明语境下〈寒夜〉翻译的误读》，《中外文化与文论》2013年总第24期。

王苗苗：《英语世界的巴金研究对中国巴金研究的启示》，《中外文化与文论》2015 年总第 29 期。

王树荣：《读〈巴金评传〉》，《光明日报》1982 年 4 月 5 日。

王薇：《巴金〈寒夜〉与契诃夫小说中的"小人物"》，《重庆社会科学》2006 年第 1 期。

王文超：《巴金及其长篇小说〈家〉》，《辽宁日报》1978 年 9 月 7 日。

王瑶：《论巴金的小说》，《中国新文学史稿》1982 年。

王瑶：《论巴金的小说》，《文学研究》1957 年第 4 期。

王易庵：《评论巴金的〈家〉〈春〉〈秋〉及其他》，《杂志》1942 年第 6 期。

王正：《从巴金的〈家〉到曹禺的〈家〉》，《文学评论》1963 年第 3 期。

王向东：《应当承认世界观有一个转变过程——对〈试谈巴金的世界观与早期创作〉一文的一点意见》，《文学评论》1980 年第 1 期。

吴定宇：《一部现实主义的杰作——读巴金的〈憩园〉》，《中山大学研究生学刊》1982 年第 2 期。

吴定宇：《巴金与〈红楼梦〉》，《中山大学学报》（社会科学版）1996 年第 1 期。

吴金海：《也谈巴金的〈家〉》，《语文学习丛刊》1978 年第 5 期。

伍寅：《童话世界里的两颗童心——记爱罗先珂与巴金的童话比较》，《应用写作》2013 年第 1 期。

夏一粟：《论巴金先生》，《现代出版界》1934 年第 25 期。

肖明翰：《巴金与福克纳家庭小说的比较》，《四川师范大学学报》（社会科学版）1992 年第 6 期。

徐杰：《〈巴金和他的作品〉介绍》，《文献》1981 年 2 月丛刊。

徐文：《〈家〉中的个人主义》，《光明日报》1958 年 10 月 31 日。

徐中玉：《评巴金的〈家〉〈春〉〈秋〉》，《艺文集刊》第 1 辑 1942 年。

杨渡：《巴金〈创作回忆录〉出版》，《人民日报》1982 年 6 月 15 日。

杨风：《巴金论》，《人民文学》1957 年 7 月号。

杨风：《巴金作品的民主主义思想》，《读书》1958 年第 19 期。

姚健：《试论觉新形象研究中的几个问题——读巴金〈激流三部曲〉札记》，《中国现代文学研究丛刊》1982年第2辑。

姚文元：《论巴金小说〈灭亡〉中的无政府主义思想》，《中国青年》1958年第19期。

姚文元：《论巴金小说〈家〉在历史上的积极作用和它的消极作用——并谈怎样认识觉慧这个人物》，《中国青年》1958年第22期。

袁建平：《性格在矛盾中发展——浅谈〈家〉中觉新的形象》，《固原师专学报》1981年第1期。

张放：《关于〈随想录〉评价的思考》，《文学自由谈》1988年第6期。

张德让：《伽达默尔哲学解释学与翻译研究》，《中国翻译》2001年第4期。

张慧珠：《"青春是美丽的"——论巴金的〈家〉》，《三十年代作家作品论集》1980年10月。

张慧珠：《中国封建家庭崩溃的历史缩影——论巴金的〈家〉》，《文学论集》1980年第3辑。

张民权：《巴金小说与民族文化传统》，《天津师范大学学报》（社会科学版）1987年第4期。

张民权：《巴金小说心理描写浅探》，《上海师范大学学报》（哲学社会科学版）1985年第1期。

张明健：《谈鸣凤之死》，《山西师范学院学报》1980年第5期。

张晓云、唐金海：《巴金笔名考析》，《新文学史料》1981年第1期。

张香还：《试论巴金的创作思想和他的童话》，《儿童文学研究》1980年第4期。

翟瑞青：《巴金小说中的家庭教育观》，《德州学院学报》1996年第3期。

赵瑞蕻：《赠巴金先生》，《雨花》1980年11月号。

赵瑞蕻：《读巴金先生的一封信》，《文汇报》1999年2月。

曾绍义：《巴金晚年思想的再思考——重读〈随想录〉和〈再思录〉》，《宝鸡文理学院学报：社会科学版》2004年第2期。

郑振铎：《复苇甘》，《文学旬刊》1922年第49期。

周芳芸：《觉新形象的再探讨》，《四川师院学报》1982年第4期。

周启华:《巴金与托尔斯泰》,《阜阳师范学院学报》(社会科学版) 2009 年第 3 期。

朱正:《读巴金〈随想录〉后的随想》,《文艺增刊》1980 年第 3 期。

英文著作

Cao, Shunqing. *The Variation Theory of Comparative Literature.* Heidelberg: Springer Press, 2014.

Cornelius C. Kubler. *Vocabulary and Notes to Ba Jin's Jia: An Aid for Reading the Novel.* New York: Cornell University East Asia Program, 1976.

Aldridge, A. Owen, ed. *Comparative Literature: Matter and Method.* Chicago: University of Illinois Press, 1969.

Anderson, Marston. *The Limits of Realism: Chinese Fiction in the Revohiionary Period.*, Berkeley: The University of California Press, 1990.

Avrich, Paul. *The Russian Anarchists.* Princeton: Princeton University Press, 1967.

Baker, Hugh D. *Chinese Family and Kinship.* New York: Columbia University Press, 1979.

Baldwin, Boger. *Introduction to Kropotkin's Revolutionary Pamphlets.* New York: Vanguard Press, 1927.

Baring, Maurice. *Landmarks in Russian Literature.* London, 1910.

Berkman, Alexander. *Prison Momoirs of an Anarchist.* New York: Mother Earth Publishing Association, 1912.

Berkman, Alexander. *Now and After: The ABC of Communist Anarchism.* New York: The Vanguard Press – Jewish Anarchist Federation, 1929.

Berlin, Isaiah. *Russian Thinkers.* London, 1978.

Berry, Michael. *A History of Pain: Trauma in Modern Chinese Literature and Film.* New York: Columbia University Press, 2008.

Bieler, Stacey. *"Patriots" or "Traitors": A History of American-educated Chinese Students.* New York: M. E. Sharpe, Inc., 2004.

Birch, Cyril, ed. *Chinese Communist literature.* New York: Praeger, 1963.

Bloom, Harold. *The Anxiety of Influence.* London: Oxford University Press, 1973.

Bonavia, David. *China's Warlords*. Hong Kong: Oxford University Press, 1995.

Bourdieu, Pierre. *The Field of Cultural Production*. New York: Columbia University Press, 1993.

Brandt, Conrad. *Stalin's Failure in China* 1924-27. Cambridge: Harvard University Press, 1958.

Burgess, Ernest W. and Locke, Harvey J. *The Family: From Institution to Companionship*. New York, 1953.

Button, Peter. *Configurations of the Real in Chinese Literary and Aesthetic Modernity*. Leiden: Brill, 2009.

Cahm, Caroline. *Kropotkin and the Rise of Revolutionary Anarchism* 1872-1886. Cambridge: Cambridge University Press, 1989.

Chambers, Ross. *Story and Situation: Narrative Seduction and the Power of Fiction*. Minneapolis: University of Minnesota Press, 1984.

Chang, Carsun. *The Third Force in China*. New York: Bookman Associates, 1952.

Chang, H. C. *Chinese Literature: Popular Fiction and Drama*. Edinburgh: Edinburgh University Press, 1973.

Chang, Shelley Hsueh-lun. *History and Legend: Ideas and Images in the Ming Historical Novels*. Ann Arbor: University of Michigan Press, 1990.

Chatman, Seymour. *Story and Discourse: Narrative Structure in Fiction and Film*. New York: Cornell University Press, 1978.

Chen, Lingchei Letty. *Writing Chinese: Reshaping Chinese Cultural Identity*. New York: Palgrave Macmillan, 2006.

Chen, Ta. *The Labor Movement In China*. Peking: Peking Leader Press, 1927.

Chen, Mao. *Between Tradition and Change: The Hermeneutics of May Fourth Literature*. New York: University Press of America, 1997.

Chow Tse-Tung. *The May Fourth Movement: Intellectual Revolution in China* Stanford: Stanford University Press, 1967.

Chow, Tse-tsung. *The May Fourth Movement: Intellectual Revolution in Modern China*. Stanford: Stanford University Press, 1967.

Craigie, William A. *The Icelandic Sagas*. Honolulu: University Press of the Pacific, 2003.

Creel, Herrlee G. *Chinese Thought from Confucius to Mao Tse-tung*. Chicago: University of Chicago Press, 1953.

Croll, Elisabeth J. *From Heaven to Earth: Images and Experiences of Development in China*. London and New York: Routledge, 1994.

Davis, Deborah, Stevan Harrell, and Joint Committee on Chinese Studies (US), Eds. *Chinese Families in the Post-Mao Era*. California: University of California Press, 1993.

De Bary, William Theodore. *Sources of Chinese Tradition*. New York: Columbia University Press, 1960.

Deeney, John J. ed. *Chinese-Western Comparative Literature: Theory and Practice*. Hong Kong: The Chinese University Press, 1980.

Denton, Kirk A. *The Problematic of Self in Modern Chinese Literature: Hu Feng and Lu Ling*. Stanford: Stanford University Press, 1998.

Denton, Kirk Ed. *Modern Chinese Literary Thought: Writings on Literature, 1893-1945*. Stanford: Stanford University Press, 1996.

Dirlik, Arif. *Anarchism in the Chinese Revolution*. Berkeley: University of California Press, 1991.

Dirlik, Arif. *The Origins of Chinese Communism*. Oxford: Oxford University Press, 1989.

Dittmer, Lowell. *China's Continuous Revolution: The Post-Liberation Epoch 1949-1981*. Berkeley, CA: University of California Press, 1987.

Donzelot, Jacques. *The Policing of Families*. New York: Random House, 1979.

Ebrey, Patricia Buckley. *The Aristocratic Families of Early Imperial China*. Cambridge: Cambridge University Press, 1978.

Epstein, Maram. *Competing Discourses: Orthodoxy, Authenticity, and Engendered Meanings in Late Imperial Chinese Fiction*. Cambridge: Harvard University Asia Center, 2001.

Fairbank, John K., ed. *Chinese Thought and Institutions*. University of Chicago Press, Chicago: 1957.

Fairbank, John King, ed. *The Cambridge History of China, Republican China* 1912-1949. Cambridge: Cambridge University Press, 1983.

Fairbank, John King. *The Great Chinese Revolution* 1800-1985. New York: Harper & Fan, Hong. *Footbinding, Feminism and Freedom: The Liberation of Women's Bodies in Modern China.* London: Routledge, 1997.

Feng, Han-yi. *The Chinese Kinship System.* Cambridge: Harvard University Press, 1948.

Fitzgerald, Carles Patrick. *Revolution in China.* New York: Prager, 1952.

Frankfurter, Marion Denman and Jackson, Gardner, eds. *The Letters of Sacco and Vanzetti.* New York: The Viking Press, 1930.

Freedman, Maurice, ed. *Family and Kinship in Chinese Society.* Stanford: Stanford University Press, 1970.

Furst, Lilian R., Ed. *An Introduction to Realism. Modem Literature in Perspective.* London & New York: Longman, 1992.

Fussell, Paul. *Class—A Guide through the American Status System.* New York: Summit Books, 1983.

Galik, Marian. *The Genesis of Modem Chinese Literary Criticism*, 1917-1930. London: Curzon Press, 1980.

Gallagher, Catherine. "Marxism and the New Historicism." *Literary Theories.* Ed. Julian Wolfreys. New York: New York University Press, 1999.

Gallie, Walter Bryce. *Philosophy and the Historical Understanding.* London: Chatto & Windus, 1964.

Geertz, Clifford. *The Interpretation of Cultures.* New York: Basic Books, 1973.

Hall, Edward. *Beyond Culture.* Garden City, New York: Anchor Books, 1976.

Halperin, Jone, ed. The Theory of the Novel. New Essays. New York: Oxford University Press, 1974.

Hanan, Patrick. *The Chinese Short Story.* Cambridge: Mass, Harvard University Press, 1973.

Hanan, Patrick. *Chinese Fiction of the Nineteenth and Early Twentieth Centuries.* New York: Columbia University Press, 2004.

Hansen, Chad. "Punishment and Dignity in China" in Donald J. Munro, ed. *Individualism and Holism: Studies in Confucian and Taoist Values.* Ann Arbor: University of Michigan Press, 1985.

Hegel, Robert and Richard Hessney, eds. *Expressions of Self in Chinese Literature.* New York: Columbia University Press, 1985.

Hegel, Rober. *The Novel in Seventeenth Century China.* New York: Columbia University Press, 1981.

Hershatter, Gail. *Women in China's Long Twentieth Century.* Berkeley, Los Angeles, and London: University of California Press, 2007.

Hoffman, Michael J., and Patrick D. Murphy. eds. *Essentials of the Theory of Fiction.* Durham & London: Duke University Press, 1988.

Hsia, Adrian. *The Chinese Cultural Revolution.* London: Orbach & Chambers, 1972.

Hsia, C.T. *A History of Modern Chinese Fiction 1917-1957.* New Haven, London: Yale University Press, 1961.

Hsia, C.T. *A History of Modem Chinese Fiction.* (Third Edition). Bloomington: Indiana University Press, 1999.

Hsiao, Tso-liang. *Power Relations within the Chinese Communist Movement, 1930-1934.* Seattle: University of Washington Press, 1961.

Hsu, Kai-yu. *Literature of the People's Republic of China.* Bloomington: Indiana University Press, 1980.

Huang, Joe C. *Heroes and Villains in Communist China.* New York: Universe Books, 1974.

Hung, Chang-tai. *War and Popular Culture: Resistance in Modern China, 1937-1945.* Berkeley: University of California Press, 1994.

Hursserl, Edmund. *Phenomenology and the Crisis of Philosophy.* New York: Harper and Row, 1965.

Isaacs, Harold R. *The Tragedy of the Chinese devolution. Second edition.* Stanford: Stanford University Press, 1961.

Jacoby, Susan. *Wild Justice: The Evolution of Revenge.* New York: Harper, 1983.

Jaeger, Werner. *Paideia: the Ideals of Greek Culture*, Trans. Gilbert Highet.

New York: Oxford University Press, 1939.

Joll, James. *The Anarchists.* London: Eyre and Spottiswoode, 1964.

Kerrigan, John. *Revenge Tragedy: Aeschylus to Armageddon.* Oxford: Clarendon-Oxford University Press, 1996.

Keyishian, Harry. *The Shapes of Revenge: Victimization, Vengeance, and Vindictiveness in Shakespeare.* 1995. New York: Humanity-Prometheus, 2003.

Kiang, Wen-han. *The Chinese Student Movement.* New York: King's Crown Press, 1948.

Kirby, E. Stuart, ed. *Youth in China.* Hong Kong: Dragonfly Books, 1965.

Knight, Sabina. *The Heart of Time: Moral Agency in Twentieth-Century Chinese Fiction.* Cambridge: Harvard University Press, 2006.

Kolb, Harold H. *Illusion of Life, American Realism as a Literary Form.* University of Virginia. Charlottesville: The University Press of Virginia, 1969.

Peter Brooks. *Troubling Confessions.* Chicago: University of Chicago Press, 2000.

Peter Kropotkin. "An Appeal to the Young", *Kropotkin's Revolutionary Pamphlets.* Baldwin, ed. New York: Dover Press, 1970.

Robert Scalapino & George Yu. *The Chinese Anarchist Movement.* Berkeley: University of California Press, 1961.

Schwarcz, Vera. *The Chinese Enlightenment: Intellectuals and the Legacy of the May Fourth Movement of* 1919. Berkeley: University of California Press, 1986.

Teng, Ssu-yu and John Fairbank. *China's Response to the West.* Cambridge: Harvard University Press, 1979.

Thurston, Anne. *Enemies of the People.* Cambridge: Harvard University Press, 1988.

Trilling, Lionel. *The liberal Imagination Essays on Literature and Society.* New York: Doubleday Anchor Books, 1957.

Uzzell, Thomas H. *Narrative Technique. A Practical Course in Literary Psychology.* New York: Harcourt, Brace & Company, 1923.

Van der Valk, M. H. *An Outline of Modern Chinese Family Law.* Peking: Catholic University of Peking, 1939.

Wagner, Rudolf. *Inside a Service Trade: Studies in Contemporary Chinese Prose.* Cambridge MA: Harvard University Press, 1992.

Wang, Ban. *The Sublime Figure of History. Aesthetics and Politics in Twentieth Century China.* Stanford: Stanford University Press, 1997.

Wang, Chi-chen. *Contemporary Chinese Stories.* New York: Columbia University Press, 1944.

Wang, Ci C. *The Youth Movement in China.* New York: New Republic, 1928.

Wang, Zheng. *Women in the Chinese Enlightenment: Oral and Textual Histories.* Berkeley, CA: University of California Press, 1999.

Wang, David Der-Wei. *Fictional Realism in 20th-Century China.* New York: Columbia University Press, 1992.

Weisstein, Ulrich Werner. *Comparative Literature and Literary Theory.* Bloomington: Indiana University Press, 1973.

Wright, Arthur F., Ed. *Studies in Chinese Thought.* Chicago: University of Chicago Press, 1953.

Yang, C. K. *Chinese Communist Society: The Family and the Village.* Cambridge: M.I.T. Press, 1959.

Yee, Lee. *The New Realism: Writings from China after the Cultural Revolution.* New York: Hippocrene Books, 1983.

Yu, Pauline. *The Reading of Imagery in the Chinese Poetic Tradition.* Princeton: Princeton University Press, 1987.

Yu, Simu. *Writer Ba Jin.* Hong Kong: Nanguo, 1964.

Yu, Ssu-mu. *Tso-chia Pa Chin Author Pa Chin.* Hong Kong: Nan-kuo Ch'u-pan She, 1964.

Zarrow, Peter. *Anarchism and Chinese Political Culture.* New York: Columbia University Press, 1990.

Zhao, Henry. *The Uneasy Narrator: Chinese Fiction from the Traditional to the Modern.* Oxford: Oxford University Press, 1995.

Zhao, Suisheng. *A Nation-State by Construction: Dynamics of Modern Chinese Nationalism.* Stanford: Stanford University Press, 2004.

Lang, Olga. *Pa Chin and his Writings: Chinese Youth between the Two Revolutions.Cambridge: Harvard University Press, 1967.

Lang, Olga. *Chinese Family and Society*. New Haven: Yale University Press, 1950.

Mao, K.Nathan.*Pa Chin*.Boston: Twayne Publisher, 1978.

Robinson, Lewis S. *Double-Edged Sword: Christianity and 20th Century Chinese Fiction*.Hong Kong: Tao Fong Shan Ecumenical center, 1986.

Vladimiro Munoz.*Li Pei Kan and Chinese Anarchism (Men and Movements in the History and Philosophy of Anarchism)*.New York: Revisionist Press, 1977.

英文译著

Ba Jin.*Cold nights*.Trans.Nathan K.Mao, and Liu Ts'un-yan, Hongkong, Seattle &London: The Chinese University Press, and the University of Washington Press, 1993.

Ba Jin. *Family*. Trans. Sidney Shapiro. Peking: Foreign Languages Press, 1958.

Ba Jin.*Family*.Trans.Sidney Shapiro.Illinois: Waveland Press, Inc, 1972.

Ba Jin. *Living amongst Heroes*. Trans. Peking: Foreign Languages Press, 1954.

Ba Jin.*Random Thoughts Sui Hsiang Lu*.Trans.Edward A.Suter.Monterey, Calif.: Monterey Institute of Internatinal Studies, 1993.

Ba Jin. *Random Thoughts*. Trans. Geremie Barme. Honhkonh: Joint Publishing Co., 1984.

Ba Jin.*Selected Stories by Ba Jin*.Trans.Wang Mingjie, etc.Beijing: Chinese Literature Press & Foreign Language Teaching and Research Press, 1999.

Ba Jin.*The Family*.Trans.Sidney Shapiro, Liu Tan-Chai.Beijing: Foreign Language Press, 1978.

Ba Jin.*Cold Nights*. Trans.Nathan K.Mao.Hong Kong: Chinese University Press, 1978.

Ba Jin. *Random Thoughts*. Trans. Germie Barm&ecute. Hong Kong: Joint Publishing Company, 1984.

Ba Jin.*Selected Works of Ba Jin*.Trans.Jock Hoe.Beijing: Foreign Language Press, 1988.

Ba Jin. *Living Amongst Heroes*. Trans. Beijing: Foreign Language Press, 1954.

Ba Jin. The Autobiography of Ba Jin. Trans. May-lee Chai. Indianapolis: University of Indianapolis Press, 2008.

Ba Jin. *Ward Four: A Novel of Wartime China*. Trans. Haili Kong & Howard Goldblatt. Hong Kong: Long River Press, 2012.

英文期刊

Amanda B. "Post Script: Elevated by a Boom in Grooming, Mr. Zhang is China's Hair Apparent." *Wall Street Journal*: 1.Sep.10, 1985.

"Asia & the Pacific (Book Review)." *World Literature Today* 67.4 (1993): 888.

August, Melissa, et al. "Died. Ba Jin." *Times*. Oct.31, 2005: 27.

"Ba Jin [Ba Kin] Anarchiste." *Special Issue on Ba Jin of A Contretemps: Bulletin de Critique Bibliographique* 45. Mar., 2013.

"Ba Jin's Legacy." *China Daily*: 4.Oct.25, 2005.

"Ba Jin Remembered for Recording Truth." *China Daily*: 4.Oct.19, 2005.

Barboza, David. "Ba Jin, 100, Noted Novelist of Prerevolutionary China." *New York Times*: Oct.18, 2005.

Baum, Julian. "Peking Ousts Party Members." *The Christian Science Monitor*. Aug.14, 1987.

Bernstein, Richard. "Books of the Times in China, 3 Generations, Much Trouble and Rice." *New York Times*. Nov.13, 1995.

Bernstein, Richard. "Film; Grappling with Modern China." *New York Times*. Mar.17, 1991.

Bernstein, Richard. "Review/Film Festival; Taiwanese 'Rouge of the North'." *New York Times*. Mar.17, 1989.

Bix, Herbert P. "Asia Week: Yearend Special: Books: Nobel Finish; Award Caps Asia's Literary Year." Asiaweek Dec.29, 2000: 1.

Burns, John F. "Writers's Congress in China Demands Artistic Freedom. New York Times." *New York Times*. Jan.1, 1985.

Chen Tan-chen. "Pa Chin the Novelist: An Interview." *Chinese Literature*

6, 1963.

Chen, Danchen. "Ba Jin's Literary Career." *Beijing Review* 25.1989.

"China: Ex-Party Officials Open 'Unofficial' Cultural Revolution Museum." *BBC Monitoring Asia Pacific* 1.May.19, 2005.

"Chinese Cultural Revolution Memoir Becomes Bestseller." *BBC Monitoring Asia Pacific* 1.Oct.20, 2005.

"Chinese Culture Broadens its World Influence." *China Daily* 4. Dec. 8, 2000.

"Chinese Foreign Minister Holds Live News Conference 7 March - Text." *BBC Monitoring Asia Pacific*.Mar.7, 2006.

"Chinese Intellectuals Propose Cultural Revolution Museum." *BBC Monitoring Asia Pacific* 1.Mar.13, 2006.

"Chinese Leaders Attend Cremation of Ex - Politburo Member Song Renqiong." *BBC Monitoring Asia Pacific* 1.Jan.26, 2005.

"Chinese Literature in 'Books Abroad / World Literature Today', 1939-1990." *World Literature Today* 65.3 (1991): 382.

"Chinese Officials Attend Funeral of 'Literary Master' Ba Jin." *BBC Monitoring Asia Pacific*: 1.Oct.24, 2005.

"Chinese People Call for Reflecting on Cultural Revolution-Hong Kong Paper." *BBC Monitoring Asia Pacific*: 1.Apr.13, 2006.

"Chinese President Hu Jintao's Speech to the French National Assembly." *BBC Monitoring Asia Pacific*: 1.Jan.28, 2004.

"Chinese Writer Ba Jin Dies of Cancer at Age 101." *BBC Monitoring Asia Pacific*: 1.Oct.17, 2005.

Chow, Rey. "Translator, Traitor; Translator, Mourner (Or, Dreaming of Intercultural Equivalence)." *New Literary History* 39.3 (2008).

Clifford, Nicholas R. "A Revolution is Not a Tea Party: The 'Shanghai Mind (s)' Reconsidered." *Pacific Historical Review* 59 (1990).

Coble, Parks M. "Writing about Atrocity: Wartime Accounts and their Contemporary Uses." *Modern Asian Studies* 45.2 (2011).

Cong, Xiaoping. "Localizing the Global, Nationalizing the Local: The Role of Teachers' Schools in Making China Modern, 1897-1937." University of California, Los Angeles, 2001.

Duke, Michael S. "Ba Jin (1904-): From Personal Liberation to Party 'Liberation.'" In Mason Y.H.Wang, ed., Perspectives in Contemporary Chinese Literature.Michigan: Green River Press, 1983.

Dutton, Michael. "The Mao Industry." Current History 103.674 (2004).

"East." China Daily: 5.Jun 10 2005.ProQuest.Web.7 Sep.2013.

Eber, Irene. "Social Harmony, Family and Women in Chinese Novels, 1948-58." *The China Quarterly* 117, 1989.

Enid Tsui in, Hong Kong. "FT.Com Site : Revered Writer a Beacon for Modernising China." FT.com (2005).

Ebrey, Patricia. "Introduction: Family Life in Late Traditional China." *Modern China* 10.4, 1984.

Egan; Michael, uJia, n in Milena Dolezelova-Velingerova (ed).*A Selective Guide to Chinese Ltteraiure*, v.1, The Novel, Leiden, E.J.Brill, 1988.

Evyatar, Ilan. "Writing the Waves of Change." *The Jerusalem Post.* May 1, 2010.

Feng, Jin. "En/gendering the Bildungsroman of the Radical Male: Ba Jin'sGirl Students and Women Revolutionaries." In Feng, The New Woman in Early Twentieth-Century Chinese Fiction.West Lafayette, IN: Purdue University Press, 2004.

FitzGerald, Carolyn Michelle. "Routes through Exile and Memory: The War of Resistance (1937-45) and Displacement in Chinese Art and Literature." University of Michigan, 2007.

Fisac, Taciana."Anything at variance with it must be revised accordingly: Rewriting Modern Chinese literature during the 1950s." The China Journal.67 (2012).

Frank, Geet. "Personal Journal; Your Life — Calendar: A Guide to Leisure & Arts Activities in Asia." Asian Wall Street Journal.Jan 30, 2004.

Friedman, Edward. "The Original Chinese Revolution Remains in Power." *Bulletin of Concerned Asian Scholars* 13.3, 1981.

Gao, Qian. "Remembering the Cultural Revolution: History and Nostalgia in the Marketplace." University of Oregon, 2007.

Galik, Marian. "Pa Chin'sCold Night: the Interliterary Relations with Zola and Wilde." In Galik.*Milestones in Sino-Western Literary Confrontation* (1898-1979).Weisbaden: Otto Harrassowitz, 1986.

Ge, Liangyan. "The Mythic Stone in Hongloumeng and an Intertext of Ming-Qing Fiction Criticism." *The Journal of Asian Studies* 61.1, 2002.

Geremie, R.Barm. "A Dissenting View on Ba Jin." *Far Eastern Economic Review*.168.10 (2005).

Glanz, Rudolf. "The 'Jewish Execution' in Medieval Germany." *Jewish Social Studies* 5, 1943.

Guo, Jie. "From Patriarchal Polygamy to Conjugal Monogamy: Imagining Male Same-Sex Relationship in Modern China." Modern Chinese Literature and Culture 25, 1 (Spring 2013).

Hareven, Tamara K. "The History of the Family and the Complexity of Social Change." *The American Historical Review* 96.1, 1991.

Hegel, Robert E. "A 'Golden Age' for Chinese Writers." World Literature Today 59.3 (1985).

"In Brief." China Daily: 2.Apr.14, 2001.

"In Brief." China Daily: 3.Nov.26, 2003.

"In Memoriam." Poets & Writers Jan.2006: 15.

Jize, Qin. "Global Esperanto Gathering Concludes in Beijing." China Daily: 2.Aug.2, 2004.

Jiao, Wen. "A Woman of Letters." China Daily: 14.Nov.15, 2006.

Jin B. "Peers Praise Ba Jin for His Devotion, Sincerity." China Daily: 13.Oct.19, 2005.

Jitao, Xu. "Ba Jin'sFuneral Held Amid Tears, Praise." China Daily: 2.Oct.25, 2005.

Kaldis, Nichola. "Ba Jin'sFamily: Fiction, Representation, and Relevance." In Joshua Mostow, ed, and Kirk A.Denton, China section, ed., Columbia Companion to Modern East Asian Literatures.NY: Columbia UP, 2003.

Kinkley, Jeffrey C. "Review 16 — no Title." The Journal of Asian Studies (pre-1986) 42.3 (1983).

Knapp, Bettina L. "China — La Litterature Chinoise Moderne by Paul Bady." World Literature Today 68.2 (1994).

Kral, Oldrich. "Pa Chin'sNovel The Family." In Jaroslav Prusek, ed. Studies in Modern Chinese Literature.Berlin: Akademie-Verlag, 1964.

Kropotkin, Peter. "An Appeal to the Young." *In Kropotkin's Revolutionary Pamphlets Edited by Roger N.Baldwin.*New York: Benjamin Blom, 1968.

Kubler, Cornelius. "Europeanized Grammer in Ba Jin's Novel Jia." Journal of the Chinese Language Teachers Association 20, 1 (Feb.1985).

Kwan-Terry, John. "Chinese Literature and the Nobel Prize." World Literature Today 63.3 (1989).

Lechowska, Teresa. "In Search of a New Ideal: The Metamorphoses of Pa Chin'sModel Heroes." Archiv Orientalni 42 (1974).

Leo Ou-Fan, Lee. "Contemporary Chinese Literature in TranslationA Review Article." The Journal of Asian Studies (pre-1986) 44.3 (1985).

"Letters." Far Eastern Economic Review 168.11 (2005): 4. ProQuest. Web.7.Sep.2013.

"Letter from China-Young Writers Test the Limits." New York Times.Jan. 11, 1987.

Lee, Gregory, and Dutrait. "Conversations with Gao Xingjian: The First 'Chinese' Winner of the Nobel Prize for Literature." The China Quarterly.167 (2001).

Li, Ping. "Price Reform: the Progressive Way." *Beijing Review*, May 4-10, 1992.

Lin, Canchu. "Demystifying the Chameleonic Nature of Chinese Leadership." *Journal of Leadership & Organizational Studies* 14.4, 2008.

Lister, Alfred, "An Hour with a Chinese Romance," in*The China Review*, v.1.

Liu, Yu. "Maoist Discourse and the Mobilization of Emotions in Revolutionary China." *Modern China* 36, 3, 2010.

Li, Xing. "Fabulous Four should be our Guiding Lights." China Daily: 4. Oct.20, 2005.

Li, Xing. "No Kidding, Niu's Got a Camera." China Daily: 10. Jan. 2, 1997.

Li, Xing. "Literature Museum an Epilogue for Authors." China Daily: 1.

May.24, 2000.

Li, Xing. "Novel Offers Insight into Chinese History." China Daily: 13. Oct.19, 2005.

Link, Perry. "ASIA; Taste: Ba Jin: What might have been." The Wall Street Journal Asia: 0.Oct.28, 2005.

"Literature Archive Under Construction." China Daily: 9.May.27, 1998.

"Literary Witness to Century of Turmoil." China Daily: 9.Nov.24, 2003.

Mao, Nathan. "Pa Chin'sJourney in Sentiment: From Hope to Despair." Journal of the Chinese Language Teachers Association 11 (1976).

McDougall, Bonnie. "The Columbia Anthology of Modern Chinese Literature." The China Quarterly.146 (1996).

McDougall, Bonnie, "The Impact of Western Literary Trends," in Merle Goldman.*Modern Chinese Fiction in the May Fourth Era.*Cambridge, Mass, Harvard University Press, 1977.

Mcintosh, Donald. "Weber and Freud: On the Nature and Sources of Authority." *American Sociological Review* 35.5, 1970.

McLaren, Anne, and Chen Qinjian. "The Oral and Ritual Culture of Chinese Women: Bridal Lamentations of Nanhui." Asian Folklore Studies 59.2 (2000).

Mink, Louis O. "Narrative form as a cognitive instrument." *The Writing of History: Literary Form and Historical Understanding.* Ed. Robert H. Canary and Henry Kozicki. Madison, Wisconsin: The University of Wisconsin Press, 1978.

"Mischievous Lovers and Feudal Families Take Stage." China Daily: 10. May.13, 2006.

Nakamoto, Michiyo. "Chinese Tourists Steer Clear of Japan." Financial Times: 4.Oct.6, 2012.

National Committee of the Chinese People'sPolitical Consultative Conference China.Beijing: Xinhua News Agency, 2002.

Ng, Mau Sang. "Ba Jin and Russian Literature." Chinese Literature: Essays, Articles, Reviews 3, 1 (Jan 1981).

"No Holiday for Concert-Goers." China Daily: 9.Apr.21, 2003.

"North." China Daily: 5.Sep.14, 2006.

Pa Chin. "How I wrote the Novel 'Family'", *China Reconstructs*, January, 1958.

Pa Chin. The Path I Trod, *Chinese Literature*, 6, 1962.

Pa Chin. Fu-ch' ou [Revenge]. Tuan-p' ien, I, 20; Wen chi, VII.

Pieke, Frank N. "Review: Chinese Anthropology and History." *The Australian Journal of Chinese Affairs* 21, 1989.

Pochagina, Olga. "The Aging of the Population in the PRC: Sociocultural and Sociopsychological Aspects." *Far Eastern Affairs* 31, 2003.

Qian, Wang. "The Legend of Huang Yongyu." Chinese Literature Today 2.2 (2012).

Rabinowitz, Paula. "The Proletarian Moment: The Controversy over Leftism in Literature by James F. Murphy." *The Journal of American History* 79.3, 1992.

Rado, Lisa. "Primitivism, Modernism, and Matriarchy." *Modernism, Gender, and Culture - A Cultural Studies Approach. Ed. Lisa Rado*. New York and London: Garland publishing, Inc., 1997.

Reuben, Hill. "Contemporary Developments in Family Theory." *Journal of Marriage and the Family* 28.1, 1966.

Reuters. "Chinese Novelist is Elected Chairman of the Writers Union." New York Times. Dec. 24, 1981.

"Reviews: book." China Daily: 20. Apr. 24, 2007.

Robinson, Lewis. "Family: A Study in Genre Adaptation", The Australian Journal of Chinese Affairs, No.12 (Jul., 1984).

Rojas, Carlos. "Chinese Modern: The Heroic and the Quotidian." The Journal of Asian Studies 62.1 (2003).

Sheila M. "Weekend Journey — Writer: A Reformer with a Conscience." Asian Wall Street Journal: 13. May. 15, 1998.

Simmel, Georg. "The Metropolis and Modern Life." *Readings in Social Theory: The Classic Tradition to Post-Modernism 3rd ed. Ed. James Farganis*. New York: McGrawHill, 2000.

Sternberg, Meir. "Telling in Time (I): Chronology and Narrative Theory." *Poetics Today* 11.4.1990.

Stevenson, Nick. "Globalization, National Cultures and Cultural Citizenship." *The Sociological Quarterly* 38.1.1997.

Shaw, Craig. "Changes in The Family: Reflections on Ba Jin's Revisions of Jia." Journal of the Chinese Language Teachers Association 34, 2 (1999).

Singh, G. "Mario Luzi'sLatest Poetry." World Literature Today 59.3 (1985).

Sujie, Man. "Golden Sheaves Stand upon the Harvested Fields." China Daily: 9.Feb.23, 1995.

Tang, Jie, et al. "Trends of the Precipitation Acidity Over China during 1992-2006." Chinese Science Bulletin 55.17 .

Tang, Xiaobing. "The Last Tubercular in Modern Chinese Literature: On Ba Jin'sCold Nights." In Chinese Modernism: The Heroic and the Quotidian. Durham: Duke UP, 2000.

Tao, Ji. "Xiao Dies, Leaves Rich Legacy." China Daily: 9. Feb. 26, 1999.

" 'The Family' Returns to Stage." China Daily: 9.Nov.24, 2003.

"The 1982 Jurors and their Candidates for the Neustadt International Prize for Literature (Book Review)." World Literature Today 55.4 (1981).

"The Statesman (INDIA): Pen Mightier than Politics." The Statesman: 1.Oct.17, 2000.

"Time to Add New Meaning." China Daily: 4.Nov.14, 2006.

Vanzetti. "Vanzetti: an Unpublished Letter", *Resistance*.Vol.7.No.2.July/August, 1948.

Waldron, Arthur. "War and the Rise of Nationalism in Twentieth-Century China." The Journal of Military History 57.5 (1993).

Wang Miaomiao, From "Faithfulness, Expressiveness, and Elegance" to "Creative Treason" —A Brief Analysis of Variations in Cross- Languages in Pa Chin's*Cold Nights*, *GSTF Journal on Education*.Singapore: Global Science and Technology Forum.Oct.2013

Wang, Shanshan. "Acclaimed Novelist Ba Jin Passed Away at Age of 101." China Daily: 1.Oct.18, 2005.

Wang, Shanshan. "Country Mourns Literary Giant of Past Century." China Daily: 13.Oct.19, 2005.

"What Ba Jin has been writing at 80." New York Times. Jan. 12, 1985.

"What they are saying" China Daily: 4.Jul.17, 2003.

Wipo Publishes Patent of China Mobile communications, Ba Jin, Zhenping Hu and Ning Yang for "Method, Device and System for Detecting enb Malfunctions" (Chinese Inventors). US Fed News Service, Including US State News (Washington, D.C) Mar.15, 2013.

"Writing for the Grand Prize." Beijing Review Aug.5, 2004.

Wuji, Yan. "Why China'sLove for Ibsen was such a Drama." China Daily: 13.Aug.22, 2006.

Yang, Guobin. "Days of Old are Not Puffs of Smoke: Three Hypotheses on Collective Memories of the Cultural Revolution." China Review 5.2 (2005).

Yu Kai, China, Daily staff. "Literary Genius Acclaimed." China Daily: 9.Dec.31, 2002.

Zhang, Yu. "Young Readers Not Big Fans of Famous Author." China Daily: 13.Oct.19, 2005.

Zhou, Raymond. "Telling Truth Not Simply Black and White." China Daily: 4.Oct.22, 2005.

Zhang, Xudong. "Shanghai Image: Critical Iconography, Minor Literature, and the Un-Making of a Modern Chinese Mythology." New Literary History 33.1 (2002).

英文学位论文

Betty Wong. *Pa Chin in His Middle Period as a Novelist: an Analysis of Characters in the Torrent Trilogy and Fire.* Columbia University, 1967.

Carl W Montgomery. *On the Turbulant Stream: the Search for Identity and the Clash of Cultures in Ba Jin'sFamily.* University of Utah, 2008.

Christopher John Scholten. *The Battlefield: the Use of Simile and Metaphor in the Early Fiction of Ba Jin.* University of Melbourne, 2000.

Cornelius C Kubler. *A Study of Europeanized Grammar in Ba Jin'sNovel Jia.* Cornell University, 1975.

Du, Kejun. *A Study of Ba Jin's Translated Works.* Guangdong University of Foreign Studies, 2002.

Granat, Diana.*Three Stories of France: Pa Chin and His Early Short Stories.* University of Pennsylvania, 1972.

Hao Zhou.*Representations of Cities in Republican-era Chinese Literature.* Columbus, Ohio: Ohio State University, 2010.

Huang, Yiju.*Wounds in Time: the Aesthetic Afterlives of the Cultural Revolution.* University of Illinois at Urbana-Champaign, 2011.

Feng Jin. *From "Girl Student" to "Woman Revolutionary": the Representation of the Deracinated Woman in Chinese Fiction of the May Fourth Era.* The University of Michigan, 2000.

Fan, Jiangping.*A Comparative Study of a Chinese Novel, Family, and an American Novel, the Age of Innocence.* Winona State University, 1998.

Hyun, Sungjin. *"In Search of the Meaning of Writing: A Study of Modem Chinese Diary Fiction."* Ph.D.dissertation.University of Michigan, 1997.

Lang, Olga.*Writer Pa Chin and His Time: Chinese Youth of the Transitional Period.* Columbia University, 1962.

Larissa Castriotta.*Role Models in the Contemporary Chinese Essay: Ba Jin and the Post-cultural Revolution Memorial Essays in Suixiang Lu.* University of Massachusetts at Amherst, 2000.

Larry Kent Browning.*Thunder: A Translation with Introduction.* Stanford University, 1961.

Li, Jie.*The Past Is Not Like Smoke: A Memory Museum of the Maoist Era (1949-1976).* Harvard University, 2010.

Liu, Jiajia.*The Revolutionary Individual and the External World: Cultural and Cross-cultural Crises in Malraux and Ba Jin.* Harvard University, 2005.

Liu, Xinhui. *The Chinese Family Saga Novel: A Literary Sociology.* University of Alberta, 2010.

Mark J Harty. *The Anarchist Ba a Snow Covered Volcano.* Harvard University, 1978.

Mau Sang Ng.*The Intellectual Hero in Chinese Fction of the Nineteen-twenties and Early Thirties in Relation to Russian Influences.* London: British Library, 1978.

Nancy Au.*New life: a Chinese Novel Translated into English.* Northwestern

State College of Louisiana, 1965.

Peter Norman Lovrick. *Ba Jin's Jia as Novel, Play and Film*. University of Toronto, 1981.

Ru, Yi-ling. *The Family Novel: Toward a Generic Definition*. The Pennsylvania State University, 1989.

Shang Lan Mui. Jin Ba. Editing and Translating Pa Chin's The Kao Family. Colorado State College of Education, Division of Humanities, 1947.

Shaw, Craig Sadler. *Ba Jin's Dream: Sentiment and Social Criticism in "Jia"*. Princeton University, 1993.

Soh, Yoojin. *Washington University in St. Louis. Revenge and Its Implications: Literati Discourse of Justice in Late Qing and Modern Chinese Fiction*, 2012.

Sue W Perng. *Family: the Ties That Bind Ba Jin and Lu Xun in May Fourth Intellectual Discourse*. Harvard University, 1998.

Song, Mingwei. *Long Live Youth: National Rejuvenation and the Chinese Bildungsroman*, 1900-1958. Columbia University, 2005.

Walter Marie Henshaw. *The Influence of the Russian Populist-anarchist Movement on the Chinese Revolution with Evidence in Pa Chin's Novel the Family*. University of Wisconsin, 1977.

Wang, Rujie. *The Transparency of Chinese Realism: A Study of Texts by Lu Xun, Ba Jin, Mao Dun, and Lao She*. Rutgers The State University of New Jersey New Brunswick. 1993.

Wang, YunHui. *The Making of a Chinese Warrior: Examining the Morality in Chinese Martial Art Novels*. University of Wyoming, 2004.

Xiao, Minghan. *The Deterioration of Upper Class Families in the Works of William Faulkner and Ba Jin*. Ohio University, 1989.

英文巴金研究文集

Arzybasheff, M. "Morning Shadows?" in *Tales of the Revolution*. Trans. Percy Pinkerton. New York Huebsch, 1927.

Duke, Michael S. "Ba Jin (1904-　): From Personal Liberation to Party' Liberation." In Mason Y. H. Wang, ed., *Perspectives in Contemporary Chinese Lterature*. Michigan: Green River Press, 1983.

Feng, Jin. "En/gendering the Bildungsroman of the Radical Male: Ba Jin'sGirl Students and Women Revolutionaries." In Feng, *The New Woman in Early Twentieth - Century Chinese Fiction*. West Lafayette: Purdue University Press, 2004.

Galik, Marian. "Pa Chin's*Cold Night*: the Interliterary Relations with Zola and Wilde." In Galik, ed., *Milestones in Sino-Western Literary Confrontation* (1898-1979).Weisbaden: Otto Harrassowitz, 1986.

Hsia, C.T. "Pa Chin" In C.T.Hsia, *A History of Modern Chinese Fiction*. 2nd ed.New Haven: Yale University Press, 1971.

Kaldis, Nichola. "Ba Jin's*Family*: Fiction, Representation, and Relevance." In Joshua Mostow, ed, and Kirk A.Denton, China section, ed., *Columbia Companion to Modern East Asian Literature*s.NY: Columbia UP, 2003.

Kaldis, Nichola. "Ba Jin" In David Levinson, ed., *Encyclopedia of Modern Asia*.ed.David Levinson.New York: Scribner's2003, vol.1: 209a-209b; Ref.: vol.5.

Kaldis, Nichola. "Ba Jin" In *Dictionary of Literary Biography—Chinese Fiction Writers*, 1900-1949.Ed.Thomas Moran.NY: Thomson Gale, 2007.

Kral, Oldrich. "Pa Chin'sNovel *The Family*." In Jaroslav Prusek, ed. *Studies in Modern Chinese Literature*.Berlin: Akademie-Verlag, 1964.

Tang, Xiaobing. "The Last Tubercular in Modern Chinese Literature: On Ba Jin's *Cold Nights*." In *Chinese Modernism: The Heroic and the Quotidian*. Durham: Duke University Press, 2000.

电影

Return from Silence.Produced by Chung-wen Shih, George Washington University, 1982.